Ludwig Ganghofer

Bauerntrutz

Ludwig Ganghofer

Bauerntrutz

MOEWIG

www.MOEWIG.de

Umschlagfoto: Superbild
Printed in Germany

ISBN 3-8118-5569-7

I

In den Morgenlüften ein leises Frösteln – wie kühler Sorgenschauer, der alles müdgewordene Leben der Natur durchrieselte, da sie den Winter kommen fühlte. Und dennoch ein Tag, wie ihn der junge Sommer leuchtender in allen Farben nicht hätte schenken können. Ein Tag in Flammen und Glut, wie eine letzte brennende Leidenschaft aller überreif gewordenen Kräfte der Natur.

Im gelben Flammengezack der Ulmen und Ahornbäume, im roten Laub der Buchen und unter dem schimmernden Sonnengold des Morgens, schwammen die welkenden Wälder wie lodernde Feuerwogen über das weite Tal hinaus, allen Saum der Berge mit Glanz umspülend. Wo sie gedrängt hineinquollen in die seitwärts gesprengten Schluchten des Gebirges – wo sie die Sonne verloren und in den Schatten tauchten, da wurden sie dunkel und waren anzusehen wie erstarrte Bäche von Blut, das aus dem Herzen des Gesteins geflossen. Doch immer wieder – als könnte der Laubwald auch jetzt noch, da er sterben sollte, die Sonne nicht entbehren – immer wieder griff er aus den schattigen Tiefen hinauf in die Höhen des Lichtes, fand seine brennende Freude wieder und brandete in zerrissenen Leuchtflocken bis hoch empor zu den steilen Gehängen, auf denen der dunkle Fichtenwald sein immergrünes Leben still hinüberträumte in den nahenden Winter. Und über ihm, schon weiß behaucht von einem frühen Schneefall, stiegen aus dem ruhigen Meer der dunklen Wipfel die kahlen Felsen in die Lüfte, hart und starr, wie mattes Silber in der Sonne und wie grauer Stahl im Schatten.

Blau – eine stille Riesenglocke – wölbte sich der Himmel über alles hin, über das Dunkle und über das Leuchtende, über das Kalte und über alle Glut. Nicht blendend – wie ein mild und wohlig strahlendes Feuer goß die Sonne ihren Glanz über all die steinerne Weite aus und nieder in alle Täler des Lebens.

Vom leisen Morgenwinde getrieben, schwammen kleine schimmernde Sternchen zahllos in der Luft: der fliegende Distelsamen – Unkraut, das sich ausstreute über allen fruchtbaren Grund – doch der leuchtende Flug dieser Sterne war anzuschauen, als hätte die Sonne von ihren Feuerfunken die tausend schönsten auf die Reise geschickt, um die Erde zu suchen. Und als hätte sie von ihren Strahlen die feinsten in tausend Splitter gebrochen und ausgeschüttet über die Welt, so ging immer wieder ein fliegendes Blitzen durch die blauen Lüfte, schimmernd glomm es auf, erlosch, und leuchtete wieder im Flug. Wie Märchenzauber war es, wie ein gaukelndes Silberrätsel im Blau – und so überreichlich flogen die zarten Fäden, die der Herbst gesponnen, daß die Wipfelspitzen all der brennenden Bäume von ihnen behangen waren wie mit flimmernden Wimpeln. Und wo aus dem weiten Tal, vom Ufer der rauschenden Ache weg, die weißglänzende Straße emporführte zum hochgelegenen Kloster und zu der langen Häusergasse des Marktes, da trieb der Morgenwind den Flug der glitzernden Fäden von überall zusammen. Wie ein Netz von Glanz und Schimmer hing es über den hundert stillen Dächern in der Luft. An den Zinnen des offenen Klostertores, an den Brustwehren der um das Stift gezogenen Mauern, an den Zieraten seiner hohen Dächer, an den Türmen des Münsters und der Pfarrkirche, an den Giebeln und Schornsteinen der eng aneinander gereihten Bürgerhäuser – überall hatte das Geglitzer sich festgeklammert und leuchtete wie ein Elmsfeuer, das am Tage brennt.

Unter dem wundersamen Blau des Himmels, im roten Brand des Laubes und umsponnen von all dem silbernen Geschimmer, glich der häuserreiche Markt einer verzauberten Stätte des Lebens. Der kleine Marktplatz und die engen Seitengassen lagen wie ausgestorben; nirgends war ein Mensch zu sehen, nirgends ein lebender Laut zu hören. Denn Sonntag war's und um die Stunde der Kirchzeit. Nur das Wasser schwatzte, das am Marktbrunnen aus vier bleiernen Röhren in einen großen Trog aus rotem Marmor plätscherte. Und der Wind blies über die leere Straße her und machte die bunten Bänder der grünen Firstbäumchen flattern, die auf dem Dache eines neuerbauten Hauses aufgerichtet waren.

Gegenüber dem Tor des Klosters – vor dessen Mauern ein Teil des alten Wehrgrabens mit Bauschutt zugeworfen war, um den Marktplatz zu vergrößern – stand das neue Haus an einer freien Ecke des Platzes, all die anderen, niederen Dächer stolz überragend, so recht als sollten seine klobig gefügten Steine jedem Vorübergehenden sagen: „Der mich erbaute, der hat Geld im Kasten!" Sein Nachbar, ein armseliges Häuschen, über dessen niederer Türe das Werkzeichen eines Drechslers baumelte, schien mit seinem windschiefen Gebälk vor dem stolzen Neubau scheu zurückzuweichen, zwinkerte mit seinen kleinen, von Staub erblindeten Fensteraugen an dem neuen Hause hinauf und schien zu murmeln: „Freilich, der hat Geld, der kann sein Dach mit steinernen Ziegeln decken! Und unter meinen mürben, faulenden Schindeln hausen die Mühseligen, die ihm sein Geld verdienen halfen!"

Über der hohen Türe des neuen Hauses, die mit dem roten Marmor des Unterberges gesimst und geziert war, stand in frischer, noch kaum getrockneter Farbe an die Mauer geschrieben:

„Mit Gottes Hilfe hat dieses Haus erbauet:
Dominikus Weitenschwaiger,
Meistersinger, Bürger und Holzverleger zu
Berchtesgaden,
anno domini 1524."

Dieses neue, noch unbewohnte Haus war auch das einzige, an welchem Tür und Fenster offen standen. An allen übrigen Häusern waren die Türen verschlossen, die Gewölbe der Kaufleute waren gesperrt, mit schweren Vorhangschlössern und eisernen Stangen; an den Fenstern waren die hölzernen Läden zugezogen, oder die kleinen, in dickes Blei gefaßten Scheiben waren von innen dicht verhängt. Das gab dem Anblick der Häuser etwas Scheues und Furchtsames. In all diesen Häusern schien das versteckte Leben vor einer Gefahr zu zittern, welche kommen konnte, mit jeder nächsten Stunde.

Und um all diese furchtsamen Häuser her die lachende Sonne, das strahlende Blau des Himmels, der Glanz und Schimmer des schönen Herbstes.

Da klang der schwebende Hall einer großen Glocke in den stillen, leuchtenden Morgen. Auf dem Turm des Münsters läutete man zur Wandlung. Und als die große Glocke verstummte, begann eine kleinere zu läuten – die Glocke der Pfarrkirche. Denn die Glocke der Bürger mußte bescheiden warten, bis auf dem Münsterturm des adeligen Stiftes die erzene Herrenstimme ihr letztes Wort gesprochen hatte – und auf dem Gottestisch, vor dem die Bürger und Bauern beteten, durfte das Brot nicht in den Leib des Herrn verwandelt werden, bevor das heilige Wunder sich nicht vollzogen hatte auf dem goldgezierten Altar, vor dessen Stufen die adeligen Chorherren ihre Knie beugten.

Der letzte Glockenlaut verzitterte in den Lüften – und wieder die träumende Sonnenstille. Und plötzlich zwei laute Männerstimmen und das jammernde Geschrei eines Weibes – ein Jammer, dessen kreischende Worte fast drollig anzuhören waren: „Schauet, es ist doch ein Kitzbraten! Auf Ehr und Seligkeit, es ist nur ein Kitzbraten! Um Christi Barmherzigkeit, so lasset mir doch das Bröckl Fleisch!"

Aus enger Gasse, die vom Marktplatz gegen das Gehänge des Unterberges führte, kamen zwei Kirchenwächter des Klosters, in bunt gewürfelter Tracht, die es dem schmucken Kleid der Landsknechte gleichtun wollte. Der eine ließ unter dem Arm hervor den langen Schaft der Hellebarde schleifen, und lachend trug er in beiden Händen am Eisenstiel eine Pfanne mit rauchendem Braten. Der andere wehrte mit dem Hellebardenschaft das Weib zurück, das immer die Hände nach der Pfanne streckte: „Ein Kitzbraten, ihr guten Herren! Ein Kitzbraten!“ Aus dem angstverzerrten Gesicht des ärmlich gekleideten Weibes redete ein Jammer, als hätte man ihr nicht die Bratenschüssel, sondern den kostbarsten Schatz der Welt aus dem Hause geholt. Sie war noch jung, aber ein Leben in Gram und Entbehrung hatte ihre Züge schon zerstört: nur noch das schimmernde Blondhaar war ein Zeichen ihrer jungen Jahre. Ganz heiser war sie vom Schreien schon geworden. „So lasset mir doch das Bröckl Fleisch!“ Sie wollte nach der Pfanne greifen.

Aber der Wächter drängte sie gegen den Brunnen. „Lüg nicht! Wildbret ist's! Mein Zinken versteht sich drauf, wie Wildbret schmeckt! Und wer's gestohlen hat . . . da soll dich einer fragen, der mit eisernem Züngl redet! Gib acht, du! Und halt dein Maul! Und schau, daß du weiter kommst!“

„Ein Kitzbraten“, lallte das Weib, „ein Kitzbraten . . .“

„So? Und wär's einer, so müßt man erst noch fragen, ob's allweil einer gewesen ist! Es wär nicht das erstemal, daß eine mit Teufelshilf einen Kitzbraten aus dem Wildbret macht!“

Das Weib tastete mit zitternden Händen nach dem Stein des Brunnens, als wäre ihr eine Schwäche in die Knie gefahren. Ihr verzerrtes Gesicht war kreidebleich geworden. Sie sagte kein Wort mehr – und die beiden Wächter verschwanden mit der Pfanne im Klostertor. Man hörte die Stimme des Torwärtels, eine lachende Frage, eine lachende Antwort. Das Weib streckte sich und griff mit der Hand an den Hals. Und da sah sie plötzlich, daß neben ihr einer stand. Der schien ihr keine Sorge zu machen – es war ein Bauer. Und er mußte an diesem Morgen schon einen weiten Weg gewandert sein – die Schuhe waren grau, bis über die Hüften hing ihm der Staub an den Kleidern. Und ein Fremder mußte es sein; denn er trug nicht die Tracht der Berchtesgadener Klosterbauern, nicht die nackten Knie, sondern blaue Strümpfe, eine weiße Bundhose aus Bockleder und ein kurzes Wams aus blauem Zwilch, verbraucht und halb schon entfärbt. Ein grauer Mantel hing ihm lose über die Schulter. Unter dem Hut, dessen breite Krempe zu einem Dreispitz aufgebunden war, lag das Gesicht im Schatten, umrahmt von langsträhnigem Haar, durch dessen Braun sich reichlich schon die weißen Fäden zogen. Das Gesicht war ohne Bart, von hundert Krähenfüßen durchrissen – ein Mund fast ohne Lippen, hart und dennoch spöttisch – eine schmale, scharf gekrümmte Nase und zwei kleine, graue, blitzende Augen. Die Hände über den Knauf des Wandersteckens gelegt, so stand er schweigend und betrachtete das Weib, dem die Zähren über die hageren Wangen kollerten.

Die Weinende schien zu fühlen: der meint es gut mit mir! Sie atmete auf und wischte die Tränen vom Gesicht.

Da sagte der Bauer leis, im Dialekt des Schwaben: „Bischt au von Koinrats Schwestern oine, gell!“

Das Weib sah ihn an, als hätte sie nicht verstanden. Doch aus dem Klang seiner Stimme hatte sie das Mitleid gehört und begann zu murmeln: „Mein Mann, der kranket . . . schon seit dem Frühjahr . . . seit er fronen hat müssen beim Bärentreiben. Die großen Beißer, weißt, die haben ihn überworfen, und da hat er einen schiechen Fall getan, übers große Gesteinet. Ganz käsig im Gesicht, so ist er heim gekommen . . . und seit der Zeit tut er siechen und verschmilzt wie ein Lichtl im Wind. Und die Nachbarsleut, die sagen allweil: Fleisch müßt er haben, daß er sich kräften könnt. Und vierzehn Tag lang hab ich mir's abgespart am Maul, und gestern hab ich dem Metzger das Stückl Kitzfleisch abgehandelt. Und hab den Rauchfang zugestopft, daß keine Klosternas was schmecken sollt. Aber die haben Nasen aufs Fleisch, wie der Teufel auf arme Seelen. Und von der Glut weg haben sie mir die Pfann davon. Und Wildbret wär's! Und der's gestohlen hätt, müßt bluten! Und tät sich's weisen, daß es Kitzfleisch ist, so muß ich das Wildbret halt verschaut haben, daß es Kitzfleisch wird . . . und ich komm vors rote Malefiz!“ Die Stimme erlosch ihr fast. „So haben sie's der Steffelsdirn gemacht, und in Salzburg ist sie verbronnen worden am Tag vor Ostern.“ Verstummend streckte sich das Weib und ballte die Fäuste.

Der zornfunkelnde Blick ihrer Augen war auf das kleine, dicht vergitterte Fenster der Torstube gerichtet. Hatte sie von dem Lachen und Schwatzen, das aus der Stube des Wärtels klang, ein Wort verstanden? Mit entstelltem Gesicht, wie eine Irrsinnige, keuchte sie vor sich hin: „Tät sich doch jeder den Tod in die Gurgel fressen! . . . Und wenn ich ein Stückel verstünd, ein schwarzes . . . heut tät ich's . . . heut!"

Da legte ihr der Fremde die Hand auf den Arm. Ein flinker Blitz seiner Augen huschte über das Klostertor. Dann hob er langsam das Gesicht, blickte wie lauschend in die sonnigen Lüfte hinauf und flüsterte: „Lus, Weible, was isch das für ein nuies Wesen?"

Verwundert, ihres Kummers halb vergessend, sah ihm das Weib in die Augen. Dann starrte sie in die Lüfte und schüttelte den Kopf. „Ich hör nichts!"

„So?" Der Fremde lächelte. „Bischt von Koinrats Schwestern oine, die doret [taub] isch?" Da wurde sein Blick wieder ernst. „Geh hoim und koch deinem kranken Mann ein Müesle, gell? Und denk dir, alleweil und überall gibt's Leut, die noch ein härters Binkele trage wie du! Hascht bloß ein Häppele Fleisch verlore! Aber mich lueg an! Mein Weib hat tanze müssen am Herrestrickle . . . zehn Schuh hoch überm Bode! Drei liebe Buebe hab ich gehabt, und koiner ischt übrig . . . sind all verbronnen in der guten Herrefaust! Und an die tauset brave Koinratsbrüder hab ich liege sehen im Blut! . . .Geh hoim und koch deinem Mann ein Müesle!"

Mit hartem Lachen wandte sich der Bauer ab und wollte gehen. Aber da klammerte das Weib die Hand um seinen Stecken – in den Augen einen erschrockenen Blick, doch auch eine Frage.

Noch leiser wurde die Stimme des Fremden. „Hascht verstanden ein bissele? So? . . . Laß aus!" Er zog den Stecken an sich. „Und tut dich oiner fragen um mich, so hascht mich nie gesehen und kennst mich nimmer, gell? Und wann den Weckauf hörst, du dorets Weible . . ." die Augen des Bauern funkelten, und ein Zug von grausamer Wildheit schnitt sich um den harten Mund, „so koch kein Müesle nimmer, gell? Schlag zu und beiß und brenn und stich! Hilf zum Koinrat, und der Koinrat hilft zu dir!“

Bleich und wortlos wich das Weib vor dem Fremden zurück. Einen Augenblick schien es, als wollte sie noch eine Frage stellen. Aber sie spähte scheu zum Tor des Klosters hinüber und rannte davon, als wüßte sie in der Nähe dieses Bauern ihr Leben nicht mehr sicher.

Mit steinernem Lächeln sah ihr der Fremde nach und murmelte: „Hab Ängste soviel, wie du magst . . . mein Körndle isch drin in dir. Und aufgehn tut's dir au noch, wart!“ Er beugte sich über den Brunnen und schöpfte mit der Hand einen Trunk. Als er sich wieder aufrichtete, war sein Gesicht ein anderes. Wie ein Neugieriger, dem alles wohlgefällt, betrachtete er die Häuser. Langsam, immer schauend, ging er auf das Tor des Klosters zu und nahm höflich den Hut schon ab, bevor er noch den Guckaus der Wärtelstube erreichte. Deutlich konnte er aus der Torstube das Schwatzen hören – die drei da drinnen saßen bei der Pfanne. Und eine Stimme klang: „Das Weibl hat recht gehabt . . . das ist Kitzbraten.“

Ein Lachen. „Wenn ich Hunger hab, muß alles nach Wildbret schmecken. Greif zu!“

„Meinetwegen! . . .Was war's denn für eine?“

„Ruefin.“

„Die von dem Löffelschneider, den bei der Bärenhatz ein Rüd über den Haufen geschmissen hat?“

Jetzt hatte der Wärtel den Fremden gewahrt, kam zum Guckaus und schob das Eisengitter in die Höhe. Mißtrauisch betrachtete er den Bauern. „Wer bist denn du?“

Da fing der Fremde ein flinkes Reden an, machte Bückling um Bückling, nannte den Wärtel ein „gutes Herrle“ und spickte seinen Redefluß mit so drolligen Späßen, daß auch die beiden Kirchenwächter zum Guckaus kamen und einstimmten in das Gelächter des Wärtels, welcher meinte: „Dem hängt der Schwanz am Maulwerk, wie der Schwanz am Teufel!“ Immer schwatzend, hatte der Fremde ein Päcklein aus der

Tasche gezogen und wickelte aus einem mürb gewordenen Lederlappen zwei beschriebene Blätter heraus, die er dem Wächter reichte. Das eine Blatt, das war ein Heimbrief der freien Reichsstadt Augsburg, lautend auf den Namen Sebastian Häfele.

Der Wärtel lachte und versuchte spottend den Dialekt des Schwaben nachzuahmen: „Häfele! Hascht du dein Deckele bei dir?“

„Ei freilich, guts Herrle!“ Schmunzelnd lüftete der Schwabe den Hut und streckte den Scheitel in den Guckaus. „Lueget hinein ins Häfele, was drin ischt!“

„Bauernstroh und Kuhmist halt!“ erklärte einer von den beiden Kirchenwächtern. „Deck ihn wieder zu, deinen Lausboden!“

Noch lustiger, als die beiden anderen in der Torstube, lachte der Fremde selbst. Und wieder begann er seine Schnurren auszukramen, während der Wärtel die Schrift des zweiten Blattes zu enträtseln suchte. Das war ein Wegzettel, auf dem der Salzmeister von Reichenhall beglaubigte, daß Sebastian Häfele ein halb Jahr lang dem bayrischen Salzamt als Säumer gedient und ohne Steuerschuld seinen Laufpaß genommen hätte. Ganz zu unterst in der Ecke trug der Zettel einen kaum sichtbaren Merk: ein Kreuzlein, von einem Ring umzogen. Das war ein Geheimzeichen, mit dem der Reichenhaller dem Kloster zu Berchtesgaden anvertraute, daß der Sebastian Häfele ein guter Christ wäre, dem die Wittenberger Nachtigall in den festgeschlossenen Ring seines Glaubens noch kein Loch gepfiffen hätte. Und solches Zeugnis war nötig bei einem, der ein Augsburger Kind sein wollte.

Aber der Wärtel hatte noch andere Neugier. „Warum bist du fort von Reichenhall?“

So harmlos diese Frage klang – sie versetzte den Schwaben in seltsam heißen Zorn. Wie ein Rohrspatz begann er zu schimpfen, schlug mit der Faust auf das Zahlbrett vor dem Guckhaus und schnurrte über das bayrische Salzamt und über die „notleidigen Brüder“ vom heiligen Zeno zu Reichenhall eine schier endlose Reihe der übelsten Kosenamen herunter – bis er erschrocken verstummte und scheu die drei Gesichter im Guckaus anblinzelte, als ging' es ihm jetzt an seinen schwäbischen Hals. Die drei aber lachten. Denn im Kloster zu Berchtesgaden hörten sie nichts lieber als üble Reden über den Bayernherzog, der mit begehrlichen Augen nach den ergiebigen Salzquellen des reichsfreien Stiftes blickte, und über die guten Brüder von St. Zeno, die jeden Hader der Berchtesgadener mit dem Erzbischof von Salzburg nützten, um ihnen einen Happen Land aus der Grenze zu reißen.

Der Wärtel fragte den Schwaben mit sichtlichem Wohlwollen: „Und was willst du denn jetzt bei uns?"

Der Fremde schmunzelte: „Gute Arbeit mache!" Seine Augen blitzten. „Und schaffe, was zum Rechten hilft."

„Mußt dich halt melden beim Salzmeister." Der Wärtel gab dem Schwaben die beiden Blätter zurück. „Meinetwegen, zahl die Fremdmannssteuer, den Wegzoll, die Klostermaut, den Bleibverlaub . . . und alles ist gut!"

„Wieviel tät's ausmachen! Alles miteinand?"

Der Wärtel nannte eine Summe, für die ein Säumer einen Monat schaffen mußte, um sie zu verdienen.

„Nit mehr?" Ganz erstaunte Augen machte der Schwabe. „Wenn die Reichenhaller nehme, was ein Säule wert isch, könne die Berchtesgadener verlange, was ein Öchsle zahlt." Dabei begann er schon die Schillinge und Heller auf das Brett zu zählen.

„Jetzt fallt der Ofen ein und das Wasser läuft bergauf!" Der Wärtel lachte. „Ein Bauer, der nicht flucht, wenn er zahlen muß!"

„Zahle macht Fried! Ischt ein gutes Sprüchle!" Der Schwabe zog noch einen überzähligen Schilling auf das Brett, zog höflich den Hut, befestigte hinter der Schnur den „Bleibverlaub" – einen gestanzten Blechschild, den er bekommen hatte – und trat in den Laienhof des Klosters.

Da sagte einer der Kirchenwächter zum Torwart: „Der hat mir ein bißl gar zu flink gezahlt! Den hättst dir besser anschauen sollen! Schwäbisch Land ist der Unruhkessel, in dem der Luther fischt."

Aber der Wärtel sackte den Schilling ein und schüttelte den Kopf „Schon gut! Ich weiß, wie ich dran bin. Ist wieder einer mehr im Land, der schafft und zahlt. Sein Schnabel ist guter Ausweis! Wem Gott ein lustigs Maul hat geben, von dem wirst nie was Schlechts erleben!"

Der andere Wächter lachte, als wäre ihm plötzlich ein lustiger Einfall gekommen. Er streckte den Kopf durch den Guckaus und rief: „He Schwab, komm her da!"

Lächelnd kam der Fremde zurück und zog den Hut. „Was isch, ihr Herre?" Doch als er am Guckaus die Arme über das Zahlbrett legte, fuhr ihm die leergewordene Pfanne mit der rußigen Unterseite über das Gesicht – „Häfele, schleck am Pfännele!" – und die drei in der Torstube schlugen ein schallendes Gelächter auf.

Was man von dem Gesicht des Fremden unter dem schwarzen Ruß noch sehen konnte, war weiß wie Kreide. Aber als er mit dem Zipfel seines Zwilchkittels den Ruß von den Wangen wischte, lachte er schon wieder. „Luschtige Herre! Luschtige Herre! Alleweil ein Späßle . . . so lang wie's geht!" In diesem letzten Worte zitterte ein seltsamer Klang.

Immer noch lachend, durchschritt der gefärbte Schwabe den Laienhof des Klosters. Da konnte er durch die vergitterten Fensterluken eines dämmerigen Raumes allerlei Jagdgeräte sehen, Wildnetze in großen Ballen, bunte Lappen an Schnüren, eiserne Bären- und Wolfsfallen, Jagdspeere und Armbrusten, Treiberklappen und Hundekoppeln.

Auf der anderen Seite des Hofes, in der großen Leutstube, in der nach der Kirchzeit das Dünnbier des Klosters an die von der langen Predigt durstig gewordenen Bauern verzapft wurde, stellten zwei Klosterbrüder, mit blauen Latzschürzen über den Kutten, schon die Holzbitschen und die tönernen Krüge zurecht.

Vor der Türe der Leutstube, etwas aus der Mitte des Hofes gerückt, stand der Schandpfahl mit rostigen Ketten, mit

Eisenbändern für Hals und Beine – und der Pfahl hatte dunkle braune Flecken.

Der Schritt des Fremden wurde rascher. Er kam durch ein offenes Tor in den großen, dreiwinkligen Innenhof des Stiftes. Gleich neben dem Tor, im Schatten einer Säulenhalle, plätscherte ein Brunnen. Hier wusch sich der Schwabe den Ruß vom Gesicht. Ohne sich zu trocknen, die Faust noch im Wasser des Troges, richtete er sich auf und blickte langsam über die Wände des Stiftes hin.

Alle Fenster waren geschlossen; nur eines zu ebener Erde stand mit offenen Flügeln: das Fenster des Kellerstübchens, in dem man weißgedeckte Tische mit blinkenden Zinnkrügen sah. Und daneben gähnte das offene Münstertor, vor dem in dichtgedrängtem Hauf die klösterlichen Dienstleute standen, die in den Laienbänken des Münsters nicht mehr Platz gefunden hatten: Jägerburschen, Armbruster und Eisenreiter, Handrohrschützen und Hackeniere, alle mit dem Gesicht gegen die Kirche, mit den Hüten und Kappen vor der Brust. Die Sonne machte all die grellen Farben der buntgezwickelten Wämser und Pluderhosen leuchten und spann ihre Goldstrahlen durch die blauen Weihrauchwolken, die aus dem Münstertor herausdampften über die entblößten Köpfe. Undeutlich hörte man eine singende Priesterstimme, dann schrillende Klingeln. Mit flink atmenden Tönen begann eine Orgel zu tremolieren, Geigen, Posaunen, Pfeifen und Pauken fielen ein, und das gab zusammen eine Musik, so lustig, als wären diese Klänge nicht das Geleit einer heiligen Handlung, sondern eines ausgelassenen Tanzes. So wirkten sie auch auf die vor der Kirche Stehenden. Ein Köpfedrehen, ein Kichern und Gezischel begann, und ein Jägerbursche schlug einem Armbruster den Hut aus der Hand, daß der mit bunten Federn reich besteckte Deckel in die Luft wirbelte.

Der Fremde am Brunnen zog die triefende Faust aus dem Wasser, schleuderte die glitzernden Tropfen gegen das Münstertor und murmelte in die lustig schmetternde Kirchenmusik: „Wasser ischt oft schon Fuier worde! Gebet acht!“

Und wieder war sein Gesicht ein anderes, als er hinüberschritt zum Münster und scheu den Kopf entblößte.

Der Armbruster, der seinen rollenden Hut vom Boden haschte, machte verdutzte Augen, als er den Bauern sah. „Du Rammel, was willst?“

„Suchen, wo Gott ischt.“

„Such, wo der deinig haust! In der Leutkirch! Die steht da draußen!“ Der Armbruster wies dem Schwaben mit einem derben Puff den Weg zum anderen Tor des Klosterhofes und staubte auf dem Rücken des Bauern den Hut aus, der vom Rollen im Sande grau geworden. Die buntscheckigen Kameraden vor dem Tor des Münsters lachten. Und als der Armbruster wieder zu ihnen trat, sagte er: „So ein Jauchbruder! Hätt sein Stinkseel misten mögen in der Herrenkirch!“

Im Schatten des Torbogens drehte der Fremde das Gesicht. Und lächelte. Dann schritt er auf den sonnigen Platz hinaus. Hier stand zur Rechten die Pfarrkirche, daneben das Rentamt mit schwer vergitterten Fenstern, und zur Linken das langgestreckte Zehenthaus mit dicken Mauern und hochgegiebeltem Dach. Man sah durch ein Tor hinaus – und zwischen armseligen Häuschen zog sich eine enge Straße hinunter gegen das Tal der Ache.

Entlang der Mauer des Zehenthauses glich der Platz einem kleinen Jahrmarkt ohne Menschen. Da standen plumpgezimmerte Wagen, vor denen die trägen Ochsen und die ausgehungerten Saumtiere schläfrig die Köpfe hängen ließen – in langer Reihe standen die zweirädrigen Handkarren, und eng aneinander gerückt die beladenen Kraxen, auf denen die Bergbauern ihren Zins und Zehent von den hochgelegenen Höfen heruntergetragen hatten, als sie zur Kirche gingen. Denn so heilig war der Sonntag nicht, daß der Bauer, der unter der Woche schaffen mußte, nicht hätte zinsen und steuern dürfen, wenn das „Ite missa est“ gesungen war. Und diese Wagen, Karren und Kraxen standen mit allem beladen, was die Erde des Landes gab und was der schwielige Fleiß der Männer- und Weiberhände zustande brachte. Da waren Hafersäcke und

Bündel von Wildheu, Kufen mit eingesalzenem Kraut, Speck und Rauchfleisch, Drechslerwaren und geschnitzter Hausrat, Körbe mit Käslaiben und Eiern, Käfige mit Hühnern und Tauben, Rollen von Hausloden und Leinwand, Schmalztöpfe und Butterballen, die man zum Schutz gegen die Sonne in nasse, halbverwelkte Lattichblätter gehüllt hatte. An die Wagen waren junge Kälber angebunden, die traurig und heiser blökten, und auf den Karren lagen gesprenkelte Ferkeln, welche quickend mit den gefesselten Beinen zappelten und die Köpfe aus dem Stroh zu erheben versuchten.

So war es auf dem Kirchplatz jeden Sonntag, jahraus, jahrein. Michelstag und Lichtmeß wären wohl die großen Steuertage. Doch bis der Bauer alles herbeischleppte, was er seinen hundert Herren schuldete: den Leibzins und den Todfall, die Liebsteuer und das Freudengeld, die Hals- und Haupt- und Leib- und Weidhühner, den großen und kleinen Zehent, den Bubenzins und die Blutsteuer, den gemeinen Pfennig und alle die anderen Beden (Beden = außergewöhnliche Abgaben) – da hatte er zahlende Arbeit das ganze Jahr. Und hatte er heute gezahlt, so wußte er nicht, was morgen sein Herr von ihm begehren würde. Denn bei jeder unnützen Fehde, die das Kloster mit seinen Nachbarn führte, bei jedem Besuch von Höfen oder Fürstentagen, bei jeder Heirat, für die der Propst eine Schwester, eine Muhme oder eine verblühte Freundin auszustatten hatte, bei der Erhebung der Domizelli zu Kapitularen, bei des Propsten Tod und bei des Propsten Wiederwahl – immer mußte der Bauer steuern, zahlen und fronen. Teuer war das Geborenwerden, teuer das Leben, und am teuersten der Tod.

Mit einem funkelnden Blick des Hasses glitten die Augen des Schwaben über alle die Wagen und Karren hin: „Zahl, Bäuerle, zahl! Und wenn dein Säckle dann leer isch, so verreck noch!“

Wo die Wagen zu Ende waren, standen Bretter- und Leinwandbuden aufgeschlagen, die Waren mit Tüchern überdeckt. Nur eine dieser Buden, die dem Tor des Klosterhofes am nächsten stand, schien eines solchen Schutzes nicht zu bedürfen; sie war geschützt durch die Heiligkeit ihres Krames: geweihte Amulette und Reliquienkapseln, wächserne und holzgeschnitzte Heiligenfiguren, Votivtäfelchen und Weihgeschenke, Ablaßbriefe, fromme Wegzettelein und Himmelsleitern. An Schnüren, welche durch die Bude gespannt waren, hingen bedruckte und mit Holzschnitten geschmückte Blätter, die sich im Morgenwinde sacht bewegten: Flugschriften wider die bösen Prädikanten, so das gute Volk verführen, und wider den verfluchten Wittenberger.

Neben der Bude, an einem in die Mauer des Zehenthauses eingebleiten Eisenring, war ein wohlgenährtes braunes Maultier angebunden, das auf roter Schabracke einen Frauensattel trug. Die beweglichen Blätter in der Bude mochten die Neugier des Tieres gereizt haben – denn es streckte schnuppernd die Nase nach dem raschelnden Papier.

„Lueget! Ischt nur ein unvernünftig Vieh . . . und windet die nuie Zeit!“ Das murmelte der Fremde gegen die Kirche hin, als möchte er's den Menschen sagen, die in gebeugter Andacht das offene Tor umstanden: Bauern und Burschen in grauen, starrfaltigen Wämsern und Kniehosen; Bäuerinnen im grauen Faltenrock, das Haupt ganz eingewunden in das blaue Kopftuch, und junge Dirnen in grünen oder braunen Zwilchröcken, mit roten oder gelben Spensern, barhäuptig, nur im Schmuck der Flechten. Die einen beteten stumm, die anderen sangen halblaut die Worte des Liedes mit, das in hundertstimmigem, nicht sonderlich harmonischem Chor aus der Kirche tönte.

Als der Fremde zu ihnen trat, wandte wohl der eine und andere das Gesicht; doch sonderliche Neugier sprach nicht aus ihren Augen. Die Berchtesgadener hatten schon ein Kamel gesehen, das die Stadt Venedig dem Salzburger Bischof geschenkt, und einen Mohren, den man im Türkenkrieg gefangen hatte, und einen Affen, der aus der neuentdeckten Welt des Kolumbus gekommen – wie hätten sie sich noch wundern mögen über einen Schwaben mit verstaubten Schuhen? Auch mochten sie wohl noch andere Ursach haben, daß ihnen die Neugier nicht allzu listig wuchs. Wie jeder den Hut oder die Kappe an die Brust drückte, mit jener Scheu, die zur Gewohnheit geworden – wie sie alle standen, das Haupt gebeugt und den Rücken gekrümmt, war's ihnen anzumerken, daß das Leben auf ihren Schultern lag wie ein schwerer Stein. Und wer hart zu tragen hat, der hält die Augen auf den eigenen Weg gesenkt und kümmert sich nicht um den Weg eines anderen.

Seitwärts von den Betenden hatte sich der Schwabe an die Kirchenmauer gestellt, so daß er den Leuten in die Gesichter sehen konnte. Und prüfend blickte er von Gesicht zu Gesicht, wie auf der Suche nach solchen, die ihm gefallen möchten. Und immer wieder nickte er und lächelte – als gefielen sie ihm alle: diese müden und unfrohen Gesichter, aus deren langsam blickenden Augen eine stumpfe Schwermut sprach. Nur manchmal eine junge Dirn – die guckte mit flinkeren Augen umher, sehnsüchtigen Glanz im Blick; und von den jungen Burschen trug der eine und der andere den Kopf ein wenig höher, als die grauen Männer. Besonders einer! Sein Blondschopf ragte auf schlankem Körper über all die anderen hinaus. Und ganz in der Sonne stand er, so daß ihm das dichte Haargeringel schimmerte, als trüge er eine silberne Sturmkappe um Stirn und Schläfen. Ein schmuckes, sonnverbranntes Gesicht – doch trotz der paar Jahre, die er schon über die zwanzig zählen mochte, hatten die Züge noch etwas Knabenhaftes, etwas Suchendes und still Verträumtes. Die blauen glänzenden Augen blickten gegen die sonnige Kirchenmauer, als stünde sie nicht da. Und um den Mund, den ein kleines, silbrig schimmerndes Bärtchen überschattete, spielte ein halbes Lachen – wie Kinder lächeln, wenn sie denken und nicht wissen, an was. Dieses Kinderlachen, dieser träumende Knabenblick – und dazu zwei Schultern wie aus Eisen gerundet, ein tannenschlanker Körper, in dem die ruhende Kraft zu warnen schien: Wecke mich nicht!

Den jungen Burschen kleidete die schmucklose Landtracht,

daß keinem Junker die Seide besser zu Gesicht stand! Der weiße Leinenkragen, der sich über die Schultern legte, zeigte noch einen sonnverbrannten Streif der Brust; das braune Lodenwams umspannte straff den schlanken Körper, ein Kalbfellgürtel mit zwei großen Kupferhaken schloß sich um die Hüften, und die Säume der kurzen Berghose starrten wie gebuckelte Dächlein über die gebräunten Knie hinaus.

Dem Schwaben war der schimmernde Blondschopf lange schon aufgefallen; immer wieder spähte er zu ihm hinüber.

Und die beiden, die neben dem Burschen standen? Sie mußten zueinander gehören, diese drei – weil sie, ein wenig gesondert von den übrigen, sich so dicht zusammen hielten. Vielleicht waren sie Geschwister? Ein etwas schmächtig aufgeschossener Bursch im schwarzen Leinengewand der Salzknappen, das Fahrleder um den Leib gegürtet, vor der Brust das schwarze Knappenbarett mit dem weißen Federschopf – ein stilles und ernstes Gesicht mit braunen Augen von warmer Tiefe, doch die Züge bei aller Jugend schon ein wenig gealtert, von jener Blässe überzogen, die man aus den Schächten der Bergwerke heraufträgt ans Licht – nein, das war kein Bruder des anderen – wie Schatten und Helle nicht Geschwister sind, so treu sie auch zueinander halten. Aber das Mädchen, das neben dem Knappen stand, dicht an ihn angeschmiegt, das mußte eine Schwester des Blonden sein, obwohl sie braunes Haar hatte, das in der Sonne wie rotes Kupfer flimmerte. Die Züge der beiden glichen einander, so verschieden sie auch waren. Ein paar Jahre mochte die Schwester älter sein. Sie hatte auch den kräftigen Wuchs des Bruders – fast zu kräftig für ein Mädchen – ein Wuchs, wie ihn die Arbeit bildet. Und nicht nur schmuck, ihr Gesicht wäre schön gewesen, hätt' es vom Bruder auch dieses frohe sorglose Lachen gehabt. Doch ihre Augen hatten etwas vom Blick eines verschüchterten Vogels, und in Unruh redete aus ihren Zügen jene scheue Ängstlichkeit, die immer Gefahren kommen sieht.

„Weible", fragte der Schwabe, eine alte Bäuerin, „wer sind die drei?"

„Das ist die Maralen (Maria Magdalena. Der Name wird mit dem Ton auf der ersten Silbe gesprochen: Máralen) und der Juliander (Julius Andreas), die Kinder vom alten Witting. Und der Salzknapp ist der Stöckl-Joseph, der zu Schellenberg dem Salzburger Pfannhaus dienet. Das ist der Maralen ihr Liebster. Die zwei, die täten schon lang gern heuern, wenn sie die Beden aufbrächten."

Als hätte Maralen gefühlt, daß von ihr gesprochen wurde, so ängstlich blickte sie um sich und suchte die Hand des Geliebten. Ihr Auge begegnete dem forschenden Blick des Schwaben. Dunkle Röte schoß ihr über die Wangen. Sie schmiegte sich dicht an den Arm des Verlobten und flüsterte: „Du, da schaut uns ein Fremder allweil an."

„Laß ihn halt schauen!" sagte Joseph leis und blickte lächelnd auf das Mädchen nieder. „Du Angsthäslein!"

Im gleichen Augenblick begann die Glocke des Münsters zu läuten . . .

2

Daß in der Herrenkirche der Gottesdienst zu Ende war, das merkte man nicht nur, weil es die Glocke verkündete – man hörte es an dem Lärm, den die klösterlichen Troßleute im Hofe des Stiftes aufschlugen. Die kümmerten sich wenig darum, daß in der anderen Kirche das „Ite missa est" noch nicht gesungen war. Mit lautem Schwatzen kamen die Steuerboten, die Wagenknechte und Dienstleute des Zehenthauses über den Hof der Pfarrkirche gelaufen, öffneten an Ställen, Getreidescheuern und Zehentkammern alle Tore und Türen, und das gab einen Spektakel, als hätte inmitten des Sonntags ein Werkeltag begonnen.

Kirchgänger erschienen, die gemächlichen Schrittes heimwärts spazierten zu ihrer Suppe, wohlhabende Bürger, die zum Dank für klingende Wohltat, mit der sie das Kloster bedacht hatten, der großen Ehre gewürdigt wurden, in der Herrenkirche ihr frommes Herz erbauen zu dürfen.

Zwei Bürger, welche die schwarze Schaube der Gemeinderäte trugen, schwatzten von der Predigt, die sie gehört hatten. „Heut hat es der hochwürdige Herr Seyenstock wieder scharf gemacht!“

„Wär der Wittenberger eine Wildsau, so hätt er jetzt einen Spieß im Leib, mit dem er nimmer aufstünd.“

Ein Klosterbruder kam gelaufen, schlüpfte in die Reliquienbude und begann den geweihten Kram zurecht zu legen. Dabei pfiff er das Liedlein:

„Ich sollt ein Nönnlein werden,
Hatt keine Lust dazu,
Ich eß nicht gerne Gersten
Und schlaf gern in der Fruh.“

Es kamen der Rentmeister und sein Schreiber im Gespräch mit dem Sekretarius des Landgerichts, Herrn Kaspar Hirschauer zu Hirschberg, der seinen Adel zu betonen liebte, um etwas vor seinem bürgerlichen Vorgesetzten, dem Landrichter, voraus zu haben.

Der Sekretarius war ein feines, zierlich gekleidetes Herrlein mit einem seltsamen Widerspruch in dem schmalen Gesicht: freche Augen und dabei eine äußerliche Schüchternheit, die ihn im Gespräch immer an seinem kleinen, braunen Bärtchen zupfen ließ.

Zwei Bürgersfrauen blieben eifrig disputierend inmitten des Hofes stehen. „Ja, ja“, sagte die eine, „jeden Abend nehm ich ein viertel Quentlein Ingwer dazu. Anders mag der Meinige den Schlaftrunk nicht.“

„Der Meinige will ihn ganz anders haben!“ erklärte die Zweite. „Ein Borsdorfer Apfel wird in Scheiben geschnitten, und da gießt man zwei Schoppen Weißen drüber. Dazu an Zucker ein achtel Pfund, Zimmet ein viertel Quentlein, drei gestoßene Mandeln, ein Gewürznäglein und sieben weiße Pfefferkörnlein . . .“

Das hörte die Landrichterin, die mit der Frau des Rentmeisters gerade vorüber ging. Hochmütig lächelnd hob sie die Nase in die Luft: „Seit der Pfeffer so billig geworden ist, muß jeder Schuster und Schneider zur Nacht seinen Würzwein haben.“

Die Rentmeisterin, eine behäbige, noch junge Frau mit lustigen Augen, lachte vor sich hin: „Da kriegt der Kaiser deß mehr Soldaten. Ich mach dem Meinigen auch auf jeden Abend seinen Schlaftrunk. Fünf Buben hab ich schon.“

Die Landrichterin, deren Ehe kinderlos geblieben, zog die Stirne kraus und sah gelangweilt auf die Seite.

Ein Chorleiter durchschritt den Hof, in seinem weißen Ordenskleid und darüber die weltliche schwarzseidene Schaube mit dem Marderpelz. Er ging nach seinem „Rekreationsstüblein“, einem Zimmer, wie es die Chorherren außerhalb der Klausur in einem Bürgerhaus zu mieten pflegten. Man will sich zuweilen an Dingen erfreuen, denen das Kloster nicht geöffnet stehen darf – zum Exempel an den verbotenen Schriften, die aus Wittenberg kamen.

Und nun erschien der Landrichter in Begleitung des ehrenfesten Dominikus Weitenschwaiger – zwei Männer, die einander nur im Schritte glichen, den der Bürger mit dem gelehrten Herrn zu halten suchte. Herr Alexander Pretschlaiffer, des Römischen Rechts Doktor, war eine hohe Gestalt mit vornehm gemessenen Bewegungen, ganz in Schwarz gekleidet, nur die Schuhe rot. Neben dieser dunklen Würde sah Dominikus Weitenschwaiger aus wie ein Stieglitz, der sein buntes Kleid behalten, aber sich zur Fülle eines gewichtigen Küchenvogels ausgefüttert hat. Seine Kuhmaulschuhe waren gelb, seine Strümpfe rot, die gepufften Hosen grün und gelb zerhauen, das Wams war brauner Sammet und die Schaube dunkelblaues Tuch mit breitem Fuchspelz. Der gleiche Pelz verbrämte die Mütze, die viel zu klein geraten war für diesen großen runden Kopf. In glatten Strähnen fiel das dunkelblonde Haar um ein breites Gesicht, in dem die klugen, hurtig blickenden Augen verrieten, daß Weitenschwaiger ein schlauer Rechner war, der seinen Vorteil zu erschauen wußte.

Diese beiden so ungleichen Männer führte – abgesehen von den kleinen Vorteilen des Lebens, die sie einander bieten konnten, der eine durch seine Stellung, der andere durch seinen Besitz – eine gleiche Liebe zusammen: die Liebe zur Poesie. Aber auch hier ein Unterschied. Denn während Herr Pretschlaiffer ein wenig verspätet für die abgedankten Humanisten schwärmte, sich Philomusus nannte und lateinische Gedichte machte, verehrte Dominikus Weitenschwaiger den großen Nürnberger Schuster und dichtete Meisterlieder, die durch Länge ersetzten, was ihnen an Wert gebrach. „Seit dem letzten Sonntag", erzählte er, „hab ich in der Narrenkappenweis ein Lied gesetzt über Gottes ersten Aufenthalt. Das hebt an:

Ich rat, wo Gott gewesen ist,
bevor die Welt erschaffen war . . .

Und das Lied hat fünfunddreißig Strupfen. Jeden Feierabend hab ich fünf gemacht."

Herr Pretschlaiffer lächelte geduldig. „Und was habt ihr am Schluß Eures Liedes über Gottes Aufenthalt herausgebracht?"

„Daß ich nicht weiß, wo Gott gewesen ist. Soll's jetzt ein anderer suchen."

„Hättet Ihr das nicht kürzer sagen können? Sal in arte brevitas . . . es ist die Kürze des Liedes Würze. Aber das liegt so in Eurem breit getretenen Deutsch. Mein Latein ist knapper. Da geht ein Wort für tausend deutsche."

Weitenschwaiger nickte nachdenklich vor sich hin. „Lateinisch kann ich halt nicht. Hab mir allweil schon gedacht, ich müßt's noch lernen. Hätt ich nur nicht so viel zu schaffen. Und gar in der jetzigen Zeit. Mit meinen Löffelschneidern und Spindeldrechslern ist kaum mehr ein Auskommen. Früher hat mir ein jeder seine War gegeben, wie ich sie genommen hab. Jetzt möchten sie zusammenhalten und den Preis schrauben, daß der Holzverleger dabei zugrund gehen könnt. Aber ich halt die Daumen auf dem Preis. Sollen sie mir Augen machen, wie sie mögen! Tät sich einer einmal mehr erlauben, so weiß ich, wohin ich zu gehen hab." Er sah den Landrichter an und schmunzelte.

„Solange ich das Recht in meiner Hand halte, soll's einem Mann, wie Ihr seid, nimmer fehlen. Aus mehrfachen rationibus ist es bedenklich an der Zeit, daß man dem unruhigen Volk die wilden Hecken ein wenig beschneidet."

„Herr Landrichter, da habt Ihr einen guten Spruch getan!" Weitenschwaiger blinzelte vergnügt vor sich hin. „Und was ich noch sagen will . . . mit der Zahlung für die letzten Wagenfuhr hab ich was Schönes mitbekommen: ein Nürnberger Ei, um das Zifferblatt herum ein Bild der schönen freien Stadt, mit einem Klappdeckel drüber. Das muß ich Euch heut noch zur Ansicht schicken . . . und wenn's Euch etwa gefallen tät . . ."

Da hub die Glocke der Pfarrkirche zu läuten an. Schon beim ersten Glockenschlag begann ein Teil der Leute, die um das Kirchtor standen, flink nach den Karren und Kraxen zu rennen. Jeder wollte im Zehenthaus der erste sein, um seine Steuer loszuwerden und den Heimweg suchen zu können. Auch aus der Kirche drängten sie schon heraus, und das gab ein Hetzen und Wirren, als wär' ein Ameisenhaufen lebendig geworden.

Juliander drückte die Kappe über das Blondhaar und guckte lachend umher – der sonnige Tag schien ihn zu freuen – und sein Vater war, wie sie im Kloster sagten, von den „Verläßlichen" einer, die mit Zins und Beden niemals im Rückstand blieben; so hatten seine Kinder an diesem Sonntag im Zehenthause nichts zu schaffen.

Der junge Knappe hatte Maralen bei der Hand gefaßt und sagte: „Jetzt geh ich hinauf ins Rentamt, Lenli. Geb's Gott, daß uns der Weg zum Guten ausschlagt." Dabei atmete er schwer, als wär's ein harter Gang, den er zu machen hatte.

„Geb's Gott!" wiederholte Maralen. Ihre Augen schwammen in Tränen.

Da legte Juliander den beiden lachend die Hände auf die Schultern. „Ihr tut ja grad, als sollt's ein Gräbnis geben statt einer Hochzeit! Wird schon alles gut gehen!"

Die Brautleute versuchten zu lächeln. „Und du, Lenli", fragte Joseph, „was tust denn du derweil?"

„Ich geh halt kaufen, was ich brauch. Ist mir auch lieber so! Das Warten tät mir ewig scheinen." Maralen wandte sich an den Bruder. „Und du?"

„Ich bleib halt stehen da und schau . . . die Leut in der Sonn, weißt, das seh ich allweil gern."

Die Brautleute drückten sich nochmals die Hände, dann ging Maralen durch den Stiftshof gegen die Marktgasse hinaus, Joseph zum Rentamt. Juliander blieb in der Sonne stehen, lachend, mit den Daumen hinter dem Gürtel.

Von der Reliquienbude, vor der sich Weiber und Kinder gesammelt hatten, klang die Stimme des Verkäufers: „Ein Fädlein aus dem Schweißtuch der heiligen Veronika! Hilfe wider alle Krankheit, stillt die Liebesnot und füllt den leeren Beutel! Ein wundertätig Fädlein vom Schweißtuch der heiligen Veronika! Kostet zwanzig Heller in weißer Münz! Ein Spottgeld für so ein heilig Ding! Heda, Maidlein, du schiechs! Schaust mir grad so aus, als tätst einen mögen, dem's grauset vor dir! Kauf, kauf, und alle Liebesnot hat ein End! Noch heut zum Abend muß er an deinem Kammerfenster sein! Aber am Morgen mußt ihn wieder laufen lassen, gelt!" Gelächter erhob sich um die Bude her, und man sah, wie ein Mädchen vorgeschoben wurde, das sich kichernd sträubte.

Juliander wollte näher treten. Da legte sich eine Hand auf seinen Arm. Der Schwabe stand vor ihm. „Was willst?" fragte Juliander, einen freundlichen Gruß nickend. „Bist fremd in der Gegend? Brauchst einen zur Hilf?"

„Wärst mir zur Hilf der Liebste, du! Aber lus, du heller Bub", der Schwabe blickte zur Sonne hinauf, „was isch das für ein nuies Wesen?"

„Ein neues Wesen?“ Juliander lachte die Sonne an. „Männdle, das lichte Wesen da droben ist alt. Das hat der liebe Herrgott erschaffen vor sechshalbtausend Jahr.“

„So? . . . Dir wird's au noch komme, daß du minder lichte Antwort findest!“ Mürrisch wandte sich der Fremde ab und drängte sich zwischen die Leute, die aus der Kirche kamen. Juliander sah ihm verwundert nach und schüttelte lachend den Kopf. Da erhob sich drüben beim Zehenthaus ein lauter Spektakel – man hatte einen Bauern festgenommen, der behauptete, er hätte eine Steuer, die sie forderten von ihm, schon an Lichtmeß bezahlt. Mitten in dem Menschenhaufen, der den Gefesselten umdrängte, stand der Schwabe. Und da hörte er zwei Bauern flüstern: „Wär nicht das erstemal, daß ein Habersack in der Scheuer fehlt!“ meinte der eine – und der andere: „Die Herrenknecht, die sind noch ärger als die Herren! Es wär an der Zeit, daß man sich rühren tät.“ Dem legte der Fremde den Arm auf die Schulter und flüsterte ihm ins Ohr: „Bruder, was isch das für ein nuies Wesen?“ Vor Schreck erbleichend sah der Bauer auf und machte sich davon. Ein verächtlicher Blick aus den Augen des Fremden folgte ihm.

„Ein Zehenknöchlein des lieben heiligen Laurentius!“ klang es von der Reliquienbude. „Das hütet euer Haus vor Feuersgefahr und verscheucht den Blitz!“

Der Schwabe stand wieder beim Kirchentor. Unter den Leuten sah er einen aus der Kirche treten, ärmlich gekleidet, mit verstümmelter Hand, an der die Schwurfinger fehlten. Langsam ging der Fremde hinter ihm her, und als er aus dem Gedränge war, flüsterte er dem Mann über die Schulter zu: „Koinratsbruder, was isch das für ein nuies Wesen?“

Dunkel schoß dem Verstümmelten das Blut in die Stirne. In dem abgezehrten Gesicht blitzten die Augen, als er den Schwaben betrachtete und durch die geschlossenen Zähne die Antwort zischelte: „Wir müssen von Herren und Pfaffen bald genesen!“

Der Schwabe nickte. „Ich geh mit dir.“

„Tu's nicht!" Der Verstümmelte beugte sich nieder und nestelte mit der linken Hand an seinem Bundschuh, als wäre ihm der Riemen aufgegangen. Dabei lispelte er: „Mir passen sie auf, tätst ihnen verdächtig sein, weil du bei mir bist. Um der guten Sach willen, mir bleib vom Leib!" Dann ging er weiter. Der Schwabe blieb zurück. Jetzt schien er ratlos geworden, wohin er sich wenden sollte. Da sah er unter den letzten, die aus der Kirche traten, einen greisen Mann in Bergmannstracht. Der fuhr sich auf der Kirchenschwelle mit der Hand über die Augen, wie um einen Schleier fortzuwischen, dann blickte er aufatmend zur Sonne hinauf.

Lächelnd ging der Fremde dem Alten nach und sprach ihn mit leisen Worten an: „Ich soll dich grüßen vom Bruder Martin."

Langsam drehte der Bergmann das Gesicht.

Der Schwabe fuhr sich mit der Hand über die Augen, sah zur Sonne hinauf und flüsterte: „Die schweigende Zeit isch vorbei, gekommen isch die Zeit des Redens."

Der Bergmann nickte. „Wer bist?"

„Das sollst hören zwischen Mauern, die keine Ohren haben. Und wer bischt du?"

„Hans Humbser, des Klosters Salzmeister."

Lächelnd zog der Schwabe aus seiner Tasche den Wegzettel des Salzmeisters von Reichenhall und gab ihn dem Bergmann.

Der Alte betrachtete zuerst das Blatt und dann den Fremden, als verstünde er etwas nicht. Dann deutete er mit dem Daumennagel auf den kleinen Merk in der Ecke des Zettels.

„Er hat mir zu gutem Weg geholfen", zischelte der Schwabe, „der Reichenhaller Bruder hört die Nachtigall singen."

Vorsichtig nach den Leuten blickend, die in der Nähe standen, gab der Alte das Blatt zurück. „Kannst nächten in meinem Haus. Aber ich hab noch einen Weg ins Rentamt. Geh dort hinaus zum Tor und die Straß hinunter gegen das Achental. Leg dich in den Straßengraben, und komm ich vorbei, so gehst mit mir."

Sie schieden voneinander, ohne Gruß, und der Schwabe wanderte zum Tor hinaus.

„Ein päpstliches Heilzettelein von wundersamer Kraft und Wirkung!“ klang die Stimme des Klosterbruders aus der Reliquienbude. „Kostet einen Gulden und ist tausend wert!“

Zu dem Ring von Weibern und Kindern, welche die Bude umdrängten, hatten sich auch Männer gesellt – unter ihnen ein Mann von hünenhaftem Körperwuchs, das derbe Gesicht vom schwarzen Bart ganz überwuchert. ‚Schmiedhannes‘ nannte ihn einer, mit dem er schwatzte – und man merkte ihm den Schmied auch an den Händen an. Seine Augen sah man kaum. Die Lider so hängen zu lassen – hatte er das bei der Arbeit vor der blendenden Glut der Esse angenommen? Oder hatte er Ursache, zu verbergen, was in seinen Augen funkelte?

„Wird solch ein Heilzettelein in ein Blechl gelötet“, klang es aus der Bude, „und wird es vergraben in einem Acker, so schadet kein Ungewitter und kein Ungeziefer mehr. Wird solch ein Zettelein eingespundet in ein Butterfaß, so verhütet's alle Hexerei, die Milch gerinnt nicht und der Butter geht schön zusammen. Verschluckt ein Weib in ihrer schweren Stund das Zettelein, so geht alles gut vonstatten, und das Kindl bringt in seiner Hand das Zettelein mit zur Welt. So kann es ein andermal wieder gebraucht werden.“

Bei so wundersamen Kräften fand das Heilzettelein gar viele Käufer. So eifrig und lärmend drängten sich die Leute zum Kauf, daß das Maultier, das neben der Bude an einen Mauerring des Zehenthauses gebunden war, zu scheuen begann. „Gib Ruh!“ sagte der Schmiedhannes und schlug das Tier mit der Faust auf die Schnauze. „Das Vieh muß einem Herren gehören, weil ihm der Bauer in der Näh nicht taugt.“ Dann lachte er, als wär' ihm ein guter Spaß in den Sinn gekommen. Während das Geschäft in der Bude weiter ging, hob er von der Erde einen kleinen scharfkantigen Stein, schmeichelte dem Maultier, bis es ruhig wurde, und fuhr mit der Hand unter die Satteldecke.

Eine Weile später kam ein Knecht, schnallte eine Ledertasche hinter den Sattel, band das Maultier von der Mauer los und führte es zu einer freien Stelle des Kirchplatzes. Hier wartete ein junges Mädchen von achtzehn Jahren, nicht groß, doch schmuck und leicht beweglich von Gestalt, die zu lieblicher Fülle neigte. In dichten Falten floß das grüne Tuchkleid an ihr nieder, und um die Schultern schmiegte sich ein rostfarbenes Koller, das die fein gefältelte und mit kleinen Seidenblümchen bestickte Leinwand am Halsausschnitt des Leibchens sehen ließen. Am Gürtel hing ein Täschchen aus Hirschleder. Das schwarzbraune Haar, kurz und leicht gekraust, lag offen um die Schultern her, und unter der grauen Pelzmütze, die einer Jägerkappe glich, quollen dicht die zerzausten Löcklein hervor, schwankten dunkel um Stirn und Schläfen und ließen das schmale Gesichtchen noch schmäler erscheinen, als es war. Die Wangen – so rosig das junge Blut in ihnen lebte – hatten einen bräunlichen Anhauch, der an eine Heimat unter südlichem Himmel denken ließ. Dazu ein Näschen, zierlich und fein, wie mit dem Messer aus Wachs geschnitten, ein streng gezeichneter Mund von knabenhafter Herbheit, trotzig und heiter zugleich – und manchmal ging um die Lippen ein leises Zucken und Zittern, wie um das Schnäuzlein eines jungen Hasen. Mit leichtem Schatten schmolzen die dunklen Brauen ineinander, unter denen sich die braunen, glänzenden Augensterne flink bewegten und mit unbekümmertem Frohsinn hinblickten über die Gesichter der Bauern, die das Fräulein mit wenig freundlicher Neugier musterten. Nur eines von diesen Gesichtern lachte – das Gesicht des Schmiedhannes.

Während der Knecht das Maultier näher führte, zwängte das Mädchen die zappelnden Fingerchen in die hirschledernen Handschuhe. „So, fertig!“ Und ohne die Hilfe des Knechtes in Anspruch zu nehmen, zog sie mit kräftigem Ruck am Sattelgurt die Schnalle fest. Das Maultier zuckte zusammen. Unter freundlichen Worten streichelte ihm das Mädchen beruhigend den Hals und schickte den Knecht seiner Wege. Geduldig wartete sie ein Weilchen, bevor sie in der Hand die Zügel ordnete und den Fuß in den Bügel hob – dabei sah man, daß sie nicht Mädchenschuhe trug, sondern lederne Lersen, wie ein junger Falkner. Nun schwang sie sich in den Sattel, flink und leicht. Kaum aber saß sie, als das Maultier wieder unruhig wurde. Schnaubend tat es ein paar Schritte, dann blieb es wie angewurzelt stehen. Bei den Versuchen, welche die Reiterin machte, um das Tier vorwärts zu bringen, begannen sich die Leute zu sammeln und fingen zu lachen an, obwohl der Schmiedhannes gutmütig meinte: „Haltet Ruh, ihr Leut, euer Lärmen macht das Tier noch bockbeiniger, als es eh schon ist! Das Fräulein tut sich halt hart mit dem Reiten. Ein Spinnradl treten, ist leichter."

Im ersten Ärger, so als Ziel für der Leute Spott zu gelten, stieg der jungen Reiterin das Blut ins Gesicht. Hastig griff sie nach der Gerte, die am Sattel hing, und gab dem Tier einen Streich über den Hals. Mit aufgeblähten Nüstern, den Kopf erhebend, begann das Maultier zu schreiten, doch plötzlich fing es an zu bocken und auszuschlagen, machte Seitensprünge und drehte sich im Kreis, als wäre es sein einziges Bestreben, der Reiterin und des Sattels ledig zu werden. Seine Herrin aber schien den Ärger überwunden zu haben, und je mehr die Leute lachten, desto lustiger lachte sie mit und hielt sich so fest im Sattel, als wäre sie mit ihm verwachsen. Da fing der Schmiedhannes zu schreien an: „Helfet dem Fräulein! Helfet dem Fräulein!" Bald von der rechten, bald von der linken Seite sprang er an das Tier heran und fuchtelte mit den Armen, als wollte er die Zügel greifen. Darüber wurde das Maultier völlig toll und begann in scheuer Wildheit über den Platz zu rasen. Die junge Reiterin wurde bleich, die Weiber begannen zu zetern, die Kinder kreischten und die Männer schalten – aber da sprang schon ein blonder Bursch dem scheuen Tier entgegen, faßte den Zaum, und von dem kräftigen Ruck seines Armes brach das Maultier fast in die Knie. Nun stand es, schnaubend und zitternd – und die Leute drängten sich wieder herbei.

„Ich dank dir!" stammelte das Mädchen, während es die Zügel zu ordnen suchte. „Was der Braune nur hat, heute? Sonst ist er die Sanftmut selber."

„Das Tierl muß einen Druck am Sattel haben", sagte Juliander, während er dem Maultier mit der flachen Hand die Nüstern rieb. „Ich mein', du solltest absteigen, Maidlein!"

Das Mädchen ließ sich vom Sattel gleiten und wollte am Gurt die Schnalle lösen. Aber Juliander schlang die Zügel um den Arm, schob das Mädchen mit dem Ellbogen beiseite und sagte: „Laß nur gut sein, ich mach schon alles."

Verwundert blickte sie zu ihm auf; seine Wangen glühten, und seine blauen Augen hatten noch helleren Glanz. Immer sah sie ihn an, ein wenig lächelnd, während er den Gurt löste und dem Maultier den Sattel vom Rücken nahm. Im Fell des Tieres fand er ein Grübchen, das ein wenig blutete. „Da muß was unter dem Sattel gelegen haben, ein Stein, oder sonst was."

„Aber der Braune hat mich doch hergetragen in aller Ruh."

„Was einem ins Leben schneidet, das spürt man halt nicht gleich. Da ist ein Tierl auch nicht anders als wie der Mensch."

Sie lachte. „Ich spür das gleich, wenn mir etwas weh tut."

„Ich nicht. Oft blut ich und muß mich fragen: Was hab ich denn?"

So plauderten sie, als wären sie allein und wüßten nicht, daß hundert Menschen umherstanden. Juliander rieb dem Tier mit dem Daumen die gepreßte Stelle glatt; dabei guckte sich der Braune gemütlich um, als wäre er neugierig, was da mit ihm geschähe. „Jetzt, mein' ich, ist's gut, und das Tierl ist ruhig." Juliander legte den Sattel auf und schnallte den Gurt.

Die Reiterin schwang sich in den Bügel – und der Braune muckste nicht. Von selber wollte er vorwärts, aber das Mädchen zog den Zügel an und blickte lächelnd auf Juliander.

„Wer bist du denn?"

„Der Juliander."

„So?" Sie lachte. „Jetzt weiß ich aber viel!" Dann reichte sie ihm die Hand. „Ich danke dir, Juliander!"

„Ist gern geschehen!“ Er blickte auf und sah das Wohlgefallen in ihren fröhlichen Augen. Verlegen zog er die Hand zurück.

Da lachte sie – und ein leiser Zungenschlag brachte das Tier in Gang. Ruhig trabte der Braune mit seiner Reiterin dem Tor entgegen. Juliander sah ihr nach. Und da der Verlobte seiner Schwester aus dem Rentamt zurückkehrte, just als die Reiterin das Tor passierte, fragte er: „Joseph? Weißt du nicht, wer das Mädchen ist?“

„Wohl, das ist dem Thurner von Schellenberg sein Kind.“

„Der in der Burghut am Hangenden Stein als Pfleger sitzt?“

„Dem sein Töchterlein, ja. Ist ein guter Herr. Und schimpft er, so meint er's nicht gar so ernst. Ist von den wenigen einer, mit denen man hausen kann.“

Juliander schien nicht zu hören. Immer sah er das Tor noch an, durch das die Bauern aus und ein gingen. Nun schüttelte er die Schultern, wie einer, der etwas von sich abwerfen will. Und da hatte er auch sein heiteres Lachen wieder gefunden. Doch es verging ihm wieder, als er den jungen Knappen ansah. Dem war das Gesicht wie Kalk so weiß. „Joseph? Was hast?“

Im gleichen Augenblick kam Maralen, in der Hand ein kleines Bündel. „Joseph?“ All ihre Sorge zitterte im Klang dieses Wortes.

Schweigend nahm Joseph seiner Braut das Bündel ab.

„Aber Bub!“ Maralen umklammerte seinen Arm. „So red doch ein Wörtl! Schau nur, es bringt mich ja die Angst halb um!“ Und zögernd fügte sie die Frage bei: „Hast du das Häusl vom Burgerlehen gekriegt für uns?“

Der Knappe schüttelte den Kopf. „Das kriegt von den Klosterknechten einer, der heuern will.“

Maralens Augen füllten sich mit Tränen. „Wär so ein liebes Häusl gewesen!“ sagte sie leis. „Müssen wir halt warten, bis ein anderes frei wird.“

„Das Hüttl vom Wiesengütl wär frei.“

„So nimm's doch, Bub, so nimm's doch!“

„Ich hab's genommen, Lenli!"

Da schien bei Maralen alle Sorge geschwunden. Warme Röte ging ihr über die Wangen. „Was kannst denn da noch Ursach haben, daß dich kümmern mußt! Unser Glück ist unter Dach."

Juliander legte den beiden die Arme um die Schultern und rüttelte sie zärtlich. „Muß ich halt gleich der erste sein, beim Gutwünschen. Die lieben Holden sollen ihr Nestl haben in eurer Stub, und die Hausnatter muß ein Krönlein tragen!"

„Unter Dach?" sagte Joseph, als hätte er nur Maralens Worte gehört. „Das Dach ist aber schlecht, Lenli! Und das Hüttl hat mehr Löcher, durch die der Wind geht, als Fenster, durch die das Sonnenlicht fallen könnt."

„So müssen wir halt die Sonn in uns selber haben!" Maralen strich ihrem Liebsten mit der Hand über die Wangen. „Dach ist Dach . . . und schau, für ein Glück, das feste Händ hat, ist auch das schlechteste Häusl noch allweil ein gutes!"

Nun schien es auch dem jungen Knappen leichter ums Herz zu werden. „Vergeltsgott, Lenli! Bist allweil wie ein Angsthäselein, allweil zum Überlaufen in der siedenden Sorg. Und hast in deiner Lieb doch ein Herz wie ein Mannsbild. Und schau, jetzt kann ich dir das ander schon auch ein bißl leichter sagen . . ."

„Was denn?" fragte Maralen erschrocken.

„Wieviel das Hüttl zur Übergab und Steuer nimmt." Joseph sah zu den Fenstern des Rentamts hinauf, und es stieg ihm der Zorn in die Kehle. „Allweil hat er gelacht und an seinem Bärtlein die Haar gezogen und hat verlegen getan, als wär ich der Herr und er der ander, der bitten müßt . . . und hat sich wie ein Igel an mein bissel Gut gehangen! Was mir hinter dem Todfall für Vater und Mutter verblieben ist, alles geht drauf . . . und was dein Vater zuschießt . . . alles, Lenli, alles geht drauf! Und Abzug von der Wochenschicht muß ich mir machen lassen durch dritthalb Jahr."

Maralen war bleich geworden. Und Juliander, den Körper streckend, ballte die Fäuste: „Den Kerl da droben, den soll . . ." Aber da legte ihm die Schwester die Hand auf den Mund und stammelte: „Sei still, Bub! Es könnt's einer hören!" Und zu Joseph sagte sie: „Müssen wir's halt haben . . . so teuer, wie's ist!"

„So leicht nimmst es, Lenli?" Er streckte ihr die beiden Hände hin. „Unser Glück hat leere Händ!"

Nun schüttelte sie den Kopf und lächelte wieder. „Mußt es umgekehrt sagen! Unsere leeren Händ, die haben das Glück. Und das nimmt uns keiner, gelt? . . . Komm, Bub! Soll alles gut sein, jetzt! Und besser, wir gehen heim. Der Vater wird auch schon warten in Sorg! . . .Kannst über den Tag heut bleiben, Joseph?"

„Bis auf den Abend, ja. Meine Schicht im Salzwerk geht um Mitternacht an."

„Mußt dich halt gleich nach dem Essen ein bißl schlafen legen."

Er sah ihr in die Augen. „Bei dir sein, Lenli, das ist mir die liebste Ruh. Schlafen kann ich unter der Woch genug."

Als die drei sich auf den Heimweg machten, ging auch der Salzmeister Humbser zum Tor hinaus. Er schien es eilig zu haben, und in Unruh spähte er über die Straße hinunter. Vor jedem seiner Schritte raschelte das welke Laub, das von den mächtigen, die Straße geleitenden Ulmen und Linden gefallen war und im Sonnenglanz wie ein roter Teppich den Staub bedeckte.

Die Häuser, die dem Tor des Stiftes zunächst standen, waren gut gebaut und hatten Ziegeln auf den Dächern. Je weiter es aber die Straße hinunterging ins Tal der Ache, desto kleiner und armseliger wurden diese Wohnstätten, die sich ängstlich hinter die hohen Zäune und hinter das welkende Laub ihrer Gärten zu ducken schienen. Zwischen zweien dieser Gärten erhoben sich geschwärzte Mauerreste, von Gestrüpp umwachsen.

Es war die Brandruine vom Zehenthaus des Frauenklosters, das vor hundert Jahren die Lehensbauern in einem Aufruhr niedergebrannt hatten.

Vor dem Gemäuer der Ruine lag der Schwabe auf seinem Mantel. Als er von weitem den Salzmeister gewahrte, erhob er sich. Und da sah er einen zweirädrigen Karren vom Bachtal über die Straße herauf kommen, von einem Ochsen im Joch gezogen. Dem Karren gingen schwatzend zwei Waffenknechte des Klosters voran, die langen Spieße geschultert. Ein vierzehnjähriger Bub, ärmlich gekleidet und barfuß, die Augen rot verweint, lenkte das trägschreitende Zugtier; doch schien er keine Eile zu haben, eher das Tier noch zurückzuhalten. Nun blieb der Ochse stehen, um zu rasten. Der Bub legte einen Stein unter das Karrenrad und flüsterte mit einer von Schluchzen erstickten Stimme: „Vater, ich seh das Tor schon." Aus dem Karren klang die müde Antwort: „Fahr halt zu!"

Der Schwabe übersprang den Straßengraben, trat an den Karren heran und sah zwischen den Brettern der Wagenkufe einen Mann liegen, an Händen und Füßen gefesselt.

Die Klosterknechte hatten den Salzmeister angesprochen, und weil er bei ihnen stehen blieb, kamen ihm die Wittingkinder und der junge Knappe voraus. Sie gingen gerade an dem Karren vorüber, als der Fremde den Gefesselten fragte: „Mensch? Was hast verschuldet?"

Juliander wollte zum Karren treten: „Schau nur, wieder einer, den sie büßen!" Aber Maralen, die einen scheuen Blick nach den Klosterknechten warf, ergriff den Arm des Bruders und zog ihn fort.

Mit stumpfen Augen blickte der Gefesselte zu dem Fremden auf und keuchte: „Heut ums Tagwerden sind vier Hirsch in meinen Krautgarten gebrochen und haben das bissel Kraut ausgeschlagen, das noch gestanden hat. Im Zorn hab ich mein Beil geworfen und hab von den lieben Herrentierlein einem zu weh getan. Der Jäger hat die Schweißfährt gefunden, und jetzt muß mich mein Bub auf meinem eigenen Karren zum Kloster führen . . . geht's gut, so kostet's einen Finger."

Da rief von den Knechten einer: „Vorwärts, Bub! Treib an!"

„Hüo!“ schluchzte das Bürschlein – und mit Rütteln kam der Karren in Gang.

Der Kopf des Gefesselten lag auf dem harten Holz, und eine Bretterkante hatte ihm die Wange blutig gescheuert. Ein paar Schritte hinter dem Karren hergehend, riß der Schwabe ein breites Stück Zeug von seinem Mantel, machte einen Knäuel draus und schob ihn dem Gefesselten unter den Kopf.

Das sah der Salzmeister, als er am Karren vorüberging. „Bleib einen Steinwurf hinter mir!“ zischelte er dem Schwaben zu und folgte der Straße. Er, und hinter ihm drein der Fremde, die beiden gingen so rasch, daß sie die Wittingkinder und den Stöckl-Joseph wieder überholten. Als die Straße, fast schon im Tal, eine Biegung machte und den Ausblick gegen das Kloster schloß, blieb Humbser stehen, wartete, bis der Schwabe kam, und reichte ihm die Hand. „Evangelischen Gruß, mein Bruder in Gott!“ sagte er leis. „Besser als an deinem Loswort und an deinem gemerkten Wegzettel hab ich droben am Karren gesehen, daß ich dir trauen darf. Der den Lohn in der Ewigkeit gibt, wird deinen Mantel wieder ganz machen. Und schau, da drüben am Berghang steht mein Haus. Das soll dir sein als wie dein eigen Dach. Aber sag mir noch eins . . . ich mein’, der Nam auf deinem Wegzettel hat Löcher im Kittel . . . wer bist?“

Der Fremde guckte sich nach allen Seiten um. „Sind Ohre dabei, so sag, wie ich hieß im Wegzettel: Häfeler-Baschti. Zwischen dir und mir da sag: Joß Friz!“

Erschrocken trat der Salzmeister einen Schritt zurück und stammelte: „Der bist du!“

„Willst mir um der Wahrheit wege dein Haus verschließe?“

Der Greis besann sich, den Blick in das Auge des Fremden getaucht, dann schüttelte er den Kopf. „Ich hab genug vom Leben, mein Weib ist tot, und meine Buben sind draußen in der Welt, ich weiß nicht wo. Bringt dein Nam das Elend über mich, so will ich’s tragen nach Gottes Rat. Wort muß Wort sein . . .und ich hab’s gesagt: mein Haus soll dir gelten, als wär’s dein eigen Dach! Komm, Bruder!“

Als sie die Straße verließen und auf schmalem Fußpfad über die Wiesen gegen den rauschenden Bach hinunterstiegen, fragte Joß Friz: „Kannst mich führe zur Nacht?“

„Wohin?“

„Wo ich Mannsleut find, bei denen eine gute Red gut aufgehoben ischt.“

„Ich tu mit Hand und Fuß nichts gegen das Kloster, dem ich geschworen hab!“ erwiderte der Salzmeister. „Mußt deinen Weg schon selber suchen.“ Ein paar Schritte gingen sie weiter. Dann blieb der Alte stehen und sagte: „Da droben am Untersberg, wo in der Sonn die Schindeldächer herschauen über den roten Buchwald“, er deutete gegen die Berghöhe, „da droben heißt man's in der Gern . . . da hausen wortfeste Leut, der Brunnlechner, der von der Etzermühl, der Rabensteiner, der Dürrlechner, der Frauenlob, der Stiedler, der alte Witting . . .“

„Witting?“ fragte der Schwabe mit raschem Wort. „Der von dem blonde Bube der Vater ischt?“

„Der, ja!“

Schweigend suchte Joß Friz mit den Augen den Weg, der hinaufführte zu jener Höhe. Dann nickte er, und als er weiter schritt, blickte er über die Schultern nach der Straße zurück und lächelte, da er die Witting-Kinder zwischen den roten Bäumen ihres Weges gehen sah.

Sie gingen nicht mehr Seite an Seite. Juliander, der die Erregung über den Anblick des Gefesselten schon überwunden hatte, schlenderte der Schwester und ihrem Verlobten voraus und trällerte ein Liedlein vor sich hin.

Maralen und Joseph gingen Hand in Hand. Und das Mädchen fragte: „Wann meinst denn, Joseph, daß unser Festtag sein könnt?“

„Drei Stund in meiner Freischicht bring ich jeden Tag schon heraus . . . und in sieben Wochen, mein' ich, bin ich mit unserm Häusl so weit, daß wir einziehen können. Viel Arbeit wird's freilich machen. Kein Tür und Fenster schließt, in den Stuben muß der Lehmboden frisch geschlagen werden, und das Dach muß neue Schindeln haben. Aber sieben Wochen, das ist viel Zeit. Acht Tag vor Kathrein, mein' ich, bin ich fertig. Da könnt dein Vater den Hausrat führen, und am Tag vor Kathrein können wir heuern. Was meinst, Lenli?"

„Mir ist alles recht, wenn's nur kein Feiertag ist."

„Ein Mittwoch ist's, der beste Tag fürs Glück."

Sie blickte zu ihm auf, und in diesem leuchtenden Blick ihrer Freude ging alle Sorge unter, all die zitternde Angst ihres Lebens.

Joseph legte den Arm um ihre Schulter, und so gingen sie hinter dem Bruder her. Der hatte von einer Haselnußstaude eine dünne Gerte gebrochen, hatte sie bis auf die Spitzenknospe entblättert, und während er sie beim Wandern vor sich hinstreckte, als wär's eine Wünschelrute, sang er zur Sonne hinauf:

„Bist du des Goldschmieds Töchterlein,
Ich bin des Bauern Sohn,
So zieh dich an und mach dich schön
Und sag: jetzt will ich tanzen gehn!
Und lauf mit mir davon . . ."

An der Stelle, an der sein Weg sich von der Straße trennte, blieb er stehen und blickte sinnend das rotleuchtende Tal entlang, durch das die Köngisseer Ache ihre weiß zerquirlten Wellen gegen Schellenberg und Salzburg sandte. Und als das junge Paar ihn einholte, fragte er plötzlich: „Joseph, hat der Thurner von Schellenberg auch Buben?"

„Nein, warum?"

„So denken hab ich grad müssen: wenn sein Dirnlein schon so lieb ist, was müßt er für schmucke Buben haben!"

„Der ist bloß ein Jahr verheuert gewesen. Sein Weib hat er von einem Kriegszug aus Welschland mitgebracht. Die soll so schön gewesen sein, daß die Leut noch heut von ihr erzählen."

„Freilich!" Juliander nickte. „Wie heißt denn das Maidlein?"

„Ich weiß nicht. In Schellenberg sagen sie halt: das Fräulein. Ihre Mutter, so erzählen die Leut, die hätt sich an den langen Winter nicht gewöhnen können. Die wär verstorben an der Kält, im gleichen Jahr noch, in dem sie dem Thurner das Maidlein geschenkt hat. Ist ein resches Ding geworden, die Junge. An der ist ein Bub verloren gegangen. Die sitzt am liebsten auf ihrem Säumer, geht jagen mit dem Vater und schießt mit dem Bolzen besser wie ein gelernter Armbruster."

„Ist halt ein Herrenkind!" meinte Juliander, als hätt' er einen Vorwurf zu entkräften. Und während Maralen und Joseph schon zur Linken über den steilen Bergweg hinaufstiegen, stand er noch immer auf der Straße und blickte nachdenklich über das Tal hinaus. Dann lachte er ein wenig, machte lange Sprünge, um die beiden einzuholen – und sang schon wieder.

„Jungs Fräulein, willst nicht mit mir gehn,
Bist müd, so kannst auch reiten,
Ein Sichelein, das kauf ich dir,
Im stillen Wald, da sollst du mir,
Den reifen Haber schneiden . . ."

Rauh gesteint, von den Regenbächen ausgeschwemmt und zerrissen, führte der Weg zwischen schütterem Buchenwald und welkenden Wiesen gegen die Gehänge des Untersberges hinauf. Bald verlor er sich ganz im Gehölz, lenkte wieder auf eine Lichtung und zog an abgeernteten Feldern vorüber, auf denen die gelben Haferstoppeln wirr durcheinander starrten. Auf einem dieser Felder, in der Nähe eines kleinen baufälligen Hauses, lag noch der Hafer in verwüsteten Schwaden umher. Da hatten die Wildschweine gepflügt und die Saat so übel zugerichtet, daß es der Bauer nicht mehr der Mühe wert gefunden hatte, den Rest der zerstörten Ernte in die Scheuer zu holen.

„Die armen Leut!" sagte Maralen leise. „Und allweil elender wird das Häusl, von einem Jahr aufs ander."

„Ist halt ein Lehen", meinte Joseph, „die drinnen hausen, sind alt . . . und Steiner tragen für ander Leut, die nachkommen, das tut keiner gern."

„Unser Haus ist doch auch ein Lehen", fiel Juliander ein, „und steht noch allweil da, als wär der Baumeister erst vor einem halben Stündl davon gegangen. Und gesiegelt hat's der Vater doch auch nicht, daß ich hinter seiner im Lehen bleiben kann."

„Er tut's halt hoffen", sagte Maralen, und da war auf ihrer Stirn auch der Schatten wieder da. „Aber allweil mein' ich, es wär besser, wenn er das Lehen ein bißl zerfallen lassen tät. Was mindern Wert hat, lassen einem die Herren lieber. Aber Gott soll's geben, Bub, daß dir der Vater das Lehen halten kann!"

Auch in Juliander schien ein sorgender Gedanke zu erwachen. Doch gleich wieder schüttelte er ihn von sich ab. Und lachte: „Wird schon gut gehen! Und der Vater soll noch leben bis auf hundert Jahr! Vielleicht erlebt er's noch, daß bessere Zeiten kommen. Und steh ich einmal allein in der Welt und die Herren drucken mir das Lehen ab, so weiß ich auch, was ich tu." Er begann mit der Gerte zu fuchteln, als wäre sie ein Schwert geworden, und sang ins Blaue hinauf:

„Ich will ein Kriegsmann werden,
Die braucht der Kaiser gut.
Ein Kriegsmann hoch zu Pferde
Hat allweil frischen Mut."

Maralen sah den Bruder an und schüttelte lächelnd den Kopf. „So möcht ich's haben in mir wie der Bub. Geht ein Wetter nieder, so scheint bei ihm noch allweil die Sonn."

Juliander hörte nicht, er sang:

„Ein Kriegsmann ist geritten
Durchs dunkle tiefe Holz,
Was findt er auf der Heiden?

Ein Fräulein hübsch und stolz.
Er nahm sie um die Mitten,
Wo sie am schwänksten war . . .“

Das Lied unterbrechend, lachte er vor sich hin. Doch plötzlich wurde er still. Dabei stieg er mit raschen Schritten durch den Wald hinauf, in den sich der Karrenweg wieder verloren hatte, und kam den beiden anderen weit voraus. Als aber der Weg auf eine sonnige Lichtung führte, schien sich Julianders Gemüt im Schatten nicht länger wohl zu fühlen. Er sprang auf einen Hügel zu, von dessen Höhe man über den Wald hinaus sah, weit hinaus in das rotleuchtende Tal mit den sonnigen Bergen im Blau. Die Kappe schwingend begann er ein helles Jauchzen und trieb es wie ein junger Hüterbub, dem der erste Blick von hohen Almen in die Tiefe alle Freude seines jungen Lebens wie einen Rausch ins Blut gegossen.

Maralen, als sie mit Joseph den Bruder einholte, sah den Jauchzenden lächelnd an, zog den Daumen ein und flüsterte: „Unverschrien!“ Und Joseph fragte: „Bub, was hast denn heut? Was tust denn gar so freudig?“

„Weil die Welt so rot ist und das Leben so blau!“ Mit klingendem Juhschrei wirbelte Juliander die Kappe hoch in die Luft. Und als er sie wieder gefangen hatte, sprang er über den Hügel herunter und sang:

„Die Hecken haben Rosen,
Das Feld hat grünen Klee,
Und hoch auf hohen Bergen
Da liegt ein tiefer Schnee.

Der tiefste Schnee muß schmelzen
Das Wasser geht dahin,
Und bist mir aus den Augen,
So bist mir aus dem Sinn!“

Da das Liedlein zu Ende war, hörte man doch noch einen hellen Nachklang im Walde, als wäre in den Wipfeln eine Stimme, welche weitersingen wollte.

Am Saume des Gehölzes, wo sich der steigende Weg wieder zwischen die Bäume verlor, saß ein alter Bauer mit dem Rücken gegen einen Stamm gelehnt, die Mütze neben sich im Gras, die verschlungenen Hände auf dem Knie. Er trug einen braunen Lodenkittel ohne Ärmel; die Sonne hatte ihm die nackten sehnigen Arme so dunkel gebräunt, daß sie fast von gleicher Farbe waren wie der Rock des Mannes. Ein Sechzigjähriger. Doch ein Körper von ungebrochener Kraft, und das Gesicht nicht greisenhaft, trotz all der vielen Furchen. Der Wind, der die welken Blätter rascheln machte, spielte mit dem grauen Haar des Bauern und mit den Wellen des erblichenen Bartes, der ihm zottig und lang auf die Brust herunterhing. So saß der Alte und regte sich nicht. Nur seine Augen lebten und blickten den drei Menschen, die da kamen, mit Ungeduld entgegen – es waren die gleichen Augen, wie sie das Mädchen hatte, diese dunklen, unruhigen Sorgenaugen der Maralen.

Das Mädchen sah ihn auch zuerst. „Der Vater!“ sagte sie und machte raschere Schritte.

Juliander grüßte lachend. „Vater, wie kommst denn daher?“

Der alte Witting schwieg. Es dauerte ein Weilchen, bis er zögernd fragte: „Wie hat's denn gegangen?“

„Gut und schlecht!“ erwiderte Joseph. „Das Häusl vom Wiesengütl haben sie uns lassen. Ist ein elends Hüttl und teuer wie Brot.“

Der Bauer nickte. Und wie tiefer Kummer war's in seinen Augen, als er sich langsam erhob. Doch seine Stimme klang ruhig. „So, so . . . jetzt habet ihr euer Dach! . . . So, so! . . .Und freilich, 's hat allweil sein müssen . . . einmal!“

Joseph und Juliander schienen aus diesen Worten nichts anders herauszuhören, als sie sagten. Aber Maralens Augen erweiterten sich. Rasch und mit zitternden Händen faßte sie die Hände des Alten. „Vater, schau, es ist ja mein Glück!“

„Freilich, liebs Kindl, und der gute Himmel soll's dir hüten!“ Nach seiner Kappe blickend löste Witting die Hände. „Geh nur voraus derweil . . . mit deinem Joseph! Junge Paarleut, die haben allweil was Heimliches miteinander zu schwatzen.“ Er nahm die Mütze vom Boden auf. „Geh nur, ich hab eh was mit dem Buben zu reden.“

„Komm, Lenli!“ sagte Joseph und faßte Maralens Hand. Aber sie tat nur langsam ein Schrittlein ums andere und hing mit den feuchten Augen noch immer am Vater.

Den Rücken tief gekrümmt, guckte der Alte auf dem Fleck umher, auf dem er gerastet hatte.

Verwundert sah Juliander den Vater an. „Was hast denn?“

„Nichts! . . . Komm, Bub!“

Schweigend gingen sie ein Stücklein des Weges, bis der Bub fragte: „Was willst denn reden mit mir?“

Witting blieb stehen, sah hinter dem jungen Paar her, das voraus auf dem Wege zwischen den Bäumen verschwand – und da streckte er die Hand, als möchte er etwas halten, was ihm entfloh. „Jetzt wird's halt wahr, Bub . . . jetzt müssen wir das Lenli hergeben.“

„Aber schau, Vater, das hast doch allweil schon gewußt, derzeit sie mit dem Joseph geht.“

„Aber allweil ist das Hergeben noch vor der Tür gestanden. Weißt, Bub, das ist wie bei einem alten Leut . . . allweil weiß man, daß man sterben muß, aber allweil lebt man noch und allweil denkt man: halt morgen erst! So geht's mir mit dem Lenli, schau! Derzeit ihr allweil das Blut ins Gesicht gestiegen ist, so oft man vom Joseph geredet hat, derzeit hab ich's gewußt, daß ich das Kindl hergeben muß. Aber allweil hab ich mir denken können: halt morgen erst . . . Und jetzt wird's wahr . . . und das Lenli geht!“

„Sie geht ja doch in ihr Glück.“

„Und ich sollt mich freuen drüber. Und weiß auch selber, es ist ungut von mir, daß mir das Hergeben so hart wird. Aber ist das Lenli draußen zur Tür, so bleibt mir im Leben ein tiefes Loch, das mir keine Zeit nimmer zustopft.“

Erschrocken sah Juliander den Vater an und wußte kein Wort zu sagen: Schweigend gingen sie eine Strecke. Dann blieb der Alte stehen und legte seinem Buben die Hand auf die Schulter. „Ich tu auch ein Unrecht an dir, Bub . . .weil ich dem Kindl so nachhäng, als wär's mein einzigs!"

„Aber geh doch, Vater . . .'s Lenli, die ist's wert! Was bin denn ich gegen 's Lenli!"

„Bist ein rechter Bub! Hast dich ausgewachsen, daß ich meine Freud an dir haben kann! Aber Bub ist Bub. Beim ersten Streich, den er tut mit seiner jungen Faust, und beim ersten Sprung über die Hecken reißt er schon das erste Herzfädlein von Vater und Mutter los . . . und so ist er einem aus der Hand gewachsen, man weiß nicht wie! . . . Aber so ein Dirnlein, so ein liebs, das bleibt einem hängen an der Vaterseel . . . und wachst in die zwanzig Jahr hinein, und allweil meinst noch, du tätst ein Kindl herzen . . .und gählings merkst: sein Herzl hat anderen Schlag, ein Fremdes ist ihr ins Blut gefallen, es ist dein Kindl noch und ist es nimmer! Das so merken müssen, das ist hart, Bub! . . . Das Kindl ist der Sonnenschein in meiner Stub gewesen . . . und den muß ich verlieren jetzt!" Dem Alten erlosch die Stimme fast. „Viel Leut gibt's, die sagen: hin ist hin . . . und lachen wieder. Von denen bin ich keiner. Ich hab's Verlieren nie gelernt! Schau, Bub, wie ich eure Mutter hab hergeben müssen . . . zehn Jahr ist's her . . .aber noch allweil spür ich in meiner Hand die Kälten von selbigsmal, wie ich dem guten, braven Weib die Augen zugedrückt hab. Und so muß ich halt jetzt meiner Freud am Lenli die Augen zudrücken." Das Gesicht zur Seite wendend, blickte Witting in den Wald hinein. „Da drinn, da seh ich einen schönen Buchschwamm. Den nimm ich mit. Leicht kann ihn's Lenli einmal im Hausrat brauchen. Geh nur voraus derweil!"

Mit langsamen Schritten ging der Alte in das Dunkel des Waldes hinein, auf eine Buche zu, und schnitt mit dem Messer einen absonderlich geformten Holzschwamm aus der Rinde des Baumes heraus. In seinen Perlen sickerte das weiße Blut der Buche über den Stamm hinunter – und dem Alten, während er mit dem Messer immer tiefer schnitt, rollten die Tränen über den grauen Bart.

Da klang von der Höhe des Waldes nieder die rufende Stimme der Maralen: „Vater, wo bleibst denn?"

Jetzt fiel der Schwamm. Witting hob ihn auf. „Den kann's Lenli brauchen!" Er verwahrte das Messer, wischte mit der Faust über die Augen und stieg durch den Wald hinauf.

Am Stamm der Buche klaffte eine große weiße Wunde. Keine Zeit wird sie heilen, und der Baum wird krank an ihr, bis die Axt ihn fällt.

3

Der rote Glanz des Abends war über den Himmel ausgegossen, und träumerisches Leuchten wob sich um all das purpurne Laub des Herbstes. Sogar die dunklen Fichten hatten matten Rotschein.

Durch den Wald, in dem der alte Witting am Morgen den Schwamm aus der Buche geschnitten, stieg ein Einsamer bergwärts – Joß Friz, der Schwabe. Doch trug er nicht mehr die Tracht seiner Heimat, sondern war gekleidet wie einer der Bergbauern.

Da hörte er Schritte hinter sich, blieb stehen und wartete.

Der durch den Wald heraufkam, das war der Schmiedhannes. Um die Schultern trug er einen langen schwarzen Mantel mit einer Kapuze dran.

Forschend betrachtete Joß den hünenhaften Menschen. Auch der andere sah den Fremden mit mißtrauischen Blicken an und wollte ohne Gruß vorüber gehen. Doch der Schwabe sagte lächelnd: „Guten Abend, Nachbar! Und Zeit lassen!"

Der Schmiedhannes guckte über die Schulter. „Guten Abend auch!" Nun standen die beiden wieder Aug in Aug, bis der Schmied mit groben Worten fragte: „Was schaust mich denn allweil an?"

„Ich schau halt, weil mir gefallen tust." Nun redete Joß auch die Sprache der Bergbauern; kaum daß man noch ein wenig den Schwaben heraushörte: „Mannsleut, wie du eins bist, die wachsen nicht jeden Tag."

Geschmeichelt lachte der Schmied. „Wird wohl sein, daß im Tal kein Bursch und Bauer ist, der mich wirft."

„Gott soll's verhüten, daß du deine feste Kraft gebrauchen tätest wider einen Bruder im Land." Ganz langsam hatte Joß gesprochen. Und nun lächelte er wieder. „Aber wär ich ein Herr, der dir einmal zu weh getan hat . . . dir möcht ich zur Nachtzeit und im Holz nicht gern allein begegnen."

Der Schmiedhannes machte die kleinen Augen noch kleiner. Dann sah er sich vorsichtig nach allen Seiten um und fragte: „Du? . . .Wer bist?"

„Dein Bruder in der Not."

„So notig geht's mir nicht! Hab zu beißen, daß ich nicht hungern muß."

Joß lachte. „Bist gar ein Herr?"

„Bis zum Herren hab ich noch weit."

„So weit, wie das Elend zur Freud hat, gelt?"

Der Schmied trat näher, mit zweifelnder Unruh in den Augen. „Wohin denn heut noch?"

„Könnt sein, wir gehen den gleichen Weg."

Hannes lachte. „So mußt ein Schmied sein und mußt schauen wollen, wie viel Eisen der Dürrlechner in der Gern droben zu seinem neuen Wagen braucht."

„Hast recht, will schauen, wie viel Eisen der Bauer braucht im Land, daß ihm der notige Wagen besser zieht." Die Stimme des Schwaben wurde leiser. „Aber du, Bruder Schmied, bist gescheiter als ich . . . hast dir den Mantel mit der Gugel mitgenommen, die dein Gesicht auf dem Heimweg bergen soll."

Mißtrauisch wich der Schmiedhannes einen Schritt zurück. „Ich habe den Mantel, weil's kalt wird in der Nacht."

Der funkelnde Blick des Schwaben bohrte sich in die Augen des Schmiedes. „Freilich, die zum Dürrlechner kommen, die frieren alle. Drum tu mich führen. Ich trag in meinem Kittel ein Feuer, an dem sich erwärmen soll, wer frieren muß."

„Bauer", stammelte der Schmiedhannes, „wer bist?"

Doch Joß, ohne Antwort auf diese Frage zu geben, umklammerte den Arm des Schmiedes mit eisernem Griff. „Wieviel kommen zum Dürrlechner?"

Nicht dieser starken Faust, sondern der zwingenden Gewalt dieses funkelnden Blickes gehorchte Hannes und flüsterte: „Über die zwanzig sind verbrüdert." Aber das Wort schien ihn zu reuen, kaum es gesprochen war, denn er fügte stotternd bei: „Zur heimlichen Klag halt, weißt! Und daß einer den anderen trösten mag. Ein schieches Ding, oder was ein Unrecht wär, hat keiner im Sinn."

„Zwanzig sagst? . . .Und wortfeste Leut?"

Der Schmied zögerte eine Weile, bevor er zur Antwort nickte.

„So komm! Denen will ich ein Wörtl sagen, das dem notigen Konrad in seinem Elend zu Nutz und zum Guten sein soll." Joß gab den Arm des Schmieds frei und machte ein paar Schritte. Doch Hannes blieb wie angewurzelt stehen. Der Fremde lächelte. „Traust mir nicht?"

„Ich trau schon, aber . . ."

„Aber wissen möchtest, wer ich bin?"

„Sag's, und ich trau."

„Ich steh in Klosterdienst, bin Schlepper im Salzwerk am Goldenbach, heiß Häfeler-Basti, und der Salzmeister Humbser hat mich eingedinget. Und schau, ich hab für den Heimweg einen Mantel so gut wie du." Joß griff in die Tasche seines Kittels und nahm eine Handvoll Kohlstaub heraus. „Schau her . . . der deckt mein Gesicht noch besser wie dich die Gugel." Er ließ den schwarzen Staub wieder in die Tasche gleiten und säuberte die Hand am Moos des Bodens. Als er sich wieder aufrichtete, fragte er leis: „Hast nie noch gehört vom neuen Wesen?"

Der Schmied nickte. „Wir müssen von Herren und Pfaffen bald genesen!“ Und Seite an Seite stiegen die beiden durch den Wald hinauf. Der letzte Glanz des Abends begann schon zu erlöschen und blaue Dämmerung wollte kommen, als sie die offene Rodung auf der Gern erreichten. Zwischen den Kronen der halbentblätterten Birnbäume und versunken hinter hohen Flechtzäunen sah man sieben niedere Schindeldächer mit rauchenden Schornsteinen, jedes Lehen vom andern durch Wiesen und Stoppelfelder getrennt.

Hinter einem Flechtzaun, an dem die beiden vorübergingen, schlug ein Hund an und rannte kläffend am Zaun entlang; man hörte das Geklapper des Holzscheites, das ihm an den Hals geknebelt war.

Joß blickte über den Karrenweg hinauf. „Welches ist das Dürrlehen?“

„Ganz droben das letzte.“ Der Schmied blieb stehen und flüsterte: „Ich muß dich was fragen, du! . . .Vom Salzmeister geht die heimliche Red, daß er martinisch ist . . .bist du’s auch?“

Joß zögerte mit der Antwort. „Ich bin bäurisch.“

„Ist das auch ein Glauben?“

„Für den Bauer der best. Mein Glauben ist, daß der arme Schaffer das besser Recht ans Leben hat wie der faule Herr. Und kommt’s einmal, daß einer wie der ander ist, daß jeder sein Haus in Freiheit als Eigen hat und in Frieden schaffen kann für Weib und Kind, so ist der Himmel auf der Welt und Gott ist nimmer weit. Da braucht der Bauer gar viel nimmer glauben.“

Hannes kniff die Augen ein und lachte. „So hört man in jetziger Zeit gar oft einen reden, der’s anders meint. Aber sei martinisch oder päpstisch, mir ist’s gleich. Mein Kirchtor ist das Maul und mein Tabernakel ist der Wagen.“

„Bist ein lieber Christ, du!“ sagte der Fremde trocken. „Aber wenn’s dir gleich ist, warum fragst mich denn?“

„Weil ich dir einen guten Rat vermein’. Du bist der erst nicht, der das Feuer unter dem Kittel tragt und von auswärts kommt und ein Loswort umbietet unter den Leuten. Aber willst beim Dürrlechner ein Wort zum Guten reden, so laß die evangelischen Sprüch unterwegs! Unsre Bauern im Land, die hängen am alten Kreuz wie die Kletten am Strumpf. Schimpf auf die Herren, und sie schimpfen mit. Sag: ein Wunder muß kommen und ihr Elend wenden . . . und jeden hast in der Hand. Aber lutherisch reden . . . da kampelst einen jeden wider den Strich. Drum sei gescheit und red ihnen ums Maul, wie's ihnen taugt! So hilfst du der guten Sach und machst dir selber den trockenen Wecken schmalzig."

Mit funkelndem Blick sah Joß seinen Weggesellen von der Seite an. Und sagte kein Wort. Erst nach einer Weile, als sie am zweiten Gehöft schon vorüber waren, fragte er: „Welches Lehen ist dem alten Witting seins?"

„Gleich das ander da."

Joß musterte den Flechtzaun, der ein sauber gezimmertes Tor hatte und besser gehalten war, als die Zäune der anderen Lehen. „Kommt der Witting auch?"

„Diemal kommt er, diemal bleibt er aus. Tät er heut fehlen, so wär mir's lieber! Der ist von den Fürsichtigen einer. Und sagt: die Zeitläuft konnten besser sein, aber träglich sind sie allweil noch. Und von den Herren redet er wie von geweihter Sach. Ich hab schon hundertmal gesagt: den soll man davon lassen. Aber ein paar sind da, wie der Siedler und der Etzmüller . . . bei denen ist's allweil die erste Frag: wo bleibt der Witting?"

„Wie der Alt ist, weiß ich nicht. Aber seinen Buben hab ich gesehen . . . wenn der heut käm, der wär mir recht!"

„Geh, der! So ein träumiger Lapp!"

„Der Tag ist auch träumig, ehvor die Sonn aufgeht. Man sieht's dem Buben an: das ist einer, der ein Heiligs in seinem Herzen gar heilig tragen tät." Ganz leise flüsterte Joß vor sich hin: „Einen solchen müßt man haben! Lichte Jugend und rechter Glauben, das ist wie ein Fähnlein."

Hinter dem Flechtzaun des Wittinglehens lärmte ein Hund, und man hörte die Stimme Julianders:

„Geh, Nero, was hast denn wieder?“ Das Gebell des Hundes verstummte, und am Zauntor klapperte der hölzerne Riegel.

„Da schau“, lachte der Schmiedhannes und deutete auf das Tor, das sich öffnete, „wenn man eins nennt, so kommt’s gerennt.“

„Guten Abend, Leut!“ grüßte Juliander.

Joß besann sich einen Augenblick. Dann ging er auf den jungen Burschen zu: „Kommet zum Dürrlechner, du und dein Vater! Es soll ein Wörtl geredet werden, das zum Guten ist.“

Juliander erkannte den Schwaben wieder, musterte verwundert die geänderte Tracht des Fremden und lächelte. „Schau nur, der Apfel ist eine Birn geworden.“

„Hast recht, Bub“, sagte Joß, „von denselbigen Birnen eine, die man auf dem Walserfeld vom alten Birnbaum schüttelt.“ Einen Gruß nickend ging er davon.

Betroffen sah ihm Juliander nach. Das wußte er seit den Kinderjahren, wie es alle wußten im Tal, als eine schlummernde Hoffnung ihres mühsamen Lebens: daß auf dem Walserfeld bei Salzburg ein dreihundertjähriger Birnbaum steht, dessen Same dem Kaiser Rotbart aus dem Mantel gefallen ist; und wenn einmal die Raben schweigen auf dem Untersberg, so kommt der gute Kaiser mit seinen tausend Helden aus dem Berg geritten, hängt seinen goldenen Schild in das Gezweig des Birnbaums und richtet in der Welt den ewigen Frieden auf und das gleiche Recht, allen Leidenden zum Trost, allen Bedrückten zum fröhlichen Heil.

Die leuchtenden Bilder dieser Sage schwammen vor Julianders Augen. Doch sein Herz, das an diesem Tag noch anderes zu sinnen hatte, konnte sich nicht festklammern an diesen Schimmer. Mit zerstreutem Lächeln schüttelte er den Kopf und murmelte: „Was die Leut doch alles reden!“

Er schloß das Tor und blickte umher, als sähe er Haus und Garten zum erstenmal.

Es war ein geräumiger Hof, und sauber gehalten. Ein Brunnen plätscherte, und aus dem Stall tönte das leise Kettengeklirr der Rinder. Im Gemüsegarten blühten am Saum der Beete noch ein paar Blumen des Herbstes, gesprenkelte Nelken und bunte Astern. Ein Wiesgarten mit Obstbäumen – darunter ein mächtiger Nußbaum, an dessen Stamm ein Leiterchen hinaufführte zu einer in die Zweige eingebauten Kanzel – umzog die Scheuer und das Haus. Etwas besseres als eine Hütte, die vor Sturm und Regen schützte, war dies Haus wohl auch nicht. Aber der lückenlose Schindelbelag des Daches, das reine und frische Weiß des von braunen Balken durchschränkten Gemäuers und die kindlichen Malereien an Tür und Fensterstöcken verrieten die sorgende Liebe, mit der drei Menschen an dieser Wohnstätte hingen, die nicht einmal ihr eigen war. Das Gelüst eines klösterlichen Waffenknechtes, der sich zur Ruhe setzen will, eine Laune des Propstes – und dieses Haus gehörte einem andern. Und dunkel, wie die Zukunft dieser Wohnstatt, schleierte sich der sinkende Abend um das niedere Dach.

Die Türe, die vom Hof in die große Herdstube führte, stand offen. Den dämmrigen Raum erfüllte das rote Geflacker des Feuers. Joseph saß auf dem Herdrand, und Maralen spülte das Geschirr, das man zur abendlichen Mahlzeit gebraucht hatte. Sie sprachen flüsternd miteinander, von ihrem Glück, von ihrer Sorge. Und als sie ein Weilchen geschwiegen hatten, fragte Joseph: „Was meinst denn, das er hat, der Vater, weil er gar so ungut ist zu mir?"

Maralens Stimme zitterte ein wenig. „Was soll er denn haben gegen dich? Schau, mußt halt denken . . ." Sie verstummte, denn Juliander war eingetreten.

„Wo ist der Vater?" fragte er.

„In der Kammer."

Juliander trat in einen kleinen niederen Raum, den zwei Betten mit plump gezimmerten Gestellen fast ganz erfüllten. Es blieb gerade noch Platz für zwei Stühle und einen Kasten. Als Tisch diente das Gesimsbrett der tiefen Fensternische.

An diesem Fenster saß der alte Witting, beim letzten Dämmerlicht des Abends über ein mit großen Schriftzeichen bedrucktes Blatt gebeugt, das aus einem Buche herausgerissen schien. Bei Julianders Eintritt verbarg der Alte das Blatt unter seinem Kittel.

„Vater, da ist der Schmiedhannes mit einem vorbeigegangen, den ich am Morgen schon auf dem Kirchplatz gesehen hab. Und der hat gesagt, wir sollten zum Dürrlechner kommen, es tät ein Wörtl geredet werden, das zum Guten wär."

Der Alte schüttelte den Kopf. „Geredet ist schon viel worden. Und das ewige Schimpfen auf die Herren, das mag ich nimmer hören . . . schon gar, wenn der Schmiedhannes dabei ist. Wir bleiben daheim."

„Ist mir auch lieber! Setz ich mich noch ein Stündl auf den Nußbaum und schau zum See hinaus." Juliander wollte schon die Stube verlassen. Da sagte er noch: „Und vom Kaiserbaum auf dem Walserfeld hat er geredet . . . als ob er der Mann wär, der die guten Birnen schütteln könnt."

„Da wird wohl ein anderer kommen müssen! Im Untersberg hat sich noch allweil nichts gerührt, und die Rappenvögel sterben so bald nicht aus. Laß gut sein, Bub! . . . Und schick mir den Joseph herein!"

Juliander ging. Nach einer Weile trat der junge Knappe in die Kammer und sah den Alten an, als hätt' er Sorge, daß es zu harten Worten kommen würde. „Vater, was willst?"

Witting sah nach der Türe, ob sie geschlossen wäre. Dann zog er das zerknitterte Blatt aus dem Kittel und strich es auf dem Fenstersimse glatt. „Joseph . . . lies einmal, was da auf dem Blatt steht! Es muß an dem Blattl was nicht richtig sein. Von den sächsischen Häuern im Salzwerk einer, der hat mir's gegeben und hat gesagt, ich soll's keinem anderen zeigen, dem ich nicht trau."

Joseph lächelte, als hätte ihm der Alte ein herzliches Wort gesagt. „Und mir, Vater . . . mir traust?"

Ganz erstaunt sah der Bauer ihn an. „Aber Bub! Wie soll ich dem nicht trauen, dem ich mein Kind geb?"

„Hab schon gemeint, du hast was gegen mich, weil den ganzen Tag so zwidrig gewesen bist."

Der Alte lächelte wehmütig und legte dem Knappen die Hand auf die Schulter. „Schau, Bub, je lieber du das Mädl hast, um so mehr mußt wissen, was ich verlier. Und da bin ich halt ein bißl brummlig gegen den, der mir so viel nimmt."

Jetzt lachte Joseph. „Wenn's nichts anderes ist, so brumm halt, soviel du magst. Jede ungute Red zu mir soll mir ein Wörtl sein, das die Maralen lobt."

Auch der Alte schmunzelte. „Gib acht, die lob ich noch oft! Aber wie's auch herauskommt aus mir . . . schau, mach dir nichts draus und freu dich an deinem Glück! Ich weiß, du bist ein rechtschaffener Bursch, und muß ich mein Kindl schon hergeben, so geb ich's keinem andern lieber als dir." Sie schüttelten sich die Hände. „So, und jetzt schau dir das Blattl an! Mit dem Buben, der soviel jung und träumig ist, mit dem mag ich nicht reden drüber, weil der Häuer so getan hat, als wär was Heimliches an dem Blattl. Jetzt lies einmal und sag mir, warum man so ein Blattl verstecken muß?"

Joseph bückte sich beim grauen Licht des Abends über das Blatt, und langsam buchstabierend begann er zu lesen: „In Gott sei ruhig, meine Seele, denn von ihm kommt meine Hoffnung. Nur er ist mein Fels und meine Hilfe, die nicht wanket."

Immer nickte Witting mit dem grauen Kopf, als wollte er sagen: „So hab ich's auch gelesen."

„Bei Gott ist meine Hilf und meine Ehr, der Fels meiner Kraft, und Gott ist all mein Schutz. Vertrau auf ihn zu jeder Zeit, o Volk! Schüttet aus vor ihm euer Herz, Gott ist unser Schutz . . ." Joseph richtete sich auf, obwohl er das Blatt noch nicht zu Ende gelesen hatte.

„Gelt", sagte Witting, „jedes Wort ist gut und heilig! Warum denn soll man das Blatt verstecken müssen?"

„Das Blattl kenn ich, Vater!" flüsterte Joseph. „Die sächsischen Häuer in Schellenberg, die haben das Buch gehabt und haben's zerschnitten und jedem Knappen drei Blätter ausgeteilt. Das gleiche Blattl, wie das da, hat der Bramberger gekriegt, mein Stollengesell, und hat mir's fürgelesen."

„Und du? Wo hast denn die deinigen?“

„Die hab ich verbronnen . . .weißt, weil mir's Lenli allweil sagt: Gelt, tu nichts Heimlichs!“

„Verbronnen?“ Witting nahm das Blatt vom Gesims und sah es an. „Warum muß man denn verbrennen, was gut und heilig ist?“

„Das Buch, aus dem die Blätter genommen sind, ist ein luthrisches Evangelibuch.“

„Jesus Maria!“ Erschrocken warf Witting das Blatt auf das Gesims zurück. Und eine Weile war's still in der Stube, bis der Alte stotternd sagte: „Aber Bub, du hast doch selber gelesen. Das sind doch wahrhaftig gute und heilige Reden . . .und in der Kirch, da predigen sie doch allweil: was der Luther schreibt, wär alles Teufelei und Gottesschimpf.“

„Sie sagen halt so.“

Wieder war Schweigen in dem kleinen dunkelnden Raum.

Da sagte Witting langsam: „Die geistlichen Herren, die so viel gelernt haben, die müssen wissen, warum sie's verbieten. Unsereins hat halt nicht den Verstand dazu. Komm, Bub, ich will das Blattl verbrennen!“ Er nahm das Blatt, und sie traten hinaus in die Herdstube.

„Lenli?“ rief Joseph, als er das Mädchen nicht fand. Da sah er sie draußen beim Brunnen und ging zu ihr.

Witting trat zum Herd und legte das Blatt auf die verglimmenden Kohlen. Ein gelblicher Rauch ging auf, ein Flämmlein züngelte.

„In Gott sei ruhig, meine Seele, denn bei Gott ist all Hoffnung . . .“ flüsterte der Alte und streckte die Hand, als möchte er das Blatt noch aus dem Feuer reißen – doch in Glut sich krümmend zerfiel es schon zu Asche.

Der Alte setzte sich auf den Herd und sah den glimmenden Papierstäubchen nach, die wie kleine Leuchtkäferchen aus der Asche flogen und die Höhe suchten, als möchten sie Sterne werden.

Draußen am Brunnen standen Joseph und Maralen, von der stillen Dämmerung umflossen. Er hatte den Arm um ihre Schulter gelegt und flüsterte: „Jetzt hat der Vater grad so gut mit mir geredet und hat gesagt: er tät dich keinem andern lieber geben als mir."

Da umklammerte sie seinen Hals und schmiegte sich an ihn, als wäre sie ihm jetzt erst ganz gegeben. Er fühlte das Zittern ihres Körpers, fühlte ihre Tränen an seiner Wange.

„Lenli, warum weinst denn?"

„Weil mir so weh ist um den Vater . . . und weil ich so freudig bin in meinem Glück."

Er schwieg und drückte sie fester an sich.

Langsam schritten sie in den Wiesgarten hinaus, manchmal ein Wörtlein flüsternd, dann wieder still.

In der Ecke des Gartens, unter einem Holunderbusch, dessen gelbes Laub auch in der Dämmerung noch leuchtete, war eine Bank. Hier blieben sie. Und sprachen kein Wort und küßten sich nicht. Wange an Wange gelehnt, schauten sie in ihr kommendes Glück.

Da klang die Weise eines Liedes, halb wie Schwermut und halb wie spielender Frohsinn. Und aus der Höhe kam's als wäre die Stimme in den Lüften.

Zwischen den Ästen des Nußbaumes saß Juliander in der kleinen Kanzel, hielt die Hände um das Knie geschlungen und sang mit leiser Stimme in die Dämmerung hinaus:

„Mir ist ein schwarzbrauns Maidelein
Gefallen in den Sinn,
Wollt Gott, ich könnt heut bei ihr sein,
Mein Trauern wär dahin.
Kein Tag und Nacht hab ich kein Ruh,
Das macht ihr schön Gestalt;
Schier weiß ich nimmer, was ich tu,
Mich hat die Lieb in G'walt.

Dem Maidlein dienen, wär mein Ziel,
Wenn sich das fügen könnt,
Da hätt ich wohl der Neider viel,
Weil's keiner mir vergönnt!

Vielleicht sie merkt's von ungefähr,
Wie treulich als ich's mein',
Tät auf der Welt nichts wünschen mehr,
Als allzeit bei ihr sein.

Damit will ich dem Maidelein
Gesungen haben frei,
Zur guten Nacht ein Liedelein,
All guten Wunsch dabei:
Sei, Maidlein, einem Englein gleich,
Das mich begnaden will,
Nimm auf mich in dein Himmelreich,
Ade . . . nun schweig ich still."

Und während er das Liedchen summte, sah er hinaus übers Tal, sah in der Ferne die grauen Berge mit dunkel zerflossenen Wäldern und mit den steilen, schon vom ersten Schnee bedeckten Zinnen des Watzmann und der Watzmannkinder, sah in ferner Tiefe ein Stücklein vom Königssee, der einen letzten Schimmer des vergangenen Tages spiegelte, sah aus den Wiesengründen die Nebel dampfen, sah am dunklen Himmel das Geflimmer der ersten Sterne und schaute träumend hinaus in die blauende Nacht.

Und plötzlich hörte er die Stimme der Schwester. „Julei! Der Joseph geht." Wie ein Erwachender fuhr er auf. Dann aber lachte er und glitt so hurtig über die steile Leiter hinunter, daß Maralen erschrocken aufschrie, weil sie meinte, er wäre von der Kanzel heruntergefallen.

Der Alte, der aus der Tür getreten war, sagte schmunzelnd: „Der Bub ist wie eine Katz. Die kannst von einem Kirchturm werfen, und allweil kommt sie wieder auf die Füß."

Die anderen lachten dazu, und das gab einen heiteren Abschied.

Juliander und der Vater gingen in die Herdstube, Maralen begleitete ihren Liebsten bis zum Tor, und da gab sie ihm zu ihren Küssen noch ein Päcklein Sorgen mit auf den Weg.

„Geh langsam, gelt! Der Weg ist steil, und im Wald ist's finster. Und lauft dir auf der Straß ein Rauschiger überzwerch, so laß ihn halt schreien! Gibst ihm kein Wörtl nicht an, so laßt er dich auch in Ruh! Und stellt dich ein Wächter, so tu nicht grob . . . mit einem guten Wörtl kommst allweil durch. Und mehr als die halbe Freischicht darfst an unserem Häusl nicht schaffen, gelt! Schlafen und rasten mußt du auch . . . dein Gesichtl ist eh so blaß und müd!" Zärtlich streichelte sie ihm die Wange. „Und eines versprich mir, Bub!"

„Alles, Lenli!"

„Geh den sächsischen Knappen aus dem Weg! Die haben allweil ein Feuer unter der Pfann. Laß dich auf so heimliche Sachen nicht ein! Tu deine Arbeit, wie's recht ist, und mach dir keinen Herren zum Feind! Gelt, versprich mir's!"

„Ja, Lenli!"

„Soll dich der liebe Gott halt hüten auf allem Weg! Gut Nacht, du mein Herzensbub mein guter!"

„Gut Nacht, Lenli!"

Noch lange standen sie, Brust an Brust. Und als sie schieden, erstickte ihr letzter Gruß in einem Seufzer der Sehnsucht, die schon begann, da ihre Hände sich noch berührten.

Maralen schloß das Tor und kehrte in das Haus zurück. In der Herdstube war ein brennender Kienspan in einen Leuchtring gesteckt, und Witting saß mit Juliander am Tisch. Maralen hatte am Herd zu tun, und weil der Abend kühl wurde, legte sie noch ein paar Scheite über die Kohlen.

Da wurde draußen ans Tor geschlagen.

„Der Joseph!" stammelte Maralen. „Er wird was vergessen haben!"

Doch Witting erhob sich und sagte: „Bleib Kind! Das ist der Joseph nicht. Da muß ich selber zum Tor." Draußen wies der Alte den kläffenden Hund zur Ruhe und ging an das Zauntor. „Wer pocht?"

Keine Antwort, nur ein leiser Schlag an die Bretter.

„Der Etzmüller!" murmelte Witting und wollte öffnen. Doch er besann sich noch und fragte: „Was willst?"

Draußen eine flüsternde Stimme: „Das kann so laut nicht geredet sein, daß es durch Bretter geht. Mach auf!"

Der Alte öffnete das Tor nur wenig, und eine dunkle Mannsgestalt in langem Bauernmantel schlüpfte durch den Spalt.

Kaum hatte Witting den Riegel wieder vorgeschoben, als ihn der andere bei der Hand nahm und mit sich fort zog in die Tiefe des Gartens. Im schwarzen Schatten der Bäume blieben sie stehen. „Hol den Mantel, Witting, du mußt mit hinüber!"

„Ich geh nicht. Und ich hab's euch das letztemal gesagt: die ewige Schimpferei, die mag ich nimmer."

„Heut ist's ein ander Ding. Gekommen ist einer. Den mußt dir anhören."

„Wer ist's?"

„Ich weiß nicht. Und keiner kennt ihn. Von auswärts muß er sein . . . ist gewandet und redet wie unsereins, aber diesmal rutscht ihm ein Wörtl in die Red, das fremden Klang hat. Es ist einer, der ein Loswort umtragt im Land."

„Laß ihn tragen! Ich geh nicht."

„Du mußt, Witting! Den mußt dir anhören! Eisen hat er in der Faust und Feuer auf der Zung. Und ein Aug, daß jeder tut, was er will. Hörst ihn reden, so glaubst: du darfst bloß die Hand in die seinig legen, und alle Not hat ein End."

Witting schwieg eine Weile. Dann sagte er: „Gut, ich geh! Mir soll er den Kopf nicht anbrennen mit seinem Feuer, der! Und wenn ich geh, so geschieht's, weil ich dir und den anderen ein Wörtl zum guten Besinnen sagen will! Wart ein Weil, ich hol den Mantel."

„Nach deinem Buben hat er gefragt. Nimmst ihn mit?"

„Gott soll mich behüten! Lasset mir den jungen Buben aus dem Spiel!"

Mit raschen Schritten ging Witting zum Haus zurück. Als er in die Herdstube trat, frage Juliander: „Vater, was ist's?"

„Geh schlafen, Bub! Morgen mußt zeitlich auf zur Arbeit." Der Alte griff nach dem Mantel, der neben der Tür an einem Haken hing. „Du, Lenli, kannst aufbleiben, bis ich wieder komm. Ich muß noch zum Nachbar hinüber und einen Handel ausreden. Mach hinter mir das Tor zu und tu nicht auf, eh du nicht meinen Pocher hörst."

Juliander schien zu wissen, wohin der Weg des Vaters ging. Dunkel war ihm das Blut in die Stirn gestiegen, und auf den Alten zutretend, bat er: „Laß mich mit, Vater!"

„Nein, Bub, du bleibst! . . . Komm, Lenli!"

Draußen schloß Maralen hinter den beiden Männern das Tor. Als sie zurückkehrte ins Haus, stand Juliander unter der Tür der Herdstube und murrte verdrossen: „Das ist unrecht vom Vater, daß er mich so auf die Seit schiebt, wenn die Mannsleut raiten. Ich bin doch kein Kind mehr!"

„Was der Vater tut, ist recht. Komm, Julei!" Während sie die Tür zuzog, lauschte sie noch hinaus auf die Straße. Aber sie hörte keinen Laut und keinen Schritt.

Die beiden Männer waren, um ihre Schritte zu dämpfen, vom Wege hinaus auf den Rasen getreten. Schweigend gingen sie durch die finstere Nacht, an drei Gehöfen vorüber. Der Weg begann zu steigen, gegen einen Wald zu, und vor der schwarzen Mauer der Bäume sah man die dunkle Wand eines hohen Flechtzaunes. Hinter dem Zaun kein Laut, kein Licht.

Als die beiden sich dem Tor näherten, begann der Etzmüller leise zu pfeifen, wie eine Meise zwitscherte. Lautlos öffnete sich vor ihnen das Zauntor, sie traten ein, es schloß sich wieder – und ein Mensch in schwarzem Mantel stieg über eine kleine, neben dem Tor an das Flechtwerk gelehnte Leiter hinauf und setzte sich auf die oberste Sprosse, daß er über den Rand des Zaunes blicken konnte.

Witting und der Etzmüller schritten durch den tiefen, dicht mit Obstbäumen besetzten Garten. Man hörte in der stillen Nacht das Fallen der reifen Äpfel. Schwarz erhob sich eine große Scheune, aus der gedämpft, doch in Hast und Erregung, eine Stimme klang. Zottige Grasbüschel hingen vom Tor der Scheuer nieder – man hatte alle Ritzen zwischen den Brettern zugestopft. In der Luft war Rauch zu spüren, doch keine Spur von Helle quoll aus der Scheune heraus.

Kaum hörbar pochte der Etzmüller an das Tor, erst zweimal und langsam, dann dreimal in rascher Folge. Ein kleines Türchen öffnete sich im Tor, und die beiden schlüpften in die Scheuer.

Erst sahen sie nichts als die schwarzen Rücken von einem Dutzend Männer, die um eine rote Helle standen. Sie alle lauschten dieser gedämpften Stimme – nur zögernd gaben sie Raum, um die beiden in den Ring treten zu lassen. Dabei erkannten die Zunächststehenden den alten Witting und drückten ihm die Hand – einer deutete auf den Mann, der sprach – ein anderer flüsterte dem Alten in Erregung zu: „Witting, es taget! Einer ist gekommen, der hat das Licht!"

4

Es waren an die dreißig Leute, weißhaarige Greise, Männer und junge Burschen, die im Ring um einen glostenden Kohlenhaufen standen, über den ein Drahtgitter gestülpt war, damit die aufknisternden Funken nicht in das Heu und in die Garben flögen, mit denen die Scheuer zu beiden Seiten der freien Tenne bis unter das Dach gefüllt war.

Neben dem Schmiedhannes, der auf einem umgestürzten Kübel saß, stand der Mann, welcher redete – Joß Friz, der Schwabe. Die rote Glut gab seinem Blick einen starren Glanz. „Ein jeder von euch hat mir sein schreiendes Elend geklagt!" So sprach er, als Witting und der Etzmüller in den Ring traten. „Ein jeder von euch hat seine Not vor mich hergelegt wie eine arme Mutter ihr krankes Kindl hinlegt vor des Erlösers Füß und hoffet, daß es genesen möcht durch ein göttliches Wunder. Unter euch an einem jeden haben die Herren ein blutig Unrecht begangen und haben ihm wehgetan bis ins tiefste Leben. Und saget, ihr Leut, wie leben wir denn? Wieviel denn sind unter euch, die sich satt essen können jeden

Tag? Was der Bauer zieht aus seinem Boden, das muß er geben zur Halbscheid, und was übrig bleibt, ist zum Sterben zu viel und zum Leben zu wenig. Will einer trutzen, so geben ihm die Herren Antwort mit dem Strick. Will einer geduldig sein und sein frommes Herz vertrösten auf den Himmel, so muß er zahlen für jedes Bröselein Trost . . . ein jedes heilige Sakrament in den Kirchen kostet schweres Geld. Jeder Pfaff ist wie ein Doktor . . . schaut er einen an, so will er schon Geld dafür haben. Und der irdische Rechtstrost ist noch teurer worden als die himmlische Zehrung. Was vor zwölf oder fünfzehn Jahren noch mit zehn Pfennig gerichtet worden ist, das kostet heut im Weg Rechtens seine zehn Gulden und drüber. Die reichen Herren, die können's zahlen mit dem Geld, das die Bauern geschwitzt haben . . . und drum haben die Herren das Recht, und der Bauer hat keins. Mit ihren Fehden und Gesellenritten, mit ihrem Schlemmen und Prassen haben die Herren die Zeiten verteuert im ganzen Land . . ."

„Wahr ist'!" rief eine Stimme aus dem Ring. „Wir im Bergland, die bloß Haber bauen, müssen den Roggen kaufen. Zu meines Vaters Zeiten hat der Malter ein Pfund in weißer Münz gegolten . . . heut müssen wir den Malter mit acht Pfund Heller zahlen."

„Alles ist wahr!" fiel der Schmiedhannes ein. „Das muß ein End haben! Und will der Wandel im Guten nicht kommen, so müssen wir ihn machen mit der Faust. Geh's, wie's mag, wir müssen die alte Freiheit wieder haben!"

Joß sah die Wirkung dieses Wortes und griff es auf. „Besser wie mürbes Brot ist feste Freiheit! Aber saget, ihr Mannsleut, lebt in eurem Land noch ein freier Bauer?"

„Keiner!" fuhr's mit einem Dutzend Stimmen durcheinander.

„So ist's bei euch nicht anders, als wie's überall ist im Land. Wie der Rotbart noch Kaiser gewesen, ist jeder Bauer als freier Mann auf seinem Hof gesessen. Und heut sitzt jeder Bauer im Herrenlehen, für das er schwitzen und fronen muß. Was einem jeden seit Urväterzeiten her als Erb und Eigen hätt bleiben sollen, das haben die Herren und Pfaffen dem Bauer abgedruckt, mit Gewalt und falschem Rechtsspruch oder mit Gottverheißung und mit der Angst vor dem höllischen Feuer. Und hat sich ein Bauer gewehrt um sein freies Recht und ist zum Richter gegangen, so haben die Herren gesagt: Der und sein Vater und Ähnl, die sind schon allzeit unsere hörigen Knechte gewesen! Und um das Recht zu biegen, haben sie die Register gefälscht, haben Lügen eingeschrieben in die Zinsrollen und Holdenbücher und haben's beschworen mit falschem Eid. Und der freie Bauer ist ein höriger Knecht worden! Erst haben sie unser Haus und Gut genommen. Jetzt nehmen sie unser Brot und Blut, und unser müder Schweiß muß ihnen die Suppe salzen. In welchem christlichen Gebot hat Gott den Pfaffen und Herren solche Gewalt gegeben, daß wir Armen ihnen zur Fron ihre Güter bauen müssen, die vorzeiten unser Eigen gewesen sind? Derweil uns die Frucht verfault auf magerem Zinsacker, müssen wir den Herren die fetten Wiesen mähen, das Getreide schneiden, den Flachs brechen und die Erbsen klauben. Daß Gott ihnen solche Gewalt gegeben hätt . . . wo steht denn das geschrieben? Dem, wie's die Herren treiben, ist Gott so fern wie der Teufel einem guten Werk. Sie nehmen Steuer, Zoll und Ungeld, das sie lästerlich vertun, derweil es doch nach göttlichem Recht dem ganzen Land zu Nutz und Frommen sein sollt. Und wehrte sich ein Bauer um ein bissel Gut, so wirft ihm der Herr das Vieh nieder, schickt ihm die Spießknecht über Weiber und Töchter . . . und schreit ein Bauer nach Gericht, so geht's über ihn her als einen verräterischen Buben, mit Pflöcken und Köpfen und Vierteilen. Da ist minder Erbarmen, denn mit einem wütenden Hund!"

Der brennende Zorn, der aus jedem Wort des Fremden zitterte, schlug in die bekümmerten Herzen der Lauschenden. Sie hoben die Fäuste, und ihre Flüche wurden so laut, daß der Schmiedhannes erschrocken zur Ruhe mahnte.

In diesem Lärm stand nur ein einziger stumm und ruhig: der alte Witting. Und da ging Joß Friz auf ihn zu und sprach ihn an: „Du . . . weil gar so still bist, du . . . jetzt sollst mir reden! Ich mein', du bist einer, der lieber sterben tät als lügen. So sag mir: hab ich ein einzig Wörtl geredet, das nicht Wahrheit ist?"

In der Tenne war es still geworden, und alle Augen waren auf Witting gerichtet. Langsam strich er sich übers Haar und nickte: „Ja, Mensch, Gott sei's geklagt . . . was du geredet hast, das ist so wahr wie traurig."

„Und wenn's so traurig ist wie wahr, so ist es nach Gottes Gerechtigkeit ein heiligs Fürnehmen, daß wir uns umschauen nach einem Weg, auf dem die Hilf ist! Und weil wir im Guten schon jeden Weg gegangen sind und auf keinem Weg unser Recht gefunden haben, so müssen wir uns selber helfen! Mit unserer guten Faust!" Die Gestalt des Schwaben streckte sich. „Leut! Das ist keine leere Red, die ich tu! Schauet her . . ." er hob die Faust über die Kohlenglut, „mit meiner Faust sind tausend Fäuste verflochten zum festen Bund. Und wollt ihr mir geloben mit eurem Manneswort, daß ihr Schweigen haltet und gute Brüderschaft mit mir und mit jedem, der heut ums Feuer steht, so will ich euch ein Wörtl sagen, das euch zum Guten kommen möcht . . . euch und dem ganzen Land."

„Ich tu den Schwur!" rief der Schmiedhannes und hob die Rechte mit den gespreizten Fingern. „Ich bin der erst, der ihn tut! Wer kein Lump ist, hebt die Hand auf!" Da hoben auch alle andern die Hände zum Schwur. Nur Witting zögerte. „He, du!" fuhr ihn der Schmiedhannes an. „Willst du der einzig sein, der sich die Not der anderen vom Kittel staubt . . . weil du die Not ein bißl minder spürst? Und weil sie im Kloster sagen: Der Witting ist ein Verläßlicher? Gelt?"

„Schimpf nur, Hannes! Mir tust nicht weh!" erwiderte der Alte ruhig. „Die Not der andern ist mir, als wär's die meinig." Er hob die Hand zum Schwur. „Und ihr habt mein gutes Mannswort, daß ich Schweigen halt." Langsam ließ er den Arm wieder sinken. „Aber jetzt höret ein Wörtl an, ihr Leut . . . von mir eins! Es ist das letztemal, daß ich mit euch in heimlicher Nacht ums Feuer steh. Und wenn ich heut noch gekommen bin, so ist's geschehen, weil ich verhüten will, daß ihr durch ein unsinniges Fürhaben eure Not noch tiefer hinunterstoßet ins Elend. Doch eh ich red, muß ich eine Frag an den da richten." Er deutete auf Joß Friz. „Ich geb mein Herz jedem guten Nachbar in die Hand, weil ich weiß, bei dem ist's aufgehoben. Aber werf's keinem Fremden vor die Füß. Eh ich red, muß ich wissen, wer der Mann da ist." Witting trat auf den Fremden zu. „Mit was für einem Recht bist daher gekommen und wirfst den Leuten das Feuer in die Köpf? Und wenn du ein Loswort umbietest im Land . . . von wem hast Auftrag? Sag . . . wer bist?"

„Hättest noch ein Weil gewartet mit deiner Frag, so hätt ich von selber gesagt, wer ich bin. Und sag ich euch das . . ." Joß lächelte, „so leg ich euch nicht bloß als Nachbar ein gutes Herz vor die Füß, ich geb noch ein bißl mehr in eure Händ: meinen guten Kopf!" Das hatte er scherzend gesagt. Jetzt wurde seine Stimme ernst, und seine Augen gingen mit scharfem Blick über die Gesichter hin. „Wär ein schlechter Kerl unter euch, so könnt ich ein verlorener Mann sein! Aber müßt mein Kopf über die Bretter kugeln, das tät euch selber und der guten Landssach viel weher als mir. Denn mein Kopf ist das Haus, in dem eine gottgerechte Zuversicht der Bauren Glück und ein neues Wesen der Welt geboren hat. Mit mir und meinem guten Werk ist Gott. Und daß ihr sehet, wie fest ich mich weiß in Gottes Hut, so lös ich euch all von eurem Eid. Haltet Schweigen über die gerechte Sach, die ich euch fürtragen will . . . über mich, Leut, könnt ihr reden, wie ihr mögt. Hundertmal hat mich Gott aus tiefer Not und aus den Fäusten der Herrenknecht gehoben. Gott ist mein Zuvertrauen, und ich fürcht mich nicht."

Was er sagte, der Klang seiner Stimme und der Glanz seiner Augen, schien die Lauschenden fester zu binden als der Eid, den sie geschworen hatten. Auch Witting konnte sich der Gewalt nicht ganz entziehen, die von diesem Manne ausging. Er flüsterte dem Etzmüller zu: „So gottfest tät er nicht reden können, der, wenn er Schlechtes mit uns fürhätt."

Joß hatte sich neben der Kohlenglut auf eine Bank gesetzt.

Auch die anderen begannen sich um die rote Helle zu lagern, und drei Burschen – der Sohn des Frauenlob und die zwei jungen Buben des Dürrlechners – kauerten sich zu den Füßen des Fremden auf den Lehmboden der Tenne nieder.

„Fürs erst, ihr Leut, muß ich euch sagen, daß ich kein Bergbauer bin, wenn ich auch euren Kittel trag und red in eurer Landssprach. Die hab ich zu Reichenhall gelernt, wo ich zwei Jahr lang als Säumer und Fuhrmann gedient hab. Will auch weiter reden in eurer Sprach, daß ihr besser versteht, was ich sag. Ich bin von weit her aus dem Schwäbischen, und zu Grummbach im Bruchrain, das dem Bischof von Speier gehört, hat mein Vater ein Häusl zu Lehen gehabt. Und jetzt loset, Leut! An die fünfzig Jahr ist's her, da hat im Würzburgischen ein Spielmann gelebt, den sie das Pfeiferhänslein geheißen haben. Der hat auf allen Kirmessen und Hochzeiten aufgespielt, vom Würzburgischen durchs Tauberland hinunter und bis hinüber nach Speier. Überall hat er die Not der Leut gesehen, und das Erbarmen ist in seinem Herzen gewachsen. Und schauet, da hat der liebe Gott mit ihm geredet in heiliger Nacht, und das Pfeiferhänslein hat ein Predigen angehoben von Dorf zu Dorf und hat gepredigt von einem neuen Gottesreich, in dem es nimmer geben soll, was die armen Leut beschwert. Alle Herrschaft und Last soll abgetan werden, ein jeder soll des anderen Bruder sein, keiner des anderen Herrn, und in Frieden und Ruh soll jeder mit eigener Hand das tägliche Brot gewinnen."

„Tät's auf der Welt einmal so kommen", flüsterte der junge Frauenlob, „was müßt das für ein freudiges Leben sein!"

„Hast recht, Bub! Und so muß es kommen! Und du sollst helfen dazu! Schau an: viel hundert Leut mit ihrer Not auf dem Buckel sind dem Pfeiferhänslein zugelaufen, haben seine Reden umgetragen im Land, und ein Hoffen ist aufgegangen in ihren Seelen, wie unter dem Schnee das Wintertraid. Den Herren ist angst geworden, und in der Weihnacht, wie der Spielmann zur Metten gegangen ist, hat ihn der Bischof greifen lassen. Und am Unschuldigen Kindlstag, ohne Gericht und Spruch, ist das gute Hänslein verbronnen worden auf offenem Markt."

Ein dumpfes Murmeln lief durch den Ring der Männer. „Dem seiner armen Seel ist der Herrgott gnädig gewesen!" sagte Witting. Und der Schmiedhannes hob mit einem Fluch die Faust: „Und den Bischof Herodes, den muß der Teufel haben in seinem tiefsten Feuer!"

„Im ganzen Land hat ein Auskunden angehoben, und die dem Hänslein verbrüdert waren, die hat man geköpft und gehängt. In Grummbach, wie die Reisigen hergezogen sind, haben sich dreißig Leut in die Kirch geflüchtet, Männer und Weiber. Da haben die Reisigen des Bischofs ein großes Feuer um die Kirch gelegt, daß die Leut haben ersticken und verbrennen müssen. Zuletzt ist noch ein Bauer übrig geblieben, und mit seinem dreijährigen Büblein auf dem Arm hat er sich hinaufgeflüchtet in den Turm. Aber wie ihm das Feuer nachgeruckt ist durch die Turmböden, da hat er wählen können: verbrennen oder hinunterspringen. So hat er lieber mit seinem Kind den Sprung getan, und die Reisigen haben ihm lachend die Spieß entgegengehoben. Der Mann ist tot geblieben in den Spießen. Aber dem Kindl, wie durch ein Wunder, ist nichts geschehen." Langsam hob Joß die heißen Augen. „Der selbige Bauer, das war mein Vater . . . und das selbige Kind, ihr Leut, das bin ich gewesen."

„Luset, ihr Leut, luset", rief der Schmiedhannes in das erregte Gemurmel der Männer, „den Mann hat der Herrgott durch ein Wunder aufgehoben zu einem großen Heilwerk!"

„Könnt sein, daß du recht hast, Bruder Schmied!" sagte Joß. „In all meiner jungen Bubenzeit ist meines Vaters Blut und der Bauern Not vor meinen traurigen Augen gehangen wie ein roter Schein. Und ein brennender Weiser ist's gewesen, der mich gewiesen hat auf meinem Weg. Im Blutschein hab ich das neue Jahrhundert wie ein mächtig Weib gesehen, das schwanger ist und ein neues Wesen gebären muß: die Freiheit und der Bauren gute Zeit. In jeder Nacht hat in mir eine Stimme geschrien: du bist's, du, der die Herren werfen muß! Aber wer die Herren werfen will, der muß der Herren Künst verstehn. Drum bin ich ein Kriegsmann worden in meinem neunzehnten Jahr. Sieben Jahr lang hab ich mitgefochten in hundert Herrenfehden, hab ihnen jeden Kriegskniff abgeguckt, wie man die Leut wehrhaft macht, wie man die Rotten führt und die Feldschlangen richtet. In Welschland und in Frankreich hab ich gefochten, hab viel Örter gesehen und viel Ding gelernt . . . und wie das neue Jahrhundert angehoben hat, bin ich heimgezogen in mein Dörfel, ein kriegskundiger Mann."

„So einer", schrie der Schmiedhannes, als wär ihm ein Rausch zu Kopf gestiegen, „so einer hat kommen müssen! Dem bin ich zugeschworen mit Haut und Haar!"

„In aller Still ich hab mein Werben angefangen und hab mein gutes Traid gesät. Mannshoch sind die Halme aufgegangen in den Seelen der armen Leut. Im Bruchrain hab ich den Bundschuh als unser Feldzeichen auf die Stang gehoben, und im Zweierjahr, in der Osternacht, haben Vierhundert zum Bund geschworen. Ein halb Jahr . . . und über die sieben Tausend sind's gewesen, am Rhein auf und nieder, am Neckar und Main. Die hätten am liebsten losgeschlagen, gleich auf der Stell. Aber soll der Schlag ein rechter und fester sein, das ist mein Denken gewesen, so darf keine Faust sich heben und kein Messer blinken, eh nicht im Reich ein jeder gemeine Mann miteingeschworen ist in den Bundschuh. Das ganze Volk muß wie ein einzig Meer sein, das gählings zu rauschen anhebt und alles verschlingt, was Herrenübermut und Unrecht heißt."

Die Männer nickten, während der alte Witting dem Etzmüller zuflüsterte: „Wär gut ausgesonnen, was! Wenn nur ein jeder, der schwört, seinen Schwur auch halten tät, und wenn nicht viele, die glauben, sie wären ein Meer, bloß ein seichtes Wässerlein wären."

„Vierundsechzig vertrauliche Leut, von allen Brüdern die besten, hab ich ausgeschickt, für jeden deutschen Gau einen Boten. Tut euch besinnen, ihr Alten, ob nicht vor zwanzig

Jahr ein Schneidergesell bei euch zur Stör gegangen ist, mit Namen der Hummel-Hannes?"

„Wohl, das ist wahr", fiel der Stiedler ein, „ist ein mageres Schneiderlein gewesen, hat aber ein Maulwerk gehabt wie ein Schwert und ist umgesurret, recht wie ein Hummel."

Man lachte, während Joß die Stimme hob. „Dem hab ich zur Botschaft das Reichenhaller Tal, das Salzkammergut und das Berchtesgadner Land gegeben."

„Ja", sagte der Etzmüller, „der hat uns ein Loswort zugetragen in seiner schwäbischen Red: Loset, was isch das für ein nuies Wesen!"

Ein Dutzend Stimmen fielen ein: „Wir müssen von Herren und Pfaffen bald genesen."

„Das soll mir sein wie ein guter Willkomm!" rief der Fremde. „Denn wisset, Leut: das ist das Loswort, das ich ersonnen hab am selbigen Ostermorgen im Bruchrain."

„Du! Jetzt weiß ich auch, wer du bist!" rief in heißer Erregung der junge Frauenlob. „Dein Nam ist unter uns Buben ein heiliges Wörtl! . . . Joß Friz . . . Der bist!"

In stummer Bewegung drängten sich alle die Männer näher. Auch in den Augen des alten Witting, als er schweigend den Fremden betrachtete, war etwas ehrfürchtig Scheues.

„Joß Friz! Joß Friz!" So stammelte der junge Bursch noch immer, und als wär's ihm eine Ehre seines Lebens, so schmiegte er sich an das Knie des Schwaben und drückte ihm die Hände. „Joß Friz!"

„Ja, Bub, der bin ich!" sagte Joß und lächelte. „Joß Friz, den alle Herren fürchten! Joß Friz, dessen Kopf sie teurer zahlen täten als einen Grafenkopf."

„Sie sagen, Joß, daß der Schwäbische Bund auf dich einen Kopfpreis ausgerufen hätt von tausend Gulden. Ist das wahr?"

„Ja, Bub! Wenn mich verraten willst, so kannst ein reicher Mann werden."

„Und meine Faust", schrie der Schmiedhannes, „die schlagt ihm den Schädel ein! Da hätt er für die tausend Gulden eine schöne Leich!"

Der Bub sprang auf, das Gesicht von Zornröte übergossen; und er wäre mit dem Schmiedhannes ins Raufen geraten, hätte nicht Joß mit einem lachenden Wort zum Frieden gemahnt.

Als es wieder ruhig war, sagte Witting: „Joß Friz! Du hast es redlich gemeint mit allem Volk im Land. Und doch ist dein gutes Loswort ein böser Samen worden, aus dem ein schieches Traid hat wachsen müssen."

„Ist's meine Schuld gewesen?" Joß erhob sich; sein Blick war hart geworden, seine Stimme rauh. „In der selbigen Osternacht im Bruchrain hab ich begehrt, daß ein jeder, der zum Bundschuh schwört, unter Eid der Beicht entsagen muß . . ."

Witting und ein paar andere schüttelten die Köpfe.

„Und grad so haben die Frommen selbigsmal ihre Köpf geschüttelt und haben mich überstimmt. Und Lukas Rapp, von den Frömmsten einer, hat in der Beicht den Bund verraten, und der Pfaff hat das Beichtgeheimnis den Fürsten zugetragen. Da ist's hergegangen über uns wie ein Hagelschlag über ein Feld, noch eh das Korn im Reifen war. Und das Köpfen hat wieder angehoben wie hinter dem Pfeiferhänslein seinem Feuer. Es tät kein Bauer mehr leben im Bruchrain, wären die guten Herren nicht in Sorg geraten, wer ihren Acker misten und pflügen soll, wenn der letzte Bauer geköpft ist."

„Schau, Joß", sagte Witting in dem dumpfen Schweigen, mit dem die anderen lauschten, „zähl die Bauernköpf, die gefallen sind, und du zählst die Garben auf deinem Feld."

„Alter! Das ist ein Fürwurf, so ungerecht wie ein Herrenspruch. Wär's nach meinem Rat gegangen, so hätt der Bundschuh im Bruchrain anderen Weg genommen. Aber das Leben haben ihm die Herren auf der eisernen Streckbank und auf dem Richtplatz nicht ausgeblasen. Und weht der Bauren Fähnlein wieder an der Stang, so muß der erst von unsern Artikeln heißen: der geschworen hat zum Bund, soll nimmer beichten."

Das hatte Joß mit ruhiger Festigkeit gesprochen. Der Schmiedhannes, die Buben und ein paar der jüngeren Männer stimmten ihm bei. Doch Witting sagte: „Das wär ein unchristlich Gesetz. Das Leben ist hart, Joß, ob die schlechten Zeiten dauern oder ob die guten kommen. Und hätten wir nicht den Trost auf den Himmel, wir könnten nimmer leben. Die Beicht ist ein gut und heilig Ding, und wenn ein Priester seine Pflicht vergißt und dem Beichtstuhl Unehr macht, so beweist das noch lang nichts gegen die Beicht. Weil einer einmal erstickt ist an einem Bissen Brot, soll drum kein Mensch kein Brot mehr essen? . . . Meinetwegen red von der Bauern Not und Elend, Joß! Aber die heiligen Sachen laß in Ruh! Oder ich geh davon. Und jeder gute Christ mit mir!"

Der Schmiedhannes sah die Wirkung, die dieses Wort auf die bejahrten Männer machte, und zischelte dem Schwaben zu: „Sei fürsichtig, oder sie schlagen um!"

Joß nahm seinen Platz auf der Holzbank wieder ein. „Gut, Leut", sagte er mit leisem Hohn in der Stimme, „ist euch so viel ums Beichten zu tun, so will ich der erste sein, der zum Beichten anhebt. Denn ich hab ein schweres Unrecht begangen gegen der Bauern gute Sach. Und das will ich beichten!"

Mit verdutzten Augen sahen ihn die Männer an, und der Schmiedhannes stotterte: „Joß, was redest denn!"

„Beichten will ich . . . hast nicht verstanden?" Er neigte das Gesicht, zog die Haarsträhne, die ihm über die Wangen fiel, langsam durch die Finger und starrte in die Kohlenglut. „Jetzt luset, Leut, was für ein Unrecht ich begangen hab! In hundert Nächt hab ich dem guten Heilwerk unserer Not mein Leben zugeschworen – und hab meinen Eid vergessen. Denn wie der Bundschuh um Bruchrain gefallen war, wie ich gesehen hab, daß ein Bruder in armseliger Herzensangst seine siebentausend Brüder verraten hat können, da ist der Zorn über mich gekommen. ‚Schüttel die Not der anderen von deinem Kittel', hat's geschrien in mir, ‚und mach dir dein eigen Leben so gut, wie's geht!' . . . Gefangen haben mich die Herren nicht. Wie ein Aal dem Fischer durch die Finger glitscht, so bin ich unter ihren Fäusten durchgeschloffen. Selbigsmal hab ich gemeint, meine Schlauheit hätt mich durchgerissen . . .“ Er blickte mit heißen Augen auf. „Heut aber weiß ich, daß es ein anderer gewesen ist, der mich aus aller Not gehoben hat.“

„Wer, Joß?“ fragte von den Burschen einer.

„Der, Bub, bei dem die Gerechtigkeit ist . . . und der den Hammer küret, mit dem er schmieden will.“ Er hatte die Stimme nicht gehoben und deutete nicht zur Höhe. Doppelt wirkte das Wort durch seine Ruhe. Joß lächelte. „Wie vor allen Türen im blutsatten Land wieder Frieden gewesen ist, hab ich mich zu Stockach als Knecht verdinget an einen Bauren, der Jäckele Schmid geheißen hat.“ Von seinem Gesichte schwand das Lächeln, und in tiefer Schwermut schienen seine Augen in weite Ferne zu blicken. „Der Bauer hat eine Dirn gehabt, und die hat Elslein geheißen.“ Seine Stimme wurde leiser und nahm den Klang der Heimat an; er konnte keine Maske tragen, da er vom Glück seines Lebens sprach. „Das Elsele . . . lueget, ihr Leut . . . das ischt ein Maidle gwese, herzlieb und lind wie ein Lichtle, das von der Sonn gefallen ischt. Und ischt mir guet gwese . . . und ischt au mein Weible worde. Drei Büble hawe mer ghött . . . oins lieber wie's anner . . .“

Seine Hände griffen in die Luft – und als sie das Leere faßten, blickte er auf. Mit irrem Gefunkel glitten seine Augen über die Gesichter der Männer hin. „Red, Joß!“ flüsterte der Bub, der zu seinen Füßen kauerte.

„Wohl, ich red schon!“ Hart und trocken klangen seine Worte, als wäre jählings all diese linde Wärme seines Herzens in ihm erloschen. Und wieder redete er die Sprache der Bergbauern. „Mein Glück ist gewachsen, wie der Flachs nach einem guten Regen aufgeht. Acht Jahr lang hat's gedauert. Und da ist mein schönes Weib an einem Abend in der Heuzeit heimgekommen, schneeweiß im Gesicht, und der Schrecken hat ihr gezittert im ganzen Leib!“ Joß sprang auf. „Ihr kennet die Herren . . . muß ich euch sagen, was meinem Weib geschehen ist? Zur Nacht, mit Tränen an meinem Hals, hat mir das Weib den Namen gesagt. Der Junker Baltser von Blumeneck ist's gewesen."

„Joß!" Der junge Frauenlob, bleich und zitternd, sprang auf und griff nach seiner Tasche. „Brauchst ein Messer, Joß?"

„Laß stecken, Bub! Zwölf Jahr ist's her! Aber in der selben Nacht noch, da bin ich mit dem Beil am Blumenecker Burgtor gestanden. Aber wie's getaget hat . . ." Joß klammerte dem Schmiedhannes die Faust in die Schulter: „Schmied? Wenn du den Blasbalg ziehst, was machen deine Kohlen?"

„Sie schlagen in Feuer auf."

„So ist das Feuer aufgeschlagen in mir. Und mein vergessen Werk ist wieder lebig geworden. Und wie der Junker Baltser am Morgen ausgeritten ist zur Sauhatz . . . schauet Leut, da hab ich ihn ziehen lassen, und in mir drin hat's ihm nachgeschrien: ‚Leb, du Hund, denn sterben sollst du mit tausend anderen! Und tausend Mühsame sollen genesen mit meiner eigenen Not!' . . . Am gleichen Tag noch hab ich zu werben angehoben, in der Heuzeit ist's gewesen, und am Michelstag sind fünftausend Brüder im Bund gestanden. Der Bundschuh vom Breisgauer Lehen ist's gewesen. Ein Fähnlein scharet die Leut, so sagt ein Herrenwort. Drum hab ich von einem Maler ein Fähnlein schaffen lassen auf weißblauer Seiden und drauf ein Kreuz, vor dem ein Bauer kniet, der Bundschuh neben ihm, und um das Kreuz war der Spruch geschrieben: ‚Herr, steh den Armen bei in deiner göttlichen Gerechtigkeit!'"

Witting nickte. „Und wie dein Fähnlein fertig war, da ist der Bundschuh vom Breisgauer Lehen verraten gewesen!"

„Schau nur, Alter", höhnte Joß, „wie gut du alles weißt! Und wahr ist's. Der Mantz von Wolfenweiler und der Michael Hauser von Schallstadt, die zwei sind der Judas gewesen. Und das warme Baurenblut hat wieder den Boden gemistet. Der Mantz hat meinen Namen angegeben, als Hauptmann, aber derweil die Burgleut mich gesucht haben in meinem Haus, bin ich vor der Burgmauer in den Stauden gelegen. Am Morgen haben sie den Junker von Blumeneck im Graben gefunden, mit einem Messer im Hals . . .und der Joß Friz, den sie gesucht haben mit hundert Spieß, ist geborgen gewesen im Schwarzwald, unter dem Kittel um die Brust herum das Fähnlein mit dem Bundschuh." Joß lachte – ein Lachen, das in die Ohren schnitt.

Da griff der junge Frauenlob an ihm hinauf und faßte seine Hand. „Joß Friz! Mit Blut hast deinem Weib die Ehr gegeben."

Ein Zittern ging über den Nacken des Schwaben. Sein Gesicht verzerrte sich. „Mein Elslein . . . liebes Elslein . . ." Und zwei glitzernde Zähren rannen ihm über die Lippen hinunter.

Es war in der Tenne still, bis der Bub den Schwaben fragte: „Joß? Wann hast dein Elslein wieder gesehen?"

Joß lachte auf. „Bub! Die Freud, die steht mir noch allweil zu . . . da droben, weißt! Denn die Blumenecker haben Feuer in mein Haus geworfen, derweil ich im Schwarzwald gelegen bin . . . und meine drei Buben sind verbronnen im Haus . . . und mein Weib, die haben sie in der Ohnmacht an einen Baum gehangen. Das ist Herrengerechtigkeit . . . und das ist Baurenunglück!" Joß hob die zitternden Fäuste vor sich hin. „Und schauet, Leut, jetzt war das Letzte von mir getan, was mir selber gehört hat und meinem eigenen Leben! Geschrien hat's in mir: Jetzt, Joß, jetzt schaff und wirk! Jetzt hast nimmer Weib und Kind, jetzt sollst mit Seel und Leib deinen armen Brüdern gehören!" Langsam strich er sich mit dem Rücken der Faust über die Stirne. „So hab ich ein neues Werben angehoben, von Dorf zu Dorf. Und da hat mir ein Bauer im Remstal einmal die traurige Red gegeben: Für uns arme Teufel ischt koin Rat mehr uf der Welt! . . . und drum hab ich dem Bundschuh im Remstal den Namen gegeben: der arme Koinrad. Auf zwölftausend Mann in Wehr und Waffen ist der Bund gewachsen gewesen, wie Herr Georg von Waldburg, der Truchseß, wider uns angezogen ist mit viertausend Spießen. Wir hätten ihn in der Hand gehabt, wie man ein Vöglein in der Faust zerdrücken kann. ‚Schlaget! Schlaget!' hab ich gschrien bei Tag und Nacht. Aber sie haben mein Wort nicht gehört.

Der Truchseß, wie er seine Rotten in der Mausfall gesehen, hat in gut gespielter Herzlichkeit verhandelt mit den Bauren und hat ihnen Erleichterung aller Lasten zugesagt. Und die törigen Bauren . . . weil auf dem Feld ihr Korn gelegen ist, das sie gern in die Scheuer getan hätten . . . die törigen Bauren haben dem Herren geglaubt. Und wie sie vertraulich auseinander gegangen sind, hat man sie meuchlings überfallen und mehr als tausend niedergeschlagen. Ihre Häuser hat man geplündert und verbronnen, und an die sechzehnhundert sind gefangen worden. Wie die Hund hat man sie rudelweis aneinandergekoppelt, und die ermüdet sind auf dem Marsch zu den Türmen, die hat man unterwegs an die Bäum geknüpft, daß sie dutzendweis an den Ästen gehangen haben, wie die Kluppen Vögel. Alle gefangenen Hauptleut hat man zu Tod gesprochen, mit Ruten gestrichen, geköpft und gevierteilt. In Reihen, die der Bauer gar nimmer zählen hat können, sind die Hauptleutsköpf auf der Schorndorfer Mauer ausgesteckt gewesen. Auf dem Richtplatz hat der Hans Kleesattel, eh sein Kopf gefallen ist, dem Truchseß zugeschrien: ‚Meineidiger Lump! Hast den Bauren Erleichterung zugeschworen von allen Lasten!‘ Und der Truchseß hat ihm mit Lachen die Red gegeben: ‚Ich hab meinen Schwur gehalten, dreitausend Bauren hab ich erleichtert von aller Last des Lebens!‘“

Joß schwieg, und man hörte nur das schwere Atmen der Männer. „Und du, Joß?“ fragte nach langer Stille von den Buben einer mit ersticktem Laut.

„Mit vierundsechzig Todgesprochenen bin ich auf dem Richtplatz gestanden, und mein Bundschuhfähnlein haben sie mir umgebunden, wie einem Weib das Kopftuch. Mit meinem Kopf hätt's fallen sollen . . . und nach dem Kleesattel wär ich drangekommen. Aber grad, wie sie mir die Händ aufgebunden haben, hat der Truchseß die lachende Red getan. Da ist's über mich gekommen, ich weiß nicht wie. Einem Schergen hab ich das Schwert aus der Hand gerissen, hab jeden niedergeschlagen, der mich hätt zwingen mögen . . . und bin entronnen. Und Gottes Gerechtigkeit hat hinter mir den Weg gedunkelt. Drei Tag später, wie sie mich noch allweil gesucht haben im Remstal, bin ich schon in der Schweiz gewesen, bei freien Bauren! Den Schäfer von Kappelberg, einen taubstummen Mann, den haben sie erschlagen, weil er mir gleichgesehen hat . . . und haben seinen blutigen Kopf im Remstal auf den Kirchturm gesteckt. Und in Schorndorf, wo die Herren bankettiert haben zum Viktoria, da haben sie einander im Rausch den Wein ins Gesicht und in die Hosen gegossen und haben die lachende Red getan: ‚Die Herren können leben, denn der Joß ist tot!'" Langsam hob er die Fäuste. Und ruhig, nur mit leisem Zittern in der Stimme, sagte er: „Jetzt sollen sie merken, daß er lebt, der Joß!" Er ließ die Arme sinken. „Kommet näher zur Glut, ihr Leut! . . . Was ich noch red, muß still geredet sein."

Die Burschen, die zu seinen Füßen gesessen, sprangen auf. Und näher drängten sich die Männer um den schwelenden Kohlenhaufen.

Joß dämpfte die Stimme. „Zehn Jahr ist's her. Schier ein Jahr lang bin ich an meinen Wunden gelegen. Und den Frühling drauf, da hab ich meinen Umlauf wieder angehoben. Neun Jahr hab ich geworben, hundert Gesichter hab ich aufgesetzt, als französischer Herr mit Hut und Degen bin ich in den Herbergen gesessen, hab mich als verwundeter Landsknecht und als welscher Arkebusero an die Leut gemacht, als römischer Ablaßbruder, als Schäfer und Fuhrknecht, als Spielmann und Bändeljud. Den Rhein hinunter bis Speier bin ich gezogen, den Main hinauf bis Bamberg, an die Donau wieder, am Lech zum Bodensee, von Kempten an den bayrischen Bergen her bis Reichenhall . . ."

Er sah über die Gesichter der atemlos lauschenden Männer hin, und wilde Freude flackerte in seinen Augen. „Zehnmal haben mich die Herren geworfen, und zehnmal hat mich einer, der größer ist als sie, wieder aufgehoben. Rechter Willen, das ist Leben, dem Spieß und Schwert nimmer ankönnen. Wer weiß, was er will, der hat ein sieghaft Ding in seiner Seel, und wenn es ihm zehnmal fehlgeschlagen, so geht er das elftmal wieder mit Hoffnung und Mut an sein Geschäft! ... Der Joß ist, tot, und die Herren können leben ... so haben sie gegrölt in ihrem Blutrausch zu Schorndorf! Zehn Jahre ist's her! ... Und heut? ... Das Pfeiferhänslein von Speier und der Bundschuh im Bruchrain, der helle Haufen im Breisgau und der arme Koinrad vom Remstal, sie all sind wieder lebig, und der tote Joß hat ihnen siedend Blut ins Herz geschüttet! Und hat ihnen eiserne Fäust gemacht, die auf die Stund warten, in der sie schlagen sollen." Seine Stimme wurde langsam, als sollte jede Silbe wirken wie ein Hammerschlag. „Dreihundert Boten gehen um und werben im ganzen Reich ... an die hundertzwanzigtausend Bauren sind eingeschworen zum neuen Bundschuh. Wir wollen unser Freiheit holen, wie's die Schweizer getan. Kein Fron und Scharwerk soll mehr sein. Das Lehen, das einer hat, das soll sein Erb und Eigen bleiben. Ein jedes Stücklein Boden, das man dem Bauer seit hundert Jahren genommen hat, das soll man ihm wieder geben. Kirchentrost und Rechtspruch sollen frei sein und keinen Heller kosten. Kein Gericht soll gehalten werden über Bauren, in dem als Richter nicht die Bauren selber sitzen. Kein Ungeld, Zoll und Steuer und Zins mehr soll an Herren und Klöster gezahlt werden. Nur die Steuer für das Reich soll bleiben, der gemeine Pfennig für den Kaiser, den wir gelten lassen als einzigen Herren in allem Land, das deutsch ist. Jagd und Fischenz, Weid und Wild sind frei, wie sie Gott für alle erschaffen hat. Und der Bauer soll kein schleppend und milchendes Vieh mehr sein, sondern ein freier Mensch so gut wie jeder Graf und Junker!"

Als hätte Joß nicht mit Worten geredet, sondern den Durst der Lauschenden gestillt mit feurigem Wein – so berauscht waren sie. Aller Vorsicht vergessend, jubelten sie dem Schwaben zu mit lauten Stimmen. Wie ein Verrückter gebärdete sich der Schmiedhannes und schrie: „Eine bessere Red ist nie getan, eine bessere Sach ist nie ersonnen worden! Gleichheit muß sein auf der Welt, und die reichen Schelmen müssen teilen mit dem armen Kunrad!"

Joß Friz riß aus der Garbenwand der Scheuer eine Handvoll Stroh, hob mit dem Fuß das Drahtnetz auf und warf die Halme über die glühenden Kohlen. Eine Flamme schlug auf, die ganze Tenne hell erleuchtend – und bei dem flackernden Schein zog Joß unter seinem Kittel ein seiden Ding hervor und ließ die knisternden Falten über der Flamme auseinander gleiten. Es war das Bundschuhfähnlein. Und mit klingender Stimme rief der Schwabe:

„Wer frei will sein,
Zieh her zu meinem Sonnenschein!“

Wilder Lärm erhob sich. „Ich bin der erst! Ich schwör zum Bundschuh!“ rief der Schmiedhannes. „Ich schwör! Ich schwör!“ Die Jungen alle riefen es ihm nach: „Ich schwör! Ich schwör!“ Doch in den jubelnden Lärm klang eine erschrokkene Stimme: „Jesus Maria! Ihr brennet mir ja die Scheuer nieder!“

Bei diesen Worten war der Dürrlechner auf das Drahtnetz zugesprungen und suchte mit seinem Lodenmantel die aufzüngelnde Flamme zu ersticken. „Laß brennen, Vater!“ rief sein Bub. „Laß brennen, daß wir das Fähnlein sehen!“ Aber der Alte brummte: „Soll die Freiheit damit anheben, daß mein Vieh im Winter nichts mehr zu fressen hat?“ Er schlug noch mit dem Mantel zu – doch seine erschrockene Arbeit war überflüssig. Denn die kleine Flamme erlosch von selbst, als der letzte Strohhalm verzehrt war.

„Wer frei will sein,
Zieh her zu meinem Sonnenschein!“

Sie tappten mit den Händen, und einer stieß den andern an – nach der flackernden Helle wirkte die rote Kohlenglut wie tiefes Dunkel. Einer lachte. Ein zweiter rief: „Wo steht er denn mit dem Fähnlein?“ Wieder ein Lachen, in das sich scheltende Stimmen mischten. Nur langsam dämpfte sich der

Lärm, und da hörte man den alten Witting mit zorniger Stimme sagen: „Ihr seid mir die rechten sieghaften Leut! Tausend Herren wollt ihr über den Haufen schmeißen, tausend Burgen niederbrennen . . . und erschrecket, weil ein Hälmlein Stroh in Feuer aufgeht, und weil das Hälmlein Stroh für eure Kälber ein Futter war!"

„Duckmäuser! Willst uns den Weg zur Freiheit versäuren mit deiner milchigen Fürsicht!" schrie der Schmiedhannes. „Geh lieber gleich hinunter ins Kloster und gib uns an!"

„Solche Red, die straft sich selber!" Ruhig kehrte sich Witting zu den andern. „Höret mich an, Leut!"

„Das Maul soll er halten!" Mit einem Fluch sprang der Schmiedhannes auf den Schwaben zu und rüttelte ihn. „Verbiet ihm das Reden! Der hat saure Milch im Leib statt Blut. Die gießt er uns übers Feuer, daß es ein Stinken gibt, statt ein Brennen! Dem ist bang um seine Dirn, die heuern will, und bang um seinen Buben, daß ihm vor Schreck nicht die Lieder ersticken im Hals. Verbiet ihm das Maul, Joß!"

„Wir wollen den Witting hören!" rief der Etzmüller. Ein paar andere der Männer riefen es ihm nach. Und Joß sagte: „Der Mann soll reden!" Er ließ sich nieder und legte das Bundschuhfähnlein über die Knie. „Was wär denn unser Freiheit, wenn sie anheben tät damit, daß wir einem das Maul verbieten? . . . Red, Witting!"

Der Alte trat näher zur Kohlenglut. „Schau, Joß, ich sag dir's gern, was ich halt von dir. Kein schlechter Blutstropfen geht von deinem Herzen aus, und du meinst es gut mit dem armen Baurenvolk. Und wie ich nicht raten will, wie viel an meiner Fürsicht Sorg um meine liebe Dirn und meinen guten Buben ist, und wieviel an ihr der Gutverstand meiner sechzig Jahr ausmacht und mein ruhiges Einschauen ins Leben und in die Zeitläuft . . . so will ich auch dir, Joß, mit keinem Wörtl nachraiten, wie viel an deinem Werben Lieb für die geplagten Brüder ist, und wie viel der Durst auf Vergeltung für dein armes Weib und deine Kinder. Da soll mir eins gelten, wie's ander."

„Hast recht! Es baumt auch nie ein Roß, wenn ihm der Reiter nicht die Sporen ins Blut treibt."

„Und die Sach, die du angehoben hast, tät eine gute sein . . . wär's nur auch eine Sach, an der ich ein Bröselein Hoffnung seh. Mühsam geplagten Menschen die Not vom Buckel heben, ein armselig Volk auf einen Weg führen, auf dem es schnaufen könnt in Freiheit, schaffen in Fried und Ruh, unter guten und gerechten Richtern und getröstet von braven Pfarrherren, die Gottes Wort behüten . . . schau, Joß: eine Sach, die schöner und heiliger wär als die, hat's nie gegeben."

„Ja, Witting! Schön und heilig! So ist mein Fürhaben! Und Hoffnung ist dran so viel wie Licht an jedem Morgen, wenn's grauet! Der Weg ist da. Wir brauchen den Weg bloß gehen."

„Bist doch einen weiten Weg schon gegangen! So schau doch hinter dich, Joß! Was siehst? Das Pfeiferhänslein im Feuer, die erschlagenen Leut im Bruchrain, die verratenen Bauren im Breisgau, die betrogenen Kunradsbrüder im Remstal, die blutigen Köpf an der Schorndorfer Mauer und einen Boden, gemistet mit Blut."

„Krieg um das beste Gut im Leben ist kein Kirmestanz. Lauft man Sturm wider feste Burgen, so müssen die ersten im Tod den Graben füllen für das Leben, das nachruckt. Und schau, Witting . . . auf meinem Fluchtweg nach der Schweiz, wie ich mich bergen hab müssen in den Stauden am Rhein . . .'s ist in der Zeit gewesen, in der die Ferchen das Sehnen spüren nach den frischen Quellen und gegen das Wasser ziehen . . . und schau, da hab ich im Rhein einen Ferch gesehen. Viermal ist er aufgesprungen gegen ein hohes Wehr, und viermal hat ihn das fallende Wasser hinuntergeschlagen. Aber das fünftmal hat er den Sprung zur rechten Zeit getan . . . und ist droben gewesen. So muß unser gute Sach das fünftmal springen wie der Ferch. Und der frische Bergbach, den wir suchen, ist unser Freiheit und die gute Zeit."

„Wär alles recht . . .wenn nur der Bauer ein Ferch wär, der springen könnt gegen rauschende Wehren! Wenn nur in jedem Bauer das Greifen nach der Freiheit so fest und sicher wär, wie im Ferch das Suchen nach dem klaren Wasser! Aber der Bauer ist wie ein müder und scheuer Karpf, an ein stilles und trübes Wasser gewöhnt . . . und tut man bloß mit der Stang einen Schlag in den Teich, so fahren sie alle hinunter und stecken die Köpfe in den Bodenschlamm." Witting hörte den Widerspruch der Männer und das zornige Schelten der jungen Burschen. Beschwichtigend hob er die Hände. „Meine guten Nachbarsleut, es ist nicht anders, wie ich sag. Dreihundert traurige Jahr in Not und Mühsal liegen seit Urähnlszeiten auf unserem Buckel. Das ist uns ins Blut gegangen. Und das wird nicht anders von heut auf morgen! . . . Schauet den Joß an! Im Bruchrain hat er an seiner guten Sach erleben müssen, was ich sag!"

„Wahr ist's!" sagte Joß gereizt. „Der Bauren ärgster Feind ist allweil der Bauer selbst gewesen." Er sprang auf, das seidene Fähnlein in der Faust. „Aber meint ihr denn, ich hätt euch von allem Blut erzählt, bloß daß euch grausen soll? Muß nicht jedes Tröpflein gefallen sein auf euer Herz wie ein zündend Feuer? Und ist ein Judas unter uns gewesen, muß das Unheil, das er angerichtet, euer Wort nicht festmachen wie gutes Eisen? Muß euch der Koinradsbrüder blutiges Sterben nicht predigen: trauet keinem Wort der Herren mehr, scharet euch fest aneinander, lasset eines jeden Sorg und Vorteil aufgehen in der gemeinen Sach wie tausend Bäch im Meer, harret nach gutem Rat auf die richtige Stund, und wenn sie gekommen ist, so schlaget, ihr hunderttausend Fäust, als wär's mit einer einzigen!"

„Wär alles recht, mein guter Joß, wär alles recht . . .könntest du nur, was in dir selber ist, den Hunderttausend eintröpfeln, wie man Arznei mit dem Löffel eingibt. In dir ist das feste Wort, in dir ist der rechte Mut. Aber wie du bist, sind nicht viel. Und haben hunderttausend zum Bund geschworen, so wird's im großen Haufen nicht anders sein, wie's bei den Kunradsbrüdern im kleinen war. Der eine wird laufen nach seinem Heu, der ander zu seiner Kuh, die ans Kälbern geht, der dritt wird sich vertragen mit seinem Herrn und die Brüder sitzen lassen, und der viert, in seiner Sorg um Speck und Schmalz, wird seinem Herren Botschaft geben und bitten: schlag die anderen tot, aber mich laß leben! Ich kenn die Menschen, Joß . . . ein jeder liebt das dünne Fädlein, an dem sein armseliges Leben zappelt! Und könntest ein Wunder tun und die Menschen anders machen, als sie sind, und könntest ihnen das Feuer deiner Seel eingießen in Herz und Blut, und die Hunderttausend aufrufen zu einem einzigen hellen Haufen, daß sie deinem Kopf und Wort gehorchen . . . schau, Joß, was willst mit einem waffenfremden Volk denn ausrichten gegen die Herren mit ihren Harnischen und Feldschlangen, mit ihren kriegskundigen Rotten und ihren festen Burgen?"

„Die Not des Lebens, die uns treibt, und das rechte Feuer in der Seel ist bessere Wehr als Harnisch und Burgen. Aber wahr ist's, einen harten Kampf wird's geben. Und drum müssen wir ebnen, was ungleich ist, und müssen wie der gewitzte Ferch die rechte Zeit erwarten, in der das widrige Wasser minder mächtig über uns herfallt. Und besser ist nie eine Zeit gewesen, als die jetzig. Die halbe Herrenschaft mit ihren Rotten und schier das ganze Heer des Kaisers steht in Welschland. Ein arger Krieg soll anheben zwischen dem deutschen Kaiser und dem König von Frankreich. Überall stehen die Burgen mit halber Mannschaft, die Feldschlangen sind davongefahren, der Frundsberg zieht mit all seinen Landsknechten auf Mailand zu . . .und geht das Herrenschlachten sell drunten an, so ist der Bauren Zeit gekommen, und der Ferch hat leichten Sprung."

Witting schüttelte den Kopf. „Das ist halbe Hoffnung, Joß. Und sie wird dich trügen. Herren sind Herren, ob sie zechen am gleichen Tisch, oder ob sie einander die Köpf einschlagen. Steh auf dagegen, und all ihre Feindschaft hat schnell ein End, und alles, was Herr heißt, ist wider die Bauren. Ein Elend tät kommen über uns, das grausig ist, und der Bauren Blut tät fließen, wie die Bergbäch rauschen nach einer Wetternacht. Nein, Joß! Schau an, vor hundert Jahr, da sind die Berchtesgadener Bauren wider das Kloster aufgestanden und sind geschlagen worden. Und haben ihr Leben noch härter gemacht, als es von eh gewesen ist. Und vor zwanzig Jahr, da haben wir's versucht im Guten und sind zum Kaiser gegangen . . . und haben nicht mehr gewonnen, als daß wir wissen, wie weit von Berchtesgaden hinunter ist bis auf Wien. Und selm ist noch ein guter Kaiser gewesen, der Kaiser Max, derweil heut im Deutschen Reich ein Fremder der Herr und Kaiser ist, der gern einem jeden Deutschen die spanischen Höslein antun möcht. Nein, Joß! Dein alter Bauer im Remstal hat recht gehabt: Für uns arme Teufel ist kein Rat mehr auf der Welt, als daß wir harren, bis die harte Zeit von selber sich bessert. Gute Zeit ist doch gewesen einmal. Zweihundert Jahr ist's her, da hat im Kloster ein Propst gewaltet, Herr Heinrich von Inzing, der hat seinen Bauren von aller guten Zeit die best gegeben. Mein Urahn hat's meinem Ähnl gesagt, von meinem Ähnl hat's mein Vater gehört, und mein Vater hat's mir und meinen Brüdern erzählt. Und ist die gute Zeit einmal gewesen, so muß sie auch wieder kommen. Das ist im Leben nicht anders als wie im Wald. Viel hundert Samen gehen auf, aber bloß einer streckt sich und macht einen starken Baum. Der steht in Kraft und tut seine Äst auseinander, trinkt alles Licht und zehret die gute Luft. Und all die kleinen Heister, die unter ihm stehen im Schatten, die müssen sich rackern um ihr bißl Leben. Aber der große Baum wird alt und mürb. Und hebt sein Sterben an und brechen die dürren Äst von ihm nieder, so schießen um ihn her die kleinen Heister auf, und haben Luft und Licht und wachsen sich aus zu guten Bäumen."

Joß hob die Faust mit dem seidenen Fähnlein. „Witting! Du Fürsichtiger! Denkst nicht an den Forstner, der den Hochwald lichtet? Denkst nicht an die Axt, die ihn niederschlägt, deinen Herrenbaum?"

„So heb doch die Axt und schlag! Tätst ihn niederbringen, den Baum . . .'s ist wahr, da kommen ein paar von den hungrigen Stauden flinker ins Wachsen. Aber könnt auch sein, daß der Baum zu dick ist für dein kurzes Beil. Und da mußt die

Pflänzlein zählen, die du niedergetreten hast bei deiner nutzlosen Müh! — So, Leut, jetzt hab ich euch mein Wörtl gsagt. Und es ist mein letztes gewesen. Jetzt könnt ihr tun, wie ihr möget . . . ich geh heim und such meine Ruh, daß ich morgen wieder schaffen kann. Gut Nacht, ihr Leut!"

„Ich geh mit!" sagte der Etzmüller, und der Stiedler legte den Mantel um die Schultern. Ein Gedräng entstand. In Erregung fuhren die Stimmen durcheinander, und der Schmiedhannes sprang auf das Tor der Scheune zu, um den Männern, die gehen wollten, den Weg zu verstellen.

Da rief der Schwabe: „Ruhig, ihr Leut!" Er barg das Bundschuhfähnlein unter dem Kittel. „Ich merk, das wird keine Schwurnacht heut. Halbe Arbeit, die mag ich nicht. Euch alle muß ich haben, oder keinen. Will einer gehen, so soll ihm niemand den Weg versperren. Die Zeit wird kommen, die mir einen jeden wieder zuführt, der heut in der armen Angst seines Lebens von mir geht. Und tät er mich nimmer finden dann, so wird er in Sorgen schreien: Joß Friz, wo bist?" Er hatte sich gezwungen, ruhig zu sprechen. Nun zerdrückte ihm die Erregung aber doch den Klang der Stimme. „Einen neuen Stein hab ich legen wollen zu unserem schönen Haus der Freiheit. Die mir den Stein aus der Hand schlagen, die werden sein wie die törigen Jungfrauen, von denen in der Schrift geschrieben steht, daß sie kein Öl in ihre Lampen getan. Und mitten in der Nacht ist ein Geschrei gewesen: Siehe, der Bräutigam kommt, heraus und ihm entgegen! Und die bereit waren mit den brennenden Lichtern, die gingen mit ihm zur Hochzeit, und die Türen wurden verschlossen. Da kamen auch die Törigen mit ihren dunklen Herzen und pochten: Herr, laß uns ein! Der Herr aber sprach zu ihnen: Euch kenn ich nicht!" Still war's in der Scheune, und mit erstaunten Augen sahen sie alle den Schwaben an, sein hartes Gesicht und seine blitzenden Augen.

„Das ist ein Heilandsred! Die sollst nicht mengen in dein blutiges Werben!" sagte Witting. „Was hat der Herrenmord, den du predigst, mit dem christlichen Wort zu schaffen?"

„So viel, wie unser guter Weg zur Freiheit mit Gott zu tun hat, der ihn gewiesen! Schau, Witting, wie du, so haben hundert zu mir geredet, deren Einsicht nicht weiter gereicht hat, als über die lieben Köpf ihrer Kinder hinaus bis an den Zaun ihres Lehens. Ich hab deine Kinder gesehen, Witting, und kann dir's nachspüren in meinem Herzen, daß sie dir lieb sein müssen. Aber tu's überlegen, Alter, ob du mit deiner Fürsicht deinem hellen Buben und deiner sorgmüden Dirn nicht größeren Schaden bringst für den übernächsten Tag, als Nutzen für den nächsten." Joß sah die Wirkung, die sein Wort auf den Alten machte. Er ging auf ihn zu und legte ihm die Hand auf die Schulter.

„Schau, Witting, wie der Bundschuh im Bruchrain gefallen ist, bin ich ein Fürsichtiger geworden und hab mir gesagt: ‚Jetzt bau ich das Glück für mich allein.' Und mein geschändet Weib am Straßenbaum und meine Kinder im Feuer . . . so hat das Glück meiner Fürsicht ausgeschaut! Gott soll's verhüten, Alter, daß du um deiner Kinder willen einmal schreien mußt: Joß Friz, wo bist?"

„Mensch, du!" stammelte Witting. „Tu deine Augen von mir!"

„Geh heim . . . und überleg's! Und willst du zur Hilf noch ein Wörtl hören, du und die andern mit dir, so kommet wieder in der nächsten Sonntagnacht. Dann will ich's beweisen, daß wir nichts anderes wollen, als was in der heiligen Schrift geschrieben steht. Wörtl um Wörtl will ich's beweisen aus der Schrift, daß unser Fürhaben göttlich, billig und recht ist."

„Bist ein römisch Geweihter", rief der Stiedler, der schon die Gugel seines Mantels über den Kopf gezogen hatte und sich zum Gehen rüstete, „daß du die Schrift verdeutschen und auslegen kannst?"

Joß hob die Stimme. „Heut muß keiner mehr geweiht sein, daß er lesen kann, wie Gott geredet hat!"

Der Schmiedhannes sprang auf den Schwaben zu und flüsterte: „Joß! Denk, was du redest!"

Aber Joß schob ihn mit dem Arm beiseite: „Geh du mit

deiner Angst! Ich red, wie ich muß!“ Dicht vor die glühenden Kohlen trat er hin. Und seine Stimme klang ruhig und fest. „Ich mein’ doch, das solltet ihr lang schon wissen! Oder bin ich der erst, ihr Leut, der euch verkündet, daß einer aufgestanden ist im Reich, ein frommer und wortstarker Mann, der sich beuget vor Gott, aber aufrecht steht wider die falschen Pfaffen und aufrecht steht in seiner Lieb zum deutschen Volk. Der hat uns die Schrift gedeutscht, die uns die Päpstischen verschwärzt und lateinisch verlogen haben. Jetzt können wir selber lesen, daß Gott geredet hat einmal: Vertrau auf meine Kraft, mein Volk! Schüttet aus vor mir eure Herzen, ihr Armen alle, ich bin euer Fels und euer Schutz! Und Lügner sind die großen Herren und wiegen leicht auf meiner gerechten Waag . . .“

„Den schauet an!“ schrie der Dürrlechner mit jähem Schreck in der Stimme. „Jetzt tut er den falschen Kittel erst völlig nieder! Martinisch ist er! Und möcht uns zu aller Not noch verfluchen und verhöllen! Ich geb meinen Stadel nicht her für solche Reden! Ich bin ein Christ! Ich bin ein Christ!“

Dumpfer Lärm erhob sich, alle Stimmen wirrten sich ineinander, die einen hielten es mit dem frommen Dürrlechner, die andern wollten hören, was Joß noch sagen würde. Der alte Witting, von seltsamer Erregung befallen, mahnte zur Ruhe und rief: „Schweiget, ihr Leut! Und den Joß lasset reden! . . . Joß? Wie ist das Wörtl gewesen, das du gesagt hast? Vertrau auf meine Kraft, mein Volk . . .“

Aber der Dürrlechner überschrie den Alten. „Ich will mir den Himmel nicht verlegen! Ich geb meinen Stadel nicht her! Wider die Herren bin ich . . . : aber ich bin für Gott und sein heiligs Himmelreich. Das soll mir zukommen nach aller Lebensnot! Ich fürcht den Teufel und bin für Gott.“

„Bist du für Gott“, klang die scharfe Stimme des Schwaben, „so mußt du auch wider die falschen Pfaffen sein und für den Luther! Lasset euch sagen, ihr Leut! Ihr kennet den Luther bloß in der schlechten Farb, die sie ihm ankreiden in den römischen Kirchen und auf der Kanzel. Ich aber hab ihn gesehen und hab geredet mit ihm. Das ist ein Mann wie ein Fels! Und sein Herz ist so groß wie ein See, der tausend Wasser in sich aufnimmt. Und was er tut und redet und schreibt, ist mehr noch als bloß ein Ausfegen der römischen Kirch und ein Misten im Pfaffenstall . . . das ist ein großes und festes und deutsches Werk, ein Heilwerk, ihr Leut, an dem unser mühseliges Volk zu guten Zeiten genesen und unser sieches deutsches Reich sich auswachsen soll zu freier und mächtiger Einheit."

„Das sind Lugen!" rief der Etzmüller. „Was will einer ausrichten im Land, den der Reichstag in Acht und Bann getan, den die Kirch verflucht hat, und der dem Teufel gehört!"

„Den die großen Herren in Acht und Bann getan, und den die Pfaffen verfluchten, der hauset als freier Mann zu Wittenberg, das halbe Reich ist seines guten Glaubens, und mächtige und fromme Fürsten, die unter den Herren sind wie weiße Raben, die schützen den Bruder Martin wider jeden Feind und Neider. Und wie der Sämann die Körner hinstreut über ein Weizenfeld, so streut der Luther mit Kraft den Samen aus für das neue Wesen der Zeit. Mächtig hat sein großes Herz geredet für alles Volk, das mühselig und beladen ist. Furchtlos hat er geschrieben wider die ungerechten Herren: ‚Henker und Stockmeister sind sie, die den armen Mann schinden und ihren Mutwillen auslassen an Gottes heiligem Wort!'"

„Das hätt der Luther geschrieben?" fragte Witting mit stammelndem Laut.

„Und hat geschrieben: ‚Gott verblendet sie und will ein End mit ihnen machen. Man will ihren Mutwillen in der Läng nimmer leiden, denn der gemeine Mann ist verständig worden. Es ist nicht mehr eine Welt wie vor Zeiten, da der Herr die Bauren wie das Wild gehetzt und getrieben hat. Gott will es nicht länger leiden. Und fürder soll kein Fürst mehr denken: Land und Leut sind mein . . . sie sollen denken: ich bin des Landes und der Leut ein Diener!'"

Schweigend stand der alte Witting; seine Augen träumten wie die Augen seines Buben. Und der Etzmüller fragte:

„Redest die Wahrheit, Joß? Ist der Luther so?" All die anderen schwatzten in glühender Erregung oder in scheuer Ängstlichkeit. Noch immer brummte der Dürrlechner von seinem guten Christentum, während der Schmiedhannes jubelte: „Recht so, Joß! Da hast eine gute Red getan! Der Bruder Martin ist unser Mann!" Das Wort fand Widerhall bei den jüngeren Männern – und wie ein Sinnbild des Feuers, das in den heißen Köpfen wieder aufflackerte, schlug aus den halb erloschenen Kohlen eine bläuliche Flamme; denn am Scheuertor hatte sich das Türlein geöffnet, und ein scharfer Luftzug war über den Kohlenhaufen hingestrichen. Immer lauter hoben sich die Stimmen, und der Hannes kreischte: „Joß Friz! Das Fähnlein her! Wir wollen schwören! Die gute Stund ist da!" Die jungen Burschen drängten sich um den Schwaben. „Joß, wir schwören! Her mit dem Fähnlein!" In die wirren Stimmen mischte sich ein von Angst erwürgter Ruf: „Leut! . . . Leut!" Der Bursch, der draußen am Zauntor die Wache gehalten, war in der Tenne erschienen und drängte sich durch den Ring der Männer. „Leut! Leut! Hütet euch, Leut!"

„Bub?" stammelte der Dürrlechner. „Was ist denn?"

„Hütet euch, Leut! Es kommen Fackellichter durch den Wald herauf . . . und schreien hört man . . . ein großer Haufen von Reisigen muß es sein."

Noch hatte der Bub nicht ausgesprochen, als schon ein sinnloses Flüchten in der Scheuer begann. Einer stieß den andern beiseite, der junge Frauenlob wurde niedergeworfen, und der Schmiedhannes sprang über ihn weg. Er war auch der erste, der im Türlein des Scheunentors verschwand. Und hinter ihm drängten sich die anderen nach, daß am Tor die Bretter krachten – das Türlein war den Flüchtenden zu eng, sie rissen sperrangelweit das große Tor der Scheuer auf.

Jetzt standen nur zwei Männer noch in der stillgewordenen Tenne – Joß Friz und der alte Witting. Während Joß durch das offene Tor hinausstarrte in die dunkle Nacht, in der mit Unruh die Sterne flimmerten, griff Witting nach dem Kübel, der neben dem Drahtnetz stand, und schüttete Wasser über die Kohlen. Zischend ging eine Dampfwolke auf, und es wurde finster in der Tenne. In dem tiefen Dunkel sagte Witting: „Schau, Joß, die Karpfen sind all hinuntergefahren auf den Grund.“

Joß lachte, kurz und rauh. „Es ist nicht das erstemal, daß ich das sehen muß. Aber die Zeit wird kommen, wo sie das Tauchen und Laufen vergessen. Unser Sach ist gut. Sie wird Ferchen machen aus den Karpfen. Und du, Witting, du bist schon einer!“ Der Alte schwieg. Und Joß fragte: „Kommst wieder zur nächsten Sonntagnacht?“

„Ich komm.“

„Gut . . . und welchen Weg soll ich nehmen?“

„Gib deine Hand, Joß! So lang ich dich führ, bist sicher . . . soll durch den Wald heraufkommen, was mag.“

In der Finsternis fanden sich die Hände der beiden Männer.

5

Durch ein Türlein in der Rückwand der Scheuer waren Witting und Joß Friz in die Nacht hinausgetreten. Man hörte noch die Flüchtenden durch den Garten springen und hörte am Flechtzaun ein Gerappel, als wäre einer, dem der Weg bis zum Tor zu weit geschienen, über den Hag geklettert.

Nun standen die beiden am Waldsaum. Tief drunten auf dem Berghang sahen sie den Fackelschein im Gehölz und hörten ferne Stimmen. „Täten's die Klosterleut sein, die täten doch nicht so schreien?“ flüsterte Witting. „Aber schnell, Joß! Eh die heraufkommen, sind wir in meinem Lehen. Und da bist sicher.“

Sie sprangen an den Zäunen der stillen Gehöfte hin und erreichten das Tor, als ein paar hundert Schritte unter ihnen der Fackelschein und das Lärmen herausquoll aus dem Wald. Zweimal, und wieder zweimal pochte Witting. Da tat sich auch das Tor schon auf. „Vater?“ flüsterte Maralen, deren Gestalt man in der dunklen Nacht kaum unterschied.

„Ja, Lenli, ich bin’s! Und da ist ein Mann, den führ ins Haus und birg ihn!“

Schon eilte Maralen mit dem Schwaben dem Hause zu. Da hörte Witting, als er das Tor schließen wollte, deutlich die Stimmen des näher kommenden Menschenhaufens – und was er hörte, ließ ihn rufen: „Joß! Komm her!“

Der Schwabe kam zurück, und Witting öffnete das Tor. „Da, lus!“ Man hörte scheltende Männerstimmen, lautes Beten dazwischen und den kreischenden Jammer einer Dirn. „Da, lus! Ein erschlagener Mann und eine heulende Magd, das sind die Reisigen, vor denen die zwanzig Ferchen so mutig gesprungen sind.“

Umzittert vom lodernden Schein zweier Fackeln und umwirbelt vom Rauch des Peches, zog der lärmende Trupp am Zauntor vorüber. Auf Stangen brachte man einen toten Bauernknecht getragen – im Rausch und aus Eifersucht hatte er im Leuthaus zu Berchtesgaden Streit mit einem Klosterjäger begonnen, und der Jäger hatte ihm den Hirschfänger durch den Leib gerannt.

Als der Trupp vorüber war, lehnte Witting das Tor zu. „Wart, Joß, ich will dich führen und hol ein Kienlicht.“ Er ging ins Haus und kehrte mit einer brennenden Fackel zurück. „So, jetzt komm!“

Langsam, ohne weiter noch ein Wort zu reden, stiegen sie in der stillen Nacht den Waldhang hinunter, Witting voraus mit erhobener Fackel. Da sprang vor ihnen aus dichtem Gebüsch ein Mensch heraus, schwarz eingehüllt in einen Mantel mit großer Gugel. Wie ein Wild, hinter dem die Hunde sind, flüchtete der Mann mit langen Sprüngen in die Finsternis des Waldes.

„Von den Ferchen einer!“ Witting lachte. „Schau nur, Joß, wie er springen kann! Der hat uns für Spießknecht genommen, die ihn suchen.“

Unter den Sprüngen des Flüchtenden krachten die Äste im

Wald, und die Steine kollerten. Er rannte und rannte, stürzte zu Boden, überschlug sich und raffte sich keuchend wieder auf. Rasselnd ging ihm schon der Atem zu Ende, und immer noch rannte er und rannte. Er hielt erst inne in seiner Flucht, als er die Straße im Tal erreichte. Während er die Fäuste auf seine Brust drückte, wandte er das von der schwarzen Gugel verhüllte Gesicht bald die Straße hinunter gegen das Tal der Ache, bald die Straße hinauf gegen das Kloster, dessen Dächer vom Schein der Pfannenfeuer, die in den Höfen brannten, matt erleuchtet waren. „Teufel, Teufel . . . wenn ich nur wüßt . . ." Er wandte das Gesicht nach der Bergseite, von der er gekommen war – und wieder gegen das Kloster. „Und ich tu's! Ein jeder ist sich selber der nächst!" Er sprang über die steilen Wiesen hinunter, schlug im Tal einen weiten Bogen und rannte die Straße hinauf, die von der Südseite gegen das Markttor des Klosters führte. Kein Mensch begegnete ihm, die Häuser lagen still und mit schwarzen Fenstern. Nur ein einziges Fenster hatte Licht: das Fenster in der Wärtelstube des Klosters. Schon griff der Mann nach dem Klöppel, der an den Bohlen des Tores hing. Doch er besann sich wieder, als wäre ihm ein lauter Hall nicht lieb. Sich dicht an die Mauer drückend pochte er leis an die trüben Rundscheiben der Wärtelstube.

Man hörte in der Stube eine Knabenstimme: „Wärtel! Wach auf! Es hat einer gepocht."

Das kleine Fenster wurde aufgetan. „Wer ist das?"

„Einer, der dem Kloster freund ist!" klang es mit einer Stimme, der man die Verstellung anhörte. „Trag deinem gnädigen Herrn eine Botschaft zu! Ins Land ist einer gekommen, auf den ein Kopfgeld von tausend Gulden gesetzt ist. Joß Friz heißt er und ist von den rechten Ursächern des Bundschuhs einer. Und werben tut er. Und Martinisch ist er. Und der Salzmeister Humbser muß wissen, wo er hauset. Der hat ihn eingedinget unter dem Namen Häfler-Basti."

Ein Fluch. Und der Wärtel streckte den Kopf zum Fenster heraus. „Mensch! Wer bist?"

„Das mußt nicht wissen! Habt ihr den Vogel eingefangen, so komm ich schon und hol mir ein goldenes Federlein auf den Hut. Wenn einer kommt und sagt: ‚Dem Kloster treu und meinem Herrn' . . . so bin ich's! Gut Nacht!" Und mit hastigen Sprüngen eilte der Mann im Mantel davon.

„Mensch! Zum Teufel, so bleib!" rief der Wärtel, rannte aus der Stube, öffnete das Tor und spähte in die Nacht hinaus. Aber die Straße war leer, der Mann verschwunden. „Ist das ein Possen oder ist das Ernst?" Der Wärtel lief in die Stube zurück. Da stand ein fünfzehnjähriges Bürschlein, von den Troßbuben des Klosters einer, zitternd vor Schreck und so bleich wie die Wand. Aber der Wärtel hatte nicht Zeit, um des Buben zu achten. Hastig brannte er an der Talglampe ein Windlicht an. „Mach das Tor zu, Ruppert! Ich muß zum Herren hinauf!" Er eilte davon.

Der Bub sprang in die Torhalle, sah zitternd dem Wärtel nach, und als er das Windlicht im Innenhof des Stiftes verschwinden sah, rannte er zum Tor hinaus, über den Marktplatz hinüber und auf die kleine Drechslerhütte zu, die neben des Weitenschwaigers neu erbautem Hause stand. Mit aller Kraft riß der Bub an einem der kleinen Fenster den Laden auf und durchschlug mit der Faust das Ölpapier, das den Fensterrahmen überspannte. „Was ist denn?" klang in der Stube eine erschrockene Stimme.

„Ich bin's, der Ruppert!"

„Was willst?"

„Lauf, Zawinger . . . zum Bruder Humbser hinauf . . . sag ihm, die Spießknecht kommen!"

„Du guter Heiland! Bub, was ist denn?"

Die Frage fand keine Antwort mehr, denn Ruppert rannte schon wieder dem Kloster zu. Atemlos erreichte er die Halle und schloß das Tor. Da kam auch schon der Wärtel zurück mit dem Kammerdiener des Propstes, um den Knechten die Weisung zu bringen. Die Leute waren schnell bereit – sie hatten in ihren Kleidern auf den Pritschen der Wachtstube geschlafen. Sechs Spießknechte und zwei Handrohrschützen wurden ausgeschickt. Sie rückten über die Straße hinunter, die zum Tal der Ache führte. Einer der Spießknechte, der voranmarschierte, trug eine Laterne mit geschlossenen Blenden. Und zwei glimmende Funken wanderten mit ihnen: die Luntenglut der beiden Schützen.

Als sie die Achenbrücke überschritten hatten und auf dem jenseitigen Berghang durch ein finsteres Gehölz hinaufstiegen, blieb der Führer der Leute plötzlich stehen. „Mir ist, als wär grad einer über den Weg gesprungen, der von droben gekommen." Sie lauschten, aber man hörte keinen Laut im Wald. „Wird ein Wild gewesen sein." Sie stiegen weiter. Das Gehölz lichtete sich und tat sich gegen eine Wiese auf. Ein paar hundert Schritte hatten sie noch zu steigen bis zum Haus des Salzmeisters, von dessen Garten man schon die schwarzen Baumkronen unterschied. Höher auf dem Berghang hörte man Stimmen, durch die Ferne gedämpft, und sah den gaukelnden Schimmer kleiner Lichter. Dort oben lag der Eingang eines Salzschachtes – und es war Schichtwechsel zur Mitternacht.

„Flink!" meinte der Führer. „Wir müssen fertig sein, eh die Knappen kommen." Bei der Hast, mit der sie stiegen, überhörten sie ein leises Geräusch – es klang wie das matte Ächzen einer Tür, die man langsam öffnet.

Nun erreichten sie die Ecke des Gartens und teilten sich. Ein Spießknecht mit einem Schützen umging die Hecke, um die Rückseite des Hauses zu verlegen, und während vier Knechte das Gehöft betraten, blieb der Führer mit dem anderen Schützen an der Talseite des Gartens zurück. Er stand geduckt und spähte nach allen Seiten in das Dunkel. Die dichten Stauden des Gartens verwehrten ihm den Blick gegen das Haus. Nur an der aufglimmenden Helle konnte er merken, daß die Knechte im Hof ihre Fackel anbrannten. Deutlich hörte er das Pochen, das Öffnen der Haustür und die wechselnden Stimmen.

„Was wollet ihr, Leut?"

„Eine Frag tun in unseres Herren Namen."

„So fraget!“

„Das wollen wir tun in deiner Stub.“ Der Lichtschein verschwand, und die Türe wurde geschlossen.

Da hörte der Führer ein Rascheln im welken Laub der Gartenhecke. Rasch vorspringend gegen den Weg, schlug er die Blenden der Laterne auf und sah einen Mann in der Tracht der Salzknappen hastigen Schrittes über den Weg hinaufsteigen. „He, du! Bleib stehen, oder das Handrohr schreit dir ein Wörtl nach!“ Der Mann gehorchte und wandte im Schein der Laterne langsam das Gesicht. Es war Joß Friz. Ruhig lächelnd ließ er die beiden an sich herankommen.

Der Führer hob die Laterne. „Wer bist?“

„Ein Schlepper im Salzwerk.“ Joß lachte. „Und wenn ich anzieh, geht der Karren vom Fleck.“

„Wo kommst du her, so gählings?“

„Über den Weg da komm ich her, vom Tal herauf. Ich wohn da drunten am Bach.“

„Ich hab dich laufen sehen. Warum mußt laufen?“

„Weil ich Eil hab. Es ist Mitternacht, und meine Fahrt hebt an. Verpaß ich die, so tät's mir übel gehen. Die Herren sind streng.“ Das sagte Joß wie einen Scherz.

Der Führer hob ihm die Laterne näher zum Gesicht. „Dich hab ich noch nie gesehen. Komm mit herein zum Salzmeister! Der soll ausweisen, wer du bist.“

„Wohl, ich komm schon!“ sagte Joß. Im gleichen Augenblick schlug er mit der Faust dem Führer die Laterne aus der Hand und sprang in die Nacht hinaus.

„Schütz! Brenn los!“ kreischte der Führer und raffte die Laterne vom Boden auf. Sie war nicht erloschen, und ihr Schein glitt hinter dem Flüchtenden her. Der Schütz hatte das Rohr gehoben, auf der Pfanne flammte das Pulver auf, und krachend zuckte der Feuerstrahl des Schusses in die Nacht. Der Fliehende taumelte und brach in die Knie – „Den hat's!“ lachte der Schütz – aber da raffte sich Joß wieder auf und sprang gegen den Saum des Gehölzes. Doch plötzlich sah er seinen Weg verstellt, und in dem matten Licht, das die Laterne noch herwarf über die Wiese, funkelte vor seiner Brust die Klinge einer Hellebarde. „Gott steh mir bei!“ Mit der Linken griff er nach dem Spieß, in seiner Rechten zuckte das Messer, das er vom Gürtel gerissen. Ein dumpfer Schrei scholl in die Nacht, man hörte den Fall eines schweren Körpers, das Klirren von Eisen – am Waldsaum krachte ein Schuß – und als der Führer mit der Laterne und mit blanker Wehr herbeigesprungen kam, hörte er die Flüche des anderen Schützen, dessen Rohr noch rauchte, und fand den Spießknecht, der die Bergseite des Gartens behütet hatte, als stillen Mann auf der Erde liegen, mit einem gurgelnden Blutquell am Hals.

Joß Friz war im Wald verschwunden.

Zwei von den Knechten, die ins Haus getreten, kamen gelaufen, und da standen sie zu fünft um den Toten her und schwatzten ratlos durcheinander. Sie sahen ein, daß es zweckloses Beginnen wäre, eine Verfolgung in dem finsteren Gehölz zu versuchen.

„Der lauft nimmer weit“, meinte der Schütz, der den ersten Schuß getan, „ich hab mit einer Kugel geschossen, die den Brand macht.“

Lichter gaukelten über den Berg herunter, und Stimmen kamen näher. „Ins Haus!“ gebot der Führer und löschte die Laterne. „Tragt den Toten unter Dach, eh die Knappen kommen! Und lasset den Salzmeister mit keinem Schritt aus der Stub. Ich lauf hinunter zum Herren, daß er die Nacheil aufbietet.“ Er wartete noch, bis sie den Toten aufgehoben hatten, dann eilte er talwärts, heim ins Kloster.

Eine Stunde verging. Da wurde auf dem Turm des Münsters eine Glocke geschlagen. Wie Feuerlärm begann es und wurde ein hastiges Läuten – es war das Glockenzeichen der ‚Nacheile‘, ein Zeichen, das alle Straßen an den Grenzen des Tales schloß. In das Läuten des Münsters fiel die Glocke der Pfarrkirche ein, und von überall antworteten die hallenden Turmstimmen von der Kapelle im Schellenberger Tal, vom Kirchlein zu Unterstein, von der Kapelle zu Ilsank und von der hochgelegenen Grenzhut gegen Hallein.

Auf der Talbastei der Klostermauer wurde die Lärmschlange gelöst. Wie schwerer Donner dröhnte der Schuß, und über alle Berge rollte der Widerhall. Fast eine Viertelstunde verging, ehe man den Antwortschuß vom Hallturm an der Reichenhaller Grenze vernahm. Von dem Schusse, der in der Burghut am Hangenden Stein hinter Schellenberg gelöst wurde, hörte man nur ein brummendes Echo von den Felswänden des hohen Göll.

An den Häusern öffnete sich kein Fenster, keine Türe. In den Leuten, die das Dröhnen hörten, war die Sorge größer als die Neugier. In ihren finsteren Stuben, in ihren Betten flüsterten sie und fragten sich: „Was hat's gegeben?" Und in Hunderten war die scheue Angst: „Komm ich nicht mit hinein?"

Die Glocken schwiegen. Überall wieder die Stille der Nacht. Nur im Leuthof des Klosters war's lebendig, und der rote Schein der geschürten Pfannenfeuer glomm hoch am Turm des Münsters hinauf. An die Dreißig rückten aus, zu Pferd und auf Maultieren, zu Fuß und mit den Schweißhunden an der Koppel. Im ersten Grau des Morgens begannen sie die Suche und fanden eine Blutspur, die sich im Wald verlor. Die Hunde hielten noch eine Strecke weit die Fährte, dann fingen sie zu irren an und jagten auf frisch begangenen Wechseln dem Hochwild nach.

Als die Dämmerung sich zum Tage löste, führte man den Salzmeister Humbser mit gebundenen Händen aus seinem Haus. Der Mann war bleich, doch ruhig. Auf Stangen trugen sie ihm den toten Knecht voran. Sie mußten an des Schmiedhannes Werkstätte vorüber, die bei der Achenbrücke lag.

Der Schmied war schon bei der Arbeit und hämmerte auf ein glühendes Hufeisen los, während der jüngste Bub des Dürrlechners neben dem Amboß stand, mit einem mageren Gaul am Zügel.

„So red doch, Hannes! Was meinst denn, daß es gegeben hat heut nacht, weil sie zur Nacheil gelärmt haben?"

Der Schmied hämmerte. „Red nicht so laut! Draußen auf der Straß hör ich Leut kommen."

Die Stimme zu leisem Geflüster dämpfend, fragte der Bub: „Meinst, daß der Jäger flüchtig worden ist, der den Knecht erschlagen hat?"

„Wen erschlagen?"

„Ja weißt denn nichts?"

„Was soll ich denn wissen?"

„Der reisige Haufen, vor dem die Mannsleut gestern all davongelaufen sind, das ist ein toter Knecht gewesen, den sie gebracht haben. Ein Jäger hat ihn im Rausch erstochen."

Der Schmied ließ den Hammer ruhen und sah den Buben mit verdutzten Augen an. Dann lachte er rauh. „Die Hasenblüter!"

„Bist ja du auch gelaufen!"

Hannes streckte sich in seiner ganzen Größe. „Gelaufen! So eine Narretei! Gesichert hab ich mich halt . . .weil ich mich aufheben muß für die richtige Stund."

Da gingen sie draußen mit klirrenden Waffen vorüber – und der Schmied fing mit dem Hammer zu dreschen an, daß es klang und tönte.

Vor dem breiten Tor der Schmiede glitt ein mildes Licht über den frostig blauen Morgenschatten der Landschaft. Die Sonne war gestiegen und strahlte die Berge an. Als man den Salzmeister über die Straße hinaufführte zum Klostertor, glänzten alle Mauern des Stifts in goldenem Licht.

In der Pflegerstube des Rentamtes führten sie den Gebundenen vor Gericht.

Der Sekretarius zupfte am Bärtchen und lächelte verlegen, und Herr Pretschlaiffer faltete die schwarze Schaube um den Leib und zeigte jenes bekümmerte Gesicht, das er bei ernsten Fällen anzunehmen pflegte.

Mit stockender Stimme verlas der Sekretarius die Artikel ‚von der Verräterei genugsamer Anzeige' und ‚von unzweifelhaften Missetaten' – ein Artikel, in dem es hieß: „Item so eine Missetat öffentlich und unzweifelhaft ist, soll man alle rechtliche Verlängerung abschneiden, damit Urteil und Strafe mit den wenigsten Kosten gefördert und vollzogen werden."

Herr Pretschlaiffer sprach die Vermahnung zur Wahrheit. Dann fragte er mit traurigem Blick: „Hans Humbser, was hast du dich da in üble Sachen eingelassen! Und bist doch immer ein so redlicher Diener deines Herrn gewesen!“

„Ja, Herr Richter, der bin ich allzeit gewesen.“

„Wärst du es doch immer geblieben! Aber nun gib der Wahrheit die Ehre . . .“

Das Verhör begann.

„Ich kann nichts andres sagen, Herr Richter, als was ich schon den Spießknechten gesagt hab. Der Mann heißt Häfler-Basti. Den Namen hab ich schwarz auf weiß gelesen. Auf dem Kirchplatz hat der Mann mich angeredet und hat mir einen Bleibverlaub des Klosters gewiesen und einen Wegzettel vom Reichenhaller Salzmeister. So hab ich ihn eingedinget als Schlepper im neuen Stollen. Er hat genächtet bei mir, und eine Weil, eh die Spießknecht gekommen sind, hat er mein Haus verlassen und ist zur Schicht gegangen.“

Frage um Frage wurde gestellt – Hans Humbser wußte nichts anderes zu sagen. Da gab der Landrichter dem Sekretarius mit bekümmertem Blick einen Wink. Der Edle zu Hirschberg zog verlegen an einem Glockenstrang hinter seinem Sessel. Zwei Schergen in rotem Wams und mit nackten Armen traten in die Stube. Der Greis erbleichte, und seine gefesselten Hände zuckten.

„Hans Humbser! Bevor du mich durch deine Verstockheit zwingst, das peinliche Befragen zu beginnen, will ich dich noch ermahnen: Blick hinauf zu diesem heiligen Bild!“ Herr Pretschlaiffer deutete auf ein großes Gemälde, das an der Wand der Stube hing: Jesus Christus mit blutenden Wundmalen und mit rotem Mantel, auf doppeltem Regenbogen ruhend; zu Seiten seines von der Glorie umschimmerten Hauptes zwei geflügelte Engel mit Posaunen, ihm zu Füßen die Erde mit Gräbern, die sich öffnen, mit den Gerechten, die zum Himmel steigen, mit den Sündern, die der höllische Drache verschlingt; und durch die Bänder des doppelten Regenbogens war ein Spruch geschlungen:

Gedenk allzeit der letzten Ding,
So wird das Recht dir tun gering.
Das Urteil dort wird dir gefällt,
Wie du gelebt hast in der Welt.

„Hans Humbser? Willst du bekennen, wer der Mann gewesen ist? Und wie er in dein Haus gekommen?"

Der Salzmeister schwieg; noch immer hing sein Blick an dem Bild, und seine Augen begannen still zu glänzen.

Herr Pretschlaiffer winkte den Schergen. „So befraget ihn auf den ersten Grad! Doch mit ziemlicher Schonung seines Alters."

Da sagte der Salzmeister: „Lasset die Schergen, Herr! Jetzt hab ich der letzten Ding gedacht und will gestehen." Er atmete tief. „Ich hab ihn herbergen müssen."

„Müssen? Weshalb?"

„Weil er mir evangelischen Gruß geboten hat. Ich bin martinisch, Herr Richter! . . . Mehr sag ich nimmer."

Herr Pretschlaiffer sprang auf, mehr erregt als erschrocken. „Du gottvergessener Mensch! Weißt du denn auch, daß dich dieses Geständnis meinem milden Richterspruch entzieht?"

„Ja."

„Daß unser Herr durch Vertrag gebunden ist, dich Seiner Hochfürstlichen Gnaden dem Herrn Erzbischof von Salzburg auszuliefern?"

„Ja."

„Und daß Seine Hochfürstliche Gnaden, Herr Matthäus, mit unerbittlicher Strenge gegen die Martinischen rechtet? Und daß du vom Regen in die Traufe kommst? Und daß du ein verlorener Mann bist? Weißt du das?"

„Ja! . . .Und mein Herr Jesus, von allen Guten der Beste, wird gnädig sein meiner armen Seel, weil ich um meines Brotes willen geheuchelt hab seit dritthalb Jahr."

Herr Pretschlaiffer stellte keine Frage mehr. Ein halbes Stündlein knirschte noch die Feder. Dann wurde Hans Humbser in Verwahr geführt, und vor den Richter kam ein anderes

Geschäft. Man brachte den Jäger, der den Bauernknecht erstochen hatte. Der Fall war klar und rasch erledigt. Denn der Artikel sagte: „Item, welcher eine rechte Notwehr zur Rettung seines Leibs und Lebens tut und denjenigen, der ihn als benötigt, in solcher Notwehr entleibt, der ist darum niemanden nichts schuldig." Der Jäger ging frei aus der Stube – und am Abend wurde er zum Geleit gestellt, das den Salzmeister Humbser in der Stille der Nacht über Schellenberg nach Hohensalzburg brachte.

Die ganze Woche waren die Spießknechte auf der Suche nach Joß Friz. Keine Spur von ihm ließ sich entdecken. Er schien aus dem Land verschwunden, trotz der gesperrten Straßen und Pässe. Dem Kloster blieb von ihm nur das schwäbische Gewand, das man im Haus des Salzmeisters gefunden hatte – und die glimmende Glut, die er in zwanzig Herzen geworfen. Die brannte weiter in heimlicher Stille. Lebensangst und scheue Hoffnung gaben ihr Nahrung.

So strenges Schweigen man den Leuten des Stiftes in dieser Sache geboten hatte, es sickerte doch in der zweiten Woche durch die Mauern heraus: daß ein Werber für den Bundschuh ins Land gekommen, daß einer zum Verräter an ihm geworden, und daß der Mann, als man ihn fassen wollte, einen Spießknecht niedergestochen und sich gerettet hatte wie durch ein Wunder.

Nun wußten sie droben in der Gern, weshalb sie in der zweiten Sonntagsnacht vergebens auf Joß Friz gewartet hatten. Bis lange nach Mitternacht waren sie beisammen geblieben, und immer wenn sie auseinander gehen wollten, hatte der Schmiedhannes gemahnt: „Bleibet noch, er kommt! Er hat's versprochen, daß er kommt, und der Joß ist ein Mann von Wort!"

Da hörten sie nun mit bleichem Schreck die Nachricht, die aus dem Kloster herausgetröpfelt und binnen wenigen Tagen von Mund zu Mund gelaufen war. Über jeden, der in der Tenne des Dürrlechners mit Joß um die Glut gestanden, fiel die Sorge her: „Morgen kommen die Spießknecht zu mir!"

Und der Schmiedhannes sagte es einem jeden der Schwurbrüder, die zu ihm in die Werkstätte kamen: „Habet acht, ich bin der erst, den sie sahen! Weil ich der erst gewesen bin, der geschworen hat. Und weil sie Angst haben vor mir!“ Kam die Rede auf ‚denselbigen, der es getan‘, so tat der Schmied mit dem schweren Hammer einen Streich auf den Amboß, daß es weit hinaus klang in das Tal. „Das muß er hören . . . und wenn er’s hört, so muß ihm die schlechte Seel im Leib drin zittern . . . aus Angst vor mir!“ Und als dann ein Tag um den andern verging, ohne daß die Spießknechte kamen, weder zum Hannes noch zu einem andern der Schwurbrüder in der Gern, da wurden die Reden des Schmiedhannes immer schärfer. „Den Judas bring ich noch auf! . . . Denken tu ich mir eh schon das meinig! . . . Wird halt einer gewesen sein, dem unser gute Sach die Angst um Speck und Schmalz in den Magen getrieben hat! Und wie der dumme Bub gelärmt hat: es kommen die Reisigen . . . da wird halt derselbig in seiner Angst schnurgrad zum Kloster gelaufen sein und wird gebeichtet haben, daß er sich lieb Kind macht bei den Herren! . . . Ich denk mir das meinig! Es wird schon einer gewesen sein, dem’s zittrig um die milchige Seel gegangen ist! So ein Fürsichtiger halt!“ Er sprach den Namen nicht aus. Doch immer deutlicher wurden seine Reden. Aber sie fanden keinen Glauben bei den andern. Man kannte den Witting zu gut. Und als der Alte eines Morgens vor seinem Zauntor eine Stange mit einem Strohwisch aufgerichtet fand, und Juliander im Zorn zum Vater sagte: „Der uns den Schimpf getan, dem schreib ich mit der Faust die Unehr ins Gesicht!“ . . . da lächelte Witting: „Laß gut sein, Bub! Der lauft schon unserm Herrgott unter die Faust!“ Und Juliander durfte die Stange nicht entfernen. Am Abend kam der Etzmüller. „Geh, Witting, so tu die Stang doch weg! Es weiß doch ein jeder, wer du bist!“

„Die Stang soll bleiben! Und soll einem jeden sagen, wieviel schlechter Ding sich ein Mensch vom andern versehen muß.“

Da warf der Etzmüller die Stange nieder und brach sie in Stücke.

Nicht so sicher, wie der alte Witting, waren andere vor dem Verdacht. Und das brachte ein unfreundliches Leben unter die Nachbarn auf der Gern. Einer sah den andern mißtrauisch an, und jeder dachte von seinem Nachbar: vielleicht hat's der getan! Schließlich hängte sich der Verdacht an den Meingoz, ein kleines hageres Bäuerlein von scheuem Wesen. Der Mann merkte die Sache erst, als ihn die anderen immer auffälliger zu meiden begannen. In der Scheu seines Wesens blieb er still und wehrte sich nicht. Das bestärkte die anderen in ihrem Verdacht, und keiner redete mehr ein Wort mit dem Meingoz. Nur Witting suchte jede Gelegenheit, um freundlich mit ihm zu schwatzen. Eines Abends traf er den Meingoz im Wald, wie er unter einer entblätterten Buche stand, mit einem Strick in den Händen. Der Bauer erschrak, als er den näherkommenden Schritt vernahm. Forschend sah ihm Witting in das bleiche verstörte Gesicht, dann nahm er ihm den Strick aus den Händen. „Aber Nachbar! Bist denn ein Narr geworden!" Der Bauer bedeckte das Gesicht mit der Kappe und brach in Schluchzen aus. Witting legte ihm den Arm um den Hals. „Geh, sei gescheit! Denk an Weib und Kinder, Nachbar, und sonst an gar nichts! Das Leben, schau, das ist wie eine Natter. Oft tut sie dem Fuß nichts, der sie getreten hat . . . und einer geht vorbei und denkt an nichts, und dem springt sie ans Herz und beißt ihn aufs Blut! . . . Schau, Nachbar, ich weiß, du bist ein rechtlicher Mann. Drum laß dir ein Wörtl sagen, das ich einmal gelesen hab. Das heißt: ‚In Gott sei ruhig, meine Seel! Er ist mein Fels und meine Hilf, ist meine Zuversicht, die nimmer wanket'." Die Stimme des Alten wurde immer leiser. „Der das gute Wörtl hat drucken lassen, der muß die rechte Frömmigkeit haben! . . . Jetzt glaub ich's bald selber!" Er zog den Meingoz mit sich fort. „Und komm, Nachbar! Jetzt geh ich heim mit dir!"

Der Meingoz trocknete mit der Faust die Tränen vom Gesicht. „Vergeltsgott, Witting! Will mir's merken, dein gutes Wörtl!"

Erst spät in der Dunkelheit kam Witting an diesem Abend

heim. Maralen in ihrer Sorge stand schon wartend am Zauntor.

„Vater, wo bleibst denn so lang?“

„Ein bissel Heimgart hab ich gehalten.“ Er sperrte das Tor. „Ist der Bub schon schlafen gegangen?“

„Der sitzt noch allweil im Nußbaum droben.“ Sie gingen durch den Garten in das Haus, und da sagte Maralen: „Heut ist er wieder, ich weiß nicht wie. Den ganzen Tag kein Liedl nimmer, und allweil stiller wird er. Was er nur haben muß?“

Sie trat in die erleuchtete Herdstube, während der Vater hinter das Haus ging und in den Nußbaum hinaufrief: „Geh, Bub, komm schlafen!“

Juliander gab keine Antwort. Man hörte in der Dunkelheit das Klappern seiner Schuhe, als er langsam über die Leiter niederstieg.

In all den letzten Nächten hatten die dichten Herbstnebel das weite Tal überzogen und waren verschwunden mit dem Morgen. In dieser Nacht aber blieben die Sterne klar und flimmerten wie Tautropfen in der Sonne. Das war ein übles Wetterzeichen. Und ehe der Morgen kam, war schon der ganze Himmel überzogen. Gegen Mittag begann es zu regnen, und das grobe Wetter dauerte von einer Woche in die andere. Bald waren alle Berge weiß bis herunter zum entblätterten Buchenwald. Und als der Regen im Tal und das Gestöber in der Höhe zu Ende ging, begann der Frost. Die Felder lagen tot, und der Bauern Arbeit wurde leichter mit jedem Tage.

Im Wittinglehen teilten sich Juliander und Maralen in die Wirtschaft. Der Alte sprang nur ein, wenn Juliander bei den Jagden als Treiber oder Netzträger fronen mußte. War der Bub daheim, so zimmerte Witting an dem Hausrat des jungen Paares. Er sägte und hämmerte, bosselte und schnitzte den ganzen Tag – und war ein Stücklein fertig, so mußte Maralen kommen und sagen, wie es ihr gefiele. Oft legte sie den Arm um des Vaters Hals. „So schön, wie du mir’s machst, hat keine ihr Sach. Jedes Stückl verzählt, wie lieb als mich hast!“

An den Sonntagen kam Joseph von Schellenberg herüber

und blieb bis zum Abend. Da hatten die drei – das junge Paar und der Alte – den ganzen Tag zu schwatzen, vom Hausrat, vom Leinenzeug, von den beiden Kühen, die Maralen bekam, von den Fortschritten, die Josephs Arbeit draußen in der kleinen Hütte zu Schellenberg machte, von Zins und Steuer, die das junge Paar für das kleine Dach zu bezahlen hatte, und von den Gästen, die sie zur Hochzeit laden wollten. Zwölf Gäste erlaubte ihnen das klösterliche Weistum – aber an sechsen war's auch genug: der Vater und Juliander; die Tochter des Meingoz als Brautjungfer; Josephs Stollengesell, der Bramberger, als Brautführer; dazu der Etzmüller und sein Weib. Vier Schüsseln waren ihnen zum Mahl gestattet; aber sie meinten, zwei Schüsseln täten's auch – und das kleine Mahl wollten sie im Leuthaus zu Schellenberg halten und vier Schilling auf Tisch und Wein verwenden.

Während die drei so alles besprachen, war Juliander bald in der Stube, bald draußen. Ruhelos trieb es den Buben umher. Und kam der Abend, so saß er lange Stunden in seiner Kammer am offenen Fenster oder stieg trotz Wind und Kälte auf den Nußbaum hinauf.

So war es auch an einem Sonntag, als der November schon begonnen hatte. Nach dem Abendessen ging Juliander wieder aus der Stube, obwohl es draußen schon dunkelte. Da sagte der Alte: „Geh, Joseph, tu mir den Gefallen und nimm dir einmal den Buben ein bißl für! Lachen und Singen hat er verlernt, und frag ich ihn: Bub, was hast? . . . so schüttelt er den Kopf und schaut auf die Seit! Geh, Joseph red mit ihm! Leicht hat er ein Zutrauen zu dir." Joseph ging in den Garten hinaus, über dem schon die graue Dämmerung lag. Wie kleine kalte Lichter standen die ersten Sterne hoch im trüben Blau. Und mit Geraschel trieb der Wind die dürren Blätter um den Flechtzaun her.

Als Joseph am Nußbaum über die kleine Leiter hinaufstieg, klang von droben eine unwillige Stimme: „Was ist denn?"

Auf dem schmalen Sitz der Kanzel hätten zwei nebeneinander nicht Platz gefunden. So schwang sich Juliander auf einen

Ast hinaus, um das Bänklein für Joseph frei zu geben. Da pfiff der Wind um ihn her und wirbelte ihm die Haare ums Gesicht, die auch in der Dämmerung noch einen lichten Schimmer behielten, als hätten sie am Tage das Sonnenlicht in sich aufgesogen, um es jetzt hinauszuglimmen in den grauen Abend. Unwillig fragte der Bub: „Was willst?"

„Ein bißl heimgarten mit dir."

„Da bist umsonst heraufgestiegen."

„Sagst mir nicht von selber was, so muß ich halt fragen! . . . Julei, was hast denn allweil?"

„Was soll ich denn haben? Nichts."

„Jetzt mußt reden Bub! Was ist denn mit dir? Hast dich ja völlig verwendt! Kein Liedl nimmer! Kein Lachen mehr! Schau, das Lenli und ich, wir gehen in unser Glück . . . und du machst uns so eine Sorg her, daß wir uns gar nimmer freuen mögen! Was hast denn, Julei? . . . Mir kannst es doch sagen!"

Ein kurzes Schweigen. Und dann brach es aus dem Bruder heraus, gereizt und wie in ratlosem Zorn, dann wieder zögernd, leis, wie in träumender Verlorenheit. „Wenn ich nur selber wüßt, was ich hab! Oft denk ich die ganze Nacht drüber nach und kann mir's doch selber nicht sagen. Und in der Früh, da treibt's mich wieder um, und ich hab keine Ruh nimmer, und nichts freut mich auf der Welt. Oft denk ich, es muß mich eine besprochen haben . . . und sag mir wieder: das ist doch Narretei. Und möcht's abbeuteln von mir, und möcht lachen und singen . . . und bring kein Lachen heraus und weiß kein Liedl nimmer. Und diemal ist ein Zorn in mir, ich weiß nicht wie . . . daß ich einen Baum lupfen oder ein Sterndl herunterziehen möcht aus der Nacht, oder einen Berg aus der Welt reißen und auf Scherben klopfen! Und diemal kommt's wieder, daß alles still ist . . . auswendig und zu tiefst in mir . . . ganz still . . . ich kann dir nicht sagen, wie! Und da möcht ich bloß allweil sitzen und schauen. Und da ist mir oft so gut in der Seel, daß ich weinen möcht vor linder Freud! Und wenn ich so schau, dann seh ich allweil, ich weiß nicht was . . . und alles was ich seh, ist goldig und hat einen Schein . . . und da denk ich oft Sachen, die nicht sein können! Und wenn das so ist in mir, und es redet mich eins an, da krieg ich einen Zorn! Und wenn die anderen Buben so schwatzen vor mir, daß ich kein Wörtl versteh, und wenn sie allweil Zeichen machen und wispern miteinander: ‚Dem sag nichts! Der ist nicht im Schwur!' . . . schau, Joseph, da steigt oft das Blut in mir auf, daß ich einen umbringen könnt! Tät ich nicht allweil an den Vater und ans Lenli denken . . . meiner Seel, Joseph, ich tät ein Unglück anrichten, oder . . . oder ich tät ein Großes, so schön und groß, daß es die Leut nicht glauben täten . . ." Sich streckend griff er in die Finsternis mit beiden Händen über seinen Kopf hinaus nach einem starken Ast und zog ihn mit aller Kraft seiner Jugend zu sich nieder, bis der Ast vom Stamme splitterte und ihm in den Händen blieb.

„Aber Bub, was treibst denn!" Joseph lachte. „Ich tät lieber gleich den ganzen Nußbaum umreißen!"

Juliander schleuderte den schweren Ast in die Nacht hinaus. „Laß nur gut sein! Jetzt ist mir ein bißl wohler! . . . Aber sag, Joseph, meinst nicht auch, daß ein Krank in mir ist? Oder tät's am End doch so sein, daß mich eine besprochen hat? Was meinst denn, Joseph?"

„Es gibt schon so Sachen, freilich, ja! . . . Aber sag, Julei, wann hat's denn angehoben, daß du so bist?"

„Am selbigen Sonntag, weißt, wo du auf dem Rentamt gewesen bist . . . selbigsmal am Abend. Den ganzen Tag bin ich noch allweil lustig gewesen und hab gesungen. Und in der Nacht, wie der Vater fort ist zum Dürrlechner, und wie er mich so stehen hat lassen, als tät ich noch ein Kindl sein . . . und am selbigen Abend, weißt, da bin ich halt so lang im Nußbaum gesessen . . . und jetzt hat's mich halt!"

Joseph nickte. „Es ist auch wahr, der Vater sollt diemal ein bißl denken, daß du ein ausgewachsenes Mannsbild bist, und sollt dir von allem, was heimlich umgeht, doch soviel sagen, daß du vor den andern Burschen nicht dastehen mußt wie ein Kindl, das nichts wissen soll."

„Gelt, ja?"

„Aber das sag ich dem Vater heut noch."

„Tu's, Joseph! Und Vergeltsgott!"

„Aber geh jetzt, Bub, und komm mit hinunter in die Stub! Blast ja der Wind, daß er dich schier vom Ast wirft."

„Mich wirft er nicht! Und mir ist's lieber in der Kält, als in der warmen Stub."

Joseph lachte und stieg über die Leiter hinunter. Als er in die Stube kam, trat ihm der Alte entgegen. „Hast geredet mit ihm?"

„Wohl."

„Was hat er denn?"

„Verliebt ist er halt und weiß es nicht. Und was so zittert in ihm, das schaut er für Unmut an und schiebt's auf dich Vater, weil er allweil so auf der Seit stehen muß, wenn die Mannsleut raiten. Und da hat er ein bißl recht. Sollst ihm diesmal ein Wörtl sagen, Vater, daß er nicht allweil wie ein Kindl dreinschauen muß, wenn die anderen Buben tuscheln."

Witting atmete erleichtert auf. „Wenn's nicht mehr ist, als Lieb und Zorn, da soll mir der Bub bald wieder auf gleich kommen." Er lachte. „Ist mir selber lieb, daß eine junge Bäuerin ins Haus kommt, wenn das Lenli fort ist! . . . Was für eine tät's denn sein?"

„Da hat er keinen Schnaufer getan."

Nun rieten sie auf die Tochter des Meingoz, auf die jüngste des Etzmüllers, auf die Dirn im Brunnlehen – doch immer schüttelte Maralen den Kopf. „Von denen ist's keine. Das hätt ich merken müssen."

Als es für Joseph Zeit wurde, an den Heimweg nach Schellenberg zu denken, war Juliander noch immer nicht in die Stube gekommen. Das junge Paar ging in den Garten, um ihn zu rufen. Doch sie hörten keine Antwort, und die Kanzel im Nußbaum war leer.

Während Maralen ihren Verlobten zum Tor begleitete, ging Witting mit einem Spanlicht in die Kammer. Und da fand er den Buben. Juliander war durch das offene Fenster in die Kammer gestiegen, lag schon unter der Decke und hielt die

Augen geschlossen. Aber der Alte merkte, daß der Bub nicht schlief. Mit der Linken den flackernden Kienspan über das Bett haltend, strich er mit der Rechten das Haar von Juliander's Gesicht. „Sei gut, Bub! Wenn ich dir diemal ein bißl was verschwieg, ich tu's nur zu deinem Besten. Aber wenn das Lenli ihren Hausstand hat, und wir zwei Mannsleut bleiben allein, da will ich dir alles sagen, was die andern wissen. Und da wollen wir's halten miteinander, nicht wie Vater und Bub, sondern wie zwei rechte und gute Brüder! Gelt!"

Da hatte Juliander die Augen offen und faßte die Hand des Alten. „Ja, Vater! Und Vergeltsgott! Und wirst sehen, morgen bin ich auch wieder, wie ich allzeit gewesen bin . . .und sing und lach!"

Die Nacht verging und der Morgen kam. Aber Juliander war der gleiche, wie in all den letzten Tagen. Er machte wohl einen redlichen Versuch, die helle Sonne wieder einzufangen, die ihm entflogen – er wollte lachen, doch es gelang ihm nicht, er wollte singen und brachte keinen rechten, klingenden Ton aus der Kehle.

Zwei Wochen vergingen – und dann an einem Sonntag kam Joseph mit der Nachricht: das kleine Haus stünde fertig, um den Hausrat und die beiden Kühe aufzunehmen.

Am Morgen des andern Tages zahlten sie auf dem Rentamt Zins und Steuer für das Lehen, den Liebgulden und die Brauthühner, das Herdgeld und die Hochzeitsbeden – und viel mehr, als die vier Schillinge für das Mahl, blieb ihnen nach allen Kosten nicht mehr übrig.

Joseph hatte vom Schellenberger Salzmeister drei Tage Urlaub erbeten und teilte sich am Montag mit dem Vater in die Mühe, den schweren Karren mit dem Hausrat dreimal die zwei Stunden Weges zu schleppen. Juliander tat die Arbeit im Lehen daheim. Und Maralen ging vom Morgen bis zum Abend in Hof und Haus umher, um jedes Stücklein der Heimat noch einmal zu berühren – und um die Magd, die der Vater aufgenommen hatte, in die Arbeit einzuweisen.

Spät in der Nacht kam Witting von der letzten Fuhre mit

dem leeren Karren nach Hause, so ermüdet, daß er nicht essen wollte, nur immer am Herd beim warmen Feuer sitzen. Den Buben schickte er in die Kammer, und auch Maralen sollte sich niederlegen. „Weißt, Lenli, hast morgen einen harten Tag!“ Aber Maralen wollte beim Vater bleiben, bis er schlafen ging. Sie sprachen kein Wort, sie saßen nur nebeneinander, Hand in Hand. Und plötzlich warf sich Maralen an des Vaters Brust, umklammerte seinen Hals und brach in Schluchzen aus, als möchte ihr das Herz zerspringen. Lächelnd streichelte ihr der Alte das Haar. „Geh, du Dummerl, was tust denn! Gehst ja doch in dein Glück!“ Aber sie schluchzte, bis er sie aufrichtete und in ihre Kammer schob. „Gut Nacht, mein Kindl, mein liebs! Gott soll dich hüten die letzte Nacht in Vaters Haus. Und morgen hast dein nettes Häusl, schau . . . und übermorgen hast deinen Joseph und dein Glück.“ Er zog an ihrer Kammer die Türe zu, als sollte kein weiteres Wort mehr geredet werden. Dann stand er beim letzten Glutschein der Kohlen noch lange in der Herdstube, so müd und gebeugt, als wäre diese Stunde mit dem Gewicht von Jahren über ihn hergefallen.

Am andern Morgen, noch in der Dämmerung, kam Joseph wieder, in dichtem Schneegestöber, das in der Nacht begonnen hatte. Als es heller Tag wurde, ließ das Gestöber nach, und während sich über den weißen Zinnen des hohen Göll schon wieder ein Flecklein des blauen Himmels zeigte, fielen noch große, langsam gaukelnde Flocken.

Nun machten sie aus, daß Juliander die beiden Kühe nach Schellenberg treiben und Maralen mit Joseph den letzten Karren mit dem leichteren Gerät hinunterführen sollte – das bringt Glück ins Haus, wenn die Braut mit eigener Müh das letzte Stücklein Hausrat unter Dach stellt. Am Abend sollte Juliander heimkehren, und dann wollte der Vater nach Schellenberg kommen und die Nacht mit Maralen in ihrem neuen Haus verbringen. Und am Mittwoch morgens wollten sie alle im Wiesengütl zusammentreffen, um zur Kirche zu gehen.

Die Karren standen gepackt, mit einer grauen Blache überzogen, und die Kühe waren schon gekoppelt. Juliander und Maralen zogen ihre guten Kleider an, und dann nahmen sie zusammen noch ein Mahl, das Maralen gekocht hatte – das letzte in ihres Vaters Haus, wie sie unter Tränen sagte.

Als sie hinaustraten vor die Herdstube, ging ein Sonnenschimmer über die weißen Berge hin. Aber es war ein Schein ohne Wärme. Der Frost lag in der windstillen Luft, und der frisch gefallene Schnee begann zu knirschen.

Juliander, in ungeduldiger Erregung, begann schon die Kühe gegen das Tor zu treiben. Während Maralen noch hastig hin und her lief, als hätte sie etwas vergessen und wüßte nicht was, ging Joseph auf den Vater zu und reichte ihm die Hand: „Vergeltsgott, weil du mir dein Kindl gibst!"

„Tu mir das Lenli gut halten, wie sie's verdient! Und alles ist mir recht."

Als Joseph an die Karrendeichsel trat, kam Maralen aus dem Haus. Sie ging verstört auf den Vater zu, legte ihm den Arm um den Hals und wollte was sagen – aber sie konnte nur schluchzen.

„Laß gut sein, Kindl . . . und schau, dein Joseph wartet! Tu nimmer Zeit versäumen! Der Julei ist auch schon draußen zum Tor."

Nun stand der Alte allein vor der Haustür. Doch als er sah, daß Maralen an die Deichsel trat und ziehen wollte, ging er zu ihr und schob sie mit dem Ellbogen beiseite. „Geh nur, Lenli, über den Berg hinunter helf ich noch. Drunten auf der Straß, da hast dann ein leichtes Ziehen." Er legte sich mit der Brust gegen das Querholz der Deichsel, und der Karren knirschte durch den Schnee.

Es war auf dem steilen Weg und dem glitschigen Schnee ein hartes Fahren. Und Witting sagte: „Ist gut, daß ich noch da bin. Das Lenli hätt sich ein bißl hart getan."

Als sie die Straße erreichten, war von Juliander und den Kühen nichts mehr zu sehen – so weit war er vorausgekommen.

„So, Lenli! Dein Weg ist da!"

Maralen war ruhig geworden. „Vergeltsgott, Vater! Dein letztes Schrittl für mich ist Lieb und Müh gewesen.“ Sogar lächeln konnte sie. „Wirst sehen, das bringt mir Glück.“

„Ja, Kindl! Tätst du das Glück nicht haben, so tät’s keinen Gott im Himmel geben.“ Er wandte sich und stieg mit ruhigem Schritt den Hang hinauf. Einmal drehte er sich noch um und winkte lachend mit der Hand. Dann ging er dem verschneiten Walde zu. Als ihn die Bäume deckten, blieb er stehen, und wie von tiefer Müdigkeit befallen, ließ er sich auf eine Buche nieder, die der Sturm geworfen hatte.

Von den Bäumen fielen die Schneeklumpen auf ihn herab – er schien es nicht zu fühlen und blickte nicht auf.

6

In der Mittagssonne hatte der Frost ein wenig nachgelassen. Der Schnee war weich geworden und klebte. Da war’s mit dem Karren ein hartes Ziehen, denn in dicken Wulsten hängte sich der Schnee an die Räder und machte ihn schwerer als die Last, die ihm aufgeladen war.

Maralen zog, daß ihr der Atem fast verging. Als aber Joseph einmal fragte, ob ihr die Mühsal nicht zu hart würde, blickte sie in der Erschöpfung lächelnd zu ihm auf und sagte: „Sich plagen dürfen für sein Glück, das tut man doch gern.“ Aber das Lächeln verging ihr wieder, wenn sie an den Vater dachte. Und das war bei ihr auf dem ganzen Weg ein steter Wechsel zwischen scheuer Freude und banger Wehmut. Die Heimat, die sie verlassen, hielt ihr Herz noch gefesselt – und all ihr Sehnen flog doch auch dem neuen Heim entgegen, das ihrer wartete. Sie hatte das Dach noch nicht gesehen, unter dem sie wohnen sollte in ihrem Glück – und je näher sie ihm kam, desto heißer zitterte ihr die Erwartung in allen Fibern.

Man läutete die Mittagsglocke, als Joseph und Maralen mit

dem Karren die ersten Häuser von Schellenberg erreichten. Hier wartete Juliander mit den Kühen. „Eine ganze Stund steh ich schon allweil da und weiß nicht, wo ich hin muß.“ Das sagte er so verdrossen, daß ihn die beiden verwundert ansahen.

„Julei? Was hast denn?“ fragte Joseph.

„Sag mir lieber, wo ich hin muß!“

„Allweil die Straß hinunter, durch das ganze Dorf.“

Juliander trieb die Kühe in Hast dem Karren voran – und da fiel es den beiden andern auf, daß er mit erregter Unruh nach allen Häusern spähte, nach jedem Zaun, nach jedem Fußweg, der von der Dorfgasse sich abzweigte.

Die Straße war in der Mittagsstunde wenig belebt. Und wie ein Schleier hing es über allen Häusern; denn die schweren Dampfwolken, die aus der Pfannstätte qualmten, zogen in der unbewegten Winterluft nicht ab und hängten sich um alle Dächer. Auf dem großen Dorfplatz konnte man in dem grauen Dunst das Leuthaus und die Kirche kaum unterscheiden. Dann ging es noch eine lange Gasse hinunter – und als sie schon fast zu Ende war, hielt ein Spießknecht den Karren an. Joseph mußte das Weggeld zahlen und ein langes Verhör bestehen, bevor er weiter ziehen durfte.

Der Spießknecht trug an seinem Wams die Farben von Salzburg – die Schellenberger Pfannstätte gehörte wohl dem Stifte zu Berchtesgaden, doch war sie seit mehr als hundert Jahren zur Deckung alter Schulden des Stiftes an das Erzbistum von Salzburg verpfändet. Und wie wenig man zu Schellenberg die Farben liebte, in die der Spießknecht gekleidet war, das verriet der zornige Blick, mit welchem Joseph dem Knechte nachsah.

Am Ende der Gasse wartete Juliander wieder. „Sechzehn Heller Maut hab ich zahlen müssen. Da zahlt man ja doppelt soviel als bei uns daheim.“

In Joseph kochte noch der Zorn über den Spießknecht. „Die Berchtesgadner Herren scheren das Schaf, aber der Salzburger zieht ihm auch noch die Haut herunter.“

Flehend sah ihn Maralen an. „So red doch nicht so laut! Komm, laß uns ziehen! Sind wir denn bald daheim?"

„Gleich, Lenli!"

Eine kleine Strecke ging's noch die Straße hinaus, dann seitwärts über einen leicht geneigten Hang empor. Als der Weg wieder eben wurde, sah man zwischen vereinzelt stehenden Bäumen eine niedrige Hecke, die ein kleines Gehöft umzog. Und zwischen den kahlen Ästen kümmerlicher Obstbäume lugte ein kleines Haus hervor. Die Mittagssonne hatte den frischen Schnee vom Dach geschmolzen – ein grau verwittertes Dach, das mit neuen Schindeln bunt durchsprenkelt war. Die niedere Mauer war weiß getüncht, die Tür und jeder Fensterrahmen grün bemalt. Man roch noch die frische Farbe – und aus der Dachluke qualmte ein dünner Rauch, der sich in der Sonne bläulich kräuselte. „Ein liebes Häusl!" sagte Maralen. „Wem gehört denn das?"

„Es ist unser, Lenli!"

„Jesus Maria!" Sie fuhr in der ersten Freude mit den Händen nach dem Herzen, die Tränen schossen ihr in die Augen – und dann stammelte sie erschrocken: „Aber da ist ja Feuer drin!"

„Weil ich den Bramberger gebeten hab, daß er ein bissel Feuer anmacht auf dem Herd. Sonst tätst mir ja frieren in der kalten Stub."

Maralen dankte ihm nur mit den Augen, ließ den Karren stehen und lief in das Gehöft. Joseph wollte ihr folgen. Aber da fragte Juliander: „Du?" Ganz heiser klang seine Stimme. „Was ist denn das für ein hohes Dach da draußen?"

„Dem Thurner seine Burghut. Die mußt doch kennen!"

„Freilich, ja . . . die kenn ich . . . bin doch oft schon auf Salzburg gegangen . . . bin allweil dran vorbeigekommen . . . und nie hab ich aufgeschaut . . ."

Das alles hörte Joseph nicht mehr. Mit hastigen Schritten hatte er Maralen eingeholt, als sie gerade die Tür der Herdstube auftat. Er legte den Arm um ihre Schultern und sagte: „Soll halt der liebe Gott deinen Eingang segnen, Bräutlein!"

Als sie die Tür öffnete, strahlte ihr der warme Glanz des Herdfeuers entgegen. Maralen war in ihrer Freude wie ein Kind. Bald lachte sie und bald weinte sie wieder. Sie sah nicht, wie morsch und nieder die Balkendecke, wie brüchig und verwahrlost das Gemäuer war – nur die Arbeit sah sie, die Joseph geleistet hatte, um die baufällige Hütte in wohnlichen Stand zu setzen. Mit Küssen dankte ihm Maralen dafür. „Und schau nur, Joseph, wie lieb der Vater allen Hausrat gestellt hat!“ Wie die Stube daheim, genau so war die Herdstube eingerichtet – Tisch und Bänke in der gleichen Ecke, die Schüsselrahm war an der gleichen Stelle, und wie daheim, so hing an der Herdwand ein großer Holzschwamm – der Schwamm, den Witting aus der Buche geschnitten hatte – und kleine Heiligenfigürchen standen darauf, die das Haus wider alles Unheil wahren sollten. Jedes Stücklein nahm Maralen in die Hand; sie streichelte den Tisch und setzte sich auf jede Bank, auf jeden Sessel und auf den Herdrand. Da öffnete Joseph eine andere Tür, die in die Kammer führte. „Schau, Lenli!“ Er lächelte.

Maralen trat auf die Schwelle. Es war ein kleiner, weißgetünchter Raum, den die heiße Herdwand erwärmte. Ein Stuhl und ein Kasten darin, und das große Bett. Dunkle Röte glitt über Maralens Wange. „Soviel lieb ist alles . . . soviel lieb und sauber!“ sagte sie verlegen, und dann zog sie die Türe wieder zu und ging zum Fenster. Schweigend legte sie ein Scheit in die Flamme.

„Lenli?“ Joseph kam zu ihr. „Warum bist denn so still?“

Da schlang sie die Arme um seinen Hals und lachte. „Nimm mich, Joseph! Nimm mich! Mir ist so gut im Glück! . . .Wie die Leut doch allweil schelten mögen aufs Leben, das soviel schön ist!“

Sie saßen am Herdrand, hielten sich umschlungen, und der Glanz des Feuers spielte um sie her. Und sie hörten, daß Juliander die Tür geöffnet hatte. Schweigend stand er auf der Schwelle, betrachtete das junge Paar und lächelte seltsam traurig. Lautlos zog er die Türe wieder zu. „Die brauchen mich nimmer . . . die zwei!“ Eine Weile stand er wie ratlos im Hof. Er hatte die Kühe in den Stall getan und hatte ihnen Futter in die Krippe gelegt. Nun zog er auch noch den Karren vor die Herdstube. Dann ging er. Draußen vor der Hecke blieb er schon wieder stehen, lange, und schaute über das weiße Tal hinaus nach dem hohen Dach der Berghut. Seufzend wandte er sich ab und stieg den Hang hinunter. Als er die Straße erreichte, blieb er wieder stehen – obwohl er nichts anderes mehr sehen konnte, als die rauschende Ache neben dem Weg, die leere Brücke und die weißen Waldgehänge halb in der Sonne und halb im Schatten. Nun machte er langsam ein paar Schritte, immer weiter zog es ihn die Straße hinaus – er ging und ging, und das tat er wie im Traum. So kam er auf einen kleinen Hügel, den die Straße überstieg. Da lag ein paar hundert Schritte vor ihm die Berghut am Hangenden Stein, in welcher Herr Lenhard von Eckenau als Thurner und Berchtesgadnischer Pfleger saß – keine rechte Burg, nur ein festes Haus mit steilem Ziegeldach und viereckigem Turm, von einer hohen, gescharteten Mauer umzogen, die aus einem breiten Wassergraben emporstieg. Über den Zinnen der Mauer sah man noch ein paar niedere Dächer und die entblätterten Baumkronen eines kleinen Gartens. Ein basteiförmiger Ausläufer der Mauer sperrte das schmale Tal und übersetzte die Straße in einer Torhalle, die vom Wehrgang der Mauer mit einem Fallgitter geschlossen werden konnte. Neben dieser Halle, gegen Schellenberg blickend, hatte die Burgmauer noch ihr eigenes Tor. Das stand offen, und die Fallbrücke war über den Graben niedergelassen.

Das alte, plumpe Gemäuer mit dem verwitterten Turm bot keinen schönen Anblick und wirkte durchaus nicht wie ein stolzer Sitz der irdischen Macht. Doch wie es so dastand im weißen Schnee, umschimmert von der Mittagssonne, halb leuchtend und halb in blauen Schatten getaucht, die kleinen Fenster blinkend, und über den flimmernden Giebeln die hohen weißen Berge – da war es doch ein Anblick, den die sonnige Stunde lieblich machte. Und Juliander staunte und schaute, als läge vor seinen Augen ein winkendes Ziel aller Sehnsucht und aller Wünsche des Lebens, die sich um so schöner fühlen, je mehr sie töricht und unerreichbar sind.

Da klang hinter dem Hügel in einer bewaldeten Senke des Tals eine helle und erregte Männerstimme: „Dort ist es! Dort! Jetzt hab ich es wieder gesehen. Dort! Auf dem großen Baum . . ."

Nur einmal in seinem Leben hatte Juliander diese Stimme gehört, und gleich erkannte er sie wieder. Mit heißer Welle schoß ihm das Blut ins Gesicht, und da sprang er auch schon der Höhe des Hügels zu. Nun sah er in die Senke hinunter, sah zwei Männer in bunten Wämsern zwischen den Bäumen hin- und herspringen, immer nach den Wipfeln spähend, sah hinter den verschneiten Büschen etwas huschen wie den Schimmer eines roten Kleides, sah eine alte Frau in braunem Gewand mit dem weißen Kopftuch im Schnee stehen und hörte sie mit ärgerlicher Stimme jammern: „Fräulein, Fräulein, um Jesu Christ, das ganze Kleid ist hin, Ihr tappet ja bis an die Knie in den Schnee, Ihr holet Euch ja den Tod . . . das ist doch so ein Tierl nicht wert! O Jesus Maria!"

„Jesus Maria!" stammelte auch Juliander in Schreck, ohne zu wissen, weshalb er denn eigentlich erschrocken war. Mit langen Sprüngen eilte er den Hügel hinunter. „Was ist denn, Weiblein?"

„Komm, Bub! Und hilf! Bist einer, der laufen kann! Mein Fräulein, die hat ein Eichkätzl, und das ist mir davongesprungen, weil ich's hab füttern wollen . . . und mein Fräulein, die hat das Tierl so lieb . . ."

Da rannte Juliander schon, als gält' es das rollende Glück zu fangen – er rannte den Stimmen der beiden Männer nach, die er hörte. Und als er durch ein dichtes Gebüsch gesprungen war, dessen schlagende Zweige ihn ganz überstäubten mit Schnee – da stand er vor dem Fräulein. Sie beugte sich gerade nieder, um das rote Kleid zu schürzen, dessen Saum vor Nässe schwer geworden. Bei jeder Bewegung, die sie machte, zitterten ihr die geringelten Haare wie kleine schwarze Flammen um das heiß erregte Gesichtchen. „Ach, du lieber Himmel!" murmelte sie, als sie den vom Gestrüpp zerfetzten und vor Nässe klatschenden Saum des Kleides ansah. Das dünne, mohnfarbene Fähnchen, unter dessen leichten Falten sich der junge Mädchenkörper mehr enthüllte als verbarg, war nur für die warme Stube gemacht, nicht für das Waten im Schnee.

Nun blickte sie auf. Und Juliander würgte die stotternde Frage heraus: „Wo ist denn das Tierlein?"

Im ersten Augenblick schien sie ihn gar nicht zu erkennen. Doch als sie ihn länger ansah, zog sie zuerst die schwarzen Brauen ein wenig zusammen, dann ging ein Lächeln der Erinnerung über ihr heißes Gesichtchen. „Der Juliander!" Sie lachte – und dabei hing ihr noch ein feuchter Schimmer an den schwarzen Wimpern, denn sie hatte geweint aus Kummer über die Flucht ihres Lieblings und vor Zorn über die nutzlose Mühsal im Schnee. „Bist du der Überall? Bist du allweil da, wenn man eins fangen muß, das scheu geworden? . . . So lauf halt, du! Und fang! Aber mein Hörnlein da hat noch flinkeren Sprung als mein Brauner!" Das sagte sie lachend, doch der feuchte Schimmer an ihren Wimpern sammelte sich in ein Tröpflein und fiel.

Da stammelte Juliander: „Das Tierl muß her . . .und geh's wie's mag!" Er rannte davon, den Stimmen der beiden Männer nach. Das waren zwei grauköpfige Waffenknechte des Thurners. Das Springen im Schnee hatte ihnen so heiß gemacht, daß sie keuchten und schwitzten. Kaum vermochten sie dem Tierchen noch zu folgen, das sich von einem Baum auf den andern schwang und immer weiter flüchtete, je mehr die Knechte lockten und riefen. Als Juliander die beiden einholte, brauchte er gar nicht zu fragen, denn er sah das Tierchen springen. Und da rannte er hinter dem Flüchtling her in toller Jagd, den Berghang hinauf, hinunter und wieder hinauf, in dichten Wald und wieder in lichtes Gehölz. Bei diesem Jagen und Hetzen glänzten ihm die lachenden Augen, als wäre jählings all der erloschene Frohsinn seiner Jugend wieder lebendig geworden.

Das Tierchen flüchtete den Berghang hin, in immer lichteres Gehölz. Wo die Bäume nahe beisammen standen, sprang es von Ast zu Ast, dann fuhr es blitzschnell wieder über einen Stamm hinunter, flüchtete eine Strecke über den Schnee und schwang sich wieder auf einen Baum. Da begann Juliander das Tierchen zu treiben, gegen zwei Bäume, die vereinzelt standen: eine hohe Föhre mit glattem Stamm und daneben eine entblätterte Buche. Das Treiben gelang – nach einer letzten Flucht über den Schneegrund kletterte das Eichhörnchen auf die Föhre. Juliander in seiner Freude tat einen klingenden Jauchzer und rief: „Fräulein! Fräulein! Da komm her! Das Tierl sitzt fest!“

Es dauerte lang, bis das Fräulein kam, ganz atemlos vom Waten im tiefen Schnee. Noch ehe sie den hohen Baum erreicht hatte, sagte sie lachend zu den Knechten, die hinter ihr herstapften: „Gelt, ich hab recht gehabt! Der fangt mir das Hörnlein!“ Einer der Knechte sah die Föhre an, deren Rinde mit glattem Tropfeis überzogen war. „Wenn's da droben hockt, so ist's noch lang nicht gefangen.“

Aber Juliander lachte. „Jetzt haben wir's gleich. Da droben im Girbel hockt es. Da mußt herkommen!“ Er nahm den Arm des Fräuleins, um sie an eine Stelle zu führen, von der sie das Tierchen erblicken konnte. Sie zog ihren Arm zurück und sah ihn verwundert an. Doch Juliander schien nicht zu verstehen, was ihre Augen sagten. „So komm doch! Wo du stehst, da sieht man's nicht.“

Einer von den Knechten versetzte ihm einen Puff mit dem Ellbogen. „Du Bauernlümmel! Das Fräulein tappet man doch nicht so an! Und was sagst denn allweil ‚du‘? Zum gnädigen Fräulein Morella mußt ‚Ihr‘ sagen!“

Juliander schien diese Zurechtweisung nicht übel zu nehmen. Er lächelte und bewegte die Lippen, als spräche er im stillen den Namen nach: Morella! Dann wurde er verlegen: „Ich red halt, wie ich allweil red!“

Das Fräulein lachte. „Red nur, wie du magst! Und fang mir mein Hörnlein!“

„Wohl, Fräulein, das haben wir gleich."

„Auf den Baum da", sagte einer von den Knechten, „da kommst doch meiner Lebtag nicht hinauf."

„Da komm ich freilich nicht hinauf." Juliander lachte. „Aber ein Umweg ist auch ein Weg. Komm, Fräulein! Du mußt . . . Ihr müßt da her an den Baum! Wenn ich das Hörnlein niedertreib . . . es muß sich doch gutwillig fangen lassen von dir!" An dieser Tatsache schien er gar nicht zu zweifeln. „Und die Mannsleut müssen an den Buchenstamm her, wenn's leicht noch springen und abfahren tät." Als er das sagte, begann er schon an der Buche hinaufzuklettern, die auf dem Berghang ein wenig höher stand als die Föhre. Das ging von Ast zu Ast, immer flinker, als wäre der Baum eine bequeme Leiter.

„Aber, du?" Das Fräulein schien seine Absicht nicht zu verstehen. „Das Hörnlein sitzt ja doch auf dem anderen Baum!"

„Ich komm schon hinüber. Nur Zeit lassen!"

Jetzt stand er aufrecht im Geäst der Buche, und an den höheren Zweigen eine Stütze suchend, ging er über einen starken Ast hinaus. Nun merkte Morella, was er wollte. „Juliander!" rief sie erschrocken. „Nein, nein! Das will ich nicht haben . . ." Aber da tat er schon den Sprung – von den Lippen des Fräuleins huschte ein Schrei – doch lachend hing Juliander schon im Gezweig der Föhre.

Unter schrillen Pfiffen hatte sich das Eichhörnchen in den höchsten Gipfel der Föhre geflüchtet. Langsam rückte ihm Juliander nach. Von unten sah man ihn kaum, die Äste mit ihren dichten, schneebehangenen Nadelbüschen verdeckten ihn. Man hörte nur, wie er freundlich lockte und leise mit der Zunge schnalzte. Nun machte er plötzlich einen Ruck, daß die Krone des Baumes schwankte – man hörte einen Ruf, wie in Schmerz und dennoch lachend, dann einen Jauchzer. „Fräulein! Ich hab's!"

Die Knechte lachten. „Ist das ein Teufelskerl!"

Das Fräulein, glühend vor Freude und noch erregt von dem

Schreck, den sie ausgestanden, rief in den Baum hinauf: „Ich dank dir, Juliander!“ Und sagte zu den Knechten: „Gelt, ich hab recht gehabt! . . . Der hat mein Hörnlein gefangen.“

Juliander fuhr über den Stamm herunter – das ging flink, denn es war eine glatte Rutschbahn – und er konnte, um sich zu halten, nur einen Arm gebrauchen. Ganz behangen mit Schnee und lachend stand er vor dem Fräulein und öffnete den Wams ein wenig, unter dem er das Tierlein an der Brust geborgen hatte. „Völlig zahm ist's wieder und rührt sich nimmer.“

Morella legte dem Eichhörnchen ein Band um den Hals, und da sprang ihr das Tierlein auf die Schulter und tat so vertraut, als hätt' es all seine Sehnsucht nach der Freiheit plötzlich vergessen.

Jetzt kam auch die Frau mit dem weißen Kopftuch und fing ihr Jammern wieder an. „Aber, Resi“, lachte das Fräulein, „sei doch gut, ist ja schon alles vorbei, und ich geh wieder heim.“ Sie bot dem jungen Burschen die Hand: „Ich dank dir schön! Hast mir eine verlorene Freud wieder eingefangen.“

Er griff mit beiden Fäusten zu, um die kleine weiße Hand zu umspannen.

„Ach Gott, Juliander!“ stammelte Morella erschrocken. „Was hast du denn an deiner Hand?“

Er merkte erst jetzt, daß ihm an der Linken das rote Blut in den Ärmel rann. Zwischen Daumen und Zeigefinger hatte ihm das Eichhörnchen die Hand durchbissen. „Schau nur, jetzt hat das liebe Tier gar ein bißl zugeschnappt!“ Lachend steckte er die blutende Hand in den Schnee.

Morella riß ein weißes Tüchlein herunter, das sie um den Hals gebunden trug. „Gib her! Laß deine Hand verbinden!“

„Aber geh, das spür ich ja gar nicht . . . und Euer Tüchl ist soviel fein, da wär schad drum.“

Nun wurde sie energisch. „Deine Hand gib her!“ Scheu sah er sie an und streckte die blutende Hand. Sie band ihm das Tuch um die Wunde. „So! Das ist nur so für die erste Hilf. Jetzt mußt du mit hinauf ins Haus. Droben hab ich alles, was ich brauch, und da will ich deine Hand in rechte Kur nehmen. Flink! Und weiter!“ Hastig schürzte sie das rote Kleid.

„Vergeltsgott!“ stotterte Juliander. „Aber jetzt muß ich heim . . . und ich kann doch Euer Tüchl nicht mitnehmen . . .“

„Wirst du das Tuch an der Hand lassen!“ fuhr sie ihn mit blitzenden Augen an. „Und ob du heim mußt oder nicht, non me n'importa un fico! Du tust, was ich will! Bist du gebissen um meinetwegen, so sollst du um meinetwegen auch wieder genesen!“

Da sah er sie an, mit ganz seltsamen Augen. Und ein wehmütiges Lächeln irrte um seinen Mund.

„Nur flink! Und weiter!“ Sie eilte den andern voran. Mit geschürztem Röcklein und leichten Fußes sprang sie durch den Schnee – dabei gaukelte ihr das Eichhorn auf der Schulter umher und verwickelte sein Pfötchen in ihr flatterndes Schwarzhaar. Als sie unter dem offnen Tor der Burg den Vater stehen sah, rief sie ihm lachend entgegen: „Babbo, ich hab's! Ein Bub hat mir's gefangen . . . der selbig, weißt, der mir den scheuen Bräunl wieder zahm gemacht!“ Sie fing zu laufen an, und als sie den Vater erreichte, begann sie gleich in Hast zu erzählen.

Aber der Vater wollte nicht hören und murrte: „Räpplein, Räpplein! Sauber hast du dich wieder zugerichtet! Du roter Narrenvogel! Schau dich nur an! Frau Resi wird eine ganze Woch wieder brummen, wenn sie dein Kleid sieht . . .“

„Die brummt schon lang! Paß auf, Babbo . . . das muß ich dir alles erzählen! Und was für ein Bub das ist . . . und wie er's gemacht hat . . .“ In Erregung schnurrte das Zünglein weiter.

Herr Lenhard lauschte und sah dabei mit grimmig vergnügten Augen immer das glühende Gesicht seines Mädels an. Breitspurig stand er mit den schief getretenen Kuhmaulschuhen im Schnee – eine derbe Gestalt, die Knie vom vierzigjährigen Druck des Sattels recht merklich ausgebogen. Sein Gewand war dauerhafter als kleidsam: grobe dunkelrote Strumpfhosen, ein braunes Wams von starkem Loden, gegürtet mit schwerem Dolchgehenk, und darüber eine verbrauchte Hausschaube mit abgewetztem Fuchspelz.

Er mochte schon an die sechzig Jahre zählen, und das struppige Grauhaar war ihm schütter geworden. Zwischen den gesträubten Haaren konnte man durchsehen wie durch gelichteten Wald. Aber ein stattliches Wachstum zeigte noch der graue Bart, der unter dem Kinn in seiner ganzen Breite glatt mit der Schere abgeschnitten war. Das gab dem Gesichte etwas Widerborstiges und bärbeißig Grobes. Dazu waren die Lippen noch wulstig aufgeworfen, und im dicken Schnurrbart versank die halbe Nase. Die Stirn war ganz bedeckt mit Narben und Runzeln – das einzig Freundliche an seinem Gesichte waren die finster lachenden Augen, mit denen Herr Lenhard an dem schwatzenden Mäulchen seines Mädels hing.

Eben erzählte Morella in heißer Erregung, wie ‚der Bub' von der Buche den Sprung auf die Föhre getan, und nestelte dabei mit ungeduldigen Fingern die Pfötchen des Eichhorns aus ihren Haaren – da kam Juliander mit den beiden Knechten und mit der brummenden Frau Resi – und er sah verdutzt den Thurner und wieder das Fräulein an, als könne er nicht glauben, daß die beiden zusammengehörten als Vater und Tochter. Aber es sprossen doch auch die Röslein aus den Dornenhecken.

„So, jetzt komm nur!" sagte Morella. „Weißt, Babbo, das Hörnlein hat ihm die ganze Hand zerbissen. Die muß ich ihm verbinden! . . . Komm, du!" Sie eilte auf die Torbrücke zu.

Herr Lenhard musterte den Burschen mit dem Wohlgefallen eines Mannes, der die Kraft eines jungen Körpers zu schätzen weiß. „Teufel! Bub!" Er fügte einen der italienischen Flüche bei, die er von seinen Kriegsfahrten in Welschland behalten hatte. „Corpo di Bacco, hast du ein paar Arm! Und Augen voll blauer Treu! Tät ich auf meine alten Tag noch einmal ein Fähnlein Landsknecht mustern . . . dich müßt ich als Fähnrich haben!"

Juliander wurde so verlegen, daß ihm die Wangen brannten. Aber die Worte des Thurners hatten ihn doch auch stolz gemacht, denn er streckte sich. Und seine Augen huschten zum Tor hinüber, unter dem das Fräulein stand. Auch sagen wollte er etwas und stotterte: „Herr! Du hast ein schönes . . . eine schöne Burg."

„Burg?" Herr Lenhard schüttelte sich, als hätte er ein haarig Ding zu schlucken bekommen. „Wenn das Kätzlein einmal ein Tiger wird, dann will ich mein Mausloch taufen als Burg."

Vom Tor her klang Morellas ungeduldige Stimme: „So komm doch, du! Oder meinst, das Stehen im Schnee ist gut für deine Hand?"

„Geh, Bub!" sagte der Thurner. „Mein Räpplein hat ein kribbliges Köpfl und kann das Warten nicht leiden." Er lachte.

Juliander trat mit den beiden Knechten in den Burghof. Frau Resi aber pflanzte sich vor dem Thurner auf und begann ein übles Lamento über des Fräuleins Leichtsinn und Unverstand.

„So, so?" sagte Herr Lenhard und schritt durch das offene Straßentor hinaus, denn er wußte: wenn er mit Frau Resi zu gleicher Zeit den Burghof betrat, dann gab sie so bald keine Ruhe.

Als er aus der Halle auf die Straße trat, die gegen Salzburg führte, machte ihn träger Hufschlag und der Hall von Schritten aufblicken.

Vier Salzburger Waffenknechte kamen die Straße einher und führten in ihrer Mitte ein Maultier, dem etwas Weißes aufgeladen war. Der Wächter auf der Mauer hatte den Trupp schon gesehen und tat einen Hornstoß. Aber das Fallgitter wurde nicht niedergelassen, und der Mautner kam nicht zum Tor herunter. Denn des Bischofs Leute zahlen weder Ungeld noch Wegzoll an der Berchtesgadener Grenze. Doch rief der Wächter über die Mauer herunter dem Thurner zu: „Herr! Die da kommen, die bringen einen seltsamen Salzbinkel." Als der Trupp sich näherte, sah Herr Lenhard, daß auf dem Maultier ein nackter Mensch lag, mit einem Sack um die Lenden, an Händen und Füßen mit Stricken geknebelt und auf den Saumsattel gebunden. Der schutzlose Körper des

Unglücklichen spiegelte vor Frost alle Farben und schauerte an allen Gliedern. Wo die Stricke sich um die Handgelenke, um die Brust und die Fußknöchel schnürten, waren blutrünstige Wulsten im Fleische aufgelaufen. Der Kopf, dessen kurzgeschnittenes Braunhaar eine halb überwachsene Tonsur zeigte, hing über den Hals des Maultiers nieder – ein abgezehrtes, von Schmerz entstelltes Jünglingsgesicht, die Augen in Erschöpfung geschlossen.

Herr Lenhard runzelte die Brauen, als wäre ihm dieser Anblick nicht sonderlich behaglich. Die schwatzenden Knechte kamen heran und grüßten den Thurner, der zu ihnen sagte: „Muß ein furchtbar Ding getan haben, der da, daß er so hart gebüßt wird! Wer ist der arme Schelm?"

„Ein meineidiger Pfaff!" erwiderte der Rottmann der Knechte. „Der ist vor einem Jahr aus dem Kloster von Admont entsprungen und ist ein Prädikant geworden. Matthäus heißt er . . ."

„Matthäus? Wie euer gnädigster Herr? . . . Mit einem Namensbruder sollt man ein bißl glimpflicher umgehen!"

„Der Schelm hat's grob getrieben. Den Halleiner Knappen hat er ein falsches Evangeli verkündet und hat in Salzburg auf offener Gassen Münzerisch gepredigt. Drum hat ihn der Bischof eintun lassen."

Herr Lenhard schwieg. Doch an den Schläfen schwollen ihm die Adern, und sein Gesicht wurde dunkelrot.

„Wir müssen den Schelm nach Mittersill im Pinzgau führen. Da kommt er auf lebenslang in den Faulturm."

Noch immer schwieg der Thurner.

„Haben wir freien Weg, Herr?"

„Zeig mir den Ersuchbrief an meinen Propst auf freien Durchlaß!"

Der Knecht nahm ein ledernes Täschlein aus dem Wams und reichte dem Thurner ein offenes Schreiben mit einem Siegel dran.

Herr Lenhard las und nickte. „Der Weg ist frei." Er gab dem Rottmann das Schreiben zurück. „Aber seid barmherzig,

Leut, und legt dem armen Teufel einen Mantel um! Es gibt Frost auf den Abend.“

„Das war dem Spruch meines Herrn entgegen. Der Mann soll nicht Mantel haben und Dach, nicht Speis und Trank, eh daß er in Mittersill ist.“

Der Thurner sagte nichts mehr. Und die Knechte zogen weiter. Die Fäuste hinter dem Rücken, sah Herr Lenhard ihnen nach und brummte: „Kein Wunder, daß es siedet und gärt in allem Land! . . . Herren! Herren! Blutige Zeiten müssen kommen über euch, daß ihr lernet, was ein Mensch ist!“ Kräftig spuckte er hinter sich und ging die Straße auf und nieder, um seinen Ärger auszulaufen.

Schwatzend und lachend – über das Erbarmen spöttelnd, das der Thurner vor ihnen verraten hatte – schritten die Knechte neben dem Maultier her. Als sie zur Achenbrücke kamen, tauchte die Sonne hinter die stillen Zinnen des Untersberges, und kalter Schatten fiel über das Tal.

Der Trupp erreichte die ersten Häuser von Schellenberg. Da ging an den Knechten ein junger Bursch in Knappentracht vorüber, ein schlanker und hübscher Gesell, kaum vierundzwanzigjährig, blonden Flaum auf der Lippe und heitere Augen in dem schmalen Gesicht, aus dem die Stollenluft das frische Rot der Jugend schon zu zehren begann. Als er den nackten Menschen auf dem Maultier sah, erschrak er, daß ihm die Augen groß und starr wurden. Er stand an die Holzwand einer Scheune gedrückt und ließ die Knechte vorüberziehen. Hinter ihnen ballte er die Faust und flüsterte: „Bruder Matthäus, Gott steh dir bei in seiner Gerechtigkeit!“

Als die Knechte mit dem Maultier im Dunst der langen Gasse verschwunden waren, schlug der junge Knappe den gleichen Weg ein, über welchen Joseph und Maralen den Karren gezogen hatten. Als er das Wiesengütl erreichte, kam Joseph gerade aus dem Hof, einen Mantel um die Schultern und in der Hand einen irdenen Krug. „Grüß dich, Toni!“ rief er, lachend in seinem Glück. „Seit Mittag sind wir schon da. Suchst uns ein bißl heim?“

„Ich möcht nur fragen, wo wir uns morgen treffen vor dem Kirchgang?“

„Bei uns im Lehen. Aber so komm doch herein in die Stub!“

„Lieber tät ich draußen bleiben. Ich kann nicht lustig sein.“

„Schau mein Lenli an, und du bist's!“ Joseph legte den Arm um die Schulter des Knappen und führte ihn zur Tür der Herdstube. „Lenli, da schau, wer kommt! Das ist der Bramberger-Toni, mein Stollengesell. Mußt ihm ein Vergeltsgott für das Feuer sagen, das er uns angeschürt hat!“

Maralen, die gerade ihr Leinenzeug in den Kasten räumte, kam zur Tür und streckte die Hand. „Vergeltsgott! Wie ich gekommen bin, ist's in der Stub so warm und gut gewesen, daß ich gleich in der ersten Stund gemeint hab, ich bin schon daheim da, weiß Gott wie lang.“

Der Bramberger hielt ihre Hand umschlossen und sah sie nur immer an. Wie schön sie war in der Freude ihres Glücks! Wie ihr die Augen glänzten, von keinem Schatten einer Sorge mehr getrübt! Und wie lieblich dieses herzensfrohe, wunschlose Lächeln um ihre roten Lippen spielte! „Joseph“, sagte der junge Knappe nach einer stummen Weile, „da hast ein Glück, mit der!“

„Halt ja!“ Und Joseph legte den Arm um seine Braut.

Das Feuer auf dem Herd knisterte leis und strahlte seine wohlige Wärme in die Stube.

Heiter schwatzten sie eine Weile, bis der Bramberger sagte: „Jetzt muß ich heim. Ich will zur Halbschicht einfahren vor Abend, daß ich frei hab morgen in der Früh. Gehst mit, Joseph? Vorhin hast ja fort wollen. Wohin denn?“

„Ins Leuthaus, einen Trunk Wein und ein Bröckl zum Beißen holen. Auf den Abend kommt der Vater, und das Lenli hat seit dem Morgen nichts mehr gehabt . . .“

„Als ein Bussel ums ander!“ sagte der Bramberger. „Gelt!“

Maralen wurde rot. Aber sie lachte.

„Und das letzt, das ist allweil das beste gewesen!“ meinte Joseph mit seligem Schmunzeln. „Aber das allerletzt, das muß ich erst noch kriegen! Das gibst mir mit auf den weiten Weg! Gelt, Schatzl?“

„Geh, du!“ Sie schob ihn schmollend von sich. Doch als der Bramberger unter die Türe trat und dem jungen Paar den Rücken zuwandte, ließ sie es gern geschehen, daß Joseph sie an seine Brust zog. Lachend reichte sie ihm den Mund, der heiß war von allen Küssen dieses Tages. „Jetzt mußt aber gehen! Der Vater wird bald da sein . . . ich mein’, der Bub ist lang schon daheim. Es geht ja schon auf den Abend zu.“ Sie schob ihn zur Türe.

Als die beiden Knappen das Gehöft verlassen hatten, schritten sie eine Weile schweigend nebeneinander her, bis Joseph sagte: „Gelt, ich hab recht gehabt! Bei meinem Lenli bist lustig geworden!“

„Wahr ist’s, ja! Weil ich ein festes Glück gesehen hab. Und das hat mir doppelt wohlgetan, grad heut, wo ich schon ein trauriges Elend hab anschauen müssen.“

„Elend ist überall. Gott soll’s uns geben, daß unser Weg an jedem vorbeigeht!“ sagte Joseph ernst. „Was hast denn sehen müssen?“

Der Bramberger guckte sich um, ob niemand in der Nähe wäre, und flüsterte: „Der fromme Salzburger hat wieder ein Stücklein getan, so ein grausigs! Wenn der die Faust hebt, geht allweil ein Menschenleben in Scherben. Jetzt hat er den Bruder Matthäus . . .“

„Bruder Matthäus?“ unterbrach ihn Joseph. „Ist das derselbig, von dem du mir so viel erzählt hast?“

„Der, ja! Der uns zur Osterwoch im Halleiner Neustollen die Schrift gelesen hat. Wär ich selbigmal nicht fort gekommen nach Schellenberg, der Bruder Matthäus hätt mich Martinisch gemacht. Ist ein Mensch gewesen, so fromm wie jung, und hat er dich angeschaut mit seinen guten Augen, so hast gemeint, es tät dich der liebe Herrgott grüßen. Und den, Joseph, den hab ich heut sehen müssen: keinen Faden am Leib, bei solcher Zeit, und mit Stricken auf einen Säumer gebunden . . . lebendig oder tot, ich weiß nicht, Joseph

. . . ein Anschauen ist's gewesen, daß mich ein Grausen gepackt hat . . ."

Sie hatten die ersten Häuser erreicht, und in der Gasse kamen ihnen ein paar Leute entgegen, die heimlich miteinander tuschelten.

„Sei still, Toni! Man weiß nicht, wie einer herlust in der engen Gaß."

Schweigend schritten sie in den Dunst hinein, der immer dichter wurde, je näher sie dem Dorfplatz kamen. Als sie das Leuthaus erreichten, hörten sie aus der Schänkstube einen johlenden Gesang und das Lärmen zechender Männer.

An der Ecke der Herberg schieden sie mit einem Händedruck voneinander.

„Auf morgen also!" sagte der Bramberger.

„Morgen!" nickte Joseph, und seine Augen leuchteten.

Schon wollte jeder von ihnen seiner Wege gehen. Da sahen sie in dem grauen Dunst, der den Marktplatz erfüllte, und unter dem entlaubten Gezweig einer großen Linde einen Haufen Menschen stehen, dicht zusammengedrängt, an die dreißig und mehr, Weiber und Handwerksleute und ein paar Knappen dabei. „Was muß denn da sein?" fragte der Bramberger so erregt, als hätte er eine Ahnung, was es dort zu sehen gäbe.

„Laß sein, was mag! Geh lieber zu deiner Schicht! Und gelt, tu dich morgen nicht verspäten!" sagte Joseph. Dann trat er in den Flur des Leuthauses. „Eine Maß vom Leichten", rief er der Schänkmagd zu, „einen Brotlaib und grünen Käs für drei Heller. Und einen Löffel Salz kannst mir auch dazutun."

Während die Magd mit dem Krug in den Keller hinunterstieg, schaute Joseph in die Schänkstube. Ein paar Handwerksleute und Bauern saßen still in der Ofenecke und guckten nach einem Tisch, um den vier Reisige saßen, in den Salzburger Farben. Die hatten neben dem Tisch ihre Spieße aufrecht in den Lehmboden der Stube gebohrt, und unter lärmendem Gesang, bei dem die rauhen Kehlen übel zusammenstimmten, hockten sie vor den zinnernen Kannen und vor dem Würfelbecher.

Wie von einer Sorge befallen, ging Joseph zur Haustür zurück und spähte auf den Platz hinaus. Und da konnte er gerade noch sehen, wie der junge Knappe auf die Leute zuging, die bei der Linde standen.

Immer raschere Schritte machte der Bramberger. Als er den gedrängten Menschenknäuel erreichte, sah er, daß seine Ahnung nicht falsch geraten hatte. Das Maultier, das den Bruder Matthäus trug, war mit dem Halfterstrick an die Linde gebunden. Und die Stimmen der Leute zischelten durcheinander: „Salzburger Knecht sind's, die ihn gebracht haben!" – „Das muß ein Schelm sein, der Arges getan hat!" – „Schau nur, wie ihm die Brust allweil auf und nieder geht!" – „So führt man doch keinen Menschen um!" – „Der muß doch erfrieren!" – „Die Knecht, die hocken in der Stub drin und saufen!"

Bleich vor Erregung drängte sich der Bramberger durch den Ring der Leute. Er sah den Gefesselten an und dann die Gesichter um ihn her – Zorn und Erbarmen war in diesen Gesichtern zu lesen, doch scheue Neugier auch, und rohes Behagen an dem grausamen Anblick.

„Leut! Leut!" Ganz heiser klang die Stimme des jungen Knappen. „Das ist doch kein Kalb und keine Sau! Das ist doch ein Mensch! Und ein guter ist's! Und wenn's auch ein schlechter wär . . . so laßt man doch einen Menschen nicht leiden und frieren! Ein jeder Metzger ist barmherziger gegen sein Kalb, als die Herren sind gegen uns!" Der Zorn, der aus ihm redete, steckte ein paar von den Leuten an. „Recht hast!" riefen sie ihm zu. Doch andere duckten scheu die Köpfe, zogen sich in die letzte Reihe zurück oder gingen davon. Und ein Bauer, dem der Bramberger den Mantel von der Schulter nehmen wollte, fing zu schimpfen an.

„Bauer! Den Mantel gib her! Den zahlt dir unser Herrgott im Paradies!"

„Und derweil kann ich frieren auf der Welt. Meinen Mantel laß aus!" Der Bauer wehrte sich um den verwitterten Lodenfleck, als wär's ein Heiligtum seines Lebens.

Stöhnend ging die nackte Brust des Gefesselten auf und nieder. Er war aus seiner Ohnmacht aufgewacht und versuchte den Kopf zu heben. Doch kraftlos sank ihm das Haupt zurück. Aber seine Augen blieben offen – sie suchten nach Erbarmen und glühten. Seine Lippen bewegten sich.

„Mich dürstet!"

Da drängte sich einer durch den Kreis der Leute. Mit der Linken richtete er den Kopf des Gefesselten auf, mit der Rechten hielt er ihm einen irdenen Weinkrug an die Lippen. Und während Matthäus mit den gierigen Zügen eines Verschmachtenden trank, legte der Bramberger dem Barmherzigen die Hand auf die Schulter. „Recht so, Joseph! Der Tropfen Wein, den du gibst, wird deinem Glück sich heimzahlen mit einem süßen Eimer."

Matthäus trank – und aus der Herbergstube klang der fidele Rundgesang der Zechenden:

„Bist du der Hänsel Schütze,
Was ist dein Armbrust nütze,
Wenn du nicht spannen kannst!
Brim, bram gloriam
Da fingen die Gliaglocken an."

Das ging im Chorus weiter – brim, bram, brim, bram – als klängen vier lustige Glocken zusammen. Und eine wirkliche Glocke tönte drein: Die Schichtglocke auf dem Dach der Pfannstätte. Und im Dunst, der den Kirchplatz überschleierte, tauchten schwarze Gestalten auf, die Knappen und Sudmänner, deren Schicht zu Ende war. Immer weiter spannte sich der Menschenring, der um das Maultier herstand, immer lauter schwirrten die Stimmen, welche fragten, und die Stimmen, welche Antworten gaben.

Einer der reisigen Knechte kam aus der Tür des Leuthauses, sah den drängenden Haufen, stellte sich lachend an die Mauer und kehrte in die Stube zurück, aus der es mit johlenden Stimmen klang.

„Der Jockel und der Hänsel,
Der lange Willibald,
Der Liendl mit dem Pensel,
Der Kaspar kam auch bald
Mit seiner dicken Zenzel,
Die tranken vinum schwer,
Ins Kanndl schaut Lorenzel,
Er klopft, da war es leer,
Sie hatten gar nichts me-e-ehr.“

An die letzten Worte dieses Liedes schloß sich ein lautes Jammern und Wehklagen, ein Quieken wie von Ferkeln und ein Weinen, als wären vier klagende Säuglinge in der Schänkstube versammelt.

Dreimal hatte Matthäus getrunken. Als er die Lippen vom Rande des Kruges löste, sah er mit heißen Augen zu Joseph auf. „Der Himmel wird dich lohnen, Bruder, für deine Barmherzigkeit!“

Schweigend stellte Joseph den Krug zu Boden, zog den Mantel von den Schultern und hüllte ihn über den nackten Leib des Gefesselten. Dann nahm er seinen Krug und ging davon.

„Vergeltsgott, Joseph!“ rief ihm der Bramberger nach. Und zwanzig andere Stimmen riefen in Erregung ein gleiches und lobten, was der Stöckl-Joseph getan. Jetzt, da Matthäus getrunken hatte und ein warmer Mantel seine Blößen verhüllte, jetzt war in allen das Erbarmen wach. Und jener Bauer sagte: „Man hätt mir den Mantel nicht wegreißen brauchen, ich hätt ihn von selber gegeben! Und gern!“

Ein graubärtiger Knappe, dem man an der Sprache den Sachsen anhörte, trat auf den Gefesselten zu und fragte: „Mensch? Warum bist du so elend geworden? Warum hat dich der Salzburger so grausam gebüßt?“

Matthäus hob den Kopf ein wenig. „Weil ich den Armen das Gotteswort gepredigt habe ohne menschlichen Zusatz. Weil ich deinen Brüdern das Brot der Seele geboten in ihrer

Not. Weil ich Licht gegossen in die Finsternis, in der sie harren auf einen Sonnentag der Freiheit."

„Das ist heiliges Werk und kein Verbrechen!" rief der Sachse. „Und andres hast nicht getan?"

„Andres hab ich nicht getan, bei Gottes lebendigem Wort! Und so ich lüge, will ich die Last des Jeremias tragen und will mit dem irdischen Tod, dem sie mich zuführen, auch den ewigen Tod meiner Seele sterben." Mit flackerndem Glanze blickten die Augen des Gefesselten aufwärts in den grauen Dunst. „Aber seht, der Himmel ist offen, in Gnaden lächelt der Herr mir zu, und seine Gerechtigkeit verheißet mir: deine Seele wird leben und bei mir im Paradiese sein."

„Und das ist wahr!" Mit lauter Stimme hatte der Bramberger diese Worte gerufen. „Leut, ich kenn den Bruder Matthäus! Seine Gottesred ist uns Knappen zu Hallein gewesen wie süßes Brot, seine Hand auf jedem Kopf wie ein linder Segen!"

Die Erregung der Leute wuchs, mit erhobenen Fäusten und unter Flüchen auf den Salzburger drängten sie sich näher, und aus dem Gedräng scholl eine Stimme: „Soll er sterben müssen um uns? Soll einer leiden, der es gut will mit den Armen?" Und in den wachsenden Stimmenlärm klang aus der Herbergstube das johlende Lied der Knechte:

„Da schlemmen sie die lieb lang Nacht,
Bis daß der lichte Tag erwacht,
Der helle lichte Morgen.
Sie trinken um und singen so:
Juhei, wie ist das Leben froh!
Wir sind ohn alle Sorgen!"

Matthäus, als wäre in seinem gemarterten Leib das halb schon erloschene Leben wieder erwacht, hob das Haupt auf den Hals des Maultieres, und mit Kraft klang seine Stimme: „Gott ist mit mir! Denn er hat eine Stimme erweckt unter euch, die für mich redet. Ein mutiges Herz hat er aufgeschlossen in eurer Mitte, daß es an meiner Not die Not von euch allen spüre. Denn nicht für mich will ich reden. Ich mag sterben und zerfallen! Ihr aber, die ihr der Armut gefesselte Kinder seid, ihr sollet eure Stricke zerreißen, ihr sollet leben und auferstehen zu euren Seelen und eurer Leiber Freiheit! Die Zeit ist gekommen, ihr Brüder! Fromme Helden haben sich erhoben für euch, und Engel wetzen ihnen die Schwerter wider der Herren ungerechtes Treiben und der römischen Pfaffen schändliches Tun, die dem Gottesreich auf Erden und dem Heil der Armen entgegen sind, die des Volkes Blut ihrem Eigennutz und ihren Lüsten opfern und keinem Armen vergönnen mögen, daß er in frommer Freude eines freien Lebens sich ergötze. Aber zu lang schon haben die Armen gehungert und gedürstet an Leib und Seele. Und das Wort des Jeremias ist erfüllt an ihnen: ‚Die Kinder haben Brot begehrt, und niemand war, der es ihnen gab!‘ Siehe, da hat sich Gott des Rechtes und seiner Kraft besonnen. Eine rauschende Sündflut wird er niederschütten über die Heuchler am heiligen Wort und über alle, die da schänden die irdische Macht durch Greuel und Unrecht. Ach, ihr lieben Brüder, wie mächtig wird Gott der Herr unter die alten Töpfe schmeißen mit einer eisernen Stange! Die ganze Welt wird einen Stoß verspüren, und ein solches Spiel wird angehen, daß die großen Hansen vom Stuhl gestürzt, die Niedrigen aber erhöhet werden!“

Wie mit rüttelnden Fäusten griff dieses Wort in die Seelen der Lauschenden. In ihren Blicken begann das gleiche trunkene Feuer aufzuglänzen, das in den Schwärmeraugen des Matthäus brannte. In strömenden Worten hatte er gesprochen, obwohl ihm Blutschaum von den Mundwinkeln sickerte und sein Leib unter Schmerzen zuckte.

„Freuet euch, ihr lieben Brüder, denn auf dem Acker eurer Feinde neigen sich die Ähren und werden reif zur Ernte. Mein sterbendes Wort soll euch die Sichel schärfen, auf daß ihr die Ernte schneiden helfet. Schauet mich an, ihr Brüder! Mein blutender Leib, von Frost erstarrt, ist halb schon ein totes Ding. Und Gottes Feuer ist heiß in meiner Seele und will euch leuchten zu rechtem Weg, auf dem ihr die wahre Kirche findet und den Himmel auf Erden. Gott hat mich gesendet zu euch auf dieses Tieres Rücken, daß ich euch sterbend sage: Ihr Brüder, die Stunde ist nahe! Gedenket der Zeit, ihr Brüder! Denn wahrlich, ein Ruf ist ausgegangen von Gott, und ein neues Wesen durchschreitet die Lande. Ein Tag der Gerechtigkeit wird kommen, um die Welt mit Blut zu reinigen. Die Unfrommen und Gottlosen wird er austilgen, denn sie haben kein Recht zu leben. Und übrig lassen wird er nur jene, die guten und reinen Herzens sind. Gottes Reich wird beginnen auf Erden, und eine Taufe wird sein auf allen Häuptern, ein Glaube in allen Herzen! Zu fröhlichen Brüdern werden sie alle, die ihr frohes Herz zu Gottes Füßen legen. Von aller guten Zeit die beste wird ihnen auferstehen. Sehet, sehet, wie das verlorenen Paradieses Glück aus versunkenen Tiefen schon heraufsteigt an die Sonne! Gott allein wird herrschen in diesem Reich und alles Böse wird er abtun, das auf der Menschheit Schultern gelegen als üble Last. Durch goldene Tore werdet ihr eingehen in ein Leben der Freiheit und des Friedens, der Gleichheit und der Freude!“

Wie ein Rausch erfaßte es den Menschenhaufen, der diesen flammenden Worten lauschte. Der Bramberger sprang auf das Maultier zu, riß den Mantel von dem nackten Körper des Gefesselten und schrie: „Leut! Leut! Der für uns redet aus gutem Herzen . . . schauet, ihr Leut; so liegt er in Stricken, so blutet sein Leib!“ Wie ein Jauchzen klang die Stimme des jungen Knappen, als er das Haupt des Gefesselten in seine zitternden Hände nahm: „Und kommt die gute Zeit, die du verkündest, so sollst du sie miterleben, Bruder Matthäus!“ Er riß das Messer vom Gürtel, schnitt die Stricke entzwei, hüllte den Mantel um den niedergleitenden Körper, hob ihn auf seine Arme und rief: „Ihr Leut! Wer zum Guten helfen und dem Bruder Matthäus das Leben wahren will, der heb die Schwurfinger auf!“ Da sah man Hand an Hand emporfahren über die drängenden Köpfe, während aus der Stube des Leuthauses die in Trunkenheit randalierenden Stimmen klangen:

„Die dummen Hennen gacksen viel,
Derweil die Eier kommen,
Und wer die Eier haben will,
Dem muß das Gacksen frommen.
Gack, gack, gack, gack, gackenei,
Das dumme Henndl legt ein Ei.“

Und während die Singenden im Takt mit den Fäusten auf die Tischplatte droschen, klang in den wüsten Lärm die schrillende Stimme der Schänkmagd: „Mordio, Spießknecht! Wehret euch, Leut! Die Knappen rennen mit eurem nackigen Schelm davon!“

Erschrocken, und doch im Rausch noch lachend, sprangen die Knechte von den Bänken, rissen ihre Spieße aus dem Boden und stürmten auf den Platz hinaus. Doch ehe sie noch die Eisen senkten, flog ihnen aus dem grauen Dunst ein Hagel von groben Steinen entgegen. Einer der Knechte taumelte mit blutendem Gesicht, ein zweiter begann mit einem Schmerzensschrei zu rennen, und die anderen liefen ihm nach.

Die langen Spieße geschultert, mit den Händen die großen Hüte in den Nacken drückend, flüchteten sie, von Steinwürfen, von Geschrei und Gelächter verfolgt, die lange Gasse hinunter gegen die Burghut am Hangenden Stein.

Das Maultier galoppierte wiehernd hinter ihnen drein.

7

Noch lange war Herr Lenhard auf der Straße gestanden, die Fäuste hinter dem Rücken, in brütenden Gedanken.

Brummend hatte er den Burghof betreten und dem Torwart zugerufen: „Zieh die Bruck hinauf!“

„Soll ich nicht offen lassen, bis der Bauernbub wieder draußen ist?“

„Der bleibt noch ein Weil. Mach zu!“

Der Thurner ging über den grob gepflasterten Hof, den auf der einen Seite der Zaun eines kleinen Gartens, auf der andern Seite das Knechthaus und die Ställe umschlossen.

In der Tiefe des Hofes stand der alte viereckige Turm, durch einen schmalen Raum getrennt vom Hause, an dem man nur wenige Fenster und im Obergeschoß eine kleine steinerne Altane sah. Rings um die Haustür hatte sich an der Mauer ein magerer Efeu hinaufgesponnen, an dem noch grüne Blätter hingen. Die sahen sich im Schnee wie ein verlorenes Lächeln des Frühlings an – ein Erinnern und eine Verheißung zugleich.

Herr Lenhard trat in den Hausflur, an dessen weißgetünchten Wänden alte Geweihe hingen und ein Bärenhaupt mit schäbig gewordenem Fell. Gleich zu ebener Erde war die Wohnstube. Und Frau Resi kam aus der Türe, mit Gewitterschwüle auf der Stirn und mit einer zinnernen Schüssel in den Händen. Sie hielt dem Thurner die Schüssel mit dem blutgefärbten Wasser hin: „Da schauet her! Schon die dritte Schüssel, die ich holen muß. Das Fräulein treibt's mit dem Baurenlackel, als wär ihm ein Streich ins Leben gegangen.“

„Ja, ja“, Herr Lenhard lachte, „mit dem Arztenieren nimmt's unser Räpplein allweil verteufelt genau. Das hat dein Mann erfahren, wie du ihm mit dem Schlüsselbund ein Loch in den Backen geschlagen hast. Man sieht kein Närblein mehr davon.“

Frau Resi, die an diese dunkle Episode ihres Ehelebens augenscheinlich nicht gern erinnert wurde, antwortete nur mit einem funkelnden Zornblick. Und lachend trat Herr Lenhard in die Stube.

In einem kleinen Erker, der das beste Licht der Stube hatte, stand Morella vor Juliander und wickelte ihm achtsam und kunstvoll eine lange, weiße Leinenbinde um die wunde Hand. Juliander schnaufte dabei, als wäre er es, der die schwerste Arbeit bei der Sache zu leisten hätte. Aber was mit seiner Hand geschah, das schien seine Neugier nicht sonderlich zu beschäftigen. Denn seine Augen hingen nur immer an dem niedergebeugten Lockenkopf des Fräuleins, das mit Eifer und Wichtigkeit beim ‚Arztenieren‘ war. Bei diesem starren Schauen schien das Gezitter und Gegaukel all dieser Löcklein in Juliander etwas wie Schwindel zu erzeugen. Denn immer wieder schloß er die Augen. Da war es kein Wunder, daß er den Eintritt des Thurners völlig übersah und erschrocken zusammenfuhr, als er Herrn Lenhards Stimme hörte.

Der fragte in seiner groben, polternden Art: „Wie steht's, Bub? Hat dir das Räpplein deine fünf Kluppen wieder sauber geschindelt?“

„Gib Ruh, Babbo!“ gebot Morella, ohne von ihrem Heilwerk aufzublicken. „Wenn du redest mit ihm, so schaut er dich an und hält nicht still. Ich bin gleich fertig.“ Mit Sorgfalt legte sie die letzten Ringe der Binde um Julianders Handgelenk und knüpfte die Bänder fest, die an den Leinwandstreif genäht waren. „So, jetzt kannst du wieder alle Arbeit tun, als ob deine Hand gesund wär!“ sagte sie und strich noch einmal leise mit den Fingerspitzen über den Verband. „Und weil deine Hand so zittert . . . da brauchst du keine Sorge haben, weißt! Das ist nur so ein bissel Schwäche nach dem Blutverlust und vergeht schon wieder.“ Sie blickte zu ihm auf. „Oder hab ich dir beim Binden weh getan?“

Verlegen schüttelte Juliander den Kopf. „Deine Hand ist gewesen, als tät mich ein Blüml streichen.“

Morella warf die zausigen Locken zurück und lachte. „Lus nur, Babbo, der Baurenbub versteht sich aufs Flattusieren wie ein Salzburger Chorherr!“

„Freilich, die haben's in der Übung bei ihres Herren Hofstaat! Aber jetzt schau, Räpplein, daß der Bub auf seinen trockenen Verband ein feuchtes Pflaster kriegt! Hol uns einen Krug Wein! Der soll ihm wieder Blut machen, weil er einen Fingerhut voll verloren hat.“

Morella sprang zur Türe hinaus – und da atmete Juliander auf und begann in der Stube umherzublicken, als hätte er sie erst jetzt betreten. Von des Thurners Reichtum hatte diese

Stube nicht viel zu zeigen. Aber trotz des buckligen Lehmbodens, der an die Herdstube eines Bauern erinnerte, und trotz der vielen Sprünge in den Mauern war's ein wohnlicher Raum. Die Wände waren bis zur halben Höhe mit rot gebeiztem Föhrenholz verkleidet, und behaglich stand das schwergezimmerte Gerät umher, von dem der Gebrauch vieler Jahre die rote Beize bis auf eine letzte Spur schon abgescheuert hatte: ein Tisch, den zwei Männer nicht vom Fleck gehoben hätten, eine plumpe Eckbank, zwei ungepolsterte Armstühle, eine tischhohe Truhe und ein Geschirrkasten mit zinnernen Schüsseln und Kannen. Von der Balkendecke hing an drei Ketten ein großes Hirschgeweih herab, das auf eisernen Dornen ein paar halbverbrannte Talglichter trug. Fast ein Viertel der Stube nahm ein Ungeheuer von gemauertem Ofen ein, auf dessen Plattform sich ein Ofenspiel befand: zwei geharnischte Ritter mit langen Zweihändern, aus bemaltem Pappendeckel geschnitten; die vom Ofen aufsteigende Luftwärme hielt durch eine schlangenförmig um einen Draht geringelte Schraube das Spiel im Gang, so daß die beiden Ritter ruhelos mit den Schwertern aufeinander losdroschen.

Vor der Bank, die den Ofen umzog, standen zwei Spinnräder, eines mit vollgesponnener Spule und mit tadellos aufgeputzter Kunkel: das Spinnrad der Frau Resi – das andere mit einer Flachswuckel, so übel zerzaust wie das Gefieder einer Henne, die mit der Katze gerauft hat: das Spinnrad des Fräuleins. Doch die mancherlei Dinge, die im Erker an der Mauer hingen, ein zierliches Zaumzeug, Gerät für den Fisch- und Vogelfang, eine kleine Armbrust mit der Bolzenkapsel, und das Medikamentenkästchen, dessen Türlein offen stand – das alles war schmuck in Ordnung gehalten. Und das schienen für Juliander Wunderdinge zu sein, denn er brachte die Augen nicht mehr los vom Erker.

„Flinke Füß magst haben, Bub! Aber ein langsamer Schauer bist!“ So brummte Herr Lenhard nach einer geduldigen Weile. „Hängt doch noch mehr an der Wand als meines Mädels Spielkram!“

Es verdroß den Thurner, daß Juliander so wenig die zahlreichen Siegeszeichen beachtete, die Herr Lenhard von seinen Kriegszügen heimgebracht und zum Gedenken aller Tapferkeit seiner jungen Jahre an die Wände seiner Stube genagelt hatte: zerfetzte Fähnlein und Waffenröcke, Helme und Panzerstücke, geschuppte Handschuhe und Feldbinden, Wehrgehenke und Schwerter, die er von überwundenen Gegnern zum Pfand genommen. Da hingen diese Zeichen seit langen Jahren, das Eisenzeug war verrostet und verstaubt, die Stoffe waren verblichen und von Motten zerfressen – aber der Stolz, mit dem der Thurner an diesen Trophäen hing, hatte noch Glanz und frische Farbe. Einen Gast an seinen Tisch zu führen und in Erinnerungen vergangener Zeiten zu schürfen, diese Gelegenheit fand er so selten, daß ihm auch ein Bauer, den der Zufall in seine Stube verschlagen hatte, nicht zu gering erschien, um die ruhmvollen Geschichten dieser Zeichen vor ihm auszukramen. Auch hatte Herr Lenhard noch einen Zweck dabei. Denn der stattliche Bursch gefiel ihm – das war eine Brust, wie geschaffen für den Panzer, eine Faust wie geboren für das Schwert.

Als Juliander das verspätete Staunen reichlich nachholte, war des Thurners Ärger gleich versöhnt. „Ja, Bub! Das alles hab ich mit gutem Streich gewonnen. Nicht im Stechspiel mit stumpfer Wehr, sondern auf heißem Boden mit blutigem Hieb. Hätt ich mich aufs Sparen verstanden, ich müßt ein reicher Mann sein und könnt auf eigener Burg sitzen, statt daß ich um ein schäbig Hellerteil den Pfleger und Mautner für andere Herren machen muß. Denn manch ein fürnehmer Kriegsmann, den ich geworfen, hat mir ein schweres Lösegeld zahlen müssen. Aber das Gold ist alles wieder zum Teufel gegangen." Herr Lenhard lachte mit halbem Zorn. „Bloß Tuch und Eisen ist mir geblieben. Schau her . . . der Helm da droben, der ist beste Venediger Arbeit . . . den hab ich bei Manfredonia dem Camillo Vitelli vom Kopf geschlagen. Fünfhundert Dukaten hat er zahlen müssen, daß der Kopf nicht nachgeflogen ist. Fünfhundert Dukaten . . . Bub, das hat viel

Wein gegeben! Und siebenhundert Landsknecht haben mitgebürstet einen Tag und eine Nacht. Aber keiner ist trunken geworden. So feste Herzen haben meine lieben Söhn gehabt!" Der Thurner lachte in der Freude des Erinnerns und wischte mit der Faust über den Schnurrbart, als hingen ihm noch die Goldtropfen des Camillo Vitelli an den grauen Borsten.

Frau Resi brachte die Kanne mit dem Wein.

Bei ihrem Anblick machte der Thurner ein bitteres Gesicht. „Warum hat denn das Räpplein nicht den Wein gebracht?"

Wütend blitzte ihn Frau Resi mit den kleinen Augen an. „In die Kammer hab ich sie hinaufgeschickt, daß sie sich umschläft. Ging's Euch nach, freilich, so könnt das Kind im nassen Röcklein umeinander hatschen, bis sie das Niesen kriegt."

„Unsinn! Meinem Mädel geht ein nasser Bändl noch lang nicht ans Leben. Aber dein Gesicht, Alte, das macht mir den sauren Wein noch saurer um ein Tröpfel Gift. Fahr ab!" Und während Frau Resi, tief gekränkt und mit dem Kopf im Nakken, zur Türe hinausstelzte, schob der Thurner lachend seinem Gast die Kanne hin. „So, Bub, jetzt trink!"

Juliander nahm die Kanne und sagte mit erregter Feierlichkeit: „Ich bring's, Herr Thurner! Deinem Leben auf hundert Jahr und . . . deinem Fräulein!" Die Stimme gehorchte ihm nicht recht. „Die soll der liebe Himmel segnen!" Er trank, während ihm die Hand mit der Kanne zitterte. Und es war ein tiefer Zug.

Doch als ihm Herr Lenhard die Kanne abnahm und hineinguckte, zog er mißbilligend die buschigen Brauen auf: „Du Frosch! Gequakt hast du länger als gezogen! Die rechten tiefen Züg, die mußt noch lernen! Schau her! Ich bring's meinem Räpplein und . . ." Seine Augen blickten nach der Wand, an der unter Glas drei silberne Nadeln und zwei große goldene Ringe auf dunkler Seide flimmerten. „Gott weiß wohl, wen ich meine."

Das wurde ein Zug, als möchte des Thurners Nase in der Kanne über Nacht bleiben. „Soooo! War wohlgetan!" Er setzte die Kanne auf den Tisch und sog den feuchten Schnurrbart trocken.

Juliander nickte. „Freilich, ja! Aber soviel Wein, daß ich die tiefen Züg hätt lernen können, hab ich noch nie gehabt." Dabei sah er nach der Tür. Und zögernd sagte er: „Aber jetzt Vergeltsgott für alles, Herr Thurner! Jetzt muß ich heim."

„Unsinn! Da setz dich her!" Herr Lenhard half mit der Faust seinen Worten nach – und Juliander saß hinter dem Tisch. „Schau hinauf über den Ofen!" Der Thurner deutete nach einem Panzerstück an der Wand. „Die Halsberg . . . die ist Augsburger Arbeit . . . die hab ich auf dem Lechfeld dem Graf von Plaien abgenommen. Das ist selbigsmal gewesen, wie der edle Frundsberg den Bubenpanzer ausgezogen und seinen ersten Dienst im Harnisch unter des Kaisers Banner getan hat . . ."

Ein ruhmvoll blutiges Geschichtlein folgte dem anderen, bis kaum mehr eine Trophäe an der Wand hing, von deren Herkunft der Thurner nicht des langen und breiten berichtet hatte. Trotz aller Unruh, die in Juliander zu bohren schien, schlug ihm doch die Flamme ins Blut, die aus den redlich prahlenden Worten des alten Landsknechtführers loderte. Dem Burschen begannen die Wangen zu glühen und die Augen zu brennen. Das sah der Thurner, und seine grimmigen Augen zwinkerten vor Vergnügen. Doch plötzlich riß ihm die fröhliche Stimmung entzwei. Das geschah, als Juliander nach dem Glasschrein deutete, unter dem die drei silbernen Nadeln und die zwei großen goldenen Ringe flimmerten. „Ist das auch ein Siegzeichen, Herr Thurner?" Die Antwort ließ auf sich warten. Und Herrn Lenhards Stimme klang völlig anders als bisher – seltsam lind und milde. „Wird wohl eins gewesen sein! Und von all meinem Lebenspreis der best! Und hat viel länger nicht gehalten, als die guten Dukaten des Vitelli!" Seine Augen hingen an dem Schrein – wie mit sich selber schien er zu sprechen. „Da hab ich ganz allein getrunken! So tiefen und festen Zug, daß mir noch heut nach zwanzig Jahr ein Rausch im Blut ist!" Eine Weile schwieg er, dann raffte er sich auf und griff nach der Kanne. „Gott weiß wohl, wen ich meine!“ Das letzte Tröpflein sog er aus dem Krug. „War wohlgetan!“ Grimmig stieß er die Kanne auf den Tisch, sprang vom Sessel auf und schrie mit grober Stimme auf Juliander ein: „Im Blut hast du’s! Und in der Seel! Jetzt muß ich noch wissen, wie viel in deinen Knochen ist. Wart ein Weil . . . ich komm gleich wieder.“ Er verschwand durch eine Tür, die neben dem Ofen in eine Kammer führte.

Es ging auf den Abend zu, und in der Stube begann es zu dämmern, denn die kleinen Fenster mit den trüben Rundscheiben in dickem Blei ließen nur wenig Licht herein – das war um die gleiche Stunde, als auf dem Dorfplatz zu Schellenberg der Gefesselte zu reden begonnen hatte. Und Juliander konnte einen verschwommenen Hall der Schichtglocke hören, die auf dem Dach der Pfannstätte geläutet wurde.

Draußen im Flur eine heiter trällernde Stimme. Die Tür sprang auf, als wäre ein Windstoß gegen ihre Bretter gefahren – und Morella stand in der Stube. Ganz weiß war sie gekleidet. In ihrem Schrein war wohl die Auswahl an Gewändern nicht allzu groß – und so trug sie schon das Schlafkleid, aus weißer Leinwand, ohne viel Kunst geschnitten, dem ungegürteten Kleid einer Nonne gleich, mit weiten Ärmeln. Das war nun freilich kein Gewand, in dem ein Fräulein vor Gästen zu erscheinen pflegt – und wär’s auch nur die Tochter des Thurners am Hangenden Stein, der vom ‚schäbigen Hellerteil‘ der Wegmaut und einem Jahrgeld von hundert Gulden lebte. Aber ein Bauernbub ist doch kein Gast. So mochte Morella denken, denn es fiel ihr nicht ein, verlegen zu werden. Nur verwundert sah sie auf Juliander. „Bist du denn noch allweil da?“

Heiß schoß dem Burschen das Blut ins Gesicht. „Dein Vater . . . weißt . . . Euer Vater halt . . . ein bißl warten soll ich, hat er gesagt.“

„So? Dann wart halt! Und bleib nur sitzen!“ Trällernd ging sie auf den Erker zu, schob den kleinen Vorhang von den Scheiben zurück, um besseres Licht zu haben, und begann an einem Stellnetz zu stricken, mit dem man in kleinen Bächen die Forellen fängt.

Schwer atmend saß Juliander am Tisch. Immer weiter beugte er sich vor – doch er sah an der Mauerkante des Erkers nur eine weiße Falte des Kleides und eine schattendunkle Hand, die hurtig mit dem Garnschifflein auf und nieder tauchte. Nach einer Weile – nur um etwas zu reden – fragte Juliander: „Fräulein, was ist denn das Ding an der Wand?“

Sie neigte das schwarzumzitterte Köpfchen aus dem Erker vor und sah, daß Juliander nach dem Glasschrein deutete, in dem die drei silbernen Nadeln und die zwei goldenen Ringe flimmerten. „Was geht das dich an!“ sagte sie ernst und strickte wieder am Netz. So konnte sie nicht sehen, wie Juliander erschrocken war. Und es dauerte lange, bevor er's mit Stocken herausbrachte: „Mußt verzeihen, wenn ich ein bißl uneben gefragt hab. Weißt, verzürnen hab ich Euch gewiß nicht wollen.“ Der scheue Klang dieser Worte schien ihr aufzufallen. Denn das schwarze Köpfchen tauchte aus dem Erker. Doch sie schwieg und strickte weiter. Erst nach einer Weile sagte sie leise: „Was der Schrein dort hütet, das ist meiner lieben Mutter Haarschmuck und Ohrgehäng gewesen.“

Sie hörte das Tappen seiner schweren Schuhe, und als sie aufblickte, stand er vor ihr, mit den Fäusten vor der Brust. „Gelt, jetzt hab ich dir weh getan mit meiner dummen Frag?“

Sie schüttelte den Kopf und lächelte. Juliander ließ die Fäuste sinken und atmete auf, als wär ihm ein Stein von der Brust gehoben. Da ließ sich ein Klirren von Eisen hören, die Tür der Kammer öffnete sich, und der Thurner erschien in so bedrohlichem Aufzug, daß Morella zuerst erschrak, dann aber in helles Lachen ausbrach. Herr Lenhard trug den Harnisch um Brust und Schultern, hatte den rechten Arm gewappnet, war in blankem Helm mit gehobenem Visier, und während er in der Rechten ein kurzes, kräftiges Schwert hielt, trug er in der Linken einen Zweihänder, noch länger als der Thurner groß war.

„Babbo“, lachte das Räpplein, „willst mit der Resi fechten? Sonst weiß ich keinen Feind in der Näh.“

„Diavolo scatenato! Halt deinen Schnabel und strick an deinem Fischnetz!“ schalt der Thurner. Sein Antlitz schaute noch grimmiger drein als zuvor, denn die Kinnschale des Helmes drückte ihm den gestutzten Bart nach oben, so daß man von seinem Gesicht nur Augen und Borsten sah. „Ich will wissen, was der Bub in den Knochen hat.“ Er reichte dem Burschen den Zweihänder hin. „Da, nimm!“ Als Juliander nicht gleich zugriff, schrie der Thurner. „So nimm doch! Das ist kein Eichkätzl, das dich in die Finger beißt! Ist nur ein Schuldrescher ohne Schneid!“

Juliander faßte das lange Schwert, während das Räpplein lachte: „Aber Babbo, so laß doch die Dummheiten!“

„Ich will wissen, was er in den Knochen hat, Schmalz oder Sägspän?“ Herr Lenhard schloß das Visier am Helm. „So, Bub, und jetzt schlag zu!“

„Um Christi Leib, Herr Thurner“, stotterte Juliander, „wie soll ich denn vor deines Kindls Augen einhauen auf Euch? Ich tu's nicht! Und nicht ums Leben!“

Noch mehr, als über den Ernst des Vaters, lachte Morella über Julianders ratlose Augen.

Herr Lenhard wurde ungeduldig. „Mach weiter und schlag zu! Daß mir der Streich nicht schadet, dafür sorg ich schon. Zieh aus, so fest du kannst! Und kerzengrad auf mein blankes Dach schlag her!“

Noch immer lachte Morella. „Aber laß doch gut sein, Babbo! Weißt ja doch eh, wie es kommt . . . schlagst ihm halt das Eisen aus der Hand, wie einem jeden noch, den du in Prob genommen. So stark wie du ist keiner. Und die Prob ist ungleich, schau . . . ein kundiger Kriegsmann . . . und ein Baurenbub!“

Juliander streckte sich. Dieser Zweifel an seiner Kraft trieb ihm das Blut zu Kopf. Langsam zog er, um auszuholen, den Zweihänder hinter sich. „Aufgeschaut, Herr Thurner!“ Und die schwere Klinge zuckte wie ein Blitz durch die Luft.

Herr Lenhard parierte mit Geschick und Ruhe. Doch all seine Kunst und alle Kraft seines geübten Armes reichte nicht aus, um diesem sausenden Schlag zu wehren. Rasselnd fuhr die schwere Klinge über das Helmdach nieder auf die gepanzerte Schulter – und Herr Lenhard wankte.

Morella schrie auf. Doch als sie den Vater nicht stürzen, nur taumeln und lachen sah, fuhr sie in Zorn auf Juliander zu. „Du Lümmel, wie kannst du denn so auf meinen Vater losschlagen!"

„Aber wenn er's doch haben hat wollen?" stammelte Juliander, und seinen verstörten Augen war es anzusehen, wie bitter er den groben Streich bereute.

Der einzig Vergnügte bei der Sache war Herr Lenhard. Lachend stülpte er den Helm von seinem roten Kopf und legte ihn mit dem Schwert, das eine tiefe Scharte bekommen hatte, auf die Ofenbank. „Corpo di Cane! Bub! Das ist ein Streich gewesen, der mir durch die Knochen hinuntergefahren ist bis in die große Zeh! Wär mein Harnisch nicht bester Stahl, du hättest ihn mir mit dem stumpfen Eisen durch und durch geschlagen!" Der Thurner guckte nach seiner gepanzerten Schulter und lachte wieder. „Räpplein, da schau her! Eine Dull hat er mir in den Stahl gehauen, daß man eine Bratwurst hineinlegen kann. Cospetto! Hab allweil nur einen gekannt, der besser mit dem Eisen streicht als ich. Jetzt weiß ich zwei: den Frundsberg und den langen Lümmel da!"

Morella war still geworden. Ihr Zorn war vergangen, da sie den Vater so heiter sah, und hatte sich in ein widerwilliges Staunen über den Bauernbuben verwandelt, der stärker war, als der Thurner am Hangenden Stein.

In Eile zog Herr Lenhard den Schuppenhandschuh von der Faust und warf ihn zum Helm auf der Ofenbank. „Bub! Deine Hand gib her! . . . Dich muß ich haben!"

Juliander schien nicht zu wissen, wie ihm geschah. In der Linken hielt er noch immer das lange Eisen, während er in Erregung und Verlegenheit die Rechte zu befreien suchte, die der Thurner mit seinen groben Pranken umschlossen hielt.

„Dich muß ich haben, Bub! Einen Arm, wie du einen hast, den gibt's nimmer weit und breit im Land. Den muß ich schulen! Das soll mir Freud und Ehr sein in meinem Alter! Ich lös dich dem Kloster ab, daß du nimmer hörig bist . . . als freier Mann sollst einstehen in meinen Dienst! Drei Jahr sollst bleiben bei mir! Ich will dich halten als meinen guten Gesellen, und lernen sollst von mir, was ich selber kann! Drei Gesellenjahr, die muß ich haben . . . die will ich mich freuen an dir! Und hab ich dich fertig gemacht zu Fuß und Roß, so schick ich dich dem Frundsberg zu, mit einem Geleitbrief, der dir offene Türen macht. Dich muß ich haben, Bub! Schlag ein!"

Juliander war bleich geworden. Er sah das Fräulein an, und das lange Eisen zitterte in seiner Hand.

„Bub! Schlag ein! Magst bleiben bei mir?"

Juliander schüttelte den Kopf.

„Du Narr, du vernagelter!" schrie der Thurner in Zorn. „Du Unverstand! Che bell'e buono! Da schütt ich ihm einen Haufen Gold vor die Füß, und der Kerl will sich nicht einmal bucken drum!" Gewaltsam bezwang er sich, um einen milderen Ton zu finden. „So laß dir doch sagen, Bub . . . es ist doch dein Bestes, was ich will! Der Weg, auf den ich dich führ, geht schnurgrad auf den kaiserlichen Hauptmann zu. In dir steckt alles Zeug zu einem Landsknechtführer, wie der Hederlin einer gewesen, wie's der Frundsberg und der Bastl Schärtlin ist." Immer flinker lief die Zunge des Thurners, immer heißer wurde er und malte mit dicken Farben vor Julianders Augen ein Leben aus, das auf goldener Leiter hinaufstieg zum Ritterschlag, zu einer stolzen Burg und zu festen Ehren.

Doch Juliander stand vor ihm wie ein Stock ohne Sprache. Immer wieder irrten seine Augen über das Fräulein hin – immer wieder schüttelte er den Kopf.

Herr Lenhard tat einen welschen Fluch und wandte sich an seine Tochter. „Sag doch, Räpplein, was für ein Mensch das ist! Hast einen solchen Esel schon gesehen auf Gottes Welt! Da heb ich dem Buben ein Leben hin, wie einen gebratenen Pfau auf goldenem Teller! Und der Klotz da redet kein Wörtl und schüttelt bloß allweil den bockbeinigen Dickschädel! . . . Räpplein, so red ihm doch zu!"

Leichte Röte stieg in Morellas Wangen, während sie zögernd sagte: „So hör doch, Juliander, wie gut's der Vater mit dir meint! Warum willst denn nicht bleiben bei ihm?"

Juliander würgte nach Worten. „Schau, Fräulein, du hast deinen Vater lieb . . . und schau, so viel wie dir der deinig, so viel ist mir der meinig wert." Er war noch bleicher geworden, doch er konnte ruhig sprechen: „Mein Vater ist einschichtig geworden mit dem heutigen Tag, weil meine Schwester heuert. Mein Vater braucht mich. Und jetzt muß ich heim. Der Vater wird eh schon Sorg haben." Er legte den Zweihänder auf den Tisch und nahm seine Kappe. „Vergeltsgott, Herr Thurner, für alles!" Mit ernsten Augen sah er das Fräulein an: „Vergeltsgott! Jetzt muß ich heim!" Aufatmend wandte er sich zur Türe.

„So geh zum Teufel! Basta!" schrie Herr Lenhard hinter ihm her. „Und bleib auf deinem Misthaufen hocken! Du Bock, du bäurischer!"

Während der Thurner mit wütenden Schritten in der Stube auf- und niederging und schwer unter dem Harnisch zu schnaufen begann, wartete Morella, bis sich hinter Juliander die Tür geschlossen hatte. Dann trat sie vor den Vater hin und sagte: „Aber Babbo! Was bist denn so grob mit ihm gewesen? Mit Lärm hab ich noch nie einen guten Vogel gefangen. Und der Bub hat recht. Schau, ich müßt dich nicht so lieb haben, wenn ich's nicht verstünd, daß der Juliander so treu an seinem Vater hängt." Doch Herr Lenhard in seinem Zorn ließ diesen guten Grund nicht gelten. Er schalt und schrie, daß ihm die Adern an den Schläfen schwollen. „Babbo! Wenn du nicht gut wirst, geh ich aus der Stub."

„Corpo di Bacco! Willst du dich aufspreizen gegen mich, du Spatz! Das wär mir das Wahre!" Herr Lenhard ließ die Faust auf die Tischplatte sausen, daß es krachte.

Schweigend kramte Morella das Fischnetz mit dem Garn zusammen und verließ die Stube. „Räpplein!" schrie der

Thurner. Aber sie war schon draußen und eilte über eine steile, dämmerige Holzstiege hinauf in ihre Kammer. Es dunkelte schon in dem kleinen Raum, der keine Fenster hatte, nur die verglaste Tür, die zur Altane führte. Wohl um Helle in die Kammer zu bringen, ging Morella auf diese Türe zu und machte sie auf. Im gleichen Augenblick hörte man das Ächzen der Ketten, mit denen vor dem Tor die Brücke aufgezogen wurde. Rasch trat Morella auf die Altane hinaus. Sie achtete in ihrem leichten Kleid der Kälte nicht, die ihr entgegenwehte, und schien nicht zu fühlen, daß ihr leichtbeschuhter Fuß bis an den Knöchel in den Schnee der Altane trat.

Im kalten Dämmerglanz des Abends sah sie einen gegen Schellenberg wandern, langsam, mit gebeugtem Kopf. Jetzt blieb er stehen, wandte das Gesicht und schaute lange nach dem Tor zurück, das sich hinter ihm geschlossen hatte. Er stand und schien die lärmenden Stimmen nicht zu hören, die sich ihm näherten.

Morella erkannte vier Waffenknechte, die mit einem Maultier von Schellenberg die Straße einherkamen. Die Leute schienen es eilig zu haben, und deutlich konnte man in der stillen Winterluft ihre Stimmen unterscheiden, die heiser durcheinander klangen, als wären die Knechte betrunken.

Jetzt mußte auch Juliander aus seinem Schauen erwacht sein und die Stimmen vernommen haben. Denn er wandte sich und ging mit ruhigem Schritt seinem Wege nach, den Knechten entgegen. Die wurden plötzlich still. Morella sah, wie sie zueinander traten, wie sie mit geschulterten Spießen wieder auseinander gingen und sich verteilten über die ganze Breite der Straße. Juliander war stehen geblieben, als wäre die Ahnung einer Gefahr in ihm aufgetaucht. Dann ging er wieder. Als er nur wenige Schritte noch von den Vieren entfernt war, sah Morella, daß die Knechte plötzlich ihre Spieße vorwarfen und auf Juliander eindrangen. Von Schreck befallen schrie sie über die Altane hinunter: „Babbo! Babbo!“ Und als sie wieder aufblickte, sah sie Juliander in rasendem Laufe gegen das Burgtor eilen, die Knechte hinter ihm her. „Wärtel!“ rief sie mit gellender Stimme. „Wärtel! Wärtel!“

„Fräulein, ho! Was ist denn?“ klang es vom Wehrgang.

„Das Tor tu auf! Und die Bruck hinunter!“

„Da muß ich den Herren fragen.“

In ihrer Sorge wußte sich Morella nicht anders zu helfen als mit einem der welschen Kraftworte, die sie täglich vom Vater hörte. „Corpo di Cane! Tust du nicht gleich das Tor auf, Wärtel, so soll es dir schlecht ergehen!“ Zitternd wartete sie noch, bis sie die Ketten der Brücke rasseln hörte, dann warf sie ein Tuch um die Schultern und eilte in den Flur hinunter. „Babbo! Babbo!“

Herr Lenhard, noch immer im Harnisch, kam aus der Stube gefahren. Was ist denn?“

„Den Juliander erschlagen sie . . .vier Knechte, die erschlagen den Juliander!“

„Gottes Tod!“ Der Thurner verschwand in der Stube – man hörte Eisen klirren – und dann kam er wieder, mit dem Helm auf dem Kopf, in der Faust das schartig geschlagene Schwert. Als er in den Hof hinausstürmte, jagte Juliander gerade zum Tore herein. Herr Lenhard lachte. „So, Bub? Kommst mir wieder?“

Juliander war ohne Atem. Er konnte nicht sprechen und fuhr sich mit der Hand über die Augen. Dann sah er das Fräulein an – und lächelte, trotz aller Erschöpfung, die aus seinen Zügen sprach.

Schreiend, mit gefällten Spießen, erschienen die vier Waffenknechte im Tor.

„Die Spieß nieder!“ rief ihnen Herr Lenhard zu. „Oder der Friedensbruch soll euch übel zu stehen kommen!“

Während das Maultier mit dem leeren Saumsattel durch das Tor hineintrabte, hoben die vier Knechte ihre Eisen. So blind hatte sie der Wein noch nicht gemacht, daß sie die sieben Reisigen nicht gesehen hätten, die bewaffnet aus dem Knechthaus gelaufen kamen.

„Die Bruck hinauf!“ befahl der Thurner. Und als die Ketten rasselten, ging er auf die Salzburger zu. „Was soll das heißen, Leut! Was wollt ihr?“

„Den Bauer da", sagte der Rottmann der Knechte, „den Bauer wollen wir haben, der sich in eure Hut geflüchtet hat. Gebt ihn heraus! Der ist unser!"

„Der ist euer? So?" Herr Lenhard wandte sich an Juliander. „Sag, Bub! Was hat's gegeben?" Der Rottmann der Salzburger wollte reden. Aber der Thurner schnitt ihm das Wort ab. „Ich habe den Buben gefragt, jetzt redet der Bub! Wie war's?"

„Ich bin meinen Weg gegangen in aller Ruh", erwiderte Juliander, „und wie ich die Spießknecht kommen seh, da ist mir gleich gewesen, als hätten sie was getuschelt wegen meiner. Aber ich denk mir: was sollen sie denn haben gegen mich? Und bin gegangen. Aber da fallen sie mich auf einmal an mit den Spießen, und derweil ich einen Sprung auf die Seit mach, hör ich noch, wie einer schreit: ‚Der soll uns zahlen für die Schellenberger!' Alle vier sind her über mich . . . ich hab einen Zaunpfahl aus der Straß gerissen und hab mich wehren wollen . . . aber da geht's mir durch den Kopf: Bub, wenn du dich wehrst und schlagst einen nieder, so bist im Elend! Niederstechen laßt man sich auch nicht gern . . . und so habe ich halt die Füß gestreckt."

Die Salzburger hatten Julianders Worte mit lautem Gelächter begleitet, und der Rottmann schrie: „Das ist gelogen, als hätt's der Luther gedruckt!"

„Das ist wahr, Babbo!" fiel Morella mit bebender Stimme ein. „Von meiner Kammer hab ich alles mitangesehen."

„Da muß sich das Fräulein verschaut haben!" schrie von den Knechten einer. Und der Rottmann sagte: „Ein Haufen Leut und Knappen haben uns in Schellenberg den Prädikanten mit Gewalt vom Säumer gerissen." Er deutete mit dem Spieß auf Juliander. „Und der ist dabei gewesen! Drum gebt uns den Mann heraus, Herr Thurner! Oder ihr kommet bei meinem Herrn in üble Ding hinein!"

„Babbo!" stammelte Morella.

„Nun still, Räpplein!" dem Thurner schwollen die Adern an der Stirn, und er schrie den Rottmann an: „Jetzt will ich euch sagen: das ist gelogen, als hätt's ein Ablaßbruder gepredigt!

Seit Mittag bis zur jetztigen Stund ist der Bub bei mir im Haus gewesen. Und wenn ihr nicht macht, daß ihr weiter kommt, kehr ich euch zum Tor hinaus, wie man Dreck mit dem Besen schiebt! . . .Wärtel! Die Bruck herunter!"

Die Salzburger erhoben ein wüstes Geschrei, drohten mit Fäusten und Spießen, und der Rottmann brüllte: „Das soll Euch übel gezahlt werden von meinem Herrn!"

„Sag deinem Herrn, daß ich allen Weg Rechtens gut und weislich kenne! Ihr habt eine Schuld auf den Buben geworfen . . . und wenn's auch gelogen ist . . . der Bub soll aufgehoben sein für den Spruch. Ich bürg deinem Herrn, daß der Bub keinen Schritt aus meiner Mauer tut, ehe nicht ein Urteil wider eure Klag ergangen ist." Herr Lenhard winkte einem seiner Leute. „Lorenz! Führ den Buben in den Turm! Die Salzburger sollen sehen, daß ich ihn eintun laß."

Juliander war bleich geworden, doch er sagte kein Wort. Das Fräulein aber fuhr auf den Vater zu und faßte seinen Arm. „Babbo!"

„Laß mich in Ruh!" Der Thurner schob sein Kind beiseite. „Vor deinem Erbarmen geht das Recht seinen Weg!" So ernst Herr Lenhard das sagte, es zwinkerte doch wie heimliche Freude um seine grimmigen Augen. Und plötzlich alles Zornes ledig, ganz höflich, sagte er zu den Salzburger Knechten: „So! Jetzt Gott befohlen, ihr gerechten Diener eures Herrn! Schauet zu, daß ihr noch heim kommt vor der Nacht! Es wird finster, und ihr könntet euch bei einem rauschigen Fall die schönen bischöflichen Nasen verstauchen!"

Unter Geschrei und fluchend zogen die Salzburger ab, mit dem Maultier am Strick – und als sie draußen waren, hob sich die Brücke. Lachend guckte Herr Lenhard hinüber zu dem kleinen eisernen Türlein des Turmes, in welchem Juliander gerade verschwand. Da trat Morella vor den Vater hin, erregt, mit großen Augen. „Aber Babbo! Wie kannst du nur den schuldlosen Buben in den Turm legen?"

„Ja! So ein Unmensch bin ich! Und will sorgen dafür, daß der Bub so bald nicht wieder hinauskommt auf die Straß!"

„Aber Babbo! In so einer kalten Nacht!“

„Non me n’importa un fico! Hast du Sorg um den Buben, daß er frieren muß, so laß ihm eine Glutpfann heizen! Kannst ihm auch einen Buschen Haberstroh hinunterschicken und ein Kanndl Wein dazu. Das Stroh macht warm von außen und der Wein von innen. Basta!“ Mit diesem Schlußwort stapfte Herr Lenhard eisenklirrend ins Haus.

Frau Resi mußte in der Stube die Kerzen auf dem Hirschgeweih anbrennen, und für den Thurner kam eine harte Stunde. Er hatte seinem fürstlichen Herrn, dem Propst von Berchtesgaden, schriftlich zu berichten, daß man einen gefangenen Mann, den vier Salzburger Knechte durch die Burghut geführt, zu Schellenberg vom Maultier gerissen hätte. Was Herr Lenhard von der Sache wußte, war in wenigen Zeilen gesagt; aber die paar Zeilen machten den Thurner schwitzen. Während er mühsam mit dem Gänsekiel die verschnörkelten Buchstaben niederkritzelte, rieb er immer wieder die Schulter unter dem Wams. „Ist nur gut, daß der Bub nach links gedroschen hat, sonst könnt ich gar nimmer schreiben.“ Noch war er mit seiner harten Arbeit nicht zu Ende, als Frau Resi das Nachtmahl brachte. Sie legte nur einen einzigen Teller auf. Verwundert zog der Thurner die Brauen in die Höhe. „Soll das Räpplein vielleicht aus der Schüssel schlappern, wie ein Dachshund?“

Frau Resi schmunzelte unter schadenfrohem Blick. „Dem Fräulein ist der Hunger vergangen. Sie ist in ihr Kämmerlein hinauf und hat sich schlafen gelegt.“

„So, so, soooo? Das Räpplein trutzt?“ Herr Lenhard lachte. Dann aß er sich gemütlich satt und nahm die böse Arbeit wieder auf. Nach manchem Seufzer war endlich das ‚Sauschwänzerl‘ – wie Herr Lenhard den Schnörkel nannte – unter das letzte Wort gekritzelt.

Von dem Gaste aber, der in den kalten Turm gewandert, und von dem Auftritt, den der Thurner mit den Reisigen hatte, stand in dem Briefe kein Wort. Herr Lenhard mochte seine guten Gründe dafür haben, daß er das sorgenvolle

Gemüt seines Herrn nicht auch mit dieser Kleinigkeit noch beschweren wollte.

Es war dunkle Nacht geworden, als der Bote, der den Brief nach Berchtesgaden zu bringen hatte, zum Burgtor hinausritt.

Bei den ersten Häusern von Schellenberg begegnete dem Reiter ein Bauer.

Das war der alte Witting.

Obwohl am Himmel die Sterne blinkten und der frisch gefallene Schnee auf der Erde lag, war doch die Nacht so finster, daß Witting den Weg über den Hang hinauf zum Wiesengütl nur langsamen Schrittes fand. Als der Weg wieder eben wurde, leuchtete dem Alten der Feuerschein der Herdstube entgegen, an der die Türe offen stand. Und ehe Witting noch die Hecke erreichte, klang ihm schon die Stimme der Maralen entgegen: „Vater? Bist du's?"

„Ja, Lenli!"

„Aber geh, so spät!" Maralen kam gelaufen. „Schier vergangen bin ich vor Sorg."

„Weil ich allweil auf den Buben gewartet hab! Was muß denn der für einen Weg gegangen sein? Und wann ist er denn fort?"

„Aber der ist ja schon fort seit Mittag! Der müßt ja doch lang schon daheim sein."

„Er ist nicht gekommen. Und allweil hab ich gewartet."

Maralen fand in ihrer Sorge nicht gleich eine Antwort. Um den Vater zu beruhigen, sagte sie: „Schau, wir haben doch die ganze Zeit her allweil geredet, was für ein Wandel mit dem Buben geschehen. Wenn's wahr ist, daß ihm eine Dirn lieb geworden . . . ich mein', da muß er heut an ihr Fenster gegangen sein und muß ihr ein liebes Wörtl gesagt haben . . .weil ich doch morgen mein Fest hab."

„Wenn's nur so ist! . . .Und kommt er morgen in der Früh, so soll mir alles recht sein."

Sie gingen zum Haus. Ehe sie zur Türe kamen, legte Maralen den Arm um den Hals des Vaters und flüsterte: „Du! Vom Joseph muß ich dir auch was sagen."

„Was denn?"

„Ich weiß nicht, was er hat . . . den ganzen Tag allweil ist er so freudig gewesen, und jetzt auf den Abend zu ist er so still geworden, ich weiß nicht wie!"

„Da mußt dich nicht sorgen, Lenli! Der spürt halt sein Glück. Und das Glück, schau, das ist wie ein Widerspiel vom Wein. Schön still hebt einer das Trinken an, und im Rausch, da geht das Lärmen und Schreien los. Aber im Glück, wenn's anhebt, jauchzet und schreit ein jeder . . . hast es aber fest und spürst es in der tiefsten Seel . . . schau, Lenli, da macht's einen still."

Joseph war in der Tür der Herdstube erschienen. Herzlich, doch mit sparsamen Worten begrüßte er den Vater. Als sie in der Stube waren, beim hellen Schein des Feuers, betrachtete Witting Josephs Gesicht. Doch er konnte keinen Grund zur Sorge finden – Joseph plauderte ruhig. Sie setzten sich um den Tisch.

Als Maralen aus dem Kruge die zwei hölzernen Becher füllen wollte, fragte sie: „Joseph? Das ist doch meiner Lebtag keine Maß? Die müssen schlecht gemessen haben im Leuthaus."

„Gemessen war gut. Aber ich hab einen trinken lassen, den gedürstet hat."

„Gott soll ihm den Trunk gesegnen!" Maralen füllte die Becher.

„Kinder!" sagte Witting. „Ich bring's eurem festen Glück!"

„Vergeltsgott!" erwiderten die beiden. Sie saßen nebeneinander und tranken zu zweit aus einem Becher.

Als sie gegessen hatten, wollten sie – weil der Vater müd sein mußte – gleich zur Ruhe gehen. Maralen sollte in der Kammer schlafen, und Joseph richtete neben dem Herd ein Lager für sich und den Vater, der in die Kammer gegangen war, um drin ein Spanlicht aufzustecken. Weil es für die dritte Schlafstatt an einer Decke mangelte, sagte Maralen: „Gelt, Joseph, deine Zudeck gibst dem Vater?"

„Freilich, hab sie schon hingelegt."

„Kannst dich ja zudecken mit deinem Mantel." Sie ging zur Tür, aber da hing kein Mantel am Nagel. „Joseph, wo ist denn der Mantel? Hast ihn doch angezogen ins Leuthaus. Wo ist er denn?"

„Den Mantel hab ich einem geliehen, der frieren hat müssen."

„Aber Joseph!"

Lächelnd strich er ihr mit der Hand übers Haar. „Schau, Lenli, der Mann in seiner Blöß hat so gezittert vor Kält! Und mir ist so warm gewesen in meinem freudigen Glück!"

„Geh, du!" Sie war nur halb beruhigt. „Aber kriegst ihn doch wieder?"

„Den krieg ich schon wieder, ja!"

„Morgen?"

Da nahm er sie in die Arme. „Aber, Lenli! Soll ich denn morgen an meinen Mantel denken?" Stumm überließ sie sich seiner Zärtlichkeit. Doch er fühlte, wie sie zitterte in seinen Armen. „Schatzl, was hast denn?" Sie konnte nicht sprechen, sah ihm nur in die Augen. Und da hörten sie nicht, daß der Vater aus der Kammer trat. „So red doch, Schatzl! Was hast denn?"

„Ich weiß nicht, Joseph, und schau, es ist nicht wegen dem Mantel. Aber eine solche Angst ist in mir . . . ich kann dir's gar nicht sagen! Und das hat angefangen, wie du vom Leuthaus heimgekommen bist." Sie nahm sein Gesicht in ihre beiden Hände. „Joseph! Sag mir's! Ist was geschehen auf deinem Weg zum Leuthaus?"

Er zögerte mit der Antwort. Dann sagte er lächelnd. „Ja, Lenli, 's ist wahr, ich hab dir was verschwiegen."

„Jesus Maria!"

„Schau nur, du Närrlein, du liebs . . . wie du schon wieder zitterst! Aber bei der ganzen Sach ist nicht die mindeste Sorg dabei." Während er sie fest an seine Brust geschlungen hielt, erzählte er, was er vom Bramberger erfahren und was er vor dem Leuthaus gesehen. „Und schau, da hab ich's halt aus Erbarmen tun müssen, daß ich dem armen Menschen meinen

Mantel auf seinen nackigen Leib gelegt hab. Sonst ist nichts geschehen, und ich bin heimgegangen. Aber das Elend, das ich da gesehen hab, hat mich halt ein bißl still gemacht. Und ich hab dir's verschwiegen, schau, weil ich so eine grausige Sach nicht hab hineinmengen mögen in deine Freud, Lenli, und in unser Glück."

Die dunkle Angst der letzten Stunden löste sich von ihrem Herzen. „Vergeltsgott, Joseph, weil du mir alles gesagt hast! Da ist freilich keine Sorg dabei. Ein barmherziges Werk tun, ist doch kein Unrecht." Sie strich ihm mit der Hand über die Stirn. „So viel gut bist du!" Dann küßte sie ihn. „Und gelt, jetzt gehen wir schlafen! Gut Nacht, Joseph!"

„Gut Nacht, Lenli!" Und flüsternd fügte er bei: „Auf morgen!"

„Morgen!"

Mit glühenden Wangen standen sie Aug in Auge, und ihre Hände preßten sich ineinander.

Als Maralen dem Vater gute Nacht wünschte, nickte der Alte nur und machte sich am Herd zu schaffen.

An der Kammer schloß sich die Tür, und Joseph legte einen Wurzelklotz ins Feuer, damit die Stube bis zum Morgen warm bliebe. In den Kleidern streckten sich die beiden Männer auf das Stroh – nur die Schuhe streiften sie von den Füßen.

„Vater?" fragte Joseph. „Warum redest denn kein Wörtl nimmer?"

Der Alte gab keine Antwort. Er schüttelte nur den Kopf und grub sich ins Stroh.

Die halbe Nacht verging.

Joseph schloß kein Auge, und immer hörte er, wie sich der Alte in Unruh von einer Seite auf die andere warf.

Da fragte er endlich: „Vater! Liegst nicht gut?"

Witting setzte sich auf und flüsterte: „Joseph? Hast dem Lenli auch alles gesagt . . . von dem Mann da, den die Salzburger gebüßt haben?"

„Ja, Vater, alles!"

„Und weißt auch nicht, was weiter geschehen ist?"

„Nein! Ich hab meinen Mantel gegeben, hab meinen Krug genommen und bin gegangen! . . . Aber was hast denn, Vater?"

„Bub . . . wie ich durchs Ort herunter gegangen bin, da sind die Leut bei den Türen gestanden und haben getuschelt . . . und beim Hinlusen hab ich's aufgeschnappt: die Knappen hätten den gebüßten Mann vom Maultier gerissen und davongeführt."

„Jesus!" stammelte Joseph. „Es wird doch der Toni nicht mitgetan haben!"

„Da hast nicht fehl geraten. Allweil hab ich's aus dem Getuschel der Leut wieder hören können: der Bramberger, der Bramberger . . ."

„Herr du mein! Der Bub macht sich elend fürs Leben!"

„Und der Julei? Daß er nicht heimgekommen ist! . . . Jospeh! Es wird doch der Julei um Christi Lieb nicht dabei gewesen sein . . . bei der schiechen Sach da!"

Das redete Joseph dem Vater aus.

Doch der Alte flüsterte: „Gar nimmer auslassen tut mich die Angst! Gar nimmer auslassen!"

Die beiden schliefen nicht mehr in dieser Nacht.

8

Auch für den Thurner am Hangenden Stein war's eine Nacht, die ihm den Schlaf zerbröselte. Kaum hatte er sich niedergelegt und die Augen zugetan, da wurde er wieder geweckt: ein reitender Bote des Salzburgers begehrte freien Paß durch das Grenztor, um einen Brief, der Eile hätte, an den Propst von Berchtesgaden zu bestellen. Herr Lenhard mußte aufstehen und mit dem Windlicht zum Tor hinaus, um sein Siegel auf den Geleitbrief zu drücken.

„Da wird's rote Arbeit geben!" murrte er, als der Reiter

davonsprengte in der Nacht. „Gottlob, daß ich den Buben sicher hab." Die Torbrücke wurde hinaufgezogen, und Herr Lenhard ging ins Haus zurück. Dabei sah er droben an der Glastür der Atlane einen matten Schimmer wie von einem Licht, das sich verstecken wollte. Der Thurner lachte vor sich hin.

Als unten im Hausflur der schwere Riegel rasselte, klirrte dort oben die kleine Glastür. Morella, einen Mantel um die Schultern geschlungen, huschte auf die Altane heraus und lauschte in den Hof hinunter. Sie hörte das dumpfe Knirschen der Ketten, mit denen das Fallgitter in der Straßenhalle niedergelassen wurde. Dann war wieder Stille. Und alles finster. Nur um eine vergitterte Luke des Turmes lag ein roter Schein wie von glühenden Kohlen.

Morella stand über die Brüstung der Altane gebeugt. Und immer blickte sie hinüber zu dem roten Schein.

Da klang in der Stille der Nacht eine singende Stimme, dort unten im Turm – und jeden Ton des Liedes konnte Morella verstehen. Es war ein trauriges Lied, und dennoch klang es heiter – als hätte der Sänger für sich selbst ein fröhliches Träumen in den Ernst des Liedes hineingesungen:

„Jung Hänslein über die Heide ritt,
Da hat ihn der Graf gefangen,
Da ward er flink in den Turm getan,
Da mußt er in Ketten hangen.

Des Grafen Kind war schön und jung,
Ein Maidlein von siebzehn Jahren,
Die trat vor ihren Vater hin,
Den Alten mit grauen Haaren.

‚Ach Vater mein, ich hab dich lieb,
Drum tut mein Bitt erhören
Und schenk mir den gefangenen Mann,
Dem frommen Landsknecht zu Ehren!'

‚Nein, Töchterlein, den kriegst du nicht,
Der muß wohl sterben und büßen,
Den haben sieben Landesherrn
Aus ihrem Land verwiesen.‘

Die Maid ließ backen zwei große Brot,
Darein zwei scharfe Feilen,
Die warf sie in den Turm so hoch,
‚Landsknecht, jetzt tu dich eilen!‘

Jung Hänslein feilte Tag und Nacht
Und schwang sich aus den Mauern –
Den Landsknecht und das Grafenkind,
Die sah man nimmer trauern.

Sie zog ihm dann zwei Lersen an,
Dazu des Vaters Sporen,
Und gab ihm des Vaters graues Roß,
‚Landsknecht, den Mut nicht verloren!‘

Am Tor das Brücklein war so schwer,
Das Brücklein fiel und krachte –
Als Hänslein drübergeritten war,
Guckt er sich um und lachte.

‚Schöns Grafenkind, das Leben freut
Zu tiefst mich in der Seele –‘
Da schossen sie vom Turm herab
Den Bolz ihm durch die Kehle.“

Das Lied klang bei der Stille der Nacht auch in die Stube des Thurners. Lachend setzte sich Herr Lenhard in den Kissen auf. „Schau nur! So flink hat noch kein Vogel gezwitschert, den man hinter die eisernen Stäb getan!“ Schon wollte er den Kopf wieder auf den Polster ducken, als er draußen in der Stube ein Geräusch vernahm und einen Lichtschein in den

Klumsen der Türe zittern sah. Er setzte sich auf und lauschte. Es dauerte eine Weile, dann wurde die Tür ganz sacht geöffnet, und Morella stand auf der Schwelle. Das Licht hatte sie draußen in der Stube gelassen. „Babbo? Schlafst du schon?"

„Ja!" sagte Herr Lenhard und lachte. „Was willst denn, Räpplein?"

Sie trat in die Kammer. Als sie um die große Bettstelle des Vaters herumging, fiel ihr der Lichtschein ins Gesicht. Da sah der Thurner in ihren Augen einen so entschlossenen Blick, daß er sich dachte: „Die geht mir nimmer, bis ich nicht getan hab, was sie will."

Morella setzte sich zu ihm aufs Bett und suchte im Dunkeln seine Hand. „Babbo! Ich kann nicht schlafen."

„Warum denn nicht? . . . Hast Hunger?"

„Pfui, Babbo! Der Magen ist doch nicht alles am Menschen. Man hat doch auch ein . . . ein Gewissen."

„Sooo?" In dem matten Zwielicht, das ihr Gesicht umschleierte, konnte Herr Lenhard ihr trotziges Hasenmäulchen in Erregung zucken sehen. „Ein Gewissen? Räpplein, das trifft nicht bei jedem Menschen zu. Bei mir schon gar nicht. Wo dumme Leut das Gewissen haben, da trag ich einen festen Panzerfleck."

„Babbo, das ist nicht wahr! Du bist viel besser, als du selber glaubst."

„Mach mir keine Flattusen in der Nacht um halber Zwölf! Sag's lieber grad heraus, Räpplein . . .warum kannst nicht schlafen?"

„Weil du ein Unrecht getan hast, Babbo!"

„Du Narrenvogel! Für mich gibt's kein Unrecht. Ich tu, was ich mag. Und was ich mag, das ist mir allweil recht."

„So schief gefädelt reden die Chorherren! Aber du, Babbo, du bist ein redlicher Mensch! Du solltest dein Unrecht einsehen, statt daß du krumme Reden machst. Unrecht bleibt Unrecht, mag man's drehen, wie man will."

„So? . . . Also gut! Hab ich halt ein Unrecht getan. Und an wem soll ich denn das verbrochen haben?"

„An dem Buben da!“ Sie streichelte dem Vater die borstige Wange. „Schau, Babbo, so ein Baurenbub ist doch gar nicht wert, daß du dich seinetwegen beschwerst!“

„Räpplein, tu mir den Buben nicht unterschätzen! Schau, ich hab in meinem Leben kein Weib als deine Mutter lieb gehabt . . . und nie in meinen jungen Jahren ist mir's geschehen, daß ich vor einem schönen Weib wie die andern so gesagt hätt: die wär mir eine Todsünd wert! Aber der Bub da, Räpplein, der hat mir eine gähe Lieb in mein altes Landsknechtsherz geworfen. Um den Buben in meiner Mauer festzuhalten, wär mir eine Todsünd nicht zu teuer! Du weißt nicht, Räpplein, was in dem Buben steckt!“

„Ich versteh mich nicht auf Knochen und Fäust. Aber wenn du so gut von dem Buben denkst, da ist es doch ein doppeltes Unrecht, daß du den braven Menschen ohne jede Schuld in den Turm getan hast.“

Herr Lenhard lachte. „Räpplein, an dir ist ein Kaplan verloren gegangen! . . . Aber erstens hab ich's getan, um den Buben sicher zu wissen.“

„Das ist das besser Teil an deinem Unrecht.“

„Und zweitens hab ich's getan, um den Buben in meiner Mauer zu halten.“

Morella schwieg.

„Und weil aller guten Ding drei sind, drum hab ich's drittens getan als kleinen Vergelt dafür, daß mir der Lümmel die Schulter grün und blau geschlagen hat.“

„Das ist dein Unrecht, Babbo!“ erklärte Morella. „Warum hast du die dumme Prob gemacht, die doch gar nicht nötig gewesen wär. Da braucht man sich nicht auf Knochen und Fäust verstehen wie du . . . einem Buben, dem die Kraft schon so fest in den Augen steht, dem gibt man doch kein Eisen in die Hand und sagt zu ihm: „Hau zu!“

„So? Jetzt auf einmal bist du gescheiter als ich! Aber sollst recht haben, Mädl!“ Herr Lenhard riß an einem Glockenstrang, dessen Draht zum Knechthaus führte.

„Was willst denn, Babbo?“

„Dem Buben eine gute Kammer geben. Hab ich dann mein Unrecht gut gemacht? Kannst dann wieder schlafen?"

„Ja, Babbo! Schau, daß ich einen solchen Unrechtfleck an deinem guten Herzen sehen müßt, das hätt mir keine Ruh gelassen!" Sie lachte heiter. „Jetzt schlaf ich gleich! Und dank dir, Babbo!" Zum Ausdruck ihres Dankes wollte sie ihn küssen. Aber in dem Zwielicht fand sie unter den Borsten des Bartes seinen Mund nicht, nur seine Nase.

„Hör auf! Das kitzelt!"

Kichernd huschte sie zur Türe.

„Bleib, Räpplein", rief ihr der Vater nach, „das darf der Bub schon wissen, daß er seine gute Kammer deinem guten Herzen verdankt!"

Morella stand im Licht der Türe. „Das geht den Juliander gar nichts an! Was ich getan hab, das hab ich um deinetwegen getan! Gute Nacht!"

„Bist halt mein liebes Räpplein!" sagte Herr Lenhard mit Rührung. „Aber dem Knecht mußt noch den Riegel von der Haustür schieben!" Bis Herr Lenhard einen Schwefelfaden in Brand gebracht und die armsdicke Wachskerze angezündet hatte, die neben dem Bett mit zwei kupfernen Ringen an der Wand befestigt war, da stand schon der Knecht mit der Laterne in der Stubentür. „Hol mir den Buben aus dem Turm herauf!"

Als Juliander in die Kammer trat, schickte der Thurner den Knecht in die Stube hinaus und befahl ihm, die Türe hinter sich zu schließen. Dann sagte er: „Komm her, Bub, und setz dich zu mir aufs Bett!" Juliander gehorchte. Eine Weile sah ihn Herr Lenhard mit seinen grimmig vergnügten Augen an, bevor er fragte: „Warum schaust denn so ernst? Hat dich der Turm verdrossen?"

„Nein, Herr!" Der träumende Ernst in Julianders Zügen löste sich zu stillem Lächeln. „Ihr habt es doch gut mit mir gemeint. Der Turm ist für die Salzburger gewesen, nicht für mich!"

„Schau nur! Verstand hast auch! Der macht den groben

Speck in deinen Knochen zu feinem Schmalz!“ Herr Lenhard lachte.

„Ein redliches Vergeltsgott, Herr! Wenn dein liebes Fräulein nicht wär und Euer Güt, so läg ich jetzt erstochen auf der Straß, oder ich könnt in einem Salzburger Turm hocken, in dem's keine Glutpfann und keinen Wein nicht gibt . . .“

„Und keinen lieben Engel, der nicht schlafen kann, eh nicht das Turmloch eine gute Kammer geworden ist.“

Mit großen Augen sah Juliander den Thurner an.

„Und jetzt paß auf, Bub! Was ich getan hab, hat geschehen müssen zu deiner Sicherheit, und daß ich mir nicht den Zorn des Salzburgers in meine Schüssel brock. Den fürchten die eigenen Leut. Und die vier Knecht, die sich in Schellenberg den Gefangenen haben stehlen lassen, gehen einem schiechen Wetter entgegen. Drum hätten sie gern auf der Straße einen aufgehoben, daß sie nicht heimkommen müßten mit leerer Faust. Du kannst von Glück sagen, Bub, daß mein Räpplein zufällig am Fenster gestanden ist. Denn hätt dich der Salzburger in der Faust, da tät dir auch mein ritterliches Zeugnis nimmer helfen.“ Herr Lenhard schien seine Gründe dafür zu haben, die Gefahr, der Juliander entronnen, recht kräftig auszumalen. „Der hochfürstliche Herr da draußen, der macht in seinem Zorn gar flinke Arbeit! Gott sei Lob und Dank, Bub, daß du in meiner Hut bist! Und schau, jetzt kann's halt kommen auf zweierlei Weis. Entweder es fürchten sich die vier Knechte vor meiner Zeugschaft und vertuscheln die Sach . . . und da mußt halt bleiben bei mir, bis ich denk, die Sach ist eingeschlafen.“ Herr Lenhard unterdrückte ein Schmunzeln und zwinkerte mit den Augen. „Oder es bleiben die vier Knecht, um den eigenen Buckel zu salvieren, auf ihrer falschen Klag. Und das gibt dann einen verwickelten Rechtsweg, bei dem so schnell kein Absehen ist. Denn das Recht bei uns, das ist wie ein Schaf, das den Drehwurm hat . . .das macht ein Schrittl nach vorn und einen Sprung nach hinten. Mein ritterlich Wort und die Zeugschaft meiner Leut, die reißen dich auf die Letzt wohl heraus. Aber bis der Streit ein

End hat, so lang mußt aushalten bei mir, oder sie täten dich greifen beim ersten Schritt aus meinem Tor."

„Freilich", sagte Juliander mit der Ruhe eines verständigen Menschen, der eine Zwangslage begreift. „Jetzt geht's schon nimmer anders . . . jetzt muß ich bleiben!"

„Brav, Bub! Und weil ich seh, daß du so vernünftig bist, da braucht's zu festem Verwahr auch keinen Turm nimmer. Leg mit gutem Eid deine Hand in die meine, daß du keinen Schritt aus meiner Mauer tust, und du sollst wie ein freier Mann in meiner Burghut sein, sollst deine Kammer haben in meinem Haus, deinen Platz an meinem Tisch."

Juliander streckte die Hand – und zog sie wieder zurück, noch ehe sie der Thurner haschen konnte.

„Bub?"

„Herr . . . . schauet, ich tu den Schwur und will ihn gern tun", stammelte Juliander, „aber gebt mir zuvor noch einen freien Tag!"

„Geht nicht!" erklärte Herr Lenhard finster.

„Herr Thurner . . . morgen heuert meine Schwester! Und mein Vater muß doch in Sorg sein! Bloß ein einziges Stündl, Herr Thurner, daß ich den Sprung zu meinem Vater tu und bei meiner Schwester Fest doch in der Kirch bin!"

Das grimmige Gesicht des Thurners verwandelte sich in eine ratlos bekümmerte Miene. „Das tut mir leid, Bub! Und wenn ich das gewußt hätt . . ." Er sprach den Satz nicht zu Ende. „Aber jetzt kann ich's nimmer anders machen. Ich müßt meine Bürgschaft brechen, die ich auf ritterliches Wort gegeben. Das könnt mich meinen Dienst als Pfleger kosten."

Juliander, mit bleichem Gesichte, schüttelte den Kopf.

„Nein, Herr Thurner! Wie könnt ich dein Kind und dich in ein übel Ding bringen! Nach aller Güt, die ich erfahren hab! Nein, Herr, ums Leben nicht! . . . Da muß es halt sein, wie es ist. Und wenn's mir gleich so viel hart wird, daß ich's nicht sagen kann. Denn mein Vater hat mich lieb, und meiner Schwester wird's ein Steinl aus ihrem schönen Glück reißen, wenn ich fehl in der Kirch. Aber jetzt geht's nimmer anders.

Da ist meine Hand, Herr Thurner . . . ich tu den Schwur. Sterben soll ich, eh daß ich ohne Verlaub einen Schritt aus deiner Mauer tu."

Zögernd faßte Herr Lenhard die Hand des Burschen. Doch als er sie hatte, umschloß er sie mit kräftigem Druck. „Bist mir lieb gewesen wie eine Sach, die Wert hat . . . jetzt bist mir lieb geworden als Mensch! Und morgen schick ich Botschaft an deinen Vater, daß er keine Sorg um dich haben soll. Wo muß ich hinschicken?"

„Ins Wiesengütl."

Herr Lenhard rief den Knecht, der in der Stube wartete. „Führ den Buben hinüber zur Gastkammer im Wehrhaus! In der Burg hat er freien Paß. Meine Leut sollen sich gut mit ihm stellen, denn der Bub ist mir wert. Und morgen früh gehst hinüber ins Wiesengütl und sagst, daß der Juliander bei mir ist, und wenn sein Vater kommen mag, so kann er mit seinem Buben einen Krug Wein trinken. Hast verstanden?"

„Wohl, Herr!"

„So geht miteinander! . . . Gut Nacht, Bub!" In seinem luftigen Nachtgewande sprang der Thurner aus dem Bett, ging hinter den beiden durch die Stube und legte lachend die Hand auf Julianders Schulter. „Und morgen, daß dir die Zeit nicht zu lang wird, fangen wir miteinander unsere Schul an, gelt!" Als Herr Lenhard an der Haustür den Riegel vorgeschoben hatte und wieder in seiner Kammer war, zog er beim Schein der Kerze das Hemd über die linke Schulter herunter. Mit schielenden Augen betrachtete er das rot und blau gedunsene Mal und lachte dazu, als hätte er schönere Farben noch nie gesehen. „Cospetto! Was für einen Streich muß der Bub erst tun, wenn ich ihm den kunstgemäßen Schwung und Ausfall beibring!" Er holte aus dem Medikamentenschrein die Balsambüchse und begann unter schnaubenden Atemzügen die geschwollene Schulter zu salben. Dann blies er die Kerze aus und fiel mit schwerem Plumps ins Bett. Aber Stunde um Stunde verging, und dem Thurner wollte der Schlaf nicht kommen. So oft er sich von einer Seite auf die andere wälzte, brummte er einen welschen Fluch in den Bart. Endlich begann er zu schnarchen. Kaum aber war das Sägewerk in Gang geraten, da weckte den Thurner das Gebimmel einer Glocke im Hausflur. Während er im Finstern die Augen rieb, konnte er vom Tor das Kettengerassel und vom Flur herein die ungemütliche Stimme der Frau Resi hören. Er machte Licht und guckte nach der Kastenuhr. Es war drei Uhr morgens. „Maledetto! Eine Nacht, wie ein Freitag im Fegfeuer."

Mit dem Salzburger Reiter, der auf dem Rückweg das Grenztor passierte, war auch der Bote zurückgekommen, den Herr Lenhard an den Propst gesandt hatte. Der brachte dem Thurner einen gesiegelten Brief in die Kammer. Und was Herr Lenhard da zu lesen bekam, das machte ihn ernst. Er wurde angewiesen, seiner Hochfürstlichen Gnaden und Eminenz, dem Herrn Erzbischof von Salzburg, mit einbrechendem Tage freien Durchzug für fünfzig Rosse und ein Fähnlein von hundert Spießen zu gewähren. „Denn wir haben in Sach der freventlichen und mutwilligen Tat, so von bösen Buben wider unsere Verträg und heiliges Recht in deiner Pflegschaft zu Schellenberg begangen, und derentwegen wir uns vor dem hochwürdigsten Fürsten zu Salzburg geziementlich exkusiert haben, seiner Hochfürstlichen Gnaden das Malefizrecht in nachbarlicher Freundschaft zugestanden und Hochselben ermächtigt, den Rottierern und mutwilligen Leuten nachzutrachten und dieselben zu gebührender Straf zu bringen, damit mehrer Unrat und Nachteil verhütet und Ruh und Gehorsam erhalten werden. Es bedeucht uns gut, daß du für des hochwürdigsten Fürsten Leut auf Trunk und Zehrung nach Gebühr und Vermögen denken, dich selbst aber jeder Mithilf und Täding in so widerwärtiger Sach enthalten mögest, doch als aus dir selbst, und nicht aus unserm Befehl, oder als ob wir drum wüßten. Tu in dem allem guten Fleiß. Wir setzen in solcher und anderer Sach unser gnädig Vertrauen in dein eigen und gut Bedünken. Datum in unserem Stift zu Berchtesgaden am Mittich vor St. Kathrein, anno domini im vierundzwanzigsten, in der ersten Stund des Morgens." Herr Lenhard kraute sich hinter den Ohren. „Das ist eine dreckige Sach, das! Wenn ich da nicht fürsichtig bin, so kriegt mich der Hochfürstliche beim Wickel!" Er sah den Knecht an und fragte: „Hast du mit dem Reiter geredet? Weiß er, wann die Salzburger anrucken?"

„Zeitig am Tag. Sie stehen schon wegfertig, bis er heimkommt. Sein Herr, hat er gesagt, der wär in einer Wut gewesen, daß man ihn von der Schlafstub in seiner hohen Burg herunter hat schreien hören bis in die Ställ."

„Geh! Und weck alle Leut! Ich komm gleich."

Als sich Herr Lenhard angekleidet hatte und in den Hof trat, brannte schon ein Pfannenfeuer, und die Leute waren versammelt. Mit einem welschen Kraftwort begann er die Anrede, in der er seine Knechte eindringlich ermahnte, sich mit den Salzburgischen in keinen Streit und Wortwechsel einzulassen, in allen Äußerungen vorsichtig zu sein und auch zu bösem Spiel noch gute Miene zu machen. „Wenn der Wolf springt, muß sich das Häslein ducken." Dann befahl er ihnen, vor dem Burgtor draußen eine große Zehrbude zu errichten.

Die Knechte machten sich an die Arbeit, und Juliander kam auf den Thurner zugegangen. „Herr? Kann ich nicht mitschaffen?"

„Nein! Aber einen Gefallen kannst mir tun. Geh wieder hinunter in den Turm, bis die Salzburgischen fort sind. Der Teufel mag wissen, wie das Ding heut ausgeht, und da ist mir's lieber, du bist hinter der eisernen Tür."

„Gut, so geh ich halt."

„Laß dir vom Lorenz die Schlüssel geben, und behalt sie gleich. Sperr von innen zu und tu nicht auf, eh du nicht meine Stimm hörst." Bei aller Sorge, die den Thurner erfüllte, sah er doch mit Lachen diesem ‚Gefangenen' nach, der sich mit eigener Hand hinter die eiserne Tür sperrte. Und es dauerte nicht lange, so glomm in der vergitterten Turmluke der rote Schein wieder auf – Juliander hatte in der Glutpfanne die Kohlen angeblasen, die noch nicht erloschen waren.

Während ein Teil der Knechte die für die Bude nötigen

Bretter und Zeltblachen vor das Tor schleppte, gab Herr Lenhard dem Rottmann der Burgleute und dem Torwart Auftrag, die Handrohre und Hakenbüchsen in Stand zu setzen, alles Werkzeug bereit zu stellen und die Lederdecken von den beiden Mauerschlangen zu nehmen, die auf der Torbastei ihren Platz hatten. „Man kann nicht wissen, ob der Igel nicht seine Borsten spreizen muß." Das hatte er kaum gesagt, als er den Knechten zublinzelte, daß sie schweigen sollten. Doch beim hellen Schein des Pfannenfeuers sah er Morella aus der Haustür treten. Sie war gekleidet, als wär' es schon Tag geworden, trug ein Gewand aus braunem Hausloden, ihr Käpplein mit der Feder auf dem Haar und den Mantel um die Schultern. „Räpplein!" rief ihr der Vater lachend entgegen. „Warum bist du schon auf? Ich mein', du hättest schlafen können, seit ich meine Seel so weiß gewaschen?"

„Ich hab auch geschlafen", sagte sie mit etwas gemachter Heiterkeit, unter der sich eine Sorge zu verstecken schien, „aber das ist ja ein Lärm in der Nacht, daß ein Murmeltier aus dem Winterschlaf erwachen müßt. Was ist denn los?"

„Nichts, Räpplein! Ein Durchzug von Kriegsleuten kommt, und da muß ich für Zehrung sorgen."

„Kriegsleut? Es ist doch Frieden im Land?"

„Der Salzburger tauscht auf einer Burg im Pinzgau die Besatzung." Herr Lenhard tätschelte seinem Kind die Wange. „Aber weil du schon auf bist, kannst du der Resi helfen. Wein muß aus dem Keller geschafft werden, Käs und Rauchfleisch, Brot und gesulztes Wildbret. Nimm dein Buch, Räpplein, und schreib auf, was die Knecht zum Tor liefern."

Mit Lärm und in Eile ging die Arbeit vorwärts. Drei Weinfässer wurden zum Tor gerollt, und auf Tragbahren schleppte man die Zehrung aus den Vorratskammern. Bei diesem Hasten und Rennen der Leute erwischte Herr Lenhard die Frau Resi beim Ärmel und zog sie in den dunklen Schatten der Mauer. „Resi, du bist eine verständige Frau . . ."

„Das hör ich nicht oft von Euch, Herr Thurner!"

„Man darf die Wahrheit nicht allweil sagen. Sonst verliert

sie an Wert. Aber jetzt paß auf, Resi! Heut ist ein Tag, an dem es widerwärtige Sachen geben könnt. Da braucht das Räpplein nichts wissen davon. Drum mach das Mädel mit Arbeit müd. Und eh der Tag kommt, red ihr ein, sie hätt sich verkühlt. Schau, daß du sie ins Bett bringst und koch ihr vom stärksten Wein einen Schlaftrunk. Je flinker das Mädel die Augen zutut, um so lieber ist mir's. Hast verstanden, Resi?"

Frau Resi, der die Angst an den Hals gefahren war, schüttelte den Kopf, daß die mit Blei beschwerten Zipfel ihres weißen Haartuches klunkerten.

„Dann bist halt das verständige Weibsbild nicht, für das ich dich gehalten hab." Und mit einem welschen Kraftwort ging Herr Lenhard davon.

Doch die Eitelkeit der Frau Resi war größer als ihre Angst. Drum wollte sie um jeden Preis beweisen, wie verständig sie wäre – und als um die sechste Morgenstunde der Tag zu grauen anfing, lag Morella unter dem weißen Himmeldach ihres Bettes, von Schlaf befallen, die Wangen brennend von der Wirkung des heißen Würzweines, den ihr Frau Resi unter Schelten und gütlichem Zureden eingegossen hatte. Daß Morella von dem starken Salz- und Pfeffergeruch, der die Fleischkammer füllte, ein paarmal hatte niesen müssen, das hatte mitgeholfen, um den Verstand der Frau Resi an den Tag und das widerspenstige Räpplein ins Bett zu bringen.

Das war ein tiefer, bleierner Schlaf. Sonst hätte Morella erwachen müssen von dem Lärm, den der Morgen brachte. Als es heller Tag wurde, kamen die fünfzig Reiter angetrabt, und ein wüster Spektakel erhob sich um die Zehrbude, die vor dem Burgtor neben der Straße aufgeschlagen war. Zugleich mit den Reitern, in einer von Maultieren getragenen Sänfte, war der Salzburger Stadtrichter Hans Gold gekommen, ein kleiner, hagerer Graukopf, dem durch dreißig Jahre der Anblick gemarterter Menschen die Augen hart gemacht und die Züge versteint hatte. Herr Lenhard lud ihn zum Imbiß in die Stube. Und da bewies der alte Landsknechtführer, daß er in so mancher gefahrvollen Stunde seines Kriegslebens auch gelernt hatte, den Diplomaten zu spielen. Mit so übermäßigem Eifer bot er seine guten Dienste zur ‚geziemlichen Büßung der mutwilligen Buben' an, daß der Stadtrichter mißtrauisch wurde, sich auf das unbeschränkte Malefizrecht seines Hochwürdigen Herrn berief und sich jede Einmischung in sein Amt mit trockener Entschiedenheit verbat. Das wollte der Thurner nach dem Auftrag seines Herrn erreichen, und um das Mißtrauen des Richters noch zu bestärken und dabei auch seiner ehrlichen Meinung Ausdruck zu geben, wagte er ein freundliches Wort der Fürsprache für die ‚dummen Buben', die in ihrer Narretei nicht gewußt hätten, wie ungebührlich sie wider einen Strafbefehl des Hochwürdigen Fürsten gehandelt hätten. „Man soll ihnen die Bank schmieren und soll ihnen ein gesalzenes Pflaster auf ihren Mutwillen streichen."

Doch unter Hinweis auf die strengen Artikel des Salzburger Rechtes bewies ihm Hans Gold den schweren Ernst dieser Tat, die von Lutherischer Verseuchung des Schellenberger Volkes zeuge – und der Schreck eines Mannes, der den Menschen gut ist, starrte aus den Augen des Thurners, als der Stadtrichter die Forderungen seines Herrn nannte: zur Dekkung aller Unkosten ein Bußgeld von drei Gulden auf jeden Herd zu Schellenberg, das Gefängnis für alle, die durch eines Zeugen Wort der Mitschuld an der Tat verdächtigt waren, und für die Rädelsführer das rote Gericht. Herr Lenhard wollte sprechen – doch er schwieg und griff an seinen Hals, und seine Stirn mit den weißen Narben glühte, als wäre ihm schwerer Wein zu Kopf gestiegen.

Als sich Hans Gold vom Tisch erhob, sagte er mit feinem Lächeln: „Herr Thurner, Ihr möget ein tüchtiger Kriegsmann sein, aber zum Richter hättet Ihr nicht getaugt. In Euch ist falsches Mitleid. Das kann nicht scheiden, was Recht und Unrecht ist."

Herr Lenhard, als sich die Tür hinter dem Richter geschlossen hatte, stammelte vor sich hin: „Gott gnad dem armen Dörfl!" Mit seinem Erbarmen raufte sich noch die Sorge:

„Geht's über mich auch noch los? Wegen des Buben?" Doch weil Hans Gold von diesem Handel mit keinem Wort gesprochen hatte, hoffte der Thurner, daß die Knechte sein Zeugnis gefürchtet und geschwiegen hätten.

Vor dem Burgtor wuchs der Lärm. Um dem Fähnlein der hundert Spieße, die mit Pfeifen und Trommeln durch die Straßenhalle gezogen kamen, vor der Zehrbude Platz zu machen, saßen die Reiter auf und ritten hinter der Sänfte des Richters dem Dorfe zu. Auf dem Hügel bei der Brücke machten sie Halt. Und Hans Gold schickte fünf Reiter ins Dorf, um den Bürgermeister und die zehn Dorfältesten zu holen. Das Gewieher der Rosse, die klirrenden Waffen, das von der Burghut hertönende Geschrei der hundert Knechte, die sich vor der Zehrbude balgten – das machte einen Lärm, der bis weit hinein in die Gasse klang und die erschrockenen Leute aus den Häusern rief.

Auch hinauf zum Wiesengütl drang ein verschwommener Hall dieses Lärms. Vor der offenen Tür der Herdstube – im Schnee, der vom Frost des Morgens glitzerte – standen Witting und Joseph, schon zum Kirchgang gekleidet, in ihrem besten Gewand – Joseph mit einem Kränzlein aus künstlichen Blumen um den rechten Arm. Sie hörten den fernen Lärm, doch sie konnten nicht sehen, was es gab, weil der Hang den Blick in das Tal verdeckte. Auch waren sie gar nicht aus dem Haus getreten, weil der Lärm sie lockte – nur weil sie nach Juliander ausschauen wollten, der noch immer nicht kam.

„Was muß denn da sein?" fragte der Alte mit halberloschener Stimme. „Was muß denn da sein?"

„Tu dich nicht sorgen, Vater, der Bub kommt schon!" erwiderte Joseph. Ihn kümmerte der Lärm dort unten nicht, er dachte nur an Juliander und hatte auch die Frage des Vaters nicht anders verstanden. „Wirst sehen, er kommt mit den Etzmüllerischen und mit der Meingoztochter. Die sind doch auch noch nicht da. Geh, komm herein zum Lenli! Jetzt müssen wir halt warten. Ist ja noch ein halbes Stündl Zeit!"

Sie traten in die Stube. Neben dem Herd stand Maralen in

ihrem bescheidenen Sonntagskleid, mit einer weißen Spitzenschürze zum Zeichen ihrer Brautschaft, das Kränzlein um die Stirn, die Flitterkrone im gezopften Haar, dessen Braun im Schein des Feuers wie rotes Kupfer glänzte. In ihrer zitternden Hand umklammerte sie die Zitrone mit dem in die Frucht gesteckten Rosmarinzweig – für das Volk ein Sinnbild der Liebe, die ewig aus allen Bitternissen des Lebens grünt.

In Erregung glühten ihre Wangen, als sie fragte: „Kommt der Bub?"

Der Alte schüttelte den Kopf. „Noch allweil nicht."

Schweigend standen sie um den Herd und warteten. Da hörten sie Schritte, und ein Schatten fiel über die Fensterluke. „Der Julei!" stammelte Maralen. Aber Jospeh hatte die schwarze Knappentracht gesehen. „Das ist der Bramberger!" Doch als er die Stubentür öffnete, stand ein anderer vor der Schwelle – ein junger Knappe mit bleichem Gesicht. „Jesus Maria! Was ist denn?" Mit scheinbarer Ruhe und freundlich grüßend trat der Knappe in die Stube. Er reichte der Braut mit einem ‚Gutwunsch' die Hand und sagte: der Bramberger hätte ihn geschickt; der ließe das Bräutlein schön grüßen, und weil er selber nicht kommen könne –

„Was ist mit dem Toni?" Auch Joseph war bleich geworden. „Was ist denn mit ihm?"

„Der Salzmeister hat den Toni nicht freigegeben von der Schicht, weil er gestern auf den Abend nimmer einfahren hat können. Und drum hat er halt mich geschickt, daß mich dein Bräutl gelten laßt als Führer."

„Vergeltsgott für deinen Liebdienst!" sagte Maralen und reichte dem jungen Knappen die Hand. „Bist mir recht und gut. Aber daß der Toni nicht kommen kann, ist mir arg. Weil er dem Joseph ein so guter Gesell ist." Ihre Stimme zitterte, obwohl sie zu lächeln versuchte. „Das ist ein Mittwoch heut, als ob's ein Freitag wär." Wieder hörte man Schritte vor dem Haus, dazu ein heiteres Lachen und Schwatzen. Das war der Etzmüller mit seinem Weib und der Tochter des Meingoz. Jetzt wären sie alle beisammen gewesen – nur Juliander fehlte noch. Und der Etzmüller wußte nichts von ihm. Der hatte mit seinem Weib und dem Mädel schon am Abend die Gern verlassen und hatte bei einem Schellenberger Bauern übernachtet, mit dem er verwandt war; und darum waren die drei vom Berghang heruntergekommen, nicht von der Straße herauf. „Freilich", meinte Witting, „da wird halt der Bub in der Früh vom Etzmüller zum Meingoz gelaufen sein, wird nicht gewußt haben, was los ist, und hat sich versäumt."

Die Müllerin und das Mädel schwatzten in ihrem Hochzeitsvergnügen, daß vor ihrem lustigen Mundwerk ein Wort der Sorge gar nimmer aufkam. Als man die Kirchturmglocke das letzte Viertel vor der achten Stunde schlagen hörte, nahm der alte Witting seine Kappe. „Wir müssen gehen, es ist Zeit! Leicht hat der Bub die Abred falsch verstanden und wartet in der Kirch." Sie verließen das Haus. Maralen sperrte die Tür der Herdstube und schob den Schlüssel in die Tasche. Voran der Vater, dann der Brautführer mit der Braut, die Tochter des Meingoz mit dem Bräutigam, und zuletzt der Etzmüller mit seinem Weib, so schritten sie in stillem Zug über den verschneiten Weg hinaus. Und während sie auf der einen Seite des Hanges hinunterstiegen gegen das Dorf, kam auf der anderen Seite, von der Burghut her, jener Knecht heraufgestiegen, dem Herr Lenhard in der Nacht den Auftrag gegeben, zum Wiesengütl zu laufen. Es hatte im Trubel dieses Morgens lang gedauert, bis der Knecht für diesen Weg die Zeit gefunden. Jetzt stand er vor der Herdstube, pochte an die Türe, rief und rief – –

Aber die das Haus verlassen hatten, um dem Glück entgegenzuwandern, konnten ihn nicht mehr hören; sie hatten die Straße schon erreicht. Und da sahen sie über der Brücke drüben die Reiter auf dem Hügel und sahen das Fähnlein der hundert Spieße, das mit Pfeifen und Trommeln von der Burghut die Straße einherrückte. „Schau her", sagte der Etzmüller lachend, „da gibt's zu eurer Hochzeit eine lustige Musik! Und kostet nichts!"

Maralen hielt die Augen zu Boden gesenkt, sie sah und hörte nicht. Joseph hatte nur flüchtig aufgeschaut und hing schon wieder mit glänzenden Augen an der Braut, die vor ihm ging. Der alte Witting guckte bei jedem Schritt immer aus, ob der Bub nicht käme – und nur der junge Knappe, in dessen Gesicht kein Tropfen Blut mehr war, verwandte keinen Blick seiner angstvollen Augen von dem Hügel, auf dem die Reiter hielten.

Als der Brautzug durch die lange Gasse hinaufstieg, standen unter allen Türen die Leute. Die Etzmüllerin stieß ihren Mann mit dem Ellbogen an: „Unser Zug hebt Ehr auf! Guck nur, wie die Leut schauen!“

In dem Dunst und Rauch, der vom Dach der Pfannstätte niederqualmte und den Dorfplatz überschleierte wie herbstlicher Nebel, sah man bei der großen Linde fünf Reiter und vor ihnen bejahrte Männer aus dem Dorf, die in Erregung sprachen. Wirr und unverständlich klangen ihre Stimmen durcheinander.

Unter dem Tor des Kirchleins stand der Mesner. Als er den Brautzug kommen sah, verschwand er, und gleich darauf begann eine Glocke zu läuten. Es war eine Glocke mit dünnem und klagendem Ton. „Die Schellenberger könnten für Festzeiten auch ein schöners Geläut schaffen“, sagte die Müllerin zu ihrem Mann, „das Glöckl tut ja, daß man ans Armesünderglöckl von Salzburg denken muß.“

Der Brautzug trat in die Kirche. Und da war es nicht wie sonst bei einer Hochzeit, bei der die Neugier alle Bänke zu füllen pflegt. Nur wenige Leute standen in den Betstühlen, Kinder und junge Dirnen, alte Frauen und ein paar Salzknappen, welche Freischicht hatten.

„Jesus Maria!“ stotterte Witting in Sorge, als er die zwanzig fremden Gesichter sah, und nur das eine nicht, das er suchte.

Jetzt zum erstenmal, seit sie die Herdstube ihres Lehens verlassen hatte, hob Maralen die Augen. „Vater“, fragte sie flüsternd, „ist er da, der Bub?“ Die Klingel des Ministranten schrillte bei der Türe der Sakristei, und der Priester im Meßgewand und mit dem Kelche ging zum Altar. Der Mesner, der aus der Glockenstube gelaufen kam, machte dem Brautpaar stumme Zeichen, daß es vorwärts gehen sollte, und deutete nach dem kleinen Betstuhl vor den Stufen des Altars. Doch Maralen zögerte noch immer. „Vater . . .“

„Ja, Lenli“, nickte der Alte, „Ja, der kommt schon, weißt! Geh nur, Kindl . . . geh nur du in dein Glück!“ Trotz aller Sorge, die in ihm zitterte, hatte er für Maralen doch ein Lächeln. Und ein Blick der Liebe war sein Segen, den er seinem Kinde mitgab in das Glück.

Der Brautführer und die Brautjungfer geleiteten die Verlobten zum Altar und blieben neben dem Schemel stehen, auf welchem Maralen und Joseph knieten. Die stille Messe begann. Doch Stille war nur in der Kirche – von draußen klang verworren ein Lärm, als hätte auf dem Dorfplatz zu Schellenberg ein Jahrmarkt begonnen.

Auf ein Zeichen des Mesners erhoben sich Joseph und Maralen zum Opfergang. Hand in Hand umschritten sie den Altar und legten den Preis für das heilige Sakrament, das sie empfangen sollten, auf einen zinnernen Teller, der neben dem Meßbuch stand. Als sie wieder zum Betstuhl gingen, warf der Geistliche, während er mit ausgebreiteten Armen sein Latein vor dem Kelche murmelte, einen Blick nach dem Teller hin.

Immer lauter wuchs der Lärm vor der Kirche draußen. Der junge Knappe, der für den Bramberger gekommen, stand mit leichenblassem Gesicht vor dem Altar; der alte Witting suchte mit verstörtem Blick, ob nicht einer durch das Kirchtor käme; die Müllerin machte scheue Augen und begann mit ihrem Mann zu flüstern; der Mesner ging in die Sakristei, und der Knappe, der im letzten Betstuhl kniete, erhob sich und schlich aus der Kirche. Nur Maralen und Joseph schienen nicht zu hören, nicht zu sehen. In der heißen und dankbaren Andacht ihres Glücks knieten sie und beteten und harrten dem seligen Augenblick entgegen, der sie vor Gott und Menschen vereinen sollte für ein Leben in Treu und Freude.

Die Messe war zu Ende. Wartend stand der Geistliche vor dem bedeckten Kelch, er wurde ungeduldig, und weil der Mesner noch immer nicht kommen wollte, zog er mit eigenen

Händen das Meßkleid über den Kopf und legte die weiße Stola um den Hals. Im Chorhemd trat er vor die Verlobten hin und segnete ihren Bund. Mit ruhigen Stimmen, ihres Glückes sicher, sprachen sie das Ja – und lächelnd steckte eins dem andern das zinnerne Ringlein an den Finger. Als der Priester ihre verschlungenen Hände mit der Stola umwand und die Worte des Segens murmelte, sahen sie einander mit glänzenden Augen an und atmeten auf. Nun war ihr Glück gefestet und geborgen.

Da stürzte der Mesner aus der Sakristei. „Hochwürden, ein schiech Gericht ist los! Der Salzburger Richter steht vor der Sakristeitür . . . Ihr sollet kommen, gleich auf der Stell!" Der Geistliche erschrak, verschluckte die letzten Worte des Segens, raffte mit flinkem Griff die paar Münzen vom zinnernen Teller und verschwand mit dem Mesner in der Sakristei. Ein Schwatzen und Stammeln begann in der Kirche, der alte Witting eilte zum Altar – doch Maralen und Joseph schienen nicht zu fassen, was sie sahen. Nicht erschrocken, nur verwundert blickten sie auf. Nun hörte man eine kreischende Mädchenstimme, die sich dem Kirchtor näherte – „Margaret! Margaret!" – jetzt stand das Mädchen in der Kirche, mit verzweifeltem Geschrei: „Margaret! Margaret!"

In einem der Betstühle kreischte eine blonde Dirn: „Um Christi Lieb! Resli? Was ist denn?"

„Den Vater . . . Jesus Maria, die Salzburger schleppen den Vater davon!"

Nicht nur die blonde Dirn, auch all die anderen Leute eilten mit Geschrei dem Kirchtor zu. „Joseph", stammelte der junge Knappe verstört, „schau, daß du fortkommst, Joseph! Der Toni hat uns elend gemacht, uns alle miteinander!" Er rannte durch die Kirche und verschwand in der Glockenstube, als schiene ihm der Weg durch das Kirchtor nicht mehr sicher.

Maralen umklammerte den Arm ihres Mannes.

„Sei gut, Lenli!" tröstete er sie mit ruhigem Wort. „Wir haben unser Glück! Soll sein da draußen, was mag! Wer schuldlos ist, der muß nicht zittern."

Sie wollten gehen. Aber nun standen sie wieder und sahen ratlos den Vater an. Dem Alten schien die Sprache erloschen – lautlos bewegte er die Lippen. Schon war die Kirche geleert; der Etzmüller und sein Weib, die Meingoztochter, sie alle waren den anderen nachgerannt. Nur diese drei Menschen noch in dem heiligen Raum. Und da brachte es der Alte mit einem würgenden Laut aus der Kehle: „Mein Bub . . . der Julei . . ."

„Komm, Vater!" Mit der einen Hand faßte Joseph den Alten, mit der anderen sein junges Weib am Arm und zog sie dem Kirchtor zu. „Den Buben, den müssen wir suchen jetzt!" Als sie in die Torhalle traten, hörten sie vom Dorfplatz das jammernde Geschrei von Weibern, sahen einen graubärtigen Knappen mit der Hast eines Verzweifelten über den Kirchhof rennen, drei Waffenknechte hinter ihm her – und in dem grauen Dunst des Platzes ging es durcheinander wie ein irrsinniges Schattenspiel von huschenden Gestalten – und überall Geschrei und Jammer.

Ein Haufen Spießknechte, mit dem Stadtrichter Hans Gold an der Spitze, trat den drei Menschen vor dem Kirchtor entgegen – und ein mageres Bäuerlein mit aschfahlem Gesicht und in mürbem Lodenmantel, an dem ihn einer der Knechte gefaßt hielt, deutete auf Joseph und schrie: „Da ist er! Der hat ihm den Wein zu trinken gegeben, daß er zu Kräften kommen ist! Der mit dem Kränzel am Arm, das ist er, der Stöckl-Joseph! Jetzt hab ich's gesagt, jetzt lasset mich aus!" Bei diesen kreischenden Worten riß er an seinem Mantel – es gelang ihm sich frei zu machen – und keuchend sprang er über die Kirchhofmauer und verschwand. Zwei Knechte sprangen ihm nach, während der Stadtrichter mit seinem Stab auf Joseph deutete: „Den Schelm dort in Ketten gelegt! Und fort mit ihm!" Mit ersticktem Aufschrei klammerte Maralen die Arme um den Hals ihres Mannes. Sie wurde zurückgestoßen, daß sie gegen die Kirchenmauer taumelte und das Flitterkrönlein verlor. „Herr", schrie Joseph dem Richter zu, „was tut Ihr Übles an mir? Ich bin ein schuldloser Mensch!" Da waren ihm die Hände schon gefesselt, und die Knechte rissen ihn mit sich fort, dem Dorfplatz zu.

Witting hatte sich vor Hans Gold auf die Knie geworfen und mit zuckenden Händen in die seidene Schaube des Richters gegriffen. „Um Christi Lieb, so lasset doch meinem Kindl sein Glück . . .“ Einer der Knechte schlug dem Alten mit dem Hellebardenschaft die Hände nieder, und der Richter trat in den Schutz des bewaffneten Haufens, der den Gefesselten davonführte. Mit einem Fluch auf den bleichen Lippen raffte sich Witting auf, seine blutig geschlagene Hand griff nach dem Messer im Gürtel. Aber da sah er sein Kind und vergaß seines Zornes. „Lenli . . .“ Bewegungslos, als wäre in ihrem Körper alles Leben erloschen, stand Maralen an die Kirchenmauer gelehnt, das bleiche Gesicht entstellt, den starren Blick einer Irrsinnigen in den aufgerissenen Augen. Erst als der Vater ihre Hand umklammerte, kam Leben in ihre Glieder. Ein Laut wie der Schrei eines wilden Tieres gellte von ihren Lippen, während sie die Arme streckte, als könnte sie noch halten, was ihr genommen wurde. In ihrem blinden Jammer stieß sie den Vater von sich, der zu ihr reden wollte, und rannte schreiend dem Haufen der Knechte nach. Unter heiserem Gestammel holte der Vater sie ein und brauchte all seine Kraft, um die Verzweifelte festzuhalten, daß sie die Knechte nicht anfiel und mit Fäusten auf sie losschlug.

In dem grauen Dunst des Platzes saß Hans Gold vor dem Leuthaus auf einem Sessel, den man aus der Schänkstube für ihn geholt hatte. Ein Ring von Reisigen war um ihn her, die mit den Spießschäften die schreienden Weiber und Mädchen von ihm abzuwehren suchten. Bei der Linde hatten die Reiter, in der einen Hand die Zügel und in der andern das blanke Eisen, einen Kreis gebildet, in den jeder Gefangene geführt wurde, den die Waffenknechte brachten. Es waren schon an die zwanzig, die man gefesselt hatte, unter ihnen der graubärtige Sachse, den sie hinter der Kirche gefangen, der Bramberger, den sie aus dem Salzschacht heraufgeholt, und jener Bauer im Lodenmantel. Den hatten sie mit Joseph, an dem er zum Verräter geworden, Arm gegen Arm zusammengeknebelt. Dem Bramberger tropfte das Blut von den Händen, man hatte ihm die Daumschrauben angelegt, um ein Geständnis zu erpressen, wohin er in der Nacht den Bruder Matthäus gebracht hätte. „Über die Berg hinüber nach Hallein, dort hab ich ihm gute Fahrt gewunschen und bin wieder heim zur Schicht." Das hatte er ihnen gesagt, noch lachend in seinen Schmerzen – und weiter hatte die Marter kein Wort aus ihm herausgeholt.

Wurde dem Richter des Jammers zu viel? Oder geriet er in Sorge über die Haltung der Leute, die sich, an die Dreihundert, mit Geschrei auf dem Platze gesammelt hatten, und deren Klagen sich in Verwünschungen und Zorn zu verwandeln begannen? Plötzlich erhob er sich und gab dem Hauptmann der Spießknechte den Befehl: ein Teil der Reisigen sollte alle Häuser durchsuchen und den Fluchtweg des Matthäus nach Hallein verfolgen, der andere Teil der Knechte sollte in Schellenberg bleiben, bis der letzte Gulden des Bußgeldes eingetrieben wäre. „Die Schelme an die Rosse! Und fort!" Hans Gold bestieg seine Sänfte, die er zu seinem Schutz von zwanzig Reitern umgeben ließ. Die Gefangenen wurden mit Stricken an die Sattelgurten der Pferde gebunden, und nun ging es die lange Gasse hinunter in scharfem Trab. Wollten die Gefesselten nicht stürzen und von den Rossen geschleift werden, so mußten sie springen, daß ihnen der Atem verging. Und hinter dem rasselnden Reitertrosse rannten die schreienden Leute her, die einen in ihrem Jammer noch immer um Gnade bettelnd, die anderen in ratlosem Zorn, Verzweiflung in den Augen und Flüche auf den Lippen.

Immer weiter wurde der Abstand zwischen den Reitern und dem jammernden Menschenhauf, der ihnen folgte.

Bei der Achenbrücke schlang der alte Witting in dem wirren Gedränge die Arme um seine Tochter. Mit allem Rest der erschöpften Kräfte hielt er sie fest und stammelte: „Um Herrgottswillen, so schau doch, Kindl, das Klagen und Rennen hilft uns nimmer! Wir müssen Beistand suchen, müssen zu unserem Herren . . . das ist Gewalt, die ein Fremder an berchtesgadnischem Volk verübt, da muß uns der Propst seinen Beistand geben!" Doch Maralen schrie und schluchzte, streckte die Hände hinter den Reitern her und suchte sich aus den Armen ihres Vaters zu winden. Aber als die Reiter mit den Gefangenen hinter dem Hügel verschwunden waren, begann sie auf des Vaters Worte zu hören und klammerte sich im dumpfen Taumel ihres Schmerzes an diese Hoffnung: „Zum Herren! Der muß uns Beistand geben!" Sie wandte sich gegen das Dorf zurück und begann zu laufen, daß ihr Vater kaum zu folgen vermochte. Von all dem Jammer, an dem sie in der Dorfgasse vorübereilte, sah und hörte sie nichts – sie sah nur die eigene Not, hörte nur das schreiende Weh im eigenen Herzen. So rannte sie und rannte, mit keuchender Brust, mit heißen Augen, die keine Träne mehr hatten, mit verwüsteten Kleidern, im zerrauften Haar noch immer das Kränzlein mit den falschen Blumen.

Maralen und Witting waren nicht die einzigen, die in der Hoffnung auf Hilfe den Weg zum Propst von Berchtesgaden suchten. Und von allen, die da rannten, wollte einer den anderen überholen, weil jeder dachte: Ich muß der erste beim Herren sein, dem ersten gibt er lieber!

Witting mit den erschöpften Kräften seines Alters blieb weit zurück. Schon auf halbem Weg hatte er sein Kind aus den Augen verloren.

Und Maralen wurde die erste, die das Tor des Stiftes erreichte. Atemlos und zitternd klammerte sie die Hand um den Arm eines Troßbuben, dem sie begegnete. „Der Herr? Um Christi Barmherzigkeit, wo ist der Propst?"

Herr Wolfgang von Liebenberg, der Propst von Berchtesgaden, war zur Gemsjagd nach dem Königssee geritten.

„Jesus Maria! Der Richter? Wo ist der Richter? Und schluchzend rannte Maralen dem Rentamt zu und taumelte in die Türe. Aus der Pflegerstube klang ihre jammernde Stimme durch das Fenster herunter auf den Kirchplatz, während andere mit jagendem Lauf zum Tor des Stiftes kamen.

Der ganze Platz vor der Leutkirche war schon mit schreienden Menschen angefüllt, als Witting um die Mittagsstunde, zu Tode erschöpft, vor dem Kloster anlangte. Keuchend drängte er sich in den lärmenden Menschenhauf, und immer wieder schrie er wie mit dem schrillenden Laut eines Kindes: „Lenli! Lenli!“ Jetzt hörte er ihre Stimme. Und das klang wie ein gellender Jubelschrei: „Vater!“ Sie fanden sich im Gedräng. „Ich . . . ich, Vater . . . ich hab meinem Joseph die Hilf erlaufen! Schau, Vater, da schau her!“ Zwischen ihren zitternden Händen, wie man ein kostbares Kleinod umklammert, hielt sie dem Vater den gesiegelten Gnadenbrief entgegen, den ihr Jammer dort oben in der Pflegerstube erbettelt hatte. Dann barg sie den Brief an ihrer Brust und kreuzte die Arme darüber und weinte vor Freude, daß sie die Rettung des geliebten Mannes an ihrem Herzen tragen durfte.

Als die anderen von dem Briefe hörten, begann ein lärmender Sturm nach der Pflegerstube. Und Herr Pretschlaiffer, um die Jammernden zu beruhigen, ließ durch den Sekretarius einen Gnadenbrief nach dem anderen niederschreiben und versiegeln.

Die Frau des Rentmeisters hatte einen barmherzigen Gedanken. Sie ließ den Erschöpften Wein und Speisen reichen, und gegen den Willen ihres Mannes setzte sie es durch, daß drei flinke Maultiere vor einen großen Leiterwagen gespannt wurden, um den ermüdeten Leuten den Weg nach Salzburg zu erleichtern. Dicht gedrängt, an die Zwanzig saßen sie auf dem Wagen, alle, die einen Gnadenbrief bekommen. Und dann ging es mit rasselnder Eile die Straße ins Tal der Ache hinunter. Die Hoffnung, die sie an der Brust geborgen oder achtsam in den Händen trugen, hatte ihren Jammer still gemacht. Das gedrängte Sitzen, bei dem sich eines an den Arm des andern hängen mußte, und die holpernde Fracht, bei der sie mit Schultern und Köpfen aneinander stießen, weckte sogar in manchen, die der Jammer nicht allzu hart geschüttelt hatte, ein heiteres Wort. Das trug dazu bei, um in den anderen die zitternde Hoffnung zu befestigen. Als sie zu Schellenberg durch die Gasse fuhren, schrien sie es den Leuten zu, die vor den Türen standen: „Alles wird gut! Wir haben gesiegelte Brief! Wir bringen die Gebüßten wieder heim.“ Und daß sie von den anderen hörten, die Spießknechte wären schon in der Mittagsstunde wieder abgezogen, weil Herr Lenhard, um den Ärmsten zu helfen, das fehlende Bußgeld vorgeschossen hatte – das machte sie noch freudiger in ihrem hoffenden Glauben.

Unter allen, die auf dem Wagen saßen, hatte nur Maralen während der ganzen Fahrt keinen Laut gesprochen. An die Schulter des Vaters gelehnt, über dem wirren Haar das verschobene Kränzlein, hielt sie in träumendem Schweigen die Arme über der Brust gekreuzt, an der sie den rettenden Brief verborgen hatte. Als der Wagen an dem Hang vorüberfuhr, über den der Weg zum Wiesengütl hinaufführte, ging ein Lächeln über ihr entstelltes Gesicht, und sie sprach das erste Wort zu ihrem Vater: „Meinst, sie lassen ihn heut noch heim?“

„Freilich, Kind! Der Brief ist gut, und der Joseph ist ohne Schuld!“

Wie sie aufatmete! Und leise sagte sie: „Wenn ich nur einen wüßt, der Feuer machen tät in der Stub, daß der Joseph gleich schön warm hätt, wenn ich ihn heimbring. Der wird wohl haben frieren müssen, heut! Weil er doch keinen Mantel hat, weißt!“

Während der Wagen über die Achenbrücke holperte, spähte Witting gegen den Hang hinauf. Er sah über den kahlen Baumkronen nur die klare Luft. Und dennoch sagte er: „Lenli, mir ist, als tät ein Rauch von deinem Lehen aufgehen. Allweil mein’ ich, der Bub ist in der Stub und sitzt beim Feuer und wartet auf uns.“

„Jesus, der Bub!“ Das fuhr ihr ganz erschrocken heraus, als wäre das seit dem Morgen der erste Gedanke an den Bruder. Und dann stammelte sie: „Aber ich hab doch den Schlüssel im Sack!“

„Der Julei hat schon einen Weg in die Stub gefunden! Wirst sehen! . . . Bei den Gebüßten ist er nicht dabei gewesen, Gott

Lob und Dank! . . . Der hat sich halt versäumt in der Früh, und jetzt wird er warten auf uns und allweil warten . . ." Witting atmete schwer.

Als der Wagen die Burghut erreichte, stand Herr Lenhard mit dem Wärtel in einer Mauerscharte der Torbastei. In der Straßenhalle war das Fallgitter niedergelassen. Das sahen die Leute auf dem Wagen und schrien: „Herr Thurner! Lasset uns durch! Wir haben gesiegelte Gnadenbrief, wir holen die Gebüßten heim!" Ächzend ging das Fallgitter in die Höhe, und der Wagen rasselte durch die Torhalle. Herr Lenhard sah ihm nach mit finsterm Blick. Er tat einen welschen Fluch und sagte zum Wärtel: „Gäher Jammer tut den Menschen weh. Aber die Hoffnung, die getäuscht wird, tut noch weher! Corpo di Cane! Wär ich der Herrgott, ich tät einen Faustschlag auf die Welt herunter! Und tät am gröbsten dieselbigen treffen, die des Herrgotts Kittel tragen!" Er spuckte in seinem Zorn über die Mauer und verließ die Bastei.

Der Wagen rasselte und jagte. Den Maultieren hing der Schaum wie Schnee an der Haut, und noch immer wurden sie getrieben. Gegen vier Uhr näherte sich der Wagen den Mauern der Stadt. Auf den ebenen Feldern zwischen Grödig und Salzburg lag kein Schnee mehr. Und das Land sah aus, als ging' es nicht dem Winter entgegen, sondern dem Frühling. In dem engen Bergtal hatte schon der kalte Schatten des Abends gedämmert, doch hier im flachen Gefilde lag noch die helle Sonne des Nachmittags auf den Wiesen, alles zu Glanz vergoldend. „Schauet die Sonn an! So viel Sonn!" Das nahmen sie wie ein gutes Zeichen der Hoffnung, und alle auf dem Wagen wurden still, alle blickten sie der Stadt entgegen, deren Dächer und Türme in Gefunkel schimmerten, und an deren hoher Burg die Fenster brannten wie grüßende Freudenfeuer.

Am Stadttor gab's einen Aufenthalt. Die Torwache wollte den Wagen nicht passieren lassen, aber da legte ein wohlhabender Bürger seine Fürsprach ein, bezahlte das Torgeld für die Maultiere und flüsterte noch dem Kutscher zu: „Mensch, jetzt fahr, was du fahren kannst, zur Burg hinauf!"

Mit Geholper und Gerassel fuhr der Wagen über das grobe Pflaster der engen Gasse. Erregung schien in der Stadt zu herrschen. Überall sah man Menschen in Gruppen stehen, überall guckten sie dem Wagen nach, überall erkannten sie die Leute aus dem Gebirg an ihrer Tracht und riefen ihnen Worte zu, die im Gerassel der schweren Räder ungehört erstickten.

Vor der steilen Straße, die hinaufführte zum Tor der Hohensalzburg, hielt der Wagen. Während die zwanzig Fahrgäste von den Brettersitzen auf das Pflaster sprangen, kam aus einer Gasse ein Haufen ärmlich gekleideter Leute gerannt. „Was ist denn?" hörte man einen Bürger schreien. Und aus dem rennenden Haufen klang die kreischende Antwort: „Der Herr und Teufel ist los! Zur Nonntaler Wies hinunter! Da bauen sie die rote Stub!" Ein paar von den Schellenbergern hatten diese Worte vernommen. Auch Witting. Und dem Alten begannen die Hände zu zittern. „Komm, Lenli! Komm! Und tu deinen Brief heraus!" Daß Witting seine Tochter bei der Hand nahm und den steilen Berg hinaufzulaufen begann, das machte auch die anderen laufen. Sie alle wurden plötzlich von einer dunklen Sorge befallen und wußten nicht, wie das kam. Vor dem geschlossenen Tor der Festung hoben sie ein lautes Schreien und Jammern an. Aber das Tor wurde nicht geöffnet. Aus einem vergitterten Fenster neben der Torhalle sprach sie einer an, fragte nach ihrem Begehr, nahm ihnen die gesiegelten Briefe ab und hieß sie warten. Es dauerte eine Viertelstunde, die den Harrenden wie eine Ewigkeit erschien. Dann wurde das Tor geöffnet – man sah den weiten Vorhof der Festung mit bewaffneten Knechten ganz erfüllt – und eine Schar von Reisigen kam mit Eisengerassel über die Brücke des Wallgrabens herausmarschiert und umringte die Schellenberger Leute. Ein Rottenführer, mit einer Feldbinde in den Farben seines Herren über dem Panzer, sprach sie an: „Auf meines Fürsten Befehl, ihr sollt mir folgen, daß ich euch hinführ, wo ihr den Spruch meines gnädigsten Herren vernehmen werdet!"

Man führte sie über eine Steintreppe in den Wallgraben hinunter, durch einen Tiergarten, in welchem gefangene Raubtiere hinter eisernen Gittern kauerten und allerlei zahmes Gewild hinter Stangenzäunen zu sehen war: durch lange Laufgräben ging es, kreuz und quer durch mächtige Festungswerke, dann talabwärts durch einen steilen Weingarten. Aus der Tiefe hörte man den summenden Lärm einer großen Menschenmenge. Doch hohe Mauern verwehrten den Ausblick, und man konnte nicht sehen, woher diese Stimmen klangen. Je tiefer die Leute, von den Reisigen umgeben, durch den Weingarten hinunterstießen, desto näher tönte dieses dumpfe Stimmengewirr. In der Mauer, die den Garten umzog, wurde ein kleines, eisernes Tor geöffnet – und als die Leute hinaustraten, sahen sie über sich den steilen Absturz der mächtigen Felsen, welche die stolze, erzbischöfliche Pfalz inmitten der starken Festung trugen; an allen Fenstern des Palastes, auf den Balkonen und Atlanen, sah man Herren, Frauen und Prälaten in reichen Gewändern, die im Glanz der sinkenden Sonne leuchteten. In einem der Säle dort oben klang Musik, mit so kräftigen Trompetenstößen und Paukenwirbeln, als möchten sie den Stimmenlärm des Schauspiels übertönen, das sich am Fuß der steilen Felswände abspielen sollte, auf einer breiten Wiesenfläche, die man die Peterswiese im Nonntal nannte.

Auf allen Pfaden, die zu den Toren der Stadtmauer führten, strömten in Haufen die Menschen herbei. Über tausend hatten sich schon versammelt zu einem drängenden Ring, den eine dichte Hecke blinkender Spieße und Hellebarden von dem freien Platz in der Mitte trennte. Hier war ein hohes Gerüst aus Balken und Brettern errichtet, welche rotbraun waren – doch nicht vor Alter. Ein Teil der Wiese hatte noch Sonne, und da flimmerten die blanken Waffen, die bunten Gewänder der Spießknechte und die Trachten der Bürger und Bauern durcheinander wie ein Narrentanz von Farben. Die andere Hälfte der Wiese lag schon im Schatten, und da war das Gedräng der Menschen anzusehen wie ein trübes Gewirr von

Schwarz und Grau. Über dem ganzen Bilde flutete der Stimmenlärm mit dem Klang der Pauken und Trompeten zusammen, wie das dumpfe Rauschen eines wachsenden Sturmes herweht über einen bewegten See.

Als die Schellenberger aus dem Weingarten heraustraten auf die Wiese, wurden sie beim Anblick dieses Bildes bleich vor Schreck. Durch eine Gasse im Gedräng der Menschen führte man sie zu dem freien Platz inmitten eines Ringes von Waffenknechten, bis dicht vor das braun gefleckte Gerüst, dessen Plattform eine Armslänge über ihren Köpfen lag.

Man hörte eine Trompete schmettern, und auf dem Gerüst erschien ein Rufer, der dem versammelten Volk verkündete, welche Missetat zu Schellenberg geschehen war. Das war nicht die Rettung eines grausam mißhandelten Menschen – nach den Worten des Rufers war es ein Verbrechen, wie es Menschen nicht grauenvoller ersinnen könnten, unerhörter Frevel und Ungehorsam wider die von Gott gesetzte Obrigkeit, höllischer Zauber und satanisches Werk, angestiftet durch die menschgewordenen Teufel, die sich Luther und Münzer nannten. Zu besonderer Arznei wider die Martinische Seuche, zu christlicher Vermahnung und zu warnendem Beispiel für das törichte und allzeit der Verführung geneigte Volk, sollten die beiden Schelme, die den Frevel begonnen hatten, der geziemenden Strafe überliefert werden. Im übrigen wollte der hochwürdige Fürst und Herr von Salzburg, um sich seinem fürstlichen Bruder zu Berchtesgaden freundlich zu erweisen, christliche Milde für Recht ergehen lassen und den andern neunzehn Schelmen, so man in Verwahr gebracht, ein gnädig Denkzettelein auf den Buckel schreiben, wonach sie ungekränket ihren Laufpaß nehmen mögen.

In der tausendköpfigen Menge erhob sich ein wildes Geschrei, dessen Sinn nicht zu verstehen, dessen Meinung nicht zu deuten war. Wem galten die Hunderte von geballten Fäusten, die sich über die drängenden Köpfe erhoben? Galten sie den Schelmen, die so unerhörten Frevel begangen hatten? Galten sie den neunzehn Männern und Burschen, die man gefesselt herbeiführte, die Körper entblößt bis zu den Hüften? Einer hinter dem andern, mit Stricken zu einer Reihe zusammengeknebelt, mußten sie das Gerüst umschreiten, mußten auf dem freien Platz vor dem Stadtrichter niederfallen und die demütige Abbitte nachsprechen, die man ihnen vorlas. Dann wurden sie an die Pfähle gebunden, und die Rutenhiebe klatschten, bis die Gepeitschten ohnmächtig in den Stricken hingen. Während ihr Schreien und Stöhnen noch zusammenklang mit dem Lärm der Menge und mit dem Jammer der Schellenberger Leute, die sich andere Wirkung von ihren gesiegelten Briefen erwartet hatten, fing über den Mauern der Festung eine Glocke zu läuten an, mit so dünnem und rasselndem Ton, als hätte ihr Erz einen Sprung bekommen.

Hans Gold mit zwei schwarz gekleideten Räten und mit kleinem bewaffnetem Geleit war auf das Gerüst gestiegen. Er trug zwei weiße Stäbe in der Hand. Und winkte. Es kam ein Mönch mit einem Kreuzlein zwischen den gefalteten Händen – und vier Schergen in roten Wämsern, denen der Meister Freimann im roten Mantel folgte, brachten zwei Gefesselte auf das Gerüst, denen die Augen verbunden waren – alle beide trugen die schwarze Tracht der Schellenberger Salzknappen, der eine das verbrauchte Arbeitskleid mit dem Fahrleder um die Hüften, der andere das Feiertagsgewand mit einem Kränzlein falscher Blumen um den Arm.

Da klang über den Stimmenlärm der Menge hinaus der gellende Schrei eines jungen Weibes. Und plötzlich, als hätte man den tausend Menschen ein Zeichen des Schweigens gegeben, verstummten all die lärmenden Stimmen, und dumpfes Schweigen lagerte über den drängenden Köpfen. Nur dort, wo die Schellenberger Leute hinter den gesenkten Spießen der Waffenknechte vor dem Gerüste standen, hörte man ein ersticktes Schluchzen und das heisere „Jesus Maria!", mit dem der alte Witting seine Tochter umschlang, um ihr Gesicht an seine Brust zu drücken, damit sie das Grauenvolle nicht sehen sollte.

Deutlich hörte man in dem Schweigen, wie der Meister

Freimann, der noch immer den roten Mantel trug, mit erregter Stimme zum Richter sagte: „Erst weiset mir das Urteil für, das beschlossen und gesiegelt ist nach guten Rechten!"

„Des Fürsten Befehl muß dir genügen!" erwiderte Hans Gold in gereiztem Ton. „Das Gutachten der erzbischöflichen Räte hat die beiden zum Tod gesprochen, und Doktor Volland hat aus den Büchern bewiesen, daß sie dem Schwert verfallen sind."

Der Freimann schüttelte den Kopf: „Sie sind nicht überwunden mit offenen Rechten. Ich kann nicht meines Amtes tun!"

„Bei deinem Amt und Leben, Meister!" Die Stimme des Richters schrillte. „Tu, was dir geboten wird! Und laß den Fürsten und die Obrigkeit verantworten, was geschieht!" Er brach die Stäbe, warf den Gefesselten die Stücke vor die Füße und verließ das Gerüst.

Aus all den tausend Kehlen klang es in die graue Abendluft wie ein einziger Schrei des Zornes.

Dann wieder Stille. Und auf dem Blutgerüst ein helles, fröhliches Lachen. Das war der Bramberger – und während der Freimann den Mantel abwarf und das Richtschwert entblößte, beugte der junge Knappe von selbst die Knie und rief in das dumpfe Schweigen: „Schauet, Leut! Jetzt muß ich sterben und hab mich im Leben noch nicht dreimal satt gegessen an Brot. Juchhe, um wieviel besser ist der Tod als unser Leben!" Er jauchzte – da blitzte der Streich, das Haupt des jungen Knappen fiel über die Bretter hin und rollte und blieb am Rand des Gerüstes auf dem blutenden Halse stehen.

Man hörte keinen Schrei in der Menge, doch aus tausend Kehlen einen bangen Laut – den Seufzer eines Volkes.

Und jetzt die Stimme des anderen, den die Schergen auf die Knie drückten – eine Stimme in Zorn, voll Kraft und ohne Zittern: „Leut! Meine einzige Sünd ist gewesen, daß sich mein Herz erbarmet hat! Mein Glück, das sie köpfen, mein schuldloses Blut, das sie laufen lassen, soll Feuer werden, das die Herren brennt!"

„Joseph!" klang es mit gellendem Laut in die Stille.

Der Gefangene sprang auf – am Rande des Gerüstes drückten ihn die Schergen auf die Bretter nieder – und mit den verbundenen Augen suchte er noch die Stelle, von der die Stimme seines Weibes geklungen. „Lenli, du liebe!" schrie er. „Der gute Herrgott soll . . ." Da fiel der Streich.

„Mein Joseph . . ."

Bei diesem Aufschrei hatte Maralen die Spießschälfte der Waffenknechte niedergeschlagen. Sie sah das fallende Haupt gegen den Rand der Bretter kollern . . . „Jesus!" . . . und taumelnd, in halber Ohnmacht, fing sie mit den Armen den vom Gerüst rollenden Kopf des Geliebten auf. Und während sie mit erlöschenden Sinnen zu Boden stürzte, ging der Blutstrom des enthaupteten Körpers wie ein roter Regen vom Gerüst auf sie nieder, auf das Kränzlein in ihrem Haar, auf Gesicht und Schultern, auf all ihr Gewand.

Das hatten Hunderte gesehen. Ein tobendes Geschrei erhob sich im Grau des Abends.

Und Witting – hinter den Lanzenschäften der Waffenknechte – stieß die geballte Fäuste vor sich hin und schrie: „Joß Friz! Wo bist!"

9

Die kalte, stille, sternklare Nacht lag über den schneegrauen Bergen und über dem finsteren Tal. Kein Laut des Lebens; nur das Rauschen der Ache, die ihre Wellen ruhelos durch das Tor der Berge hinauswälzte in das Grödiger Moos. In dem nahen Dorf kein Licht. Nur schwarze Dächer. Doch in der Ferne ein matter und rauchiger Glanz: die Nachtröte der Stadt, die da draußen lag. Wie hundert winzige Sterne hing es in dieser trüben Helle. Das waren die erleuchteten Fenster der fürstlichen Pfalz. Und langsam, eines nach dem andern, erloschen die schimmernden Lichter. Kaum noch vernehmlich, tönte von Salzburg her der Schlag der Glocke durch die stille Nacht; die erste Stunde des Tages, der aus schwarzem Schoß geboren wurde, um das Licht zu bringen.

Da ließ sich am Waldsaum neben der Straße ein Rascheln im dürren Laub vernehmen, und dann ein stöhnender Laut, wie der Seufzer eines Leidenden.

„Ist dir besser ein wenig?“ fragte eine zitternde Greisenstimme.

Die gebrochene Stimme eines Weibes gab Antwort: „Mir ist halt, wie mir sein muß.“

„Meinst, daß wir heimgehen können?“

Ein hartes Lachen. „Wo bin ich denn daheim?“

„Bist nicht daheim in deines Vaters Haus?“

Keine Antwort kam.

Schweigend saßen die beiden am Waldsaum, schwarz in der Finsternis, die unter den Bäumen lag.

Noch dunkler wurde die Nacht. Zerrissene Wolkenbänder, schwer und langgezogen, schwammen von Süden über die Berge herauf. Immer weiter krochen sie am Himmel gegen die Stadt hinaus, wie die Vorboten eines Wetters, das sich in den Kesseln der Berge zusammenbraute, um sich über den Zinnen der Hohensalzburg zu entladen.

„So komm doch, schau! Die Nacht ist kalt, und du mußt ja frieren.“

„Mich kann nimmer frieren. In mir ist Feuer.“

Die Nacht ging hin auf ihren dunklen Sohlen, Stunde um Stunde. An den Häusern von Grödig glomm schon hier und dort ein Lichtschein in den kleinen Fenstern auf – die Leute erwachten zur Arbeit des Morgens. Ein scharfer Windstoß kam aus dem Tal herausgefahren.

„Magst nicht gehen, Kindl!“

Keine Antwort. Dann jäh die tonlose Frage: „Vater, wo ist mein Kränzlein?“

„Das ist dir aus dem Haar gefallen, derweil du von Sinnen

gewesen bist. Ich hab's deinem Joseph unter die Händ geschoben, wie sie ihn fort haben auf dem Brett."

Ein Laut, wie das schrille Auflachen einer Irrsinnigen. Dann ein Stöhnen in Qual: „Da mußt hergreifen, Vater!" Ein leises Geräusch, als hätte man mit der Hand über ein rauhes Brett gestrichen. „Spürst du's, Vater? . . . Mein Kleid ist hart von dem roten Leben, das in die Fäden geronnen! . . . Spürst du's Vater? Was an mir ist, schau, das ist meines Josephs Leben! Ist so viel warm und lind gewesen in ihm . . . und so viel hart und kalt ist's worden an mir!"

Ein wilder Zornschrei klang in die Nacht hinaus: „Joß Friz!"

„Vater? . . . Wen rufst?"

„Einen, auf den ich hören hätt sollen. Hätt ich's getan, der gestrige Tag wär nicht gekommen!"

Eine Weile war Stille. Dann die Stimme des Weibes, langsam und rauh: „Warum hast nicht gehört auf den?"

„Weil die Sorg in mir gewesen ist . . . um dich und um den Buben."

„Das mußt mir sagen, Vater! Wer ist der starke Mann, nach dem du schreist in unserer Not? . . . Joß Friz? Der all mein Elend nicht hätt geschehen lassen? . . . Vater, wer ist das?"

Er sprach mit flüsternden Worten und sagte ihr alles, was geschehen war in jener Sonntagnacht auf der Gern. Sie hörte ihn schweigend an. Und schwieg noch immer, als er mit zerdrückter Stimme vor sich hinkeuchte: „Verstehst mich, Kind, warum ich jetzt schreien muß: Joß Friz, wo bist?" Und als er keine Antwort hörte, fragte er: „Warum redest nicht?"

„Weil ich dir wehtun muß, wenn ich red."

„So tu mir weh!"

Sie schwieg.

An dem schmalen Himmelsstreif, den die aufziehenden Wolken gegen Norden und Osten noch freigelassen hatten, begann es zu dämmern. Mit schwarzem Umriß stiegen die Hügel der Ferne, die Dächer und Türme von Salzburg in diesen falben Schein. Ein mattes Zwielicht irrte über die Wolken hin, und in dem engen Bergtal wandelte sich die Finsternis zu dumpfem Grau, aus dem die zerstreuten Schneeflocken, die in der Sonne des vorigen Tages nicht völlig zerschmolzen waren, schon herausschimmerten mit trübem Weiß.

In dem nahen Dorf schlugen die Hunde an, als kämen Leute auf der Straße gegangen; man hörte die Hähne krähen und hörte das Läuten einer kleinen Glocke, die zur Frühmesse rief.

Da hob der Mann unter heiserem Lachen die Faust. „Beten! Beten! Und Beten! . . . Und zahlen dafür, daß man beten darf! . . . Und das ist alles, was sie haben für uns.“ Seine Stimme zitterte vor Zorn. „Kindl, ich war allzeit ein guter Christ. Aber seit ich das rote Gotteswort gesehen hab, das der Salzburger Bischof predigt, derzeit ist mir mein Christentum vergangen. Ich weiß nicht, was der Luther predigt . . . aber alles, was anders ist, als wie's die unsrigen treiben, das alles muß besser sein. Seit gestern bin ich Martinisch geworden. Ich kenn den Herrgott nicht, an den ich heut glauben muß . . . aber der gestrig ist der meinig nimmer!“

„Vater! . . . Seit ich ein Kind gewesen, hab ich dich allweil reden hören wie einen Mann. Jetzt macht dich unser Elend reden wie ein Kind. Was Martinisch heißt, das weiß ich nicht. Aber eins, Vater, das weiß ich: Gott ist Gott. Und der blaue oder grüne Kittel, den sie seinem Bildstöckl antun in der Kirch, macht ihn nichts anders, als wie er ist. Und die sein heilig Wort und Gebot versauen, die nehmen ihm kein Bröslein weg von all seiner Macht und Größ.“

„Kindl! Wie redest!“

„Ich red, wie's in mir ist! Und das ist von Gott. Von dem ist alles. Von Gott ist mein Joseph gewesen, und mein liebes Glück ist von Gott gekommen. Und mein Joseph ist wieder bei Gott, und bei Gott ist all mein Glück. Und Gott ist das Recht. Und die mit Gott sind, müssen wider das Unrecht sein. Drum muß ich dir wehtun, Vater, und muß dir sagen: du bist kein Christ gewesen.“

„Kind . . .“

„Du bist kein Christ gewesen!“ Das war die Stimme eines Weibes – und dennoch klang sie wie die Stimme eines Mannes, in dem das Weh erstarrte zu eisiger Ruhe. „Sonst hättest helfen müssen, daß Gottes Recht eine feste Kirch in unserem Leben hat. Unrecht tun, ist Sünd. Aber Unrecht leiden und Fäust haben und sich nicht wehren um Gottes Recht, das ist doppelte Sünd. Und grad wie du, so bin ich selber gewesen. Allweil hab ich gezittert in Sorg, hab dem Unrecht geflucht und hab mir doch keinen Herren zum Feind gemacht! Jetzt schau mich an! Und sag mir, was ich hab von meiner Sorg! . . . Die Sorg ist schon das halbe Elend! Und recht tun ist das Beste! Und wider das Unrecht schlagen, ist frommes Werk. Und wär mein Joseph noch am Leben, und tät er wieder, was er getan hat, so müßt ich sagen: das ist recht getan! Und einem jeden, der es ihm wehren möcht, dem tät ich das Messer in die Gurgel stoßen und tät mich köpfen lassen und lachen dazu wie der Toni. Und schau, Vater . . . drum versteh ich nicht, warum du schreien mußt: Joß Friz, wo bist? . . . Hast denn nicht selber eine Faust?“

Wie ein heißer Zornschrei klang es: „Zwei Fäust hab ich! Zwei!“

„Und willst mit deinen Fäusten wider das Unrecht schlagen?“

„Ich will!“

„So bist der erste, den ich geworben hab! Und tausend will ich werben. Und meines Josephs Blut soll Feuer werden, mit dem man das Unrecht fortbrennt von der Welt, wie von einem Acker das Schadenkraut! . . . Tu deinen Hals her, Vater!“ Aus ihrem starren, blutgetränkten Kleide hatte sie einen Faden hervorgezerrt. Den band sie um ihres Vaters Hals. „Das Fädlein, dem mein Joseph die Farb gegeben, das soll nimmer kommen von deinem Hals, eh nicht das schuldlose Blut . . .“ Jäh verstummend erhob sie sich und blickte in der grauen Dämmerung, die schon lichter geworden, über die Straße hinaus.

Da kamen zwei Menschen gegangen: ein Bursch in Bauerntracht, dem das Gehen sauer wurde, und eine junge Dirn, die ihn stützte. „Hast Schmerzen, Bruder?“ fragte das Mädchen während es näher kam.

„Daß ich schier nimmer weiter kann!“

„Nur noch ein bißl tu dich plagen! Schau, jetzt hab ich dich bald daheim! Und da sollst . . .“ Erschrocken vestummte die Dirn und sah das Weib an, das vom Waldsaum auf die Straße getreten war. Im Grau des Morgens erkannte sie die Gesellin, mit der sie auf dem Wagen nach Salzburg gefahren.

Ihr Bruder fragte: „Wer ist denn die?“

„Die Berchtesgadnerin, die der arme Joseph geheuert hat, und die gestern so rot geworden ist.“

Langsam trat Maralen den beiden entgegen: „Dirn, geh ein Stückl Wegs voraus! Ich muß ein Wörtl mit deinem Bruder reden.“ Es war ein Ton in dieser Stimme, daß in der Dirn ein Gedanke an Widerspruch nicht aufkam. Sie gab die Hand ihres Bruders frei und ging mit scheuem Blick an dem jungen Weib vorüber. Maralen stand vor dem Burschen und fragte leis: „Wer bist?“

„Ein Schelm! Das hat mir der Salzburger mit Blut auf den Buckel geschrieben. Und was die Herren sagen, muß wahr sein, gelt!“

„Wahr muß sein, was Gott sagt und das Recht. Und Gott muß sagen: ‚An dir ist blutiges Unrecht geschehen.‘ Und was die Herren auf deinen Buckel geschrieben . . . willst das heimtragen, du? Und willst das Unrecht leiden, wie ein Kindl das Zahnen? Und willst nicht merken, daß dir Gott eine Faust gegeben, mit der du schlagen sollst? Und willst deinen Buckel genesen lassen, daß du ihn bald wieder bucken kannst für den nächsten Rutenhieb?“

Mit einem Fluch die Faust ballend, wandte der Bursch das Gesicht nach der Stadt zurück.

Da legte ihm Maralen die Hand auf die Schulter und flüsterte: „Ich will deinem Zorn ein Wörtl sagen! Lus auf!“

Er sah ihr in die Augen, die in dem bleichen Gesichte brannten mit heißem Feuer. „So red!“

„Die wider das Unrecht sind, mit denen ist Gott. Und Gottes Hilf, die macht alle Schwachen stark. Und wenn du tausend Brüder hättest, die wider das Unrecht schlagen? Tätest du's halten mit ihnen?"

„Lieber heut als morgen!" keuchte der Bursch durch die Zähne, die er im Schmerz aufeinander biß.

Maralen nickte. Sie nahm den Saum ihres Kleides auf und zerrte aus dem Gewebe einen starren Faden – starr von dem getrockneten Blut. Langsam zog sie den Faden durch die Finger, daß er geschmeidiger wurde, und band ihn um den Hals des Burschen: „Du Bruder vom roten Fädlein! Tu deinen Schwur in meine Hand!"

Er faßte die Hand des jungen Weibes. „Was muß ich schwören?"

„Daß du den roten Fleck nimmer abtun willst von deinem Hals, eh nicht der zahlende Tag gekommen."

„Ich schwör's."

„Und daß du meinem Gottesbund ein treuer Bruder sein willst, treu auf Leben und Sterben."

„Ich schwör's."

„Und daß du schweigen willst wie der Stein in der Wand, und zu keinem ein Wörtl reden, zu deinem Vater nicht, zu deiner Mutter nicht, zu deiner Schwester nicht, zu deiner Liebsten nicht, zu keiner Seel!"

„Ich schwör's! Und wann muß ich schlagen?"

Maralen schwieg eine Weile. Dann sagte sie: „Wenn in der Nacht ein Feuer brennt auf dem Untersberg, auf dem Totenmann und auf dem hohen Göll, dann such dir eine Wehr, die schneidig ist. Und eh die Glock zur Frühmeß läutet, sollst du mit deinem Eisen zu Schellenberg vor dem Leuthaus stehen . . . auf dem Fleck, auf dem mein Joseph den Bruder Matthäus hat trinken lassen."

Stumm nickte der Bursch und blickte mit heiserem Lachen gegen die Stadt zurück, über deren Mauern der wolkenlose Himmelsstreif in rotem Feuer leuchtete. „Schwester! Wenn du werben willst, so geh nach Salzburg hinein. Und du findest hundert Brüder in jeder Stund! Deine unschuldige Not und deines Josephs Blut, die laufen in den Gassen um wie Feuer. Den Freimann, wie er aus der Festung gekommen, haben sie halb tot geschlagen, und haben dem Richter Gold die Haustür mit Saublut angestrichen. Geh nach Salzburg hinein! Und tausend Brüder hast!"

„Ich weiß mir tausend, die ich näher und fester hab. Geh heim! Und schau zum Himmel hinauf . . . das Wetter, das kommen soll, das muß aus den Bergen wachsen!" Maralen wandte sich von dem Burschen und ging ein Stücklein die Straße hinaus, denn sie sah drei Menschen kommen, ein Weib und eine Dirne, die einen graubärtigen Knappen an beiden Armen stützten. Noch ehe Maralen die drei erreichte, zog sie schon den Faden aus ihrem Kleid. –

Die Röte, die an dem freien Himmelsstreif im Osten erschien, floß mit purpurnem Schein über alle Wolken hin. Die schwarzblauen Schatten und die roten Lichter kämpften auf dem drängenden Gewölk, als würde oben eine Schlacht zwischen den Geistern des Tages und der Finsternis geschlagen.

Noch lag das weite Feld und das enge Tal im trüben Grau. Doch die Höhen der beschneiten Berge begannen schon rot zu brennen. Immer weiter floß dieser Blutschein über die Wälder nieder – und als die Sonne langsam aus der Tiefe stieg, da ging es wie ein rotes Fluten über die Wolken und über den Grund der Erde. Alles und alles glostete in diesem Feuer, und die ferne Stadt, das ebene Feld, die Straße, der Bach, das enge Tal und die steilen Waldgehänge, alles war überronnen wie mit brennendem Blut.

Immer tiefer goß sich der Rotglanz dieses Morgens in das Tal der Ache hinein, bis die enger werdende Schlucht sich zu wenden begann und die vortretenden Berge sich in die rote Lichtflut schoben. Doch der Schnee, der immer reichlicher lag, je tiefer sich das Tal in die Berge senkte, spiegelte im Schattenblau des Morgens die rote Glut, mit der die Wolken leuchteten.

Und langsam erlosch der blutende Glanz, der so jäh gekommen. Die Sonne war in dem dichten Gewölk verschwunden, das alle Helle des Morgens aufsog in seine drängenden Nebelmassen. Als wäre schon wieder der Abend da, so wurden die Berge trüb und grau.

Ein scharfer, kalter Wind fuhr aus dem Tal heraus. Die auf der Straße von Salzburg her den Heimweg suchten, konnten schon von weitem hören, wie in der Berghut am Hangenden Stein die eiserne Wetterfahne auf dem Hausdach kreischte. Als die ersten, jener junge Bursch und seine Schwester, das Straßentor erreichten, fanden sie das Fallgitter noch verschlossen. Sie setzten sich auf eine steinerne Bank in einem Winkel der Torhalle. Nach einer Weile kam der graubärtige Sachse mit seinem Weib und seiner Tochter; dann ein junger Knappe mit seiner Mutter, ein Bauer mit seinem Buben, ein paar andere noch – bis es zwölf von den Neunzehn waren, die der Salzburger ‚ungekränkt' entlassen hatte.

Nur die Weiber jammerten und schalten. Die Männer schwiegen. Doch jeder suchte mit fragendem Blick in den Augen des anderen zu lesen – und wenn einer von ihnen nach seinem Halse griff, dann lächelten die anderen – und lächelten noch, auch wenn sie stöhnen mußten unter den Schmerzen, die auf ihren blutenden Rücken brannten.

Die Glocke auf dem Schellenberger Kirchturm schlug die siebente Morgenstunde. Über der Torhalle hörte man den Klang von Schritten, und ächzend ging das Fallgitter in die Höhe.

Der Weg war offen.

„Du! Die Mannsleut mußt dir anschauen!" sagte auf der Torbastei der Wärtel zu dem Knecht, der ihm geholfen hatte das Gitter aufzuziehen. „Da geht ein jeder, als hätt er Eier auf dem Buckel tragen."

Und der Knecht meinte: „Ist eh noch gut, wenn der Salzburger bloß den gesalzenen Stecken gelupft hat. Zwölf sind durch. Neune fehlen noch. Und ob die kommen . . . da möcht ich meine Morgensupp nicht verwetten drum."

„Tu nicht so laut, du!" flüsterte der Wärtel. „Der Bub, an

dem unser Herr den Narren gefressen, sitzt in seiner Stub da drunten am offenen Fenster. Und der Herr hat uns das Maul verboten über alles, was gestern gewesen ist.“ Er trat in die kleine Wachtstube, die auf der Bastei an die Mauer gebaut war – und der Knecht stieg über ein hölzernes Trepplein des Wehrgangs in den Burghof hinunter.

Trübe Morgenhelle dämmerte über dem Hof. Doch windstill war es zwischen den Mauern, obwohl es in der Höhe pfiff und sauste.

An des Thurners Wohnhaus war die Flurtür noch geschlossen. Aber die verglaste Tür der kleinen Altane stand schon offen.

Zwischen Stall und Scheune gingen Knechte hin und her, holten Wasser vom Brunnen und trugen in Körbchen das Futter für die Stalltiere.

Im Wehrhaus, in einer ebenerdigen Stube, saß Juliander am offenen Fenster. Frisch geschnitzte Armbrustbolzen und weiße Taubenfedern lagen auf dem Gesimse vor ihm. Doch seine Hände ruhten. Den Kopf an die Mauer gelehnt, blickte er zum Wohnhaus hinüber, hinauf zu der kleinen Altane.

Der Schritt des Knechtes, der vorüber ging, weckte ihn aus seinem Schauen und Träumen. Er atmete tief und fuhr mit der Hand über die Augen. Dann begann er die Arbeit wieder, nahm eine Feder, zog die Fahne von der Spule und fügte sie mit Kitt in den Falz eines Bolzenschaftes. Da klang im Hof die Stimme des Fräuleins: „Lorenz! Der Vater will wissen, ob der Rottmann schon heimgekommen ist von Salzburg?“

„Nein, Fräulein!“

„So sollst zum Vater hinein, in die Kammer!“

Beim Klang dieser Stimme war das Blut in Julianders Gesicht gestiegen. Doch er blickte nicht auf und wandte doppelten Eifer an seine Arbeit. Auch als ein leichter Schritt immer näher kam und die Helle seines Fensters sich verdunkelte, hob er die Augen nicht. Morella stand eine Weile vor dem Fenster. Und weil Juliander so ganz versunken war in seine Arbeit, daß er weder zu sehen noch zu hören schien, legte sie die Arme über das Gesims und rief: „He! Du! Was machst du denn da?“

„Bolzen tu ich fiedern. Das hat mir Euer Vater gezeigt, gestern am Abend.“

„Und das hat so große Eil, daß du gleich gar nimmer aufschauen darfst?“

Jetzt hob er das Gesicht und fragte ein wenig verwirrt: „Bist schon wieder gesund, Fräulein?“

„Gesund?“ Ihr Ärger schien verflogen. „Ich bin doch gar nicht krank gewesen. Die dumme Resi hat sich eingebildet, ich hätt mich verkühlt. Und da hat sie’s mit ihrem heißen Würzwein so gut gemeint, daß ich den ganzen Tag verduselt hab bis in die Nacht hinein.“

Juliander lächelte. „Gottlob, Fräulein, weil du nur nicht kranken tust!“ Wie Sonne war es in seinen Augen.

Sie sah ihn an, wie man ein sonderbares Ding betrachtet. „Bub! Wie du schauen kannst!“

Ein sausender Windstoß ging über die Dächer hin. „Grob Wetter wird kommen!“ meinte Juliander.

Und Morella sagte: „In so böser Zeit, da hab ich unser altes Haus am liebsten. Da geht das wilde Lärmen hoch über alle Dächer weg. Und bei uns herunten, zwischen den Mauern, da ist’s allweil still und warm.“

Während die beiden hinaufsahen in das treibende Gewölk, ließ der Wärtel am Tor die Brücke nieder, und der Rottmann, den der Thurner so ungeduldig erwartete, trabte auf dampfendem Maultier in den Hof. „Wo ist der Herr?“

„Geh nur hinein“, rief ihm Morella zu, „der Vater wartet schon.“ Dann sah sie schweigend auf Julianders Hände, der die Arbeit an den Bolzen wieder aufgenommen hatte. „Du, das machst du aber gut!“ Sie nahm von den Bolzen einen und betrachtete ihn mit Kennerblick. „Besser fiedert auch der Wärtel keinen Bolz. Und der kann’s am besten! . . .Da muß ich einen Probeschuß machen!“ Sie eilte ins Haus und in die Stube. Aus der Kammer hörte sie die zornbebende Stimme des Vaters. Aber sie horchte nicht auf, nahm die Armbrust von der Wand des Erkers und eilte in den Hof zurück. „Juliander!“ rief sie, während sie mit Anstrengung die Sehne der zierlich gearbeiteten Waffe spannte. „Komm und bring einen Bolzen . . . oder zwei!“

Um den Umweg durch die Türe zu sparen, sprang er gleich durchs Fenster.

Sie lachte, nahm einen Bolzen und legte ihn auf die Schiene der Armbrust. „Siehst du den braunen Astfleck, da drüben am Wehrgang, auf dem dicken Balken?“

„Wohl.“

Wie ein gelernter Schütze stellte sie die Füßchen breit, legte die Armbrust an die Wange, holte Atem und nahm ihr Ziel. Die Sehne schwirrte – und mitten in dem braunen Fleck des Balkens stak der Bolz. Sie ließ die Waffe sinken, und in ihren Augen blitzte der Stolz über den guten Schuß. Ein wenig spöttisch und überlegen fragte sie: „Magst du's auch versuchen?“

Er nahm ihr ohne viel Umstände die Armbrust aus der Hand, spannte mit leichtem Zug die Sehne und schoß. Man hörte einen Schlag, als wäre der Schuß ins Holz gefahren; doch man sah im Balken keinen zweiten Bolzen stecken. Auflachend sagte Morella: „Das ist daneben gegangen, irgendwo in die Bretter hinein.“ Noch die Armbrust in der Hand, ging Juliander schweigend auf den Balken zu. Dann wandte er lächelnd das Gesicht. „Schau her, Fräulein!“ Sie kam und machte große Augen – die beiden Bolzen staken so dicht nebeneinander im Holze, daß sie auf die dreißig Schritte ausgesehen hatten wie ein einziger Schaft. Verwundert sah Morella den Burschen an. „Wo hast du denn das gelernt?“

„Wir haben von Ähnls Zeiten her so eine Wehr daheim. Und weißt, in der Gern, da fliegen viel Stößer und Sperber um. Unsere Hennen und Tauben wären nicht sicher, wenn ich nicht ein bißl schießen könnt!“ Als er's gesagt hatte, fiel ihm erst ein, daß der Schuß nach dem Sperber verboten war. Verlegen stammelte er: „Das ist mir jetzt so herausgerutscht. Aber gelt, du sagst es keinem?“

Lachend schüttelte sie den Kopf, daß ihr die zausigen Löcklein tanzten.

„Das ist doch auch ein Unrecht, daß man so was verbietet. Ich kann doch nicht ruhig zusehen, wenn der Sperber meine Tauben würgt."

„Hast recht! Und bist du wieder daheim und es kommt einer, so schieß ihn nur herunter!" Sie nahm die Armbrust aus seiner Hand. „Aber jetzt zieh die Bolzen aus dem Holz!"

Das ging nicht so leicht. Die beiden Bolzen schienen wie verwachsen – Juliander mußte sie alle beide mit einem Ruck aus dem Holze reißen. Und ohne die Schäfte zu zerbrechen, waren sie nicht mehr voneinander zu trennen – die Spitze des einen war durch den Stahlring des anderen in das Holz gedrungen – und diesen Ring nannte man ‚das Leben' an einem Bolz.

Julianders Wangen glühten. Er hätte nicht fühlen müssen, was scheu und verschlossen in seinem Herzen glomm, und wäre kein Kind des Volkes gewesen, hätte dieser Vorfall nicht eine abergläubische Deutung in ihm erweckt. Beklommen hielt er dem Fräulein auf der flachen Hand das verkettete Pärchen hin: „Da, schau!"

Doch Morella sah nichts anderes als einen merkwürdigen Zufall. „Wie das nur sein kann, daß ein Bolz dem anderen so tief ins Leben geht! . . . Da mußt du schon gleich zwei neue machen, daß der Vater keinen vermißt."

Er nickte stumm und ging auf das Wehrhaus zu.

Als er in seiner Stube schon wieder bei der Arbeit saß, kam Morella an das Fenster. „Du! . . .Was fragen hab ich noch wollen." Sie hängte die Armbrust am Band um die Schulter. „Und das mußt du mir sagen . . . ob er wieder gesund geworden ist?"

„Wer, Fräulein?"

„Der, von dem du gesungen hast in deinem Lied: Jung Hänslein? Ist er wieder genesen von dem bösen Schuß?"

Juliander besann sich und schüttelte den Kopf. „Ich weiß nicht."

Das strenge Hasenmäulchen zuckte. „Man denkt doch über solch ein Lied hinaus noch weiter!“

Er sah sie an mit dürstender Schwermut. „Dem ist der Bolz ins Leben gegangen. Gestern, wie ich gesungen hab . . . oder heut erst . . . das hab ich mir allweil denken müssen: er ist in den Burggraben gefallen und das Wasser hat ihn behalten. Und das Grafenkind ist allweil auf der Mauer gestanden und hat hinuntergeschaut ins Wasser. Und ihr liebes Gesichtl ist ganz weiß geworden. Denn wie das Hänslein tot gewesen, da hat sie erst gemerkt . . .“

„Räpplein! He! Räpplein!“ klang von der Haustür her die erregte Stimme des Thurners.

„Ja, Babbo, ich komm!“ Doch ihre Hand blieb auf dem Fensterrahmen liegen, und so sah sie den Burschen an, mit erstauntem Blick.

Da schrie Herr Lenhard schon wieder: „Räpplein!“

„Ja, Babbo!“ Sie eilte zum Haus hinüber. Als sie den Vater ansah, merkte sie gleich, daß er Sturm unter den Haaren hatte. Und weil sie wußte, daß der Rottmann heimgekommen, fragte sie: „Hat der Salzburger die Zehrung nicht gezahlt für seinen Durchzug?“

„Die hat er gezahlt, jeder Pfennig ist da.“ Herr Lenhard nahm sein Kind bei der Hand. „Aber komm, ich muß dir was sagen!“ Sie traten in die Stube. Dem Thurner schien eine würgende Hand an der Kehle zu liegen. Um Luft in seinen Hals zu bringen, mußte er mit einem welschen Fluch die Faust auf die Tischplatte schmettern. Dann schrie er: „Meiner Seel, die Herren treiben's, daß ich schon selber bald wünschen möcht . . .“ Seinen Wunsch verschluckte er. Doch sein Zorn war nicht beschwichtigt. Nach einem stürmischen Marsch durch die Stube drohte er mit erhobenem Finger gegen die Tür. „Sie sollen sich hüten! Und sollen ihren langmütigen Herrgott bitten um Verstand! Oder dem stillen Wesen, das umgeht im ganzen Land und in allen Köpfen, wachsen über Nacht die eisernen Fäust und ein schreiendes Maul! . . . Dann gnad euch Gott, ihr Herren!“

„Babbo!“ stammelte Morella erschrocken.

Herr Lenhard sah sein Kind an und schien den Ausbruch seines Zorns zu bereuen. Ein wenig ruhiger geworden, kam er auf Morella zugegangen und nahm ihr Köpfchen zwischen die Hände. „Räpplein, ich hab dir gestern einen heißen Schoppen eingießen lassen, daß du schlafen und nicht sehen sollst. Aber jetzt muß ich dir alles sagen, denn du mußt mir helfen.“

„Um Christi willen! Babbo!“ Mit großen, angstvollen Augen sah sie zu ihm auf. „Was ist denn geschehen?“

„Der Salzburger hat gestern gehaust in meiner Pflegschaft, wie ein satter Wolf im Pferch . . . fressen mag er schon nimmer, und allweil zerreißt er noch! . . . Räpplein, nimm dein Herz in feste Händ! Denn ich weiß, du bist den Menschen gut, die leiden müssen.“ Er sagte ihr alles, was zu Schellenberg auf dem Dorfplatz und zu Salzburg auf der Nonntaler Wiese geschehen war. „Und das junge Weib, das gestern so rot geworden ist von ihres Mannes Blut . . . das ist die Schwester von dem armen Buben da draußen.“

„Ach Gott . . .“ Kreidebleich war sie geworden, und ihre erschrockenen Augen schwammen in Tränen.

„Und jetzt sei tapfer, Mädel! Das mußt du ihm beibringen . . .“

„Nein . . . nein . . .“ Sie wehrte entsetzt mit der Hand.

„Ja, Räpplein! Ein gutes Wörtl aus liebem Mund ist besser für solche Botschaft als ein Männerfluch! Bleib nur, ich schick dir den Buben gleich herein!“ Und Herr Lenhard war schon zur Türe draußen.

Zitternd stand Morella inmitten der Stube, noch immer die Armbrust in der Hand. Und immer sah sie mit nassen Augen nach der Tür – und zuckte zusammen, als sie im Hausflur einen Schritt vernahm.

Juliander trat in die Stube. „Euer Vater, Fräulein, der hat mich zu dir geschickt.“ Das sagte er mit einem Glanz in den Augen, als hätte er eine Freude erlebt.

Schweigend ging Morella zum Erker, um die Armbrust fortzulegen. Dort stand sie eine Weile, das Gesicht zum Fenster gewendet. Dann richtete sie sich auf, als hätte sie plötzlich den Entschluß erzwungen, und ging auf Juliander zu, in ihren Augen einen Blick des Erbarmens, warm und herzlich. „Komm, Juliander!“ Sie nahm seine beiden Hände und zog ihn zur Bank. „Ich muß dir was sagen . . . komm, setz dich da her zu mir!“

Wie er sie ansah – das war wie der Blick eines Träumenden. „So gut und lieb bist allweil . . . du . . . und der Thurner auch . . . der hat mir grad ein Wörtl gesagt, wie's mein Vater nicht wärmer sagen könnt.“

„Was ich dir sagen muß, das ist hart, Juliander!“

Er schüttelte den Kopf und lächelte. „Was du mir sagst, das kann doch nie nicht hart sein!“ Da las er die Sorge in ihren Augen und wurde ernst. „Hat leicht der Salzburger von Eurem Vater begehrt, daß er mich vor Gericht liefert?“ Nun lächelte er wieder und sagte ruhig: „Soll mich der Thurner halt geben! Lieber leid ich alles, eh daß dein Vater um meinetwegen eine Unbill haben sollt!“

Noch fester schloß sich ihre Hand um die seine, als hätte die lächelnde Ruhe dieses Wortes sie bewegt in ihrem Innersten. Jetzt schien ihr auch das Sprechen leichter zu werden. Und sie sagte ihm alles – mit ihrer linden, süßen Stimme, die immer ein wenig zitterte – und auch für das Härteste fand sie noch ein mildes Wort. Aber die rote Nachricht wirkte auf Juliander, daß Morella erschrak. Wie zu Stein geworden, saß er vor ihr, das Gesicht entfärbt, die Augen verstört, in der Brust ein Schluchzen, das sich nicht hinaufrang in die Kehle. Morella wollte ihn trösten – sie suchte nach Worten und fand nicht, was sie ihm sagen sollte – und so tat sie, wozu ihr Herz und das Erbarmen sie trieb. Wie man ein Kind beruhigt, das zu Tod erschrocken ist, so strich sie ihm mit der Hand übers Haar und küßte ihn auf die heißen Augen, die nicht weinen konnten. Da sprang er auf, streckte zitternd die Arme nach ihr, bewegte mit tonlosem Gestammel die Lippen, schlug die Hände vor das Gesicht und taumelte aus der Stube. –

Morella saß noch immer auf der Bank, als Herr Lenhard

eintrat. „Der arme Bub!“ sagte er. „Als tät die Welt untergehen, so ist er an mir vorbei.“ Er sah die Tochter an. „Räpplein? Was hast du? Ist dir der Kummer des Buben so tief gegangen?“

Langsam erhob sie sich und strich mit der Hand über die Stirn. „Babbo . . .“ Wie ein Schleier lag es auf ihrer Stimme. „In dem Buben muß die Lieb zu den Seinen tief sein wie ein Brunnen! . . . Und in dem Buben ist so viel dankbare Treu . . . der könnt sterben für uns, bloß daß ich ein Blüml hab oder du einen Trunk, nach dem dich dürstet!“ Sie ging auf den Vater zu und sagte ernst: „Den Buben muß du heimschicken zu seinem Vater und zu seiner Schwester!“

Herr Lenhard schnaufte tief. „Räpplein, das geht jetzt nimmer. Es ist wahr, ich hab den Salzburger Knechten das Wort vom festen Verwahr auf mein ritterlich Wort nur gesagt, weil ich den Buben für mich behalten hab wollen. Aber jetzt kann ich's nimmer ändern. Und denk, was auf der Nonntaler Wies geschehen ist. Ob Unschuld oder Schuld, der Bub wär keinen Schritt mehr sicher. Und das wirst du doch auch nicht wollen, daß der Salzburger den Buben . . .“

Sie ließ ihn nicht zu Ende sprechen. „Nein, Babbo! Nein!“ Und schlang die Arme um seinen Hals. „Da laß ihn nur nimmer aus! Und wenn er Jahr und Tag bei uns bleiben müßt! . . . Der Bub ist's wert, daß wir uns sorgen um ihn.“

„So?“ Herr Lenhard konnte lachen bei aller Erregung, die in ihm war. „So? Kommst du schon langsam auf meinen Gusto? Weißt, Räpplein, ich hab eine gute Nas. Und was an dem Buben ist, das hab ich gemerkt in der ersten Stund. Und einen Landsknecht will ich machen aus ihm, wie der Kaiser keinen bessern hat. Morgen fang ich die Schul mit dem kurzen Spieß an. Und dann kommt der Langspieß dran, Stoß und Parad von Spieß wider Spieß.“ –

Während der Thurner diese pädagogischen Pläne schmiedete, lag Juliander in seiner Kammer auf das Bett geworfen, das Gesicht in die Arme gegraben. Sein Schmerz war ohne Laut. Stunde um Stunde lag er so.

Ein kaltes Licht erfüllte die Kammer, denn draußen vor dem Fenster sanken weiße Schleier nieder. Der Sturm in den Lüften war still geworden, und es hatte zu schneien begonnen.

Als es Mittag wurde, brachte Herr Lenhard für Juliander das Essen und einen Krug mit Wein. „Komm Bub! Jetzt iß ein Bröcklein und schluck einen festen Zug! Was uns weh tut, macht uns hungern und dürsten. Die tiefen Züg hab ich allweil getan, wenn mir ein lieb Ding aus meinem Leben gefallen ist." Er legte den Arm um Juliander und führte ihn zum Tisch. „Und einen Knecht hab ich auch schon fortgeschickt, daß dein Vater und deine Schwester kommen sollen."

„Vergeltsgott, du guter Herr!" Tief atmete Juliander auf. Seine geballten Fäuste zuckten, und wie Feuer brannten seine Augen. „Wenn du nicht wärst und dein liebes Kind . . . heut müßt ich allem fluchen, was Herr heißt!"

„So?" Mit grimmigem Lachen wandte sich Herr Lenhard zur Türe. „Da wär halt ein Fluchwort mehr in der Welt."

Als er hinüber kam ins Wohnhaus, stand Morella unter dem Schleier der fallenden Flocken auf der Schwelle. „Wie geht's ihm, Babbo?"

„Daß ich Erbarmen mit ihm haben muß!"

Sie sagte zögernd: „Meinst nicht, ich soll eine Arbeit für ihn suchen . . . bei der ich ihm helfen könnt?"

Der Thurner schüttelte den Kopf. „Den müssen wir schon allein lassen. Die kleinen Schmerzen schreien nach einem Tröster. Aber die großen, Räpplein, machen alles am liebsten mit sich allein aus."

Er klopfte den Schnee von den Schuhen und trat ins Haus.

Nach einer Weile kam der Knecht, den Herr Lenhard zum Wiesengütl geschickt hatte, mit der Nachricht zurück: er hätte keinen Menschen im Lehen gefunden, die Tür der Herdstube wäre verschlossen gewesen, und im Stalle hätten die hungernden Kühe gebrüllt.

„Gehst halt am Abend wieder hin!"

Während der Thurner und Morella bei der Mahlzeit saßen, hörten sie von der Torbastei den Hornruf, der die Ankunft von Gästen verkündete. „Wer kann denn kommen?“ fragten sie beide und eilten zur Haustür. Das Tor war schon geöffnet, die Brücke niedergelassen. Auf schönem Rappen, welcher zierlich tänzelte, kam ein Junker in den Hof geritten – eine schmucke Jünglingsgestalt, ein hübsches und lachendes Gesicht. Dem Gaste war es augenscheinlich darum zu tun, mit seinem Anblick gute Wirkung zu erzielen. Noch auf der Brücke hatte er den Schnee von seinem breitkrempigen, mit langen Straußenfedern geschmückten Hut geschüttelt, und nun ließ er den beschneiten Mantel von den Schultern gleiten. Er trug die Adelskette um den Hals und war nach der Mode gekleidet: das bunte Gewand von den Schultern bis zu den Knien gebändert, zerhauen und geschlitzt, mit Seide in allen Farben gepufft und gesprenkelt.

„Babbo? Wer ist das?“

„Ich weiß nicht!“

Dem Junker folgten vier gepanzerte Pferde und eine bejahrte Frau in bürgerlichem Gewand, die im Stuhlsattel auf einem Maultier saß.

„Die tragen ja die Frundsbergischen Farben!“ sagte Herr Lenhard und meinte die Reiter. Und Morella meinte die alte Frau, als sie rief: „Babbo! Das ist ja die Hanna von der Mindelburg!“

Das Waffengeklirr der Gepanzerten und der Lärm der Hufe klang in Julianders Kammer. Hier stand das Mahl, das Herr Lenhard gebracht, noch immer unberührt. Wohl hatte sich Juliander an den Tisch gesetzt, doch seine Arme hingen wie tot an ihm herunter. Er schien den Lärm da draußen im Hof nicht zu hören. Aber als die helle Stimme des Fräuleins klang, erwachte Juliander aus seiner Starrheit. Langsam wandte er die verstörten Augen zum Fenster, und da konnte er sehen, wie der Junker sich vor Morella verneigte und ihre Hand faßte, um das Fräulein mit höflicher Galanterie in das Haus zu führen.

Dunkel strömte das Blut in Julianders bleiche Wangen.

Lange war da draußen schon jeder Laut verstummt, die

Pferde waren geborgen, die Reiter im Wohnhaus untergebracht, die Stapfen im Schnee schon wieder halb verschneit – und noch immer starrte Juliander hinaus in den Schleierfall der weißen Flocken. Dann warf er sich über den Tisch und wühlte das Gesicht in die Arme.

Und wieder – nach Stunden – weckte ihn die Stimme Morellas. In einen Mantel gehüllt, die schwarzen Haare behangen mit weißen Flocken, ging sie plaudernd mit dem fremden Junker über den Hof und zu einer Stiege des Wehrganges. Juliander konnte die zierlichen Reden des Junkers und das Lachen des Fräuleins hören. Es war ein Übermut in diesem Lachen, als hätte sie süßen Wein getrunken, den sie früher noch nie gekostet. Immer wieder hörte Juliander dieses Lachen, immer wieder klang es aus den Luken des Wehrganges, bis die beiden Stimmen hinter dem alten Turm erloschen.

Als der Abend dämmerte und die fallenden Flocken im Grau der Luft nicht mehr zu sehen waren, verließ ein Knecht den Burghof. Nach einer Stunde, als es schon dunkel geworden, kehrte er zurück. Und ein alter Bauer kam mit ihm. „Wart ein Weil!“ sagte der Knecht, während die Brücke aufgezogen wurde. „Erst muß ich dem Herrn sagen, daß du da bist.“ Er ging in das Haus und traf im Flur den Thurner, der mit Frau Resi aus dem Keller heraufgestiegen kam. Aus der Stube hörte man das Geklimper einer Laute und den Klang einer geschulten Stimme:

„Die Röslein sind zu brechen Zeit,
Und wer da klug ist, bricht sie heut,
Denn wer sie nicht im Sommer bricht,
Den freuen sie im Winter nicht.“

Der Knecht ging auf den Thurner zu. „Herr, des Buben Vater steht draußen.“

Herr Lenhard stellte den Tonkrug nieder, den er aus dem Keller gebracht. „Führ den Alten in die Torstub! Ich komm gleich.“ Er klopfte den Kellerstaub von seinen Händen und wollte dem Knechte folgen. Aber da blieb er stehen und horchte auf das Lied, das aus der Stube klang:

„Die Röslein muß man brechen sacht,
In stiller Stund, zur Mitternacht,
Da ist ihr Duft so süß und fein,
Wie nie am Tag im Sonnenschein.“

Der Thurner runzelte die Stirn. „Resi! Mach dir in der Stub zu schaffen, bis ich komm! Der Junker geht mit ein bißl gar zu scharf ins Zeug!“ Er verließ das Haus und schritt über den finsteren Hof zu der matt erleuchteten Torstube hinüber.

Es dauerte nicht lange, und Herr Lenhard trat mit dem Bauern in den fallenden Schnee heraus. „So, Alter! Jetzt weißt du alles, und jetzt geh hinein zu deinem Buben! Da drüben im Wehrhaus, wo das Spanlicht aus dem Fenster scheint, da sitzt er in seiner Kammer. Und sei verständig, Alter, und mach dem Buben den Kopf nicht scheu! So lang er bei mir ist, hat er sein Leben sicher vor dem Salzburger. Und kommen kannst du, so oft du magst! . . . Gut Nacht, Alter!“

„Vergeltsgott, Herr!“ sagte Witting. „Vergeltsgott für alles, was Ihr an meinem Buben getan!“

Mit hastigen Schritten kehrte der Thurner ins Haus zurück. Witting stand noch eine Weile im Schnee und spähte in dem finsteren Hof umher und über all die erleuchteten Fenster hin. Dann ging er auf das Wehrhaus zu. Als er in die kleine Kammer trat, die von einer Glutpfanne erwärmt und von einem an der Mauer brennenden Kienlicht mit zuckendem Schein erleuchtet war, fuhr Juliander vom Sessel auf. „Vater!“ Das war kein verständliches Wort, nur ein schreiender Laut.

„Grüß Gott halt, Bub! . . .Weil ich nur weiß, wo du bist! Und weil ich dich wieder seh!“

Ihre Hände hielten sich umschlossen, und so standen sie schweigend voreinander, als wüßten sie mit Blicken besser zu reden, als mit Worten, bis Juliander aufatmend sagte: „Gelt Vater . . . harte Zeit ist kommen über uns!“

„Ja, Bub! Wird wohl hart sein!“ Dem Alten zitterten die Knie. Er ließ sich auf den Rand des Bettes nieder. „Komm, setzt dich ein bißl her zu mir!“ Mit zögernden Worten – als möchte der eine den Kummer des andern schonen, oder als hätte jeder vor dem andern etwas zu verbergen – so scheu und zurückhaltend sprachen sie von allem, was geschehen, und von dem armen, jungen Glück, durch das die Schneide eines ungerechten Schwertes gefahren.

Vor sich hinnickend, strich Witting mit müder Hand über sein graues Haar: „Mit dem Joseph und dem Lenli seinem Glück ist’s gegangen wie mit dem Brautmahl im Schellenberger Leuthaus . . . das haben wir bezahlt mit dem letzten Schilling, und keines hat gegessen davon.“ Er bedeckte das Gesicht mit den Händen.

„Warum ist denn das Lenli nicht gekommen? Hätt ihr so gern ein liebes Wörtl gesagt.“

Der Alte ließ die Hände sinken, und in seinen Augen glomm das Feuer eines verschlossenen Zornes. „Die geht zu keines Herren Tür mehr hinein, oder man müßt sie mit Ketten ziehen. Und hätt mich die Sorg um dich nicht hergetrieben . . .“ Verstummend lauschte er auf die Stimmen der Knechte, die draußen im Flur mit Lachen und Schwatzen vorübergingen.

„Ist das Lenli bei uns daheim?“

„Sie will im Wiesengütl bleiben, als ihres Josephs Weib . . . und will . . .“ Witting kämpfte um jedes Wort. „Und will das rote Kleid nimmer abtun . . . und will das Blut nicht aus dem Haar waschen, und will . . .“ Ein Schauer rann ihm über den Nacken. „Bub! Wenn du unser Lenli sehen möchtest! Gar nimmer kennen tätst das liebe Ding!“

Schweigend griff Juliander nach der Hand des Vaters.

Und Witting fing wieder zu reden an: daß er im Wiesengütl bleiben wolle, bis sich das Lenli in den harten Kummer und in das einsame Haus eingewöhnt hätte; daß er gar nicht wisse, wie es daheim in der Gern mit dem Lehen stünde und wie die neue Magd so allein für sich mit der Arbeit vorwärts käme;

und daß er später, nach der ersten harten Zeit, immer ein paar Tage zu Schellenberg für das Lenli schaffen und dann wieder ein paar Tage heimkehren wolle, um in der Gern nach dem Rechten zu sehen – bis der Bub wieder freien Weg hätte und das Lehen daheim übernehmen könne. Doch während Witting das alles sagte, schien er mit den Gedanken nur halb bei seinen Worten zu sein. Eine wachsende Unruhe zitterte in seiner Stimme, scheu spähte er immer nach Tür und Fenster, in seinen Zügen wechselten die Zeichen eines Zornes, der nach einem Ausbruch dürstete, mit allen Zeichen drückender Sorge – und immer, während er redete, wühlte er mit der Faust in einer Tasche seines Kittels, als trüge er in dieser Tasche etwas verborgen, was er zeigen und doch verstecken möchte. Und plötzlich unterbrach er sich mitten im Wort und flüsterte: „Ich muß dir was sagen, Bub!"

„Was, Vater?"

Der Alte zögerte. Wieder spähte er nach dem Fenster. „Julei? . . . Was mir der Thurner gesagt hat, daß er Gutes an dir getan . . . ist das wahr, Bub?"

„Ja, Vater, das ist wahr! Einen besseren Herren gibt's nimmer auf der Welt. Wenn der Thurner und sein liebes Fräulein nicht wär, so hättest mich erstochen auf der Straße gefunden, oder mein Kopf tät zu Salzburg auf der Mauer stecken."

Mit einer hastigen Bewegung, mit einem Blick der zärtlichsten Sorge legte Witting den Arm um die Schulter seines Buben – und schwieg.

Da sah Juliander den braunen Faden, den der Alte um den Hals gebunden trug. „Vater, was hast du da?"

Im gleichen Augenblick hörte man schwere Schritte draußen im Flur, und Herr Lenhard trat in die Stube. „Bauer, ich vergönn dir das Bleiben bei deinem Buben, aber jetzt muß ich dich fortschicken. Es geht auf die Torstund zu."

Witting erhob sich. „Freilich, da muß ich fort!" Das sagte er so seltsam, als wäre ein doppeltes Empfinden in ihm: der Kummer, daß er von seinem Buben scheiden mußte, und Freude darüber, daß jenes Wort, das er dem Buben hätte sagen sollen, jetzt ungesprochen blieb. Es war wie ein Blick des Dankes, mit dem der Alte zum Thurner aufsah – wie ein Blick, welcher bettelte: „Herr, sei meinem Buben gut!"

Und Herr Lenhard, als hätte er diesen Blick verstanden, sagte: „Kannst ohne Sorg sein, Bauer! Dein braver Bub ist gut aufgehoben bei mir!"

Mit zitternden Fäusten umklammerte Witting die Hand des Sohnes. „Soll dich halt der liebe Herrgott hüten!"

„Behüt dich Gott auch, Vater! Und tu mir das arme Lenli grüßen, gelt!"

Herr Lenhard öffnete die Tür. „Mach weiter, Bauer, der Wärtel muß schließen!"

Witting verließ die Stube. Unter der Türe wandte er noch einmal das Gesicht, nickte seinem Buben zu und atmete erleichtert auf. Und als er draußen auf der Straße stand, in der Nacht und im stillen Fall der Flocken, sah er zu, wie die Brücke mit rasselnden Ketten aufging. „Gott sei Lob und Dank! Der Bub ist hinter guter Mauer!" Er wandte sich und eilte dem Dorfe zu. Keuchend ging ihm der Atem, während er den steilen Hang hinaufstieg, der zum Wiesengütl führte. Vor der Schwelle drückte er den Arm über die Augen, als wäre in ihm ein Grauen vor dem Bild, das er wieder sehen sollte. Nun trat er in die Herdstube. „Da bin ich, Lenli!"

Beim flackernden Feuer saß Maralen auf dem Herdrand, die Hände im Schoß und regungslos wie ein versteintes Geschöpf. Nur ihre Augen hatten Leben und sahen mit stummer Frage den Vater an. Noch immer trug sie das starr und braun gewordene Kleid der Hochzeit, nur die Brautschürze und das Kränzlein fehlte. Wie eine dunkle schwere Haube lag ihr Haar um den Kopf, und auf der bleichen Stirn und an den Schläfen sah man noch braune, halb erloschene Flecken. Schweigend hörte sie zu, während der Vater erzählte: wie er den Buben gefunden, wie freundlich der Thurner an ihm gehandelt hätte und wie sicher der Bub bei dem guten Herren aufgehoben wäre. Ein hartes Lächeln irrte um den bleichen Mund des Weibes, als Witting das Wort von dem „guten

Herren" sagte. Und als er schwieg, fragte Maralen: „Hat der Bub geschworen?"

Der Alte schüttelte den Kopf. „Es ist nicht Zeit gewesen, daß ich hätt reden können mit ihm." Er griff in die Tasche seines Kittels und legte einen starren Faden auf Maralens Hand. „Da hast dein Fädlein wieder!"

Maralen schleuderte den Faden in das Feuer und lachte. Dann erhob sie sich, hüllte ein rotes Tuch um den Kopf und ging zur Türe.

„Kind!" stammelte der Alte. „Was willst denn?"

„Werben."

„Die Nacht ist finster, Lenli! Und der Schnee geht nieder!"

„Mein Weg ist in der Nacht so sicher, wie dein Bub bei seinem guten Herren! Und je kälter der Schnee, um so besser kühlt er, was brennt. „Mußt dich nicht verstellen, Vater! Ich seh: dein Herz ist ein doppeltes geworden, ein rotes und ein weißes. Das rote ist mutiger Zorn um mein Elend, das weiße ist mutlose Sorg um meinen Bruder. Denk an deinen sicheren Buben, Vater . . . und mich laß werben!"

„Lenli!" rief er und streckte die Arme.

Aber sie hatte die Stube schon verlassen – und als er zur Türe sprang, sah er draußen nur die finstere Nacht und das leuchtende Viereck, das der Schein des Herdfeuers in das Gewirbel der Flocken zeichnete. „Lenli! Lenli!" schrie er. Doch keine Antwort kam. Er rannte in die Nacht hinaus, suchte hin und her und konnte im Schneegestöber den Weg nicht finden, den Maralen gegangen.

10

Immer dichter fielen die Flocken in der stillen, finsteren Nacht. Immer höher wuchs der Schnee, die schwarzen Hekken verschwanden, das dunkle Astgewirr der entlaubten

Bäume umwebte sich mit weißen Schleiern, und die schwarzen Wälder wurden grau. Erst mit dem Morgen ließ das Gestöber nach. Und als der Tag erschien, schwermütig dämmernd unter dem ziehenden Gewölk, da waren Tal und Berge wie mit mattem Silber dick übergossen.

Als hätte der trübe Morgen des Lichtes nicht genug, so glomm über den Mauern der Burghut am Hangenden Stein noch ein rötlicher Glanz der Pfannenfeuer, die man vor der Dämmerung angezündet hatte, und die noch immer brannten. Lautes Leben erfüllte den Burghof. Gesattelte Pferde wurden aus dem Stall geführt, zwei Saumtiere mit kleinen Reisetruhen und ledernen Säcken beladen. Alle Leute des Thurners waren bei der Arbeit, und erregte Stimmen klangen aus dem Wohnhaus, durch dessen Fenster noch der Schein der Lichter glitzerte, die in den dämmrigen Stuben flackerten.

Der Junker, der am vergangenen Abend zu Gast gekommen, erschien in der Haustür, schon mit dem Mantel um die Schultern, rief seinen Leuten einen Befehl zu und verschwand wieder. Die vier Reiter, die mit ihm gekommen, machten sich für den Ausritt fertig und saßen auf.

In der Windstille des grauen Morgens überschleierte der Rauch der beiden Pfannfeuer den ganzen Hof.

Herr Lenhard kam aus dem Haus, musterte die Packung der Saumtiere und das Riemenzeug des Braunen, der einen Frauensattel trug. Mit erregter Stimme rief er dem Torwart zu: „Kannst auftun!“ Und kehrte wieder in den Flur zurück.

Da trat Juliander aus dem Wehrhaus. Er war nach einer schlummerlosen Nacht gegen Morgen in dumpfen Schlaf gesunken, aus dem der Lärm ihn wieder aufgerüttelt hatte, der den Hof erfüllte. Mit heiß brennenden Augen sah er über das laute Treiben hin.

Nun kam der Junker mit der fremden Frau in den Hof heraus, und den beiden folgte Herr Lenhard, der den Arm um seine Tochter geschlungen hielt. Morella war gekleidet wie zu einer Reise. Über dem langen Mantel, der bis zu den Füßen reichte, trug sie noch eine pelzgefütterte Schaube. Um ihr

Köpfchen hüllte sich eine Kappe aus Marderfell, mit großen, festgebundenen Ohrenschützern, unter denen die schwarzen Locken zausig hervorquollen und das in Erregung glühende Gesichtchen umschatteten.

Herr Lenhard führte sie bis vor den Braunen hin, und da schlang Morella die Arme um den Hals des Vaters. Doch der Thurner wehrte mit rauhem Lachen diese Zärtlichkeit von sich ab. „Steig auf, Räpplein! Wie kürzer ein Abschied ist, um so leichter wird er. Komm gut hin! Und grüß mir die Schwester! Und den Meister Jörg . . . wenn er nicht schon davon ist ins Welschland, bis du zur Mindelburg kommst!"

Der Junker hatte mit der einen Hand die Zügel des Braunen gefaßt, der den Frauensattel trug, und hielt mit der anderen Hand den Bügel. Seine Augen glänzten, und es zuckte um seinen vollen sinnlichen Mund wie das träumende Lächeln eines Helden, der sich eines kommenden Sieges freut.

„Babbo!" stammelte Morella, als der Vater ihren Arm von seinem Hals löste. Sie sah, wie er um seine Ruhe kämpfte. Und da wollte sie tapfer sein und lachte, um die aufsteigenden Tränen niederzuzwingen. Schon hob sie den Fuß in den Bügel – und zögerte doch, sich in den Sattel zu schwingen. Suchend glitt ihr Blick über alle Leute hin, die um sie herstanden, und huschte hinüber zum Wehrhaus.

„Jetzt aber vorwärts!" brummte Herr Lenhard.

„Gleich, Babbo! Nur dem Buben will ich die Hand noch geben." Sie schürzte den Mantel und sprang durch den verschneiten Hof hinüber zu der Türe, auf deren Schwelle Juliander stand, so bleich wie der Schnee zu seinen Füßen. „Leb wohl, Juliander! Das ist jetzt schnell gekommen, daß ich fort muß, gelt?"

„Fort?" Der Laut erstickte ihm in der Kehle.

„Und lang! Vor dem Frühjahr komm ich wohl nimmer heim. Stell dich nur mit dem Vater gut und schau, daß ihm die Zeit nicht lang wird!" Sie zog das Händchen aus dem pelzgefütterten Fäustling. „Behüt dich Gott, Juliander! Und der Resi hab ich gesagt, daß sie dir den Käfig mit meinem Eichhörnlein in die Kammer stellen soll. Du hütest mir das Tierl, gelt?“ Er sah die Hand an, die sie ihm hingeboten, sah ihr verstört in die Augen – und regte sich nicht. „Juliander?“ fragte sie betroffen. „Was hast du denn?“ Er schwieg. „Aber Bub, so sag doch . . .“ Das Wort erlosch ihr auf den Lippen. Sie erkannte den Schreck in seinen Zügen, sah die Blässe seines Gesichtes wechseln mit heißer Glut, sah in seinen Augen die stumme Sehnsucht brennen – und da schien sie plötzlich zu verstehen, was in seinem Herzen war. Erst wurde sie verlegen, dann lachte sie auf, als hätte sie ein lustig Ding erlebt, etwas ganz unglaublich Drolliges. Doch erschrocken verstummte sie, als sie sah, wie ihre Heiterkeit auf ihn wirkte. Dieses wehe, bittere Lächeln schien sie ratlos und ängstlich zu machen. Sie wich zurück vor ihm, als wäre aus seinen Augen brennendes Feuer auf sie gefallen. Den Mantel raffend, eilte sie mit ersticktem Laut davon. Auf halbem Wege blieb sie stehen, wie von unsichtbaren Händen festgehalten, und wandte das erblaßte Gesicht über die Schulter zurück. Dann lief sie wieder. Zitternd an allen Gliedern kam sie zu den andern, riß dem Junker die Zügel des Braunen aus der Hand und hob den Fuß in den Bügel.

Herr Lenhard machte verdutzte Augen. „Räpplein? Corpa di Cane! Was ist denn?“ Und der Junker fragte verwundert: „Fräulein? Was ist Euch arrivieret?“

Ohne zu hören schwang sich Morella in den Sattel, als hätte sie vor einer Gefahr zu fliehen. „Leb wohl, Babbo!“ rief sie und versuchte zu lachen. „Ich komm dir so bald nicht wieder heim!“ Sie griff nach der Reitpeitsche, die am Sattel hing, versetzte dem Braunen einen pfeifenden Hieb und galoppierte zum offenen Tor hinaus. In der Straßenhalle hätte sie beinah ein junges Weib zu Boden geritten, das sich vor dem jagenden Maultier in eine Mauernische rettete.

Mit funkelnden Augen sah das Weib der Reiterin nach. „Du Herrenkind!“ Das klang, als wäre dieses Wort ein Schimpf. „Gib acht, du! Oder die zahlende Stund, die reitet weg über dich!“

Maralen war es, die von ihrem Nachtweg heimkehrte, das blutgetränkte Kleid bis zu den Knien mit gefrorenen Schneeklumpen behangen, so erschöpft, daß ihr Schritt nur ein müdes Taumeln war.

Sie sah den Junker mit seinem Geleit über die Brücke traben und hörte auf der Torbastei den Thurner hinausrufen nach der Salzburger Straße: „Räpplein! He! Du Narrenvogel! Bist du um deinen Verstand gekommen! . . . Räpplein! . . . He!"

Maralen konnte durch das offene Tor den Burghof überblicken, sah das Wehrhaus mit der Tür und sah auf der Schwelle einen stehen, der wie in Stein verwandelt schien.

Mit hartem Lachen wandte sich Maralen ab und folgte der Straße gegen das Dorf. Als sie das Wiesengütl erreichte, stand Witting bei der verschneiten Hecke. Er schien da seit Stunden gewartet zu haben, und seinen Augen war es anzusehen, daß er nicht geschlafen hatte in dieser Nacht. „Grüß dich, Lenli! Ich hab mir schier die Seel heraus gebanget!" Und während sie zur Haustür ging, fragte er zögernd: „Hast was ausgerichtet?"

„Sieben hab ich geworben. Und deinen sicheren Buben hab ich gesehen."

Eine Frage schien ihm auf der Zunge zu liegen, doch er schwieg. In der Herdstube dampfte eine Pfanne über dem Feuer. Witting goß die Suppe in einen hölzernen Napf. „So, Lenli, jetzt iß!"

Sie ließ sich auf den Herdrand nieder und wartete, bis die Suppe ein wenig verkühlt war. Langsam aß sie, vor sich hinsinnend mit stumpf erloschenem Blick. Die Wärme des Feuers schmolz ihr den Schnee vom Rock und von den Schuhen. In glitzernden Fäden rann das Wasser über den Lehmboden. Als sie gegessen hatte, lehnte sie den Kopf an die Herdwand zurück. Und so schlief sie ein.

Der Alte tat die Arbeit im Haus.

Gegen Mittag erwachte Maralen. Stilles Feuer war in ihren Augen, steinerne Ruh in ihren Zügen. „Vater", sagte sie, „jetzt mußt du heim in die Gern." Er wollte bleiben, doch sie litt es nicht – und je mehr der Alte in seiner Sorge redete, desto stiller wurde sie. Es schien, als wäre für sie eine Mauer gewachsen zwischen ihrem Leid und der Sorge des Vaters. Als er noch immer zögerte, ihr den Willen zu tun, sagte sie: „Ich brauch dich nimmer. Ich hab mein rotes Glück. Und mein Leben hat seinen Weg. Geh heim, Vater, und schau auf deines Buben Sach!"

Nun ging er. Langsam, mit gebeugtem Rücken, stieg er im trüben Mittag über den verschneiten Hang hinunter. Er war gealtert, und sein Haar und Bart schien grauer geworden, als wären, seit er sein Lehen in der Gern verlassen hatte, nicht nur ein paar Tage vergangen, sondern lange Jahre.

Der Himmel hellte sich nicht auf. Und in der Dämmerung des Abends fing es wieder zu schneien an.

Als es finstere Nacht geworden war, kam Maralen zur Straße heruntergestiegen.

So ging sie ihren dunklen Weg, eine Nacht um die andere, von Woche zu Woche.

Überall nannte man sie die „rote Maralen", und die Leute erzählten, sie wäre wirr im Kopf, seit das Unglück mit ihrem Joseph geschehen. Die Weiber und Kinder hatten Angst vor ihr und vor dem stummen Wegteufel, von dem sie besessen war. Doch die Männer, die an ihr vorübergingen, grüßten sie mit stillem Blick, der hundert Dinge zu sagen schien.

Wenn es geschneit hatte in der Nacht, und man fand am Morgen den frischen Schnee durchwatet von Fußstapfen, so hieß es immer: „Da ist die rote Maralen gegangen."

Auf all den Wegen, die sie wanderte, wusch ihr der fallende Schnee das vertrocknete Blut aus den Haaren. Ihr Rock wurde fadenscheinig und bekam einen ausgefransten Saum.

In der Weihnacht, als die Leute in der Mette waren, zog sie die beiden Kühe aus dem Stall und führte sie über den tief verschneiten Paß hinüber ins Halleiner Tal. Vierzehn Männer waren mit ihr, jeder mit einem Rinderpaar an der Kette. Das Silber, das sie lösten für die dreißig Rinder, wurde zu Eisen, zu Pulver und Blei.

Und am Tag der Unschuldigen Kinder, in der Dämmerung des Morgens, läutete zu Schellenberg die Feuerglocke – das Wiesengütl stand in Flammen. Als die Leute aus dem Dorf und des Thurners Knechte von der Burghut gelaufen kamen, um löschen zu helfen, da war es mit jeder Hilfe schon zu spät. Das ganze Innere des Hauses brannte, und alle Balken glühten, die das Mauerwerk durchfächerten. Bei Anbruch des Tages fiel das Dach in einen glostenden Haufen zusammen. Während die Leute zwecklos rannten und schrien, saß Maralen bei der Hecke im Schnee, die Arme um die Knie geschlungen, mit starren Blicken dem Gewirbel des Rauches folgend. Sie schien nicht zu hören, was ihr die Leute sagten, und auf keine Frage gab sie Antwort. Da ließ man sie in Ruhe, und die Lärmenden begannen sich zu verlaufen. Nur drei Männer blieben noch und machten sich bei der Brandstätte zu schaffen. Einer von ihnen ging auf Maralen zu und fragte flüsternd. „Schwester? Hast du's selber getan?"

Sie sagte ruhig: „Ruf die anderen her!" Und blieb bei der Hecke sitzen und hob nur die Hand, als die drei Männer vor ihr standen. „Heut geh ich heim in die Gern. Und morgen heb ich die Arbeit zu Berchtesgaden an. Mein Rock hat tausend Fäden noch. Und derweil ich fort bin, soll der Sächsische Bruder euer Obmann sein. Was geschehen muß, das laß ich ihm sagen in jeder Sonntagnacht. Leget eure Händ in die meinig, daß ihr ihm treu sein wollt, und daß euch sein Wort wie das meinig ist!"

Schweigend reichte ihr jeder von den dreien seine Hand. Dann gingen sie. Und Maralen saß bei der Hecken, den ganzen Tag. Die Glut der Brandstätte schmolz im Kreise den Schnee, wie ihn die Sonne im Frühling schwinden macht. Als der Abend dunkelte, erhob sich Maralen. Sie ging auf die Brandstätte zu, hob in beiden Händen ein Häuflein der halb verkühlten Asche auf und drückte mit geschlossenen Augen das Gesicht hinein – so küßte sie das erloschene Glück ihres Lebens. Dann wanderte sie heim in die Gern.

Spät in der Nacht erreichte sie das Lehen ihres Vaters.

Erschrocken starrte der Alte sie an und wollte gar nicht glauben, daß sie es wäre. Erst mußte er die Sorge überwinden, die ihm ihr Anblick einflößte, bevor er sich freuen konnte, daß sein Kind wieder einkehrte unter seinem Dach. „Lenli? Gelt, bleibst bei mir jetzt?“

„Ja, Vater! Und lang! Bis die letzte Arbeit getan ist! . . . Gestern in der Nacht ist meines Josephs Lehen niedergebronnen.“

„Kindl!“ stammelte Witting. Und eine scheue Frage sprach aus seinen Augen.

„Es ist gekommen, wie es hat kommen müssen! . . . Am Abend vor der Weihnacht hab ich in der Schellenberger Pflegschaft dem letzten wehrfähigen Mannsbild das rote Fädlein um den Hals gebunden.“ Lächelnd – wie ein schaffender Mensch nach guter Arbeit lächelt in einem rastenden Augenblick – so ließ sich Maralen auf den Herdrand nieder und blickte ruhig in die züngelnden Flammen. „Schau Vater, jetzt brauchst du ihn nimmer rufen, deinen Joß Friz! Dreihundertvierzig hab ich geworben zu Schellenberg. Meines Josephs Vettern und die Brüder des Bramberger, die werben in Pinzgau, in der Salzburger Stadt und im Halleiner Tal. Am Morgen nach der Weihnacht hab ich mit den Rottleuten Zähltag in Hallein gehalten. Neunhundert sind’s in der Stadt, fünfhundert im Halleiner Tal und dritthalbhundert im Pinzgau. Da gibt ein jeder was er hat: sein Gut und Blut! . . .Und morgen werb ich in der Gern.“

Schweigend nickte der Alte. Er setzte sich zu Maralen auf den Herd, strich ihr mit der Hand übers Haar und wischte ihr die Aschenstäubchen vom Gesicht und aus den Brauen.

Sie atmete auf, als wäre ihr diese Zärtlichkeit wie einem Dürstenden ein tiefer Trunk. „Vergeltsgott, Vater!“

Er nickte wieder. „Tut dich nicht hungern, Kind?“

„Seit gestern am Abend hab ich nimmer gegessen!“

„Jesus Maria!“

Während der Alte hastig herbeitrug, was zur Hand war, Brot und Käse und eine Schüssel Milch, ging Maralen in der

Herdstube umher und berührte jedes Gerät – genau so, wie sie es getan hatte an jenem Morgen, bevor sie aus dem Haus ihres Vaters gegangen war, um ihr Glück zu finden. Müd lächelnd blickte sie in ihre Kammer – hörte das Schnarchen der Magd, die da drinnen schlief – und ging, um die Tür an ihres Vaters Stube zu öffnen. Sie sah in dem dunklen Raum die zwei Betten stehen – eine Furche grub sich zwischen ihre Brauen.

Nun saß sie wieder beim Feuer. Wortlos verzehrte sie, was ihr der Vater hinbot. Und plötzlich fragte sie: „Wie geht's dem Buben?"

Dem Alten rann ein Zittern über die Hände. „Ich weiß nicht."

Langsam blickte sie auf. „Hast ihn nimmer gesehen?"

Er schüttelte den Kopf. „Soll der Bub in Gottes Hand sein oder in schiecher Faust . . . ich geh in keines Herren Haus mehr, wenn ich nicht muß. Ich trag das rote Fädlein um den Hals und hab geschworen." Seine Stimme war ruhig geworden. „Laß gut sein, Lenli! . . . Und heut bist du bei mir!"

„Vater?" Mit hastigem Griff umklammerte sie seine Hand. „Bist der Meinig?"

„Wie ich's allweil gewesen bin! . . . Hast mich aus deinem Lehen fortgeschickt mit einem harten Wörtl, an dem ich beißen hab müssen die ganzen Wochen her. Aber ich hab's eingesehen, du bist im Recht gewesen. Und drum hab ich's gut gemacht. Und feste Arbeit hab ich getan für dich! Ich hab schon geredet mit jedem in der Gern. Brauchst nur hingehen, und sie schwören alle. Und drunten im Markt, da hast ein leichtes Werben. Der Unmut ist in allen, und hundert findest, die der Richter um leichte Schuld gebüßt hat bis aufs Blut. Erst geh zu den Bauren! Die hast am leichtesten. Und geh zu den Löffelschneidern, zu den Schnitzleuten und Schachtelmachern. Denen druckt der Weitenschwaiger das Leben aus den Knochen. Und geh zu den Knappen! Die sind Martinisch zur Hälft, da brennt ein jeder, daß er einen Faustschlag tun kann für den Salzmeister, den das Kloster an den Bischof geliefert hat, und dem geschehen ist, man weiß nicht was. Geh zum

Zawinger, der neben des Weitenschwaigers Haus das kleine Hüttl hat. Der ist auch Martinisch und hat eine große Kameradschaft bei den Spindelmachern. Und geh zum Ruef, den bei der Jagdfron die großen Hund über den Haufen gesprungen haben. Und geh zum Steffelschuster, dem das rote Malefiz in der Osterzeit die unschuldige Dirn verbronnen hat! Geh zu jedem . . . und jeden hast. Und bloß an einem einzigen geh vorbei!"

„Vater, wen meinst?"

„Den Schmiedhannes."

„Der hat großen Anhang. Den muß ich haben."

„Laß ihn aus! Ich weiß, warum! . . .Und der erst von allen in der Gern, dem du das rote Fädlein um den Hals bindest, das soll der Meingoz sein!"

Sie nickte. „Weil du's haben willst."

„Gut! . . . Und jetzt tu rasten, Lenli! Kannst in meiner Stub schlafen, ich bleib da heraußen beim Feuer liegen. Und morgen hast deine Kammer wieder." Er nahm ihre Hände in die seinen. „Gut Nacht, Kindl! Und eines, das mußt du mir noch versprechen! . . . Red von dem Buben kein Wörtl nimmer! Ich kann's nicht hören! . . . Schau, wie ich selbigsmal bei dem Buben gewesen bin, da hat mich nach all dem Elend wieder die mutlose Sorge gepackt . . . und ich hab dem Buben verschwiegen, was ich ihm sagen hätt müssen. Vier Wochen sind's her, und der Bub ist noch allweil nicht daheim, und ich spür's, daß mich der Thurner angelogen hat, und daß er machen will mit dem Buben, ich weiß nicht was! . . . Soll's kommen, wie's mag! Die gläubig Sorg hat ein End in mir. Jetzt hat mich der Zorn. Aber tu mir's, Lenli, und red kein Wörtl nimmer . . . in mir ist ein Dürsten nach dem Buben, daß ich schier verbrenn!"

Da löste Maralen ihre Hände aus den Fäusten des Alten. „Vater, gut Nacht!" Sie ging zur Haustür.

„Lenli? Was willst?"

„Werben." Ihre Hand lag auf der Türklinke. „Der Tag, der meines Josephs Blut heimzahlt an die Herren, der soll dir deinen Buben wieder geben! Und das muß bald sein! Gut Nacht, Vater!“

Maralen wanderte von Lehen zu Lehen. Erschöpft, an allen Gliedern zitternd vom Frost der Winternacht, kehrte sie bei grauendem Tag in das Lehen ihres Vaters heim. Aber die Kammer, die sie als Mädchen bewohnt hatte, wollte sie nicht betreten; sie legte sich neben dem Herdfeuer nieder und schlief, bis es Mittag wurde. Dann half sie bei der Arbeit im Haus. Dem Vater schien es eine Qual zu sein, sie immer so sehen zu müssen: in dem übel zugerichteten Kleid, von dessen Saum die Fetzen niederhingen. „Lenli! . . . Es wär noch ein guter Rock von der Mutter da. Magst ihn nicht haben?“

Sie schüttelte den Kopf.

Als der Abend dunkelte und Maralen sich fertig machte für ihren nächtlichen Weg, wollte ihr der Vater einen warmen Mantel umlegen. Aber sie wies ihn zurück. „Mich friert nicht. Der Tod ist kälter als die Nacht, und mein Joseph hat auch keinen Mantel gehabt.“ –

Drei Tage später, als sie am Morgen heimkehren wollte, wurde sie auf der Achenstraße von zwei Waffenknechten des Klosters aufgegriffen und in die Pflegerstube geführt – sie sollte sich wegen des Schadens verantworten, den das Stift durch den Brand des Wiesengütls erlitten hatte. Herr Pretschlaiffer zeigte ein ernst bekümmertes Gesicht, als er sie fragte, wie das Feuer entstanden wäre.

„Wie's Tag hat werden wollen, hab ich gebetet“, sagte Maralen, mit starrer Ruhe in den bleichen Zügen. „Zum heiligen Joseph hab ich gebetet. Denn wisset, Herr: der ist mein Schutzpatron! Und ein geweihtes Kerzlein hab ich ihm angezunden. Und das Kerzlein ist umgefallen und hat das geweihte Feuer in mein Bett geworfen.“

„Warum hast du nicht die Nachbarn zur Hilf gerufen?“

„Weil mir im Schreck die Sinn geschwunden sind.“ Keine Miene zuckte in ihrem steinernen Gesicht, nur ihre Augen erweiterten sich. „Wisset, Herr, das hab ich so in mir, wenn ein Unglück über mich herfallt. So ist mir selbigsmal auch geschehen, wie ich den Gnadenbrief von Euch bekommen hab, und wie meines Mannes Kopf hat rollen müssen . . ."

Herr Pretschlaiffer schien an die Wirkung seines Gnadenbriefes nicht gern erinnert zu werden. Er runzelte die Stirn. Dann machte er kurzes Urteil: „Den Schaden, der dem Stift erwachsen ist, wirst du ersetzen müssen."

„Mir ist alles verbronnen. Ich hab nichts mehr, als meinen Rock da." Sie lächelte. „Den sollen die guten Herren haben . . . bis auf den letzten Faden."

„So wird dein Vater für dich einstehen müssen. Der soll doppelte Steuer legen, so lange, bis der Schaden ersetzt ist."

Ruhig sah Maralen den Richter an. „Lang wird's nicht dauern, Herr, und alles ist gezahlt! . . . Alles! . . . Wir wollen helfen dazu, mein Vater und ich . . . und meine Brüder."

Als Herr Pretschlaiffer ‚die Witib nach dem Joseph Stöckl' so willig fand, allen Schaden gut zu machen, nickte er gnädig und ließ sie gehen. Doch der Sekretarius, der edle Herr Kaspar Hirschauer zu Hirschberg, zupfte verlegen an seinem Bärtchen und flüsterte dem Richter ein paar Worte zu. Da rief Herr Pretschlaiffer: „He, du, noch eine Frage!" Maralen kam von der Türe zurück. „Es geht ein Gered unter den Leuten, daß du von einem Wegteufel besessen wärest, der dich in den Nächten ruhelos umhertreibt. Was hast du darauf zu erwidern?"

Maralen atmete tief. Dann sagte sie langsam: „Der Leut Gered ist Narretei. Aber daß es mich ruhelos umtreibt in den Nächten . . . ja, das ist wahr. Und ich will Euch sagen, wie das kommt. Alltag, wenn es nächten will, steht einer vor mir da . . . der schaut mich an und hat doch keine Augen . . . und tut mich mahnen und hat doch keinen Mund . . . und nickt mir zu und hat doch keinen Kopf. Und schauet, Herr, da leidet's mich nimmer unter Dach . . . da muß ich hinaus und muß umlaufen die ganze Nacht, bis der Tag wieder kommen will."

Herr Pretschlaiffer zog die Brauen in die Höhe und sah den Sekretarius an. Der sagte schüchtern einige Worte in lateinischer Sprache – es war ein Satz aus dem ‚Hexenhammer', den er zitierte. Und der Richter nickte dazu. „Weib", sagte er, „das sind unheilige visiones, die dich bedrängen. Man wird dich zu genauer Untersuchung der Sache dem geistlichen Gericht übergeben müssen." Maralen zitterte, als sie dieses Wort vernahm. „Das wird erkunden, ob die Seele deines Mannes, der in Sünden sterben mußte, nach Erlösung verlangt, oder ob dir der böse Geist, der vielleicht Besitz von dir ergriffen, solche visiones vorzaubert, um sich auch deiner Seel zu bemächtigen wie deines Leibes." Als Herr Pretschlaiffer noch sprach, betrat ein greiser Chorherr die Pflegestube. Der Sekretarius sprang auf und verbeugte sich tief; auch der Landrichter nahm mit einer Verneigung das Barett vom Kopfe.

Der greise Priester, den die beiden so ehrfürchtig begrüßten, war der Dekan des Stiftes, Herr Franz von Schöttingen. Das weiße Ordenskleid bedeckte mit seinen schlaffen Falten den müden Lebensrest eines gealterten und gebeugten Körpers. Der magere Hals schien schwer an dem Kopfe zu tragen, dessen verblichenes Haar mit dünnen, glatten Strähnen das kleingerunzelte Gesicht umschwankte. Der welke Mund in diesem Gesichte glich einer gelblichen Linie. Doch in den braunen Augen glänzte noch das Feuer eines ungebrochenen Geistes; sie hatten den klugen stillen Blick eines Mannes, der in einem langen Leben vieles erfuhr, vieles verschmerzen und vieles verstehen lernte.

Unter dem Arm trug Herr Schöttingen zwei dicke, in Schweinsleder gebundene Bücher. Die legte er vor dem Richter auf den Tisch und sagte mit einer leisen und müden Stimme: „Da bring ich Euch den Murner und den Marchopolo wieder, die Ihr mir geliehen . . ." Er verstummte, als er das Weib mit dem bleichen Gesicht gewahrte. Eine Frage in den Augen, sah er den Richter an – und wieder das Weib. Herr Pretschlaiffer beeilte sich, auf diese stille Frage eine wortreiche Antwort zu erteilen. Als er den Namen des Weibes nannte, vertieften sich die Furchen auf der Stirne des Dekans, und in den ruhigen Augen schimmerte ein Blick des Erbarmens.

Maralen schien nicht zu sehen, was in der Stube geschah, schien nicht zu hören, was da verhandelt wurde. Ihre zitternden Hände hatten sich zu Fäusten geballt, ihr irrender Blick huschte über die Fenster hin und suchte die Türe.

Als der Richter die Rede auf die ‚bedenklichen visiones' und auf den ‚Wegteufel' brachte, schüttelte Herr Schöttingen unmutig den weißen Kopf. „Da sucht Ihr einen Teufel, wo ich nur Menschen sehe!" sagte er in lateinischer Sprache. „Stellt Euch vor, daß Eure Hausfrau eines Abends sehen müßte, wie man Euch ohne Schuld und Urteil den Kopf herunterschlägt. Glaubt Ihr nicht, Eure Hausfrau würde das wiedersehen an jedem Abend? Und weil die Ruhelosigkeit des Elends über dieses arme Weib gekommen . . . muß da der Teufel seine Hand im Spiel haben? In jedem Unglück steckt ein böser Geist, der die Menschen anders macht, als sie in der Freude waren! Schickt das arme Weib zu seinem Vater heim!"

„Das ginge wider meine geschworene Pflicht!" stotterte Herr Pretschlaiffer.

„Wollt Ihr Euer richterliches Gewissen erleichtern, so lasset das Weib auf meine Verantwortung die Betprobe machen. Das genügt."

Während der Sekretarius in sichtlicher Unzufriedenheit immer hastiger an seinem Bärtchen zupfte, schien sich Herr Pretschlaiffer die Sache zu überlegen. Nun hob er die Schultern, verneigte sich vor dem Dekan – und auf das heilige Bild zu seinen Häupten deutend, wandte er sich zu Maralen. „Wär ein Teufel in dir, so könntest du nimmer beten. Drum sieh dieses heilige Bildnis an! Und sprich ein frommes Gebet!"

Maralens Augen funkelten in jäher Freude. Sie trat vor den Richtertisch, faltete die Hände und sprach mit glühender Inbrunst ein Gebet zum heiligen Joseph.

„Herr Pretschlaiffer!" sagte der Dekan. „So betet der Teufel nicht. Das ist Andacht, so heiß und gläubig, wie sie weder in Eurem Herzen ist, noch in dem meinen." Er nickte der Betenden zu. „Geh nur heim, du!" Mit dem Schritt einer Flüchtenden eilte Maralen aus der Pflegerstube.

Seit dieser Stunde war sie erlöst von dem Wegteufel, der die Nächte liebte. Jetzt war ein Geist in ihr, der sich befreundete mit dem hellen Tag. Vom Morgen bis zum Abend wanderte sie, bald durch die Gassen von Berchtesgaden und nach Ramsau, bald gegen Unterstein und den Königssee, bald wieder in die Strub und zur Schönau. Sie hatte sich einen kleinen Handel ersonnen – jeden Sonntag wanderte sie nach Salzburg, kehrte am Montag zurück, und von Tür zu Türe bot sie die ganze Woche feil, was sie in der Stadt erhandelt hatte: kleine zinnerne Münzen, die geweiht waren und das Bild des heiligen Joseph trugen. An einem Faden, den Maralen aus ihrem Kleide zog, knüpfte sie jedem Käufer das heilige Zeichen um den Hals.

Von Woche zu Woche wurde dieser ‚Brüder vom heiligen Joseph' immer mehr im Land. Und dieser fromme Bund, den Herr Seyenstock, der Pfarrer von Berchtesgaden, von der Kanzel herab als eine dem Himmel wohlgefällige Sache bezeichnete, trug seine guten Früchte. Seit Jahren war es im Berchtesgadner Land noch niemals so still und friedlich zugegangen, wie jetzt. All diese mühseligen Menschen schienen plötzlich zufrieden mit ihrem Los. Sie murrten und schalten nicht mehr, sie mieden das Leuthaus und den Krug, und an Lichtmeß zinste und steuerte ein jeder, ohne zu klagen, und keiner blieb im Rückstand.

In den Kunkelstuben, in den Herbergen und Kramläden redete man nicht mehr von der ‚Leutnot' wie sonst – man schwatzte nur noch von den seltsamen Dingen, die in der großen Welt da draußen geschahen und mit verschwommenem Hall aus der Ferne hereindrangen in das entlegene Bergtal.

Dem ‚Martinischen Teufel', hieß es, wüchsen im deutschen Land die Flügel immer mächtiger. Zahlreiche deutsche Fürsten, so die Herren von Sachsen und Hessen, von Ansbach und Bayreuth, Pommern und Mecklenburg, Braunschweig und Anhalt, der Mansfelder Graf und der Hohenzoller in Brandenburg wären offen zum Doktor Luther übergetreten, um die Kirche in Deutschland frei von Rom und deutsch zu machen. Und den fürstlichen Herren hätten sich die mächtigsten der freien Reichsstädte angeschlossen: Hamburg, Bremen und Magdeburg, Frankfurt, Augsburg und Nürnberg. Darüber hätte den Papst auf seinem heiligen Sessel zu Rom ein gewaltiger Schreck angefallen, er hätte dem Kaiser, um dessen Hilfe gegen die Lutherei zu gewinnen, die Herrschaft in Italien zugeschworen und hätte mit den Herzögen von Bayern, mit dem Erzherzog Friedrich von Österreich und den süddeutschen Bischöfen einen festen Bund geschlossen, um der drohenden Not seiner Kirche zu steuern und mit aller Schärfe gegen die neue Lehre vorzugehen.

Durch sieben Nächte sah man eine feurige Rute am Himmel brennen. Und vom Bodensee bis gegen den Main hinauf – in einer schwülen Föhnnacht, die den Schnee zur Hälfte zerschmolz – ging aus den brausenden Lüften ein roter Regen nieder, dessen Tropfen sich ansahen wie sandgewordenes Blut. Bald lief es auch wie ein Feuer durch das ganze Land, was diese Unglückszeichen bedeuten sollten: der König von Frankreich, als er den Glaubenshader und den Zwist der Völker in Deutschland sah, hatte gegen den Kaiser gerüstet und den Kampf um die Herrschaft in Italien begonnen. Mit einem Heer von dreißigtausend Helmen war er über die Alpen gestiegen und in die Lombardei gefallen; er hatte die schwache kaiserliche Heeresmacht unter dem Marchese di Pescara zurückgedrängt, hatte Mailand genommen und hielt die feste Stadt Pavia umlagert, in die sich ein Teil der kaiserlichen Streitmacht geworfen hatte. Da war es an der Zeit, daß Hilfe aus Deutschland kam. Aber die achtzehn Fähnlein Landsknechte, die Herr Jakob von Wernau über die Berge führte, und die hundert adeligen Herren, die ihre Burgen verließen und mit ihren Knechten nach Welschland zogen – das gab nicht aus. Auch die zwei Reiter und die vierunddreißig Mann zu Fuß, die das Erzstift Berchtesgaden nach der Reichsmatrikel auszurüsten hatte, machten das magere Heer des Kaisers nicht merklich fetter.

Alle Hoffnung der Kaiserlichen war auf den ‚Vater der Landsknechte' gerichtet, auf Herrn Jörg von Frundsberg. Der aber saß verdrossen und dem Auszug widerstrebend auf seiner Burg zu Mindelheim und ließ den Kaiser auf Antwort harren. Auch die Sorge um den Sohn, der zu Pavia eingeschlossen war, bewog ihn nicht zur Ausfahrt. Überall im Land wurde eine Rede umgetragen, die er getan haben sollte: „Zeiten stehen bevor, in denen meine Fäuste im deutschen Land daheim viel besser nützen werden, als der stärkste Schlag, den ich drunten in Welschland tun könnt." Und man zischelte schon: „Der Frundsberg ist heimlich Martinisch geworden."

Da kam aus dem Süden die Kunde: Papst Clemens hat das Bündnis mit dem Kaiser gebrochen, hat die deutsche Sache verraten und hat sich auf die Seite der Franzosen geschlagen. Ein Schrei der Empörung hallte durch alles deutsche Land, das der neuen Lehre noch widerstrebte und noch päpstlich war. „Los von Rom, das allzeit wider die Deutschen ist! Und hinüber zum Luther! Der hat für das deutsche Volk ein deutsches Herz!" Das wurde die Losung jener Tage. Und dem widerspenstigen Frundsberg fuhr der Zorn über die falsche Praktik des ‚römischen Pfaffen' in das kühle Blut. Er übernimmt die Feldobristenstelle, die ihm der Kaiser angeboten, läßt das Werbepatent in Schwaben und im Oberland umschlagen, zu Tausenden strömen ihm seine ‚lieben Söhne' zu, und im Jänner führt er ein Heer von Landsknechten und die Blüte des reichsfreien Adels über die schneebedeckten Alpen. Pescara und Frundsberg – auf diesen beiden Namen ruht die Hoffnung des bedrängten Kaisers. Dort unten im Welschland beginnt schon das Zünglein der Waage zu schwanken, denn am dritten des Hornung trifft das kaiserliche Heer vor Pavia ein – und daheim das deutsche Volk ist entblößt von den Waffen der Herren und ihrer Knechte, die Burgen des Adels stehen mit halber Besatzung, und die Soldtruppen der Städte sind zusammengeschmolzen auf kleine Häuflein.

Da wird es laut im Volk der Bauern, die in all der letzten Zeit so schweigsam waren. Im Land der unruhigen Schwaben beginnt es, und die ‚Losworte', die dort ausgegeben werden, fliegen von Dorf zu Dorf. „Die Herren sind außer Land, jetzt sind wir die Herren!" – „Die zahlende Zeit ist gekommen!" – „Der Weg zur Freiheit ist aufgetan!" So klingt es wie ein jubelnder Schrei des Übermutes vom Neckar bis an die Muhr.

Martin Luther predigt das freie Deutschtum und die Erlösung des bedrückten Volkes, Karlstadt rührt die heiße Suppe in allen Töpfen auf, und Thomas Münzer wirft die Glut seiner Rede und das Feuer seiner Freiheitsträume in alle Köpfe, Flugblätter, die zum Aufruhr reizen, durchflattern das Land so zahlreich, wie der Sturm im Herbst die raschelnden Blätter treibt. Überall gärt es im Volk, überall fallen die Masken, die man lange getragen – und die Herren, die daheim geblieben, erschrecken und stehen ratlos vor dem neuen Wesen, das sie wachsen sehen zum Riesen einer drohenden Gefahr.

Die großen Wogen der Volkserregung branden draußen im ebenen Land, am Rhein und an der Donau. Aber die Wellen, die nach allen Seiten auslaufen, rauschen auch in die Täler der Berge.

In der Woche vor der Fastnacht wurden zu Berchtesgaden ein Löffelschneider und ein Hausratsschnitzer in den Turm geschlossen, der eine, weil er im Leuthaus einen Aufruf zur Gründung einer ‚evangelischen Brüderschaft aller deutschen Handwerker und Bauern' vorgelesen hatte – der andere, weil man bei ihm ein Flugblatt mit dem ‚Totentanz der ungerechten Herren' fand: auf dem ersten Bilde sitzt der feiste Herr an festlicher Tafel, und das schöne Leben reicht ihm die volle Schüssel hin – auf dem letzten Bilde hängt er am Galgen, und der Tod in Bauerntracht und mit der Fiedel geigt ihm das kalte Lied.

Immer wieder tauchten zu Berchtesgaden Leute auf, die niemand kannte, von denen niemand wußte, woher sie kamen. Sie redeten schwäbisch und fränkisch, und erschienen in allerlei Verkleidung, als Salzkärner, als fahrende Landsknechte, als Trödeljuden und Reliquienkrämer.

Einen dieser schwäbischen Landfahrer nahmen die Klosterknechte eines Mittags in der Werkstätte des Schmiedhannes fest – zwei Tage vor dem Fastnachtssonntag – und sie führten als verdächtig auch gleich den Hannes mit fort, obwohl er unter Anrufung aller Heiligen seine Unschuld beschwor.

Er mußte seine Unschuld auch bewiesen haben, denn am Abend ging er frei aus der Pflegerstube.

Auf dem Heimweg nach seiner Schmiede begegnete ihm die Maralen. Mit weitgeöffneten Augen blieb sie vor ihm stehen. „Hannes", fragte sie, „was hast an deinem Hals?"

Er trug den Faden mit der Josephsmünze.

Den Kittel schließend fuhr er wütend auf: „Geht's dich was an? Soll ich ein heiliges Zeichen nicht tragen dürfen, wie es ein jeder um den Hals gebunden hat?" Er wollte lachen, aber der Blick dieser funkelnden Augen schien ihm wie eine würgende Faust an die Kehle zu greifen. „Laß mich aus, du! Oder meinst, es gibt auf der Welt keine Seligkeit, die nicht aus deinem Körbl kommt! Du Spinnerin!"

Als Maralen am Abend heimkam, sagte sie, noch auf der Schwelle der Herdstube: „Vater? Warum hast du begehrt von mir, daß ich den Schmiedhannes nicht werben soll?"

„Laß gut sein, Lenli! Was ich fürcht, das muß nicht Wahrheit sein. Und was nicht Wahrheit ist, das sag ich nicht."

„Vater . . . der Hannes hat das rote Fädlein mit dem Joseph um den Hals. Er hat's . . . und ich hab ihn doch nicht geworben!"

Witting erschrak. Nach einer Weile sagte er: „Deswegen mußt keine Sorg haben! Daß einer, der verbrüdert ist, das Maul und seinen Schwur nicht gehalten hätt, das glaub ich nicht. Der Hannes wird halt gemerkt haben: es ist was los. Und da hat er sich ein Josephsbildl eingehandelt und hat's um den Hals gebunden, bloß daß die anderen denken sollen: der Hannes ist auch dabei."

Da wurde draußen ans Tor gepocht. Alle beide lauschten sie. Und Maralen sagte: „Das ist ein Fremder. Der kennt unseren Pocher nicht."

„Aber ein Bauer ist's. Tu dich nicht sorgen." Witting ging

zum Tor. Es war eine Kälte, daß der Schnee unter seinen Schritten knirschte; die großgeblätterten Kristalle, die im Frost aus dem Schneegrund hervorgewachsen waren, blitzten manchmal im Widerschein der Sterne. „Wer pochet?“ fragte der Alte.

Der draußen war, schien sich auf eine Antwort zu besinnen. Dann klang eine flüsternde Männerstimme: „Ich hab was um den Hals . . . das muß ich dir zeigen.“

Witting atmete auf und schob den Riegel am Tor zurück. Ein Mann im Bauernmantel trat in den Hof, den Kopf von der Gugel bedeckt und das Gesicht mit Ruß geschwärzt.

„Mensch, wer bist?“

„Einer, den nicht fürchten mußt. Mehr sollst nicht fragen! . . . Ist die Schwester Maralen daheim?“

Witting brauchte nicht zu antworten. Denn Maralen stand schon vor den beiden und fragte: „Was willst?“

„Botschaft hab ich. Und die ist für dich allein.“

„Geh, Vater!“ sagte Maralen. Sie wartete, bis sich die Tür der Herdstube geschlossen hatte.

„Was bringst?“

„Einen Weg sollst machen mit mir. Und gleich.“

„Wozu einen Weg?“

„Das sollst hören vom selbigen, der mich schickt. Der Weg ist zum Guten. Darfst mir trauen! Vier Tag ist’s her, da hast mir das rote Fädlein mit dem Joseph um den Hals gebunden. Aber eh ich dich führen darf, mußt du schwören: daß du von dem Weg, auf den ich dich führ, und von demselbigen, der mich schickt, kein Wörtl reden willst, zu deinem Vater nicht, zu deinem Bruder nicht, zu keiner Seel!“

„Ich schwör.“

„So hol den Mantel! Der Weg ist weit und geht durch tiefen Schnee.“

„Mich friert nicht! Komm!“

Sie traten auf den Karrenweg hinaus. Maralen zog hinter sich das Tor zu und gab mit der Faust das Pochzeichen, das der Vater kannte.

Witting kam und schloß den Riegel am Tor. Er kehrte in die Stube zurück, wartete beim flackernden Feuer, wartete bei der versinkenden Kohlenglut und wartete in der Finsternis.

II

Als der Morgen graute, kam Maralen zurück, kaum noch eines Schrittes mächtig, bis an die Hüften mit gefrorenem Schnee behangen. Doch in ihren Augen war glühendes Leben, das Feuer einer wilden Freude.

„Lenli!“ Wo bist gewesen?“

„Frag nicht, Vater! Ich hab geschworen. Aber eins sollst wissen; heut hab ich den letzten geworben! Der geht für tausend. Jetzt brauch ich keinen mehr.“ Lachend, wie eine Irrsinnige, hob sie die Fäuste. „Vater, die zahlende Zeit ist da! Die soll herfallen über die Herren wie eine Lahn, die alles niederreißt.“ In Erschöpfung sank sie auf den Herdrand nieder und hielt die vom Frost erstarrten Hände über die Feuerstatt, als wäre noch Wärme in der grauen Asche. Witting lief, um Holz zu holen. Und als die knisternde Flamme aufzüngelte, fragte Maralen: „Gelt, Vater, hast nicht geschlafen?“

Er schüttelte den Kopf.

„Und ich muß dich auf einen Weg schicken . . . heut tragen mich meine Füß nimmer . . .“

„Bleib nur, Lenli! Den Weg mach ich schon. Wohin?“

„In die Gern zu jedem Lehen, und hinunter ins Ort, in jedes Haus . . . und jedem Menschen, den du findest, wisper ins Ohr: Komm zum Knappentanz! Und jeder soll's dem andern sagen!“

„Lenli? Was soll's geben beim Knappentanz?“

„Ein Fasnachtsspiel!“ Sie lachte auf und hielt die Hände gegen das Feuer. –

Als der helle Tag schließlich begann, war Witting in der Gern schon von Lehen zu Lehen gegangen. Nun stieg er hinunter nach Berchtesgaden. Auf dem Marktplatz, in allen Gassen, flüsterte er jedem ins Ohr, der seinen Weg kreuzte: „Komm zum Knappentanz! Und sag's jedem andern!" Das Wort, das er ausgab, lief von Mund zu Mund. Und noch ein anderes Gered war an diesem Morgen unter den Leuten: daß der Schwab, den die Klosterknechte eingefangen, in der Folter gestorben wäre, ohne zu bekennen, wie er heiße, von wo er käme und wen er suchte im Land. Das hatte der Zawinger unter die Leut gebracht, der immer wußte, was im Kloster geschah. Doch mehr noch, als von dem toten Schwaben, redeten die Leute vom lebendigen Schmiedhannes. Der hatte an diesem Tage großen Zulauf in seiner Werkstätte, und jedem, der es hören wollte, schrie er ins Gesicht: „Sie haben sich nicht angetraut an mich. Sie wissen halt, daß hundert und tausend hinter mir stehen, die mir keinen Nagel stutzen lassen." Wenn er den Hammer auf das glühende Eisen schmetterte, rief er im Takt des Hammerschlages: „So muß man sie dreschen!" Und wenn er das verkühlte Eisen wieder in die Glut stieß, lachte er: „So muß man ihnen einheizen!" Wen er meinte, das verschwieg er. Aber es lief von Haus zu Haus: „Die Herren haben Angst! Und beim Knappentanz, da stiftet der Hannes was an!"

Als der Abend dämmerte, sah man am großen Kapitelsaal des Stiftes alle Fenster erleuchtet. Erst nach Mitternacht wurden sie dunkel. Es mußte eine wichtige Beratung gewesen sein, welche die Chorherren da gehalten hatten. Am folgenden Morgen – am Fastnachtssonntag – als der Hof der Pfarrkirche von den tausend Menschen wimmelte, die zum Kirchgang zusammenströmten, brachte es der Zawinger unter die Leute, was die Chorherren in der Nacht ‚geraitet' hätten. Man hatte im Kapitel die Frage aufgeworfen, ob es bei den unruhigen Zeiten nicht ratsam wäre, jede große Ansammlung von Menschen zu vermeiden und deshalb den Knappentanz zu verbieten, der nach einem alten Brauch an jedem Fastnachtsdienstag im Hof des Klosters abgehalten wurde, und den sich die Chorherren und ihre Gäste von einer Tribüne anzusehen pflegten. Aber der Vorschlag, den Herr Schöttingen gemacht hatte, war im Kapitel nicht durchgegangen. Die jüngeren Chorherren hatten sich gegen die Zumutung gewehrt, daß sie vor den ‚Ackertrappen und Mistflegeln' Reißaus nehmen sollten. Und seine fürstliche Gnaden, Herr Wolfgang von Liebenberg, waren der Meinung gewesen, daß man dem unruhigen Volk keine Sorge zeigen dürfte.

Das ging in der Menge von Mund zu Mund: „Die Herren kommen zum Tanz." Auf allen Gesichtern brannte die Erregung, in den Augen all dieser hundert Menschen war ein Glanz, als wären sie am nüchternen Morgen schon betrunken. Und keiner wußte doch, was im Werden war, keiner wußte, weshalb die Freude in ihm glühte.

Als das Hochamt vorüber war und die Elfuhrglocke geläutet hatte, begannen nach dem Brauch der Fastnacht die Masken zu schwärmen, mit Lärm und Gelächter, mit Trubel und Geschrei: Männer, die als Weiber verkleidet gingen; Dirnen, welche Hosen trugen; lächerliche und zerlumpte Gestalten mit Larven oder geschwärzten Gesichtern; und Masken in einer Vermummung, die der Spott sich deuten konnte, in Mönchskutten oder mit Federhüten, mit verrosteten Panzerstücken, oder in Schlepپröcken, wie die adeligen Damen sie trugen. Sieben Masken, Arm in Arm gehängt, in der Lumpentracht des hungernden Elends, die Gesichter weiß bemalt, und mit schellenbesetzten Narrenkappen auf den Köpfen, zogen überall umher mit dem johlenden Gesang:

„Ihr lieb Gesellen, kommt zur Hand,
Wir fahren ins Schlaraffenland,
Derweil wir stecken tief im Sand . . ."

Auf dem Marktplatz lehnten sie vier kahle Stangen aneinander und richteten sich unter diesem tuchlosen Zelte häuslich ein, als gäb' es auf der Erde kein besseres Dach. Sie lagen im Schnee wie im blumigen Gras des Maien, trieben ein närrisches Spiel mit der Gründung des tausendjährigen Reiches und verteilten an die lachenden Leute, an ihre ‚Brüder im guten Bund', all die hundert reichen Güter, die sie auf der ‚Dursthalde im Mond' besaßen, all die Äcker und Weinberge, die am ‚Bettelrain auf dem Hungerberge' lagen.

Die halbe Nacht und den ganzen Montag währte das Schwärmen der Masken, das Johlen, das Umziehen in den Häusern und Herbergen, das Zechen auf offener Gasse.

Am Dienstagmorgen, als von den Troßleuten des Stiftes im Klosterhof die Tribünenbänke mit roten Tüchern behangen und mit Polstern belegt wurden, begannen sich schon von überall die Leute zu sammeln, aus dem Markte, aus dem Tal der Ache und von Unterstein, von Ramsau und von Schellenberg. Es war ein kalter Tag – dieser achtundzwanzigste Februar – doch mit blauem Himmel und mit klarer Sonne. Als es Mittag wurde, füllten an die zweitausend drängende und schreiende Menschen den Klosterhof. Ein Trubel, daß keiner das eigene Wort verstand! Doch plötzlich die Stille – denn die Chorherren und ihre Gäste kamen, voran Herr Wolfgang von Liebenberg, der Fürstpropst des Stiftes, mit dem hermelinbesetzten Hut und mit dem pelzgefütterten Purpurmantel, dessen Schleppe von zwei Pagen getragen wurde – eine stolze, vornehme Gestalt, der man die sechzig Jahre nicht anmerkte, und ein Gesicht mit scharfen Zügen, mit grauen Augen von kühler Ruhe. Herr Wolfgang ließ einen forschenden Blick über die drängende Masse der Menschen gleiten, während er die Tribüne bestieg. Ganz zuvorderst nahm er seinen Platz und forderte mit einer Handbewegung die Chorherren und die Gäste auf, sich niederzulassen. Dabei hörte man schon vom Hof der Pfarrkirche die Trommeln und Pfeifen des Knappenzuges, der sich mühsam eine Gasse durch das Gedräng der Leute bahnte. Es war ein seltsames Bild: diese hundert Knappen in ihrer schwarzen Tracht, jeder mit einem kurzen, ungeschliffenen Schwert in der Linken, mit einer qualmenden Pechfackel in der Rechten. Über dem wehenden Rauch die kalte Sonne, und ringsumher die tausend Köpfe der Menschen, die weißen Dächer, die weißen Berge.

Während das Summen der Menge wuchs, sprach ein Salzmeister in Versen den Fürstengruß. Doch außer den Chorherren schien niemand auf diese Stimme zu hören. Und als unter Trommelschlag und Pfeifenklang der Knappentanz seinen Anfang nahm – ein Schrittreigen mit wechselnden Figuren, mit Fackelschwingen und Schwertgeklirr – da achteten nur wenige auf dieses Schauspiel. Viel häufiger blickten die in Erregung funkelnden Augen der Leute erwartungsvoll nach den beiden Toren des Klosterhofes, als nach dem freien Platz vor der Tribüne, auf dem sich die Huldigung der Knappen vollzog.

Ihr Tanz war vorüber. Paarweise schritten sie auf die Tribüne zu, löschten zu Füßen des Propstes die Fackeln im Schnee und steckten die stumpfen Schwerter in die Scheide. Auf der Tribüne wollten sich die Chorherren und ihre Gäste erheben. Da ging eine Bewegung durch die Menge, und rufende Stimmen klangen: „Maskerer sind da! Gebet Raum für die Maskerer! Ein Spiel hebt an! Haltet Schweigen für das Fastnachtsspiel!“ Vier Masken, die niemand zuvor gesehen, drängten sich durch den Ring des Volkes. Von allen Händen wurden sie geschoben, und nun standen sie auf dem freien Platz, während die Tribüne der Chorherren von hundert Menschen umdrängt wurde und erregte Stimmen durcheinander schrien: „Bleibet, ihr Herren! Ein Fastnachtsspiel! Das wird ein lustig Ding!“ Der Propst besann sich einen Augenblick. Dann sagte er zu den Herren: „Wir wollen bleiben.“ Er lachte. „Ein Stücklein Grobheit anhören, das ist gesund. Und die Fastnacht will ihr Recht haben!“ Und dem Dekan an seiner Seite flüsterte er zu: „Das Volk freut sich am Spiel. Ich sehe keine Gefahr.“ Lachend und schwatzend ließen sich die Chorherren und ihre Gäste wieder auf die Bänke nieder und betrachteten in Neugier die vier Masken.

Die hatten sich in einer Reihe aufgestellt und verneigten sich vor dem Propst. Dann trat von den Spielern einer vor. Der stellte einen jungen Bauern dar, hatte das Gesicht mit einer rot und weiß bemalten Larve bedeckt und trug den Kopf umringelt von gelben, künstlich gelockten Flachssträhnen, unter denen das graue Haar des Spielers hervorguckte; an der Hüfte hatte er ein hölzernes Schwert, auf dem Rücken einen leeren Sack und von einem Handgelenk zum andern eine schwere eiserne Kuhkette. Er schien ein paar lustige Sprünge versuchen zu wollen, doch der leere Sack auf seiner Schulter schien ihn so hart zu drücken, daß der Bauer mit seinem gebeugten Körper sich kaum zu bewegen vermochte. Keuchend blieb er stehen und machte eine Bewegung, wie um den Schweiß von seinem verlarvten Gesicht zu wischen.

Ein seltsames Lachen erhob sich in der Menge, und weit von rückwärts schrie eine Stimme, als gehöre sie zum Spiel: „Gelt, Stoffel, ist dir die Lust am Springen vergangen?"

Der Darsteller des jungen Bauern wandte sich nach der Richtung, aus der die Stimme geklungen, und begann in Reimen zu sprechen:

„So? So? Habet ihr mich erkannt?
Ei wohl, Kunrad Stoffel bin ich geheißen,
Und daß ich ein Bauer bin im Land,
Das tut der geriemelte Schuh euch weisen!"

Er hob seinen Fuß, als mochte er vor aller Augen den Schuh zeigen, den er trug. Und da klang aus der Menge wieder jene Stimme von der gleichen Stelle her: „Sag Bundschuh!"

Die Chorherren wurden unruhig, und ein Zornblick des Propstes flog nach dem Winkel des Hofes hin, aus dem der Ruf gekommen. In der Menge erhob sich Gelächter und wirres Schwatzen. Dann rief eine hallende Stimme: „Ruh für das Fastnachtspiel!" Im Augenblick war Stille. Und die Maske sprach:

„Mein Mütterlein hat Unglück gehabt,
Das könnt ein Klosterknecht erzählen,
So bin ich ins Leben hereingetappt
Und hab meinen Vater hören schmälen."

Niemand lachte zu diesem üblen Scherz, doch der Ring der Bauern drängte sich näher um die Masken.

Der Darsteller des Kunrad Stoffel sprach seine Verse im Dialekt der Bergbauern, aber manchmal war in seiner Stimme ein Klang, der an die Sprache der Schwaben erinnerte.

„Kunrad, Kunrad, tät man mich taufen,
Das Wasser hat einen Gulden gekost',
Hab ein Leben wie bei den Schlaraufen,
Und daß ich sterben kann, ist mein Trost.
Juhu! Juhu!
Allweil ist es mir gut gegangen,
Wisset, ich hab so viel liebe Herrn,
Seh die Zwetschgen am Himmel hangen,
Aber die haben harte Kern.
Hab an der Not mich satt gefressen,
Die rumpelt und pumpelt mir im Bauch,
Nackig bin ich im Schnee gesessen,
Und schauet, ein Armband hab ich auch!"

Und wieder jauchzte die Maske und rasselte lustig mit der eisernen Kette an den Händen.

Auf der Tribüne erhob sich Herr Pretschlaiffer und flüsterte dem Fürstpropst leise etwas ins Ohr. Der aber schüttelte den Kopf und lächelte.

Gellend jauchzte die Maske:

„Juhu! Juhu!
Meine Mutter ist auf der Gant verdorben,
Zehn Gulden hat man ihr fürgestreckt,
Mein Vater, der ist im Turm gestorben,
Dem haben die Mäus halt nicht geschmeckt."

Eine schrille Stimme aus der Menge: „Der ist aber heiklig gewesen." Und wildes Gelächter folgte. Dann nahm die Maske den leeren Sack vom Rücken –

„Und was vom Todfall übrig geblieben,
Das war mein Erbschaft gut und fest,
Hätt's können durch ein Leder sieben,
Schauet, ein Sack voll ist's gewest!"

Jauchzend schleuderte die Maske den leeren Sack in die Luft und haschte ihn wieder. Unter dem lauten Geschrei und Gelächter der Bauern streckte sich vor der Tribüne einer der Waffenknechte gegen den Fürstpropsten hinauf und rief: „Gnädiger Herr, das ist übler Unfürm! Das sollt man nicht angehen lassen!" Aber Herr Wolfgang sagte: „Sie sollen ihren Unsinn treiben! So lang der Bauer noch Verse macht, hat er die Nase in der Luft und die Faust in den Taschen. Und heut ist Fastnacht." Er lachte dazu. Aber es ging ihm doch ein leises Zucken der Unruh um die Augen. Und manchem von den Chorherren, die mit roten oder bleichen Gesichtern saßen, schien der Sammetpolster auf den Bänken nicht mehr sonderlich weich zu dünken. Nur Herr Schöttingen, der greise Stiftsdekan, sah ruhig und mit ernsten, fast traurigen Blicken über die lärmende Menge hin.

Nun war wieder Stille, und die Maske sprach:

„Jetzt bin ich meines Vaters Erb,
Steinbeißen ist mein Broterwerb,
Jetzt hab ich huirasa ein Leben,
's kann auf der Welt nichts schöners geben,
Darf Steuer, Zins und Beden tragen,
Den leeren Sack ums Maul mir schlagen,
Darf fleißig Fron und Scharwerk machen,
Bis mir die dürren Schwarten krachen.
Die Hirschen fressen, was ich bau,
Im Garten wuhlt die wilde Sau.
Und weil ich so viel ins Ernten bring,
Daß ich's allein nicht mehr derzwing,
Drum such ich, um mein Glück zu teilen,
Zum Weib mir jetzt ein schönes Fräulein.

Tät ich eins finden, tät ich lachen.
Ein Weiblein hat viel süße Sachen."

Das junge Volk bejubelte diesen Scherz, sogar die Klosterbrüder klatschten Beifall, und die lächelnden Chorherren schienen aufzuatmen. Das Spiel ging auf eine Brautschau hinaus – es standen ja noch drei weibliche Masken da – und drum meinte von den Herren einer: „Der Wesp hat ausgestochen, jetzt hebt die lustige Brautwahl an."

Und richtig, von den drei weiblichen Masken trat eine vor; eine alte Frau in armseligem und zerrissenem Gewand, als Gesicht eine kummervolle Larve, unter welcher der blonde Mannsbart des Mimen hervorguckte; den Kopf hatte die Maske dick eingewickelt, als litte ihr Haupt an Wunden und Schwären; den rechten Arm trug sie in einer Schlinge und das linke Bein auf einen Stelzfuß geschnallt, dessen Holzstecken unter dem ausgefransten Weiberrock hervorguckte.

Mit üblen Scherzen wurde die Jammergestalt von den Zuschauern begrüßt. In diesen Lärm schrie die Maske des jungen Bauern mit klingender Stimme hinein:

„Herrjeh! Potz Velten! Ist das ein Weib!
Ein Grausen beutelt mir den Leib!
Lieber will ich fronen und steuern,
Als so einen Hexenbraten heuern.
Das wär die schiechste von allen Strafen,
Müßt ich bei solcher Zottin schlafen.
Laß mich in Ruh und fahr davon,
Ich bleib meines Vaters lediger Sohn!
Du wärst die letzte, die ich möcht,
Denn wer dich anschaut, dem wird schlecht."

Nun waren es die Chorherren selbst, welche „Ruhe, Ruhe" riefen, denn sie wollten von dem lustig sich wendenden Spiel kein Wörtlein verlieren.

Die Maske des zerzausten Weibes machte vor dem Fürstpropst einen Knix und begann mit einer zitternden Baßstimme zu singen:

„Du Kunrad Unverstand! Bist blind?
Verwechselst die Mutter mit dem Kind?“

Der junge Bauer staunte:

„Die Mutter bist?“

Und das Weiblein nickte ihm freundlich zu:

„Ja, laß dir sagen,
Will dir mein Kind zur Eh’ antragen.
Ich hab der lieben Töchter zwei,
Schau her, da kommen sie herbei.“

Die beiden anderen weiblichen Masken traten an die Seite der Mutter: die eine mit grauem Rupfen nach Art eines Schleiers ganz bedeckt, die andere eine schlanke jugendliche Gestalt, in weiße Tücher gehüllt, von gelben Hanfsträhnen bis zu den Knien umflossen, einen Fichtenkranz um die Stirn gebunden, vor dem Gesicht das rosige Lärvchen einer schmucken Maid. Bei ihrem Anblick jauchzte der junge Bauer unter lustigen Sprüngen:

„O Maidlein! O du Anblick süß!
Mir schießt die Freud in Händ und Füß,
Möcht tanzen wie ein Narr und springen,
Mein Not vergessen gleich und singen!
Du, Maidlein, du bist’s die mir g’fallt,
Mich hat die Lieb schon ganz in G’walt.“

Unter klingendem Juhschrei wollte die Maske des jungen Bauern das weiße Fräulein umhalsen. Aber scheltend trat die alte Mutter dazwischen:

„Laß ab, du Schelm, die rühr nicht an,
Die kommt noch lang nicht an den Mann!
Die Herren möchten dir's übel wehren,
Tätst du so schönes Weib begehren.
Gib Ruh, du Gauch, und Hand von der Butten!
Für dich ist die ander da in der Kutten.
Schau, Kunrad, schau, ich will dir's zeigen,
Schau her, das Maidlein ist dein eigen!"

Flink zog die alte Frau der verkappten Maske den Rupfensack über den Kopf herunter. Ein brausendes Gelächter ging durch den weiten Hof des Klosters – aber das war kein Lachen, wie es aus den Herzen fröhlicher Menschen schüttert – ein Lachen war's wie ein wilderregter Schrei aus tausend Kehlen.

Unter dem Sack war eine Gestalt zum Vorschein gekommen, ein Schreckbild, das man als Vogelscheuche hätte auf die Felder stellen können – in einem Aufzug, der mit bunten Flicken, mit Vogelbeerschnüren und Hahnenfedern die Tracht einer adeligen Dame zu karrikieren suchte. Statt der Handschuhe trug sie wirklich Wolfspranken mit Haar und Klauen über die Hände gebunden, aus der Mundöffnung der scheußlichen Hexenlarve ragten die vier Hauer eines Wildschweingebisses hervor – und um den Gürtel war die Dame von bedenklichem Umfang.

Während der Lärm der Zuschauer immer noch wuchs, und während die Chorherren nicht zu wissen schienen, ob sie lachen sollten oder Übles ahnen, spielte der junge Bauer eine stumme Rolle: er zitterte beim Anblick seiner Braut an allen Gliedern, dann stand er regungslos, als hätte ihn der Schreck versteinert. Da sprach ihn die Maske der Mutter an:

„Kunrad, du armer, geduldiger Mann,
Schau lieb und freundlich dein Bräutlein an!
Übersieh dem Kind einen kleinen Schaden,
Sie war halt bei Junkern zu Gast geladen.
Und wenn sie ein bißl liederlich wär,

So kennt sie das Handwerk desto mehr.
Ich bin ihr als Mutter gar gewogen,
Hab sie mit Fleiß schön groß gezogen,
Hab allweil ihr mein Bestes geben,
Drum hat sie ein langes, zähes Leben
Und hat einen tiefen Schluckermagen,
Der alles, alles kann vertragen.
Sie ist ein Weib, man kann's nicht schätzen,
Die wird dich in den Himmel versetzen.
Ihr Hals ist weiß, ihr Brüstlein rund,
Ihr Anblick lieblich, rot ihr Mund –
Die Herren, die sie kennen genau,
Sagen, sie wär die schönste Frau.
Ihr Näslein ist scharf und nicht zu klein,
Ihr Zähnlein weiß wie Elfenbein.
Ihre Augen, scharf wie Falkengesicht,
Sind flink in alle Winkel gericht'.
Und Händlein hat sie, die sollen dich streichen,
Daß dir die Seel aus dem Leib soll weichen.
Die, Kunrad, will ich an's Herz dir legen,
Die Herren geben dazu den Segen,
Ohne Liebzins und ohne Freudensteuer –
So, lieber Kunrad, so, jetzt heuer!
Das rote Fädlein soll euch umwinden,
Der heilige Joseph soll euch verbinden,
Kriwus, krawus, mein Segen ist gut,
Armer Kunrad, hab frohen Mut!"

Ein kurzes heiseres Lachen, hier und dort – dann dumpfe Stille im weiten Klosterhof. Niemand sah die Spieler an, all die funkelnden Blicke waren nach dem Herren auf der Tribüne gerichtet.

Der Fürstpropst hatte sich erhoben. Er zitterte unter dem Purpur. Doch er versuchte zu lachen: „Mir dauert der Unsinn zu lange!" Da erhoben sich auch die Chorherren, der Landrichter, der Sekretarius und der Rentmeister, der ehrenhafte

Dominikus Weitenschwaiger und die anderen vermöglichen Bürger, die man der Ehre gewürdigt hatte, auf der Tribüne sitzen zu dürfen. Nur Herr Schöttingen, der alte Dekan, erhob sich nicht von seinem Platz. Aber der Aufbruch machte sich nicht so flink, als die Herren dachten. Wie eine Mauer standen die Bauern, voran ihre Weiber und Töchter um die Tribüne her. Die Waffenknechte versuchten eine Gasse zu bahnen, aber die Mauer der Menschen teilte sich nicht. Bei dem Lärm, der sich erhoben hatte, zischelte der Darsteller des jungen Bauern dem Mimen des hinkenden Weibes zu: „S'ischt an der Zeit, wir müsse flink ein End mache! Die Herre laufe!" Und die Arme erhebend, rief er mit schrillender Stimme die Verse seiner Rolle in den Lärm hinaus:

„Ischt alles gut, ischt alles gut,
Aber heuern ist Ding, das man langsam tut!
Und eh ich mir hol den teuren Segen,
Eh muß ich das Ding mir überlegen,
Eh möcht ich wissen, ob's mir frommt,
Und was für ein Haus an's meine kommt.
Wer bist denn, Mutter, und wo kommst her?
Steht auch dein Nam in guter Ehr?"

Die Maske des alten Weibes erwiderte mit dröhnender Baßstimme:

„Ich bin ein armes, elendes Weib,
Schier fallen die Knochen mir aus dem Leib.
Doch bin ich aus gutem, starkem Geschlecht,
Und wär ich gesund, so wär mir's recht.
Hab einen spanischen Mann geheuert,
Der in Welschland haust und die Zeiten teuert.
Mich halten tausend Herren in Hut,
Die fressen mein Fleisch und saugen mein Blut,
Und weil ich krank bin im tiefsten Leben,
Hat Bruder Martin ein Tränklein mir geben,

Das gäret in meinem Bauch, o weh,
Daß ich vor Schmerzen schier vergeh.
Will hoffen, der Doktor hat guten Rat,
Denn wenn ich sterben müßt, wär schad,
Der Herrgott tät weinen bei meiner Leich –
Ich bin das arme deutsche Reich!"

Aus dem dumpfen Stimmenlärm erhob sich mit hellem Klang ein Ruf: „Sollst genesen, Weib! Das Tränklein, das der Doktor dir gegeben hat, ist gut! Das putzt dich aus! Schluck nur, Weiblein!" Und tausend Stimmen riefen es nach: „Schluck! Schluck! Schluck!" Dann Gelächter und steigender Lärm, so daß der Darsteller des jungen Bauern schreien mußte, um verständlich zu werden. Er hatte sich zu seinem üblen Bräutlein gewendet:

„Und du, schönes Fräulein, wer bischt denn du?
Ich frag's und druck die Augen zu!"

Die grauenvolle Schöne hob die Wolfspranken und klapperte mit dem Ebergebiß:

„Ich mein', du kennst mich lange Zeit,
Ich bin die Herreng'rechtigkeit!"

Während tobender Beifall den weiten Klosterhof erfüllte, machte der Bauer einen entsetzten Sprung nach rückwärts und klammerte sich an das Kleid der jungen, weiß gewandeten Maske.

„Gott soll mich bewahren vor solcher Näh,
Da nimm ich lieber die ander zur Eh!
Sag, Maidlein, lieb und weiß und gut,
Deine Äuglein machen so leicht mein Blut,
Wo kommst denn her, sag an, wer bist?
Mein' schier, daß ein Engel mir kommen ist."

Mit heller Knabenstimme erwiderte die weiße Maid:

„Ja, Kunrad, ich komm aus Gottes Hand,
Der hat mich geschickt in's deutsche Land.
Ich bin die Freiheit gut und schön,
Will über Berg und Wasser gehn.
Die Leut, die trauern, die sollen lachen,
Will überall frohe Zeiten machen,
Ein neues Wesen soll heben an,
Gute Stund für den armen Mann.
Und weil sich die Herren nicht besinnen,
So soll der Kunrad das Werk beginnen.
Ich will den graden Weg ihm weisen
Und mach sein hölzern Schwert zu Eisen."

Da warf der arme Kunrad mit einem Jauchzer die Kette von seinen Händen, riß die hölzerne Latte vom Gürtel und schwang sie mit dem klingenden Ruf:

„Juchei, guts Eisen in meiner Hand,
Ich will dich schwingen mit Verstand,
Und will dem Wolf die Pranken stutzen,
Das soll dem Bauer helfen und nutzen,
Und will mich wehren und schlagen und stechen,
Und will dem Eber die Zähn ausbrechen,
Und laß ihm das Schmeer [Fett] am Bäuchlein aus,
Da bluten ihm Steuer und Zins heraus."

Bei diesen Worten schlug er der grauenvollen Maske die Eberzähne von der Larve und stach mit dem gespitzten Holze zu – das gab einen Knall, als wäre eine aufgeblähte Schweinsblase geborsten – und aus einem Kleiderschlitz der Maske kollerte ein Haufen kleiner Blechscherben heraus, wie rollende Silbermünzen. Ein tobender Jubelschrei im weiten Hof, und die Blicke all dieser heiß erregten Menschen funkelten wie die Augen von Berauschten. Jauchzend stürzten die

Zunächststehenden auf die Spieler zu und balgten sich, um eines der rollenden Blechstücklein zu erhaschen. Das machte bei der Tribüne eine Gasse, und der Fürstpropst, das Gesicht entfärbt bis in die Lippen, ging mit raschen Schritten zum Tor des Stiftes. Auf der Schwelle rief er einem der Waffenknechte zu: „Man soll die Spieler festnehmen! Rasch!“ Ein Trupp von Waffenknechten war flink beisammen. Sie zogen vom Leder. Und einer rannte in den Laienhof und zum Tor, um noch andere zu holen. Aber da schrillte eine warnende Stimme: „Spielleut, gebet acht!“ Und als die Knechte sich durch das Gedräng einen Weg bahnen wollten, flog ihnen, von ein paar Dutzend Händen geworfen, feiner Sand ins Gesicht, daß sie geblendet standen und die Augen rieben. Wüster Lärm – ein wirres Geschrei, in dem sich das einzelne Wort nicht mehr verstehen ließ – und plötzlich ein dumpfes Dröhnen und Klingen. Auf dem Turm des Münsters tönte die große Glocke. Die Chorherren, die noch bei dem Tor des Stiftes standen, blickten erschrocken zu den Luken des Turmes hinauf – sie wußten, daß keine Hand des Klosters den Strang gezogen hatte. Kreischende Stimmen erhoben sich in der Menge: „Die große Glocke ist laut!“ – „Dem Kloster steht Unglück zu!“ – „Der Propst muß sterben!“

Die Waffenknechte waren ratlos. Die einen rieben den Sand aus ihren Augen, die anderen standen von abergläubischem Schreck befallen. Und als sie wieder zu Gesicht und Besinnung kamen, um den Befehl ihres Herren auszuführen, da waren die Spieler verschwunden, untergetaucht in der Menge, die mit Lärm und Geschrei zu den beiden Toren des Klosterhofes hinausdrängte.

Die Tribüne stand geleert, nur ein einziger saß noch auf seinem Platz, Herr Schöttingen, der Stiftsdekan. Mit dem weißen Kopfe nickend, sah er den drängenden Menschen nach und murmelte unter schwermütigem Lächeln vor sich hin: „Wie wird das enden!“ Er sah, wie die Waffenknechte sich vergebens mühten, einen Weg durch die mit Menschen verstopften Tore zu gewinnen, wie sie sich mit den Dirnen balgten, die Kinder beiseite stießen, bald hier ein scheltendes Weib, bald dort einen fluchenden Bauern festnahmen.

Herr Schöttingen erhob sich und wollte gehen. Da hörte er beim Brunnen, der unter dem Säulengang des Bruderhauses sein Wasser in einen Fischtrog plätscherte, zwei Waffenknechte fluchen und schreien. Er trat hinzu. Auf den Steinstufen des Brunnens saß die rote Maralen. Obwohl die Knechte sie beim Arm gefaßt hielten und auf sie losschimpften, schien sie nicht zu wissen, was mit ihr vorging. Rote Flecken brannten in ihrem bleichen Gesicht, und mit den großen glimmernden Augen blickte sie ins Leere, als sähe sie geisterhafte Dinge in der Luft. Und das mußten Bilder sein, die ihr Freude machten, denn sie lächelte ein wenig.

„Lasset das arme Weib in Ruh!“ sagte Herr Schöttingen zu den Knechten. „Seit dem Salzburger Unglück ist sie wirr im Kopf.“

Die Waffenknechte rannten zu einem Tor, bei dem sie einen Kameraden schreien hörten.

Herr Schöttingen legte der roten Maralen die Hand auf das zerwirrte Haar. „Armes Ding, Du!“

Maralen schien zu erwachen. Sie sah mit einem Blick voll glühenden Hasses an dem Chorherren hinauf. Aber da erkannte sie den Mann, der in der Pflegerstube für sie gesprochen hatte, und erkannte die Güte und das Erbarmen in diesen stillen Greisenaugen. „Vergeltsgott!“ sagte sie leis, erhob sich, schüttelte den zerfransten, fadenscheinigen Rock, als hätte sie Staub an sich, und ging davon.

12

Auf der Straße, die vom Klostertor ins Tal der Ache führte, trafen Witting und Maralen zusammen. Sie sprachen nicht miteinander, so lange sie im Trubel der Menschen waren, in all diesem Lärm und Geschrei. Auf die von wilder Freude durchzitterten Reden, die ihnen bald ein Bauer und bald ein Knappe zurief, gaben sie keine Antwort. Während sie von der Straße abbogen, um den Weg zur Gern hinaufzusteigen, klang aus einem lärmenden Menschentrupp die Stimme des Schmiedhannes. Der spielte sich groß auf, als wäre er der Held des Tages und der Funke, der dieses brennende Feuer in all den tausend Köpfen entzündet hatte.

Immer rascher stiegen Maralen und Witting bergan. Plötzlich klammerte der Alte die Hand um den Arm seiner Tochter und fragte flüsternd: „Lenli! Der den jungen Bauern gemaskert hat . . . gelt, der ist's gewesen?"

„Wer?"

„Derselbig, nach dem ich schreien hab müssen am roten Abend zu Salzburg?"

Maralen schwieg. Und tief atmend wandte Witting die Augen nach dem Tal hinunter. Wie ein Gesumm von schwärmenden Bienen klang noch von überall der dumpfe Stimmenlärm über den verschneiten Wald herauf. Und wo die Lücken des Waldes einen Blick ins Tal öffneten, sah man auf allen Wegen im sonnigen Schnee die Menschen wimmeln wie kleine graue Käferchen. Witting schüttelte den Kopf, als hätte ihn schwere Sorge befallen. „Lenli, heut hat er eine Narretei gemacht."

„Wer?"

„Der den jungen Bauern gemaskert hat."

Maralen sah den Vater fragend an.

„Wie du selbigsmal am Morgen heimgekommen bist von deinem Nachtweg, da hast du mir gesagt: ‚Die zahlende Stund muß niederfallen auf die Herren wie eine Lahn.' Aber weißt denn, Lenli, wie eine Lahn ins Laufen kommt? Da liegt der Schnee auf dem großen Berg und tut keinen Rührer, und da weiß kein Bröslein, was kommen soll in der nächsten Stund. Ein einziger Ballen, ganz droben in der Höh, hebt gählings das Laufen an, und da reißt er den ganzen Bergschnee mit. Und so hätt's sein müssen mit unserer guten Sach."

„Und so wird's kommen, Vater!"

„Schau hinunter da, wie die Bröslein laufen im Tal! Und hast nicht gehört, wie der Schmiedhannes rumpelt? Lenli, da wird meiner Lebtag keine große Lahn draus! Der zahlende Tag hätt kommen müssen . . . und ein Stündl früher hätt unter tausend bloß ein einziger wissen dürfen: er kommt. So wär die Lahn geworden, so, wie du's gemeint hast bei deinem Werben. Aber jetzt schau hinunter da . . ."

„Die Hoffnung ist Feuer worden in tausend Herzen!"

„Aber tausend Köpf, die haben tausend Willen. Und da wird ein jeder laufen, wie's ihm taugt, und so wird aus der guten großen Sach ein Kinderspott. Und die Herren sind geschreckt und wissen, daß sie sich wehren müssen." Witting verstummte. Denn der Meingoz, der Frauenlos mit seinem Buben, der Dürrlechner und noch ein paar andere holten die beiden ein. Und da gab es ein wirres Schreien. Am tollsten trieb es der Meingoz. Der schüchterne Mensch war ganz verwandelt, immer fuchtelte er mit den Fäusten, wie ein Besessener: „Ein Spiel wollen wir anheben um unser gute Sach, ein Spiel, von dem man noch singen soll in tausend Jahr! Weh jedem Junker und Pfaffen! Weh jedem Herrenkind im Mutterleib! Unser Freiheit reitet über alles weg!"

Und jeder schrie es dem anderen zu: „Der Joß ist wieder im Land! Der Joß!" Denn alle, die in jener Sonntagnacht um das Feuer gestanden, hatten unter der Maske des jungen Bauern die Stimme des Schwaben erkannt. „Heut trag ich die Glut in meinen Stadel", rief der Dürrlechner, „heut kommt der Joß! Da wett ich drauf, daß er kommt!" Das Wort ging weiter; bis es der vierte dem fünften sagte, hieß es schon: „Komm in der Nacht zum Feuer! Der Joß will reden mit uns." Und als am kalten Abend die Sterne flimmerten, leuchtete im Dürrlehen ein roter Glutschein aus der Tenne, deren Tor in dieser Nacht nicht geschlossen war. Weit offen stand es, als käme die Ernte angefahren. An die vierzig Männer waren schon lärmend um die Glut versammelt. Und der Schmiedhannes, den Mantel mit der Gugel abwerfend, wies den Bauern das lange blanke

Schwert, das er mitgebracht hatte. „So, Leut! Jetzt sollen die Klosterknechte nur kommen!“ Das funkelnde Eisen über die Knie legend, ließ er sich auf den Sessel nieder, den man für Joß Friz in die Tenne getragen hatte. Und Hannes war nicht der einzige, der in Waffen gekommen. Alle trugen die kurzen Messer im Gürtel – dazu war der eine mit einer alten Armbrust bewaffnet, ein zweiter mit einer Hakenbüchse, zu der ihm nur noch Blei und Pulver fehlten, ein dritter mit einem Morgenstern, dessen Keule er mit Hufnägeln gespickt hatte, ein vierter mit einer Sense, die er wie eine Speerklinge an den Stiel eines Dreschflegels gebunden, ein fünfter mit einem verrosteten Zweihänder, den sein Vater als Landsknecht getragen hatte – Waffen, über die sie selber lachten, und die sie dennoch ernst nahmen. Keiner fürchtete einen Lauscher, keiner zitterte vor einer Gefahr. Wie trunkener Jubel war es in allen.

Joß Friz aber kam nicht.

Und auch der alte Witting fehlte. Der saß daheim in seiner Herdstube neben dem Feuer und schärfte das Eisen an den Bolzen, die er für die Armbrust seines Vaters gefertigt hatte. Und Maralen fiederte die Schäfte. So oft sie einen Bolzen fertig hatte, murmelte sie mit ihrem steinernen Lächeln: „Flieg einem ungerechten Herren ins Herz!“ Als Witting mit seiner Arbeit zu Ende war, legte er die Hände in den Schoß und starrte vor sich nieder. Maralen, die ihn so sitzen sah, wurde unruhig. „Vater? Magst nicht hinaufgehen zum Dürrlechner?“

„Ist der Joß gekommen, so schickt er um mich. Und ist er ausgeblieben, so kann ich warten.“

Lange sah ihn Maralen an. „In dir ist das Warten Tag und Nacht, wie in mir das Denken an meinen Joseph. Aber der, auf den du wartest, Vater, das ist der Joß nicht.“

Witting drückte das Gesicht in die Hände.

Da setzte sich Maralen an seine Seite und schmiegte ihre Wange an die seine. Und Witting – als hätte diese lang entbehrte Zärtlichkeit alle Riegel seines verschlossenen Herzens zerbrochen – klammerte die Arme um Maralens Hals: „Lenli, ich sterb vor Bangen um meinen Buben! Und ich bin ein schlechter Mensch! Und kann mich nicht anders machen, als ich bin! Und ich muß dir beichten, schau . . .“ Wie von Sinnen war er, und seine Stimme wurde zu erwürgtem Gestammel. „Der anderen Not ist mir wie die meinig, Blut und Leben tät ich lassen für die Nachbarsleut . . . ich hab geschworen, und geht's an ein Schlagen, so schlag ich zu! Aber tief in mir drin, Lenli, da ist bloß ein einzigs! Und das bist du! Und das ist mein Bub! Und die Sorg um euch, die frißt mir das ander alles auf! Und ich hab keinen Glauben . . . und spür's: was umgeht unter den Leuten, ist Narretei, und alles Blut, das laufen wird, ist bloß wie Regen im Sand! Und nichts wird besser, und alles wird schlechter! Du mußt dein Elend haben! Und was wird aus meinem Buben?“ Am ganzen Körper geschüttelt, drückte er das Gesicht an ihre Brust. „Jetzt weißt, wie's ist in mir! Jetzt sag mir, wie schlecht ich bin . . . und reiß mir das rote Fädlein vom Hals!“

Maralen schloß die Arme um den Vater. „Ein jeder ist, wie er ist! Und du bist von den Schlechten keiner. Ich bin nicht besser wie du. Denn was ich tu, das tu ich um meines Josephs Blut, das schuldlos hat rinnen müssen. In mir ist Zorn und Haß. Und in dir ist Lieb. Und Lieb ist nie noch ein schlechtes Ding gewesen. Ist allweil noch das best auf der Welt.“ Sie neigte sich zu ihm nieder und flüsterte: „Sollst deinen Buben wieder haben! Und bald! Ich hab geschworen, daß ich schweig . . . aber ich muß dir's sagen, daß deine Ruh wieder hast! Und den guten Glauben!“ Noch leiser wurde ihre Stimme. „Der Bauren Bund ist fest, Land aus und ein. Alle, die Not und Elend leiden, drängen dem Luther zu. Der soll ein festes Volk aus den mühsam Geplagten machen, einig und deutsch. So will's der Bauren Bund. Vierhunderttausend haben geschworen. Die Freiheit steht auf, und die Herren fallen. Zwischen heut und morgen soll ich Botschaft kriegen vom Joß, wann auf dem Untersberg die Feuer brennen müssen. Und tausend Feuer brennen in der gleichen Nacht im Bergland überall und draußen im Unterland. Vater, die leuchten zum Herrentod! Und am Abend, vor ich das Feuer anzünd, geht noch mein Weg zu deinem Buben. Ich sag ihm, was er wissen muß, und steht kein Tor mehr offen, so tut der Bub den Sprung von der Mauer."

Witting hob das Gesicht. „Da kennst du den Buben nicht! Der Bub hat dem Thurner schwören müssen. So bleibt er auch. Und wenn's um sein Leben ging! . . . Lenli, es ist in mir wie eine feste und beschworene Sach, daß ich meinen Buben nimmer seh!"

„Vater!" Maralen sprang auf. „Wie magst denn so verzagt sein!" Sie rüttelte ihn an der Schulter. „Schau mich an! Für mich ist doch alles hin! Denn der Tod wird nimmer lebend. Und doch ist ein Hoffen in mir . . .wenn ich gleich selber nicht weiß, auf was! . . . Und kommt dein Bub nicht, so geh ich selber und hol ihn. Am ersten Morgen nach der Feuernacht, wenn die Brüder vom roten Fädlein zum Haufen ziehen, geht ihr Weg hinauf zur Burghut am Hangenden Stein. Und liefert der Thurner den Buben nicht gutwillig aus, so reiß ich die Mauer nieder . . ." Verstummend lauschte sie. Man hatte draußen ans Hagtor gepocht – drei Schläge klangen, dann zwei, dann einer. „Vater!" schrie Maralen auf. „Das ist Botschaft vom Joß!" Sie eilte aus der Stube. Langsam erhob sich Witting und blickte zur Tür. Seine Hände zitterten, seine Augen waren weit geöffnet. Da stürzte Maralen in die Stube. „Vater!" Das klang wie ein Schrei in Freude. „Am Sonntag Judica sollst deinen Buben haben!" Sie stieß die Tür wieder auf, die hinter ihr zugefallen war. „Und da schau her! Da kommt ein Ablaßbruder! Der bringt dir ein gutes Heilwörtl für dein müdes Herz!"

Auf der Schwelle erschien eine Gestalt, dunkel und hager, in einer Mönchskutte, mit einem schweren Zwerchsack auf dem Rücken. Lustig kichernd machte der Bruder das Zeichen des Kreuzes und sagte: „Pax domini vobiscum!"

„Joß!" stammelte Witting.

„He jo! Der isch es, der Joß!" Und lachend warf der

Schwabe den Zwerchsack nieder und streifte mit dem linken Arm, den er nicht recht bewegen konnte, die Kapuze vom Kopf. Der flackernde Herdschein beleuchtete sein völlig ergrautes Haar und ein Gesicht, so abgezehrt von Krankheit und Entbehrung, daß es nur noch Haut und Knochen war. Erschrocken umklammerte Witting die Hand des Schwaben. Joß Friz schien diesen Blick zu verstehen. Und wieder lachte er. „Ein bissele gmageret hab ich, gell? Und kloine Kinderle, die haben Angst vor mir, weil ich dem G'vatter Tod ein bissele gleichschau." Es funkelte in seinen Augen. „Und 's isch mir recht so! Denn weißt, der Joß isch das Segesmännle [Der Sensenmann], das der Herreluschtigkeit ihr leschtes Liedle geigt." Er reckte sich. „Sag, Witting, bischt heut zur luschtigen Fasnacht z'friede g'wese mit'm Joß?"

Der Alte zögerte mit der Antwort. „Das ist ein schieches Spiel für die Herren gewesen! Soll's nur auch der guten Sach zum Guten taugen."

„Es taugt! Es taugt! Deine Karpfe, Witting, die müsse Ferche werde! Jetz isch der Hefeteig im Datsche . . . jetzt soll er gäre, bis er am Sonntag Judica ins Fuier kommt!" Wieder lachte Joß. „Und morgen am Aeschermittich solle die Salzburger ihr luschtige Fasnacht habe!"

„Joß!" In Sorge hing der Blick des Bauern an diesem abgezehrten Gesicht. „Wer dich anschaut, merkt's, wie viel du leiden hast müssen!"

Zwischen den Brauen des Schwaben schnitt sich ein grausamer Zug. „Es isch mir um mich nit gwese. Aber unser gute Sach hat leiden und sieche müsse drei Monet lang. Und das soll ihm unser Herrgott ins Fleisch brenne . . . dem schlecht Kerl! . . . Isch aufkomme, wer's gewesen ischt?"

Witting schüttelte den Kopf.

„Magst nit rede, so schweig! Und es isch au nit Verzähleszeit. Mein Weg will flinke Füß habe!" Er sah in der Stube umher. „Witting? Wo isch dein heller Bub?"

Der Alte wandte sich zum Feuer. „Mein Bub ist fort."

„Schad!" Aus dem Gesicht des Schwaben sprach die Enttäuschung. „So mußt mir ein andre schaffe, der verläßlich ischt. Morge muß ich in Salzburg sein. Ich brauch ein, der mich über den Untersberg hinausführt, daß ich bei Grödig auf die Straß komm."

„Den hast!" sagte Witting. „Ich führ dich, Joß!"

„Gut! So mach dich fertig! Es ischt ein Brennen in mir um jedes Stündle." Joß schleifte den schweren Zwerchsack ans Feuer und band ihn auf – dabei bewegte er wieder den linken Arm so vorsichtig, als wäre ihm jede Bewegung ein Schmerz. „Und wenn grad ein Bröckle Brot für mich hast und ein Lakele Milch . . . seit geschter isch Fasttag gwese für mich."

„Bleib, Vater!" sagte Maralen. „Ich schaff schon alles für den Joß." Sie ging aus der Stube.

Langsam richtete Joß sich auf und sah ihr nach, mit einem Blick des Erbarmens. Dann wandte er die Augen auf Witting. Und der Alte verstand dieses ungesprochene Wort. „Ja, Joß! Meine Fürsicht hat mein Kindl nicht hüten können vor dem Elend! . . . Selbigsmal in der Sonntagnacht, da hätt ich besser hören sollen auf dich. Wer weiß, ob alles nicht anders wär?"

„Aelles isch, wie's isch, und älles kommt, wie's muß!" Erregt, mit blitzenden Augen, forschte Joß in dem Gesicht des alten Bauern. „Kein Sämann, der ein Körndl auswirft, weiß, was auf dem Acker ins Wachsen kommt." Er redete nicht mehr den Dialekt seiner Heimat, sondern die Sprache der Bergbauern. „Und daß dich tröste sollst . . .dein fürsichtiges Körndl von selbigsmal ist auf guten Boden in mir gefallen." Sein funkelnder Blick huschte zu Maralen hinüber, die aus der Kammer trat und eine Schüssel mit Milch und einen hölzernen Teller mit Brot und Speck auf den Herdrand stellte. „Ja, Witting, die harten Wochen, die ich sell droben am Göll bei einem guten Bauren im Heu gelegen bin mit dem brennenden Klosterblei in der Achsel, die ganzen Wochen ist mir's Tag und Nacht allweil fürgangen, was dein Gutverstand geredet hat in der selbigen Sonntagnacht." Er begann zwischen Wort und Wort gierig die Milch zu schlürfen und würgte das

Brot und den Speck hinunter, als wäre in ihm der Heißhunger eines wilden Tieres. „Und allweil hab ich mich fragen müssen, ob deine Fürsicht nicht das besser Ding wär, als mein Zorn? Und ob's nicht besser wär, das Blut sparen und mit der halben Freiheit zufrieden sein, die man den Herren im ersten Schreck und halb noch im Guten abhandeln könnt?"

Während Joß redete, hatte Witting den Mantel umgeworfen und vier Kienfackeln von einem Wandbrett genommen. Die schnürte er mit einem Strick zusammen.

„So red, Witting! Was meinst? Wär's nicht besser: nehmen mit der linken Hand, derweil wir geben müssen mit der rechten? Und hausen bei trübem Spanlicht, weil die Sonn nicht jedem scheinen mag? Und Verträg machen mit den Herren, statt daß wir im Zorn alles niederschlagen, was nach einem Sporn und nach dem römischen Weihrauch schmeckt? Ein Herr und Pfaff ist doch grad so gut ein Mensch wie du und ich?"

Ein hartes Lachen klang in der Stube.

Der Schwabe sah auf und fragte: „Maralen? Was lachst?"

Sie stand an die Mauer gelehnt, die geballten Fäuste auf der Brust.

Joß lächelte. Und in seinen Augen blitzte die Freude. „Meinst nicht, Maralen, daß ich recht hab? Tätst nicht auch mit den Herren einen billigen Handel machen? Und barmherzig sein?"

„Barmherzig?" wieder lachte Maralen. „Ja, Joß! Ich will so barmherzig sein, wie Gott gewesen ist, der im Zorn das Feuer hätt werfen mögen auf das Herrenvolk in Sodom. Und der Vater Abraham hat gehandelt mit dem Herrgott. Und Gott hat gesagt: So such mir zehn in der Stadt, die gut und gerecht sind, und die ganze Stadt soll leben! . . . Jetzt lauf, Joß, und such! . . . Einer von den Herren drunt, der ist gut zu mir gewesen. Jetzt such mir die anderen neun dazu!"

Joß war aufgesprungen und klammerte die Faust in Wittings Schulter. „Hörst du? So redet dein Kind! Barmherzig wie der Herrgott in Sodom! So muß unser Wörtl sein! So hab ich's höre wolle! Die Welt in Scherbe schlage, und wieder baue, wie's uns taugt . . . so muß unser Weg sein! Ein halber Schlag, ein Lusen auf die Herre und ihr verlogene Red . . . und unser gute Sach ischt hin! Hart muß unser Faust sein, unser Herz wie Stein! Und wie's in dem Mädle ischt und in mir, so müsse mer's werfen in all die tausend Köpf!“ Er öffnete den Zwerchsack und brachte zwei dicke, schwere Päcke zusammengebundener Blätter hervor. „Lueg, Maralen, da ischt Arwet für dich!“ Er zeigte ihr den einen Pack und las von dem Flugblatt, das zu oberst lag, den Titel ab: „Goldkörnlein aus Martin Luthers Reden für das arm geplagte Volk der deutschen Bauren.“ Er zeigte den andern Pack. „Und lueg, da ischt in zwölf Artikel gesetzt, wie der Baure Freiheit beschaffe sein muß. Die Blättle laß ausfliege unter die Leut!“ Lachend erhob er sich und faßte Maralens Hand. „Und in der Nacht vor dem Sonntag Judica laß die Feuer brennen!“

„Sie sollen brennen, Joß!“

„Und mach ein Fähnle, das soll drei Farbe habe, schwarz und rot und gelb . . . schwarz wie uner Elend ischt, und rot wie das Blut, mit dem wir die Freiheit kaufe, und gelb wie das liebe Sonnlicht ischt am nuie Tag! Und wenn deine Brüder vom roten Fädle und die Josephsbube in der Fuiernacht zum Hause laufe, so red mit ihnen! Es soll ein jeder zum Fähnle schwöre, alt und jung und Mann und Weib! Sie solle schwöre auf die zwölf Artikel und solle den beschte Mann im Land als Hauptmann wähle!“ Joß zwinkerte mit den Augen. „s' isch gsorgt derfür, daß oiner den rechte Name schreit. Und isch der Hauf und sein Kopf beinander, so schlaget los und besinnet euch kein Stündle nimmer! Schlaget, schlaget und schlaget! Und nieder mit jeder Mauer der Herre, der ein Eisen hebt! Und eh nit die leschte Mauer der Herre gfallen ischt, eh soll koiner vom Haufe laufe, nit um Weib oder Kind, nit um Haus oder Stadel, nit um Kuh oder Kalb, nit um Heu oder Haber! Ein jeder im Haufe soll Trank und Zehrung habe, wie's der Mensch bei der Arwet braucht. Aber koiner soll saufe, soll karte, koiner soll knöchle. Die am Abend nit nüchter bleibe könne, die sind Säu, wenn's taget. Drum soll der Hauptmann dem Haufen ein G'setz gebe, mit harter Straf für jeden, der sich nit füge mag. Feschte Zucht muß im Haufe sein, denn die sich selber nit zwinge könne, die zwingen au koin andre nit."

Witting hatte das Bündel mit den Kienfackeln auf den Rükken genommen. „Ja, Joß! So tät's sein müssen."

„Und isch die leschte Herremauer auf'm Bode, so soll ein feschter Fried sein im ganze Land, ein jeder soll sein Sach und sein Recht habe, ein jeder soll frei sein für ein gutes und redlichs Leben. Und die Herre, die's überleben und der Freiheit diene möge, die sollen auf unsre Artikel schwören und solle nit mehr und nit minder sein, wie jeder Bauer ischt."

„Und die's überleben . . . und gsündigt haben wider Recht und Blut?"

„Die solle sterbe nach ehrlichem Spruch!"

Maralen nickte mit starrem Lächeln. „So gerecht, wie mein Joseph ungerecht hat bluten müssen!" In ihrem bleichen Gesicht begannen die Wangen heiß zu brennen.

„Aber denen ein redlicher Spruch das Lebe laßt, die solle sicher sein in ihrem Sach und Blut. Und die Prälaten und Pfaffe, die Gottes Evangeli ohne falschen Zusatz predige wollen als gute Pfarrherre, die sollen ihre Achtung gnieße bei jedermann. Und koiner, sei er martinisch oder römisch, soll den andere verschimpfe, weil oiner glaubt, was er mag. Wie die Freiheit auf der Straß, so muß die Freiheit in die Köpf und in die Herze sein. Und bis der große Rat der deutschen Bauerschaft verkündet, was für die nuien Zeitläuft gelte muß als Recht und Pflicht, und wie's in der guten Zeit mit Zins und Steuer ischt . . . derweil sollet ihr zehn Männer zu Ratsleut mache. Was die sage, soll gelten im Land. Und ällweil auf siebetausend Mannsleut sollet ihr ein wähle, ein gute Kopf. Der soll zum Reichstag komme, den der Rat der deutschen Bauerschaft nach Frankfurt rufe wird."

Joß hielt noch immer Maralens Hand in seiner Rechten. Jetzt griff er mit der Linken nach Wittings Arm. Und da schien er zu wachsen. Wie sich der Kopf eines Adlers aus den geschlossenen Schwingen hebt, bevor sie sich öffnen zum Flug, so reckte sich der hagere Kopf des Schwaben aus den Falten der braunen Kutte. Und wie er vor den beiden stand, keine Farbe des Lebens in dem abgezehrten Gesicht, doch Feuer und Glanz in den großen Augen – das war nicht der dunkle Wühler unter dem Boden der Zeit, nicht der flüchtige Aufrührer, der die Kutte des Mönches als schützende Maske trug – das war ein Priester seines Volkes, ein Märtyrer seines Glaubens an die Freiheit.

„Und weischt au, Witting . . . weischt, wie älles sein wird bis über's Jahr? Da wird der Joß ein alter Bauer sein in Schwabe dahoint, und der Witting ein alter Bauer in Berchtesgade. Und bischt au reicher um die Freud an deinem Buebe . . . reicher wie der Joß, dem sie das Weib gehenkt und die Kinderle verbronne habe . . . schau dein Maidle an: wir müssen älle zwei doch trage an der Last, die uns die gwesene Zeit auf Herz und Buckel glade hat. Aber lueg, Witting, das wolle mer trage, jeder ein freier Mann in guter Zeit! Und jeder in seiner deutschen Seel den Stolz auf älles, was mer g'schaffe habe: menschliche Zeit, in der ein jeder sein Lebe gnieße kann bei der Arwet und bei lieber Sorg um Weib und Kind, ein mächtigs Reich mit einer Kirch, die so frei und gut isch, daß unser Herrgott im Himmel dran sein G'falle habe kann, und ein mächtigs Volk, so weit als deutsche Leut auf deutschem Bode hause, ein groß und mächtigs Volk, dem die Kraft aus'm freien Acker wachst! Und koiner mehr ischt Herr oder Knecht, jeder ein Mensch bloß, jeder ein Deutscher, nit mehr und nit minder! Und oiner bloß ischt Herr . . . der sell, den mer habe wolle und den mer in Frankfurt wähle zum deutschen Kaiser. Und der ischt Herr, so lang er ein guter Diener seinem deutschen Volk ischt!"

Als Witting das hörte, war's in seinen alten Augen wie der träumende Glanz im Blick seines jungen Buben. „Tät's so kommen, Joß . . . ich wär der erst, der mit Kopf und Blut die Freiheit zahlen möcht."

„So kommt's Witting! Laß uns leben und sterbe dafür!" Das sagte Joß mit heißem Klang in der Stimme. Und noch heißer sagten es seine Augen.

Der Bauer nickte. „Ich geb dir deine eigene Red wieder heim: Alles ist, wie's ist, und alles kommt, wie's muß!" Er zog die Kappe über das Haar. „Jetzt bin ich fertig zum Weg. So komm halt, Joß!"

Mit beiden Händen hielt Maralen die Hand des Schwaben umklammert. „Joß! . . . Ich seh, was kommt, und das ist so viel schön! . . . Und meines Josephs Blut ist guter Samen worden für tausend Äcker!" Sie nahm vom Herdrand die Schüssel auf, in der noch Milch war. „Trink, Joß! Dein Weg ist weit und hart."

Joß trank. Und sagte lächelnd: „Unter Vierhunderttausend, die gschwore habe, bloß hundert wie dein Vater und du, und älles isch gut! . . .Und der Dritt ischt au nit weit. Schad, daß er nit dahoint isch! Den hätt ich kenne möge. Wo gute Äpfel wachse, fallt koin schlechter." Er hatte den Zwerchsack über die Schulter geworfen und sah in der Stube umher, wie man Abschied nimmt von einer Stätte, die man im Leben nicht vergessen wird. Dann reichte er Maralen die Hand. „Gott soll dich bhüte, Marlenle! . . .Und geht am rote Tag der Wagen über mich weg, so will ich dein Joseph grüße, gell! Und oimel emol, da sehe mer uns älle wieder!"

Sie nickte schweigend und konnte lächeln.

„Und mach mer älles gut, wie's ausgredt isch! Und koiner soll wisse, wann er isch, der Tag. Und die in der Fuiernacht die Glocke läute und die Kuhhörner blase müsse, denen sagst es am Abend erst." Er sah ihr in die Augen und drückte ihre Hand. „In der Nacht vor dem Sonntag Judica! Koin Tag nit früher und koin Tag nit später!"

„Kein Stündl früher und kein Stündl später!"

„So! Und Gottes Segen auf unser gute Sach!"

Witting hatte die Tür geöffnet, und die Kälte drang in die Stube. Müd flackerte auf dem Herd das Feuer auf, und die halb verbrannten Scheite begannen zu rauchen.

Maralen schloß das Hagtor hinter den beiden Männern.

Kein Lufthauch regte sich in dieser finsteren Nacht der Neumondzeit. Am schwarzen Himmel waren die Sterne so klein wie Nadelspitzen.

Droben am Waldsaum, über dem Hag des Dürrlehens, sah man einen roten Schein. Und ein dumpfes Gesumm von Stimmen klang in der stillen Nacht.

„Hörst, Joß, wie die Karpfen platschen im trüben Wasser? Beim Dürrlechner müssen an die hundert sein. Die warten auf dich."

„Laß warte! Komm! Es warte viel Taused noch! Und Karpfe, sagst? Dein ewigs Wörtle? Lueg, Witting, Mensche sind Mensche, und koiner ischt viel besser, koiner viel schlechter wie der ander. Aber laß die gute Zeit komme. Die macht au andere Mensche."

„Gott geb's!"

Sie wateten schweigend durch den Schnee dem hohen Wald entgegen. Als sie in der Finsternis unter den Bäumen standen, schlug Witting Feuer, um eine Fackel zu entzünden. Joß stand auf den dürren Stecken gelehnt, den er von einer Fichte gebrochen, und blickte sinnend durch den schwarzen Wald hinunter. Plötzlich wandte er das Gesicht und fragte flüsternd: „Weißt du mir ein Wörtl vom Salzmeister Humbser?"

„Ich weiß halt, was alle wissen: daß man den Humbser auf Salzburg geliefert, und daß keine Menschenseel mehr gehört hat von ihm. Gott soll ihm gnädig sein!"

Joß sagte mit tiefem Seufzer: „Der guten Sach habe Taused und Taused den Grabe fülle müsse. Isch halt oiner mehr!"

Sie stiegen bergan. Und Joß begann von jener Nacht zu erzählen, in der die Klosterknechte zu des Salzmeisters Haus gekommen waren. Die Kugel des Handrohrschützen hatte ihm die linke Schulter durchbohrt. „Ich muß leben, ich muß!" Dieser Gedanke hatte Feuer in seine erlöschenden Kräfte gegossen. Taumelnd vor Schmerz, den Körper von Blut überronnen, suchte er in der Nacht den Paß über die Berge nach Hallein zu gewinnen. Vor einem Einödhof, hoch droben auf den Gehängen des Göll, war er zusammengebrochen. Und der Bauer hatte ihn aufgenommen, hatte ihm Schweigen gelobt und allen Beistand zugesagt. In der Scheune, in einer ins Heu gewühlten Höhle, hatte der Bauer den Kranken verborgen und hatte ihm mit glühendem Eisen die eiternde Wunde ausgebrannt. Zwei Monate war's ein Ringen um Leben und Tod, in dem finsteren Heuloch und im Winterfrost. Erhitzte Steine, die sie dem Kranken unter die Decke legten, retteten ihn vor dem Erfrieren. Und immer der Wille: „Ich muß genesen, ich muß!" Und Joß genas. Und dann durch Wochen die wühlenden Sorgen und alles Aufgebot der List, um die Verbindung mit den Schwurbrüdern draußen im ebenen Land herzustellen und den Boten, die aus der Heimat kamen, den Weg zur Scheune auf dem hohen Göll zu weisen. Von dem weitgespannten Netz, das da draußen zwischen Salzach und Neckar gewoben wurde, liefen die Fäden in dem dunklen Heuloch zusammen, in welchem Joß an seiner heilenden Wunde lag. Und dann die Nachricht, daß die Verwandten des Bramberger und des Stöckl-Joseph in Hallein und Berchtesgaden zu werben begannen. In dieses aufglimmende Feuer galt es einen ‚festen Blaser' zu tun, um das dem Aufruhr widerstrebende Bergvolk ganz für die gemeinsame Sache des Volkes zu gewinnen – und so hatte Joß das Fastnachtsspiel ersonnen und dem Göllbauer und seinen beiden Buben die Rollen eingelernt. Und dann die Begegnungen mit Maralen. Und die Nachricht: an die Fünftausend sind schon geworben in Salzburg, im Halleiner Tal, im Pongau, in der Rauriß, im Pinzgau und im Berchtesgadener Land. Und gestern hatten sie das Fastnachtsspiel auf dem Halleiner Marktplatz aufgeführt, und morgen am Aschermittwoch wollten sie lustige Fastnacht auf dem Ochsenmarkt zu Salzburg halten.

„Wenn's nur gut ist, Joß! Wenn's nur gut ist!"

„Es ischt! Es ischt! Und wenn mein lustigs Flämmle aufbludert aus die Salzburger Köpf, nacher geht's hoimzue, daß mer für unser Millione Fäust ein gute Kopf suche, der auf älle Schultere paßt."

„Da wirst dich hart tun mit dem Suchen!"

„Leicht, Witting! Denn ällweil mein' ich, mer habe schon gfunde, was mer suche!" Joß faßte den Arm des Bauern – alle beide standen sie bis an die Hüften im Schnee, in dem die niederfallenden Pechtropfen der Fackel zischten.

„Lus auf, jetzt sollst ein Name höre, den dir fürs Lebe lang merken mußt! . . . Florian Geyer!"

„Den Namen, den hab ich gehört in einem Reiterlied." Witting hob die Fackel, als möchte er schärfer in das Gesicht des Schwaben sehen. „Aber, Joß? Das ist doch ein Herr!"

„Der Geyer isch koin Herr und isch koin Bauer. Der ischt ein Mensch, tapfer und gut, und hat ein gutes Herz für uns arme Leut. Und seine Baure zu Giebelstadt, die sind die oinzigen im Land, die koin Klag nit habe wider ihren Herre. Wie der Luther unter die Pfaffe, so isch der Geyer unter die Herre. Das Häs seiner Seel isch weiß, und da isch koin Fleckle dran. Und der Geyer ischt ein Kriegsmann, wie außer dem Frundsberg koiner im Land."

„Und so einer . . ." Wittings Stimme zitterte, „so einer tät's halten mit uns?"

„Ja, Witting, der wird's halte mit uns. Zu Pfingschte habe mer gredt mit ihm, der Wendel Hippler und ich. Und da hat er unsere Händ gnomme, und seine Red isch gwese: Ich bin nit für die Bauren und bin nit wider die Herren, aber Leben und Blut, Herz und Hab will ich einsetzen für die Freiheit der Menschen, die mir lieb sind."

„Und das ist wahr, Joß?"

„So wahr, wie das Blei in meiner Achsel isch. Tu dir den Name merke, Witting! Wenn's wieder Pfingschte wird, sollst jauchze: Kaiser Florian!"

Die Brust des alten Bauern hob sich unter einem tiefen Atemzug. „Kaiser Florian!" Er sah im tiefverschneiten Wald umher und lauschte hinauf gegen die Höhe des Untersberges. Ringsum im Walde war alles still, auf dem weiten Berge kein Laut und Geräusch. Doch Witting schien etwas zu hören, denn er lauschte noch immer. „Hörst nichts, Joß?"

„Was soll ich höre?“

„Wie ein Sausen ist’s . . . weit in der Fern . . . grad so, als tät Südwind kommen.“

„Soll er halt komme!“ Joß lachte. „Wenn er uns nur nit des Kaisers Landsknecht aus dem Welschland herweht über die Berg! Aber da isch was gut derfür. Der König Franz und seine dreißigtausend Helm, die stehen als feschte Mauer zwischen des Kaisers Heer und dem deutsche Land . . .’s erschtmal, daß mer ebbes Gutes von Frankreich habe!“ Wieder lachte Joß. „Das Pariser Königle ischt ein guter Deutscher worde. Möcht dem Kaiser das Welschland abknöpfe, möcht älles deutsche Land bis an den Rhein ins tiefe Pariser Säckle stecke, jo, und sorgt derfür, daß mer Zeit habe dahoint, unser Reich und Volk so groß und fescht z’mache, daß mer die Franzose nimmer fürchte müsse, und gar koin Nachbar nimmer. So viel Nutze hat nie noch ein Deutscher seiner deutsche Hoimet gstiftet, wie der gute König Franz sell drunte vor Pavia!“

Sie kämpften sich weiter durch den tiefen Schnee. Bei aller Mühsal dieses Watens schilderte Joß dem Bauern die weite Verzweigung des Bundes, erzählte ihm von den führenden Männern der Bewegung, von Thomas Münzer und Heinrich Pfeifer, die zu Mühlhausen das neue Gottesreich errichteten, von Wendel Hippler, der rastlosen Seele des geheimen Rates, von Jäcklein Rohrbach und Jakob Wehe, von Jörg Metzler und Matern Feuerbacher, die seit Jahren die Kohlen zur wachsenden Glut getragen – erzählte von den Pulvermühlen, die sie gebaut hatten, von den Schmiedstätten, in denen zur Nachtzeit die Eisen geschärft wurden, und von den reichen Bürgern, die sich der Sache des Volkes erbarmt und Geld in Fülle gespendet hatten, um das Volk zu bewaffnen.

Es ging schon auf den Morgen zu, als sich die beiden, hoch auf dem Waldgehänge des Untersberges, der Grenze des Berchtesgadner Landes näherten. Um die Mitternacht hatte sich ein scharfer Wind erhoben, der immer mehr zum Sturme wuchs, je näher der Morgen kam. Es sauste und heulte im

Wald, und von den Ästen fiel der Schnee in solchen Massen nieder, daß die beiden, die sich keuchend weiter kämpften, oft halb verschüttet wurden. Erst war der Wind so kalt gewesen, daß er den beiden Männern trotz ihrer heißen Mühsal den Frost in die Knochen blies. Doch gegen Morgen, bevor es noch zu grauen anfing, ließ diese wehende Kälte nach, und immer lauter brausten die Lüfte von Süden her. „Föhnwetter will einstehen", sagte Witting, „wir müssen uns tummeln, Joß! Wenn der Schnee lind wird, kommen wir nimmer durch."

Schweigend hasteten sie weiter im tiefen ungebahnten Schnee, daß ihnen vor Plage der Atem oft verging.

Joß, der beim Schein der Fackel vor dem Bauern herwatete, merkte plötzlich, daß Witting zurückgeblieben war. Er wandte sich und sah, wie der Bauer hinunterspähte ins Tal. „Witting? Was isch?"

„So schauen hab ich ein bißl müssen." Ganz versunken klang die Stimme des Alten. „Ich komm schon!"

Tief drunten im Tal sah Joß eine rote Helle. „Was isch der Schein sell drunt?"

„Das Pfannenfeuer im Hof der Burghut."

„Da müsse mer ja die Grenz bald habe?"

„Ja, Joß! Bald!"

Der Morgen begann zu dämmern, als sie die breite, den Wald durchschneidende Grenzmark erreichten. Da wandten sich die beiden talwärts. Und es war an der Zeit, daß sie durch den Wald hinunterkamen. Denn der stürmende Föhn war immer lauter geworden und machte den Schnee so zäh und klebrig wie Teig. Von allen Bäumen ging das Getröpfel nieder – und als die beiden Männer zur Straße kamen, waren sie durchnäßt bis auf die Haut.

Wo sie schieden voneinander, das war die Stelle, an welcher Witting und Maralen auf dem Heimweg von Salzburg gerastet hatten. Joß hielt die Hände des Bauern in den seinen. Und lächelnd blickte er in das Rauschen der Lüfte. „Lueg auf, Witting! Es lenzet! Der Maien isch nimmer weit für unser gute Sach."

„Gott soll's geben, daß es wahr ist!"

„Der gibt's, wirst sehe! Und wir zwei, Witting, wir begegnen uns wohl nimmer im Leben. Aber wenn's dir gut ischt in der gute Zeit, dir und deinem helle Bube, so denket halt au ein bissele an den oinsame Joß sell draußen im schöne Schwabeland! . . . Gott soll dich b'hüte, Witting!"

„Gott behüt dich, Joß!" Witting umklammerte die Hand des Schwaben. „Dir bin ich gut geworden."

Sie schieden.

Joß sprang in den Wald zurück, um die Straße zu vermeiden. Witting aber stand noch lange, als der Schwabe schon verschwunden war, und sah im Schnee die Stapfen an. „Der kann glauben! . . . Und der Glauben ist alles!" Als er im Zwielicht des Morgens auf die Straße trat, warf er einen scheuen Blick der Richtung zu, in der die Burghut stand. Den gleichen Weg zurückzuwandern, den er gekommen – das war unmöglich. Er wäre im durchweichten Schnee versunken. Auch war er so erschöpft, daß er die Mühsal nicht mehr überstanden hätte. Aber der Weg durch die Burghut? Das war auch ein hartes Ding. So vorbeizuwandern an den Mauern, die seinen Buben umschlossen! Und wie durch das Tor kommen? Wenn ihn der Wärtel anrief: „Wo kommst her, du, zum Tor bist nicht hinausgegangen?" Wie sollte er sich ausweisen?

Lange stand er und sann. Dann folgte er der Straße gegen Grödig, trat in das erste Haus, das er am Wege fand, und bat die Leute, daß er sich am Feuer wärmen und trocknen dürfe.

13

Es war schon ein heller Tag geworden, als Witting zum Straßentor der Burghut kam. Durch die Torhalle pfiff und heulte der Sturm. In diesem Rauschen konnte Witting nicht verstehen, was ihm der Wärtel von der Bastei herunter zurief.

Er machte mit den Händen ein Zeichen: ich höre nicht – und durchschritt das Tor. Doch er war auf der Straße noch nicht weit gekommen, als ihn einer von den Knechten des Thurners einholte und unter groben Worten in den Burghof führte. Vor Erregung zitterten dem Alten die Hände, und schon beim ersten Schritt durch die Mauer begannen seine Augen zu suchen. Der Wärtel erkannte ihn: „Das ist ja der Vater des Buben, den unser Herr wie einen Junker päppelt!“ Und da nahm er's mit dem Verhör nicht genau. Als Witting erzählte, daß er ein paar Ochsen, die er zu Reichenhall gekauft, um den Untersberg herum auf den Markt nach Salzburg geführt hätte, nickte der Wärtel: Meinetwegen soll's wahr sein! Aber kannst auch gelogen haben! Jetzt bleibst, bis der Herr heimkommt, der nach Berchtesgaden zum Fürsten hat reiten müssen.“ Bei diesen Worten stieg er zur Torbastei hinauf und ließ den Alten im Burghof stehen.

Mit heißen Augen, in jedem Blick die Sehnsucht, spähte Witting zum Wehrhaus hinüber. Doch seinen Buben sah er nicht. Überall im Hofe waren die Knechte bei der Arbeit, um Steine und Mörtel zu tragen. Überall wurde an der Mauer gebessert, an den Wehrgängen gezimmert und geflickt. Überall ein Schaffen, als gält' es die Basteien und Mauern wider einen Feind zu rüsten, der schon im Anmarsch war.

Unter einem der Wehrgänge, in einer offenen Halle, in welcher allerlei Waffenzeug beisammenstand, gewahrte Witting einen jungen buntgekleideten Landsknecht, der damit beschäftigt war, seinen Arm zu üben – er kniete mit dem Langspieß vor einem gaukelnden Ding, das wohl einen Reiter auf bäumendem Pferd vorstellen sollte, denn der gaukelnde Balken trug einen Helm. Nach diesem auf- und niedertauchenden Helme stieß der junge Landsknecht mit dem Spieß und wußte so scharf zu zielen, daß jeder Stoß den schwankenden Helm mit Gerassel traf. Jetzt schien er des Waffenspiels genug zu haben, denn langsam, wie in Müdigkeit, erhob er sich, um den langen Spieß zu dem anderen Kriegsgerät zu legen – und da stammelte Witting erschrocken: „Jesus Maria!“

Der schmucke Landsknecht da drüben, mit dem blau und gelb zerhauenen Wams, in den rot und grün gebänderten Pluderhosen, das war sein Bub.

Auch Juliander hatte den Vater gesehen und stand zuerst, als könnte er seinem Blick nicht trauen. Dann kam er langsam gegangen und streckte die Hand.

Keines Wortes mächtig, sah Witting seinem Buben in das bleiche, verhärmte Gesicht.

Ein müdes, bitteres Lächeln zuckte um Julianders Mund. „Lang ist's her! Und viel ist derweil den Bach hinuntergeronnen . . . viel Wasser . . . und sonst noch viel!" Witting hielt Julianders Hand umklammert. „Wär gern gekommen einmal! Aber die Zeit, weißt, die hat's halt nicht anders haben mögen."

„Die Zeit ist ein Ding, das lauft. Aber die Lieb sollt ein Ding sein, das bleibt! Jeder Tag ist für mich ein Warten gewesen. An jedem Morgen hab ich mir's fürgeredet: Heut kommt der Vater, oder heut kommt's Lenli! . . . Aber gekommen ist keins."

„Ist dir's halt auch nicht anders gegangen wie mir! Jeden Tag hab ich mir's fürgeredet: Heut kommt er, mein Bub! Und allweil ist er ausgeblieben."

„Hundertmal hab ich den Thurner gefragt: Ist meine Schwurzeit noch allweil nicht um? Und hundertmal hab ich's hören müssen: Noch allweil nicht, und wirst wohl bleiben müssen, oder der Salzburger steigt uns auf den Buckl, dir und mir!"

Witting nickte nur. Und sah seinen Buben an. Und bei aller Sorge, die aus seinen Augen redete, war in ihm doch auch die Freude über das schmucke Bild, das sein Bub in der bunten Tracht der Landsknechte machte.

Juliander sagte in müder Bitterkeit: „Gelt, einen scheckigen Narren hat der Thurner aus mir gemacht! Wär nicht Aschermittwoch, so könntest meinen, daß noch Fastnacht ist!" Er lachte, wie in Spott über sich selbst. „Und willst sehen, was ich gelernt hab? Wie der Star im Käfig! . . . Da mußt herkommen! Ich zeig dir ein bißl was!" Er zog den Vater in die Halle unter dem Wehrgang. Und wie gereizter Zorn war es in dem Buben, als er dem Vater ein paar von jeden Waffenspielen vormachte, wie sie die Landsknechte zu üben pflegten: er wirbelte ein Schwert in die Luft und fing es mit der Hand bei der scharfen Klinge – er schleuderte kurze Dolche und spickte mit ihnen das Visier des schaukelnden Helmes – er ließ einen Langspieß waagrecht um die Hände kreisen, daß der Schaft sich an der Faust entlang bewegte, von der Klinge bis zum Ende und wieder zurück – er trat vor die Halle, warf eine Hellebarde hoch in die Luft, stellte sich mit dem Gesicht unter das fallende Eisen – „Jesus Maria!" stammelte Witting erschrocken – aber Juliander lenkte die fallende Klinge dicht über seinen Augen mit flinkem Faustschlag ab. „Gelt, Vater", sagte er mit gereiztem Lachen, das im brausenden Sturm verwehte, „gelt, ich hab was gelernt? Gelt, aus mir ist was geworden? . . . Daß der Thurner seine Freud dran haben kann!"

Der Bauer brachte kein Wort aus der Kehle. Ganz verstört sah er seinen Buben an. Juliander hatte sich auf eine Bank gesetzt, zog den Vater an seine Seite und fragte mit zerdrückter Stimme: „Was macht denn das Lenli?"

„Die ist halt wieder daheim!" Mehr wußte Witting nicht zu sagen – als hätte er mit diesem einen Wort das ganze Leben seines Kindes erzählt.

Schweigend saßen sie eine Weile, während der Sturm mit Heulen über die Dächer hinging. Dann sagte Juliander: „Von der Mauer hab ich zuschauen müssen, wie dem Lenli sein Lehen verbronnen ist."

Witting faßte mit hastigem Griff die Hand seines Buben. „Julei . . ." Zwei Knechte mit einer Mörtelwanne kamen von der Mauer herunter. Und Witting verstummte. Eine Weile wartete er, ob die Knechte nicht wieder gehen würden. Aber sie öffneten in einem nahen Winkel des Burghofes eine Kalkgrube und begannen in der Wanne den Mörtel anzurühren. Da fragte Witting: „Und du, Bub? Wie lebst denn du allweil?"

„Wie ihr Eichhörndl in seinem Käfig."

„Wie wem sein Eichhörndl?"

Juliander schien diese Frage nicht zu hören. Ein wenig vorgebeugt, mit den Händen zwischen den Knien, starrte er vor sich nieder. „Am Morgen hebt der Thurner die Schul mit mir an. Und die hat ein End, wenn's Abend wird. Und am Abend muß ich beim Thurner in der Stub sitzen und muß lernen, wie man die tiefen Züg macht. Die lern ich am härtesten! Aber diemal ist's gut für mich . . . denn da kann ich schlafen drauf." Er lachte, als wär' es ein lustig Ding, was er da erzählte. Und dann wurde er wieder ernst. „Aber das muß ich sagen . . . der Thurner ist gut zu mir. Und tut mich halten, daß mir die Burgleut drum feind sind. Und allweil gütiger ist er worden zu mir, derzeit . . ." da riß ihm die Stimme entzwei, und er mußte Atem schöpfen, „derzeit sein Kindl fort ist."

Was kümmerte den alten Bauern das Kind des Thurners? Doch was er aus den irrenden Augen seines Buben las und aus dem Klang seiner Stimme hörte, das ließ ihn fragen: „Das Fräulein meinst?"

Juliander nickte.

„Ist die denn nimmer daheim?"

Juliander schüttelte den Kopf.

„Seit wann denn nimmer?"

„Seit ewiger Zeit . . . oder länger noch . . . ich weiß nimmer . . . so lang ist's her."

In Wittings Augen war ein wachsender Schreck. „Und wo ist denn das Fräulein?"

„Auf der Mindelburg."

„Wo liegt denn die?"

„Zu Mindelheim. Die gehört dem Frundsberg, weißt, da hat der Thurner eine Schwester verheuert an den Frundsbergischen Stückmeister. Der ist mit seinem Herrn ins Welschland fort, und die Frau ist krank und hat vier Büblein. Und da hat das Fräulein hin müssen. Und jeden Abend, wenn der Thurner in den dritten Krug hinunterschaut, da weiß er gar kein anderes Reden nimmer, als wie von seinem Räpplein. Und das muß ich allweil anhören . . . und allweil hat er die Augen naß, derweil ihm der Wein über den Kittel tropft. Und sagt doch allweil: ‚Ich muß mich doch freuen!'"

„Freuen?" stammelte Witting. „Warum denn muß den Thurner noch freuen, was ihm weh tut?"

Juliander lachte rauh. „Ja, Vater, weißt, so ein Herr, der viel mehr nicht hat als seinen Durst, so einer tut sich härter als ein Bauer, der seine Dirn verheuern möcht. Und bei uns da in der Einöd wachsen halt bloß die Baurenbuben . . . und keine Junker, die einem Herren taugen möchten für sein Kindl! Und weißt, da ist von der Mindelburg einer dagewesen, der das Fräulen hat holen müssen! Ja, Vater, schau mich nur an . . . so ein scheckiger Narr, wie ich bin . . . aber gegen einen Junker, weißt, da bin ich noch allweil wie der Spatz, wenn der Stieglitz kommt!" Julianders Lippen zuckten in Schmerz. „Den hättest sehen sollen! Der spießt ein Dutzend Baurenbuben an eine geschliffene Red! Und da meint halt der Thurner, es tät was werden draus . . . und sein Kindl tät versorgt sein und hätt ein gutes Leben. Und daß dem Junker das Fräulein gefallen muß . . . schau, Vater, da glaub ich selber dran!" Seine Augen hingen im Leeren, als stünde ein holdes Bild vor seinem Blick. „Denn weißt . . . des Thurners Kindl, das hat unser Herrgott in seiner Freud erschaffen! Was Liebers gibt's auf der ganzen Welt nimmer!"

Wie versteinert saß Witting an der Seite des Buben. Und sah, daß die beiden Knechte mit der Mörtelwanne davon gingen.

„Julei! . . .Wenn deinen Vater noch lieb hast und dich selber, so tu heut nacht den Sprung von der Mauer und komm zu mir! Ich will dich bergen, daß dich kein Thurner finden soll! Und daß ich dich bergen muß . . . Bub, das dauert nicht lang!"

Juliander stand von der Bank auf. „Vater, was hast denn?" Er blickte erschrocken in dieses harte Gesicht, in diese blitzenden Augen.

„Tu den Sprung von der Mauer! Heut nacht!"

Juliander schüttelte den Kopf. „Ich hab den Bleischwur in des Thurners Hand getan. Den muß ich halten."

„Auch gegen dein eigen Blut?"

„Ich versteh dich nicht."

„Ist denn das neue Wesen in hunderttausend Köpf und bloß im deinigen nicht? Lauft denn die Zeit an dir vorbei, wie der Bach am Berg? So lus doch auf! Oder hörst nicht, wie sie zimmern im Wehrgang droben? Weißt nicht, gegen wen der Thurner rüstet?"

„Die Mauer ist alt, hat der Thurner gesagt, und drum muß man sie bessern. Gegen wen soll der Thurner rüsten müssen? Der ist ein guter Herr und hat keinen Feind."

„Herr ist Herr! Von denen ist einer wie der ander!" So leis auch die Stimme des Alten klang, es brannte der Zorn in jedem Wort, das er flüsterte: „Und die Herren haben mich arm gemacht. Und die Herren haben meinem Lenli das Glück und Leben geköpft! Und die Herren haben mir meinen Buben genommen! . . . Julei, tu den Sprung von der Mauer! Es ist der einzige Weg aus allem Elend, das dir ein Herrenkind ins Blut geworfen!"

Juliander war bleich geworden. „So mußt nicht reden, Vater! Wenn du's gemerkt hast, meinetwegen! Das ist so tief in mir, daß ich's nimmer leugnen mag. Aber mußt nicht sagen: das wär ein Elend. Bei all meinem Weh ist so viel Glück, daß ich's nimmer hergeben tät um alles in der Welt. Eins lieb haben in Schmerzen, das ist ein heilig Ding. Ich bin ein Bub gewesen, und ich bin ein Mann geworden. Und wenn ich auch spür, daß ich sterben muß an meinem Glück . . . ein Glück ist's doch. Und alles kommt, wie's muß!"

Der Alte klammerte den Arm seines Buben. „Alles kommt, wie's muß? . . . Das hab ich heut in der Nacht zu einem gesagt, der den Herren feind ist und den Bauren gut! Zu einem, der allen helfen möcht, die leiden müssen auf der Welt. Zu einem, der an alles Gute den festen Glauben hat, den dein Vater nie hat finden können! . . . Aber jetzt, Bub, jetzt hab ich den Glauben! Jetzt will ich helfen dazu, nimmer als ein Halber im Zorn und ein Halber in meiner Angst. Mit ganzer Seel will ich helfen dazu! Und wär's auch bloß, daß ich dir dein Leben hüt!" Er zog den Sohn auf die Bank und schlang ihm den Arm um die Schultern. „Bub! Zu mir komm her, und lus auf!" In leisen Worten begann er zu reden: vom neuen Wesen der Zeit, von der kommenden Freiheit und von der Menschen Glück – und alles erzählte er, von jener Sonntagnacht, in der er seinem Buben den Weg zum Dürrlehen verboten hatte, bis zu diesem Morgen und bis zu dem letzten Worte, das er am Straßenrain da draußen mit Joß Friz geredet hatte. Immer heißer strömte sein Geflüster – und er hörte nicht den Hornruf auf der Torbastei, nicht das Gerassel der Ketten, an denen die Brücke niederging.

Julianders Wangen glühten, als wäre Feuer in seinen Adern, und seine Hände schlossen sich zu Fäusten. Mit klangloser Stimme und doch in brennender Erregung murmelte er vor sich hin – so verloren, als wüßte er gar nicht, daß er sprach: „Drum tuscheln sie allweil in der Burghut . . . drum schweigen sie allweil, wenn ich dazukomm . . . drum schauen sie mich allweil an von der Seit und schimpfen: der Baurenbub! Drum fragt mich der Thurner allweil: Bist mir gut, Juliander, und könntest an mir ein Unrecht tun und falsch sein?"

„Julei? Tust du jetzt den Sprung von der Mauer?"

„Den Sprung von der Mauer? Heimlich und in der Nacht? Nein, Vater, den tu ich nicht! Geschworen ist geschworen, und das muß gehalten sein! Da geht kein Wasser drüber, und da fallt kein Berg nicht drüber her."

„Bub!"

„Schau, Vater . . . das alles ist mir wie Sonn und Feuer ins Blut gegangen. Gute Zeit und Freiheit auf der Welt, ein mächtiges Reich und ein gütiger Kaiser, eine freie Kirch und ein rechter Glauben . . . Vater, das ist ein groß Ding! Und ist eine schöne Sach, für die man sterben könnt und lachen dazu, wie der Bramberger auf dem roten Schragen. Und müssen Tausend drum sterben . . . schau, Vater, da bin ich gern dabei. Aber gute Zeit braucht gute Leut. Die schlechte, weißt, die ist allweil bloß von den schlechten Menschen gekommen. Und meiner Seel, ich sag's nicht, weil ich des Thurners Kindl lieb hab . . . aber einer, der nicht halten möcht, was er willig geschworen hat . . . schau, Vater, so einer wär ein Lump und tät nicht taugen in die gute Zeit. Der tät sie versauen."

Witting schwieg. Und der weiße Kopf sank ihm auf die Brust, als hätte sich das ruhige Wort seines Buben wie eine drückende Faust auf seinen Nacken gelegt.

„Deswegen mußt nicht Sorg haben, Vater! Der Thurner ist ein guter Herr und hat eines Kriegsmanns richtige Ehr im Leib. Er wird's einsehen, daß ich stehen muß, wo die gute Sach ist . . . und daß ich sein muß, wo mein Vater ist und das Lenli."

Da klang ein sporenklingender Schritt über das grobe Pflaster her. Und Herr Lenhard stand vor den beiden, mit dem schimmernden Brustpanzer unter dem Reitermantel und mit dem ungetümen Tellerhut, von dem die großen, aus Zwirn gefälschten ‚Straußenfedern' wie rote Schlangen über den Mantel hinunterhingen. Unter diesem Hute schien Sturm zu sein, wie droben in den Lüften. Denn des Thurners Augen blickten in Zorn und Verdrossenheit, und sein Bart starrte wirr durcheinander, als hätte man ihm alle Haare gegen den Strich gebürstet. Mit einem seiner welschen Flüche stieß er das lange Schwert zu Boden und musterte die beiden mißtrauisch. Witting und Juliander hatten sich erhoben. Und der Alte zog die Kappe. „Grüß Gott, Herr Thurner!"

„Behalt deinen Gruß für dich! Wie ein Baurengruß für einen Herren gemeint ist, das weiß ich eh. Und was du dir denkst dabei, das will ich nicht raten! Tät's lieber sehen, du wärst mir gar nicht in die Mauer gekommen!"

„Herr, da müßt Ihr raiten mit Eurem Knecht, der mir den Weg verlegt hat."

„Der Esel hätt besser getan, wenn er dich laufen hätt lassen!"

„Herr Thurner!" Dem Buben war das Blut in die Stirn geschossen. „Das sind üble Reden, die Ihr meinem Vater gebt!"

Diese Mahnung brachte den Thurner noch völlig in Wut. „Diavolo scatenato! Ich sag dir, Bub, laß deinen Schnabel rasten! Wenn mir die Gall wie saurer Wein heraufsteigt durch den Hals, so ist's nur Ärger, den ich um deinetwegen hab. Ich fürcht, ich bin ein Stündl zu spät von Berchtesgaden weggeritten." Er musterte den Alten. „Wie du das letztmal dagewesen bist, da hast mir gefallen, Bauer! Aber heut . . . ja, schau mich nur an . . . ich merk's eh schon, daß heut in deinen Augen nichts Gutes ist!" Herr Lenhard lachte in seinem Zorn. „Bist wohl gestern auch im Klosterhof bei dem schönen Fastnachtspiel gewesen?"

„Ja, Herr", sagte Witting ruhig, „da hab ich zugeschaut."

„So?" grinste der Thurner. „Und gefallen hat's dir wohl auch?"

„Nein, Herr! Wär's mir nach gegangen, so hätt man's gut sein lassen mit dem schiechen Spiel."

„So? . . . Aber deine Augen, die reden ein ander Wörtl."

„Ich red, was wahr ist, Herr!"

„Reden kannst, als wärst die menschgewordene Biederkeit. Und doch bist ein Lügenschüppel!" schrie Herr Lenhard. „Und doch bist einer!"

„Herr!" brauste Juliander auf. „Ich laß meinen Vater nicht verschimpfen!"

„So schau ihn doch an, deinen Vater!" schrie der Thurner, daß im Burghof alle Leute zusammenliefen. „Und lus auf die Red, die er mir geben wird, dein Vater!" Herr Lenhard wandte sich und rief zur Torbastei hinauf: „He! Wärtel!" Der Torwart kam gelaufen. „Was hat dir der Bauer da gesagt?"

„Daß er Ochsen gekauft hätt in Reichenhall und hätt sie nach Salzburg auf den Markt getrieben."

„So? So?" Der Thurner packte den Bauer mit grober Faust am Kittel. „Und jetzt sag mir, du . . . wie kannst du denn gestern in Berchtesgaden beim Fastnachtspiel gewesen sein, wenn du Ochsen von Reichenhall nach Salzburg getrieben hast? Oder kannst du fliegen, Bauer? Und sind deine Ochsen Spatzen, die Federn haben? . . . So red doch! Red!“

Witting war bleich geworden. „Ja, Herr, das mit den Ochsen ist eine Lug gewesen.“

„Und warum denn hast lügen müssen? Daß dich einschleichen hast können in meine Burghut? Und deinem Buben den Kopf verdrehen?“

„Mein Kopf, der steht noch allweil fest, Herr Thurner!“ sagte Juliander mit weißen Lippen. „Aber daß mir der Vater gesagt hat, was umlauft unter den Leuten, daß eine gerechte Sach ihren Kopf in die Höh tun will . . . ja, Herr, das ist wahr!“

„So? So? Das ist wahr?“

„Ja, Herr!“ Julianders Augen blitzten. „Und daß ein Redlicher stehen muß, wo die gute Sach ist, und wo sein Haus und sein Blut steht . . . das ist auch wahr!“

Herr Lenhard sah den Buben an. Und aller Zorn war plötzlich in ihm erloschen. Mit einem Wink seiner Hand schickte er die Leute fort, die in Neugier herbeigelaufen waren. Dann stellte er sich breitspurig, mit den Fäusten auf dem Knauf seines Schwertes, vor Juliander hin. Und wie ein Blick des Kummers war es in seinen Augen. „Bub! . . . Will einem ein Ding aus der Hand rutschen, in dem man guten Wert gefunden, so tut man noch einen festen Griff. Denn was einem lieb ist, läßt man nicht gern in den Dreck fallen. Und daß du nach allem, was dir dein Vater heut in den Kopf gebremselt hat, nicht anders reden kannst, als wie du jetzt geredet hast . . . schau, Bub, das begreif ich. Aber was aus dir redet, das ist junge Narretei. Ein Redlicher muß dort stehen, wo Vernunft ist, nicht dort, wo der Unsinn dem Elend zulauft. Und wenn du das selber nicht einsiehst . . . ich hab dich in meiner Faust und will dir's schön langsam noch beibringen. So! Und jetzt ein Wörtl mit deinem Vater!“ Herr Lenhard faßte den alten Witting am Ärmel. „Bauer, du hast den Pfleger angelogen. Das könnt ich dir übel zahlen, und es wär mein gutes

Recht. Und könnt dir den Buckel so blau klopfen, wie du mich anlaufen hast lassen . . ."

Witting nickte.

„Aber um des Buben willen, der mir lieb ist wie der Sonnenschein an gutem Tag . . . geh heim, Bauer! Und dein Heimweg ist weit. Da hast du Zeit zu gutem Besinnen und kannst dir sagen, daß sich von den verfluchten Herren einer besser um deinen Buben sorgt, als seines Vaters Lieb!" Unter diesen Worten hatte Herr Lenhard den Alten zum Tor geschoben. Nun dämpfte er die Stimme. „Und jetzt will ich dir noch was sagen, Bauer . . . weil du des Buben Vater bist! Und was ich dir sag, das ist kein neues Wesen in mir. Das ist Einsicht, die schon einen grauen Kopf hat. Daß nicht alles gut ist auf der Welt, und daß die Herren schiech über die Schnur hauen und hartes Unrecht an ihren Leuten tun, und daß es den übermütigen Pfaffen gesund wär, wenn man ihnen die Kutten klopfen möcht . . . das ist wahr, Bauer. Das sagt dir ein Herr. Und tät einer kommen, der von heut auf morgen das Leben und die Menschen anders macht und besser . . . ich wär der Erst, der ihn grüßen tät. Aber so einer kommt nicht, Bauer! Und was einer nicht kann, das machen auch tausend nicht! Denn hunderttausend biegsame Stecken, die man bindet mit Stroh, die geben noch lang keinen festen Baum. Drum laß dir zum Guten raten und sei verständig, Alter! Und laß dich nicht hineinziehen in die Narretei! Denn was sie da kochen in ihren dumpfen Köpfen, das wird eine trübe Supp! Das wird ein Fastnachtspiel mit einem traurigen End! So, Bauer, jetzt geh! Und Gott soll dir's geben, daß du übers Jahr bei deinem Buben sitzen kannst und lachen dazu!"

Mit entfärbtem Gesicht sah Witting den Thurner an. Doch seine Stimme klang ruhig, als er sagte: „Ihr schauet die Zeitläuft als Herr an . . . ich bin ein Bauer und hab andere Augen. Und ob ich über's Jahr bei meinem Buben sitz und lach dazu . . . das weiß der Herrgott allein! Müssen wir halt schauen, wie's kommt!"

„Ja, Bauer, schau nur!" Herr Lenhard schob den Alten auf

die Brücke hinaus. „Und kommt's, wie's gut ist, so soll mir's recht sein!"

Diese letzten Worte des Thurners schien Witting nicht mehr zu hören. Er hatte das Gesicht gewandt und sah mit einem Blick der Sehnsucht nach seinem Buben zurück. „Gott soll dich hüten, Julei!" Da wurde seine schwankende Stimme klar und fest. „Und ich mein', wir sehen uns bald! Und wird die Zeit ein bißl grob, so mußt halt fleißig an den Vater und das Lenli denken, gelt!"

Herr Lenhard spitzte die Ohren, als hätte er hinter diesem Wort einen versteckten Sinn gewittert. Aber da ging der Bauer schon über die Brücke hinaus. Die Ketten rasselten, und dröhnend schloß sich der große Torflügel.

Wie in Zweifel, was er tun sollte, guckte der Thurner bald das Tor an und bald den Buben. Nun schritt er mit klirrenden Sporen auf Juliander zu und faßte ihn grob an der Brust. „Bub? Könntest falsch sein? Du?"

Juliander, wie ein Erwachender, richtete sich auf. Und das Blut schoß ihm ins Gesicht. Langsam faßte er den Thurner an beiden Handgelenken und drückte, daß Herr Lenhard die Hände öffnen mußte.

„Cospetto! Bub! Was treibst denn?" schalt der Thurner, halb mit Zorn und halb mit Lachen. „Druckst mir ja die Fäust in Scherben!"

„Das schöne Gewand, das ich hab von Euch, das dürfet Ihr nicht so grob anfassen wie meinen Vater, Herr! Sonst geht's in Fransen!" sagte Juliander, während er die Hände des Thurners frei gab. „Und ob ich falsch sein könnt? . . . Am Tag vor Kathrein habet Ihr mich in Haft genommen, und heut ist Aschermittich. Und allweil wisset Ihr noch nicht, ob das Wasser ein Wasser ist und der Stein ein Stein?"

Herr Lenhard brummte: „Das ist eine Narrenzeit, die aus den Menschen macht, ich weiß nicht was! Da kann man sich im Besten verschauen. Und der Leut, die ich in meiner Mauer hab, muß ich sicher sein." Während er den Atem durch die Nase in den gesträubten Schnurrbart blies, sah er dem Buben lang in die Augen. Eine sanfte Regung schien in seinem gereizten Gemüt zu erwachen, und wie rauher Kummer klang es aus seiner Stimme, als er sagte: „So hoch ist meine Mauer nicht, daß einer nicht zur Nachtzeit hinunterspringt, der eiserne Flachsen hat wie du! Und Kraft, die frei sein will, die laßt sich nicht hüten. Aber sag, Bub . . . könntest mir das antun, daß du mir heimlich davonlaufst? Jetzt grad, wo mir in der schiechen Zeitsorg und in der Sehnsucht um mein Kindl das Lebenszäpflein schon halb hinuntergefallen ist in den Magen?"

Ein Zittern lief dem Buben durch die Arme, und aller Zorn schien erloschen in ihm. „Daß ich den Schwur, den ich in Eure Hand getan, zu keiner Lug mach? Muß ich das erst noch sagen? Aber die Zeitsorg, die in Euch ist, Herr Thurner, die ist auch in mir, seit der Vater mit mir geredet hat. Und wie gut Ihr auch allweil zu mir gewesen seid . . . ich bin ein Baurenbub, und meines Vaters Blut ist das meinig! Und wenn's wahr wird, daß es im Ernst ans Raiten geht, so muß ich stehen, wo mein Vater steht."

Dieses Wort legte wieder Feuer unter die gebesserte Laune des Thurners. „So?" brauste er auf. „Bei den Bauren willst stehen? Und mit dem Schwert, das ich dich führen hab lernen, gegen die Herren schlagen? . . . Und am End noch gegen mich und mein Kind?"

Aus Julianders Gesicht war das Blut gewichen. „Sehet Ihr so viel Schlechtes in mir, so will ich mich selber nicht heilig machen vor Euch! Was ich tun oder lassen muß, wenn's ernst wird . . . Herr, das weiß ich nicht! Aber ich mein', es wär das beste für uns alle beid . . ."

„Was?" schrie der Thurner. „Was wär das beste?"

„Ihr tätet mir als redlicher Mann meinen Schwur wieder heimgeben und tätet mir den Weg frei lassen, auf den's mich zieht . . ."

Ein welscher Fluch unterbrach den Buben. Und mit rotem Gesichte schrie Herr Lenhard: „Da müßt ich erst von den Ochsen einer sein, die mir dein Vater vorgelogen hat! Was ich festhab in der Hand, das laß ich nicht aus! Du bleibst!“ Er hob in seinem brennenden Jähzorn die geballte Faust. „Bis heut hast du den Thurner nur kennen lernen in seiner Güt! Aber tust du ein einzigs Schrittl, das wider deinen Schwur ist, Bub . . . so will ich dir einmal den Herrn zeigen, der ich bin! . . . Du Bauer!“ Und zornknurrend, mit wehendem Mantel, stapfte Herr Lenhard dem Wohnhaus zu.

Noch lange stand Juliander auf der gleichen Stelle, mit verstörtem Blick.

Dann ging er in seine Kammer, tat die bunten Landsknechtfarben von sich ab und zog die verblichenen Bauernkleider an, in denen er vor einem Vierteljahr die Burghut am Hangenden Stein betreten hatte.

Als es Mittag wurde, rief man ihn nicht zum Tisch des Thurners wie sonst. Frau Resi brachte ihm mit höhnischem Schmunzeln das Essen in die Kammer. Und am Nachmittag merkten es die Burgleute, daß zwischen dem Herren und dem ‚gepäppelten Buben‘ nicht mehr alles zum Besten stand. Die Knechte lachten durchs Fenster herein, wenn sie an der Kammer vorübergingen, und einer von ihnen sang ein Spottlied, das seit Wochen bei den Herrenknechten in Brauch gekommen war:

„Den Bauren machet ein Bär viel Not,
Den hätten sie gern geschlagen zu Tod.

Sie zogen aus und fanden gar bald
Den braunen Bären im grünen Wald.

Der Bär, der hat sich zum Wehren gerüst,
Da jammern die Bauren: Herr Jesu Christ!

Und fallen nieder all auf die Knie:
O jeggus, o jerum, der Bär ist noch hie!“

Juliander saß mit geballten Fäusten in seiner Kammer, und als das höhnende Liedlein da draußen schwieg, sang er mit allem Klang seiner Stimme den ‚Baurentrotz' zum Fenster hinaus:

„Ich bin ein Bauer, gut und recht,
Und ist mein Stand auch arm und schlecht,
So bin ich mir doch grad so gut,
Wie einer, der schön höfisch tut!
Tralirala, ich will's nicht achten,
Wenn mich die Herrenknecht verachten!"

Draußen im Hof begannen die Knechte zu schimpfen – aber da klang vom Wohnhaus herüber ein welscher Fluch. Der machte die Knechte schweigen.

Bis zum Abend saß Juliander in seiner Kammer, wie ein Gefangener, der seines Urteils wartet.

Rauschend und immer noch wachsend fuhr der Sturm über die Dächer hin, und von allen Traufen ging das Geplätscher des Wassers nieder, zu dem der Schnee im schwülen Föhn zerschmolz.

Als es dunkel geworden, erschien Frau Resi und knurrte den Buben an: „Zum Herren sollst kommen!"

Juliander ging hinüber ins Wohnhaus und trat in die Stube. Am Tisch, unter dem Hirschgeweih mit den flackernden Kerzen, saß Herr Lenhard vor dem Krug. Als er sah, daß Juliander den Bauernkittel trug, lachte er zornig auf. Doch er schien sich zur Milde zwingen zu wollen und schrie den Buben an: „Da komm her! . . . Und trink!"

„Mich tut nicht dürsten, Herr!" sagte Juliander und blieb bei der Türe stehen.

Herr Lenhard wetterte die Faust auf den Tisch. „So geh halt trocken ins Bett, du Bock, du eigensinniger! . . .Gut Nacht!"

Juliander warf noch einen Blick nach dem dunklen Erker, in dem die Armbrust Morellas hing, und verließ die Stube.

Viel schlief er nicht in dieser Nacht. Der Sturm rauschte, daß alle Mauern zitterten – und Sturm war auch in dem

Herzen des Buben. Erst gegen Morgen fand er in Müdigkeit noch einen festen Schlummer. Und kaum, daß es Tag wurde, weckte ihn Herr Lenhard: „Steh auf, Bub! Und komm zur Schul!“ Juliander gehorchte. Und der Thurner tat den ganzen Tag, als wäre nicht das geringste geschehen, was in seinen Verkehr mit dem Buben einen Wandel hätte bringen können. Am Abend saßen sie wieder beisammen in der Stube – Juliander schweigsam, Herr Lenhard wortreicher als je. Unter lautem Lachen, das immer gereizter klang, kramte er hundert Schnurren seiner Kriegsjahre aus und schien geflissentlich im Gespräch jedes gefährliche Wörtlein zu vermeiden. Doch daß er von der ‚Zeitsorg‘ schweigen mußte, die in ihm wühlte, das schien wie Pfeffer auf seinen Durst zu wirken. Frau Resi mußte immer wieder in den Keller laufen. Und als dem Thurner erst warm wurde von dem Wein, wußte er von nichts anderem mehr zu reden, als von seinem ‚Räpplein‘, von seinem ‚roten Narrenvogel‘, von seinem ‚herzlieben Kindl‘. Juliander saß dabei, die zitternden Fäuste auf dem Tisch, und träumte in stiller Schwermut vor sich hin.

So war es einen Abend um den andern. Und manchmal, wenn dem Thurner der Wein unter den gesträubten Haaren rumorte, vergaß er seiner diplomatischen Zurückhaltung und versuchte den ‚eigensinnigen Bock‘ mit hundert Beweisgründen von ‚der Bauren Narretai‘ zu überzeugen. Dabei begann ihm der Verstand zu wirbeln, so daß er schließlich mit den gleichen groben Worten, wie auf die ‚unsinnigen Hoffnungen der dummen Bauren‘, auch auf den ‚Unverstand und Übermut der Herren‘ losschalt. Doch immer war es das Ende, daß sich des Thurners Zorn in Rührung verwandelte, und daß er sich auf die Mindelburg zu seinem ‚Räpplein‘ träumte, das wohl eines Tages in der Burghut am Hangenden Stein als ‚glückseliges Bräutlein‘ erscheinen würde – eine Vorstellung, bei der ihm die Augen von Tränen tropften, wie der Schnurrbart von Wein.

In Juliander, der all diese Marter seines Herzens schweigend über sich ergehen ließ, sammelte sich eine wühlende

Erregung an, die er nach den halb durchwachten Nächten am Morgen wieder zu beschwichtigen suchte, wenn er dem Thurner in der ‚Schul' mit bewaffneter Faust gegenüberstand. Da führte er so derbe Streiche, daß Herr Lenhard oft den Arm erlahmen fühlte, und daß des Thurners Waffenknecht an jedem Abend stundenlang Arbeit hatte, um an der Eisenhaube und am Brustpanzer seines Herrn die eingeschlagenen ‚Dullen' mit dem Hammer wieder eben zu klopfen. Doch für Herrn Lenhard war es die lachende Zeit des Tages, wenn er sich nach den Schulstunden schweißtriefend aus seinem Lederwams herausschälte und vor dem Zinnspiegel mit Balsam die roten, blauen und grünen Flecke einrieb, die ihm Juliander auf Arme und Schultern gedroschen hatte. Und der Thurner hatte das vergnügte Lachen über dieses bunte Farbenspiel seines Körpers nötig, um sich über die ‚schieche Zeitsorg' hinweg zu trösten, die neue Nahrung fand mit jedem Tag.

Der Föhn war still geworden und hatte einen blauen Himmel über den zerrinnenden Winter gebaut. Doch grauer und drohender mit jedem Morgen stiegen am Himmel der Zeit die Wolken auf. Kaum ein Tag verging, ohne daß ein reitender Bote auf abgehetztem Roß die Berghut passierte. Und diese Boten, die zwischen dem Stift und der Hohensalzburg hin und her jagten, trugen dem Thurner zu, was draußen in der Welt geschah.

Mit dumpfer Bestürzung sahen die Fürsten und Herren im ganzen Land das neue Wesen wachsen, das in allen Köpfen des Volkes gärte. Jeder schickte zum Nachbar: „Borg mir Knechte!" – und erhielt die Antwort: „Ich weiß mich der eigenen Haut nicht zu wehren!" Alles Werben versagte; und von den spärlichen Goldknechten, die dem Zug des kaiserlichen Heeres nach Welschland fern geblieben, liefen noch Hunderte ihren Herren davon, weil ihnen das Bleiben unter fürstlichen Dächern nicht mehr geheuer schien. In diesem ersten Schreck besannen sich die Herren aller Gnade, die sie üben konnten. Kein Bauer wurde mehr zur Fron gerufen, Zoll und Steuer wurden mit Milde erhoben, um das ‚unruhige Volk nicht zu reizen'. Doch diese Milde der Herren wirkte wie schürender Wind auf glühende Kohlen und wurde überall im Land nach ihrem Wert gedeutet. Überall sahen die Bauern, wie schlecht gerüstet und wie entblößt von Streitkräften die Fürsten waren, und wie die Angst sie ratlos machte. Das weckte den Übermut des Volkes – und manch ein adeliger Herr, wenn er über die Straße ritt, mußte Reden hören, die er sonst mit dem Strick des Henkers gebüßt hätte! „Die Herren sind aus Wölfen zu Hasen geworden!" Das war ein laufendes Wort im ganzen Land. „Von den eisenbeißenden Junkern, deren einer zehn Bauren in einem Pfeffer wollt gefressen haben, dürfen jetzt ihrer zehn einen Bauren kaum ansehen."

Um sich im Gebrauch der Handrohre und Hakenbüchsen zu üben, schossen die Bauern das Wild auf den Feldern nieder oder zielten nach den Wetterfahnen der Burgen. Die zwölf Artikel, die der Bauern Freiheit verkündeten, wickelten sie um Steine und warfen sie den Herren in die Fenster. Und in den Nächten nagelten sie die Flugschriften an die Burgtore, den ‚Aufruf zur evangelischen Brüderschaft', den ‚Totentanz der ungerechten Herren' und die ‚Goldkörnlein aus Martin Luthers Reden für das arm geplagte Volk der deutschen Bauren'. Da konnten die Herren zur Morgensuppe die Predigt lesen: „Ich weiß es, man wendet mir ein, es sei eine Gefahr, daß ein Aufruhr gegen die geistlichen Fürsten erregt werde. Darauf antworte ich: Aber wenn das Wort Gottes vernachlässigt wird und das ganze Volk untergeht? Wenn die geistlichen Fürsten nicht hören wollen Gottes Wort, sondern wüten und toben, mit Bannen, Brennen, Morden und allem Übel, was begegnet ihnen billig, denn ein starker Aufruhr, der sie von der Welt ausrottet? Und dessen wäre nur zu lachen, wo es geschähe! Alle, die dazu tun, daß die Bistümer verstört und der Bischöfe Regiment vertilgt werde, das sind liebe Gotteskinder und rechte Christen, sie streiten wider des Teufels Ordnung. Es sollte ein jeglicher Christ dazuhelfen mit Leib und Gut, daß ihre Tyrannei ein Ende nähme."

Solcher Sprache gegenüber, und bei der Wirkung, die sie im Volke sahen, zitterten auch die Mächtigsten der Fürsten. Und maßlos war die Angst der kleinen Herren mit schwachen Burgen und geringen Soldtruppen, maßlos die Furcht der Äbte und Pröpste in ihren schlecht geschützten Klöstern.

Da kam ein jäher Wandel. In der zweiten Märzwoche trugen reitende Boten von Burg zu Burg und von einer Stadt zur andern die Nachricht: Pescara und Frundsberg haben um die Fastnachtszeit das französische Heer vor Pavia geschlagen, König Franz ist ein Gefangener des Kaisers, und Frundsberg mit seinen Landsknechten zieht in Eilmärschen über die Berge her.

Zwei Tage vor dem Sonntag Reminiscere schickte Herr Matthäus die Botschaft von Salzburg seinem fürstlichen Bruder in Berchtesgaden zu. Und schrieb: „Sei frohen Mutes und heb zur ersten Zuflucht mit den Martinischen Schandbuben bei allem Anschein guter Redlichkeit ein Paktieren an. Lassen sie sich darauf ein, so wollen wir die Bösewichter hinhalten, bis unser Kriegsvolk ankommt. Bis zum fünfundzwanzigsten des Märzen wird der ganze bündische Kriegshaufen aufgeboten sein. Dann wollen wir den Bauren den Kuhschwanz in den Gedärmen suchen und wollen brennen in ihrem Land, daß Gott auf dem Regenbogen vor Rauch und Hitze blinzeln und die Füß an sich ziehen soll, weil ihm die Sohlen warm werden."

So lang es anging, hielten die Herren die Botschaft geheim, die aus Welschland gekommen. Doch aus den Städten sickerte die Nachricht in das Volk und rannte durch die Dörfer. Und während die Herren jubelten, von ihrer lähmenden Angst erlöst, und mit Eifer zu rüsten begannen, ernüchterte sich das Volk aus seinem jauchzenden Übermut und war erschrocken und ratlos. Dann in jedem Dorfe der Schrei: „Schlaget los! Oder es ist zu spät!" Und jeder Haufe, der zusammenrannte, tat, was ihm gut schien für die nächste Stunde. Was vor Pavia geschehen, hatte die gärende Bewegung des Volkes überflügelt. Der Ausbruch kam, zersplittert und ohne Zusammenhang, noch ehe für den Strom des Volkes die Wege gebahnt und die zerstreuten Kräfte gesammelt waren zu einem Plan und unter der Führung eines Kopfes. Im Allgäu und am Bodensee beginnt es – dort, wo die Nachricht aus Welschland zuerst ins Volk gedrungen. Im Donauried, zu Baltringen, läuft ein Haufen von dreißigtausend Bauern zusammen – und während sie noch ratlos sind und um Gold und Verpflegung streiten, setzt sich schon der Feldherr des Schwäbischen Bundes, Georg Truchseß von Waldburg, gegen die Bauern in Bewegung. Aber der Aufstand läuft von Haus zu Haus, am Rhein hinauf und an der Donau hinab. Überall ziehen die Bauern in Haufen zusammen, wie Bienen, wenn sie schwärmen. Die Bewegungsmänner aller Farben rühren sich: Begeisterte und solche, die im Trüben zu fischen hoffen. Mönche springen aus den Klöstern und ziehen als Prädikanten durch das Land. Die Pfarrherren der Dörfer nehmen die evangelische Lehre an und schlagen sich auf die Seite der Bauern. Predigt und Volksrede spielen in Kirchen und auf allen Gassen. Und Geld beginnt zu rollen, um allerorten die Zögernden unter die Waffen zu rufen – reichlicher Sold mußte wirken, wo die opferwillige Freude zum Werk der Freiheit fehlte, und wo die Furcht des gemeinen Mannes ratlos zitterte. In diesem Sturm, der das offene Land durchbraust und aus den Dörfern weht, werden die Städte irr in ihrer Haltung und wissen nicht mehr, zu wem sie stehen sollen. Reiche Bürger, die um ihre Geldsäcke bangen, treten in die evangelische Brüderschaft und spenden die Hälfte ihres Vermögens, um die andere zu retten.

Am Dienstag vor dem Sonntag Oculi erfuhr der Thurner von einem reitenden Boten, daß es in Salzburg drunter und drüber ginge. Herr Matthäus hätte sich mit allen Prälaten und Adeligen in der Hohensalzburg eingeschlossen, und in der Bürgerschaft wäre der Teufel los – ein Glück für die Herren, daß sich die Bürger fürs erste untereinander in die Schöpfe gefahren wären: die lutherisch und arm sind, möchten es mit den Bauern halten – die nicht lutherisch und die lutherisch und reich sind, gäben den Herren recht.

Und am Abend, als der Bote von Berchtesgaden wieder heimritt, brachte er vom Probst für den Thurner einen Zettel: „Wahre deine Mauer! Ein Freund des Klosters hat uns zu wissen getan, daß unsere Knappen und Bauern am Sonntag Oculi einen Aufruhr stiften wollen."

Das war nach langer Zeit der erste Abend, an dem Herr Lenhard nüchtern zu Bett ging. Bevor er sich mit seiner brennenden ‚Zeitsorg' zur Ruhe legte, spät in der Nacht, machte er beim Schein der Pfannenfeuer noch einen Rundgang um die Mauer, in deren Wehrgängen die Armbrusten und Hakenbüchsen bereit standen, und stieg auf die Torbastei, wo neben den zwei Mauerschlangen und den eisernen Pulverkisten die Stückkugeln zu kleinen Pyramiden aufgeschichtet waren.

„Alles in Ruh, Herr!" sagte der Knecht, der die Wache hielt. Der Thurner setzte sich auf eine der Mauerschlangen. Schweigend blickte er in die kalte Frühlingsnacht hinaus, an deren falbem Himmel in mattem Glanz die Sterne flimmerten. Die höchsten Spitzen der Berge, die noch die Schneekappe des Winters trugen, waren von bleichem Schein umflossen. Denn der Mond wollte kommen.

Ein schwerer Seufzer hob dem Thurner die Brust. Er sah über den Kranz der Mauer hin, sah die Schlangen an, die Pulverkisten und Stückkugeln – und brummte einen Fluch. Wenn es ernst würde und die Bauern und Knappen kämen zu Hunderten gegen die Burghut angerückt – was sollte er da ausrichten mit seinen zehn Hakenbüchsen, mit den beiden Schlangen und den zwölf Knechten?

Auf dem Rückweg blieb Herr Lenhard vor dem Wehrhaus stehen und lauschte gegen das dunkle Fenster einer ebenerdigen Stube. Er hörte ein Geräusch, als hätte sich ein Schlafloser seufzend auf seinem Lager umgedreht.

„Armer Bub!"

Müden Schrittes ging der Thurner nach seiner Stub. Als er die Wachskerze ausgeblasen hatte und in den Kissen lag, murrte er in das Dunkel der Kammer: „Räpplein! Mein Räpplein! Wie wird's dir gehen da draußen im Schwabenland!"

Es dauerte lange, bis Herr Lenhard den Schlummer fand. Und kaum hatte er zu schnarchen begonnen, da weckte ihn die Stimme eines Knechtes: „Herr! Herr!“ Und ein Faustschlag dröhnte an der Kammertür. „Auf dem Untersberg, auf dem Göll und auf allen Bergen brennen Feuer auf, eins ums ander!“

„Narretei!“ brummte der Thurner und rieb sich in der Finsternis die Augen. „Heut ist doch nicht der Sonntag Oculi!“

„Die Feuer brennen aber!“

Herr Lenhard sprang aus dem Bett. „Weck alle Leut! Ein jeder auf seinen Posten! Ich komm gleich!“

Während der Thurner Licht machte, sich ankleidete und an seinem Harnisch die Riemen anzog, wurde es in Haus und Hof schon lebendig. Für die Stunde der Gefahr war alles vorbereitet, und jeder wußte, was er zu tun hatte. Frau Resi hantierte mit den Mägden in der Küche, um die Morgensuppe zu kochen, und stieg in den Keller hinunter, um für die Knechte den Wein zu holen. Und von den Mannsleuten kannte jeder seinen Posten, auf der Bastei und in den Wehrgängen. Nur ein einziger in der Burghut schien nicht zu wissen, wo seine Stelle war. Im Flackerschein des Pfannenfeuers stand er wie versteinert neben der Tür des Wehrhauses an der Mauer gelehnt. So sah ihn Herr Lenhard stehen, als er im Geklirr des Panzers über den Burghof schritt. „Bub! . . . In deine Kammer! Und da bleibst mir, bis ich dich ruf.“ Juliander regte sich nicht. Aber der Thurner kümmerte sich weiter nicht um den Buben, sondern kletterte zur Bastei hinauf, hart schnaufend unter dem schweren Panzer. Auf der Plattform standen vier Knechte mit den Hakenbüchsen bei der Mauer; von den Schlangen waren die Lederhüllen abgezogen, Pulver war auf die Pfannen geschüttet, und die Lunten brannten. Noch ehe Herr Lenhard die letzten Stufen der steilen Holztreppe erklommen hatte, sah er schon die Feuer in den Bergen. An die zwanzig waren es – wie große Sterne, die aus der Höhe gefallen, lagen sie überall auf den schneegrauen Kuppen. Und wie ein schiefes zwinkerndes Lichtauge, das sich mit schläfrigem Staunen die dunkle Welt beguckt, hing die Sichel des abnehmenden Mondes in einer tiefen Bergscharte am bleichen Himmel.

Während der Thurner nach den wachsenden Farben spähte, fing im Dorf, das hinter dem Brückenhügel verborgen lag, eine Glocke zu läuten an, in abgerissenen Schlägen, als wär's ein Feuerlärm. Und der dumpfe, heulende Klang eines Kuhhorns ließ sich hören.

„Corpo di cane! Das wird ernst!" meinte Herr Lenhard. „Der gute Freund des Klosters hat den Probst schön freundlich angelogen! Und heut am Mittich ist Sonntag Oculi!"

„Da kommen sie!" fiel einer der Knechte mit dem Spruch der Schnepfenjäger lachend ein.

Den Thurner ärgerte der schlechte Scherz – aber das war nicht die Zeit, in der man mit den Knechten grob sein durfte. Drum schwieg er und spähte wieder gegen das Dorf hinaus.

In den Glockenschlag und in das Gebrüll des Kuhhornes mischte sich der heiser schmetternde Klang einer Trompete, die von einem geblasen wurde, der sich schlecht aufs Musizieren verstand. Ferne Stimmen hörte man, Jauchzer und Jodler, halb erstickt vom Rauschen der Ache.

Überall auf den grauen Berggehängen glimmerten winzige Sterne auf: die Stubenlichter in den zerstreuten Lehen der Hochbauern – und gaukelnde Sterne wanderten durch die Wälder nieder: die Fackeln der Bauern, die zum Haufen eilten.

Als der Morgen zu dämmern anfing, kam ein flüchtender Menschentrupp von der Achenbrücke gegen die Burghut gelaufen, ein Dutzend schreiender Leute. Es waren die Mautknechte und Salzmeister, die Schreiber und Aufseher, die der Salzburger Bischof bei der Schellenberger Pfannstätte hielt. Atemlos kamen sie gerannt, während auf dem Brückenhügel, ein paar hundert Schritte hinter ihnen, ein schwarzer Menschenhaufen auftauchte, mit lautem und wirrem Geschrei. Inmitten des Haufens flatterte ein Fähnlein, kleine graue Wölkchen pufften auf, und man hörte das Krachen von Schüssen. Unter zeterndem Geschrei erreichten die vor dem Haufen Flüchtenden das Tor der Berghut.

Aus dem Durcheinander der angstvoll kreischenden Stimmen konnte Herr Lenhard verstehen: daß sie Einlaß in die Burg begehrten, denn die Bauern wären wie Wölfe über sie hergefallen und hätten den Mautschreiber in seinem Bett halb tot geschlagen – wenn ihnen der Thurner das Tor nicht auftäte, wären sie vor dem wütenden Volk ihres Lebens nimmer sicher.

Doch Herr Lenhard rief ihnen zu: „In meiner Mauer kann ich fremde Leute nicht brauchen! Laufet heim zu eurem Herren!" Er ließ in der Straßenhalle das Fallgitter heben, und die Flüchtenden rannten weiter.

Als die Bauern, deren Hauf sich auf der Straße einherwälzte, die Mautknechte entkommen sahen, erhoben sie ein tobendes Geschrei und sandten aus ihren Hakenbüchsen den Flüchtenden ein paar bleierne Bohnen nach.

Eine verirrte Kugel surrte dem Thurner am Ohr vorüber. Da griff er mit einem welschen Fluch nach der Lunte und senkte sie auf die Pfanne der großen Mauerschlange. Das Geschütz machte im Feuer einen Sprung nach rückwärts, wie eine glühende Natter zuckte der Strahl des Schusses in die graue Morgenluft, und dröhnend rollte das Echo des dumpfen Knalles über die Berge hin.

Es war ein blinder Schluß, den Herr Lenhard in die Luft getan – aber die Wirkung, die der mächtige Feuerstrahl und sein rollender Donner übte, ließ den Thurner sagen: „Sie merken, daß die Mauer meiner Burghut kitzlich ist!" Denn der Haufe der Bauern staute sich und drängte unter wirrem Geschrei nach rückwärts. Der größere Teil der lärmenden Leute schien in das Dorf zurückzuziehen, während sich der Rest des Haufens auf dem Brückenhügel lagerte, als gält' es die Burghut im Auge zu behalten und die Straße zu sperren. Da rief der Thurner von seinen Knechten einen: „Lorenz! Bind ein weißes Tüchlein an deinen Spieß und geh hinaus zu ihnen. Und frag die Narrenflöh, was sie wollen. Und wenn sie meinen, daß heut noch Fastnacht wär, so sag ihnen, daß sie sich im Kalender verschaut haben um drei Wochen. Und eh sie mir die Morgensupp verderben, sollen sie mir das Bußgeld heimzahlen, das ich ihnen fürstrecken hab müssen am roten Kathreinstag. Zehn Pfund Heller hab ich noch gut."

Während der Knecht mit dem weißen Fähnlein in der wachsenden Helle des Morgens die Straße hinauswanderte, blieb Herr Lenhard auf der Mauer sitzen und sah in Mißmut und Sorge nach dem Brückenhügel.

Da klang hinter ihm eine bebende Stimme: „Herr . . ."

Verdrießlich runzelte der Thurner die Brauen, bevor er das Gesicht wandte. Juliander stand vor ihm.

Schweigend sah Herr Lenhard dem Buben eine Weile in die brennenden Augen.

Dann fragte er grob: „Was willst?"

„Was ich muß! . . . Und reden will ich mit Euch!"

„So?" Der Thurner erhob sich. „Gut! Sollst reden mit mir! Geh hinunter zum Schulboden! Ich komm gleich." Er wartete, bis Juliander die Treppe hinuntergestiegen war. Dann rief er dem Wärtel zu: „Laß mir die Straß nicht aus dem Aug! Und solltest du merken, daß sie dem Lorenz den Heimweg sauer machen, so ruf mich!"

Als Herr Lenhard schließlich hinunterkam in die offene Halle, saß Juliander auf der Bank, auf der sein Vater am Aschermittwoch bei ihm gesessen war. Der Bub wollte sich erheben. „Bleib nur sitzen!" sagte der Thurner und setzte sich zu ihm. „Und jetzt kannst reden! . . . Aber halt! Wart noch ein Weil! Da bringen sie grad die Morgensupp. Ein Mensch, der satt ist, hat allweil besseren Rat, als einer, dem der Magen schreit."

Die Mägde brachten die Schüsseln mit der dampfenden Suppe zu den Wehrgängen und zum Torwerk getragen, und Frau Resi schleppte die Weinkrüge.

Der Thurner ließ von den Krügen den bauchigsten und einen Suppennapf mit zwei Löffeln zwischen sich und Juliander auf die Bank stellen. „So! Kannst mithalten!" Er stellte den Eisenhut zu Boden, wischte an einem Wamszipfel, der unter dem Brustpanzer hervorlugte, den Löffel ab und setzte sich rittlings auf die Bank. „Es ist nicht das erstmal, daß wir aus einer Schüssel essen, und wird auch nicht das letztmal sein. Greif zu!“

Juliander schüttelte stumm den Kopf.

„Wenn du lieber Hunger leidest . . . meinetwegen!“ Und gemächlich begann der Thurner zu löffeln.

„Herr . . .“

„Warten sollst! Denn daß du eine Frag an mich hast, das seh ich dir an den Augen an. Und da muß ich dir eine Antwort geben! Aber einer, der schmatzen muß, der kann nicht reden!“ Herr Lenhard löffelte wieder.

Da rasselte die Kette der Torbrücke – der Knecht mit dem weißen Fähnlein war zurückgekommen. Mit zornrotem Gesicht und unter Flüchen kam er auf seinen Herren zugegangen.

Der Thurner, ohne den Löffel rasten zu lassen, fragte: „Hast geredet mit ihnen?“

„Ja, Herr! Aber mit denen ist ein hartes Reden. Sie singen und jodeln durcheinander, als täten sie Kirchweih halten. Und alle sind wie besoffen vom Übermut. Und Aasreden wider die Herren haben sie an mich hingeschmissen, wie der Maurer den Mörtel an die Wand.“

„Und hast gefragt, was sie wollen?“

„Ja, Herr! Und da hat mir's einer aus dem wüsten Lärm ins Gesicht geschrien: ‚Was der Bauer will? Wein trinken und lustig sein, wie's die Herren machen!‘ Und da haben die anderen ein Lachen angehoben, und ein jeder hat's nachgeschrien: ‚Wein trinken und lustig sein!‘ Ich hab den Spieß mit dem weißen Fähnlein vor mich hingehalten und hab mir sagen müssen: Da gehst! Und wie ich mich schleunen will, da hat mir von den Knappen einer den Wein aus der hölzernen Bitsch ins Gesicht geschüttet und hat mir zugeschrien: ‚Sauf, Herrenknecht! Das ist Kirchenwein! So rot, wie dem Joseph und dem Toni sein Blut gewesen ist!‘ Da hab ich flinke Füß gemacht

. . . und schauet, Herr, der Bauren Wein hat das weiße Fähnlein gefärbt!“

Mit einem Zornfluch warf der Thurner den Löffel in den Suppennapf. „Wein trinken und lustig sein? Und das ist alles, was sie wollen?“

Er stülpte den Eisenhut auf das struppige Haar. „Solche Red wird ihnen das eigene Maul verbrennen!“ Schwer schnaufend griff er nach dem Krug und tat von seinen tiefsten Zügen einen. „Geh zur Mauer, Lorenz!“ Er stellte den Krug nieder, und sein Zorn war verraucht, als hätte der ausgiebige Schluck alles Heiße in ihm gekühlt. Aber Sorge war in seinen Augen, als er sich zu Juliander wandte. „So, Bub! Da hast eine Red deiner Vettersleut wohl gehört. Jetzt sag mir die deinig!“

Mit weißem Gesicht stand Juliander vor dem Thurner. „Schauet, Herr . . . das hab ich schon dutzendmal im Leben anschauen müssen: wenn nach dürrer Zeit, wo jeder Halm auf Wies und Acker verlechzen möcht, ein festes Wetter aus des Herrgotts Mantel niedergeht, so tut’s oft großen Schaden und rührt den Kot in allen Gassen auf.“ Seine Stimme wurde ruhig. „Aber schauet am andern Tag die Felder an: wie alles frischet, wie alles ins Wachsen schießt zur guten Ernt! Da kann im Ernst doch keiner den Unrat zählen, der über die Straß geronnen!“

Er atmete tief auf. „Ich tu Euch herzlich bitten, Herr, gebet mir meinen Schwur wieder heim! Es ist an der guten Ernt. Da muß ich mithelfen. Oder ich tät wirklich nimmer leben mögen!“

Herr Lenhard legte dem Buben die Hand auf die Schulter. „Hast mir schon manch ein gutes Wörtl gesagt! Aber kein besseres noch wie heut. Und wenn alles so wär, wie du’s siehst in deinem hellen Herzen . . . wenn das grobe Wetter, das die da draußen mit Dreck anheben, der Welt einen festen Wagen voll Traid ins Reifen brächt . . . schau, Bub, dann tät ich heut noch dem Probst meinen Dienst aufsagen und tät’s mit den Bauren halten. Aber denen ihr Wetter da draußen wird ein schieches Erntfest bringen. Sei gescheit, Bub, und laß dir was sagen! Schau dir die Sach mit meinen Augen an . . ."

„Ich seh's halt, wie's mein Vater sieht. Und wie's der Vater hofft, so muß es kommen. Und schaffen die Bauren gute Zeit, ein mächtiges Reich und eine freie Kirch . . . und mir wären die Fäust gebunden und ich dürft nicht mithelfen, und ich müßt mir denken, es schreit mir einer einmal ins Gesicht: Wo bist denn gewesen, Lump, derweil wir geblutet haben ums beste Gut? . . . schau, Herr, eh ich das erleben möcht, da tät ich mir lieber . . ." Er schwieg.

„Sag's heraus! Was tätest lieber?"

„Ich tät mir lieber ein Messer in den Hals stoßen."

„So?" brummte Herr Lenhard. Der Zorn war ihm dunkelrot zu Kopf gestiegen, doch das Wetter brach nicht los. Schwer durch die Nase schnaufend sah er eine Weile den Buben an.

„Da ist freilich kein Reden nimmer. Du wärst imstand und tätest mir den Unsinn wahr machen! . . . Meinetwegen! Muß ich dich halt heimgehen lassen!"

„Vergeltsgott, Herr!" In heißer Freude wollte der Bub die Hand des Thurners fassen.

Aber Herr Lenhard zeigte ihm die Ellbogen. „Dein Vergeltsgott kannst in den Rauchfang schreiben." Dann lachte er in seinem Zorn. „Aber wart noch ein Weil! Und soll's jetzt sein, wie's mag . . . du bist mir ein lieber Gast in meiner Mauer gewesen. Drum sollst was mitkriegen auf den Weg!" Er ging ins Haus und brachte ein schweres, langes Schwert in verblichener Samtscheide und mit einer aus Stahlringen geflochtenen Koppel. Juliander erkannte die Waffe – es war die Klinge, mit der Herr Lenhard bei Manfredonia dem Camillo Vitelli den Helm vom Kopf geschlagen hatte. „Schau, Bub", der Thurner zog das Eisen halb aus der Scheide, „wie dich in meiner Schul so gut gemacht hast, daß ich mich freuen hab können an dir . . . schau, da hab ich mir's allweil fürgenommen: wenn ich dich einmal dann als fertigen Kriegsmann zum Frundsberg schicken werd, so sollst du das Eisen da haben! Du hast den richtigen jungen Arm dafür." Er stieß das Eisen in die Scheide zurück und sah den Buben verdrossen an. „Zum Frundsberg gehst du jetzt freilich nicht! . . . Pfui Teufel dem Weg, den ich dir auftun muß! . . . Aber meinetwegen! Sollst das Eisen halt haben!" Er warf dem Buben die Koppel über die Schulter. „Einen schandbaren Streich . . . den wirst ja nicht tun mit meinem Eisen. Ich mein' ich kenn dich doch so weit!" Dem Thurner kam ein Schwanken in die Stimme.

„Herr . . ." stammelte Juliander.

Aber da wurde Herr Lenhard grob. „In Ruh laß mich! Und mach, daß du weiter kommst! Corpo di cane! Fremde Leut in meiner Burghut kann ich nicht brauchen! . . .Wärtl! Das Tor tu auf! Daß der Baurenlümmel seinen Weg findet!"

„Herr . . ." Röte und Blässe wechselten auf Julianders Gesicht. „Eins muß ich noch sagen, Herr . . . das Eichhörndl . . . ihr Eichhörndl . . ."

„Cospetto! Was geht mich das Vieh an! Mach, daß du weiter kommst!"

„Das Eichhörndl . . . das steht in meiner Kammer. Das muß die Frau Resi zur Pfleg übernehmen . . ."

„Das Tor ist offen!" brüllte Herr Lenhard. „Und gehst du nicht gutwillig, so laß ich dich hinauswerfen!"

Da sagte der Bub kein Wort mehr. Die Hand um den Knauf des Schwertes klammernd, sah er mit schimmernden Augen den Thurner an, sah zum Wehrhaus hinüber und hinauf zu der schmalen Glastür auf der Altane. Dann wandte er sich und ging der Brücke zu. Doch als er in den Schatten des Tores trat, rannte ihm der Thurner mit klirrenden Sporen nach und packte ihn am Arm. „Bub? . . . Kann es wahr sein, daß du gehst?"

„Herr, ich muß!"

„So nimmst meinem Leben eine Freud!"

„Ja, Herr, ich spür's . . ." dem Buben riß die Stimme, „und spür, daß ich meiner Freud das Leben nimm! Behüt Euch Gott, Herr . . . und Euer Haus . . . und sehet Ihr Euer Kindl wieder einmal, Euer liebs . . . so saget ihm, Herr: der Juliander tät grüßen lassen!“ Er löste seinen Arm aus den Fäusten des Thurners und schritt über die Brücke hinaus.

Die Ketten rasselten hinter ihm, und die steigende Brücke knarrte.

Goldig lag die Morgensonne, die über die Berge heraufgestiegen war, auf der weißen Straße, auf dem jagenden Wellenspiel der Ache und über den Wiesen, deren müdes Wintergelb sich schon mit grünlichem Schimmer zu überhauchen begann.

Auf dem Untersberg, der die Sonnenseite hatte, war der Schnee schon fortgeschmolzen bis über die Wälder hinauf. Doch alle schattseitigen Gehänge des Schellenberger Tales trugen noch den Mantel des Winters.

Der war nicht weiß. Denn alle die zerrissenen Schneefelder schimmerten blau im Widerschein des klaren Himmels, von dem die Sonne ihre Feuergarben niederstrahlte in den kühlen Morgenduft.

Das wäre ein Morgen gewesen, so recht für einen, der aus dem trüben Elend des Lebens hinauswandert in das leuchtende Glück, aus der grauen Trauer in die goldene Freude! Doch dem Buben, der mit dem langen Schwert vor der Brust dem Brückenhügel zuwanderte, fielen schwere Tropfen über die bleichen Wangen. Und seine verstörten Augen schienen hundert bittere Dinge zu sehen, nur nicht die lachende Sonne um ihn her.

14

Wie ein Erwachender hob Juliander das Gesicht, als ihm die Spieße und Sensenklingen auf dem Brückenhügel den Weg versperrten. „Wer bist? Du?“ schrie man ihn an. „Bist für die gute Sach oder wider der Bauren Freiheit?“ Ohne zu antworten starrte Juliander in die erregten Gesichter der Knappen und jungen Burschen, die auf der Straße die

Wache hielten – und starrte an ihnen vorüber nach der gelagerten Gruppe, bei der es so lustig zuging wie auf einer Hochzeit. An die Dreißig, kunterbunt bewaffnet, lagen auf der Wiese neben dem blauweißen, matt wehenden Fähnlein, das sie an die Stange einer Kirchfahne genagelt hatten, von der das Kirchenbanner abgerissen und das Kreuz heruntergeschlagen war. Der Weinkrug machte die Runde, junge Dirnen lagen zwischen den Zechenden – und das war ein Lachen und Schwatzen, ein Singen und Jodeln, daß man das einzelne Wort nicht mehr verstand.

Als Juliander noch immer schwieg, wurden die Straßenhüter grob mit ihm, denn sie hatten gesehen, daß er aus der Burghut kam. Doch einer der Knappen erkannte ihn. „Das ist ja der Bruder der roten Maralen!"

Dieses Wort machte ihm gleich freien Weg – und sie vertrauten ihm gleich ihr Loswort an: „Sankt Joseph und die gute Zeit! Bruder Martin und die Freiheit!" Und sie wollten ihn gleich hineinziehen in ihre lustige Mette und boten ihm den Weinkrug an. Doch Juliander stieß den Krug zurück, daß der Wein verschüttet wurde. „Leut?" Er kämpfte in Erregung um jedes Wort. „Ist denn die gute Zeit schon da? Ist euer Freiheit denn schon erfochten?" Da gab's ein Gelächter – die gute Zeit müsse lustig anheben, denn an der traurigen hätten sie schon lang genug; und ein jeder hätte die Freiheit, die er sich nimmt; und die Herren mit ihren schweren Hosen und ihren fünfthalb Knechten würden über Nacht an der bloßen Angst krepieren; da wär' kein Fechten nötig! – Julianders Augen irrten in Zorn und Schreck über die lachenden Gesichter hin.

„Laßt mich, Leut! Ich muß zu meinem Vater . . . denn was ich bei euch seh, taugt mir nicht! Und der Freiheit wird's noch minder taugen!" Er ging so hastig davon, als könnte er dem lustigen Spektakel, der den Hügel erfüllte, nicht flink genug entrinnen. Und hinter ihm scholl das Gelächter der Zechenden und das Spottlied, das sie auf die römischen Pfaffen sangen:

„Ich will fürhin gut päpstlich sein,
Des Luthers Lehr verachten,
Nach guten Tagen will ich nur
Und fetten Pfründen trachten!
Nach Zinst und Rent
Steht mein Intent,
Wenn ich die hätt,
So könnt ich stät
In Lust und Freuden leben,
Das ist mein einzigs Streben!"

Juliander kam zur Brücke – und da lag in mattem Grün der Hügel vor ihm, der das Wiesengütl und das Glück der Maralen getragen hatte. Eine Erregung überkam den Buben, daß ihm die Fäuste zitterten. Und er rannte den Hügel hinauf, als wäre dort oben ein Trost für ihn – als läge dort oben ein Brunnen, aus dem er nur trinken durfte, um klare Augen zu bekommen und das Gute und Große zu sehen: die schöne Ernte, die grün hinauswachsen mußte über den Wetterkot dieses Morgens.

Jetzt stand er vor der verblichenen Asche, die unter dem Schnee eine harte Masse geworden war, und vor dem Gewirr der schwarzen Balkenreste. Und die Obstbäume, die rings um das kleine Haus gestanden – die sollten nicht wieder grünen und blühen; die Hitze des Feuers hatte ihr Leben getötet und die Rinde über die Stämme hinauf bis in das Gezweig verkohlt.

„Joseph! . . . Lenli!" Betend, mit der Kappe zwischen den Händen, stand der Bub vor dem Aschenhaufen, als wär's ein Grab. Dann streckte er sich – was in ihm wühlte, stieg ihm auf die Zunge – und während sie da drüben zechten und johlten, rief er über die rauschende Ach hinüber: „Leut! Euer Narretei ist arg! Aber was gut und groß ist, das muß auch werden!"

Er stieg zur Straße hinunter und eilte durch die Schellenberger Gasse.

Er kümmerte sich um die Leute nicht, die ihm zuschrien,

kümmerte sich nicht um das lachende Gerenne, das wie trunken von einem Haus zum anderen ging. Alle Leute waren wie toll – und die Kinder machten es wie die Alten, spielten ‚Fuchs im Loch' und sangen dazu:

„Fuchs, beiß mich nit, Fuchs, beiß mich nit
Mit deinem großen Hungermaul!
Tätst einen rechten Herren geben,
Im Baurenfressen bist nit faul,
Eins, zwei, drei,
Ich schlag dir's Maul entzwei!"

Dabei droschen die Kinder so kräftig aufeinander los, daß ihr lustiges Spiel mit Heulen zu Ende ging. Doch ihr Geschrei erstickte in dem rauschenden Stimmenlärm, der vom Marktplatz her in die Gasse drang. Der weite Platz zwischen Leuthaus und Kirche lag nicht wie sonst umschleiert von Dunst und Rauch. Die Knappen hatten in der Pfannstätte alle Feuer gelöscht – und so lachte seit Jahren zum erstenmal der klare, blaue Himmel über dem Platz. Den erfüllte ein buntes Gewirr. An die vierhundert waren schon versammelt, Bauern und Knappen, Bürger und Handwerksleute. Alles schrie und drängte durcheinander, und über die Kappen und Köpfe starrten die Streitkolben und Sensen hinaus, die Speerklingen und Hellebarden.

Überall hatten sich die Leute in Gruppen zusammengedrängt, in jeder Gruppe hörte man einen mit lauter Stimme ausschreien, welchen Rat er für den besten hielte – und aus den offenen Fenstern der Herberge tönte das Lärmen der Durstigen, die ihr Bestes schon gefunden hatten: den vollen Krug. Dazu johlten sie ein Marschlied der Landsknechte, daß es klang, als säßen die Salzburger Schergen wieder im Leuthaus:

„Wir ziehen in das Feld,
Wir ziehen in das blutige Feld

Und haben weder Säckel noch Geld!
Strampe de miiii
Alla mi presente,
Al vostra signoriiii!“

Auf das sinnlose Kauderwelsch des Liedes schienen sich die Sänger das meiste einzubilden, denn das sangen sie am lautesten. Und die jungen Burschen, die in der Herberge nicht mehr Platz gefunden hatten, sangen es unter freiem Himmel mit; bald hier, bald dort auf dem Marktplatz fiel eine Stimme in das Lied ein; das klappte nicht mehr im Takt, und die hundert Stimmen verwirrten sich alsbald zu einem mißtönigen Geschrei.

Wie einer, der in fremdes Land gekommen und die Sprache der Menschen nicht versteht und ratlos ist, so stand Juliander mitten in all diesem Johlen und Gedräng. Kam einer an ihm vorbeigelaufen, den faßte er am Arm und rüttelte ihn und schrie ihm zu, was der andere nicht hören wollte. Der Zorn brannte in seinen Augen und klang in seiner Stimme, während er sich nutzlos mühte, ein paar von diesen trunkenen Menschen festzuhalten und zur Vernunft zu wecken. Ein alter, graubärtiger Knappe sah die Plage des Buben und kam auf ihn zugelaufen, mit verstörtem Gesicht. „Bist nicht der Maralen ihr Bruder? Du?“

„Der bin ich! Ja!“

„So hilf mir Ordnung schaffen um Herrgottswillen! Schau nur, wie's die Buben treiben!“

Dem alten Mann war das Weinen nah.

„Als hätten sich all zum Narren gesoffen am ersten Stündl der Freiheit! Grad fluchen möcht ich und zuschlagen! Schau, das muß doch ein Elend geben! Jesus Maria! Hilf mir, Bub! Wir müssen auf Berchtesgaden hinaus und den Hauptmann wählen! Und müssen die Rotten gliedern . . .“

Da sah er drei alte Bauern kommen, die der Rausch dieses Morgens noch nicht erfaßt hatte. Denen rannte er entgegen und schrie ihnen das gleiche zu wie schon dem Buben –

und rannte weiter und suchte noch andere, die ihm helfen sollten.

Mit blitzenden Augen, auf den Wangen die brennende Erregung, hatte Juliander das Eisen des Thurners aus der Scheide gerissen. Er hob die funkelnde Klinge und schrie mit aller Kraft seiner Stimme in den wirren Trubel: „Leut! Wer's gut will mit der Freiheit . . . her zu mir!“ Ein paar Dutzend Männer, die in der Nähe standen, hörten auf Julianders Ruf und traten zu ihm. Und wieder klang seine schmetternde Stimme: „Leut! . . . Der den heutigen Tag versäumt, ist der guten Sach ein Feind! . . . Zu mir her, Leut!“

Da klang aus der Gasse, die gegen Berchtesgaden führte, ein zeterndes Geschrei von Weibern. Und Kinder mit schrillenden Stimmen flüchteten von der Gasse gegen den Marktplatz.

Halb in Sorge und halb in Neugier drängte sich gleich ein lärmender Hauf an der Mündung der Gasse zusammen, und da sah man ein braunes Maultier durch die leergewordene Gass herunter jagen, in scheuer Wildheit, die gestreckten Nüstern umflattert von weißem Schaum. Doch das Tier gehorchte einer leitenden Hand und trug auf seinem Rücken einen Knaben in der Bauerntracht des ebenen Landes. Der war ohne Kappe – das Schwarzhaar umwirbelte ein bleiches Gesicht – und gebeugt, wie in Erschöpfung saß er auf dem Rücken des jagenden Tieres und schlug mit der Peitsche zu, als möchte er jedes Hindernis vor sich niederreiten. Schon öffnete sich mit Geschrei der Menschenhauf, der die Gasse geschlossen hatte, schon wollten sie alle Reißaus nehmen vor dem jagenden Maultier, als eine Weiberstimme schrillte: „Das Herrenkind! So schauet doch, Leut! So schauet! Das Herrenkind! Der schwäbische Bub ist dem Thurner sein Kind! Die hat sich vermaskert!“ Ein Dutzend Stimmen schrien es nach, und da schloß sich der Menschenhauf zu einer Mauer, zwanzig und dreißig stürzten dem jagenden Maultier entgegen, haschten die Zügel und rissen das erschöpfte Tier zu Boden. Morella taumelte aus dem Sattel und brach mit halb erlöschenden Sinnen nieder, inmitten eines Haufens kreischender Weiber.

Das gab einen Trubel! Das war ein Fang! Jetzt hatten sie ein Pfand in Händen, eine Geisel wider den Thurner, einen schützenden Panzer gegen die Kugeln seiner Mauerschlangen und Hakenbüchsen! So dachten und schrien jene, die noch halb bei Vernunft waren, und denen nur der Rausch der Freiheit in den Köpfen wirbelte, noch nicht der Met der Herberge und der Kirchenwein, den sie aus des Pfarrers Keller gehoben. Doch andere dachten anders, und mit Gejohl und Lachen drängten sich gleich die Burschen herbei, welche neugierig waren, ob der Kuß eines adeligen Fräuleins besser schmeckte als der Schmatz einer Bauernmagd.

Todesangst in den Augen, doch stumm, mit übereinander gebissenen Zähnen, suchte sich Morella den groben Fäusten zu entwinden, die nach ihr griffen. Erst als ein vierschrötiger Bursch sie mit derbem Arm umklammerte, brach es ihr in Verzweiflung von den Lippen: „Vater!"

Und da sah sie einen – nicht den Vater, den sie gerufen hatte – einen anderen, der sich mit stoßenden Armen eine Gasse durch das Gedräng der Menschen bahnte. Seine Nähe gab ihr die schwindende Kraft zurück, sie riß sich los und flog auf Juliander zu – warf sich an seine Brust und drückte zitternd das Gesicht an seinen Hals.

Bleich, die Augen brennend, hielt Juliander mit dem einen Arm das Kind des Thurners umschlungen und streckte mit der Rechten die blitzende Klinge vor sich hin.

Einen Augenblick dämpfte sich der Lärm, als wären die Leute verblüfft, und als wüßte sich keiner zu denken, was der Bub mit dem blanken Eisen wollte. Da schrillte die Stimme eines Weibes: „Der möcht das Herrenkind schützen! Der ist ein Herrenknecht! Den hab ich in der Burghut gesehen." Wildes Geschrei erhob sich, die Weiber drohten dem Buben mit geballten Fäusten, und einer der Burschen streckte lachend die Hand nach Morella. Doch Juliander machte mit einem ruhigen Kreisschwung des Eisens freien Platz um sich her. Und scharf klang über den Lärm hinaus seine Stimme: „Ich bin von Wittings Maralen der Bruder! Und der Stöckl-Joseph, den die Herren ohne Schuld gemordet haben, der ist mein Schwager gewesen!“ Dieses Wort machte die Leute ruhiger, und so konnte der ganze Menschenknäuel, der die beiden umdrängte, die Stimme Julianders hören, die laut und kräftig klang und doch in Erregung zitterte. „Gelt, Leut . . . so schlechten Mut wird keiner haben, daß er dem Bruder der Maralen in Böswillen nachreden möcht: Der tut, was unrecht ist . . . und tut, was der Freiheit schadet . . . und tut, was der guten Sach einen Prügel vor die Füß wirft! Gelt, Leut, das muß der Maralen ihr Bruder nicht fürchten? Und schauet, Leut, drum laßt euch ein Wörtl sagen von mir! Es soll ein Wörtl zum Guten sein!“ Es war etwas in seiner Stimme, im Blick seiner Augen – das schien die Leute zu zwingen, daß sie auf ihn hörten. „Ja, Leut, ’s ist wahr, ihr habet euch nicht verschaut: das ist dem Thurner sein Kind! Und ein jeder von euch wird wissen, wer der Thurner ist. Und wie der Joseph noch am Leben gewesen, da hat er mir einmal gesagt: der Thurner ist von den guten Herren einer, ein Herr, mit dem man hausen kann . . . der hat im Ernst noch nie einem Bauren weh getan.“

In der halben Stille kreischte eine Stimme: „Herr ist Herr, und von den Herren der Best ist allweil noch ein Blutegel am Baurenleib! Und was Herr ist, muß hin sein! Und was Herrenblut hat, das muß man niederschlagen.“

An die dreißig Stimmen schrien das nach. Doch andere begannen zu schelten: das wäre Unverstand, solche Meinung wäre ‚der guten Sach ein Schaden’ – und die Neugierigen riefen: „Haltet das Maul, ihr Schreier! Luset, was der Bub da sagen will.“

Und da sagte ihnen Juliander, wie ihn das Fräulein und ihr Vater damals ‚am roten Kathreinstag‘ aus den Spießen der Salzburger Bischofsknechte gerissen hätten. Und der Thurner hätt ihm guten Unterstand und festen Schutz gegeben. Und hundertmal hätt er den Thurner reden hören wider die ungerechten Herren und für die gerechte Sache des Volkes. „Und schauet, ihr Leut . . . weil heut in der Nacht die Feuer gebronnen haben, da bin ich am Morgen zum Thurner gegangen . . . und hab ihm gesagt: Jetzt muß ich heim, jetzt muß ich mithelfen, daß wir die gute Zeit schaffen! Und schauet, Leut, da hat mir der Thurner freien Weg gelassen . . . und hat mir das scharfe Eisen da mit auf den Weg gegeben, daß ich es brauch für unser Freiheit! Und schauet, Leut, der Glaube an unser gute Sach ist in mir gewesen wie ein heilig Feuer! Und ich hab gemeint: wie's in mir ist, so muß es in jedem sein. Und hab gemeint, jetzt muß ich tausend Leut sehen, nüchtern, mit festem Mut in der Seel, ein jeder mit dem rechten Willen zum guten Werk . . . rechtschaffene Mannsleut, wo jeder dem Nachbar die Hand hinbietet und sagt: Nachbar, jetzt müssen wir fest zueinander halten, jetzt geht's um eine große und schöne Sach . . . jetzt müssen wir ein hartes Schaffen anheben . . . und's Erst ist, daß wir uns selber zwingen müssen, eh wir die Herren werfen! Und schauet, Leut . . . da hab ich rauschige Buben gesehen . . . hab Mannsbilder sehen müssen wie die Narren in der Fasnacht! Und ein Singen und Juchzen ist überall gewesen! Und ein Saufen und Umhupfen mit den Weibsbildern! Und ein schandbares Treiben und ein wüstes Ding! Und das ist alles gewesen, was ich gesehen hab. Und da ist mir ein Zorn ins Blut gefahren . . ."

Während Morella an seiner Brust das bleiche Gesicht hob und zu ihm aufblickte, begann um die beiden her ein wirres Geschrei.

Aber wie laut diese hundert Stimmen auch waren, man hörte doch die Stimme eines alten Bauern, der in Erregung kreischte: „Recht hat er! Der Bub hat recht! Sag's ihnen, Bub! Sag's ihnen!"

„Leut!" Die Stimme des Buben hob sich über den Lärm. „Luset, Leut! Und soll einer hergehen und soll mir Red und Antwort geben! . . . Hebt denn die gute Zeit mit Dudeln und Schreien an? Mit Tanzen und Dirnenlupfen? Ist das euer Freiheit: daß ein jeder meint, er müßt sich aufführen als wie das Vieh? Und Unrecht treiben, wie's von den Herren die Schlechtesten getrieben haben im Rausch und Übermut? Wein saufen und lustig sein? Ist das alles, was der Bauer will? Das braucht man kein neues Wesen und keine gute Zeit dazu! Da hat man doch allweil schon haben können, auf jeder Kirchweih, auf jedem Maitanz und auf jedem Viehmarkt! Wenn der Bauer von der Freiheit nichts besseres will . . . Leut, da kann ein jeder wieder heimgehen und kann sich auf's Stroh legen! Die Freiheit ist keinen Knopf am Janker wert! Ist's aber, daß man gute Zeit schaffen will, in der ein Bauer sein redliches Leben hat als freier Mensch, ohne Knechtschaft und blutige Steuer, ohne Fron und Scharwerk, sicher in seinem freien Haus . . . ist's an der Stund, daß man den Übermut der schlechten Herren bindet und einen guten Kaiser macht, ein mächtiges Reich und ein festes Volk . . . das ist ein großes und heiliges Ding! Und ich mein', das müßt man anders anheben! Ernst und nüchtern, wie man zu harter Arbeit geht . . ."

Mehr noch als die unbehilflichen Worte, die Juliander in seiner Erregung fand, wirkte der Glanz seiner Augen und das brennende Blut seiner Wangen. Hundert Stimmen schrien ihm zu: „Hast recht, Bub, ja, hast recht!"

Und alle drängten sich näher an ihn heran, um ihn besser zu hören.

„Schauet, Leut: die Freiheit schaffen, das ist leichter gesagt als wie getan! Viel hundert Jahr, die gewesen sind, und viel hundert Herren, die in festen Burgen und in den Klöstern sitzen, und viel tausend Herrenknecht mit guter Wehr . . . die alle sind wider uns. Und da müssen wir doch erst noch zeigen, ob unser fester Mut das bessere Eisen ist, als wie's die Herren hinter der Mauer haben! Schauet, Leut . . . was uns zusteht mit der nächsten Zeit, das hängt wie ein arges Wetter am Himmel! Soll uns das Wetter keinen Schaden tun und unser schönes Traid nicht in Grund und Boden schlagen . . . da muß man auf die Felder laufen und die Fäust rühren! Und einer muß zum andern helfen, und jeder muß schaffen, wie's recht und gut ist! Erst muß man die Garben binden, eh man den

Wagen mit der schönen Ernt in die Scheuer führt! Schauet, Leut, da droben auf dem Marktplatz, da stellt man die Rotten auf! Die müssen auf Berchtesgaden zu und müssen den Hauptmann wählen! Und was ein rechtschaffenes Mannsbild und ein richtiger Bub ist, nimmt sein Eisen und geht auf seinen Platz."

Der drängende Menschenhauf, der um die beiden hergestanden, begann sich unter Lärm schon zu entwirren, als Juliander den Arm von Morella löste, um ihre Hand zu fassen. Er sah sie an – und seine Stimme schwankte, als er zu ihr sagte: „Jetzt mußt kommen, Fräulein . . . weißt, ich muß mich tummeln, daß ich dich heimführ zu Eurem Vater . . . ich hab nimmer Zeit . . . ich muß schauen, daß ich auf Berchtesgaden komm."

Morellas Augen hingen an ihm, und so stand sie, als wäre sie an allen Gliedern gelähmt – und zitterte.

Da zog er sie an der Hand mit sich fort. Und niemand hinderte den Weg der beiden. Doch ein alter Bauer kam ihnen nachgelaufen, stellte sich vor Juliander hin, sah ihm ins Gesicht und sagte:

„Bub! Dich muß ich mir merken!"

„Bauer . . ." stammelte Juliander und griff nach dem Mantel, den der Alte auf der Schulter hängen hatte. „Magst mir nicht deinen Mantel leihen?"

„Ja, Bub! Von mir kannst alles haben!" Der Bauer lachte. „Aber schaust doch nicht aus, als ob dich frieren tät?"

Juliander schüttelte den Kopf.

„Die Leut, weißt . . . die schauen das Fräulein allweil so an . . . in ihrem Bubenzeug." Er schob das Eisen in die Scheide und legte den Mantel um Morellas Schultern. „Komm, Fräulein . . . ich muß mich tummeln!" Dem Alten rief er noch zu: „Den Mantel leg ich ins Leuthaus hinein, gelt?" Und während er lange Schritte machte, zog er Morella hinter sich her, die Gasse hinunter.

Wie das Brausen eines Wildbaches ging der Lärm mit ihnen, der vom Marktplatz kam. Aus der Herberg hörte man noch das Johlen und Singen. Das verwirrte sich und wurde schwächer, nur einzelne Stimmen kreischten noch – und jetzt verstummten sie – und aller Lärm versank in ein dumpfes Summen.

Die beiden sprachen kein Wort. Und während Juliander immer raschere Schritte machte, spähte er mit heißen Augen die Gasse hinaus, ob nicht ein neues Hindernis käme, eine neue Gefahr.

Da fühlte er plötzlich, wie das zitternde Händchen in seiner Hand so seltsam schwer wurde. „Komm, Fräulein! Ich muß mich tummeln!" Aber Morella blieb stehen. Und als er aufblickte, sah er, daß ihr Gesichtchen ganz weiß unter dem wirren Schwarzhaar hervorlugte, und daß sie die Augen geschlossen hatte. „Fräulein?"

Die Knie brachen ihr, und sie wäre zu Boden gestürzt, wenn er sie in seinen Armen nicht aufgefangen hätte mit einem stammelnden „Jesus!" Als wäre ihr Körper nur ein leichtes Federchen, so hob er sie an seine Brust und fing zu laufen an. Bei der Achenbrücke stand er eine Sekunde ratlos, als er vom Hügel her das Singen und Jauchzen hörte. Und da bog er vor der Brücke ab und lief am rechten Ufer der Ache entlang. Das war ein harter Weg: über grobes Geröll und über steile Sandmurren. Aber sein Schritt war sicher. Und wenn der steile Lehmboden unter seinen Sohlen brach, erreichte er mit einem Sprung immer wieder ein Stücklein festen Grundes. Jetzt konnte er schon vom Torwerk der Burghut her die schreienden Stimmen der Knechte hören. Die lärmten so, weil sie auf der Straße vor dem Tor das braune Maultier sahen, das sie kannten – und weil es so plötzlich daherkam, ohne Reiterin, ohne Sattel, mit Staub und Schaum behangen. Die Stimmen der Knechte lärmten wirr durcheinander. Und das war der Wärtel, der immer kreischte: „Herr! Herr! Herr Herr!"

Als Juliander vom Gehäng hinunterstieg ans Ufer des Baches, verschwanden ihm drüben die Mauern der Burghut. Einen Augenblick zögerte er, bevor er den Sprung in das schäumende Wasser tat. Das ging ihm bis an die Hüften, und er mußte die Ohnmächtige hoch an seine Schulter heben, daß ihr das schießende Wasser nicht die Füßchen streifte. Und während er in den reißenden Wellen Schritt um Schritt erkämpfte, ruhte seine Wange an Morellas Brust – er fühlte die Wärme ihres Lebens und hörte den leisen Schlag ihres Herzens. Wie Schwindel überkam es ihn. Er mußte stehen bleiben und Atem schöpfen – und da erwachte Morella, sah mit dem ersten Blick nur das schäumende Wasser und klammerte, noch halb von Sinnen, die Arme um Julianders Hals. Das zerdrückte ihm völlig den Atem. Er zitterte und wankte. „Fräulein!“ stammelte er. „Tu deine Ärmlein von meinem Hals . . . das geht mir ins Leben, daß ich fallen muß!“

Aber Morella umklammerte ihn nur noch fester und schmiegte ihre Wange an sein Haar – und schloß die Augen und lächelte: „Du? Der starke Bub! Und fallen! Geh, das glaubst du doch selber nicht!“

Er machte einen Schritt – und taumelte – und tat ein paar hastige Sprünge gegen die Strömung – und da hatte er das Ufer gewonnen. Jetzt noch der steile Grashang – und als Juliander die Straße erreichte, stand das Burgtor schon offen, die Brücke war niedergelassen, und Herr Lenhard kam mit seinen Knechten aus dem Hof, wie zu einem Ausfall gerüstet. Denn beim Anblick des Maultieres, das so plötzlich ohne Reiterin und ohne Sattel heimkehrte, war dem Thurner der kriegsmännische Verstand mit der Vatersorge durchgebrannt – und nur der eine Gedanke noch war in ihm: Ins Dorf, zu den Bauern, und den ersten an der Gurgel packen! Doch als er den Buben sah und auf seinem Arm das schwarzlockige Häuflein Leben in dem grauen Bauernmantel, stand er freudig erschrocken.

„Bub?“

„Schau, Herr Thurner . . . da bring ich dein Kindl endlich heim!“

Und Morella streckte dem Vater schon die Arme entgegen.

„Santa Madonna!“ knurrte Herr Lenhard – und es geschah zum erstenmal in seinem Leben, daß er seinen welschen, sonst von Teufeln und Heidengöttern wimmelnden Sprachschatz um ein heiliges Wörtlein bereicherte. „Räpplein . . . du Narrenvogel . . . mein Kindl mein liebs!“ Er machte verdutzte Augen, als sich aus dem grauen Bauernmantel ein schwäbisches Büblein herausschälte – aber dann griff er mit seinen eisenumschienten Armen zu, und der erste Sturm seiner Zärtlichkeit entpreßte Morella bei all ihrer lachenden Freude einen Laut des Schmerzes. Denn neben der Liebe ihres Vaters spürte sie auch die eisernen Schienen seines Panzers.

„Räpplein! Kindl! Wie kommst du mir denn auf einmal daher?“

„Babbo! Babbo! Wie bin ich froh, daß ich wieder daheim bin!“ Zitternd hing sie an seinem Hals, während der Vater sie über die Brücke hineinzog in den Hof.

„Die Bruck hinauf! Und das Tor zu!“ schrie der Thurner. Und wie er vor einem tiefen Zug den Steinkrug zwischen die Hände zu nehmen pflegte, so nahm er Morellas Köpfchen zwischen die eisernen Fäuste und trank sich satt mit einem tiefen Blick.

Lachend, und doch das Gesichtchen noch verstört von der überstandenen Angst und Mühsal, und in den Augen eine Freude, so hell, so lachend, wie sie der Thurner in den Augen seines Kindes noch nie gesehen – so blickte Morella zum Vater auf. Und das blasse Hasenmäulchen zuckte, und es fieberte um die Flügel des feinen Näschens, während sie stammelte: „Babbo! Das ist ein Grausen gewesen! Das möcht ich nimmer erleben! Und schau, ich hab schon gemeint, daß ich sterben muß in Schand. Und da ist mein Bub gekommen . . .“ Verstummend löste sie ihr Köpfchen aus den Händen des Vaters. „Juliander?“ Ihr Blick irrte durch den Hof, und erschrocken sah sie das geschlossene Tor an. „Babbo? . . . Der Bub? . . . Wo ist denn der Bub?“ Ohne die Antwort des Vaters abzuwarten, machte sie eine Bewegung, als hätte sie ein Kleid zu schürzen, und flog die steile Holztreppe hinauf zur Plattform des Torwerkes. Zitternd stand sie über die Zinne der Mauer gebeugt – und sah auf der weißgrauen Straße einen dunklen nassen Streif – und sah da draußen beim Brükkenhügel einen gehen, der auf dem Arm einen grauen Mantel trug.

Ein Laut, so gellend wie ein Falkenschrei: „Juliander!"

Der da draußen blieb auf der Straße stehen. Er wandte das Gesicht – und stand eine Weile. Dann ging er weiter.

Klirrend in seinen Schienen kam der Thurner über die Treppe hinauf. Da flog Morella auf ihn zu, verstört, ratlose Angst in den Augen. „Babbo! . . . Der Bub! . . . Wie kannst du denn jetzt den Buben da fortlassen!"

Ein welscher Fluch – und dann die Frage: „Ist er fort?"

„So schau nur, Babbo! Schau! Da draußen! Und mitten unter die wilden Wölf da rennt er hinein!"

Der Thurner legte den Arm um seine Tochter. So standen sie bei der Mauer. Und mit einem Seufzer sagte Herr Lenhard: „Der will halt fort! Da kannst nichts machen! . . . So ein Bock, so ein eigensinniger! . . . Aber tu dich nicht sorgen, Räpplein! Um den Buben ist mir nicht bang. Das hab ich gemerkt heut!" Sie standen an der Mauer, bis Juliander da draußen hinter dem Hügel verschwand, auf dem das Fähnlein der Bauern flatterte und die trunkene Freiheit jodelte. Dann sagte der Thurner: „Komm, du Narrenvogel! Jetzt mußt du ins Bett!"

„Babbo . . ."

„Ins Bett! Corpo di Cane! Ich seh doch, wie dir die müde Angst in jedem Fingerlein zittert. Die Resi soll dir ein Bad aufgießen und soll dich warm in die Federn wickeln! Weiter! Und wenn du in deinem Kobel liegst, so komm ich hinauf zu dir . . . daß man dort hört einmal, wieso dich der Teufel heut daherschneit als einen schwäbischen Mistbuben! . . . Weiter! . . . Weiter!"

Wankend, als wäre die letzte Kraft in ihr erloschen, ging Morella zur Treppe. Und da kam ihr schon die Frau Resi entgegen, mit einem Schwall von Worten, in ihrer Freude mit einem so rotglänzenden Gesicht, wie es ein saurer Apfel macht, der gezuckert und gebraten wurde.

Herr Lenhard blieb auf dem Torwerk stehen und sah seinem Räpplein nach und schüttelte immer den Kopf. In seinem verwitterten Gesicht, das unter dem gesträubten Barthaar ganz verschwand, und in seinen grimmigen Augen raufte die Freude mit dem Ärger, wie an einem Apriltag die Sonne gegen Schauer und Regen kämpft. Dann setzte er sich auf die scharfgeladene Mauerschlange und spähte in Sorgen gegen das Dorf hinaus. Und sah, daß der Bauerntrupp, der den Brückenhügel besetzt gehalten, mit seinem Fähnlein abzog. Und vom Dorf herüber hörte er noch eine Weile den dumpfen Klang der Kuhhörner, den Hall einer Trompete – dann nichts mehr.

Nach einer Stunde kam Frau Resi, um den Thurner zu holen. Und Herr Lenhard machte flinke Schritte. Schnaufend stieg er im Wohnhaus die enge, finstere Wendeltreppe hinauf, die zu Morellas Stübchen führte. Der kleine Raum, der sein Licht durch die verglaste Tür der Altane bekam, war anzusehen wie ein sonniges Winterbild. Denn alles in diesem Raume war weiß – die Wände waren weiß getüncht, die Vorhänge der Glastür und des hochbeinigen Himmelbettes bestanden aus weißem Linnen, und aus weißem Ahornholz war all das einfache Gerät gefertigt: der hohe, doppeltürige Schrank, der kleine Schrein, die Truhe und das Bett. Fast die einzige Farbe in dem weißen Stübchen war das Gold, mit dem die Morgensonne auf den Dielen lag, und das heiße Rot, das auf Morellas Wangen brannte, und das tiefe Schwarzbraun ihrer Locken, die das weiße Kissen überringelten.

„Babbo . . .“

Sie streckte dem Vater die Arme entgegen. Und als sich der Thurner in seinem schweren Rüstzeug auf den Bettrand setzte, um sein Kind an die Brust zu schließen, krachte der weiße ‚Himmel‘ in allen Fugen.

Morella war in Tränen ausgebrochen, und so weinte sie am Hals des Vaters, bis sie das Gesichtlein hob mit der stammelnden Frage: „Babbo, Babbo, sag mir nur . . . sind denn die Menschen wilde Tiere geworden?“

„Wilde Tiere?“ brummte Herr Lenhard. „Die Menschen sind halt, wie sie sind! Der Schlechteste hat allweil noch ein gutes Fleckl, und der Beste hat allweil noch einen närrischen Winkel in seinem bockbeinigen Schädel. Und weißt, Räpplein, die Menschen muß man nicht messen in der Ausnahmszeit. Wenn das Wasser im Sieden ist, und man hebt den Deckel vom Hafen, so pfurrt halt der Dampf heraus! ... Aber sag, mein Kindl, wie kommst denn auf einmal so daher?“

„Wie's draußen im Schwäbischen angehoben hat mit dem wüsten Lärmen, da hat's mich nimmer gelitten! Schau, da hab ich heim müssen ... zu dir und ...“ Zitternd schmiegte sie das brennende Gesichtchen an den kalten Panzer des Vaters. „Es hat mich halt nimmer gelitten ... und der Bas ist's besser gegangen, weißt ... die hat mich doch nimmer gebraucht. Und schau, eine Angst hat mich angepackt ... ich weiß nicht wie ... und ich sag dir, Babbo, um die ganze Burg her ist's gewesen, als wär ein Teufel in die tausend Leut gefahren!“

Herr Lenhard nickte, und seine ‚Zeitsorg‘ machte ihn seufzen. „Ist der Meister Jörg schon daheim?“

„Seine Vorreiter sind dagewesen, und man hat ihn erwartet mit jedem Tag. Und die Bas hat allweil gesagt, ich soll doch warten, bis er kommt ... und eh der Meister Jörg nicht daheim wär, tät sie mir kein sicheres Geleit nicht geben können ... und auf die letzt, da ist die Bas ganz zornig geworden mit mir! Aber schau, Babbo, ich hab nimmer warten können!“ Sie hob das Gesicht und strich mit zitternden Händen das schwarze Geringel von der Stirn zurück. Um das rührsame Hasenmäulchen schnitt sich ein harter Zug, und ihre Augen blitzten. „Und weil mit der Bas kein Reden nimmer war, schau, Babbo, drum hab ich für mich allein getan, was ich tun hab müssen! Für einen Schilling hab ich dem Gänsbuben auf der Mindelburg sein Gewand abgekauft, und einen Schilling hab ich dem Torwart auf Wein gegeben ... und hab ihm gesagt, ich möcht hinausreiten auf den Anger, weil mir das müde Hausen in der Burg das Blut so schläfrig macht. Und da bin ich zugeritten, Babbo . . . und sieben Tag lang bin ich geritten . . ."

Der Thurner lachte. Jetzt lag ja sein Räpplein sicher im weißen Bett – und da blieb für ihn nur die Freude übrig, die dieser Tollmut seines Kindes in seinem alten Landsknechtherzen weckte. Und in seinem Lachen fand er nur das eine Wort: „Du Narrenvogel! O du Narrenvogel!"

„Da mußt du nicht lachen, Babbo! Das ist ein schieches Reiten gewesen!" In Morellas Augen war's wie ein Blick des Grauens, und ihre Stimme zitterte. „Zwei Tage lang hab ich reiten müssen ums Leben . . . am Geläger der schwäbischen Bauren vorbei . . . Babbo, schau, die Leut all, die sind wie rauschig gewesen . . . und was ich sehen hab müssen . . . da ist mir ein Grausen ins Blut gefahren!" Sie bedeckte das Gesicht. Und als sie die Hände wieder sinken ließ, atmete sie auf, wie nach überstandener Todesangst. „Erst wie ich zum Ammersee gekommen bin, da ist wieder Ruh gewesen im Land. Und durch die ganze bayrische Gegend her, bis an den Chiemsee, da hab ich kein Feuer brennen sehen und hab kein Kuhhorn brüllen hören. Da haben die Bauren auf den Äckern gepflügt und haben das Traid gesät . . ."

Herr Lenhard machte die Augen groß, als hätte er da eine wichtige Botschaft vernommen. „Im Bayerland draußen halten die Bauern Fried?"

„Ja, Babbo! In den Pfarrhöfen, wo ich genächtigt hab, und in den Herbergen, wo ich mir diemal ein Bröcklein gekauft hab für meinen Hunger, da hab ich die Leut so reden hören, als täten sie sich vertragen mit ihren guten Fürsten, die ihnen die Hand zum Frieden bieten."

Der Thurner tat mit der Faust einen Streich auf seinen Schenkel. „So ist dem neuen Wesen ein Keil ins Fleisch getrieben!"

„Aber in Reichenhall, Babbo, da hat der Lärm wieder angehoben . . . gestern am Abend ist's gewesen . . . und vor den Häusern hab ich über die Wiesen reiten müssen, denn vom Kloster her, da hab ich ein Schreien gehört wie von tausend Menschen . . . und sieben erschlagene Knechte sind vor dem Mauthaus an der Landgrenz auf der Straß gelegen . . . Babbo, da ist mir in meiner Müdigkeit das Fürchten gekommen!“ Morella umklammerte den Vater. „Und mein Brauner ist krumm gegangen und hat nimmer laufen wollen . . . und da bin ich am Röthelbach zu einem einschichtigen Lehen gekommen. Und in der Herdstub hab ich den Bauer und die Bäurin mit zwei Büblein am Herd sitzen sehen . . . und schau, Babbo, die Leut, die haben gebetet, und da hab ich mir ein Herz genommen und bin hinein. Aber wie ich die Bäurin angesehen hab, bin ich erschrocken auf den Tod . . . das ist eine Schellenbergerin gewesen, und ich hab auch gleich gemerkt, daß sie mich kennt. Und sie hat ihrem Mann was ins Ohr gewispert. Da lacht der Bauer ein bißl und kommt auf mich zu und fragt: ‚Büblein, was magst?‘ Ich hab keine Lug mehr herausgebracht und hab's halt gesagt: daß ich umfall vor Müdigkeit, und daß mein Brauner nimmer laufen will. Und da haben sie mir zu essen gegeben, und der Bauer hat dem Braunen den krummen Fuß gekühlt, und die Bäurin hat mir am Feuer eine Liegerstatt gemacht. Und da bin ich gelegen, Babbo, und hab gezittert in meiner Angst, und hab getan, als ob ich schlafen tät. Und der Bauer ist wieder am Feuer gesessen, und mit einer Stimm, die ganz wispig gewesen ist, hat er seinem Weib von einem Blättlein was fürgelesen . . . ein Lied, Babbo . . . und das hat angehoben: Nun ist das Heil uns kommen her, voll Gnad und lauter Güte . . .“

„Räpplein!“ fuhr der Thurner auf. „Das sind lutherische Leut gewesen!“

Erschrocken sah sie den Vater an. Und bekreuzte das Gesicht wie nach einer überstandenen Gefahr – und schüttelte dazu das Köpfchen, als wäre etwas an der Sache, was sie nicht verstand. „Aber, Babbo! In unserer Kirch, da hab ich doch allweil predigen hören . . .“ Sie stockte. „Und schau, Babbo, die Leut da, die sind so gut zu mir gewesen! Und eh der Bauer das Feuer geloschen hat, ist er zu meiner Liegerstatt gekommen und hat mich zugedeckt mit einem Mantel . . . und schau, da ist mir alle Angst vergangen, daß ich schlafen hab können."

Herr Lenhard schnaufte, als wäre ein Denken in ihm, das er gern von sich abgeschüttelt hätte.

„Und gählings weckt mich einer . . . es hat schon gegrauet in der Stub . . . und da steht der Bauer vor mir und sagt: ‚Fräulein, jetzt muß ich dich fortschicken, es ist an der Zeit, daß du heimkommst zu deinem Vater!' Und wie ich hinauskomm vor die Herdstub, seh ich im Frühlicht mächtige Feuer brennen auf allen Bergen . . . das hab ich verstanden, Babbo! Grad so haben die Feuer vor zwölf Nächten um die Mindelburg gebronnen! Und da hab ich mir nimmer Zeit gelassen, daß ich den Braunen gesattelt hätt . . . und hab ein Reiten angehoben in meiner Angst . . . und zu Berchtesgaden ist alles schon lebendig worden. Ein Hornblasen und Läuten ist's gewesen, ein Schreien und Singen . . . und da hab ich losgeschlagen auf das arme Bräunl . . . und wie ich zu Schellenberg auf den Kirchplatz gekommen bin . . ." Von einem Schauer befallen, schlug Morella die Hände vor das Gesicht und fiel in die Kissen zurück.

„Das ander kann ich mir schenken!" knurrte Herr Lenhard mit Lachen vor sich hin. Schweigend wartete er eine Weile. Dann rüttelte er den Arm des Kindes.

„He, Räpplein! Was hast du denn? . . . So schau doch wieder auf!"

Morella ließ die Hände sinken – und da blühte ein mildes Lächeln um ihren Mund, und ein träumender Glanz war in ihren Augen, die den Vater nicht zu sehen schienen.

„Kindl?"

„Ja?"

Wie erwachend blickte sie zu ihm auf. Und sagte ernst: „Babbo! Ich hab Leut gesehen, vor denen ich erschrocken bin! Aber einen hab ich reden hören von der guten Zeit der Menschen . . . dem hab ich glauben müssen!" Sie atmete tief und lächelte wieder.

„Was wär denn das für einer gewesen?"

Morella schwieg. Dann hob sie sich halb aus den Kissen,

nahm die Hand ihres Vaters und streichelte die rauhbehaarte Faust. Und während ihr in Glanz die Augen schwammen, fragte sie leise: „Babbo . . . wie du meine Mutter lieb gewonnen hast . . . jetzt mußt du mir sagen, Babbo, wie das gewesen ist!“

Herr Lenhard fragte verwundert: „Räpplein? Wie kommst du denn jetzt auf das?“

„Warum hast du mir das noch nie gesagt?“

„Weil man dem jungen Zeisig den schiechen Lebensfalken nicht gern vors Nestl hinstellt. Der kommt ihm allweil noch zeitig genug geflogen. Aber hast doch jetzt ein Stücklein grauslicher Welt gesehen! Da kannst auch hören, wie ich zu deiner Mutter gekommen bin. Das ist im Jahr geschehen, als du die Guckaugen aufgetan hast. Und der Mai meiner Lieb . . . das ist grobe Zeit gewesen. Ich bin in Welschland bei des Kaisers Heer gestanden und hab ein Fähnlein Landsknecht geführt. Mit sechstausend scharfen Buben sind wir vor Brescia gelegen, und am Johannistag, in aller Morgenfrüh, hat man zum Sturm geblasen. Kindl, das ist ein siedheißer Tag geworden . . .“ Herr Lenhard geriet in Feuer, und als säße er mit Juliander hinter dem Steinkrug, so begann er den Sturm gegen die Mauer zu schildern, das Eisengeklirr der Stürmenden und das Krachen der Schlangen und Hakenbüchsen. Und plötzlich besann er sich und lachte: „Ja, so! Du hast doch was anderes hören wollen! So schau halt . . . wie die Stadt genommen war, da hat sie der Feldhauptmann den scharfen Buben in die Fäust geworfen, weil sie drei Monat lang keinen Sold mehr gesehen haben. Wie's da zugegangen ist . . . Kindl, druck deine Augen zu, das sollst nicht sehen! . . . Und wie ich am Abend aus der roten Stadt hinausgeritten bin ins Geläger . . . mein Roß ist geladen gewesen, daß es schnaufen hat müssen . . . schau, da hab ich in einem kleinen Haus ein Mädel schreien hören. Ich bin's gewohnt gewesen, daß die Weiber haben schreien müssen, wo unsere scharfen Buben hingekommen sind . . . aber selbigsmal, die Stimm des Mädels, die ist mir durch Mark und Bein gegangen. Und da bin ich abgesessen, hab an der Haustür über einen alten Mann steigen müssen, der tot in seinem Blut gelegen ist . . . und wie ich in die Stub komm, seh ich drei Landsknecht, die sich raufen um das Mädel, jeder die Faust in ihrem Haar, und jeder hat mit der anderen Faust auf seinen Gesellen losgedroschen! . . . Und ein Mädel, Räpplein . . . noch schöner in seinem Jammer . . . und das arme Ding hat mich angeschaut mit einem Blick, der heißer geredet hat wie tausend Wort. Da bin ich dreingefahren unter die Lümmel . . . und was auf meinem Roß gehangen hat, den ganzen Sack voll Silberschüsseln, das hab ich den Buben hingeworfen, daß sie das Mädel freigeben. Und hab sie dann zu mir auf den Sattel gehoben und bin ins Geläger geritten . . . und das arme Ding hat so gezittert und hat nichts andres nimmer sehen mögen als die Nacht in den Wamsfalten auf meinem Panzer . . .“

Der Thurner machte mit seinem Arm eine zärtlich sanfte Bewegung, als schlösse er wie damals das ‚zitternde Ding‘ an seine Brust.

„Und wie wir in meinem Zelte waren, ist sie in ihrem Jammer dagesessen wie ein Bröslein Elend . . . denn weißt, Räpplein, der alte Mann, der vor der Haustür gelegen, das ist ihr Vater gewesen, und Mutter hat sie keine mehr gehabt. Aber das hab ich erst später zu wissen gekriegt . . . selbigsmal hab ich mit meinem bissel Welsch kaum ein Wörtl von allem verstanden, was sie in Tränen geredet hat. Aber wie ich mir den Kyrriß herunterschnall . . . und das Mädel sieht, daß ich Blut am Arm . . . da hat sie mir das Blut gestillt und hat mir den Arm verbunden. Dann ist's Nacht geworden, und ich hab sie schlafen lassen auf meinem Zeltkreister . . . und bin auf dem Boden gelegen. Und den andern Tag, wie man der Stadt den Frieden gegeben hat, hab ich sie heimgeschickt . . . und schau, Räpplein, das ist mir nicht leicht geworden. Am Nachmittag sind wir davongezogen, auf Mailand zu . . . und ein halbes Stündl bin ich schon geritten gewesen . . . da kommt eins hergelaufen über die Maisfelder . . . und denk, Räpplein: das Mädel ist wieder da! Und schaut mit ihren todtraurigen

Augen zu mir auf . . . und greift mit der Hand in den Steigbügel und laßt nimmer aus . . . und allweil zottelt sie neben meinem Gaul her . . . und wie ich merk, daß sie müd wird, hab ich sie halt zu mir heraufgehoben."

Dem Thurner wurde die rauhe Stimme lind.

„Am Abend, in meinem Zelt, da hat sie Feuer gemacht und hat mir die Supp gekocht . . . Räpplein, die hat mir geschmeckt . . . und in der Nacht, wie ich mich wieder hab hinlegen wollen auf den Boden . . . da ist sie aufgestanden und hat gezittert . . . und wie ich grob geworden bin und hab ihr so mit den Händen gesagt: sie soll sich schlafen legen . . . da ist ihr mit Tränen ein Lachen aus dem Herzen gekommen . . . und schau, da sagt mir das Mädel: „Messer, ti voglio bene!"

Bleich und ängstlich zitternd, die Hände um die Faust ihres Vaters klammernd, stammelte Morella: „Babbo? Was heißt das?"

„Das soll heißen: Herr, ich bin dir gut! . . . Und schau, Räpplein, so ist das liebe Mädel deine Mutter geworden. Und ist mein Weib gewesen. Und ihr zulieb hab ich's getan, daß ich mich als Pfleger da in das Rattenloch gesetzt hab, damit sie doch einen Herd hat, weißt! Und da hat sie gehaust mit mir . . . bloß ein einzigs Jahr . . . und hat mir ein schönes Jahr so schön und reich gemacht! Und ist nur eine arme Magd gewesen!" Aufschnaufend tat Herr Lenhard einen Griff mit der Hand. „Gott weiß wohl, wen ich meine!" Doch als er trinken wollte, merkte er, daß er mit der Hand ins Leere gegriffen. Ein welscher Fluch – und dann ein müdes Lachen.

Da schlug Morella die Arme um den Hals des Vaters, in stürmischer Zärtlichkeit. „Gelt, Babbo . . . die Mutter hat dich reich gemacht . . . und ist doch nur eine arme Magd gewesen!"

Herr Lenhard schwieg eine Weile und ließ sich herzen von seinem Kind wie einer, der nach frierender Zeit die liebe Sonne spürt. Dann schien ihm plötzlich ein Gedanke zu kommen, der ihn schmunzeln machte. Und mit den Augen zwinkernd, sagte er: „Räpplein, du roter Narrenvogel . . . ich mein', jetzt weiß ich, warum du mich das gefragt hast: wie ich deiner Mutter gut geworden bin?“ Er lachte. „Meinetwegen, so erzähl mir halt, wie das bei dir gegangen ist!“

Brennend schoß das Blut in Morellas bleiche Wangen – und als könne der Vater die rote Farbe nicht vertragen, so hielt sie ihm mit beiden Händen die Augen zu.

Unter dem Visier dieser zitternden Finger lachte der Thurner: „In Gottesnamen, so red halt! Hab mir eh schon allweil gedacht, warum du mir so lang kein Wörtl vom Junker sagst.“

„Babbo!“

Ganz verwundert war Herr Lenhard über den zornigen Klang dieser Worte. Und als Morella die Hände fallen ließ, sah er den Zorn auch in ihren Augen blitzen. „Räpplein? Bist du verrückt? Oder bin ich's?“

„Wenn du mich lieb hast, Babbo, so red kein Wörtl nimmer . . . von dem! Das ist ein schlechter Mensch! Den hab ich hinausgeworfen aus meinem Leben, wie man eine Spinn von seinem Ärmel schüttelt!“ Sie atmete tief – und strich die Locken von der Stirn zurück – und sah mit trotziger Entschlossenheit den Vater an. „Aber weißt, Babbo, wenn du schon so neugierig bist . . . meinetwegen, so sag ich dir's halt!“ Ihre Stimme zitterte, doch ihre Augen glänzten. „Ich hab einen lieb . . . der ist so arm, wie meine Mutter gewesen ist. Und der ist mir gut, und der wird mich so reich machen, wie dich meine Mutter gemacht hat!“

Der Thurner fuhr auf, als hätte man draußen auf dem Torwerk das Signal geblasen: Feind in Sicht! Und die Zunge wollte ihm kaum gehorchen: „Räpplein? Der Bub?“

„Ja, Babbo! . . . So! Und jetzt fluch!“

Das besorgte Herr Lenhard. Ganz gründlich. Und fluchend rasselte er in seinem Eisenzeug zur Tür hinaus, als wäre ihm das kleine Stübchen zu eng geworden für das Feuer seines Zorns.

Wie eine brennende Hummel, die an dunkler Mauer ein Flecklein Sonne finden möchte, surrte er durch die Wehrgänge – und als er einen von den Knechten nicht auf dem Posten fand, da gab's ein Donnerwetter mit einem Blitz, der einschlug.

Und dann hinauf zum Torwerk. Da stand er an der Mauer – und schnaufte – und sah mit grimmigen Augen über die stille, leere Straße hinaus. „So ein Bock, so ein eigensinniger! Und jetzt . . . jetzt muß er davonlaufen! Weil der süße Fladen in der Schüssel liegt." Unter einem welschen Kraftwort guckte er zur Glastür der Altane hinauf. Und ging hinunter ins Wehrhaus, nahm in Julianders Kammer den großen Käfig mit dem Eichhörnchen von der Mauer, trug ihn hinauf in Morellas Stube und stellte ihn so kräftig auf die Truhe, daß das Tierlein hinter den Drähten erschrocken ein Rad schlug. „Da . . .da hast du's wieder . . . das haarige Vieh!" Höhnisch lachte er in seinem Zorn.

„Das wirst wohl heilig halten müssen! Das hat dir ja den Buben ins Haus gezogen . . . und gepflegt hat er's, wie die arme Seel den Glauben an Gott!" Zögernd ging er auf das Bett seines Kindes zu – und packte Morella an beiden Ohren und sah ihr lang in die Augen. „Räpplein? Ist's wahr? Hast ihn so lieb?"

Sie lächelte zu ihm auf, als hätte sie schon erwartet, daß etwas Ähnliches kommen würde.

„Ja, Babbo!"

„Und daß du sterben müßtest, wenn du den Buben nicht kriegst?"

„Sterben? Warum denn sterben? Ich will doch leben im Glück!"

„Kindl, da darf dich das Warten nicht verdrießen!" Herr Lenhard war ruhig und ernst geworden. „Von mir aus kannst ihn haben!"

Sie zog seine Hände nieder und legte ihre brennenden Wangen dazwischen. „Das brauchst mir doch gar nicht sagen, Babbo!"

„So? . . . Aber wahr ist's: an dem Buben ist kein Fehl, als nur sein bäurischer Eigensinn! Und daß du ihn lieb hast,

Räpplein, das ist er wert. Und steht's bei mir, so sollst du dein Glück im Leben haben. Lieb geben und Lieb empfangen, das ist das Best! Das ander alles . . . ob die gescheiten Leut die großen Wort auch aufpludern wie Schweinsblasen . . . das ander alles ist keinen Pfifferling wert! Aber was draus werden soll, Kindl? Das weiß der Teufel und sein Bruder Martin!" Schnaufend setzte sich der Thurner wieder auf die seufzende Bettlade.

„O Narrenzeit! O du verfluchte Narrenzeit! Jetzt kommt mir das neue Wesen gar noch über mein Kindl und sein Glück! Denn wie ich den Buben kenn . . . Räpplein, der kommt nimmer, eh man nicht den tiefen Graben wieder zugestopft hat zwischen Herr und Bauer."

„Der kommt, Babbo! Wirst sehen, der kommt! Sieben Tag lang bin ich geritten . . . wird doch der Bub ein Stündl laufen können?"

„So? Meinst?"

„Ja, Babbo!" Sie streichelte seine Hände. „Und jetzt mußt du mir erzählen, weißt . . . wie's ihm allweil gegangen hat."

Herr Lenhard lachte. „Du! Der hat was gelernt!" Und ehe der Thurner zu erzählen begann, schnallte er an der Schulter den Kyrriß auf und schob den Wamskragen und das Hemd zurück, um dem Räpplein die bunten Farben zu zeigen, die der Bub mit dem Eisen gemalt hatte.

„Da schau her! . . . So haut er zu, dein Bub!"

15

Im Fürstenzimmer des Stiftes zu Berchtesgaden stand der Propst, Herr Wolfgang von Liebenberg, um die zehnte Morgenstunde am sonnigen Fenster. Weil durch die dicken, in Blei gefaßten Rundscheiben ein trübes Schauen war, hatte der Fürstpropst das kleine Schubfenster geöffnet. Grell lag ihm die Sonne auf dem entfärbten Gesicht, während er über die

Ringmauer und den Hirschgraben hinunterblickte zum Anger, von dem ein brausender Lärm heraufquoll wie das Wogengeräusch von einem See, den der Sturm in Aufruhr brachte. Im Geflimmer der Morgensonne sah man dort unten an die tausend Menschen durcheinander wimmeln. Waffen blitzten, und bunte Fahnen sah man flattern, ein ganzes Dutzend, Fahnen in allen Farben.

Stumm, an der Lippe nagend, blickte Herr Wolfgang in dieses Gewirbel von Menschen hinunter. Dann stieß er in Zorn mit der Faust das Schubfenster zu, als wäre ihm dieses Bild dort unten eine Qual in den Augen, dieser Lärm eine Pein in den Ohren. „Das alles kommt von der lutherischen Büberei!“ Er ging auf den greisen Dekan zu, der inmitten des prunkvollen Gemaches am Tische saß. „Schöttingen? Was rätst du mir?“

Der Greis mit dem weißen, wackelnden Kopf erhob sich. Doch bevor er zu sprechen anfing, durchschrillte ein gellender Pfiff das Zimmer. „Schweig, Satanas!“ zürnte Herr Wolfgang und schlug mit einem Stäbchen nach dem kleinen Affen, der an eine dünne Silberkette gefesselt war und in gereizter Unruh an einer mit Sprossen versehenen Stange auf und nieder fuhr – ein langschwänziges Krallenäffchen, das aus der Neuen Welt gekommen war, und das der Kaiser auf dem Wormser Reichstag dem Propst zu Berchtesgaden geschenkt hatte. Eingeschüchtert duckte sich das Tierchen auf eine Sprosse, ringelte den buschigen Schweif um den Hals, fletschte die Zähne seiner altklugen Teufelsfratze und sah den Propst mit funkelnden Augen an.

Der legte das Stäbchen fort und wandte sich zum Dekan: „Was rätst du mir, Schöttingen? Was ich in vier Wochen täte, wenn der Frundberg und der Wernau mit ihren Landsknechten daheim sind, das wüßt ich. Aber was tu ich heut?“

„Ja, Herr“, nickte der Greis, „für den Menschen das größte Rätsel ist nicht etwa die Zukunft, sondern die Zeit, in der er lebt.“

Der Fürstpropst machte eine Bewegung der Ungeduld.

„Was rätst du mir?“

„Das, Herr, was ich als den Willen der Zeit erkenne.“

„Und was meinst du, daß die Zeit von mir begehrt?“

„Daß Ihr handelt als ein deutscher Mann.“

„Was hat mein Deutschtum mit diesem Bauernrummel von heut zu schaffen?“

Die Stimme des Fürsten klang gereizt. „Heut muß ich mich wehren als Herr, den der Aufruhr seiner Bauern bedrängt. Und dann muß ich handeln als Priester, dem die Ketzerei das Tor seiner Kirche niederbrechen will.“

„Dann werdet Ihr das Falsche tun! . . . Ihr habt meinen Rat immer beiseite geschoben, weil er Euch unbequem zu hören war. Heut, im Schrecken des Morgens, habt Ihr mich gerufen. Jetzt sollt Ihr meinen Rat auch hören. Ihr Herren alle, ihr seid in dem Irrtum befangen, daß der Inhalt unserer Zeit nur dieser unglückliche Zank um die Kirche ist, nur die Unruh, die in das Volk gefahren, daß es nach Befreiung von seinen Lasten schreit, nach freiem Acker und freiem Herd. Nein, Herr, das allein ist es nicht, um was heut gewürfelt wird. Dieser Kirchenstreit und dieser Bauernrummel, wie Ihr den Sehnsuchtsschrei des deutschen Volkes nennt . . . das sind nur zwei von den vielen Gesichtern, mit denen die Gegenwart dem Kommenden entgegenläuft. Was aber als Kern in der Sache steckt, was alle deutschen Seelen aufwühlt in ihren Tiefen . . . das ist die dunkle Sorge eines Volkes um seine Zukunft.“

Vom Klang dieser Worte gefesselt, trat Herr Wolfgang an den Tisch. „Nimm einen Stuhl, Schöttingen! Das Stehen fällt dir schwer . . . ich sehe, daß du zitterst.“ Die Arme kreuzend lehnte er sich an die Kante des Tisches. „Erkläre mir, wie du das meinst.“

Mit tastenden Händen suchte der Greis die Lehnen des Sessels und ließ sich nieder. „Ein Volk, Herr, das ist nicht anders wie der einzelne Mensch, der in Nöten um die Dauer seines Lebens ringt und in den Sorgen der Stunde schon die Gefahren ahnt, die noch kommen sollen. Wie der, so hat auch ein Volk seine ahnenden Nerven, in seinen kämpfenden Gliedern den Gichtschmerz, der das böse Wetter vorausempfindet.

Und uns Deutschen, Herr, uns stehen harte Zeiten bevor. Sagt doch selber, wie es steht um unser Land! Ist das noch ein Reich?

Endlose Bruderkämpfe, endlose Kriege um den blauen Himmel hinter den deutschen Bergen dort unten haben unsere Kraft zerrieben. In den Nöten der Zeit, wo jeder im Trüben fischen wollte, hat man die Bundesverfassung zu einer schalen Suppe zusammengerührt. Kaiser, das ist nur noch ein Name. In der Wirrnis dieser Zeiten rissen die Landesfürsten an sich, was sie erhaschen konnten. Von Jahr zu Jahr hat die Zersplitterung des Reiches überhand genommen . . . wie ein morschgewordenes Haus, so steht es da, mit geborstenen Mauern, mit zerklüftetem Dach! Wie soll es da den Sturm überstehen, den kommende Zeiten über uns bringen werden?"

„Schöttingen, du siehst zu schwarz mit deinen müden Augen. Unser Reich hat hundert Gefahren überstanden und wird sich auch der kommenden wehren."

„Nein, Herr . . . diese Gefahr ist größer, als Ihr glaubt. Was unserm Reich in der Zukunft droht, das ist der Kampf um seinen Bestand . . . was unseres Volkes wartet, das ist der Kampf um sein Leben. Was jetzt da drunten vor Pavia gegaukelt wurde, das war nur ein Vorspiel böser Zeiten, die erst kommen sollen. Und daß man den König Franz gefangen nahm, das wird nichts ändern. Was sich ausbrütet im Schoß der Zeit, ist nicht eine Fehde der Fürsten, das ist ein Krieg der Völker.

Der Bauch von Frankreich möchte wachsen bis an den Rhein und deutsches Land verschlingen. Im Osten droht uns der Türkenschreck, hinter dem uns kommen wird, ich weiß nicht was. Im Süden kocht der alte Groll aus einer Zeit, in der wir dort unten die Herren waren. Der enge Norden drängt nach weiterem Leben. Von allen Seiten rückt die

Gefahr auf uns ein. Und Deutschland hat keinen Freund in der Welt, nur Feinde. Wir selber müssen uns schützen, wir müssen wachsen, müssen alle Stämme in uns aufnehmen, die unsere Zunge reden, und müssen unsere zerfahrenen Kräfte sammeln, wenn uns nicht, wie die reibenden Steine das Korn zermalmen, die kommenden Zeiten zerdrücken sollen . . . zu Mehl und Futter für andere Völker. Seht, Herr, das Vorgefühl dieser Gefahr ist wie dunkle Sorge in allem deutschen Volk. Wer soll uns schützen? Die deutsche Ritterschaft? Sie hat ihre Macht verloren . . . das schwarze Körnlein, das den Tod durch Panzer und Mauern wirft, hat ihre Kraft völlig gebrochen. Und eine neue Kraft muß heranwachsen, um das Reich zu schützen."

„Wahr, Schöttingen! Aber wo ist diese Kraft?"

„Im Volk!"

Herr Wolfgang lachte, obwohl der Ernst dieser Stunde mit fahler Blässe auf seinem Gesichte lag. „Die trunkenen Schreier da drunten? Die wollen einen tiefen Krug und eine volle Schüssel haben. Dann sind sie zufrieden. Was kümmert die das Reich!"

„Ein gefährlicher Irrtum, Herr! Was aus den Bauern schreit, als ein unverstandenes Gefühl, als ein halber Wille mit halbem Gesicht . . . das schreit nicht nur in den Bauern. Das schreit auch in uns, die wir uns Herren nennen. Daß ein Wandel aller Dinge kommen, daß man ein neues Wesen erschaffen muß, um unser wankendes Reich zu stützen . . . war das nicht auch das Schlagwort aller Gebildeten und aller Besitzenden im Reich? Und immer die Frage: Wer ist der rechte Mann dafür, um diesen Wandel zu schaffen. Wer kann das?"

„Schöttingen!" Die Stirne runzelnd richtete sich Herr Wolfgang auf. „Da fehlt nur noch, daß du mir sagst: dieser rechte Mann wäre der Luther!"

„Tausende glauben, daß er die Rettung ist. Mir ist er nur einer von den vielen Namen für die gleiche Sache. Sagt: Sickingen . . . und Ihr nennt einen Kämpfer für die deutsche Sache, der voreilig war und fallen mußte. Sagt: Hutten . . . und Ihr nennt einen Helden der Seele, den das Feuer der Zeit verbrannte. Sagt: Münzer . . . und Ihr nennt einen Toren und Träumer. Sagt: Luther . . . und Ihr nennt einen schaffenden Mann. In ihnen allen wirkte unaufhörlich der Geist der Zeit . . .“

„Den Wittenberger? Diesen Ketzergeist der Unruh und Zerstörung? Den nennst du einen schaffenden Mann?“ Erregt, mit hastigen Schritten, trat der Propst dicht vor den Sessel hin und legte die Hand auf die Schulter des Greises. „Schöttingen? . . . Willst du mir einen Rat geben, der mich täuschen soll? . . . Bist du Martinisch?“

Mit leisem Lächeln schüttelte der Greis den weißen Kopf. „Nein, Herr! In dem Glauben, in dem ich geboren wurde, will ich sterben. Er hat mein langes Leben ausgefüllt und wird mir auch für den nahen Tod genügen. Aber weil ich ein Christ und Priester bin . . . soll mich das hindern, die Zeit zu erkennen und den Wert eines Menschen zu schätzen? Achtet nicht auch ein Landsknecht den Feind, bei dem er Tapferkeit sieht und Begeisterung für seine Sache?“

„Es gab eine Zeit, in der du eine andere Meinung von diesem Wittenberger hattest!“ sagte der Propst mit unverhehltem Ärger. „Seit wann denkst du so gut von ihm?“

„Seit ich seine Bibel las.“

Herr Wolfgang machte eine Bewegung mit der Hand, wie man ein Käferchen fortstreift, das auf den Tisch gekrochen.

Langsam hob der Greis die Augen. „Habt Ihr sie nicht gelesen? . . . Dann lest, Herr! Und wir wollen allen Streit um die Kirche aus dem Spiel lassen . . . und gar nicht reden von dem Wert, den dieses Buch für die Gesundung des christlichen Gedankens haben wird. Aber dieses Buch, dieses Buch ist eine deutsche Tat! Welch eine herrliche Sprache, die es redet! Nie noch hat einer sein liebes Deutsch mit solcher Kraft geredet, mit so feierlichem Orgelklang und mit so klarer Festigkeit! Kommt die Zeit . . . und kommen muß sie . . . die unser Reich zu einem festen und starken Ganzen schmiedet, so wird die unüberwindliche Stärke und das stolze Leben unseres Volkes auf der Gemeinschaft aller deutschen Zungen ruhen. Und diese Zukunft wird auf diesem Buch stehen, das uns

Deutschen eine neugeborene deutsche Sprache gab! . . . Und dieses Buch, Herr . . . dieses Buch war eine Tat der Freiheit. Denn es schenkt der Welt die reine Lehre Christi . . . und des Heilands Lehre, daß alle Menschen Brüder sind, Kinder eines Vaters . . . das ist eine Freiheitslehre, die aller Knechtschaft widerspricht! Seht, Herr, da liegt der Quell des Erfolges, den dieser Wittenberger gegen Rom gewann . . . ein Erfolg, den ich mit jedem Tage wachsen sehe. Mit dieser törichten Acht, die ihr auf dem Wormser Tag verkündet habt, meintet ihr den Wittenberger und seine Lehre, seine Anhänger und diese ganze Bewegung tödlich getroffen zu haben . . . und ihr habt dem neuen Wesen nur neue Nahrung gegeben, daß es sich ausbreitet wie eine wachsende Flamme. Weil ihr die Zeit nicht verstehen wolltet, habt ihr sie wider euren Willen vorwärts geschoben . . . auf Wege, die gefährlich sind."

„Laß das alles!" fuhr Herr Wolfgang auf. „Ich habe dich gerufen, um mir zu raten! Nur das hilft mir. Aber du willst mir predigen."

„Ja, Herr, das will ich!" Zitternd erhob sich der Greis. „Und will Euch in die Ohren schreien, was ich fürchte und was ich hoffe. Und um der ernsten Stunde willen bitt ich Euch: versteht mich nicht falsch! Laßt in Euch kein Mißtrauen gegen mich aufkommen. Ich rede nicht der Lutherei das Wort. Nein! Denn dieser ganze Kirchenstreit, das hat mit dem Himmel nichts zu schaffen, und nichts mit den Nöten unseres Volkes. Aber als deutscher Mann hat dieser Wittenberger eine Saite angeschlagen, die das Herz unseres ganzen Volkes klingen macht."

Herr Wolfgang deutete in Zorn nach dem Fenster. „Schöne Klänge . . . die da drunten!"

„Was so übel tönt, das ist nur der schlechte Geigenboden, auf dem die Herren hundert Jahre kratzten, ohne ihn zu pflegen! Aber die Saite, die ist gut! Dieser Wittenberger hat's empfunden, daß nur eines unser Volk aus den Wirren der Zeit erlöst und für den Kampf der Zukunft kräftigt: die Freiheit. Und weil er ein Mönch war, schlug er zuerst an die rostige

Tür, die seiner Faust am nächsten lag. Und auch das war gut. Und hätten unsere Kirchenfürsten so deutsch empfunden, wie dieser geschmähte Mann, so wär's nicht dahin gekommen, wo wir heute stehen, und der Luther wäre nicht auf den Weg getrieben worden, den er heute geht . . . wir hätten nicht diese unglückselige Spaltung, sondern eine einige Kirche, die frei und deutsch ist. Das hätte sie auch im alten Glauben sein können. Aber frei mußte sie werden – frei von Rom, das undeutsch ist und immer ein Feind des deutschen Gedankens war. Nur auf dem Boden einer freien Kirche wird sich unser Reich zu neuem Glanz und zu dauernder Kraft erheben. Die Fürsten im Norden, die haben das verstanden . . . und Ihr werdet es noch erleben, Herr, welche Fülle und Kraft ihnen aus dieser freien Gemeinschaft von Thron und Kirche erwachsen wird. Wir im Süden, wir sind taub geblieben, und weil unsere Herrenohren den Ruf der Zeit nicht hören wollten, drum mußte der Schrei so laut werden, daß ihn das Volk vernahm in aller Dumpfheit seines Lebens."

Der Propst wollte jetzt sprechen. Doch tief aus der Brust des erregten Greises klangen die Worte wie ein heißer Strom:

„Das Volk hat diesen Ruf verstanden, hat ihn aufgenommen mit einer Ahnung, die heller war als sein Verständnis, hat nicht geklügelt über Dogmen und Thesen, hat nicht gehadert um die Kirchentür und um den Opferstock, hat nur empfunden: das ist ein Ruf der Freiheit, das ist ein Ruf, der deutsch ist, das ist der Ruf, auf den wir hören müssen. Das Volk empfindet nur, versteht noch nicht, was es will . . . und macht in Unverstand ein Zerrbild aus der Schönheit seines großen, deutschen Willens und glaubt, es ginge ans Raufen um den vollen Fleischtopf seines Lebens. Aber das ist Narretei! Um das Leben anders zu machen, müßten erst die Menschen anders werden, als sie sind. Aber die bleiben sich immer gleich. Sie tragen andere Kleider, stutzen das Haar oder lassen es wachsen. Doch der Kern ihres Wesens ändert sich so wenig, wie die Sanduhr, die man stürzt . . . oben schmilzt der Sand und unten wächst er, doch es bleibt der gleiche Sand, die gleiche Menge. Rinnender Sand füllt die Gläser der Uhr, wie wechselnde Hoffnung das Herz der Menschen. Und nicht das Erreichen ist das beste Teil unseres Lebens, sondern die Ewigkeit des Hoffens. Wer sein Leben lang hofft, der hat sein Leben lang gewonnen. Glück des Lebens, das ist wie ein Stern, der immer nur dem Einzelnen in die Hände fällt . . . und ein guter Mensch im Glück seines Herzens kann Gutes um sich her verbreiten, wie die Blume ihren Duft. Hunderte genießen davon . . . und das heißen sie dann eine ‚gute Zeit'. Die kam für hundert, weil einer glücklich war. Doch jeder Kampf um das Glück der Massen ist Torheit, ist ohne Sieg. Und der Schrei nach der goldenen Zeit des Lebens ist so alt, wie die Menschen sind, und wird erst verstummen mit dem letzten Bürger auf Erden."

„Was soll das mir? Sage das doch den Schreihälsen da drunten! Beruhige sie . . ."

„Ich, Herr? Nein! Das müßt Ihr tun! Das ist Eure deutsche Herrenpflicht in dieser ernsten Stunde. Und das ist mein Rat. Ihr, als Herr, müßt ihnen sagen: Euer Schrei ist gerecht, auch wenn die Torheit des Lebens und der Irrtum der Menschen an ihm hängt, auch wenn ihr nur halb versteht, was eure Sehnsucht will. Ihr habt gehungert und schreit nach Brot . . . das Brot soll euch werden. Ihr habt den Acker gedüngt mit eurem Schweiß . . . der Acker soll euer eigen sein! Ihr nähret das Feuer auf eurem Herd . . . drum soll es euer Herd sein, das Heim und Erbe eurer Kinder. Euch hat Gott erschaffen, wie mich . . . und unter uns Gleichen soll jener der Bessere sein, der dem Leben und seinem Volk als der Bessere dient. Aber was in euch lebendig wurde . . . in euren Herzen, wie in all den Millionen Herzen des deutschen Volkes . . . das schreit nach Besserem noch, als nur nach Brot und Acker. Das schreit nach einem Wandel der Zeit für uns Deutsche, nach dem freien Wachstum unseres Volkes, nach Sicherheit für das Leben unseres Namens. Unser Reich will zerbrechen . . . das fühlt ihr, und das ist die schreiende Furcht in euch, auch wenn ihr sie nicht erkennt. Doch unser Reich soll blühen . . . und das ist die Hoffnung, die euch aufrüttelte aus dem Elend eures Lebens. Gefahr drängt um uns Deutsche her, wie ein Rudel Wölfe um ein einsames Haus im Winter. Das fühlt ihr alle . . . und fühlt, daß nur eines dieser Gefahr begegnen kann: nicht die müd und schwach gewordene Herrenfaust, nur die frische, zum Leben erwachende Kraft des deutschen Volkes. Wollen wir nicht zerrieben werden vom Mühlwerk der Völker, die uns umringen, so müssen die Millionen deutscher Arme werden wie ein einziger Arm. Doch ein Arm, der in Knechtschaft gebunden ist . . . wie soll der schlagen können und ein Heiliges schützen? Das kann nur ein Arm, der seine Kraft in Freiheit braucht. Und deshalb, weil ihr alle das empfunden habt in den Dämmertiefen eures Herzens und im Rollen eures deutschen Blutes . . . deshalb ist, als ein Wille der Zeit und als eine Ahnung des Kommenden, die Sehnsucht nach der Freiheit in euch entbronnen. Und diese Freiheit soll euch werden . . .“

„Schöttingen“, sagte Herr Wolfgang mit halbem Lächeln, „was da in deinem Weißkopf wirbelt, ist schöne Torheit! Aber so zu handeln, so mit diesen schreienden Lümmeln zu reden, das wär wahrlich ein Narrenstreich, der dem tollen Fastnachtsspiel der Bauern noch eine bunte Kappe aufsetzen würde.“

„Laßt Euch beschwören, Herr . . . allzeit wart Ihr ein kaisertreuer Fürst, allzeit ist unser Kloster gegen Rom gestanden . . . laßt mich reißen an Eurem deutschen Herzen!“ Mit zitternden Händen faßte der Greis nach dem seidenen Kleid des Fürsten. „Was die Zeit verlangt von uns Deutschen, das kann das Volk allein nicht schaffen . . . ein Volk, das gestern noch ein Knecht gewesen und heut im Rausch seiner Hoffnung ein trunkener Tor geworden. Wenn die Fürsten und Herren dem Volk nicht helfen, wird alle Arbeit des Volkes ein halbes Ding und nutzlos bleiben, und all der heilsame Aufruhr dieser Zeit wird in nichts zerrinnen und zu Fäulnis werden, wie Blut, das in den Sand geflossen.“

„Das wäre zu wünschen!“ Ruhig streifte der Propst die

schwachen, dürren Hände des Greises von sich ab. „Laß es gut sein, Schöttingen! Ich sehe nicht, was du siehst . . . und deine Furcht ist nicht die meine."

„Laßt Euch beschwören, Herr!" Die Erregung, die den Greis erfüllte, war stärker als die müde Kraft seines gebrochenen Körpers – er schlotterte an allen Gliedern wie ein Frierender, seine Stimme wollte erlöschen, und Tränen rollten ihm über das kleingerunzelte Gesicht.

„Laßt Euch beschwören! Wollt Ihr die Pflicht dieser Stunde nicht erkennen . . . Ihr und Eure fürstlichen Brüder . . . so begeht Ihr ein Versäumnis, das unser Volk in hundert Jahren nicht wieder einholt! Und am deutschen Land begeht Ihr ein Verbrechen, unter dem noch die Kinder und Kindeskinder unseres Volkes leiden werden."

„Warum soll ich mich um die Enkel der Bauern sorgen? Ich, der ich keine Kinder habe? Dieser tolle Rummel geht meiner Macht an die Haut, vielleicht meinem Leben. Da muß ich mich wehren, so gut ich kann."

„Laßt Euch warnen, Herr! Wollt Ihr nicht dazutun, um den Sturm dieser Zeit auf gut Wege zu lenken und von ihm abzulösen, was ihm als Torheit anhängt . . . Herr, dann werden Zeiten kommen, vor denen Euch grausen soll! Ich sehe sie voraus mit meinen alten Augen. Ein Schwertstreich geht durch die deutschen Lande, ein blutiger Wehschrei füllt die Lüfte, rote Feuersäulen färben den Himmel und leuchten einer zügellosen Verwüstung, und über Schuld und Unschuld geht das Verderben hin. Aber das Feuer, das diese Zeit entzündet, wird erlöschen und wird nicht Raum geschaffen haben für neuen Bau, wird nur zerstört und verdorben haben, was Gutes hätte wachsen können . . ."

Dem Greis zerbrach die Stimme. Und von der Schwäche seines Alters überwältigt, fiel er auf den Sessel hin und weinte in die Hände wie ein Kind.

Dieser Anblick schien den Fürsten zu erschüttern.

Schweigend ging er quer durch das Zimmer, trat auf das Fenster zu und blickte hinunter auf den Anger, von dem der wachsende Lärm heraufrauschte wie das Toben eines im Gewitter schwellenden Wildbaches.

Mit einer roten Stirne wandte sich Herr Wolfgang vom Fenster ab und schüttelte den Kopf. „Nein, Schöttingen! Auch wenn ich wollte . . . wenn ich der gute Tor wäre, wie du . . . ich kann nicht! Und darf nicht! Die Pflicht meiner Stellung bindet mir die Hände. Und was könnt ich da ausrichten? Ich allein? Das ist wahr: das Volk hat unter schwerer Bedrückung zu leiden. Aber nicht nur der Bauer ist überlastet mit Steuer und Zins. Auch Fürsten und Edle haben Ursach, über Beschwerung zu klagen. Wie sollen wir dem Kaiser geben, wenn wir nicht dem Bauern nehmen. So machen es alle Herren. Das kann ich nicht ändern, auch wenn ich wollte. Ich muß handeln wie die andern."

„Herr . . ." Schöttingen ließ die Hände sinken und hob das Gesicht, das noch kleiner und runzliger geworden schien, als es zuvor gewesen.

„Herr . . . die Botschaft der Liebe wäre nie in die Welt gekommen, wenn Christus gedacht hätte: ein Pharisäer macht es wie der andere, dagegen komm ich nicht auf, da muß ich schweigen."

„Das ist ein Gleichnis für die Kanzel, nicht für meine Stube. Und die deutschen Fürsten sind auch keine Pharisäer, und der Propst zu Berchtesgaden kann ganz gewiß nicht ein Heiland sein."

„Aber er kann seinem Land und seinem Volk die Gerechtigkeit geben, die nach des Heilands gütigem Geiste ist. Und was dann kommen wird, das kann er als Christ und Priester dem lieben Herrgott anheimstellen."

„Was dann kommen würde, das kann ich mir auch ohne den Herrgott ausrechnen: wir hätten in vier Wochen nichts mehr zu leben, und die Bauern würden den Spieß umdrehen und uns die Haut über die Ohren ziehen. Kämen mir die Leute mit schicklicher Ehrfurcht entgegen, so ließe ich vielleicht manches mit mir reden . . . und würde manchen Herrenbrauch abstellen, den ich selbst als ein Unrecht erkenne. Fron und

Scharwerk könnte gemildert werden, mit Ausnahme der Jagdfron, denn ich brauche die Leute beim Hetzen. Verdient einer ein schönes Stück Geld, dem könnte man's zugestehen, daß er sein Lehen als Eigentum erwirbt. Da ginge Geld ein, mit dem wir unsere Schulden decken könnten. Aber ganz auf Zins und Steuer verzichten, gerade jetzt, wo der Kaiser von uns Fürsten den fünften Teil aller Einkünfte als Rüstungsbeitrag gegen inländische Rotten, gegen Lutheraner und Türken erhebt . . . das ist unmöglich! Und auf die Fischenz verzichten? Damit uns der Bauer den letzten Ferchenschwanz aus Seen und Bächen holt? Nein! Wie sollten wir da unsere vielen Festtage halten können? Und den Wald freigeben? Das Wild? Daß ich nimmer durch meine Wälder reiten könnte, ohne eine Schlinge zu finden, in der sich ein Hirsch verzappelt? Nein! Der Bauer soll seinem Ochsen den Schwanz drehen, aber meine Hirsche soll er in Ruhe lassen!"

„Herr!" stammelte der Greis erschrocken. „Gilt denn das Leben des Volkes und das Wohl des Reiches weniger als ein Hirsch?"

„Schöttingen!" Das Wort hatte scharfen Klang. Und Herr Wolfgang richtete sich auf. „Du scheinst zu vergessen, mit wem du redest!"

„Ich bitt Euch, Herr . . ."

Da trat der Waffenmeister der Klosterknechte in das Zimmer, klirrend von Eisen. „Gnädigster Fürst! Das Ding auf dem Anger drunten nimmt ein grausliches Wesen an. Ein Späher ist eingelaufen. Der schätzt den Haufen der Bauren auf Anderthalbtausend. Und den Schmiedhannes haben sie zu ihrem Hauptmann gewählt . . ."

„Den Schmiedhannes?" unterbrach ihn der Fürst.

„Ja, Herr! Die Göhlbauern und die von der Gern, die wollten den Bruder der roten Maralen zum Hauptmann haben. Aber die Talbauern, die Berchtesgadner Gewerksleut, die Ramsauer und Untersteiner haben den Hannes gewählt . . . und der Späher sagt: der Schmiedhannes wär's gewesen, der heut in der Nacht die Feuer hat zünden lassen."

Herr Wolfgang schüttelte den Kopf, als wäre das eine Nachricht, die ihm nicht glaubhaft schien. „Der Schmiedhannes?"

„Ja, Herr! Man hört ihn schreien wie ein Stier, vom Anger bis zur Mauer herauf. Und draußen auf dem Marktplatz hat sich von den Spindeldrechslern und Löffelschneidern ein Hauf zusammengetan. Der bricht in die Läden der Kaufleute ein und plündert dem Weitenschwaiger sein neues Haus. Soll man auf die Rottierer schießen lassen?"

Der Fürstpropst hieß den Waffenmeister mit einer Handbewegung schweigen und sagte zum Dekan: „Ich habe deinen Rat gehört. Und verkenne deine gute Meinung nicht. Jetzt will ich tun, was ich für das klügste halte."

„Herr!" Flehend streckte der Greis die zitternden Hände nach dem Fürsten.

„Du kannst gehen. Diese Stunde hat dich über deine Kraft erregt. Jetzt gönne dir Ruhe!" Herr Wolfgang lächelte. „Ich hoffe für den Aufruhr dieses Tages einen Wandel zu schaffen, der dir die träumerische Muße in deiner Zelle nicht allzugröblich stören soll."

Mit traurigen Augen, an deren geröteten Lidern noch die Tränen hingen, sah der Greis den Fürsten an. Dann nickte er langsam – und ging schließlich mit schlurfenden Sohlen zur Türe.

Ein schriller Pfiff des kleinen Affen gellte durch das Zimmer.

„Schweig, Satanas!" rief Herr Wolfgang. Er trat an das Fenster und stand eine Weile in Gedanken. Dann wandte er sich lächelnd an den Waffenmeister. „Schießen? Nein! Wir wollen unser Pulver sparen. Laß nur den guten Leuten auf dem Marktplatz draußen ihr Vergnügen. Der Weitenschwaiger hat reichlich Fett angesetzt . . . dem wird's nicht schaden, wenn er ein paar Tröpflein schwitzen muß. Und schick einen Mann mit der weißen Fahn hinunter ins Geläger der Bauern. Der soll den Schmiedhannes fragen, ob die Bauern willig sind, friedliche Zwiesprach mit ihrem Fürsten zu halten. Dann komm ich hinunter zum Anger."

„Herr! Das ist ein gefährliches Fürhaben! Die Leut sind rauschig wie Narren in der Fasnacht."

„Überlaß es mir, die Gefahr zu ermessen, in die ich mich begebe. Herr Pretschlaiffer und der Sekretarius sollen mich begleiten. Und zehn Doppelfässer vom schwersten Wein, den wir im Keller liegen haben, soll man hinunterrollen auf den Anger . . . und soll den Bauern sagen: das schickt ein guter Fürst seinen lieben Kindern!"

Der Waffenmeister sah den Fürsten an und begann zu schmunzeln.

Ohne Widerrede ging er, um den Befehl seines Herren auszuführen. Ein wirrer Lärm empfing ihn im Hof des Stiftes. Kloster und Welt, Männlein und Weiblein waren da bunt durcheinandergewürfelt: Chorherren und die Frauen der Beamten, dienende Brüder und Weiber und Töchter der reichen Bürger, die sich vor dem Aufruhr hinter die Mauern des Stiftes geflüchtet hatten.

Der ehrenfeste Weitenschwaiger, dem draußen das Haus geplündert wurde, stand mit aschfahlem Gesicht in erregtem Gespräch mit dem Landrichter zusammen. Auf allen Gesichtern war die Angst zu lesen. Nur ein paar jüngere Chorherren hatten ihre übermütige Laune bewahrt und scherzten mit den hübschen Mädchen.

Als der Waffenmeister kam, wollten sie alle wissen, was der Fürst beschlossen hätte.

„Die Bauren lustig machen!"

Der Landrichter und der Edle von Hirschau, der mit zitternder Hand an seinem Bärtchen zwirbelte, mußten zum Propst hinauf. Und im Hof begann man gleich die Arbeit, um die schweren Fässer aus dem Keller zu heben. Das gab einen Lärm: als die Chorherren erfuhren, daß der alte goldklare Rechberg, der die Tafel des Stiftes nur an hohen Festtagen schmückte, in die Gurgeln der ‚Ackertrappen und Roßmucken' rinnen sollte.

Draußen im Laienhof waren alle die Waffenknechte versammelt, die nicht Dienst auf der Mauer hatten: da standen an die dreißig Armbruster mit ihren Wehren, Hakeniere mit den geladenen Büchsen, Spießknechte und Eisenreiter, deren Pferde gesattelt vor den Stalltüren an die Mauerringe gebunden waren.

Die Spießknechte schützten das Tor, als man den kleinen Ausschlupf für den Waffenmeister öffnete, der mit der weißen Fahne, von zwei Kirchenwächtern begleitet, einen bitteren Weg begann. Kaum waren die Drei auf den Marktplatz hinausgetreten, als sie schon von einem Schwarm erregter und schreiender Weiber umringt wurden. Ein Regen von Hohn und Schimpf ging über die drei Männer nieder – und die Ruefin, die mit ihrem erhitzten Gesicht und dem zerrauften Haar wie eine Irrsinnige aussah, warf den Kirchenwächtern den Straßenkot ins Gesicht und kreischte: „Wildbret! Wildbret! Möget ihr wieder Wildbret fressen, ihr Schandbäuch und Klostersäck!“ Ein Häuflein Männer legte sich ins Mittel und umringte die drei Klosterleute, damit sie ungefährdet zum Hauptmann auf den Anger kämen. Krampfhaft schwenkte der Waffenmeister immer das weiße Fähnlein und schielte dabei nach den drohend erhobenen Fäusten der Schreier und guckte zum schönen neuen Haus des Weitenschwaigers hinauf, aus dem man den Lärm der Plündernden hören konnte – allerlei Hausgerät kam aus den offenen Fenstern geflogen, und johlendes Gelächter begleitete das Krachen, mit dem die Gerätstücke auf der Straße zerschellten.

Je näher die Drei mit ihrer Geleitschaft dem Anger kamen, um so brausender wuchs der Lärm, der ihnen entgegenscholl. Es war das gleiche Bild, wie es der Morgen zu Schellenberg gesehen hatte: ein Gewimmel abenteuerlich bewaffneter Menschen, alle wie am Abend einer trunkenen Kirchweih, ein Hopsen und Jauchzen, ein Singen und Schreien, in dem man kaum noch die Weisen der saftigen Lieder unterschied, die da gesungen wurden.

Gegen die Mitte des Angers war im Gedräng ein freier Raum. Da saß der Schmiedhannes im Glanz seiner Hauptmannswürde auf einem Sessel, über den ein roter Mantel gebreitet lag. Hannes trug einen blank gescheuerten Kyrriß, auf dem Kopf eine Stahlhaube, war mit einem Schwert gegürtet und stützte sich mit beiden Händen auf einen Streitkolben, der in der Faust eines Goliath getaugt hätte. Vor dem Sessel waren zwei Speere in die Erde gesteckt, ein dritter war quer darüber gebunden – und jauchzend schritten und tanzten die Bauern, einer nach dem andern, durch das Tor dieser Speere und schrien: „Ich schwör zur Freiheit, ich schwör zu den heiligen Artikeln, ich schwör zum Hauptmann!"

Seitwärts von den Speeren stand in erregtem Gespräch eine Gruppe von Männern beisammen, aus deren Gesichtern die Sorge redete – unter ihnen der alte Witting. Er sprach und sprach, jeden von den Männern faßte er an den Armen, an den Schultern, am Wams, als möchte er jeden, zu dem er redete, mit Gewalt aus dem Narrenrausch dieses Morgens aufrütteln.

Und die Männer gaben ihm recht, aber jeder meinte: da wäre nichts mehr zu machen, der Schmiedhannes hätte das alles in der Heimlichkeit so angezettelt, hätte die Brüder vom roten Fädlein und die Josephs-Brüder über die Halbscheid für sich gewonnen, hätte in der Nacht die Feuer angezunden, weil es gestern die Reichenhaller so gemacht hätten, und jetzt wäre der Hannes der von der Bauernschaft gewählte Hauptmann, und wer sich dagegen auflehne, der könne tausend Fäuste über seinem Haardach sehen. Während die Männer noch redeten, hörte man durch allen Lärm die brüllende Stimme des Schmiedhannes:

„Witting! . . . Wo ist der Witting?"

Die Fäuste ballend, richtete sich der alte Bauer auf. „Ich bin, wo ich bin. Was willst von mir?"

„Vierzehnhundert sind durch die Spieße gegangen. Die Schellenberger, die fehlen noch. Aber von den Bauren, die auf dem Anger sind, bist du der letzt! Tu deinen Schwur! Geh durch die Spieß!"

„Durch die Spieß, die du gesteckt hast, geh ich nicht! Ich müßte der Freiheit ein Feind sein, wenn ich's tät."

In Sorgen, daß ein übler Streit entstehen könnte, zogen der Etzmüller und der Meingoz den Alten mit sich fort. Und Witting sah mit verzweifeltem Blick zum Meingoz auf und keuchte: „Nachbar, Nachbar . . . ich könnt noch ein Wörtl sagen . . . gegen den Hannes . . . und tät aus Lieb zu der Bauren guter Sach meine Seel verlieren, wenn ich das Wörtl beweisen könnt! Ich sag dir, Nachbar . . ." Da gewahrte er, was ihm die Tränen in die Augen trieb. Und aus seiner Kehle brach es mit einem Schrei, den der Schmerz erwürgte: „Lenli!"

Zu Füßen einer kleinen Ulme, durch deren Gezweig die Frühlingssonne ihre Strahlen wob, saß Maralen auf einem Stein, in ihrem ausgefransten Kleid, die Zöpfe ihres schimmernden Haares auf die Schultern niedergerissen, mit dem Gesicht einer Toten.

Die zitternden Hände wühlten im Tuch der schwarz-rot-gelben Fahne, die zerknüllt in ihrem Schoße lag – sie hatte diese Fahne in den vergangenen Nächten umsonst genäht, denn jede Gnotschaft, die vom Unterstein, von der Schönau, vom Taubensee, von Ramsau und von der Strub, jede war am Morgen schon mit ihrem eigenen Fähnlein angerückt, und jede wollte die schönen Farben, die sie gewählt hatte, auch behalten. Wenn im Gedräng der schreienden Menschen diese Fähnlein an der Ulme vorübergetragen wurden, konnte Maralen die grellen Tücher flattern sehen im Wind des Morgens.

Doch sie schien nicht zu sehen, schien nicht zu hören. Sie saß, als wäre Stille um sie her, und menschenleere Öde. Und keiner kümmerte sich um sie. Hunderte, die den Schwur in ihre Hand getan, Hunderte, denen sie das rote Fädlein um den Hals gebunden, drängten mit Geschrei und Lachen an ihr vorüber, im gedankenlosen Freiheitsrausch dieses Morgens befangen.

Sie schien den Vater nicht zu sehen, als er vor ihr stand. Er mußte ihren Namen schreien, mußte die Faust in ihre Schulter klammern, bevor sie aufblickte.

„Lenli! Schau die Narren an! Was sagst! Und der Hannes ist Hauptmann!“

Da stand sie auf. Mit zuckenden Händen riß sie die Fahne in Fetzen. „Heut hat mein Joseph sterben müssen!“ Ganz heiser war ihre Stimme – so viel geredet hatte sie an diesem Morgen, so viel gemahnt, so laut geschrien in ihrem Zorn. „Heut, Vater! Und nicht am Kathreinstag! Und sein warmes Blut ist in den Kot geronnen, und keine Blum wird wachsen draus!“ Ein hartes Lachen erschütterte ihre Brust. „Joß Friz, wo bist! “ Dann nahm sie die Hände des Vaters. „Komm! ’s ist besser, wir gehen heim und legen der Kuh ihr dürres Futter auf!“

Der Meingoz, der Etzmüller, der Frauenlob und sein Bub, die wollten die beiden zurückhalten. Doch Witting schüttelte den Kopf; er hielt die Hand seiner Tochter umklammert und bahnte sich einen Weg durch das lustige Gedräng.

Einer, der die Josephsmünze am Hals trug, klatschte lachend die Hand auf Maralens Schulter: „Gelt, Schwester, jetzt haben wir unser Freiheit!“

Maralen riß ihm das rote Fädlein vom Hals.

Am Saum des Angers, als das Gedränge schon dünner wurde, begegnete ihnen der Dürrlechner, so seelenvergnügt wie einer, der einen tiefen Schoppen über den Durst getrunken. Und lachte: „Gelt, Witting? Mit deiner ewigen Angst und Fürsicht, du! Merkst es jetzt, wie die Bauren zum Fähnlein springen!“

„Ja, ich merk’s! . . . So spring, du Karpf!“

Sie kamen ins Tal der Ache. Hinter ihnen war der Lärm wie rauschender Sturm – und Geschrei kam über die Straße herunter, die zum Kloster führte. Man sah einen Wagen, mit großen Fässern beladen; und an die hundert Menschen drängten sich um die Pferde und um das Gefährt, dessen Räder mit ihrem Gerassel auch den brausenden Stimmenlärm noch übertönten.

16

Schweigend – Maralen mit starrem Gesicht, Witting mit geballten Fäusten – so folgten die beiden dem Ufer der Ache. Schon waren sie über die Wiesen ein Stück Weges nach der Gern hinaufgestiegen, als sie auf der Salzburger Straße einen langen Zug bewaffneter Bauern und Knappen daherkommen sahen. Das waren die vierhundert Schellenberger. Ruhig, in geordneten Rotten, kamen sie anmarschiert. Vor jeder Rotte ging der führende Mann, und dem ganzen Zug voran marschierten zwei: ein graubärtiger Knappe und ein junger Bursch, der vor der Brust ein langes Schwert trug und keine Kappe hatte, so daß sein Blondhaar in der Sonne schimmerte.

„Jesus!“ stammelte der Witting. „Der Bub! Lenli, der Bub!“ Wie von Sinnen begann er über die Wiesen hinunterzurennen.

Maralen sah dem Vater nach. Nur langsam schien sie aus ihrer Starrheit zu erwachen. Jetzt folgte sie dem Alten, zögernd, dann mit raschen Schritten, als wäre in ihrem zerdrückten Herzen eine neue Hoffnung aufgedämmert. Sie kam zur Straße. Und da war es schon wie Aufruhr in die Schellenberger gefahren, die von Witting vernommen hatten, daß der Hauptmann schon gewählt wäre. Hundert Stimmen hörte man durcheinanderschreien: man dürfe die Wahl nicht gelten lassen, der Hauptmann dürfe nur gewählt werden von der ganzen Landschaft; man hätte auf die Schellenberger warten müssen. Und ein altes Bäuerlein kreischte laut auf: „Der Hannes reitet uns all in des Teufels Brüh! Wir Schellenberger wollen den Buben haben! Des Wittings Buben! Der ist der best von uns!“

Maralen stand vor dem Bruder und hielt seine Hände umklammert. Und sah, was aus dem Buben geworden war – ein Mann! Wie ein Lächeln der Freude glitt es ihr über das verhärmte Gesicht. Und gläubig nickte sie, als er mit seiner ernsten Festigkeit zu ihr sagte: „Tu dich nicht sorgen, Lenli!

Es ist nichts verloren noch! Schau die Schellenberger an! Schau, wie die Leut sein können, wenn man ihnen in Güt das richtige Wörtl sagt! . . . Und komm, wir müssen zum Anger!“ Er hob die Hand – und da schwiegen alle. Und Juliander rief laut:

„Zum Anger, Leut! In fester Ordnung, gelt!“

Die Rotten setzten sich in Marsch.

Und Juliander, zwischen Maralen und dem Vater, schritt den Schellenbergern voran. Als sie zum Anger kamen, scholl ihnen ein Jubel und Freudenlärm entgegen, als wäre diesen tausend Menschen die Seligkeit vom Himmel herunter auf die Köpfe gefallen – und ein Bild war zu sehen, als hätte sich der Anger verwandelt in die Butterwiese des Schlaraffenlandes. Große Fässer waren aufgestellt, und mit Geschrei und Gelächter balgte man sich um die quellenden Spundlöcher. Aus den Pelzmützen und Eisenhüten tranken sie, in die hohlen Hände ließen sie den Wein rinnen und schluckten, was nicht durch die Finger sickerte.

Erschrocken machte Juliander mit den Rottmännern der Schellenberger den Versuch, die Sinnlosen zu einem Gedanken der Überlegung aufzurütteln. Doch kein Wille mehr bändigte das entfesselte Tier dieser tausendköpfigen Trunkenheit.

Als sich Juliander durchgedrängt hatte bis zur Mitte des Angers, fand er eine Szene, die sich ansah wie das glückliche Ende eines lustigen Spiels.

Der Fürstenpropst, Herr Pretschlaiffer und der Sekretarius – alle drei mit Bauernkappen über den Ohren – standen mit dem Schmiedhannes und den Sprechern der Gnotschaften beisammen, ließen sich duzen von den Bauern und lachten dazu, obwohl sie kreidebleiche Gesichter hatten. Und Herr Wolfgang litt es, daß ihm der Schmiedhannes unter dem Gelächter der anderen ‚zur Festigkeit des Bundes‘ einen Schmatz auf die Wange drückte.

Juliander hatte sich auf einen Stein geschwungen. Das blitzende Eisen erhebend, rief er mit hallender Stimme in den

Lärm: „Ihr Leut! Um Christi Barmherzigkeit! Höret mich an!“ Doch seine Stimme verhallte im Lärm – und die ihn hörten, schrien es ihm mit Jubel zu: „Was willst denn, Bub? Ist ja doch alles gut! Wir haben die Freiheit, alles ist fest und beschworen!“

Zu ‚friedlicher Raitung über die Zeitläuft und die gute Volkssach‘ hatten sie mit den Herren einen Waffenstillstand auf zwei Monate abgeschlossen. Und bis das ‚neue Gesetz der guten Zeit‘ gemacht wäre, sollten die zwölf Artikel der Bauernschaft als einzige Satzung gelten, weder Fron noch Scharwerk geleistet, weder Zins noch Steuern gezahlt werden. Alle Weide sollte frei sein, der Fischfang in den Bächen und die Jagd auf den Feldern und Almen sollte den Bauern gehören, die Fische im See und das Wild in den geschlossenen Wäldern sollte den Herren bleiben. Jedem sollte sein Lehen als Eigentum gehören, jeder seinen Acker als festes Recht besitzen. Das hatten die Herren mit heiligem Eid beschworen – und der Hauptmann und alle Sprecher der Bauern hatten den Schwur getan, diesen Frieden redlich zu halten. Und der Schmiedhannes war der große Mann, der die Freiheit der Bauern erfochten hatte, ohne Schwertstreich und Blutstropfen, mit einem Handschlag in die Rechte der Fürsten – und nach einem leisen Wort, das Herr Pretschlaiffer dem Hannes ins Ohr geflüstert hatte.

Und da die Freiheit gewonnen war – sollten sich die Bauern ihrer guten Zeit nicht freuen dürfen? Sie nahmen es schließlich dem Buben übel, daß er noch immer nicht schweigen wollte.

Während der Hannes und die Sprecher der Gnotschaften den Herren das Geleit gaben, gelang es Juliander, ein paar hundert um sich zu versammeln, die auf ihn hörten. Doch der Ruf, mit dem er an ihren Herzen und Köpfen rüttelte, hatte nicht mehr die Kraft der Überzeugung, und fand nicht mehr den Boden einer guten Stunde, wie am Morgen zu Schellenberg.

Juliander fühlte, daß er zu spät gekommen – und dieser

Schwur, den die Bauern geleistet hatten, war für ihn eine Schranke, über die er nicht mehr hinüber kam. „Schauet, Leut, das ist füreilig gewesen und eine arge Torheit! Aber ein Schwur muß fest sein wie Eisen. Und Gott soll's geben, daß die Herren ihren Schwur so ehrlich achten, wie ich von den Bauren verlang, daß sie ihn halten müssen. Aber schauet, Leut, wir Berchtesgadener sind doch nicht allein auf der Welt. Unser Fried wird keine festen Füß haben, eh die gute Zeit nicht aufgestellt ist im ganzen Reich. Drum müssen wir mit dem Nachbar zusammenhalten wie Baum zu Baum im festen Wald! Wir müssen den andern helfen, die noch im Streit mit den Herren sind . . ."

Eine Stimme kreischte aus dem Gedräng. „Was gehen denn uns die andern an! Die sollen's machen wie wir! Sollen halt grad so gescheit sein!" Das Wort fand Beifall und Widerspruch.

„Leut! Habet Vernunft! Laßt euch nicht fangen mit solcher Red! Wenn wir den Nachbar fallen lassen, das wirft uns einen Prügel vor die eigenen Füß. Die Salzburger streiten gegen den Bischof, der sich mit siebenhundert Knecht in seine Burg geworfen hat . . . und eh wir am Morgen fort sind von Schellenberg, ist Botschaft aus Hallein gekommen, daß aus der Steiermark ein Kriegshaufen der Herren von Österreich herzieht. Da müssen wir ihnen helfen, solang wir noch Fäust haben und ein Eisen rühren können! Leut! Der guten Sach und um der Freiheit wegen . . . wer ein braver Bursch ist und ein richtiges Mannsbild . . . der komm her zu mir! Und nach Hallein hinüber!"

Und wieder wirkte der Klang seiner Stimme, der Glanz seiner Augen. Doch als sich die Besonnenen schon um Juliander zu sammeln begannen, kam der Schmiedhannes und drängte sich in den lärmenden Ring. Und als er hörte, welche Wendung der Tag durch Juliander gewinnen wollte, erschrak er.

Den Streitkolben schüttelnd, bleich vor Wut, sprang er auf den roten Sessel und schrie: „Wer hat da ein Maul zu machen?

Wer ist der Hauptmann? Und wer ist ein solcher Lump, daß er den Treuschwur brechen möcht, den die Baurenschaft ihrem Hauptmann geschworen hat? Der ist ein Feind der guten Landssach! Dem laß ich den Pfahl vors Haus schlagen!“

Da klang aus dem Lärm die Stimme des alten Witting: „Wie du's mir getan hast? Gelt, Hannes? Selbigsmal, wie einer den Joß Friz verraten hat!“

Das Gesicht von brennender Röte überfahren, brüllte Hannes: „Auf Treu und Schwur, ihr Leut! Her da zu mir! Her zu mir, wer Verstand im Hirn hat! Wo der Hannes steht, da ist der Bauren Freiheit und das gute Leben, da ist Klosterwein und Wildbret, da ist Geld und Gut! Her zu mir!“

Und vom Stein klang die Stimme Julianders: „Her zu mir! Da steht der Bauren gutes Recht und redliches Wollen! Da steht das neue Wesen! Der Frieden und die Kraft im Reich! Wer's redlich meint, der hilft den Brüdern zu Hallein! Zu mir her, Leut! Zu mir!“

Ein wirrer Tumult entstand. Viele drängten zu Juliander, doch Hannes hatte den großen Schwarm für sich, für Klosterwein und Wildbret, für Gut und Geld. Und aus dem Lärm erhob sich die zeternde Stimme des Dürrlechners: „Die Halleiner, die können uns auf den Buckel steigen. Ich hab mein Recht, jetzt bleib ich daheim und freu mich dran. Und denket, Leut, es ist im Frühjahr, wo man die Äcker pflügen und die Wiesen misten muß. Im Herbst hat keiner misten können wegen der Jagdfron. Und auf den Wiesen spitzelt schon bald das Gras. Wenn da der Mist nimmer faulen kann, so dunget er nimmer.“

Das schrien ihm hundert nach: „Der Mist muß auf die Wiesen! Wenn die Wiesen gemistet sind, wird's allweil noch Zeit sein, daß man raitet, wie's weiter geht!“

Da zog die rote Maralen, die schweigend in allem Lärm gestanden, den Bruder vom Stein herunter.

„Laß es gut sein, Julei! Das ist nimmer Narretei! Die Leut, die glauben doch an den Mist wie ans Himmelreich! Das reißt ihnen keiner aus der Seel! Die müssen misten! Das ist ihr Leben!“

Doch Juliander hob noch das Eisen und rief den anderen zu: „Ich geh vom Anger, Leut! Und die zu mir halten, die gehen mit!“

Über fünfhundert waren es, die sich am Ufer der Ache um Juliander sammelten, die Hochbauern vom Göll, dreihundert von den Schellenbergern und hundert aus dem Berchtesgadener Tal.

Von der Gern schlossen sich dem alten Witting noch der Etzmüller, der Frauenlob mit seinem Buben und der Meingoz an.

Auf der Straße hielten sie kurz Rast, um sich zu ordnen und um den schmalen Bissen zu verzehren, den sie in der Tasche trugen, sauren Käs und Kleienbrot. Dann stiegen sie gegen den Halleiner Paß hinauf.

Maralen ging mit ihnen bis zum leeren Haus des Salzmeisters. Zum Abschied drückte sie dem Bruder die Hand und legte den Arm um die Schulter des Vaters.

„Gott wird's geben“, sagte Witting, „daß unser Weg zum Guten ist.“

Mit starrem Lächeln deutete Maralen nach der Wiese hinüber, auf welcher Joß den Schuß in die Schulter empfangen und den Herrenknecht erstochen hatte. „Schau, Vater, da drüben ist Blut geronnen im Herbst . . . schau, das Fleckl, wo das Gras schon wachsen will, das ist gut gemistet!“ Dann wandte sie sich ab und ging.

Während die Fünfhundert bergwärts stiegen, klang vom Anger herauf das Jauchzen und Singen der ‚Gescheiten‘, die um die Fässer lagen. In Jubel genossen sie die goldene Zeit der Freiheit. Bis zum Abend brauchten sie, um die Fässer leer zu machen. Spät in der Nacht hörte man das Jauchzen und Johlen der Betrunkenen. Und an die Hundert blieben wie Holzklötze auf dem Anger liegen, benommen im Schlaf des Rausches.

Der Morgen kam. Und im Berchtesgadner Land war ‚gute Zeit‘. Die Herren saßen hinter der Mauer und rührten sich nicht. Kein Bauer wurde zur Fron geholt, keiner zum Scharwerk. Kein Zinsbot ließ sich in den Häusern blicken, keine Maut wurde erhoben. Und wie viel der Übermut auch sündigte – Herr Pretschlaiffer drückte die beiden Augen zu.

Jeder Bauer tat, was er wollte, jeder, was ihn freute. Mit dem Pflügen der Äcker und mit dem Misten der Wiesen, das hatte Zeit. Denn sie hatten andere Dinge zu tun: im Leuthaus sitzen, wo die Maß Wein auf Klosterkosten um einen Heller ausgeschenkt wurde, und die Forellen aus den Bächen fangen, und hinter dem Wildbret herlaufen – wo eine Hirschkuh nur herausguckte aus dem Wald, da hing sie schon in der Schlinge. Die lachende Red ging durch das Land: „Jetzt ist der Bauer ein Chorherr worden!“ Und dem Schmiedhannes, der diese goldene Zeit geschaffen hatte, nahm es keiner übel, daß er vom Kloster zur ‚Ehrung des Hauptmanns‘ die besten Äcker und Wiesen bekam und daß er sich Knechte eindingte, die für ihn pflügen und säen mußten, während er im Leuthaus zechte oder zur Stillung seines Katzenjammers mit dem Spieß hinter den wilden Sauen herlief.

In manchem regte sich wohl ein besonnener Gedanke, und in vielen wurde die Sorge wach. Aber der Hannes mit seinem großen Maul schrie jede Meinung nieder, die ihm nicht taugte. Und als die Nachricht kam, daß die Reichenhaller sich blutige Köpfe an den Klostermauern des heiligen Zeno geholt hatten, und daß im ganzen Bayerland die Bauern ruhig blieben und sich mit ihren guten Fürsten vertrugen, da kam die ‚Gescheitheit‘ des Schmiedhannes erst recht ans Licht, und es wurde ihm leicht, jedem Widerspenstigen zu predigen, daß er das Gute geraten und das Beste gewonnen hätte.

Nur ein kleines Häuflein war im Land, das dem Hannes zu schaffen machte. Das waren die Martinischen. Die sahen ein, daß des Wittings Bub auf dem Anger das rechte Wort gesprochen hatte, und einer nach dem andern zog davon, nach Salzburg hinaus, mit dem Spieß oder mit der Sense auf der Schulter.

Die anderen blieben ruhig und hielten ihren Schwur. Und keine Nachricht, die von draußen einlief, machte ihnen die

Köpfe heiß. Daß in Salzburg zehntausend versammelt waren, um den Bischof in seiner Burg zu belagern – daß die Gasteiner, die von Hallein und aus dem Pongau, die Raurisser und Schellenberger mit zäher Tapferkeit das überlegene Heer der österreichischen Herren bei Schladming überwunden hatten – daß vom Bodensee bis an den Main hinauf ein Kampf der Verzweiflung geführt wurde – daß der Bayernherzog, weil er keine Plage mit seinen Bauern hatte, einen Teil seiner Kriegshaufen dem Schwäbischen Bund zur Hilfe schickte und sechstausend Landsknechte unter Frundsberg zum Entsatz der Hohensalzburg ausmarschieren ließ – das alles kümmerte den Schmiedhannes und seine Schwurbrüder nicht. „Die da draußen", hieß es, „die machen schon alles aus, wir brauchen keinen Blutstropfen hergeben und haben den Nutzen davon." Und eine lustige Stunde war's, mit Geschrei und Lachen, als eines Tages ein fahrender Krämer die Nachricht von der Niederlage des Leipheimer Haufens ins Leuthaus brachte und erzählte: „Das hat ein Gezappel gegeben, als wär ein Ameishaufen lebendig geworden, und ein Daddera, als wär's ein Haufen Gäns. Bloß vom Hall der Kartaunen sind sie umgefallen, wie die Juden am Ölberg." Hörten sie aber die Nachricht eines Sieges, den die Bauern erfochten, so stieg ihnen die Freude heiß in die Köpfe – und die Besonnenen begannen zu schelten, als sie von den Greueln hörten, zu denen die Empörung ausartete, und als die Nachricht von dem blutigen Ostersonntag zu Weinsberg kam.

„Haben die Leut denn ihren Verstand verloren?" hieß es. „So was muß doch der guten Sach einen Schaden tun!" Sie hörten, sie lachten und schimpften – aber sie lernten nicht, obwohl sie sahen, daß es überall das gleiche Spiel war: überall die Unvernunft des ersten Rausches, überall der Judas, der die Brüder opferte, überall der schwere Faustschlag der Herren, wo sie die Macht hatten, und überall, wo sich die Herren aus Schwäche ducken mußten, der gleiche Betrug mit beschworenen Verträgen, die so lange gehalten wurden, bis die Landsknechte kamen.

Als aber eine böse Nachricht nach der andern einlief, wurden sie dennoch stutzig. Und der Schmiedhannes bekam einen schweren Stand. Und immer wieder hörte er die Frage: „Was ist denn im Kloster? Was schaffen sie denn da die ganzen Nächt beim Pfannfeuer?“

„Was weiß denn ich?“ schrie er die Neugierigen an. „Geht halt hinein und fragt, was los ist!“

Außen an den Mauern war nichts zu sehen. Nur durch die Schießscharten guckten die Armbruster und Hakeniere heraus, die auf Wache standen. Doch in den Höfen war ein schaffender Lärm durch Tag und Nacht.

Und eines Morgens, in der zweiten Woche nach Pfingsten, als von Salzburg ein reitender Bote ins Kloster gekommen, trat der Fürstpropst heiß erregt in die Zelle des Dekans. „Da, Schöttingen! Da, lies!“

Er legte ein Flugblatt auf das offene Buch, über das der Greis gebeugt saß. „Mich plagt die Neugier, was du sagst dazu!“ Er lachte.

Schöttingen nahm das Blatt und las mit murmelnder Stimme den Titel: „Wider die räuberischen und mörderischen Rotten der Bauren.“ Er blickte auf. „Wer hat das geschrieben?“

„Dein schaffender Mann zu Wittenberg! Ein Wort, das nützlicher für die Herren und uns Kirchenfürsten ist, hat keiner noch geredet!“

Der Greis begann zu lesen, und je länger er las, desto deutlicher sprach aus seinen Zügen ein ratloser Schreck. Seine Hände zitterten, und seine zerdrückte Stimme murmelte zögernd ein Wort ums andere: „Rechtlos sind sie . . . man soll sie zerschmeißen, würgen und stechen, heimlich und öffentlich, wer da kann . . . wie man einen tollen Hund totschlagen muß!“ Mit verstörten Augen sah er auf. Und las wieder: „Steche, schlage, würge sie, wer da kann! Bleibst du darüber rot, wohl dir! Seligeren Tod kannst du nimmermehr überkommen!“ Er legte das Blatt auf den Tisch, und sein Gesicht war so weiß wie die Mauer seiner Zelle.

„Ist das nicht schön geredet?“ höhnte der Fürst. „So recht im Geist des Jüngers, den der Heiland lieb hat!“

„Herr“, sagte Schöttingen ernst, „das ist nicht die Stunde, um zu spotten! Ich begreife dieses Blatt nicht . . . und begreif es doch! Hier hat der rechtliche Mann, der Mensch in Luther geredet, den die Greuel des Aufruhrs, die zügellose Wildheit des Volkes empörte. Einer, der neue und große Zeiten schaffen will, muß einen Geist wie Feuer haben, und dazu ein steinernes Herz. Den Geist, den hat er. Aber sein Herz ist weich. Und das Blut, das die Bauern rinnen ließen, zu Weinsberg und an anderen Orten, wider Recht und Menschlichkeit, das hat dem Wittenberger diesen Zornschrei aus dem Herzen gerissen. Das begreif ich. Aber daß er als politischer Mann seine Klugheit von dem Zorn seines redlichen Herzens überrumpeln ließ, das versteh ich nicht. Und das beklag ich . . . um des Volkes und um des Reiches willen! Denn dieses Blatt wird für das Reich ein Unglück sein!“

„Meinst du?“ Herr Wolfgang lächelte.

„Ja, Herr! Alle Halbheit rächt sich im Leben und mehr noch im Gang der großen Historia. Dieses Blatt wird Ursach werden, daß die große Zeit der Deutschen sich am Wegrand niedersetzt . . . wer weiß, wie lang . . . und daß das Werk der Freiheit bloß ein halbes bleibt. Denn dieses Blatt, Herr, wird unser Volk dem Mann entfremden, der die Hoffnung in die Herzen des Volkes warf.“

„Ja, Schöttingen, das ist auch meine Meinung! Und drum will ich sorgen, daß dieses Blatt unter das Volk kommt.“ Lachend ging Herr Wolfgang zur Tür. Und wandte das Gesicht.

„Weißt du schon, daß wir reiten in dieser Nacht?“

„Nein, Herr.“

„Wir reiten um die Mettenstunde. Halte dich fertig. Unser Weg geht über Schellenberg auf Salzburg zu. Dort lagert der Herzog von Bayern mit dem Frundsberg und mit sechstausend Spießen.“

Zitternd richtete der Greis sich auf. „Ich bleibe.“

„Hast du den Verstand verloren?“ Herr Wolfgang kam von der Türe zurück.

„Wollt ich deiner Schrulle nachgeben, ich würde dich lebend nicht wiedersehen. Als dein Herr befehle ich dir, daß du mit uns reitest.“

Dünne Röte färbte das runzlige Gesicht des Greises, seine Augen brannten, und der Atem kämpfte in seiner Brust.

„Schöttingen?“ fragte der Fürst erschrocken. „Ist dir nicht wohl?“

Mühsam reckte der Greis sich auf. „Das ist nur so . . . weil alles Ungewohnte dem Alter schwer fällt. Denn ich verweigere meinem Kirchenherrn und Fürsten den Gehorsam. Ich bleibe! . . . Wie ihr's haltet mit dem Volk . . . das ist . . . das ist Betrug und Lüge . . . das kann ich nicht . . . ich will nicht reiten mit euch . . . ich bleibe!“

„Schöttingen!“ Der Fürst war bleich geworden. In der ersten Wallung seines Zornes trat er dem Greis entgegen. Doch der Anblick dieses zerstörten Gesichtes machte ihn schweigen. So stand er eine Weile. Dann ging er, ohne noch ein Wort zu sagen.

Zitternd fiel der Greis auf den Sessel hin, als hätte ihn ein Schwindel überkommen.

Und still war's in der Zelle. Nur an dem offenen Buche knisterten die Blätter, die ein Windhauch bewegte, ohne sie wenden zu können.

Draußen, am blauen Junihimmel, schwammen kleine silberweiße Wolken. Verspätete Apfelblüten hauchten durch das offene Fenster ihren Duft in die weiße Zelle – und irgendwo da draußen, im grünen Laubwerk, tönte der Schlag eines Finken.

17

Der Tag versank in einen leuchtenden Abend. Auch die tiefsten Dämmerschatten des Tales hatten noch Glanz, denn der Himmel, der völlig klar geworden, brannte golden, wie der Feiertagsmantel eines Heiligen. Die Sonne war schon hinuntergegangen. Doch auf den Bergen im Osten glühten noch alle Zinnen, und auf den westlichen Höhen, in deren Schattenblau man die Wälder und Almen kaum noch unterscheiden konnte, flammte das Gezack des Grates wie eine feurige Schlangenlinie.

Als sie Sonne schon eine Weile verschwunden war, glänzte noch verspätet aus einer tiefen Bergscharte des Ramsauer Tales ein breites Strahlenbündel heraus, das mit Geflimmer hinspielte über die Gehänge des Untersberges, über den grünen Buchenwald, über die Roggenfelder und Wiesen der Gern.

Auf den Wiesen stand das hohe Gras in Blüte – doch die Hälfte der Äcker war unbestellt und zeigte noch die halbverfaulten Stoppeln des vergangenen Herbstes.

Von allen Dächern der hinter Laub und Zäunen versunkenen Lehen qualmte der blaue Rauch. Nur über dem Wittingslehen kräuselte sich kein Wölkchen in den Glanz des Abends. Am Flechtzaun war das Tor geschlossen, und kein Laut des Lebens klang aus dem Gehöft. Wie ausgestorben lag es da. Und ging auf dem Karrenwege jemand vorüber, so schlug hinter dem Zaun der Hund nicht an wie sonst. Der war eines Tages mit den Nachbarn hinter dem Wildbret hergelaufen und war nicht wieder heimgekommen.

Das einsame Leben, das Maralen führte, war still und stumm. Man sah sie nur manchmal am frühen Morgen, wenn sie auf das Kleefeld hinausging, um frisches Futter für die Kuh zu mähen.

Ihr Tag war Arbeit. Und kam der Abend, so kam die einzige Freude ihres Lebens – das träumende Denken an ihr versunkenes Glück.

Als der Glanz der Dämmerung schon erlöschen und grau hinüberschlummern wollte in die Neumondnacht, trat Maralen aus dem Haus, um den gleichen Weg zu gehen, den sie an jedem Abend ging.

Sie ließ die aufgesteckte Schürze fallen, atmete tief und strich mit den Händen über das Haar. Noch immer trug sie das mürbe, zerfranste Kleid. Auch ihre Züge waren unverändert, bleich und ernst. Doch graue Fäden zogen sich durch den Kupferglanz ihrer Zöpfe.

Sie ging zum Brunnen, sah mit träumendem Blick in den gurgelnden Wasserstrahl und streifte mit der Hand ganz leise über die Kante des Troges – denn hier am Brunnen war der Joseph immer bei ihr gestanden.

Sie ging in den kleinen Hausgarten, über jedes Weglein zwischen den Beeten, und rührte mit den Fingern an jede Staude – denn hier im Garten hatte ihr der Joseph immer geholfen, die Blumen pflegen.

Sie ging zur Wiese hinter dem Haus, von Baum zu Baum, und manchmal umschlang sie einen Stamm und drückte die Wange an seine Rinde. Und dann ging sie zum Holunder, unter dessen Zweigen die kleine Holzbank stand – hier war der Joseph immer bei ihr gesessen.

Der Holunder blühte und goß seinen Duft um die Einsame her, so stark und herb, als wär's der Duft ihrer Schmerzen.

Draußen am Hagtor pochte man.

Doch Maralen hörte nicht. Denn hier auf der Bank – das war wie ein Zauber. Wenn sie da saß, da wurde alles wieder lebendig. Und jedes Wort, das der Joseph gesprochen, klang ihr wieder im Ohr. Sie fühlte seinen Arm, der zärtlich ihre Schulter umschlang, fühlte seine Wange, fühlte den Hauch seiner Lippen.

Draußen am Hagtor pochte man ungeduldig.

Maralen hörte nicht. Während die Tränen an ihren Wimpern hingen, während sie lächelte in der Freude ihres Träumens, ging ihr Blick über die tauende Wiese hin, über das Laub der Bäume, hinauf ins dämmernde Blau, in dem die ewigen Lichter zu flimmern begannen. Dort oben hatte die Maralen eine liebe Stelle – wie unter dem Holunder die Bank – dort oben glänzten zwei Sterne dicht beeinander, und um sie her war's wie ein kleiner bleicher Nebel – das waren ihres Josephs Augen, das war sein Gesicht.

Draußen am Hagtor pochte man, mit Fäusten wurde an die Bohlen geschlagen, und wie in Sorge schrie eine Stimme: „Lenli! Lenli!"

Da erwachte sie. „Jesus!" Und rannte zum Tor und riß den Balken zurück.

Der Vater und Juliander waren heimgekommen, jeder mit seinem Eisen, in verbrauchtem Gewand, der Bub in einem blauen Kyrriß und mit einem blauen Stahlhut, auf dem der Widerschein der Sterne wie kleine Funken lag.

Maralen reichte dem Vater und dem Bruder die Hände. Und als wären die beiden nur draußen auf dem Acker gewesen, so sagte sie einfach: „Jetzt seid ihr halt wieder daheim! Gelt!"

„Ja, Lenli!" nickte der Alte und beugte den Kopf bedächtig nach vorne, um in der Dämmerung ihre Augen besser zu sehen.

„Grüß dich, Schwester!" sagte Juliander. „Weißt, die Halleiner haben uns geschickt, daß wir die Berchtesgadener holen. Draußen ist Not an Mann. Die Halleiner sind heut auf Salzburg zu. Da liegt der Bischof noch allweil auf seiner Burg und schießt auf die Leut herunter. Und gestern ist der bayrische Herzog mit sechstausend Knecht gekommen." Das alles sagte er mit ruhiger Stimme, die seltsam müde klang. „Jetzt brauchen wir Leut. Die zwölftausend Bauren, die draußen liegen, die reichen nicht."

„Den Schmiedhannes willst?" Maralen lachte.

„Versuchen muß man's halt doch. Ich hab's mit dem Vater schon ausgemacht, daß wir in aller Früh hinunter wollen und die Glocken läuten."

Sie gingen ins Haus. Und Maralen schürte gleich ein Feuer an. Während sich Witting auf den Herdrand niederließ, stellte

Juliander das Schwert des Thurners, als wär's ein Heiligtum, in den Stubenwinkel, in dem das Kreuz mit den Palmzweigen hing.

Dann schnallte er den Kyrriß ab, legte den Eisenhut auf den Tisch und ging zur Tür.

„Wohin denn, Bub?"

„Ein bißl auf meinen Baum hinauf."

Witting und Maralen sahen ihm nach. Und der Alte sagte, wie mit einem Stein auf der Brust:

„Lenli, ich hab Sorg um den Buben! . . . Dem frißt's am Leben!"

Sie nickte – und wußte doch eigentlich nicht, was der Vater meinte.

Nach einer Weile fragte der Alte:

„Magst denn gar nicht wissen, wie's draußen ausschaut?"

Sie schüttelte den Kopf.

„Schlecht, Lenli, schlecht schaut's aus! . . . Und alles ist umsonst, alles umsonst!" Mit beiden Händen strich er über das Gesicht, wie man nach harter Mühsal den Schweiß von der Stirne wischt. Dann sah er brütend vor sich hin – und da begann bei allem Gram, der in seine welken Züge geschnitten war, ein Glanz in seinen Augen zu erwachen. „Aber den Buben, Lenli . . . den Buben hättest sehen müssen am Schladminger Tag! Wenn die Herren haben fallen und rennen müssen bei Schladming, so hat's der Bub gemacht! Sein Ruf ist wie Feuer gewesen, sein Eisen wie ein Schlag ohne Ruh! . . . Und alles umsonst! Alles umsonst!" Wieder schwieg er. Und während das Herdfeuer krachte und seine Funken auswarf, flüsterte der Alte vor sich hin: „Joß Friz! Wo bist?" Langsam hob er die Augen und sagte leis: „Lenli . . .in der Pfingstzeit ist's gewesen . . . am Abend, weißt . . . da bin ich im Geläger am Feuer gesessen und hab so an alles denken müssen, derweil die andern gejuchzet und gesoffen haben beim Knöchelspiel. Und da ist mir's auf einmal gewesen, als tät mir einer die Hand auf den Buckel legen und tät mir ins Ohr sagen: ‚Aelles isch guet!' . . . Und ich schau mich um, Lenli . . . aber alles ist Luft gewesen." In der Stube war's still. Nur das Feuer knisterte. Und alle beide sahen sie nach der Stelle hin, auf welcher Joß die Blätter mit den Artikeln und die ‚Goldkörnlein des Martin Luther' aus dem Zwerchsack genommen hatte. „Und gestern, Lenli . . . gestern ist Botschaft eingelaufen, daß an Pfingsten der Tag gewesen ist, an dem der Florian Geyer hat fallen müssen. Das hat der Joß nicht überlebt!"

Maralen bekreuzte sich. Und legte ein Scheit in das Feuer.

Lange schwiegen sie.

Dann erzählte Witting, was er wußte seit dem vergangenen Tag. Nur in den Bergländern, in Tirol, im Pongau, im Halleiner Tal und um Salzburg brannte die Flamme noch, in der man die Freiheit vergolden wollte. Draußen im ebenen Land, am Rhein hinauf, am Neckar und Main war alles Feuer schon zertreten und mit Blut gelöscht. Der Truchseß hatte bei Böblingen den ‚hellen christlichen Haufen' der Schwaben geschlagen, Münzer war bei Frankenhausen mit achttausend Mann gefallen, und die roten Tage von Lupfstein und Scherweiler, von Königshofen und Sulzdorf, hatten Vierzigtausend still gemacht, die nach der Freiheit geschrien. Berlichingen, den sie zum obersten Hauptmann ausgerufen, hatte das Heer des Volkes vor der Schlacht verlassen – und Florian Geyer, dem die Hauptleute der Bauern in Mißtrauen und Eifersucht nur die Führung eines kleines Haufens anvertrauten, hatte seine ‚schwarze Schar' zu einer Truppe von flammender Tapferkeit erzogen und seine Liebe zum Volk mit Blut und Leben besiegelt.

Mit all seinen Getreuen war er für die Freiheit der Deutschen den Heldentod gestorben, als der letzte auf dem Feld, und hatte noch im Tod den reinen ritterlichen Schild über die verlorene Sache des geliebten Volkes gedeckt.

„Kaiser Florian!" murmelte Witting, die zitternden Fäuste auf den Knien. „Das ist dem Joß sein schöner Traum gewesen, daß man den Florian Geyer an Pfingsten zum Baurenkaiser der Deutschen macht. Und an Pfingsten haben sie den Geyer totgeschlagen. Und jetzt muß er liegen und faulen, ich weiß nicht wo . . . und hat doch ein Krönlein von Gold um die deutsche Seel herum!“ Der Alte sprang auf und klammerte die Hand in Maralens Schulter. „Lenli! Die Leut! Schau doch die Leut an, wie sie's machen! Schau, da ist einer gewesen, für sein Volk wie ein Heiland, ein Mensch wie ein Baum in der Blüt . . . und da haben sie mitgeholfen, daß man ihn niederschlagt! Schau, Lenli . . .“ Erschrocken verstummte er und ging zur offenen Tür. „'s ist nur der Brunnen gewesen, den ich gehört hab!“ Er zog die Türe zu und dämpfte die Stimme. „Ich hab gemeint, der Bub tät kommen. Der weiß noch nichts. Wie gestern die schieche Botschaft eingelaufen ist, da haben wir Alten den Beschluß getan, man müßt das Elend verhehlen, daß man den Letzten ihren Mut nicht nimmt. Aber das ist alles umsonst! Das Einzig halt, daß man in Salzburg draußen noch ein bißl was zwingen kann . . . daß die Leut mit heiler Haut wieder heimkommen und doch ihr Leben behalten. Aber das ander, Lenli . . . das Große und Schöne . . . das ist alles hin! Mir ist der Mut zerfallen, mir ist der Glauben vergangen!“

Wie ein Müder, dem das Mark zerschmolz in seinen Knochen, ließ er sich auf den Herdrand fallen. „Dir hab ich's sagen müssen! Aber tu den Buben nichts merken lassen . . . der hat noch allweil den guten Glauben.“

Maralen nickte mit verstörtem Lächeln. „Ja, den müssen wir ihm lassen! Am Glauben, weißt, da kann eins leben. Der ist wie Brot.“

„Und wie die grüne Kraft, die unterm Schnee noch lebig bleibt. Und die wachst in den Maien hinüber.“ Witting hob das Gesicht, das im Widerschein der Herdflamme leuchtete, als wär' es zur Hälfte aus Glut gebildet. „Denn einmal, Lenli, einmal muß es kommen, daß er springt, der Ferch! Sonst tät er ja nie das helle Wasser finden!“

Mit großen Augen sah Maralen den Vater an. Es war, als wollte sie sprechen.

Doch sie schwieg. Und hob die Pfanne vom Feuer und stellte sie dem Alten hin. „Komm, Vater!“ Sie strich ihm mit der Hand übers Haar. „Jetzt iß ein Bröslein!“ Dann ging sie in ihre Kammer. Als sie wieder in die Stube trat, trug sie ein anderes Kleid – ein Kleid, das von ihrer Mutter Zeit her noch im Kasten gehangen.

„Lenli?“ stammelte Witting.

„Die roten Fäden, die heben nimmer!“ sagte sie ruhig. „Und wo so viel hat sterben müssen, so viel Großes, da darf ich nimmer trauern um meinen Joseph. Der ist, wo die Guten sind.“ Sie ging zur Tür. „Ich hol den Buben herein. Es nächtet.“

Der leuchtende Abend war schwarze Finsternis geworden, in der die Sterne glitzerten, so klein wie damals in jener Winternacht, in welcher Joß und Witting durch den Schnee hinaufgestiegen waren zum Untersberg.

Maralen ging zur Wiese hinter dem Haus, bis zum Holunder. „Bub? . . . Geh, komm herein!“

Droben im Nußbaum raschelte das Laub. Und schweigend stieg Juliander über die steile Leiter herunter. Die Schwester wollte ihm vorangehen ins Haus, aber da nahm er sie bei der Hand und zog sie zum Holunder, auf die Bank. Und umschlang sie mit beiden Armen und drückte sie an sich, so fest, als möchte er allen Schmerz seines Lebens stumm hineinpressen in die Seele der Schwester.

„Bub . . .“

„So viel weh tut mir's Leben, schau! . . . Und eins muß ich haben, vor dem ich's nimmer hehlen brauch, wie's ist in mir.“ Er schwieg eine Weile. Und dann brach es wie ein erwürgter Zornschrei aus ihm heraus: „Die Leut, Schwester! Die Leut! Die machen's einem so viel hart!“ In seine Stimme kam ein scheuer Klang. „Hat dir's der Vater erzählt . . . was sie getan haben, drüben . . .“

„Was denn, Bub?“

„Bei Schladming drüben?“

„Daß man die Herren geworfen hat?“

„Und das ander?“

„Sonst weiß ich nichts.“

„Am Schladminger Tag, da ist ein jeder gewesen wie ein

richtiges Mannsbild, jeder hat geschlagen und sterben können für die gut Sach . . . aber wie's gewonnen war, da sind die Leut auf einmal wie verwechselt gewesen . . . daß ich erschrocken bin! Ein Vergeltsgott hätt man dem Herrgott sagen müssen, nüchtern bleiben und die Kraft wieder binden. Aber da ist's gewesen, als wär der Teufel in die Leut gefahren! Und dreißig Edelherren, die man gefangen hat in der Schlacht . . . sieben, die hab ich selber geworfen . . . und die man nach Wort und Kriegsbrauch in ehrlicher Haft hätt halten müssen . . . die hat man am andern Tag auf dem Schindanger geköpft und niedergestochen wie die wilden Tier . . ." Er klammerte die Arme um die Schwester. „Lenli! Da ist mir ein Grausen gekommen! . . . Und das will nimmer lassen von mir! Und wär mir der Glauben an unsere gute Sach nicht eingewachsen in die Seel . . ." Seine Stimme erlosch. Im Kampf der Erregung, die seinen Körper schüttelte, preßte er das Gesicht an den Hals der Schwester. Er konnte nicht weinen – doch seine Zähne knirschten.

Schweigend hielt Maralen den Bruder umschlungen.

Endlich richtete er sich mühsam auf und sagte mit zerdrückter Stimme: „Gelt, tu nur den Vater nichts merken lassen! Denn weißt, dem Vater ist der Glauben noch allweil gut und ganz!"

„Ja, Bub!" Sie lachte leis. „Den Glauben, den muß man ihm lassen!"

Eine Weile saßen sie noch in der Finsternis. Dann mahnte Maralen: „Geh, komm herein! Wirst müd sein, Bub!"

„Ist ein weiter Weg gewesen, ja. Und morgen muß ich hinunter und die Glocken ziehen und reden mit den Leuten. Drei, vier Hundert, mein' ich doch, daß ich krieg. Wenn man Zeit hat, daß man's den Leuten fürstellt in der Ruh, da sehen doch allweil die mehrsten ein, was gut und richtig ist."

Sie traten in die Stube. Und Juliander aß, was ihm die Schwester hinbot.

Als dann der Vater und Maralen schon zur Ruhe gegangen waren, blieb Juliander noch am Herd bei den roten Kohlen sitzen. Unter tiefen Atemzügen hielt er den Kopf an die Herdwand gelehnt, und da ging es ihm über das erschöpfte Gesicht wie ein träumendes Lächeln.

Draußen murmelte der Brunnen. Und vom Karrenweg hörte man den Ruf eines Wächters, der die Runde machte.

Daß jede Nacht ein Wächter seinen Umgang tun mußte, das hatte der Rat der freien Bauern so eingerichtet – denn seit die Lehen durch den Schwur des Propstes ihr Eigen geworden, hatten sie Sorge um ihre Dächer.

Wenn der Wächter seinen Ruf gesungen hatte, gähnte er und setzte sich zur Rast in einen Straßengraben, die Arme um den Schaft der Hellebarde geschlungen.

Deutlich hörte man in der windstillen Nacht vom schwarzen Tal herauf das Rauschen der Ache. Gegen Mitternacht war weit da drunten ein Lärm zu hören, wie von vielen Hufen auf harter Straße – ein Geklapper, als wäre ein Haufen Pferde scheu geworden. Das währte eine Weile, dann erlosch es – und wieder nur das Rauschen der Ache.

Der Wächter wanderte gegen das Dürrlehen hinauf. Als er droben war beim Flechtzaun, hörte er aus dem Tal herauf den Hall von schreienden Stimmen – Rufe, wie bei einem Feuerlärm. Doch das konnte kein Brand sein, denn die Glocken schlugen nicht an. Und man sah auch keine Helle, nur schwarze Nacht.

Aber das Geschrei verstärkte sich, und da schlug der Wächter an das Hagtor, um den Dürrlechner zu wecken. Der Bauer kam. „Was ist denn?“

„Lus, Nachbar! Drunt im Markt, da muß was los sein!“

Der Dürrlechner, der den Schlaf noch in Augen und Ohren hatte, brummte: „Was soll denn sein! Rauschige Leut halt, die wieder gesoffen haben die ganze Nacht. Tät was Wichtigs aufliegen, so hätt man die Glocken gezogen. Das ist ausgemacht! . . . Ich leg mich schlafen.“

„Hast recht! Schlafen ist das Best.“

„Wenn einen die Flöh nicht beißen.“

Der Wächter begann seine Runde wieder, ohne sich weiter

um das Geschrei da unten zu kümmern. Das wurde immer lauter, als wäre zu Berchtesgaden der ganze Markt lebendig geworden. Und bei Beginn der Dämmerung sah der Wächter, der auf seiner Runde zum untersten Lehen gekommen war, einen Bauern durch den Wald heraufsteigen. Der kreischte: „Weck alle Leut! Ein jeder soll kommen mit Wehr und Spieß!" Aber im Wächter war die Neugier stärker als die Sorg – erst wollte er wissen, was los wäre. Und da hörte er's: daß die Bauern betrogen und verraten wären, man hätte sie mit jenem Vertrag übers Ohr gehauen, jetzt wäre das aufgekommen, die Herren hätten ihren Schwur gebrochen und wären in der Nacht mit allen Klosterleuten auf und davon; und damit man die Glocken nicht ziehen könnte, hätten sie in beiden Kirchen die Glockenseile zerschnitten und die Turmböden ausgebrochen. Und draußen in Salzburg stünden die bayrischen Landsknechte. „Die kommen! Wirst sehen, die kommen! Und drunt ist der Teufel los! Weck alle Leut! Ein jeder soll springen mit Wehr und Spieß!" Und während der Wächter dem nächsten Lehen zurannte, um die Leute zu wecken, eilte der Bauer, der die Nachricht hergetragen, wieder hinunter durch den Wald. Je näher er dem Tal und der Straße kam, um so lauter scholl ihm das Geschrei des empörten Haufens entgegen.

Um alle Mauern des Stiftes zitterte im Frühschein der rötliche Widerglanz der Pfannenfeuer, und aus dem Hof des Stiftes schlug eine mächtige Flammensäule über die Dächer empor, so hoch fast wie der Turm des Münsters.

Und die Türme, aus denen die Böden und Stiegen herausgebrochen waren, mußten sie wohl erklommen haben, denn alle Glocken fingen zu läuten an – und die hallenden Erzstimmen verschmolzen sich mit dem wilden Geschrei der Menschen.

Die Erkenntnis, daß sie betrogen waren, weckte nicht die Besinnung und Überlegung in ihnen, nur den maßlosen Zorn der Getäuschten, allen Aufruhr der entfesselten Wut. Noch in der Nacht, als man die Flucht der Herren und aller Knechte des Stiftes merkte, und ehe noch hundert aus den nächsten Gassen herbeigelaufen waren, hatten sie schon, vom Schmiedhannes aufgehetzt, das Tor des Klosters niedergebrochen. In der Torstube fanden sie den Wärtel, der mit den andern nicht hatte fliehen können, weil er krank war – und in ihrer blinden Wut erschlugen sie den wehrlosen Mann. Und den fünfzehnjährigen Buben, den Ruppert, der bei dem Kranken zurückgeblieben, den wollte der Schmiedhannes, der im Eisenhut und mit Kyrriß gekommen war, an den Schandpfahl hängen, weil er meinte: „Kein Ämtlein ist so klein, daß es nicht wert wäre, gehangen zu werden!“ Aber der Zawinger schwur: der Ruppert wäre Martinisch und hätte den evangelischen Brüdern schon manche Botschaft heimlich zugetragen. Das rettete dem Buben das Leben. Mit käsigem Gesicht, die Augen aufgerissen, stand er zitternd an den Pfahl gelehnt, während die Schreienden hineindrängten in den Klosterhof, und starrte nur immer den Schmiedhannes an und rührte die bleichen Lippen: „Der! . . . Der! . . .“

Ein schreiender Strom von Menschen wälzte sich an dem Buben vorüber, zu Hunderten kamen sie gelaufen, und die Wut der Ersten, die in den Hof gedrungen, steckte die anderen an. Ganz von Sinnen waren sie, und die Freude am Vernichten faßte ihre Köpfe, wie Feuer das Stroh. An den Vorratshäusern zerbrachen sie die Türen, schleppten alles heraus, was sie fanden, und zerstörten mit Gejohl, was sie selbst gezinst und gesteuert hatten als den Zehnten ihrer Mühsal und ihres Schweißes. In den Ställen erstachen sie die Schafe und Schweine, und im Hof des Stiftes zündeten sie ein Feuer an, um gleich den ‚Herrenbraten‘ am Spieß zu drehen. Unter allen Türen des Stiftes erbrachen sie zuerst die Tür der Kellerstube. Und da fanden sie das Gewölb mit den Fässern. Die Gebinde, die sie schleppen konnten, trugen sie auf den Schultern herauf, und den Wein der großen Fässer ließen sie in die Krüge rinnen, die sie in der Trinkstube gefunden, und in die Spülschäffer, die im Keller standen. So gierig tranken sie, daß der Rausch sie packte, wie einen der Sonnenstich an glühendem Tag überfällt. Vor einer halben Stunde hatten sie noch gemordet in ihrem Zorn – jetzt jubelten sie und sangen. Und ihr Trieb, zu zerstören, wuchs nur halb noch aus ihrer Wut, halb schon aus ihrer Trunkheit. Sie schlugen das Tor des Münsters ein, verwüsteten die Altäre, zerschmetterten die kunstreich gemalten Fenster, verstümmelten das schöne Schnitzwerk der Chorbänke und rissen aus dem Orgelwerk die Pfeifen heraus, mit denen sie ein Blasen und Tuten begannen, als wäre der wilde Jäger im Kloster eingekehrt. Sie suchten nach silbernen Meßgeräten, doch fanden sie nur wertloses Kupferzeug und zinnerne Leuchter, nur verbrauchte Meßgewänder und alte Rauchmäntel – und das gab unter Johlen und Gelächter eine Maskerade, eine Prozession zum Feuer, das mit zerschlagenen Betstühlen, mit Meßbüchern und Altartrümmern geschürt wurde.

Aus allem Lärm dieser sinnlosen Zerstörung hörte man immer die gellende Stimme der Ruefin, der die Rüden des Propstes bei der Hatzjagd auf wilde Sauen den Mann zu Tode gesprungen hatten – und die Stimme des Steffelschusters, dem das geistliche Gericht im vergangenen Jahr die einzige Tochter als Hexe verbrannt hatte – und die Stimme des Bauern, dem die Klosterschergen drei Finger von der Hand geschlagen, weil er auf seinem Krautfelde das Beil nach einem Hirsch geworfen.

Und als die anderen Türen des Stiftes erbrochen waren, gab es ein Rennen und Jagen von Zimmer zu Zimmer, ein Suchen nach Gold und Silber. Aber alles, was Wert hatte, war verschwunden. Nur das zinnerne Geschirr und das hölzerne Gerät stand noch umher – und das zerschlug man. Als sie das Archiv und den Büchersaal entdeckten, begannen sie unter Geschrei ein Suchen und Wühlen nach den Steuerbüchern und Zinsrollen. Die richtigen fanden sie nicht, aber sie hatten schon ihre Freude daran, daß sie die falschen ins Feuer werfen konnten – und hinter den Zinsrollen wanderte die ganze kostbare Bücherei des Klosters in die Feuerstöße, die im Hofe brannten. Das gab einen Rauch, der zum Husten reizte – und jeder, der dieses Kratzen im Hals verspürte, half sich mit der weingefüllten Kanne.

Als der Tag kam, schlugen die Flammen, die so fleißig geschürt wurden, hoch über die Dächer hinaus, und ihre flakkernde Röte kämpfte mit dem gelben Frühschein und warf ein zuckendes Licht in alle Korridore des Stiftes, in alle Stuben und Zellen.

Und plötzlich hörte man ein jubelndes Geschrei, das vom Hirschgraben heraufklang. Dort hatten sie, um Fische schmausen zu können, am Forellenteich das Wasser abgelassen. Und als sie im Sand des ausgeronnenen Teiches nach den hundert zappelnden Schwänzen griffen, entdeckten sie ein großes Faß, das aus dem Sand hervorlugte. Flink war es ausgegraben, und als man die Dauben zerschlug, fand man das Faß gefüllt mit goldenen Kirchengeräten und silbernem Tafelgeschirr. Unter Johlen und Kreischen wurde der blinkende Fund heraufgetragen zum Feuer, wobei einer den andern überwachte, daß er nicht mit einem Kelch oder einer Bratenschüssel Reißaus nähme. Und beim Feuer wuchs aus allem Geschrei und Jubel ein hitziger Streit heraus, denn der Schmiedhannes hatte gleich nach der schönsten Monstranz gegriffen, weil er meinte, dem Hauptmann gebührte das beste Stück. Doch hundert schrien es ihm ins Gesicht: „In der Freiheit sind alle gleich, da muß ein jeder seinen redlichen Teil haben!“ Der Gesell eines Goldschmiedes mußte schätzen, und dann wurde gerechnet: so viel ist das Gold und Silber wert, so viele Leute sind im Land – da treffen 27 Heller auf jeden Kopf. Die Rechnung war richtig, aber sie gefiel den Leuten nicht – und eine verdrossene Stimme rief: „Ich hätt gemeint, daß beim Teilen mehr herauskommt. Schaut sich die Gleichheit nicht besser an, so pfeif ich drauf. Für dreißig Heller Mist hat meine Kuh am Schwanz hängen!“ Dieses Wort verwandelte allen Streit in Gelächter. Und der Schmiedhannes behielt die Monstranz und eilte mit ihr davon, um sie irgendwo zu verstecken – wie der Hund einen Knochen verträgt. Seinem Beispiel folgten die anderen, und unter

Geschrei und Gelächter fingen sie ein Balgen um die silbernen Geräte an.

Da klang von einem Fenster des Stiftes in diesen balgenden Lärm der Schrei: „Ein Chorherr, Leut! Ein Chorherr ist da! Von den Herren einer!“ Ein Haufe der Halbberauschten drängte mit Tumult in das Treppenhaus des Stiftes und hinauf in den Korridor, wo das Fürstenzimmer und die kleine weiße Zelle lag, in der man den Chorherren gefunden hatte. Ruhig saß er in seinem weißen Habit auf dem Lehnstuhl, vor einem aufgeschlagenen Buch, an dem der Lufthauch des offenen Fensters die Blätter wendete. Das greise Haupt war gegen die Schulter geneigt, und aus dem bleichen, kleingerunzelten Gesichte sahen die halbgeöffneten Augen mit starrer Ruhe auf die schmähenden Menschen, die sich in die Zelle schoben. Ein kreischender Schwall von unflätigen Schimpfreden ging über den ‚meineidigen Pfaffen‘ nieder, der sich geduldig schmähen ließ, ohne die Lippen zu einem Widerspruch zu öffnen. Doch als sie ihn ergreifen wollten, fuhren sie erschrokken zurück – es war ein Toter, den sie beschimpft hatten und die Augen, die so ruhig zu ihnen aufblickten, waren gebrochen.

Aus dem Schweigen, das der erste Schreck erzwungen hatte, klang eine schrillende Weiberstimme: „Ins Feuer den toten Hund! Die falsch geschworen haben, die müssen brennen! Das ist Gesetz! Das haben die Herren selber gemacht.“ Doch als sie schon die Fäuste nach dem Toten streckten, erhob sich im Korridor ein zeterndes Geschrei. „Der Teufel! Der Teufel!“

Aus dem Fürstenzimmer, das sie aufgebrochen hatten, war's mit gellendem Pfiff herausgefahren und mitten hinein in den dicht gedrängten Knäuel der Menschen: ein kleines Scheusal mit buschigem Schweif und grinsender Satansfratze, deren Maul die spitzigen Zähne fletschte. Das geängstigte Tier, das in dem mit Menschen angepfropften Korridor keinen Ausweg fand, flog wie ein elastischer Ball mit verzweifelten Sprüngen über die Schultern und Köpfe der kreischenden

Leute hin, fuhr einem Buben ins Gesicht, einem Weib in die Zöpfe, biß und kratzte und schoß wie der Blitz umher, bis es die offene Tür der weißen Zelle und einen Menschen fand, den es kannte. „Der Teufel!“ schrien die einen – und die andern: „Das ist dem Toten seine verfluchte Seel!“ Doch einer erkannte das Tierchen und rief in das Gezeter der Abergläubischen: „Ihr Narren, ihr dummen, das ist ja dem Propst sein kolumbischer Aff!“ Da löste sich aller Schreck des Aberglaubens in schallendes Gelächter – und die bei der Tür der Zelle standen, betrachteten mit Neugier und doch noch mit Grauen den kleinen Affen, der auf der Schulter des Toten saß und in Angst und Erschöpfung so hurtig atmete wie ein lechzendes Hündchen.

In das halbe Schweigen, das dem Gelächter folgte, klang vom Hof, von den lodernden Feuerstößen her, eine Stimme in Zorn und Erregung: „Seid ihr denn all von Sinnen? Seid ihr denn all zum Tier geworden! Ist das die Freiheit, für die man fechten hätt sollen? Ist das die gut Sach, die das Blut von so viel tausend Menschen gekostet hat?“

Die Leute, die um die Tür der weißen Zelle gestanden, drängten sich an die Fenster des Korridors und sahen im Gewühl, das den Hof erfüllte, den Buben des alten Witting beim Feuer stehen, mit seinem Vater und mit der roten Maralen, umzittert vom Flammenschein, dessen Röte mit dem weißen Licht des erwachten Tages kämpfte.

„Leut! Leut!“ Die Stimme Julianders wuchs in der Glut seines Zornes. „Ich muß es euch sagen: mich geht ein Grausen an! In mir ist ein Schreck über euch! Der Bauren gerechte Sach ist aufgestanden wider die schlechten Herren, und in uns allen ist der Glauben gewesen, daß Gott mit uns ist, weil wir Unrecht leiden. Aber die erste Stund der Freiheit hat euren Verstand zerschlagen, und wie ihr’s treibet, Leut, das ist noch schlechter, als wie’s die Herren getrieben haben!“

Zornige Rufe unterbrachen ihn, und Schimpfworte, in die sich das Johlen und Lachen der Berauschten mischte.

„Ja! Und tausendmal ja! Noch schlechter wie die Herren

habt ihr's getrieben! Da muß doch der Herrgott, der gerecht ist, gegen euch sein und muß euch die Freiheit wenden zu Schand und Elend! Leut . . . mir ist, als müßt ich euch anspeien . . . und mir tut das Herz doch weh, wenn ich in eure Gesichter schau. Leut, Leut . . . eine große und schöne Sach hat der Herrgott auf euren Weg gelegt, ihr hättet die Händ bloß strecken brauchen . . . und ihr seid darauf herumgetreten mit dreckigem Schuh und habt sie versaut und verlästert . . ."

Da schob sich der Schmiedhannes durch das lärmende Gedräng der Menschen. „Wer redet denn da? Wer reißt denn sein freches Maul so auf?"

„Der Bub hat recht!" klang's aus dem Lärm der Menge.

Und der Schmiedhannes schrie: „Wer darf zur Baurenschaft reden außer mir?"

„Einer, der gefochten hat für die Sach der Bauren", scholl ihm die Stimme der Maralen entgegen, „einer, der seine Fäust gerührt hat für die Bauren, derweil du hocken bist blieben auf deinem Mist!" Und die Stimme Wittings: „Einer, der für uns sein Liebstes hat geben müssen, derweil du geschachert hast für deinen Sack, derweil du Tausend hineingeritten hast ins Elend! Du! Ja, du! Und tät ich's beweisen können, ich tät dir noch ein anderes Wörtl sagen! Dir!"

Ein ohrenbetäubender Lärm erhob sich.

Und der Hannes brüllte, mit der Hand am Eisen: „Das traust dir zu sagen?"

„Der sagt, was wahr ist!" fuhr eine schrille Knabenstimme in den Lärm. Und Ruppert, der Lausbub des erschlagenen Torwärtels, sprang vor den Hannes hin. „Ich sag dir's ins Gesicht . . . der im Anderherbst, in einer Sonntagnacht, den schwäbischen Joß Friz ans Kloster verraten hat . . . der bist du gewesen! Du! Du!"

Mit einem Fluch war Hannes dem Buben an den Hals gefahren. Doch Witting stieß ihn zurück und riß den Buben an sich. „Judas, du!"

Keuchend zerrte Hannes das Eisen aus dem Leder. „Du . . . du . . ." Und wollte schlagen. Aber da zuckte es wie ein Blitz auf ihn nieder – und das Schwert des Thurners fuhr dem Schmiedhannes durch den Eisenhut bis hinunter in den Kyrriß.

Ein Schrei aus hundert Kehlen – auch die Berauschten waren nüchtern geworden im Schreck – und dann eine Stille, in der man in den Feuerstößen die Flammen rauschen hörte.

Juliander reckte sich auf. „Leut! Das ist Gericht gewesen! Ich laß mir den Vater nicht erschlagen von einem, der mitgeholfen hat, der Bauren gute Sach ermorden." Er bohrte das Eisen in die Asche eines Feuerstoßes – und die rote Klinge wurde rein. „Jetzt noch ein Wörtl zu euch! Mich haben die Halleiner geschickt, weil Not an Mann ist. Vor Salzburg liegen sechstausend bayrische Landsknecht. Und unsere Brüder sind bedroht. Ich muß hinaus . . . wer geht mit mir?"

Zwanzig, dreißig, vierzig drängten sich dem Buben entgegen – und als es auf den Mittag zuging, hatte Juliander an die Vierhundert um sich versammelt. Jeden, dem der Wein aus den Augen glänzte, wies er aus der Rotte und schickte die Weiber und Dirnen heim, die den Ausziehenden folgen wollten. Nur Maralen durfte mitziehen. „In dir ist Mannsmut", sagte Juliander, „such dir ein Eisen und geh mit!"

In der Mittagsstunde marschierten sie ab. Und Witting sagte zum Buben des Dürrlechners, der neben ihm in der Rotte ging: „Wär's am ersten Tag auf dem Anger so geschehen, wie heut, so tät's mit der Bauren Freiheit anders ausschauen!" Seufzend ließ er den weißen Kopf auf die Brust sinken – denn er wußte, daß sie auszogen für eine verlorene Sache, für ein Werk, das schon in Trümmern lag, kaum daß es begonnen war. Bei dem Eilmarsch, den sie angeschlagen, brauchten sie zwei Stunden bis Schellenberg.

Auf dem Hügel hinter der Brücke ließ Juliander die Rotten halten. Sein Gesicht war bleich, und ein unruhiges Feuer brannte in seinen Augen. „Wartet, Leut! Eh wir einen Umweg um die Burghut suchen und Zeit verlieren, will ich schauen, daß ich uns freien Durchzug in der Burghut ausmach."

Während Maralen, an den Arm des Vaters geklammert, mit schwimmenden Augen hinaufblickte zu dem grün umlaubten und von der Sonne umspielten Hügel, der das Wiesengütl getragen, wanderte Juliander die Straße hinaus und der Burghut entgegen, deren Mauern er besetzt sah mit einer großen Zahl von Bewaffneten. Neben den Leuten des Thurners gewahrte er Waffenknechte des Klosters und fremde Söldner. Und schon von weitem erkannte er auf der Plattform des Torwerks, zwischen den beiden Mauerschlangen, den Thurner im sonnblinkenden Harnisch.

Immer langsamer wurden Julianders Schritte, immer schwerer ging sein Atem. Als er der Straßenhalle näherkam, sah er neben dem Thurner einen Ritter stehen: eine breitgeschulterte, schwerfällige Gestalt, in einem gewichtigen und schmucklosen Panzer, auf einen Zweihänder gestützt, den klobigen Kopf mit einem schweren Helm bedeckt, aus dessen zerzausten Straußenfedern rote Korallenklunkern auf das Helmdach fielen. Unter dem aufgeschlagenen Stirnblatt sah man das derbe, sonnverbrannte Gesicht eines Fünfzigjährigen, mit großen gutmütigen Augen und breiter Nase, mit einem wulstigen Mund, auf dessen Oberlippe ein kurzgeschnittenes Bärtchen saß, während ein dicker Bart, wie eine aus Flachs gewulstete Sichel, von den Ohren herumhing um das Kinn. Herr Lenhard sagte dem Ritter etwas – und da lachte der Fremde mit einer fetten, behaglichen Stimme.

Dem Buben auf der Straße schoß das Blut ins Gesicht, und seine Augen huschten über alle Zinnen der Mauer hin. Und daß er etwas, was er zu sehen fürchtete, nicht sah, das schien ihm seine Ruhe wieder zu geben. Das lange Schwert vor die Brust rückend, trat er bis dicht vor die Straßenhalle hin.

Herr Lenhard hatte sich mit den Armen über den Mauerkranz gelehnt und guckte lachend herunter. „Jetzt bin ich aber neugierig, was der Bauernlackel will! Corpo di cane! Der schaut mir aus, als möcht er das Tor gleich niederbeißen!" Jetzt wurde der Thurner ernst. „He, du, wer bist?"

Dem Buben war die Stimme ganz zerdrückt. „Wenn mich

der Thurner nicht kennen mag, so bin ich der Fürsprech der freien Bauren von Berchtesgaden."

„Sooooo?" Herr Lenhard tat einen langen, bedächtigen Pfiff. „Und was will der Fürsprech der freien Bauren von mir?"

„Friedlichen Durchzug für meine Rotten, wir müssen auf Salzburg hinaus."

„Schau, schau! Freilich, da draußen geht den Bauren das Wasser bis an die Gurgel. Da muß schon einer kommen, wie du einer bist! Aber sag . . . du Fürsprech der freien Bauren . . . wenn ich den Durchzug verwehr? Rennst mir dann gleich die Mauer nieder?"

Zuckenden Schmerz um die Lippen, mit ernsten Augen, sah Juliander zum Thurner hinauf. „Dann muß ich mich halt besinnen, daß auch ein Weg durchs Wasser geht. Das hat mir einer gesagt, der Euch heimgebracht hat, was Euch lieb ist."

„Soooo? Durchs Wasser? Du, da werden deine freien Bauren naß! Wär schad um ihre speckigen Hosen! Freilich, da muß ich schon ein Einsehen haben! So komm halt herein in den Burghof, daß wir den freien Durchzug ausmachen."

Juliander zögerte mit der Antwort, und die Stimme wollte ihm nicht recht gehorchen, als er sagte: „Besser wär's, der Thurner tät auf die Straße herunterkommen."

Da brauste Herr Lenhard auf. „Du meinst wohl, ich lauf dir nach, du Bock, du eigensinniger! Per amor maledetto!" Der welsche Fluch schien den Thurner beruhigt zu haben, denn er besann sich und schmunzelte. „Ich will dir was sagen, du Fürsprech der freien Bauren! Ich merk schon, daß kein Fried wird im Land, eh nicht Herr und Bauer einander entgegenkommen auf halbem Weg. Soll's halt sein! Ich steig auf die Bruck hinunter, und du kommst zu mir . . . das ist halb auf der Straße und halb in der Burghut! Gilt's?"

Wieder atmete Juliander so schwer, als hätte man ihm harte Bedingung gestellt. „In Gottesnamen, soll's halt recht sein!"

Der Thurner flüsterte dem Torwart ein paar Worte zu, dann rannte er so hastig die steile Treppe hinunter, daß es ein

Klirren gab, als wäre ein Küchenschrank mit eisernem Geschirr ins Rumpeln gekommen.

Im Hof waren Zelte aufgeschlagen, an die zwanzig gesattelte Pferde waren angepflöckt, und geharnischte Reiter saßen umher. Und überall in den Fensterluken der Wehrgänge sah man Köpfe mit Eisenhüten.

„He, Räpplein!" überschrie der Thurner den Lärm des Hofes. Auf der steinernen Altane des Wohnhauses erschien etwas Rotes. „Jetzt spring, du Narrenvogel! Dein Bub ist da!"

Man hörte da droben einen leisen Schrei, während am Tor schon die Flügel aufgingen. Mit rasselnden Ketten sank die Brücke über den Wassergraben, und Herr Lenhard trat hinaus. Er streckte die Hände. „So, Bub, schlag ein! Zum guten Frieden! Weil du's bist!"

Langsam, wie gewarnt von einer zitternden Scheu, setzte Juliander den Fuß auf die Bohlen. „Herr Thurner . . ."

„Nur näher ein bißl! Ich beiß nicht!" sagte Herr Lenhard, zog den Buben mit beiden Händen an sich – und rief in die Höhe: „Hopp!"

Die Brücke stieg.

Erbleichend wollte sich Juliander mit einem Sprung auf die Straße retten, doch der Thurner hielt fest, die Brücke hob sich – und auf den Bohlen glitten die beiden hinunter in den Burghof, wie auf einer Rutschbahn.

Vom Torwerk hörte man ein fettes, behagliches Lachen, während Herr Lenhard rief: „He, Räpplein, flink! Da ist er! Den hab ich hereingelupft, wie man einen Ferch aus dem Gumpen schöpft."

Dem Buben brannte der Zorn auf der Stirn, und er wollte nach dem Eisen greifen. Aber da kam etwas Rotes zwischen den Zelten hergeflattert – und ratlos, mit Augen, wie sie ein Bettler im tiefsten Elend macht, sah Juliander den Thurner an. „Herr . . . ich muß auf Salzburg hinaus . . ." Da stand Morella vor dem Zitternden, in dem dünnen, scharlachroten Fähnchen, in dem sie hinter dem flüchtenden Eichhörnchen durch den Schnee gesprungen war. Das Gewirr der schwarzbraunen Locken gaukelte um das schmal gewordene, vor Freude strahlende Gesichtchen, während ihre leuchtenden Augen an dem Buben hingen. Der sah nur immer den Thurner an. Und bettelte: „Herr, ich muß auf Salzburg hinaus . . ."

„Du!" sagte Morella. Vor Ärger, weil er sie gar nicht sehen wollte, zuckte ihr Hasenmäulchen, und sie puffte ihm die kleine Faust an den blauen Kyrriß. „Du! Ich bin auch da!"

Zögernd wandte er die verstörten Augen nach ihr, wollte die Hand strecken und zog sie wieder zurück und stammelte: „Herr . . . ich muß . . ."

Von der Straße klang der näherkommende Lärm erregter Stimmen, und der Wärtel schrie von der Bastei herunter: „Herr, die Bauren ziehen gegen die Mauer an!"

Doch der Thurner hörte nicht und lachte: „Räpplein, dem mußt ein Wörtl sagen! Das ist ein Baurenschädel, das dauert eine Weile, bis der was merkt!"

Morella faßte die Hand des Buben. Doch Juliander riß sich los, als hätte er glühendes Eisen berührt. Seine Faust griff nach dem Kreuz des Schwertes, die Klinge fuhr aus dem Leder, und mit dem Blick eines Verzweifelten trat er auf Herrn Lenhard zu: „Herr . . . da treibet Ihr einen Possen mit mir . . . der geht mir ans Leben! Um Christi Barmherzigkeit, Herr Thurner, lasset mich hinaus in Fried! Ich muß auf Salzburg zu! Da draußen stehen meine Brüder! Herr, ich hab was gelernt in Eurer Schul . . . und tut man das Tor nicht gutwillig auf, so schaff ich mir durch all Eure Knecht einen Weg zur Mauer hinauf und spring hinunter."

Bleich und zu Tod erschrocken war Morella vor dem zukkenden Stahl zurückgewichen, und während draußen der wachsende Stimmenlärm der Bauern immer näher tönte, fing Herr Lenhard zu schreien an: „Du Narr! Hast du denn keine Augen! So schau doch das Mädel an . . ."

Da legte ihm der fremde Ritter, der vom Torwerk heruntergestiegen war, die Hand auf die Schulter. „Den Buben mußt fortlassen, Lenhard!" sagte er, mit schwäbischem Klang in der

Sprache. Er winkte dem Torwart zu: „Die Bruck herunter!“ Und wandte sich wieder an den Thurner: „Der Bub muß auf Salzburg hinaus. Den bindet von seiner Pflicht kein Tod und kein Teufel los, kein roter Mädelsmund und kein zuckriges Glück. Den Buben mußt fortlassen!“ Er ging auf Juliander zu. „Steck ein, Bub! Und wären alle wie du, so tät's im deutschen Land heut ausschauen, wie's mir taugen möcht! Steck ein! Sollst freien Paß haben . . . für dich und deine Bauren . . . unter der Bedingnis, daß du mich mitnimmst in euer Geläger. Ich hab für den obersten Hauptmann der Bauren gute Botschaft. Willst bürgen für meinen Weg?“

„Herr“, stammelte Juliander, „ich bürg mit meinem Leben . . .“ Und als er sah, daß die Brücke gefallen war, tat er flink einen Sprung ins Freie. Doch mitten auf der Brücke drängte sich etwas süß Lebendiges unter leisem Lachen an seine Brust, zwei kleine Hände klammerten die Stahlborte seines blauen Eisenhutes, zwei heiße Lippen schlossen ihm den stammelnden Mund, und dann klang's ihm in die Ohren, ins Herz, in die Seele, mit der flüsternden Stimme des Glücks: „Du dummer Kerl . . . ich hab dich ja lieb!“ Lachend huschte das rote Glück ins Tor der Burghut hinein: „Babbo, ich glaub, jetzt hat er was gemerkt.“

Juliander kam auf die Straße, er wußte nicht wie. Und als ihn die Seinen umringten, brachte er kein Wort heraus. Herr Lenhard mußte kommen, um es den Bauern zu sagen: der freie Durchzug wäre bewilligt, unter der Bedingung, daß sie einen Ritter mit ins Geläger nähmen, der Botschaft hätte für den obersten Hauptmann der Bauernschaft. Da erschien auch schon der schwäbische Ritter unter dem Tor, doch nicht auf einem edlen Roß, sondern auf einem zottigen Maultier, das mehr einem Esel als einem Pferde glich. „Hü, Grauerle!“ mahnte er das Tier, das auf der Brücke scheuen wollte. Die eisengeschienten Beine hingen dem Reiter fast bis auf die Erde nieder, vor der Brust hatte er den langen Zweihänder, und am Armriemen trug er einen kurzen Spieß mit langer Klinge und mit weißem Fähnlein dran. „Bis zum Abend ist

Fried! Kannst dich verlassen!“ flüsterte er dem Thurner zu. „Da kannst mit deinem Mädle kommen, ohne Sorg! Meine Reiter sollen dir Geleit geben. Und mein Zelt, das kennst ja! Grüß dich, Lenhard!“ Er lachte mit seiner behaglichen Stimme. „Und sag deinem Mädle, daß sie gute Augen hat! Der Bub geht für ein Schock von unseren Junkern. Und wie gesünder ein Glück, um so besser schmeckt's!“

In der Straßenhalle hob sich das Fallgitter, und die Berchtesgadener zogen auf Salzburg zu. Trotz der Erregung, die in den Köpfen und Herzen der Bauern kämpfte, erweckte doch der Anblick des schwäbischen Ritters auf seinem Maulesel ihre Spottlust. Sie verglichen ihn mit einer Bratwurst, die auf eine Maus gefallen. Hörte der Ritter solche Reden, dann drehte er sich um und lachte gutmütig. Und unter dem schweren Panzer machte ihm die heiße Sonne so warm, daß ihm der Schweiß in dicken Perlen über die Nase rann. Im gemächlichen Schritt des Maultieres zog er neben Juliander her, den er immer wieder von der Seite betrachtete. Stellte der Ritter eine Frage, so mußte Juliander erst erwachen. Dem Buben war die Kehle zugeschnürt, daß er kaum ein Wort herausbrachte. Wie ein Trunkener schritt er die Straße dahin.

18

Als die Berchtesgadener das Grödiger Moos erreichten, blinkten im Glanz der Nachtmittagssonne die Mauern und Türme von Salzburg, halb eingehüllt in Rauchwolken brennender Häuser und in den Dampf des Pulvers, das sie von der Hohensalzburg herab gegen das Lager der Bauern verschossen hatten. Zur Rechten, hinter dem Dorfe Anif draußen, sah man dieses Lager: ein weitgedehntes und schlecht geschütztes Gewirre von windschiefen Zelten, Bretterschuppen und Strohhütten. Und links in der Ebene, gegen Maxglan, konnte man das festumwallte Lager des bayrischen Heeres erkennen, mit tausend Zeltspitzen – wie ein braunes Feld mit zahllosen weißen Blümchen. In diesem Lager war alles ruhig, kein Schuß krachte, außerhalb der Umwallung waren die Felder leer, nur auf der braunen Linie der Schanzen sah man es manchmal aufblitzen wie den Schimmer von Harnischen, in denen sich die Sonne spiegelte. Im Lager der Bauern aber herrschte ein summender Lärm, und auch außerhalb der Wälle war ein Gerenne von Menschen, ein Geschrei an allen Ecken und Enden. In Zwischenräumen dröhnte auf den Mauern der Hohensalzburg ein Kartaunenschuß. Hatte die Kugel das Lager der Bauern nicht erreicht, so sah man, während das Echo des Schusses über den Untersberg hinrollte, auf den Äckern eine längliche Erdwolke auffahren. Das begrüßten die Berchtesgadener, die hinter Juliander und dem schwäbischen Ritter marschierten, mit Gelächter und mit Scherzworten. Einmal aber, nach einem dumpf dröhnenden Schuß, erhob sich zeterndes Geschrei an einer nahen Stelle des Lagers. Da blieben die Berchtesgadener stumm, und manche von ihnen bekreuzten sich, während der schwitzende Ritter mit Ärger brummte: „Dem Salzburger Pfaffen tät's besser anstehen, wenn er von unserem lieben Heiland lernen möcht, wie man den Frieden predigt, statt daß er Stückkugeln unter die Leut wirft!“

Als man dem Lager der Bauern so nah gekommen war, daß man schon die Stimmen der Wallposten unterscheiden konnte, hielt der Ritter das Maultier an. „Da will ich warten, Bub!“ sagte er zu Juliander. „Ich bin den Bauren gut, aber man steckt nicht gern die Nas in einen Ameisenhaufen, über den ein Ochs gegangen. Nimm von deinen Leuten ein paar Dutzend. Mit denen bleibst du bei mir, zur Bürgschaft für dein Wort auf friedlichen Weg für mich. Einen verläßlichen Menschen schick ins Lager mit der Botschaft, daß ich den Bauren ein redliches Wort vom bayrischen Herzog bring. Die Hauptleut und ein Sprecher von jeder Gemein sollen herausgehen zu mir, daß wir verhandeln können auf freiem Anger.

Wollen sie Frieden haben, sollen sie kommen. Wollen sie morgen zum Abend geworfen und geschlagen werden, können sie mich warten lassen. Mach weiter, Bub!"

Juliander – noch immer wie ein Träumender – rief fünfzig junge Burschen aus der Rotte und ließ sie schwören, dem Ritter freies Geleit zu sichern. Dem Vater trug er die Botschaft an den Hauptmann der Bauern auf und schickte ihn mit den andern ins Lager. Maralen, ehe sie dem Vater folgte, nahm den Bruder bei der Hand: „Julei, was hast denn?"

Ganz verloren sah er sie an und stammelte: „Ich weiß nicht, will mich die Höll verschlucken oder ist der Himmel über mich hergefallen?"

Der Ritter lenkte sein Maultier einem nahen Gehöfte zu, vor dem eine bucklige, von alten Birnbäumen umzogene Wiese lag. Schwerfällig hob er sich aus dem Sattel, band das Maultier an einen Baum, daß es grasen konnte, und legte sich in den Schatten.

„Komm, Bub, hock dich her zu mir!"

Juliander schüttelte den Kopf und blieb bei seinen Leuten stehen.

Da lachte der Ritter. „Wirst schon noch zutraulicher werden, paß auf!" Er nahm den schweren Helm ab, wischte sich mit der Feldbinde den perlenden Schweiß von der Stirn, auf die der Helmrand einen roten Streifen gedrückt hatte, streckte die eisengeschienten Beine auseinander und machte sich's im Gras behaglich.

Eine Stunde verging, in der die Kartaunenschläge der Hohensalzburg die Minuten zählten, und der sonnenschöne Junitag wollte sich schon mit rotem Glanz zum Abend wenden. Da sagte Juliander: „Herr, die Hauptleut kommen!"

Der Ritter erhob sich, stülpte sich den Helm über den Kopf, machte das Maultier fertig und stieg in den Sattel.

An die sechzig Leute waren es, die vom Lager kamen, zumeist bejahrte Männer, und alle gut gerüstet, mit den Waffenstücken, die sie am Schladminger Tag den adeligen Herren abgenommen hatten. An der Spitze der Leute ging ein schwarzbärtiger Mann mit bleichem Gesicht, aus dem die Entbehrungen der letzten Wochen sprachen, und mit ernsten Augen, aus denen die Sorge redete – das war der oberste Hauptmann der Bauern, Michel Gruber von Bramberg, der Sieger des Schladminger Tages. Noch andere Hauptleute kamen mit ihm, die Vorstände der Gewerkschaften und des evangelischen Knappenbundes, und die Sprecher von fünfundvierzig Gemeinden.

Juliander ging auf den Hauptmann zu und bot ihm die Hand. „Was ist beschlossen, Gruber?"

„Allweil schreien sie noch, daß man losschlagen muß. Und die Leut haben recht!" Ein bitteres Lächeln zuckte dem Mann um die bärtigen Lippen. „Gleich wenn ich heimkomm, muß ich losschlagen . . . meine letzte Kuh an den Metzger . . . daß ich mit Weib und Kinder fortziehen kann in evangelisches Land."

Erschrocken sah Juliander den Hauptmann an. „Gruber!"

„Laß gut sein, Bub! Du und ich und hundert dazu, die machen's nimmer! Alles ist hin! Müssen wir halt schauen, daß wir den Leuten zur Not noch das Leben herausschlagen. Wer ist der Ritter, der uns Botschaft bringt?"

„Ich weiß nicht."

Gruber ging auf den Ritter zu. „Herr, ich bin der Michel Gruber. Und wer bist du?"

„Das wird sich weisen!" Mit ruhig forschendem Blick betrachtete der Ritter den Führer der Bauern.

Der fragte: „Was willst von uns?"

„Bürgst du für redlichen Frieden, so lang wir reden?"

„Ich bürg! . . . Wann kommt der Mann, der im Namen des Herzogs mit uns verhandeln soll?"

„Der wird bald da sein!" Der Ritter stieg aus dem Sattel. „Laß deine Leut dahersitzen auf den Anger und schick in das Haus da um einen Sessel! Der Mann des Herzogs hat einen schweren Hintern und sitzt lieber, als daß er steht."

Die Leute lagerten sich in der roten Sonne auf dem Anger, und als man den Sessel brachte, hängte der Ritter den Zaum des Maultiers über die Lehne und ließ sich nieder. „So, Leut! Des Herzogs Mann ist da!"

Sie guckten ihn verwundert an – einer, der aussah wie ein Quartiermeister der Landsknechte, sollte der herzogliche Sendmann sein, der über Krieg und Frieden zu entscheiden hatte? Und Michel Gruber meinte: da müßte der Ritter schon erst eine Vollmacht vorweisen, eh man ans Unterhandeln ginge.

Der Ritter lachte, nahm den Zweihänder zwischen die Knie und sagte: „Ich halt dafür, daß mein Namen Vollmacht genug ist. Ich bin der Jörg von Frundsberg."

Da gab es einen Aufruhr unter den Leuten, und Juliander, dem es heiß ins Gesicht fuhr, stammelte: „Der Meister Jörg? Der seid Ihr?"

„Ja, Bub! Und du sollst vom Meister noch was lernen!" Mit freundlichem Blick und schmunzelnd nickte Frundsberg dem Buben zu, während die Bauern laut durcheinanderschrien. Daß der Feldhauptmann des bayrischen Heeres so zu ihnen käme, allein, im Landsknechtkyrriß, auf einem Esel – das wollten sie nicht glauben. Und ein langer Bursch in schwerem Harnisch meinte: „Das könnt ich auch sagen, daß ich der Frundsberg bin." Da ging Herr Jörg auf ihn zu, packte den langen Kerl mit der linken Faust an der Bauchschale des Panzers, hob ihn in die Luft, stellte ihn wieder zu Boden und sagte: „So, mein Bruder Thomas, jetzt mach mir's nach, und dann sollst du sagen dürfen, daß du der Frundsberg bist!"

Ein heiteres Geschrei erhob sich – Kraft, das ist für den Bauer eine heilige Sache, ein Beweis, der überzeugt – und man hörte aus dem Lärm eine Stimme: „Der ist's! Daß er einen Mann mitsamt dem Panzer lupft, das steht in einem Lied!" Und eine andere lachende Stimme: „Teufel, ist das einer! Mit dem möcht ich nicht fingerhakeln!" Und ein Dritter verstand das nicht: „So ein fürnehmer Herr . . . und reitet auf einem Esel?"

Herr Jörg, der auf seinen Sessel zuging, hörte dieses Wort und drehte das Gesicht. „Warum denn nicht? Mach ich's denn anders, als die tausend Herren im Land, von denen jeder auf seinen Bauren herumreitet? "

Jetzt lachten sie alle und nickten mit den Köpfen. Denn sie verstanden: das war nur halb ein Scherz – und fühlten: der meint es gut mit uns. Und ein lautes Reden begann.

Als Herr Frundsberg zu seinem Sessel kam, trat mit hastigem Schritt ein graubärtiger Mann auf ihn zu, der unter den Eisenschienen das schwarze Kleid eines Knappen trug. „Herr?" sagte er leis, mit einer Stimme, die vor Erregung zitterte. „Ist eine Frag erlaubt?"

Frundsberg nickte und besah sich den Mann.

„Herr . . . es geht unter den Evangelischen die Red, daß Ihr vom Bruder Martin eine gute Meinung habt. Und ich spür's: Euer Wort muß redlich sein." Der Mann zog aus seinem Wams ein zerknülltes Blatt hervor – das Flugblatt wider die räuberischen und mörderischen Rotten der Bauern. „Herr! Schauet das Blättlein an! Man hat viel Falsches unter die Bauren geworfen, das man dem neuen Wesen einen Possen und Schaden anhängt . . . und gelt, Herr, das da . . . das ist auch falsch?" Der Mann hatte die Augen eines Dürstenden.

„Das da?" Herr Frundsberg runzelte die Stirn und sagte kurz: „Das ist wahr und echt."

Der Mann zerdrückte das Blatt in der Faust. „So weiß ich, was ich tun muß!" Er wollte gehen.

Aber da klammerte ihm Herr Frundsberg die Hand um den Arm. „Mensch? Was willst?"

„Heimgehen! Und zweitausend evangelische Knappen gehen mit mir. Schauet, Herr: das kleine Blättlein hat unser große Hoffnung zerschlagen!"

Herr Frundsberg schien in Erregung nach einem Wort zu suchen. Und hielt noch immer den Arm des Mannes fest. Dann sagte er: „Geh oder bleib . . . ich weiß dir keinen Rat. Aber was du tust, das tu mit Schweigen . . . um der anderen willen!"

Ohne Antwort löste der Mann seinen Arm und ging.

Herr Frundsberg setzte sich auf den Sessel und nahm wieder

den Zweihänder zwischen die Knie. Er brauchte eine Weile, um der Bewegung Herr zu werden, die in ihm zu stürmen schien. Dann lachte er trocken vor sich hin – und blickte auf – und guckte die Leute an – und rief mit einer Stimme, die lustig klingen sollte: „Also, Leut, jetzt sind wir beinander, als hätten uns die Tauben zusammengetragen! Und jetzt können wir das Maul aufreißen! Und ich mein', das versteht ihr. Seit drei Monaten haben neunzig von hundert Bauren nichts andres getan . . . und haben gemeint, sie brauchen nur fleißig den Brotladen aufsperren, und die gebratenen Gäns der Freiheit fliegen ihnen hinein! Ist's wahr oder nicht?"

Michel Gruber nickte mit trübem Lächeln. „Ja, Gott sei's geklagt, das ist wahr!"

„Gelt? Hättet ihr flinker die Fäust gehoben und langsamer mit dem Maul geklappert, so tätet ihr heut den Herren den Frieden bieten. Und das wär gesünder fürs Reich, als für den Fisch das frische Wasser. Aber jetzt ist's halt so, wie's ist! Und daß wir vom Fleck kommen . . . loset auf, Leut! Gestern ist Kriegsrat gewesen, und wie der Gesandte des Bischofs geraten hat, man sollt euch heut aus dem Lager werfen, da hat ein anderer gemeint, daß des Herren- und Baurenbluts in unserem armen Land schon genug vergossen wär . . . und hat gemeint, man sollt's mit den Bauren in der Güt versuchen, zum ersten, weil die Wurst zwei Zipfel hat, und zum andern, weil der Bauer auch ein Mensch ist und mit gutem Recht von seinem Herren ein menschliches Leben verlangen kann."

„Herr", sagte Michel Gruber, „den Fürschlag habt Ihr getan!"

„So? Meinst?" Frundsberg lachte. „Und also, der Fürschlag ist durchgegangen. Und ich hab mir's ausgebeten, daß ich mit den Bauren reden darf. Und morgen hätt ich kommen sollen. Aber da hab ich mir heut gedacht, ein gutes Werk wird um so besser, je geschwinder man's tut. Und drum bin ich da. Und bin allein gekommen, weil ich den Bauren gut bin und weil ich denk, daß wir leichter den Speck von der Schwarten schneiden, wenn zwischen euch und mir kein Pfaff und Hofrat steht. Hab ich recht, Leut?"

In ihrer Freude drängten sie auf ihn zu, als möchte jeder seine Hand fassen. Es dauerte eine Weile, bis es so ruhig wurde, daß Herr Frundsberg wieder reden konnte.

„Loset auf, Leut! Weil euer Anspruch auf menschliche Freiheit und auf mindere Beschwerung der Lasten ein gerechter ist . . . und weil neben den schreienden Narren auch Leut unter euch sind, feste und redliche, wie man sie braucht im Reich, wenn es seinen schweren Binkel Not vom Buckel schütteln will, drum soll euch der Frieden so gegeben werden, wie ihr ihn haben wollt. Und was ihr verlangt habt in euren Artikeln, das will man euch bieten. Alles!"

Dem Michel Gruber schoß das Wasser in die Augen, als er stotterte: „Herr! Jetzt lügst aber!"

„So? Meinst?" Herr Frundsberg schmunzelte. „Laß mich nur weiter reden! Ich bin noch nicht fertig. Mit meiner Red ist's wie mit den Immen, die einen süßen Schnabel und einen sauren Stachel haben. Das Süße habt ihr geschmeckt, jetzt kommt das Bittere! Schauet, Leut, Gerechtigkeit muß sein auf der Welt, oder alles geht drunter und drüber. Der Bauer ist ein Mensch, drum muß man ihm Gerechtigkeit geben! Ist das wahr?" Alle Stimmen schrien das Ja.

„Aber ein Herr ist auch ein Mensch. Und drum muß man auch Gerechtigkeit geben für die Herren! . . . Schau nur, jetzt schreit keiner mehr!" In dieser Stille erhob sich Herr Frundsberg vom Sessel, und scharf klang seine Stimme. „Am Schladminger Tag, da habt ihr euch geschlagen wie die Bären. Aber am andern Morgen, da seid ihr Wölf geworden und habt den wehrlosen Hammeln die blutigen Köpf vom Leib gerissen! Pfui Teufel, Bauren! Ihr habt euch aufgeführt, daß Schand und Grausen hängen geblieben ist an eurer guten Sach! Und das sollt ihr büßen nach Gerechtigkeit!"

Es erhob sich ein wirrer Lärm, aus dem man Julianders klingende Stimme hörte: „Luset, Leut! Wie ich geschrien hab zu Schladming, da hat mich keiner hören mögen! Jetzt müßt ihr's hören von einem, der euer Wohl und Weh in der Hand hat!"

Und Frundsberg – mit einer Stimme, wie sie die Landsknechte an ihm kannten in der Schlacht – rief in das kreischende Gewirbel: „Euren Frieden sollt ihr haben, das ist Gerechtigkeit für die Bauren! Jetzt her mit den Schuldigen von Schladming . . . das ist Gerechtigkeit für die Herren! Und der die meiste Schuld hat, soll büßen mit seinem Kopf, und seine ganze Gemeind soll mit ihm büßen . . . all die anderen sollen ihr volle Freiheit haben!"

Da schrillte eine Stimme: „Die Meinigen sind ohne Schuld! Der Bichler-Andrä von Golling ist's gewesen, der den Fürschlag getan hat, daß man die Herren köpfen soll! Die Gollinger müssen büßen!" Einer der Männer fuhr wütend auf den Sprecher zu: „Du Lump! Du lügst! Der Andrä ist bloß das Manndl gewesen, an dem man gezogen hat. Der lange Seppl von Puch, der hat ihn aufgehetzt! Die Pucher sollen büßen!" Und gleich war ein Dritter da, der mit allen Eiden schwor: das wär' gelogen, und der zu Schladming am ärgsten für die Schandtat geschrien hätte, das wäre der Hofmeier von Kuchl gewesen, und drum müßten die Kuchler büßen!

Immer heißer wirrte sich das Geschrei ineinander, jeder schob die Schuld auf den Nachbar, jeder wollte seine Freiheit haben und den anderen büßen lassen. Hier waren sich zwei in ihrem Zorn mit den Fäusten schon an die Gurgel gefahren, dort hatten sich viere bei den Haaren gefaßt – und ehe man es noch herausbekam, wer der Schuldige wäre, hatte sich die ganze Friedensversammlung verwandelt in einen raufenden Menschenknäuel, in dem die Fäuste niederdroschen auf die Helme und Harnische der zu Schladming ermordeten Ritter – und das tat den dreschenden Fäusten weher, als den Köpfen und Schultern, die unter dem schützenden Eisen staken. Michel Gruber, Juliander und ein paar andere machten vergebliche Versuche, die Ruhe herzustellen und diese klopfenden Schreier zur Besinnung zu bringen. Aber diese hörten auf keine gütliche Mahnung, auf kein Wort des Zornes – sie kamen erst zur Besinnung, als sie ein Lachen hörten, das mit seinem saftigen Klang all diesen zeternden Lärm übertönte.

Dieser Lachende – das war Herr Jörg von Frundsberg – und er lachte, daß ihm auf seinem hüpfenden Bauch der Harnisch klapperte und daß ihm aus den klein gewordenen Augen die Tränen über die breiten Nasenflügel kollerten.

Und dieses Lachen machte die Bauern still. Erschrocken sahen sie einander an – und manchem, dem das Blut ins Gesicht fuhr, war es anzumerken, daß die Scham in ihm erwachte. Meister Jörg wischte sich die Tränen von den Wangen, und es fiel ihm schwer, sein Lachen zu bezwingen, als er zu sprechen begann: „Bauren! Bauren! O ihr armen, unverständigen Narren! Wie die Gimpel auf den Leimruten, so seid ihr mir aufgesessen! Leut, ich mein' es gut mit euch! Aber zeigen hab ich euch müssen, wie ihr seid! Mein Wort von der Freiheit für die Bauren und von der Buß für die Herren ist Speck gewesen für die Mäus in euren Seelen! Wahr ist's: die deutschen Bauren sind, wie Pfaffen und schlechte Herren sie gemacht haben. Drum müßt ihr euch selber erst zu Menschen erziehen, wenn ihr menschliche Freiheit im Reich genießen wollt und dem Reich das Volk sein, das es braucht. Aus den Tagdieben, die mir zulaufen, muß ich, eh ich die Schlacht gewinnen kann, erst brave Landsknecht machen, die leben und sterben füreinander. Und jetzt gehet heim, schreiet und saufet nicht wieder, wie es euer altes Wesen ist, sondern haltet Einkehr in euren Köpfen und Herzen. Und kommt euch wieder einmal die heilige Zeit, in der unser Volk zur Freiheit und unser Reich zu stolzer Mächtigkeit genesen könnt, so lernet von eurem Schaden . . . und merket: daß man über schönem Haus ein sicheres Dach nicht spreizen kann, wenn nicht jeder Balken ein Halt und Schutz für den Nachbar ist. Den Bruder fallen lassen und sagen: büß nur du, ich will's gut haben . . . pfui Teufel, Leut! So baut man das Elend, aber nicht das große, feste und schöne Haus für ein Volk!"

Herr Frundsberg, der mit Lachen begonnen, hatte sich den heißen Zorn ins Gesicht geredet. Er nahm den Zügel des Maultiers von der Stuhllehne und bot dem Hauptmann der Bauern die Hand hin.

„Michel Gruber! Komm her und schlag ein! Ich weiß, du bist ein tüchtiger Mann! Dir gilt nicht, was ich den andern hab in die Ohren schreien müssen. Und dir sag ich, daß ich beim Herzog einen guten Frieden für die Bauren ausgewirkt hab. Allen Schuldigen will man Pardon geben. Und den Bauren, die in Ruh zu ihrer Arbeit heimkehren, soll das Leben erleichtert werden. Alle Lasten, die nach Urkund nicht zurückgehen über fünfzig Jahr, der kleine Zehent, der Todfall, die Dorfmaut, der Bubenzins und die Basensteuer sollen aufgehoben sein. Und sind der Lutherischen hundert Köpf in einem Dorf, so sollen sie das Recht haben, einen Pfarrer zu wählen, der ihnen Gottes Wort ohne menschlichen Zusatz predigt. Das ist alles, was ich erwirken hab können."

„Und das ist viel, Herr!"

„Komm zum Abend mit drei Fürmännern der Baurenschaft zum Herzog ins Geläger, daß man die Urkund festmacht und siegelt. Bleibst du aus, so habt ihr morgen den Sturm. Mir tät das Herz weh, wenn es sein müßt . . . aber ich bin ein Kriegsmann und steh mit treuem Eid in meines Herrn Dienst. Und laß dir noch sagen, Gruber . . ." Herr Frundsberg legte dem Hauptmann die Hand auf die Schulter. „Draußen in Schwaben, im Rheinland und am Main, ist durch der Herren Einmut und durch der Bauren Zwietracht alles niedergeschlagen, was schön in die Halm hätt schießen können. Da steht kein Bauer mehr im Feld. Auf Beistand von da draußen darfst du nimmer hoffen."

Schwer atmend nickte der Hauptmann.

„Und daß ich weiß, wie's in deinem Geläger ausschaut, dafür hat ein Bruder Judas unter deinen Bauren gesorgt. So ein Lump! Wie er das Geld hat haben wollen, hab ich ihn hängen lassen. Aber gebeichtet hat er. Vier Tag noch habt ihr zu leben, dritthalb Zentner Pulver liegen noch in euren Kisten, von den fünf Falkonetlein, die der Bub da drüben und seine Schellenberger bei Schladming erobert haben, sind drei zersprungen, weil ihr das Laden nicht verstanden habt, die Hälft von deinen Bauren ist des Elends müd und will heim zu den Wiesen, die man heuen muß . . . und bis du ins Geläger kommst, sind zweitausend evangelische Knappen davongezogen . . . und die Leut haben recht. Kommt die Hoffnung ins Brechen, auf die man gebaut hat, so bricht das Leben! . . . So ist's bei dir, Gruber. Und bei mir drüben, da liegen sechstausend Landsknecht zäh am Spieß, viertausend bayrische Söldner sind gestern eingeruckt, und dreißig Feldschlangen warten darauf, daß sie den Tod in eure Herzen werfen. Sei gescheit, Gruber . . . um der armen Leut willen, die mich erbarmen! Und Gottes Gruß! Ich denk, ich seh dich am Abend."

Herr Frundsberg stieg in den Sattel. Da brauchte er sich nicht hoch zu schwingen – er brauchte nur das Bein zu heben, und er saß. Alle Erregung schien in ihm erloschen, als sein Blick auf Juliander fiel. Er lächelte. „Bub! Geh her da! Heut am Abend kommst du zu mir ins Zelt! Da hast du meinen Ring! Den brauchst nur fürweisen am Walltor, und jeder Landsknecht führt dich. Und bring deine Heimleut mit! . . . Hü, Grauerle!" Er wandte sich noch im Sattel und rief den Bauern freundlich zu: „Guten Abend, Leut! Und morgen ist Frieden, hoff ich!" Dann ritt er davon, quer über die buckligen Wiesen. Und wie der kleine Maulesel in leichtem Trab über die Furchen des Grundes auf und nieder tauchte, und wie der schwerfällige Mann auf dem niederen Tier locker und sanft gerüttelt wurde, das war so drollig anzusehen, daß die Bauern wieder zu lachen begannen.

Auf dem Anger, auf dem sie standen, rief Michel Gruber die Leute zur Entscheidung zusammen. Er sagte ihnen, was der Rat der Ältesten schon seit drei Tagen wußte: daß zu Würzburg alles verloren, Berlichingen geflohen und Florian Geyer gefallen war – und hielt ihnen vor, was sie von einem redlichen Frieden zu hoffen, von einem unvernünftigen Kampf zu befürchten hätten. Und da gab es kein langes Besinnen.

Am Abend, als der rote Glanz hinüberblaute in die Nacht, wanderte Michel Gruber mit fünf Friedenszeugen, die man gewählt hatte, zum Lager des Herzogs – alle in ihren Bauernkleidern, ohne Harnisch, die kurze Wehr am Gürtel. Nur Juliander, der ihnen mit Witting und Maralen folgte, trug noch das blinkende Eisen und die Klinge des Thurners.

Als sie bei sinkender Dämmerung zum Walltor kamen, ging mit rasselndem Trommelschlag der Zapfenstreich durch die Lagergassen. Ein Leutnant, der mit zwölf gerüsteten Hellebardieren beim Tor gewartet hatte, geleitete den Michel Gruber und die Friedensboten zum Zelt des Herzogs – ein Landsknecht führte Juliander und die beiden, die mit ihm gekommen waren, zum Zelt des Frundsberg.

Während Maralen keinen Blick von der Erde hob, musterte Witting das bunte Leben des Lagers, die Gestalten an den Feuerstätten, die singenden und schwatzenden Landsknechte, die durch die Lagergassen schlenderten, und die blinkenden Waffenpyramiden vor den Zelten, deren weiße Tücher im Abendwinde rauschten. Auch Julianders Augen irrten überall umher, doch sie schienen nicht zu sehen, nur immer zu suchen. In dem Buben war ein Aufruhr, daß ihm die Wangen brannten und daß sein Atem ging wie nach hastigem Lauf.

Da kamen sie zu einem freien Platz, auf dem sich ein großes Zelt gesondert von den andern erhob. Sechs mächtige Fahnen, mit deren zerfetzten Seidentüchern der Wind spielte, waren vor dem Eingang des Zeltes aufgepflanzt, und stämmige Landsknechte mit ihren Langspießen hielten die Wache.

Witting faßte Maralen am Arm und hielt sie zurück, während der Bub, das Schwert des Thurners an die Brust geklammert, durch das Spalier der Wache ging. Der Landsknecht, der ihn geführt hatte, schob das Zelttuch beiseite – und Juliander, obwohl der Eingang des Zeltes drei Mannshöhen hatte, bückte sich wie vor einer niederen Tür. Er sah nur, daß im Zelt eine Wachsfackel brannte – alles andere schwamm vor seinen Augen. Ein leiser Schrei in Freude, ein welscher Fluch wie ein Lachen – und da flog ihm sein Glück entgegen mit offenen Armen, und wieder war es dem Buben wie am Morgen auf der Brücke der Burghut, so heiß auf den Lippen, so brennend im Herzen.

„Fräulein“, stotterte er mit versagendem Atem. „Herr du mein . . . das ist ja doch Narretei!“

„Das sagt der Babbo auch! Aber Lieb, die nicht närrisch sein kann, ist nicht die rechte!“ Und weil er noch immer wie versteinert stand, griff sie mit beiden Händen in die Armschalen seines Panzers und rüttelte ihn. „He! Du! Wach auf! Ich bin’s schon, ja!“ Sie lachte. „Oder magst mich nicht?“

Da sah er sie an, so leuchtend, als wäre ihm aller Himmel des Lebens in die Augen gefallen. Und stammelte: „Du Not . . . du Glück . . .“ Und umschlang sie mit den Armen und drückte sie an das blaue Eisen seiner Brust, daß sie stöhnte vor Schmerz und dennoch lächelte.

„Bub! Diavolo scatenato!“ fuhr Herr Lenhard dazwischen. „Friß mir nur das Räpplein nicht auf! Ein bißl was möcht ich auch noch haben von ihr!“

Erschrocken öffnete Juliander die Arme. Und Morella, sich ein wenig dehnend, sagte ernst zu ihrem Vater: „Babbo, jetzt hab ich’s auch gemerkt, was für einen starken Arm mein Bub hat! Mein’ schier, du mußt mir morgen von deinem Balsam geben, der für die blauen Flecken hilft.“ Dann lachte sie wieder und faßte Julianders Hand.

Wie ein Schwindel überkam es den Buben, und er fiel auf eine Truhe hin, daß Morella erschrocken fragte: „Jesus, Herzlieber, was hast du?“ Da schlug er die Hände vor das Gesicht. Und Morella stammelte: „Bub! Um Christi willen, so sag mir doch . . . was ist dir denn? Wirst mir ja doch nicht krank geworden sein . . . in dem dummen Krieg da! Sag mir doch, Bub, was hast du?“

„Was soll er denn haben?“ brummte Herr Lenhard. „Das besoffene Elend . . . vom Rausch seiner Lieb!“ Er schob die Hände hinter den Gürtel und wanderte pfeifend zum Zelt hinaus. Morella hatte sich zu Juliander auf die Truhe gesetzt und flüsterte ihm alle Zärtlichkeit ihres Herzens zu. Doch sein Schluchzen wollte nicht verstummen – ein Schluchzen, als möcht es ihm die Brust zerreißen. „Aber Bub! Du Lieber! Schau, so red doch ein Wörtl.“

Er ließ die Hände fallen und sah sie mit nassen Augen an, in aller Freude seines Glückes, in allem drückenden Schmerz der Gedanken, die ihn durchwühlten: „So viel Tausend . . . so viel Tausend müssen ihr Elend leiden . . . und ich allein soll das Glück haben! Ich allein! Warum ich?“

„Du allein? Ich bin doch auch dabei!“ Sie legte den Arm um seinen Hals. „Und schau, das haben wir, weil uns das Glück ins Herz gefallen ist, ich weiß nicht wie!“ Sie schmiegte sich an seine Brust – und spürte eine harte Kante seines Panzers. „Allweil das dumme Eisen da!“ murrte sie und suchte den Riemen, mit dem der Panzer geschnallt war. „So tu doch das herunter! Das tut mir ja weh, wenn ich dich lieb hab!“

Mit seinen zitternden Händen half er ihr, die Riemen zu lösen. Und das blaue Eisen klirrte, als es zu Boden fiel. Dann nahm er scheu ihr brennendes Gesichtchen zwischen die Hände. „Kann's denn wahr sein . . . Räpplein, ist's denn wahr?“

Sie küßte ihn auf den Mund. „Wenn das gelogen ist?“

Da fiel ihm der Glaube in seine zitternde Freude.

Während die beiden sich umschlungen hielten und dürstend aus dem roten, heißen Kelch ihres Glückes tranken, wurde das Zelttuch gehoben und Herr Lenhard schob den alten Witting und die Maralen herein. „Da, Bauer, schau her, was dein Lümmel von Bub meinem Herrenleben abgefochten hat! Jetzt kann ich die Kriegskosten zahlen und mein bissel Silberzeug verkitschen, daß wir Geld auf Leinwand kriegen!“

Maralen schwieg, während Witting mit der Hand immer das weiße Haar in die Stirne kämmte und stotterte: „So, so . . . mein Bub und . . . freilich, mein Bub . . . mein Bub halt!“ Es glänzte in seinen Augen.

Morella ging auf den Alten zu. Und schweigend, ein wenig verlegen, strich sie ihm mit der Hand über die Wange und über den weißen Bart. Als sie sich zu Maralen wandte, konnte sie sprechen. „Schwester! Grüß dich Gott!“ Zögernd faßte Maralen die Hand des Fräuleins.

Klirrende Schritte klangen, und Herr Frundsberg trat in das

Zelt. Jetzt trug er das bunte, kostbare Hofkleid und um die Brust einen leichten Prunkpanzer, auf dessen silberplattierte Schalen die flackernde Kerzenflamme hundert funkelnde Sterne streute. „Lenhard", rief er lachend, noch unter dem Tuch des Zeltes, während er die gelben Handschuhe von den Fäusten zerrte, „der Frieden ist fertig und ausgebacken. Grad haben wir ihn aus der Ofenröhr gezogen, wie er noch geraucht hat. Beim Siegeln ist mir ein heißer Wachstropfen auf die Hand gefallen. Gottlob, ich hab mir wenigstens das Maul nicht verbrannt . . . und hab doch alles herausgeschlagen für die Bauren. Aber Beißen hat's gekostet!"

Da sah er das junge Paar und blieb eine Weile stumm. Dann ging er auf die beiden zu und legte ihnen die Hände auf die Schultern.

„Recht so, Kinder! Ihr löset den Krieg zwischen Herr und Bauer auf eure Weis . . . und fast mein' ich, als wär's von aller Weis die beste! Das Land braucht wieder Leben. Und euer Glück ist ein gesundes . . . das wird feste Buben geben! Der erste soll Jörgele heißen. Den heb ich über die Schüssel! Gilt's? Und kann ich für euch was tun, Kinder . . . ich tu's! Das lautere Glück zweier Menschen ist ein heilig Ding. Das sollt man ins Tabernakel stellen." Herr Frundsberg lachte. „Eine Kirch kann ich euch freilich nicht bauen. Aber willst du dein Leben an das meinige binden, so komm mit mir, Bub! Sollst eine Burghut haben und drei Meierhöf als Lehen dazu."

„Herr . . ." stammelte Juliander, ohne die Hand zu rühren. Aber da versetzte ihm Herr Lenhard schon einen Pfuff. „So greif doch zu! In meinem Rattenloch kann ich dich eh nicht haben. Du mußt hinaus ins Leben . . . und das Räpplein soll mit! In Gottesnamen! Das Mädel kann doch nicht zu seinem haarigen Eichkatzl in den Käfig heuern!"

Wieder lachte Meister Jörg. „Besinn dich, Bub! Dann reden wir drüber! . . . Und der Bauer da! Das ist dein Vater?"

„Ja, Herr!" Frundsberg reichte dem Alten die Hand. „Bauer, ich kenn dich nicht. Aber dein Bub ist eine gute Red für dich! . . .Und das junge Weib da?"

Herr Lenhard murmelte dem Meister Jörg ein paar Worte ins Ohr.

„Die mit den roten Fäden?“ Ernst betrachtete Frundsberg das vergrämte Gesicht der Maralen und strich ihr mit der Hand über die Zöpfe. „Da seh ich Fäden . . . die sind grau geworden! Aber schau, das Leben ist zwiefach: eins, das man lebt in sich, und eins, das man lebt mit den andern! . . . Was sagst du zu deines Bruders Glück?“

„Daß mein Leben wieder eine Freud hat!“

„Und Freud, die möcht man allweil sehen, gell? . . . Was meinst, Alter? Der Truchseß hat mir in Schwaben draußen so viel gute Bauren totgeschlagen, daß mir ein paar fleißige Schaffer wie gewunschen kämen. Magst mit?“

Witting schüttelte den weißen Kopf. „Soll der Bub in sein Glück gehen! Für mich zahlt sich's nimmer aus . . . die paar Jährlein! Das Lenli und ich, wir kommen schon aus miteinander. Gelt, Kindl?“

„Hast recht, Vater!“ sagte Maralen ruhig. „Und daheim, da hab ich den Brunnen, und hab mein Gärtl, und hab den Holunder und unser Bänkl dabei.“

Herr Frundsberg nickte. „Heimat, das ist ein Ding, das eiserne Klammern hat! Soll einer auf neuen Boden steigen, so muß er ein neues Leben finden wie der Bub da!“ Er wandte sich zu Juliander und lachte. „Aber ein Leben wie im Honigtiegel wird's nicht werden. Bei mir wirst Arbeit kriegen!“

Juliander reckte sich auf. „Herr, ich bin der Eurig auf Treu und Leben!“

Und der Thurner, in der heißen Neugier seines Landsknechtherzens, fuhr mit der Frage dazwischen: „Meister Jörg? Was meinst du mit deiner Red? Und mit dem Ernst in deinen Augen? Geht's irgendwo schon wieder los?“

„Glaubst du denn, Lenhard, daß der Frieden geschaffen ist, weil wir heut ein Quentlein Wachs auf Pergament getröpfelt haben? Nein, Lenhard! Der Bub mit seinem Glück und wir alle, wir gehen einer harten Zeit entgegen.“ Furchen gruben sich in die Stirn des Ritters. „Wo das erste Feuer aufschlagen wird, das weiß ich nicht. Aber brennen wird's! Ins Reich ist ein Zwiespalt geworfen, aus dem der Hader auffliegen wird, wie Staub aus dem Mehlsack, den man klopft. Aus unserer blutigen Zeit hätt ein großes Ding herauswachsen können, ein starkes Volk mit freier Kirch. Die muß dabei sein! So lang wir am Kuttenzipfel hängen, aus dem der Wind über fremde Berg hinüberblast, kann unser Volk nicht frei werden, auf die eigene Kraft und auf das eigene Herz gestellt. Und so hätt's kommen können in unserer Zeit. Das ist verloren und vergeudet, wer weiß wie lang? Alles Gute, das im deutschen Land nach aufwärts will, ist in Verruf gekommen, und Dreck ist in die Räder des deutschen Wagens geronnen, statt daß man sie geschmiert hätt mit frischem Öl. Der Wittenberger hat sich einen harten Stein in die eigene kräftige Supp geworfen, der Versuch der Bauren, die Freiheit aufzurichten, hat scheitern müssen, weil ihnen der eigene Löffel mehr gegolten hat als die Schüssel der Gemeinschaft . . . und weil sie versäumt haben, über sich selber zu wachen, nüchtern und maßvoll zu sein und des Bruders Leben so wert zu halten wie das eigene."

„Lenli!" flüsterte Witting und klammerte die Hand um Maralens Arm. „So redet ein Herr!"

„Ja, Bauer! Nicht die Fäust der Herren haben das Volk über den Haufen geworfen, sondern die eigene Torheit!" Herr Frundsberg begann die Schnallen des silbernen Panzers zu lösen, als wäre seiner mächtigen Brust unter dem starren Metall das Atmen schwer geworden. „Aber der deutsche Acker ist aufgewühlt. Furchen sind gezogen und gute Keim sind dreingeworfen. Die Zeit wird kommen, in der sie aufgehen. Unter den Menschen ist viel Geschmeiß . . . aber im Volk sind Leut wie der Bub da, und unter den Herren sind Männer wie der Geyer einer gewesen ist! In uns Deutschen ist das Gefühl für die Mündigkeit des Volkes erwacht . . . und die Ahnung, was wir sein könnten in freier Einigkeit! Und mögen die Bauren ihre blutigen Köpf zur Kühlung in den Mist stekken, und mögen die Herren in ihrem Unverstand und Hochmut so tun oder so . . . alles wird kommen, wie es muß! Der

Völker Historia ist ein lebendig Ding, das ewige Dauer hat und ein unverbrüchlich Gesetz. Und steigt den Deutschen das Wasser bis an den Hals . . . gib acht, Lenhard, dann besinnen sie sich auf das Rechte! Und sammeln mit festem Hornruf um das Reich, was deutsches Blut hat! Und werfen hinaus aus dem Land, was undeutsch ist! . . . Tun sie es nicht, so werden sie aufgefressen von der Zeit und vom eigenen Unfried."

Draußen ging mit Trommelgerassel der zweite Zapfenstreich durch die Lagergassen. Im Zelt war's still eine Weile – und in diesem Schweigen war etwas heilig Ernstes. Sechs Menschen, vom Leben zusammengeführt aus Burg und Hütte – Macht und Armut, Elend und Glück – und in ihnen allen das gleiche Gefühl, der Ernst der Stunde an einer Wende der Zeit, zwischen dem Alten und Neuen, zwischen dem Abgelebten und dem Kommenden.

„Es hat zum anderenmal umgeschlagen", sagte Herr Frundsberg und löste die Feldbinde von den Hüften, „ich muß dich heimschicken, Lenhard. Nach dem zweiten Streich darf keiner bei den Zelten bleiben, der nicht zum Fähnlein gehört. Das ist Lagergesetz." Er reichte allen die Hand und sagte zum Thurner: „Komm morgen mit dem Buben! Und wir reden weiter."

Die Nacht war finster geworden, als sie das Lager verließen. Kaum schied man noch das ebene Land von den Gehängen des Untersberges, kaum noch die Berge vom dunklen Himmel. Man wußte nur: dort, wo so klein die Sterne funkelten, das war der Himmel – alles andere war Erde. Nur gegen Norden lag eine falbe Röte in der Finsternis, wie der Schein einer Brandstätte, auf der die Glut erlöschen will – das war die Nachtröte der Stadt mit den glimmenden Fenstern der Hohensalzburg. Bei Anif drüben, wo sich das Lager der Bauern dehnte, sah man keinen Feuerschein. Da war alles schwarz. Doch ein summender Lärm quoll über die Felder herüber, halb verweht von dem frischen Hauch, der über die Berge niederstrich.

Schweigend folgten die Fünf, die das Lager verlassen hatten, ihrem Wege durch die Nacht. Herr Lenhard ritt voran, Witting und Maralen gingen hinter ihm, und Juliander schritt neben dem Braunen des Fräuleins her. Er hatte den Zügel des Tieres um den Arm gewunden und hielt in seiner Hand das Händchen der Geliebten umschlossen. Mit seinen Falkenaugen sah er auch in der Finsternis jeden Stein auf der Straße, jede Furche, jede schlammige Stelle – und dann drängte er mit dem Arm das Tier auf besseren Weg.

Leute begegneten ihnen, immer wieder, schritten in Hast vor ihnen her oder blieben müd auf der Straße zurück. Bald in größerem Trupp, bald einzeln und wieder paarweis, die meisten stumm und eilfertig, manche mit erregten Stimmen schwatzend, tauchten sie aus der Finsternis auf, folgten der Straße und verschwanden wieder im Dunkel.

Noch am selben Abend, als Michel Gruber den Frieden ins Lager brachte, war die ganze Heerschar der Bauern auseinandergelaufen. Zwölftausend rannten in der Nacht davon, mit seufzender Hast, der eine dahin, und der andere dorthin, jeder zu Weib und Kind – ob sie noch lebten? – zu seiner Hütte – ob sie noch stand? – zu seinen Wiesen, die man mähen mußte, zu seiner Kuh, die am Kälbern war, zu seinen Äckern, auf denen er in diesem Jahr den Samen nicht ausgeworfen hatte.

Als Herr Lenhard mit den Seinen, umgeben von einem hastenden Menschenschwarm, in das enge Tal der Burghut einritt, klang über das Grödiger Moor her ein dumpfes Dröhnen und ein wirres Klingen. Die Bürger von Salzburg läuteten mit allen Glocken den Frieden ein – und der hochwürdigste Kirchenfürst Matthäus schoß Viktoria mit all seinen Mauerschlangen und Kartaunen.

Am andern Tag wurde auf der Hohensalzburg große Tafel im Fürstensaal gehalten, man schwatzte bei rauschender Musik, begoß den jungen Frieden mit altem Wein, und Herr Matthäus, der vom Papste mit dem Lorbeer gekrönte Dichter, sprühte von Geist und Laune, sang zur Laute eine Hymne auf die schönen Frauen und machte so witzige Epigramme über die Bauern und ihren Krieg, daß ihn die lachenden Domprälaten mit Beifall überschütteten.

Nach den Festtagen blieben tausend Waffenknechte in dem friedlichen Land zurück, fünfhundert für Burg und Stadt, vierhundert für Hallein und das Pongauer Tal, hundert für Berchtesgaden, um Herrn Wolfgang von Liebenberg und seine Chorherren in das verwüstete Kloster zurückzuführen. Schon nach vier Wochen hatten die Bürger und Bauern des Salzburger Landes alle Ursach, eine Gesandtschaft an den Herzog von Bayern zu senden, mit Beschwerden wider den Bischof, der den beschworenen Frieden nicht gelten ließ.

„Den Frieden hat der Frundsberg mit den Bauren gemacht. Der und die Bauren sollen ihn halten. Ich habe den Frieden nicht unterschrieben." So erklärte Herr Matthäus und zwackte den Bauern von den Bestimmungen des Vertrages ab, was sich biegen und brechen ließ.

Und dennoch hatten die Bauern in den Bergen mit diesem Frieden noch das bessere Los gezogen, als die Bauern am Neckar draußen, am Rhein und am Main. Da würgte die Rache der Herren ohne Schonung. Des Blutes, das man über die Schafotte rinnen lies, wurde so viel, daß sich die Wirkung dieser grausamen Strenge in das Gegenteil verkehrte. Den Henker nannte man den ‚Meister O weh' und den ‚roten Bruder Überall'. Sogar die Verurteilten, die das rote Brett besteigen mußten, wurden von dieser grauenvollen Lustigkeit der Zeit befallen. Einer, dem man zu Kitzingen die Augen ausstach, sagte lachend: „Gottlob, jetzt brauch ich doch keinen Herren mehr sehen!" Ein anderer, zu Bamberg, als der ‚Meister O weh' schon das breite Eisen hob, fragte schmunzelnd: „Wenn du mir das Köpfl heruntertust, wo soll ich denn meinen Hut hinsetzen?" Ein Dritter, ehe der Streich fiel, sagte: „So löst man Steuern ab!" Einer der Schwaben draußen, dem sie den Strick um den Nacken legten, rief mit Lachen: „Jetzt wird mer warm ums Krägele, jetzt verkühl i mi nimmermeh!" Und ein junger Bauer, den sie vor dem Ulmer Dom auf das Rad flochten, sang mit heller Stimme:

„Als ich auf dem Wacholder saß,
Da tranken wir all aus dem großen Faß,
Wie bekam uns das?
Wie dem Hund das Gras.

Und wenn der Wacholder wieder blüht,
Da klopft man das Eisen, so lang wie's glüht!
Das bekommt der Welt,
Wie der Regen dem Feld!"

Die das Liedlein gehört hatten, trugen es weiter. Viele, die es sangen, dichteten neue Verse dazu. So sprang es mit seinen hundert Reimen von Dorf zu Dorf und wanderte vom Rhein bis an die Moldau und bis zur Muhr. Wenn die Bauern durch Wald und Felder gingen, wenn sie daheim saßen am Herd, wenn sie schwitzten in ihrer Mühsal, und wenn die Buben am Fensterlein der Liebsten vorübergingen, immer und überall sangen sie das Liedlein.

Die Hoffnung des Volkes war zerschlagen – das Volk fing wieder zu hoffen an.